GOLDMANN

Buch

Paris im Jahre 1848: König Louis Philippe regiert Frankreich und wird durch den Reformer Lamartine gestürzt. Nicholas de Landes, ein habgieriger und erfolgbessener Politiker, plant, den König zu beseitigen und Charles Louis Napoleon auf den Thron zu heben. Für seine dunklen Intrigen ist ihm jedes Mittel recht. Marie Angeline Rachel Delacroix, Mara genannt, stammt aus New Orleans und verbringt mit ihrer Großmutter Helene den Sommer in Paris. Noch ahnt sie nicht, daß sie bald – ohne ihre Schuld – dem Intriganten de Landes ausgeliefert sein wird. Und sie begegnet dem geheimnisvollen Prinzen Roderic von Luthenien, dem ein Ruf als leidenschaftlicher Liebhaber vorauseilt. Von der ersten Sekunde an ist es um Mara geschehen. Doch wie kann sie sich in der ausweglosen Lage, in die sie plötzlich geraten ist, seiner Liebe sicher sein?

Autorin

Jennifer Blake wurde in Goldona, Louisiana, auf der Farm ihrer Großeltern geboren. Mit fünfzehn heiratete sie, und mit zwanzig begann sie Romane zu schreiben. Seitdem hat sie über dreißig Bücher veröffentlicht und sich in die Spitzenränge der amerikanischen Unterhaltungsautorinnen emporgeschrieben.

Außerdem von Jennifer Blake bei Goldmann erschienen:

Bitteres Paradies. Roman (9812) · Brennende Glut. Roman (41446) · Ein Hauch von Paradies. Roman (9752) · Der Kreole. Roman (9463) · Feuerlilien. Roman (9997) · Im Sturm erobert. Roman (41281) · Mitternachtswalzer. Roman (9675) · Nacht über Louisiana. Roman (9684) · Serenade der Leidenschaft. Roman (9998) · Strom der Sehnsucht. Roman (9814) · Träume des Südens. Roman (9467) · Wie Feuer auf meiner Haut. Roman (41250) · Wie Feuer im Blut. Roman (9830) · Willkür meines Herzens. Roman (41366) · Zärtliche Betrügerin. Roman (42032) · Zur Liebe verdammt. Roman (41246) · Wilder Jasmin. Roman (42221)

JENNIFER BLAKE

Zigeunerprinz

ROMAN

Aus dem Amerikanischen
von Christoph Göhler

GOLDMANN VERLAG

Die Originalausgabe erschien unter dem Titel »Royal Passion«
bei Ballantine Books, New York, und Random House, Toronto

Deutsche Erstveröffentlichung

Umwelthinweis:
Alle bedruckten Materialien dieses Taschenbuches
sind chlorfrei und umweltschonend.
Das Papier enthält Recycling-Anteile.

Der Goldmann Verlag
ist ein Unternehmen der Verlagsgruppe Bertelsmann

Umschlaggestaltung: Design Team München
Umschlagillustration: Schlück/Daeni, Garbsen
Druck: Elsnerdruck, Berlin
Verlagsnummer: 41447
Lektorat: Ursula Walther/AK
Herstellung: Sebastian Strohmaier
Made in Germany
ISBN 3-442-41447-4

3 5 7 9 10 8 6 4 2

1. Kapitel

Die Flammen loderten hoch, das harzige Holz knisterte und knackte, und orangefarbene Funken stiegen im Rauch bis unter die dunklen Äste der ausladenden Bäume auf. Der Feuerschein glänzte auf dem Lack der Zigeunerwagen, warf tanzende Lichter auf die abblätternde rote und blaue Lasur und auf die stumpf gewordenen Vergoldungen. Er funkelte auf den Armbändern und Gürteln aus polierten Goldmünzen, die die Zigeunerinnen trugen, und auf den Ohrringen, die den lagernden Männern von den Ohren baumelten. Der helle Schein spiegelte sich auch auf Messingknöpfen von Uniformen und blankpolierten Stiefeln in der Dunkelheit, wenn sich die Männer aus der Truppe Prinz Roderics von Ruthenien auf den aufgestapelten Teppichen bewegten, die ihnen als Lager dienten. Sie unterhielten sich leise miteinander, lachten und hoben ihre Kelche.

Der Prinz selbst saß bei ihnen, den blonden Kopf über eine Mandoline gebeugt. Seine starken, behenden Finger entlockten ihr eine wilde Rhapsodie, ein herzerquickendes Lied, das die kühle Nachtluft mit Freude und ungebundener Leidenschaft erfüllte. Eine alte Zigeunerin mit gebeugtem Rücken hielt auf einer Violine das Tempo. Roderic sah auf, und Lachen erhellte sein Antlitz, während die beiden zusammenspielten, einander kontrapunktierten; die Musik verschmolz, verflocht sich und schwoll an vor überschäumender Freude. Das Feuer glühte auf den hohen Wangen des Prinzen und leuchtete hell im tiefen Blau seiner Augen, während es die dreieckige Vertiefung unter seinem Kiefer im Schatten ließ. Es betonte seine gerade Nase und sein markantes, vorspringendes Kinn. Es verwandelte sein Haar in geschmolzenes

Gold und ließ sein offenes Hemd und die weißen Uniformhosen zu hellen Flecken verblassen. Er wirkte entspannt unter seinen Freunden, sorglos sogar, und doch strahlte er eine Art ständiger Wachsamkeit aus, eine Spannung, die sich augenblicklich in einer Explosion entladen konnte. Er war männlich und breitschultrig und sah aus wie der Held einer antiken Sage, der um seine Kraft wußte, keine Furcht kannte und schier unbesiegbar war.

Marie Angeline Rachel Delacroix beobachtete ihn vom Schatten eines Eichendickichts aus. Ihre hellgrauen Augen waren auf den Prinzen geheftet. Ihr Schädel schmerzte, und an ihrer Schläfe brannte eine lange Wunde, aus der Blut in die dunklen Locken ihres Haares lief. Sie konnte ihren rechten Arm kaum heben, so steif war ihre Schulter. Ihr Mantel war schlammverkrustet, ihr weißes Seidenkleid in der Taille aufgerissen, und sie vermutete, daß nur die dicken, roßhaargepolsterten Unterröcke sie vor einem Beinbruch bewahrt hatten.

Das alles war wenig überraschend, wenn man bedachte, daß sie vor weniger als einer halben Stunde aus einer fahrenden Kutsche gestoßen worden war. Aber nicht die Schmerzen, die ihre Verletzungen verursachten, und auch nicht der Schock über das Geschehene jagten die Schauer über ihren Körper und lösten Angstkrämpfe in ihrer Magengrube aus. Es war der Mann, den sie vor sich in dem Zigeunerlager sah.

Es war Prinz Roderic aus dem Balkanland Ruthenien; der Mann, den sie verführen sollte. Und verraten.

Sie hatte in ihrem ganzen Leben noch keinen Mann verführt. O ja, sie hatte geflirtet, hatte sich auf verschiedenen Bällen und Picknicks und »rosa Tees«, die man anläßlich der Einführung der jungen Damen in die New Orleanser Gesellschaft arrangiert hatte, in der Kunst geübt, die Aufmerksamkeit des anderen Geschlechtes auf sich zu ziehen. Aber noch nie war sie ausgezogen, um einen Mann zu bezaubern und ihn so zu umgarnen, daß er bereitwillig ihre Wünsche erfüllte. Noch nie. Gleichgültig, was andere sagen mochten.

Oder vielleicht doch. Sie wußte es nicht, konnte nicht sicher sein. Dennoch, was immer sie in der Vergangenheit getan haben mochte, sie hatte eine so unerfüllbare Aufgabe nicht verdient.

Die Violinen- und Mandolinenmusik steigerte sich zu einem Crescendo, verharrte und endete dann in einem süßen Akkord. Die Zigeuner sprangen auf, jubelten, klatschten und schlugen applaudierend ihre Tamburine. Der Prinz senkte zum Dank kurz den Kopf, lächelte und schlug der alten Zigeunerin auf die Schulter. Dann sprang er mit einer geschmeidigen Bewegung auf und wandte sich vom Feuer ab. Seine langen Schritte trugen ihn unglaublich schnell über die Lichtung. Er kam direkt und zielsicher auf Mara zu, als wüßte er genau, wohin er wollte, und als hätte er ihre Anwesenheit schon seit geraumer Zeit bemerkt.

Sie wich hastig einen Schritt zurück, aber es war zu spät. Er war vor ihr, packte ihre Hand und zog sie ans Licht. Sie strauchelte leicht, und sein Griff, der sich warm und fest um ihre Finger schloß, verstärkte sich augenblicklich, um sie zu stützen.

»Willkommen, schöner Geist«, sagte er. Seine Stimme klang sanft, aber kühl, und einen Augenblick später scharf wie ein aus der Scheide gezogener Degen, als er sich an seine Männer wandte. »Schön oder nicht, sie ist zweifellos ein Geist, denn wie wäre sie sonst an den Wachen vorbeigekommen?«

»Es ist mein Fehler, Hoheit.«

Aus der Dunkelheit hinter ihr trat ein junger Mann. Er war dunkel und trotz seines verwegenen Aussehens hübsch, hatte flinke braune Augen, trug einen goldenen Ring im Ohr und ein Porzellanmuschelamulett an einem Lederband um den Hals. Er hielt sich aufrecht und zeigte weder Unterwürfigkeit noch Schuld.

»Nun, Luca?«

Der Zigeuner Luca machte eine Handbewegung zu Mara hin. »Sehen Sie sie an. Erkennen Sie eine Gefahr? Ich habe gesehen, wie man sie aus einer Kutsche warf. Als sie in diese Richtung kam, bin ich ihr gefolgt.«

»Wie grausam«, antwortete Prinz Roderic. »Du hättest ihr deine Hilfe anbieten können.« Er sagte das nur nebenbei, aber er zog die Stirn in Falten, während sein Blick auf Maras bleichem Antlitz ruhte.

»Es schien mir das beste zu beobachten, was sie tun würde.«

Mara hörte den lauernden, neugierigen Unterton in der Stimme des Zigeuners und dachte an den Augenblick zurück, als sie sich aufgerafft und auf den Weg zum Zigeunerlager gemacht hatte. War allzu offensichtlich gewesen, daß sie wußte, wohin sie ging? Man hatte ihr erklärt, in welche Richtung sie sich wenden mußte, aber nach ihrem harten Sturz war sie wie betäubt und desorientiert gewesen. Schließlich war sie einfach der Musik gefolgt. Sie war nur langsam und unsicher vorwärts gekommen. Unmöglich, daß es anders gewirkt hatte. Sie wurde schwach vor Erleichterung; ihre Finger zitterten im Griff des Prinzen.

»Kommen Sie«, erklärte er abrupt und führte sie zu dem Teppichstapel, von dem er sich erhoben hatte.

Sie sank darauf nieder. Als sie die Wärme des Feuers spürte, zitterte sie, und die Platzwunde auf ihrer Stirn begann zu pochen. Sie hob die Hand, um die Haut darum abzutasten. Der Prinz schnippte mit den Fingern, erteilte leise einen Befehl, und augenblicklich näherten sich ihr zwei Zigeunerinnen. Sie reinigten ihre Wunden und banden ein rotes, von Goldfäden durchwobenes Baumwolltuch mit einem Verbandspflaster über ihre Schläfe und über die losen Locken ihres dunklen Haares, das bis zu ihrer Taille herabfiel. Nachdem sie ihr einen Becher Rotwein in die Hand gedrückt hatten, zogen sie sich schweigend auf ihren Platz zurück.

Der Wein war jung und herb, aber er spendete ihr Kraft. Sie nippte daran und versuchte, ihre Gedanken zu ordnen und das Zittern durch Willenskraft zu unterdrücken. Unter den Wimpern hervor sah sie, wie sich die Männer des Prinzen um sie versammelten. Ihre Mienen verrieten ein irritierendes Mitleid, verbunden mit abwägender Geduld. Nahebei saß der Prinz auf seinen Teppichen, einen Ellenbogen auf das angezogene Knie und das Kinn in die offene Hand gestützt. Sein Blick war klar, ruhig, prüfend.

Roderic bewegte sich ein bißchen und rieb sich mit dem Finger über die Nase. Diese Frau gehörte nicht zu jenen, derer sich ein Mann entledigte, nachdem er ihrer überdrüssig war; dazu war sie zu zart, zu jung. Trotz der ängstlichen Schatten, die sie in der Tiefe ihrer klaren grauen Augen zu verbergen versuchte, erschien sie unberührt und unbedarft, was Männer anbetraf. Er hätte schwören können, daß ihr noch nicht einmal klar war, in welch bedenklicher Lage sie sich hier, mitten unter ihnen, befand. Sie war schön, ihre Haut war zart und fast durchscheinend, ihr Mund weich und voll, zum Küssen wie geschaffen. Die Wangenlinie, der Schwung ihres Halses, die feste Form ihres Kinns waren schlicht perfekt. Sie hatte kraftvolle Hände mit langen Fingern, deren schlanke Form und blasse Haut aber verrieten, daß sie nicht arbeitete. Die Seide ihres Kleides war fein gewebt, keinesfalls billig, und der Schnitt mochte zwar konservativ sein, war aber dennoch leicht als Werk des berühmtesten Modisten in Paris zu erkennen. Nein, sie war keine Frau, die ein Mann mit auf eine Landpartie quer durch Frankreich nehmen würde, um sie dann wie ein nutzloses Ding fortzuwerfen.

Er beugte sich zu ihr. »Die Gastfreundschaft der Zigeuner verlangt nicht, daß ein Gast seinen Namen nennt; trotzdem bitte ich Sie darum. Dunkler Engel, wer sind Sie?«

Mara hob den Blick und schaute in harte blaue Augen. Sie befeuchtete sich die Lippen und entsann sich ihrer Instruktionen. Ihre Aufgabe war ihr leicht erschienen, gemessen zumindest an der Bedeutung des Auftrags, aber jetzt brachte sie es kaum über sich, die Instruktionen zu befolgen. Hatte sie die Worte erst einmal ausgesprochen, hatten die Lügen erst einmal begonnen, gab es kein Zurück mehr.

»Was ist?« fragte Roderic sanft. »Hindert Sie Ihr Schuldgefühl oder das Gewissen?«

Die Falle hatte sich so unvermutet aufgetan und war so offensichtlich, daß Mara Zorn in sich aufsteigen spürte. Er verlieh ihr Mut. Sie gestattete der Unsicherheit, die sie zu verbergen versucht hatte, in ihren Blick zu dringen, und schüttelte den Kopf. »Ich weiß nicht – ich kann nicht – ich kann mich an meinen Namen nicht erinnern.«

»Ah, das Unglück des Ulysses – ebenfalls ein Reisender, der unter die Wegelagerer geriet. Das Gedächtnis zu verlieren kann ein großes Unglück bedeuten – oder das genaue Gegenteil. Haben Sie eine Börse bei sich?«

Eine Börse mit Ausweispapieren. Mara tat, als würde sie die Taschen ihres Umhangs durchsuchen. »Nein. Offenbar nicht.«

»Man hat Sie beraubt? Dann war der Täter entweder unfähig oder ein Tor, denn das Wertvollste hat er weggeworfen.«

»Sie meinen –«

»Es wäre viel sinnvoller gewesen, ein Lösegeld für Sie zu fordern.«

Ein tiefes, beifälliges Gemurmel erhob sich unter den uniformierten Männern. Zum erstenmal gestattete sich Mara, sie als Individuen und nicht nur als Mitglieder der prinzlichen Entourage zu betrachten. Es waren nur fünf an der Zahl.

Roderic folgte ihrem Blick mit einer geschwinden Kopfbewegung und erhob sich. »Beirrt Sie meine *garde du corps*? Vielleicht kann eine förmliche Vorstellung Ihnen die Angst nehmen? Michael, tritt vor und verbeuge dich vor unserem Gast.«

Der so bezeichnete junge Mann kam an den Teppich, schlug die Hacken zusammen und neigte den Kopf. Er war groß und schlank, hatte dunkles Haar und die gleichen blauen Augen wie der Prinz, auch wenn seine düsterer blickten. Er schien ein paar Jahre jünger als Roderic zu sein, vielleicht Mitte Zwanzig. Der Eindruck, den er erweckte, war der von Ernst und Zuverlässigkeit.

»Ich möchte Ihnen meinen Cousin Michael vorstellen, Baron von Brasow und Sohn Leopolds des Unerschütterlichen.« Als Michael beiseite trat, nahm ein weiteres Mitglied der *garde du corps* seinen Platz ein. Er war von mittlerer Größe, doch sein Haar war weißsilbern und seine Augen haselnußbraun. Als er sich verbeugte, erkannte Mara blinzelnd, daß das Haar in Zöpfen um das Haupt gewunden war und daß die tadellos sitzende Uniform die Gestalt einer Frau verhüllte.

»Trude, unsere Bannerträgerin.«

Die Frau richtete sich mit dem Stolz und dem Hochmut einer Walküre auf und musterte Mara mit dem gleichmütigen und durchdringenden Blick eines Mannes. Zufrieden machte sie dann auf dem Absatz kehrt und reihte sich wieder ein.

Als nächstes trat ein Zwillingspaar vor. Das lockige sandfarbene Haar war beiden zu eigen, ebenso die grünen Augen und das fröhliche Gesicht, der runde Kopf und die breiten Schultern. Sie salutierten gleichzeitig, ihre Schwerter hingen im genau gleichen Winkel an ihrer Seite, und ihr Lächeln, als sie sich wieder aufrichteten, war warm, fast liebevoll.

Roderic klang fast resigniert, als er die beiden vorstellte. »Jacques und Jared, die Gebrüder Maniu, Schürzenjäger *par excellence* und ein doppeltes Kreuz.«

»Aber, mein Prinz!« protestierten sie gemeinsam.

»Mein persönliches Kreuz«, befand Roderic fest und winkte sie beiseite.

Als sie zurücktraten, gaben sie den Blick auf einen kleinen, drahtigen Mann mit dünnem dunklem Haar und fröhlichen Augen über einem buschigen Schnurr- und Backenbart frei. Trotz seiner gut geschnittenen Uniform sah er ziemlich schmuddelig aus, und sein Verhalten wirkte keinesfalls militärisch. An seiner Seite stand ein zerzauster Straßenköter mit struppigem schwarz-braunem Fell und einem herabhängenden Schnauzbart, der ihm eine lächerliche Ähnlichkeit mit seinem Herrchen verlieh.

»Estes, der Graf Ciano.«

»Und dies«, erklärte der Graf und deutete grinsend auf seinen Begleiter, »ist Dämon, der höchst wertvolle Wachhund der Truppe.« Als der Hund seinen Namen hörte, ließ er seine Zunge heraushängen und seinen Schwanz in einem mißlungenen Wedeln kreisen.

Der Prinz schenkte dem Tier einen skeptischen Blick. »Ein wahrer Zerberus, der an Tapferkeit wettmacht, was ihm an

Disziplin, Benehmen, Größe und Erscheinung mangelt. So sagt man jedenfalls.«

Der Prinz selbst war ihr nicht vorgestellt worden. Man konnte von ihr nicht erwarten, daß sie ihn kannte. Wagemutig fragte Mara: »Und Sie, mein Herr?«

»Ich bin Roderic.«

Der italienische Graf zog eine Braue hoch. »Seine Königliche Hoheit, Prinz Roderic, Sohn König Rolfs von Ruthenien, Madame.«

Es herrschte Schweigen. Sie warteten darauf, das wußte Mara, daß sie ihn erkannte und im Gegenzug ihren eigenen Namen nannte. Sie brachte es nicht über sich, ihnen in die Augen zu sehen. Statt dessen streckte sie eine zitternde Hand nach dem Hund aus und sagte: »Es ist mir eine Ehre, Sie alle kennenzulernen. Ich würde Ihnen sagen, wer ich bin, wenn ich das nur wüßte.«

Dämon machte einen Schritt vorwärts, um ihr die Finger abzulecken, und wand sich vor Vergnügen, als sie ihn hinter den Ohren kraulte.

»Unloyales Geschöpf«, erklärte Michael.

»Und häßlich dazu«, ergänzte Jacques gutmütig.

»Aber glücklich«, seufzte Estes, als Dämon versuchte, in Maras Schoß zu klettern.

Roderic ließ seinen Blick von dem Hund zu den Männern vor sich wandern. Er sprach nicht; dennoch war seine Miene so strafend, daß jedes Lächeln verblaßte und jedes Rückgrat sich versteifte. Der Hund wurde augenblicklich zurückgezogen. Die Truppe verzog sich. Die alte Zigeunerin stimmte eine schnelle Weise an, und eine Frau mit losem blauschwarzem Haar und hohen Wangenknochen begann zu tanzen und die Aufmerksamkeit aller anderen auf sich zu ziehen.

»Selbst das Rätsel der Sphinx kann seinen Reiz verlieren. Womit können wir Ihnen dienen?«

Der Prinz sprach in grobem, fast abweisendem Tonfall. Offenbar schien er sich nicht weiter für sie zu interessieren. Das entsprach keineswegs Maras Wunsch oder Bedürfnissen. Sie sah ihn an, und Panik stieg in ihrem Blick auf. »Ich weiß nicht. Ich – ich kann mich anscheinend nicht daran erinnern, woher ich kam, wo ich lebe.«

»Ihr Akzent ist nicht der einer Pariserin, aber er klingt interessant, wie die Melodie eines alten Liedes. Ist er typisch für Ihre Provinz?«

Schon wieder eine Falle. »Das kann ich nicht sagen.«

Sie konnte sehr wohl. Es war der Akzent der Louisiana-Franzosen. Er ähnelte eher dem Akzent, den die Pariser des vergangen Jahrhunderts gesprochen hatten, als dem des Jahres 1847. Oh, sie kannte den Dialekt; es gab genügend Verbindungen, genug Handel zwischen Paris und New Orleans, um auf dem laufenden zu bleiben, aber der Rhythmus war anders, langsamer, musikalischer, und ab und zu fiel ein Wort oder eine Satzwendung, die vielleicht einst am Hof des Sonnenkönigs aufgeschnappt worden war.

Mara hatte einen guten Teil ihres Lebens in New Orleans verbracht, war von der Plantage ihres Vaters nahe St. Martinville angereist, um jeden Winter mit ihrer verwitweten Großmutter Helene Delacroix die *saison des visites* in der Stadt zu genießen. Sie hatte ihr Debüt in der Oper gegeben. In reinstes Weiß gekleidet, mit weißen Rosen im Haar hatte sie Freunde, Verwandte und die zahlreichen in Frage kommenden Verehrer empfangen, die dafür garantierten, daß der Abend ein Erfolg wurde. Wie lange schien das her zu sein!

Ihr Vater André hatte sie immer nach New Orleans begleitet, war aber selten länger als eine oder zwei Wochen geblieben. Er machte sich nichts aus den Amüsements und Unterhaltungen, die Mara und ihre Großmutter so genossen – er zog die Ruhe seiner Plantage inmitten der wogenden Zuckerrohrfelder vor. Früher sei das anders gewesen, hatte Helene behauptet, als André Delacroix noch ein junger Mann und unverheiratet gewesen war.

Seine Gattin, Maras Mutter, war Irin gewesen, eine ruhige Frau mit Augen, deren Farbe dem Nebel über der Bucht von Galway glich und die das zweite Gesicht hatte. Man hatte die Heirat als Mesalliance betrachtet; die Iren waren kaum mehr als unwissende Wilde in den Augen der französischen Kreolen, jener französischblütigen Siedler, die in Amerika geboren waren. Niemand wußte genau, was André Delacroix für die Irin empfunden hatte, aber er hatte sie auf seine Plantage gebracht und sie immer freundlich und ehrerbietig behandelt.

Das hatte nicht gereicht. Maras Mutter hatte bald entdeckt, daß ihr Gatte seine tiefsten Empfindungen Jahre zuvor einer anderen Frau geschenkt hatte. Ihr Name war Angeline Fortine gewesen, und sie war ihm unter merkwürdigen Umständen von einem Balkanprinzen namens Rolf von Ruthenien genommen worden, der Louisiana besucht hatte. Als Mara geboren wurde, hatte André mit ungewöhnlicher Halsstarrigkeit darauf bestanden, daß Angeline aus dem weitab gelegenen Ruthenien als Patin des Kindes benannt werden sollte. Maras Mutter hatte protestiert. Die Verbindung mit Ruthenien würde Kummer bringen, hatte sie beschworen. André hatte sich nicht erweichen lassen. Nach angemessener Frist waren die üblichen Geschenke, vor allem Silber und Spitzenarbeiten, von der Frau übersandt worden, die inzwischen Königin von Ruthenien war. Über all die Jahre hinweg waren regelmäßig Geschenke zu Maras Geburtstag eingetroffen, manchmal mit einer herzlichen, freundlichen Botschaft versehen. Darüber hinaus hatte es allerdings keinen Kontakt gegeben. Ganz langsam hatte sich Maureen O'Connor Delacroix immer mehr zurückgezogen. Sie weigerte sich herunterzukommen, wenn Gäste kamen, und fehlte bei allen gesellschaftlichen Anlässen. Sie rief ihre Tochter Mara, nicht Marie Angeline, und weil das einfacher war, taten es ihr die Bediensteten und selbst ihr Gatte gleich. Irgendwann verstummten auch die gälischen Schlaflieder, die sie ihrer Tochter vorgesungen hatte. Sie mied die gemeinsamen Mahlzeiten von Vater und Tochter und aß statt dessen auf ihrem Zimmer, manchmal in Gesellschaft eines Priesters. Sie starb ohne großes Aufsehen an einem Fieber, als Mara zehn Jahre alt war, und man vermißte sie kaum.

Mara war behütet aufgewachsen, beschirmt von der offenen Verehrung ihres Vaters und der Zuneigung, Leitung und dem gesunden Menschenverstand ihrer Großmutter. Sie ritt mit André über die Plantage, trabte ihm auf einem cremefarbenen Pony hinterher und folgte Großmutter Helene durch New Orleans, im gleichen Kleid wie ihre Großmutter und unter einem Schleier, der ihr bleiches Gesicht schützen sollte, wenn sie an den Ständen am französischen Markt für ihren Haushalt einkauften. Bis sie zwölf Jahre alt war, verbrachte sie einen Teil jedes Jahres in einer Klosterschule, so daß sie, auch wenn sie sich bisweilen verwöhnt und eigensinnig gebärdete, um den Wert der Selbstdisziplin wußte.

Als sie fünfzehn Jahre alt wurde, hatte sie bereits drei Heiratsanträge erhalten. André hatte es jedoch nicht eilig, sie unter die Haube zu bringen, deshalb schickte er sie auf ein Mädchenpensionat nach Mobile. Dort erlernte sie tausend Regeln der Etikette, aber auch viele Künste, darunter die äußerst angenehme Kunst des Flirtens. Bis dahin hatte sie sich kaum Gedanken über ihre Wirkung auf die jungen Männer in ihrer Umgebung gemacht, aber als sie an den Brüdern, Cousins und Freunden, die ihre Mitschülerinnen besuchten, zu üben begann, stieg ihr die Macht zu Kopfe, die sie dank ihrer Anziehungskraft ausübte. Mit unbeschwertem Vergnügen und einer angenehmen Vertrautheit mit dem männlichen Geschlecht, die sie im Umgang mit ihrem Vater erworben hatte, versuchte sie, die Männer in ihren Bann zu ziehen, die Maras Aufmerksamkeit auf sich lenkten.

Als sie im Sommer 1844 nach St. Martinville zurückkehrte, umschwärmten die Männer sie wie Wespen einen reifen Apfel. André, stolz und nachsichtig zugleich, legte ihr keine Schranken auf. Sie überschritt nie die Grenzen des Anstands, aber trotzdem bewegte sie sich in einem ununterbrochenen Reigen von Ausflügen, Kutschfahrten, Picknicks, Tees und Bällen.

Im Verlauf weniger Wochen hatte sie einen Garten voller Buketts angesammelt, dazu ein ganzes Buch von Sonetten auf ihre Schönheit und so viele Pralinen und Schachteln mit Zuckerwerk, daß ihre Zofe um Pfunde zugenommen hatte. Eine stattliche Anzahl junger Männer pries sich glücklich, einen ihrer Handschuhe, eines ihrer Taschentücher oder Bänder oder eine Blume aus ihrem Haar zu besitzen, und man munkelte, daß wenigstens zwei Duelle ihretwegen ausgefochten worden waren. Ein Mann war, höchst romantisch, mit verbundenem Arm in einer schwarzen Schlinge aufgetaucht. Sie gestattete einem Mann höchstens, ihre Hand zu küssen oder seine Hände auf ihre Taille zu legen, wenn sie von einem Pferd oder aus einer Kutsche stieg; trotzdem begannen Gerüchte die Runde zu machen, sie sei viel leichtfertiger den Männern gegenüber, als gut für sie sei, sie sei ungestüm, und es nähme kein gutes Ende mit ihr.

Es machte keinen Unterschied. Selbst wenn Mara die Gerüchte zu Ohren gekommen wären, sie amüsierte sich viel zu sehr, um die Konsequenzen zu bedenken. Ein Jahr verstrich, dann noch eines, und sie zeigte immer noch keine Neigung, häuslich zu werden. Schließlich kam der Tag der Abrechnung.

Dennis Mulholland war einer ihrer hartnäckigsten Verehrer. Er war ein aufbrausender Mensch, ein empfindlicher junger Bursche, der immer auf eine Rauferei aus war. Er hatte das Jefferson Military College in Mississippi besucht und sprach oft davon, in die Armee einzutreten, die damals immer öfter Scharmützel an der Grenze zwischen den Vereinigten Staaten und Mexiko auszufechten hatte. Ansonsten machte er dauernd Heiratsanträge. Er hätte sie gern für sich beansprucht, aber Mara war nicht überzeugt, daß er einen guten Ehemann abgeben würde. Sie mißtraute seiner Hitzigkeit und hielt ihn auf Distanz. Obwohl er ein guter Tänzer und noch besserer Reiter war, neigte er dazu, wenn er nicht in Gesellschaft seiner Eltern war, allzu oft seine ausgestandenen Duelle zum Thema zu machen und mit seinen Besuchen auf der berüchtigten Gallatin Street in New Orleans zu prahlen.

Es war eine heiße Nacht Ende Mai. Mara hatte einen Ball geplant, dessen Farbmotto Blau und Gold sich in den Blumen und der Dekoration, im Programm und den Ballkleidern der Damen wiederfand. Es war ein voller Erfolg. Die Schlange wartender Kutschen reichte die ganze Auffahrt hinunter bis auf die Straße. Die Nacht war allerdings schwül und heiß, und Donner rumorte in der Luft. Die Gäste drängten sich im Ballraum, wo die Luft stickig und knapp war. Die Musiker hatten eine Reihe schneller Tänze gespielt und mit einer Polka geendet. Mara hatte keinen einzigen Tanz ausgelassen und konnte vor Anstrengung und wegen des eng geschnürten Korsetts kaum noch atmen. Sie rang nach Luft und fächerte sich an einem Fenster Kühlung zu, als Dennis ihr einen Spaziergang vorschlug.

Es war kein gemütlicher Spaziergang. Er zerrte sie halbwegs den Pfad zum Sommerhaus hinunter, das sich, von Rosen überwuchert, in einiger Entfernung vom Haupthaus erhob. Sobald sie drinnen waren, machte er ihr den nächsten Heiratsantrag, diesmal aber mit wesentlich mehr Nachdruck. Die Würfel waren gefallen; er war in die Armee eingetreten und mußte seinen Dienst antreten, aber bevor er ging, wollte er sie zu seiner Frau machen.

Sie versuchte ihn abzulenken, indem sie ein paar heitere Bemerkungen machte. Erbost darüber, daß sie ihn nicht ernst nehmen wollte, umfing er sie mit seinen Armen, drückte sie an sich und bedeckte ihr Gesicht mit Küssen. Zuerst war sie einfach überrascht, aber bald wandelte sich ihr Erschrecken in echte Furcht, da sie keine Luft mehr bekam. Sie drückte ihn von sich weg, aber er gab sie nicht frei, sondern murmelte nur heiser etwas über ihre verdammte Koketterie, die einen Mann zum Wahnsinn treibe. Einen Augenblick später verlor sie das Bewußtsein, sank, weil ihr die Luft wegblieb, ebenso rückgratlos zu Boden wie die käsigbleichen Dämchen, die sie immer so verachtet hatte.

Die Ohnmacht dauerte höchstens eine oder zwei Minuten an, aber als sie wieder die Augen öffnete, lag sie auf dem Boden, Dennis Mulholland hatte seine Hand unter ihre Röcke geschoben und befingerte ihre Schenkel. Er habe versucht, ihr Korsett zu lockern, behauptete er, aber sie glaubte ihm nicht. Ebensowenig wie ihr Vater, der hinzukam, ehe sie ihr Kleid wieder richten konnte.

André Delacroix tobte vor Zorn, nicht zuletzt deshalb, weil er sich selbst die Schuld gab. Die meisten Mädchen in Maras Alter waren bereits verheiratet und hatten Familie, er dagegen hatte sie in seiner Nähe behalten und jeden jungen Mann entmutigt, der ihm zu draufgängerisch erschien. Jetzt schwor er, daß der Schurke, der es gewagt hatte, seine Tochter zu berühren, der sie mit solcher Unverschämtheit kompromittiert hatte, sie heiraten oder sich auf zwanzig Schritt seiner Pistole stellen solle.

Dennis war mehr als gewillt, sich verheiraten zu lassen; Mara war es, die sich wehrte, die auf und ab marschierte und abwechselnd zürnte und flehte. Schließlich setzte sie ihren Willen durch, wenigstens zum Teil. Es würde keine sofortige Hochzeit geben, aber sie würden sich verloben, und sobald Dennis aus dem Krieg in Mexiko zurückkehrte, sollte die Ehe geschlossen werden. Sie mußte sich einverstanden erklären.

Dennis ritt fort, und obwohl er Mara zum Abschied geküßt hatte, war sein Blick düster geblieben, denn er hatte begriffen, daß sie sich nichts aus ihm machte. Er fiel in seiner ersten Schlacht. Alle waren erstaunt darüber, wie sehr ihre Verlobung Maras fröhliches Wesen änderte. Später registrierte man mit hochgezogenen Brauen, daß sie nach dem Tod ihres Verlobten Schwarz trug. Manche meinten, sie zahle nun für ihre Leichtlebigkeit und habe es verdient, den Mann zu verlieren, den sie liebte, während andere ihre irische Mutter erwähnten, die, wie alle wußten, zweifelhafter Abstammung und schwankenden Gemüts gewesen sei. Aber als Wochen und Monate ins Land gingen und sie täglich bleicher und erbärmlicher aussah, verwandelte sich die allgemeine Neugier in Betroffenheit.

Mara bemerkte das kaum. Tag für Tag saß sie am Fenster und starrte hinaus, oft mit dem Brief in der Hand, in dem Dennis ihr geschrieben hatte, daß es ihm gleichgültig sei, ob er lebe oder sterbe, da sie ihn nicht liebe. Schuld und Reue lasteten schwer auf ihr und drückten sie nieder. Sie warf sich vor, sorglos und selbstsüchtig gewesen zu sein. Ihre Gefühle waren so wenig beteiligt gewesen, daß sie nicht wirklich verstanden hatte, wie tief andere für sie empfanden, wie leicht sie dazu gebracht werden konnten, Dinge zu tun, derer sie sich bitterlich schämten. Wenn sie das gewußt hätte, dann wäre sie vorsichtiger und zurückhaltender gewesen. Diese Einsichten waren löblich, doch sie kamen zu spät.

André, den der Zustand seiner Tochter in Angst und Schrecken versetzte, hatte Maras Großmutter zu Hilfe gerufen. Grandmère Helene hatte sich der Sache angenommen. Sie war, trotz ihrer Jahre, eine lebhafte und warmherzige Frau und hatte bestimmt, daß Mara sie nach Frankreich begleiten müsse. Es waren schon Äonen vergangen, seit sie zum letzten Mal dorthin gereist war, und sie sehnte sich so danach, Paris wiederzusehen. Sie mute sich zuviel zu? Unfug! Sie war noch längst nicht senil. Sie würden Verwandte besuchen, in die Oper gehen, ein bißchen Kultur genießen und vor allem die Modisten damit beauftragen, das Schwarz und Violett aus Maras Garderobe zu tilgen. Die Trauerzeit war vorüber; Mara mußte ins Leben zurückkehren.

Roderic bemerkte die Empfindungen, die mit dem Feuerschein auf Maras Antlitz spielten, und machte eine abrupte Geste. »Ist da ein Gatte, der sehnlich Ihre Heimkehr erwartet? Ein Geliebter?«

»Nein«, antwortete sie gepreßt und fügte dann hinzu: »Wenigstens glaube ich das nicht.«

»Ah, Sie glauben es nicht, aber kann es Zweifel an der eigenen Unberührtheit, am Schwangersein, Adligsein, Treusein, Glücklichsein, Sichersein und Freisein geben? Wissen Sie, ob eine Mutter, ein Vater oder ein Kind auf Sie wartet? Eine Schwester? Ein Bruder? Ein Priester? Eine getreue Zofe? Ein Schoßhund? Gibt es niemanden, der um Sie trauert, wenn Sie nicht wiederkehren?«

»Das kann ich nicht sagen.« Ihre Großmutter wußte nicht, wo sie war und was sie tat. Ihre Großmutter, die sie nach Europa gebracht hatte.

Paris war genauso gewesen, wie Helene es versprochen hatte, eine Stadt voller Anmut und Schönheit und von grenzenloser Faszination. Sie hatten bei einer entfernt verwandten Cousine gewohnt, einer älteren Dame mit aristokratischem Gehabe und Verbindungen, die allerdings unter recht eingeschränkten Umständen lebte. Wenn Helene nicht bis zum Überdruß mit ihrer Cousine den Weg irgendeines entfernten Ablegers der Familie Delacroix nachgezeichnet hatte, dann waren sie und Mara durch die Straßen der Stadt marschiert, unzählige Male die Brücken über die Seine überquerend. Sie hatten in den Konditoreien Konfekt probiert, in den Straßencafés Tee oder Kaffee getrunken, die Antiquitäten in den Läden auf dem Rive Gauche betrachtet und sich die Häuser angesehen, in denen die Berühmten und Berüchtigten gelebt hatten. Sie hatten pflichtbewußt den Louvre besichtigt, waren durch die endlosen Bildersäle geschlendert, hatten die Gemälde und Skulpturen bewundert, über die sie zuvor nur gelesen hatten, und waren in den Tuilerien promeniert, die der Allgemeinheit zugänglich waren, obwohl der Palais des Tuileries die offizielle Residenz König Louis Philippes war.

Diese angenehmen Spaziergänge hatten nach einem Besuch bei der berühmten Modistin Madame Palmyre aufgehört. Von da an wurde ihre Zeit vollkommen von Anproben, weiteren Anproben und Einkaufsbummeln durch die Läden der Rue de Richelieu in Anspruch genommen, auf denen sie nach Hauben und Schals, Handschuhen, hauchdünnen Seidenkorsetts und Strümpfen suchten. Einen von Maras liebsten Einkäufen hatten sie im Maison Gagelin getätigt, wo ein Verkäufer mit schwerem englischen Akzent und dem unwahrscheinlichen Namen Worth nur einen einzigen Blick auf sie geworfen und ihnen dann einen Schal aus hellgrauer Wolle gebracht hatte, der so fein gewebt war, daß man ihn durch einen Ehering ziehen konnte. Er sei wie für sie geschaffen, hatte er mit Inbrunst erklärt; tatsächlich ließ er ihre Haut so fein und zerbrechlich wie Porzellan erscheinen und verwandelte ihre Augen in weiche, rätselhafte Teiche.

Als ihre Garderobe wieder aufgefüllt war, widmeten sich Mara und ihre Großmutter dem Reigen der Vergnügungen: Sie besuchten die Oper und die Comédie Française; sie ließen sich auf Diners und Bällen feiern, die freundlicherweise von ihrer Gastgeberin arrangiert wurden. Auf einem der letzten begegneten sie Nicholas de Landes.

De Landes war ein Hofbeamter, der in untergeordneter Stellung im Außenministerium beschäftigt war, wenn Mara auch nie genau hatte feststellen können, worin seine Arbeit bestand. Er war schlank und dunkelhaarig und hatte einen kurz gestutzten Schnauzer und Kinnbart. Sein Benehmen und seine gute Erziehung entsprachen denen eines Höflings des *ancien régime*, ebenso sein nichtssagendes Lächeln. Er hatte erklärt, er sei bezaubert, die Bekanntschaft der Damen aus Louisiana zu machen, das einst eine hochgeschätzte Kolonie Frankreichs gewesen sei, und sich dann erboten, alles in seiner Macht Stehende zu tun, um ihren Aufenthalt in Paris zu einem unvergeßlichen Ereignis zu machen.

Ihre Pariser Cousine hatte sie vor ihm gewarnt und erklärt, daß er trotz seines Gehabes nur ein Kleinbürger sei; seine Eltern seien der Sohn eines Notars und die Tochter eines kleinen Landbesitzers. Er selbst strebe nach Höherem; das sei allgemein bekannt. Dieses ausgeprägte Standesbewußtsein hatten Mara und ihre Großmutter nicht beeindruckt; wenn überhaupt, dann hatte es sie dazu veranlaßt, ihn wie zum Ausgleich noch herzlicher zu behandeln.

Sie hätten lieber auf ihre Cousine hören sollen. De Landes hatte Maras Großmutter in eine oder zwei der verschwiegenen Spielhallen in den weniger angesehenen Vierteln der Stadt geführt. In einem Umkreis von fünfzig Kilometern um die Stadt war jedes Glücksspiel verboten, doch es gab immer Menschen, die einen so aufreizenden Zeitvertreib organisierten. Zuerst war das verbotene Spiel einfach spannend, weil verboten, gewesen, und Helene hatte kleine Summen gewonnen, doch nach und nach war es zur Besessenheit geworden. Sie verlor immer mehr. De Landes ernannte sich zu ihrem Bankier, lieh ihr verschieden hohe Summen und akzeptierte ihre handgeschriebenen Schuldscheine anstelle einer Bezahlung. Jedesmal nach einer katastrophalen Nacht an den Kartentischen schwor sich Helene morgens, daß sie nie wieder dorthin gehen würde, aber sobald es Nacht wurde, schien sie nicht mehr fernbleiben zu können. Mara beobachtete sie ängstlich, aber sie hielt Grandmère Helene für eine vernünftige Frau, die genau wußte, was ihr Geld wert war.

Dann war der Morgen gekommen, an dem Nicholas de Landes ihnen einen Besuch abstattete. Obwohl er untröstlich sei, einer Dame so etwas sagen zu müssen, könne er die Spielschulden von Madame Helene Delacroix nicht länger ausgleichen. Sie müsse ihm das geschuldete Geld mit Zinsen zurückzahlen. Er sei überzeugt, es gäbe keine Schwierigkeiten, da die Zuckerpflanzer Louisianas bekanntlich über unermeßliche Reichtümer verfügten. Bestimmt würde der Sohn der Madame Geld leihen, sollte sie vorübergehend in Schwierigkeiten sein. Es müsse nur noch geklärt werden, wie man alles arrangiere.

Helene war fassungslos, als er ihr die Summe ihrer Verluste nannte. Wie sich die Beträge so hatten vermehren können, ohne daß sie es gemerkt hatte, konnte sie sich beim besten Willen nicht erklären. Aber dort stand, Tag für Tag säuberlich addiert, eine Summe von insgesamt einhunderttausend Francs. Sie besaß längst nicht soviel. Und, das wußte sie, André auch nicht.

Im Jahr 1847 hatten die Vereinigten Staaten und die übrige Welt einen finanziellen Einbruch erlebt. Im vergangenen Herbst hatte eine Kartoffelkrankheit die Ernte in beinahe ganz Europa vernichtet, und nach einem frühen Kälteeinbruch, gepaart mit langen Regenperioden, war auch die Weizenernte mager ausgefallen. Jetzt waren die Lebensmittel so knapp, daß die Preise explodiert waren. In Frankreich sprach man vom »Jahr des teuren Brotes«. André war ebenso davon betroffen wie jeder andere; er war, um genau zu sein, gezwungen gewesen, seine nächste Ernte zu verpfänden, um das Geld für ihre Reise nach Europa und für Maras Ausstattung aufzubringen. Nachdem seine Finanzen bereits derart belastet waren, wäre er gezwungen, einen Teil seiner Aktien zu verkaufen, um diese neuen Schulden zu begleichen, und das würde einige Zeit in Anspruch nehmen.

De Landes war nicht gewillt zu warten. Er forderte eine augenblickliche Rückzahlung. Wenn sie nicht einträfe, dann würde er zu drastischen Maßnahmen greifen. Madame würde das bestimmt nicht gefallen, versprach er.

Helene war schockiert über das skrupellose Wesen, das sich unter der Maske des Höflings verborgen hatte, aber das war nichts im Vergleich zu ihrem Zornesausbruch, als er ihr in scheinbar beschwichtigendem, vernünftigem Tonfall vorschlug, daß, sollte Helene das Geld nicht auftreiben können, ihre charmante Enkelin sie auslösen könne, indem sie ihm einen Gefallen erweise. Wenn Madame gestatte, würde er mit Mademoiselle Delacroix eine kurze Kutschfahrt unternehmen, während derer er ihr die Angelegenheit erkläre.

Der Vorschlag, den de Landes machte, war so unfaßbar, so erniedrigend, daß Mara ihn ungläubig anstarrte. Es gebe einen widerspenstigen Balkanprinzen, sagte er. Es wäre sehr hilfreich für de Landes und seine Verbündeten, wenn man irgendwie auf diesen königlichen Edelmann Einfluß nehmen könnte. Um die Schulden ihrer Großmutter zu begleichen, müsse Mara den aufrührerischen Prinzen verführen und seine Geliebte werden.

Einen Augenblick lang fehlten ihr die Worte, konnte sie ihrer Stimme nicht trauen, so wütend und entrüstet war sie.

»Halten Sie die Kutsche an! Lassen Sie mich augenblicklich aussteigen!« Als er nichts unternahm, packte sie die Klinke des Kutschenschlages.

Er schnappte nach ihrem Handgelenk und umklammerte es so fest, daß sich seine Finger in ihr Fleisch gruben. Mit sanfter Stimme, aber bösartigem Unterton sagte er: »Es steht Ihnen natürlich frei, sich zu weigern.«

»Ich weigere mich!«

»Eine übereilte Entscheidung, und nicht besonders weise. Bevor Sie endgültig ablehnen, sollten Sie bedenken, daß jenen, die ihre Spielschulden nicht begleichen, bisweilen ein Unfall widerfährt. Die Knochen älterer Damen wie die Ihrer Grandmère Helene sind so zerbrechlich. Selbst ein kleines Unglück kann extrem schmerzhafte – möglicherweise sogar tragische – Folgen haben.«

Kalte Angst ergriff Mara und raubte ihr den Atem. Langsam sank sie auf den Sitz zurück. Ihr Herz klopfte angsterfüllt in ihrer Brust, als sie widerstrebend begriff, was der Mann mit den schmalen schwarzen Augen neben ihr andeutete. Er schien ihre Angst sogar zu genießen, dachte sie. Sie befeuchtete sich die plötzlich trockenen Lippen.

»Sie meinen, wenn ich nicht mache, was Sie verlangen, dann werden Sie Grandmère etwas antun?«

»Sehr einfach, aber zutreffend ausgedrückt. Ihre Sicherheit und ihr Wohlergehen liegen in Ihrer Hand, meine liebe Mara. Sie müssen sorgsam abwägen.«

Es war eine Erpressung, eine widerwärtige, schmutzige Nötigung, aber sie konnte nichts dagegen unternehmen. Die Behörden, wie de Landes spitz bemerkte, würden sich kaum für die Probleme zweier Amerikanerinnen interessieren, vor allem, da es auch um illegales Spiel ging. Wahrscheinlich würden Helene und Mara sie nicht einmal davon überzeugen können, daß er, immerhin ein Angestellter am Königshof, einer jungen Dame einen derart bizarren Vorschlag unterbreitet habe. Sie könne ihre ältere aristokratische Cousine um Hilfe bitten, aber die Dame könne einen möglichen Unfall ebensowenig verhindern wie sie selbst. Maras Vater sei weit weg, und sie habe keine weiteren männlichen Verwandten, die sie verteidigen könnten. Es sei das Beste, wenn sie diese Aufgabe übernehme, so unerfreulich sie sie auch finden mochte.

Nach zwei Tagen unerträglicher Entschlußlosigkeit war Mara gezwungen anzuerkennen, daß er recht hatte. Ihr blieb nichts anderes übrig, als de Landes' entwürdigender Forderung zu entsprechen.

Es war unmöglich, ihrer Großmutter zu erzählen, was de Landes vorgeschlagen hatte; Helene hätte darauf bestanden, ihm zu trotzen und das Risiko einzugehen. Das durfte nicht geschehen. Die alte Dame, die die Siebzig längst überschritten hatte, war seit ihrer Auseinandersetzung mit de Landes um Jahre gealtert. Sie war Mara nie alt vorgekommen, aber jetzt wurde sie, fast vor ihren Augen, gebrechlich, zerstreut und fürsorgebedürftig. Mara gab ihrer Großmutter zu verstehen, man erwarte nicht mehr von ihr, als bei einem öffentlichen Anlaß einen Flirt mit dem Prinzen zu inszenieren und ihn dann zu einem Treffen mit de Landes' Vorgesetzten Francois Guizot zu überreden, dem Außenminister und Günstling König Louis Philippes.

Helene hatte über den angeblichen Auftrag gezetert, aber die Erklärung schließlich doch akzeptiert. Staatsaffären waren oft sehr kompliziert, kaum aufzurollen, und vielleicht war die Gefälligkeit gar nicht so klein, wie es den Anschein hatte; tatsächlich konnte sie es nicht sein, wenn de Landes gewillt war, eine derart große Summe zu opfern, nur um sie zu arrangieren. Sie, Helene Delacroix, zweifelte kaum daran, daß de Landes von Anfang an von ihrer Verbindung mit dem Prinzen gewußt hatte. Sie hatte den starken Verdacht, daß er sie mit genau diesem Ziel, das er jetzt erreicht hatte, in die Spielhöllen gelockt hatte.

Als Mara sah, wie geschickt de Landes ihre Großmutter dazu brachte, als Gastgeberin bei einem Ball in seinem Château zu fungieren, während Mara zurückblieb, um ihren Auftrag auszuführen, und als sie beobachtete, wie er die Kutschen herummanövrierte und wechselte, damit die Cousine, bei der sie und Helene wohnten, glaubte, Mara fahre mit ihrer Großmutter ins Loiretal, konnte sie dem nur zustimmen. Die detaillierten Instruktionen darüber, was sie zu sagen und zu tun hatte, die sie während der langen Fahrt zu dem Zigeunerlager erhalten hatte, und das brutale Ende der Reise hatten diesen Eindruck nur verstärkt.

Ihr blieb jedoch keine Zeit, über das Vergangene zu grübeln, denn jetzt bombardierte man sie mit Fragen.

»Woher kam Ihre Kutsche? Was für eine Farbe hatte sie? Wie viele Pferde und Vorreiter? Welche Dummheit haben Sie begangen, daß man Sie aus der Kutsche warf? Haben Sie zu wenig oder zu sehr kooperiert? Wie kommt es, daß man eine solche Schönheit verschmäht? Und wo bleibt der Zorn? Und die Hölle?«

Die Fragen wurden von Mißtrauen gelenkt. Daß es begründet war, verhinderte nicht, daß in Mara das Gefühl aufstieg, ungerecht behandelt zu werden. »Zweifellos«, sagte sie und schenkte dem Prinzen einen flammenden Blick, denn sie hatte das Zitat erkannt, das zum Sprichwort geworden war, und vervollständigte es nun: »Am selben Ort wie der Zorn des Himmels.«

»An manche Dinge erinnern Sie sich also doch«, sagte Roderic nachsichtig.

Mara starrte in seine hellblauen Augen. Sie weigerte sich, den Blick zu senken. »Es hat den Anschein.«

»Welches Glück, denn andernfalls wären Sie wieder wie ein Kind, naß, strampelnd und betörend, und ebenso hilflos ...«

»Welches Glück für Sie, daß ich das nicht bin.«

»Ach, ich weiß nicht. Ich hätte Sie gern auf meinem Knie geschaukelt.«

»Ein gefährliches Unterfangen unter den Umständen, die Sie eben beschrieben haben.«

»Sie meinen, wenn Sie naß wären?«

Natürlich hatte sie das gemeint, aber es war verwirrend, so beim Wort genommen zu werden, und mit einem so offenen, einladenden und daher gefährlichen Lächeln dazu. Man hatte sie vor der Lust des Prinzen an Wortgefechten gewarnt. Er wollte sie verstören.

»Das wäre nur folgerichtig«, erklärte sie gleichmütig.

Die Stimme des Prinzen wurde weicher, leiser. »Der Mann war ein Tor.«

»Wieso?«

»Sie hinauszuwerfen.«

Mara fühlte, wie sich etwas in ihrer Brust zusammenzog, aber sie weigerte sich, einer so offensichtlichen Spur zu folgen. »Vielleicht war es auch eine Frau.«

»Glauben Sie wirklich? Eine Äbtissin vielleicht? Aber keine hätte den Wunsch, sich einer so zarten und gut verkäuflichen Ware zu entledigen. Eine eifersüchtige Rivalin? Sie hätte Ihnen ebensogut die Kehle durchschneiden oder Sie an jenen Stellen mit Vitriol bespritzen können, an denen es den meisten Schaden anrichtet. Eine Verwandte vielleicht, die Sie in Mißkredit bringen wollte? Aber warum? Um Ihrem guten Ruf zu schaden und Sie eines angemessenen Bräutigams unwürdig zu machen? Männer sind in solchen Dingen bisweilen wirklich wie Narren, als würde eine Nacht im Tau etwas ausmachen. Wird sie etwas ausmachen?«

»O bitte nicht!« rief sie aus, schwankte ein bißchen und zog die Stirn in Falten. Vor Anspannung begann ihr Kopf zu pochen. »Sie dürfen sich nicht über mich lustig machen.«

»Ich dachte eher daran, Sie zur Ruhe zu schicken. Die scheinen Sie nötiger als alles andere zu haben.«

Hatte sie tatsächlich Mitgefühl in seiner Stimme gehört? Sie konnte nicht sicher sein. Ruhe und Erholung. Bestimmt hatte er recht. Sie schien nicht mehr denken zu können. Wenn sie nicht vorsichtig war, würde sie sich durch eine unbedachte Bemerkung verraten. Ihr Blick wanderte zu den Pferdewagen, die um das Feuer herumstanden, vor allem zu dem einen, der blau und weiß angestrichen und mit goldenen Schnörkeln verziert war; der neuer und sauberer als die anderen zu sein schien.

»Wo kann ich schlafen?« fragte sie und hob matt ihren Umhang auf.

Als Roderic die schlichte Frage hörte, hielt er den Atem an. Die Versuchung, sie zu seinem Wagen, seinem Bett zu führen, war so groß, daß er nicht antworten konnte. Woher kam diese plötzliche Woge des Verlangens nach einer verschmutzten, verletzten, namenlosen Frau? Sie war schön, aber er hatte schon oft schöne Frauen gesehen, hatte mehr als seinen Teil davon gehabt. Sie faszinierte ihn – nicht zuletzt deshalb, weil ihr Akzent und ihre Wortwahl denen seiner Mutter glichen und verrieten, daß sie aus Louisiana kam –, aber Frauen mit mysteriöser Vergangenheit gab es in Paris zehn auf jeden Centime. Nein, es war etwas anderes, etwas Undefinierbares, etwas, vor dem er sich in acht nehmen mußte. Dennoch war sein Wagen der sicherste Ort.

Mara sah auf, und als sie seine ausdruckslose, unentschiedene Miene bemerkte, spürte sie, wie ihr Herz zu klopfen begann. Eine entsetzliche Hoffnung stieg in ihr auf, gepaart mit niederschmetternder Angst davor, daß diese Verführung ihr nur allzu leicht gemacht würde. Sie spürte das fast unwiderstehliche Bedürfnis, ihre Hand auszustrecken, ihn zu berühren, und wußte mit instinktiver Gewißheit, daß das richtig wäre. Der Drang wurde stärker, entfaltete sich, bis sie nicht länger wußte, ob er nur geistig und ein kalkuliertes Verlangen oder wirklich ein physisches Bedürfnis war. Es machte keinen Unterschied. Sie konnte sich zu keiner Bewegung aufraffen.

Er sprang auf die Füße, drehte sich mit einer kraftvollen Grazie von ihr ab, die von gut geübten Muskeln kündete.

Sein Befehl durchschnitt die Nachtluft mit der gefährlichen Gelassenheit eines Degenstoßes. Die Musik endete. Männer und Frauen bewegten sich, sammelten Teppiche, Töpfe, Schalen und Waffen auf, zogen sich vom Feuer zurück und verschwanden in den Pferdewagen oder der Dunkelheit dahinter. Ein junges Mädchen kam und knickste vor Mara, nahm ihre Hand und führte sie zu dem blauweißen Wagen. Steif stellte sich Mara auf die Füße. Sie folgte ihr, ohne noch einmal den Kopf zu drehen und sich umzusehen.

Der Prinz stand allein neben den lodernden Flammen. Seine Miene war grimmig. Dann ließ er sich mit beherrschten Bewegungen wieder auf dem Teppichstapel nieder, der liegengeblieben war. Er nahm die Mandoline auf und begann, ein Lied zu spielen.

Mara vernahm die Melodie, als sie in den Wagen treten wollte, und verharrte. Hin- und hergerissen zwischen Erheiterung, Zorn und dem eigenartigen Gefühl, gleich weinen zu müssen, mußte sie sich zwingen, weiterzugehen. Das Lied, das der Prinz spielte, war von spöttischer Süße, betörend und verlockend zugleich. Es war ein Schlaflied.

2. Kapitel

Der Pferdewagen des Prinzen unterschied sich von außen kaum von den anderen, abgesehen vielleicht von der frischeren Farbe. Das Innere jedoch erschien Mara wahrhaft königlich und keineswegs zigeunerhaft eingerichtet. Die Ausstattung war prächtig und wertvoll, aber zugleich mit einer Sorgfalt und einem Sinn für Abwechslung ausgewählt, die typisch für diesen Mann zu sein schienen.

An zwei Wänden des Wagens reihten sich Bücher in fünf verschiedenen Sprachen, Werke über Philosophie und Kunst, Religion und Geschichte, Musik und Kriegführung. Die beiden anderen Wände waren mit einer kostbaren Täfelung versehen, an der in Kardanaufhängungen Messinglampen angebracht waren. In einer Ecke stand ein Tisch, über den, einen ziselierten Stahl- und Messingsäbel halb unter sich begrabend, Notenblätter ausgebreitet waren. Darunter ruhten Koffer mit Musikinstrumenten. Wegen des knappen Raumes stand dicht daneben ein Sekretär.

Auf seiner Schreibfläche befanden sich ein Tintenfaß aus Gold und Glas mit einer goldenen Schreibfeder im Halter und ein paar säuberlich aufgestapelte Quartbögen. Ein Stuhl mit hoher Rückenlehne stand hinter dem Schreibtisch, aber es gab auch einen bequemen Sessel mit gebogener Lehne und passender Fußbank, die beide mit dunkelblauem Samt bezogen waren. Der Boden war mit poliertem Holzparkett belegt, in dessen Zentrum ein türkischer Teppich aus beigefarbener, goldener und blauer Wolle lag. In die Wand eingelassene Schränke flankierten einen Alkoven an einem Ende, in dem das Bett stand. Die Bettvorhänge hingen an einer vergoldeten, einem riesigen Speer nachgestalteten Stange und waren zu beiden Seiten mit Quastkordeln zurückgebunden. Auf der Matratze lagen eine Nackenrolle und Kissen, die mit beigefarbenem, dunkelblau paspeliertem Leinen überzogen waren, außerdem beigefarbene Decken mit dezentem Monogramm und eine Tagesdecke aus Polarfuchspelz. Alles wirkte ebenso nützlich wie schön und erweckte den Eindruck von Reichtum.

Das Mädchen, das Mara in den Wagen geleitet hatte, entzündete die Lampen, brachte ihr eine Kanne heißen Wassers und legte dann Leinenhandtücher sowie ein Stück nach Sandelholz duftende Seife bereit. Sie erbot sich, Mara als Zofe zu dienen, während Mara sich zum Schlafengehen bereitmachte. Mara ließ sich von ihr aus dem Kleid und dem Korsett helfen und entließ sie dann. Einen Augenblick später bereute sie ihre Eile. Sie hatte kein Nachthemd, nichts, in dem sie schlafen konnte, außer ihrem Unterhemd und den langen Schlüpfern.

Es machte kaum etwas aus. Sie wünschte sich nur noch, allein gelassen zu werden und ihre Augen in der Dunkelheit vor den Fragen, den Nachforschungen und Verdächtigungen zu verschließen. Es war nur bedauerlich, daß sie sich nicht vor ihren eigenen Gedanken verstecken konnte.

Sie hatte die erste Prüfung bestanden. Die Erkenntnis kam nur langsam. Erst nachdem die dahinschleichenden Minuten zu Stunden geworden waren, gestattete sie sich, das zu glauben. Sie war hier bei dem Prinzen im Zigeunerlager und inmitten des Volkes, das ihn als einen der ihren betrachtete. Sie war in seinem Pferdewagen, schlief sogar in seinem Bett. De Landes hatte recht gehabt, anzunehmen, daß sie ihm hier am leichtesten näherkam, weit entfernt von der Stadt, wo er entspannt und friedlich war, wo sich keine Behörden um sie kümmern und nur wenige Zerstreuungen die Aufmerksamkeit des Prinzen von ihr ablenken konnten. Sie hatte, dachte sie, Roderics Neugier geweckt und vielleicht seine Sympathie erregt.

Das reichte nicht, das reichte bei weitem nicht. Es hätte eine Möglichkeit gegeben, mehr zu tun, dessen war sie fast sicher, aber sie hatte sie nicht ergriffen. Ihr Entschluß war ins Wanken gekommen, als sie dem Mann gegenübergestanden hatte. Das durfte nicht noch einmal geschehen, sie konnte das nicht zulassen, um ihrer Großmutter willen. Ach, aber konnte sie sich dazu zwingen, zu lächeln und verführerisch zu sein? Konnte sie den entscheidenden, unwiderruflichen Schritt machen und den Mann in ihr Bett locken?

Plötzlich warf sie sich in einer heftigen Bewegung auf den Rücken und starrte in die Dunkelheit, die nur vom orangefarbenen, von draußen in den Wagen dringenden Feuerschein erhellt wurde. Sie mußte diesen Schritt wagen. Sie mußte sich dem Prinzen hingeben, mußte ihn überreden, sie mitzunehmen, wenn er nach Paris zurückkehrte. Sie hatte keine andere Wahl. Sie dachte an ihre Großmutter, die in de Landes' Hand war. Fand tatsächlich ein Ball auf seinem Château statt, oder war das nur ein Vorwand gewesen? Wurde sie mißhandelt? Mußte sie frieren? Gab man ihr genug zu essen? War das Haus, in dem sie untergebracht war, ein komfortables Landhaus, oder war es ein verfallenes Felsenschloß mit Kerkern, steinernen Zellen, Gittertüren und Stroh auf dem Boden anstelle eines Bettes? War es ein alter Adelssitz, den de Landes in seinem Kontor erbeutet hatte?

Es gab viele solcher Landsitze in Frankreich, die ein dutzendmal seit der Revolution, fast bei jeder Regierungsumbildung, den Besitzer gewechselt hatten. Die reichen Ländereien und mächtigen Schlösser entlang der Loire waren bei den Neureichen jeder Epoche besonders begehrt. Jedes verfallene Landhaus diente als Vorwand, das adlige »de« vor den Namen zu stellen und sich im Glanz des alten Ruhms zu sonnen. Die wenigsten wollten allerdings in diesen Häusern wohnen. Die Verlockungen der Hauptstadt und des Hofes von Louis Philippe waren, so bieder er auch sein mochte, weitaus größer; zudem waren die großen, zugigen Häuser im Winter bitterkalt und ungemütlich. Ein Schauer überlief Mara im Bett des Prinzen. Die Kälte kam jedoch von innen und ließ sich nicht vertreiben, nicht einmal durch die dicke, weiche Pelzdecke. Sie starrte mit brennenden Augen ins Halbdunkel.

Ein Geräusch weckte sie, so leise, daß sie es anfangs nicht deuten konnte. Nach einem Augenblick erkannte sie, daß es zu regnen begonnen hatte. Die Tropfen schlugen auf das Dach des Wagens, weder schwer noch leicht, aber ohne Pause, nur manchmal akzentuiert durch eine plötzliche Bö. Sie brauchte eine Weile, bis sie begriff, daß dieses Geräusch, so beharrlich es war, sie nicht geweckt hatte. Sie stützte sich auf einen Ellenbogen.

»Haben Sie keine Angst«, sagte der Prinz aus der Dunkelheit. »Ich suche nur ein trockenes Plätzchen.«

Angeblich hatte sie ihr Gedächtnis verloren, nicht ihren gesunden Menschenverstand oder ihren Mut. Sie antwortete rauh: »Ich habe keine Angst.«

»Wirklich nicht? Solche Kaltblütigkeit hätte ich nicht erwartet.«

Die Worte wurden von leisem Rascheln begleitet. Sie brauchte keine besonders ausgeprägte Vorstellungskraft, um zu begreifen, daß er sich in der Dunkelheit auszog. Mara spürte, wie ihr Herz schnell und hart zu schlagen begann. Ein beklemmendes Gefühl legte sich auf ihre Brust, als ihr klar wurde, daß sie eine zweite Gelegenheit bekommen hatte. Da sie sich der langen Stille nur zu bewußt war, suchte sie nach Worten.

»Sind – sind Sie naß geworden?«

In seiner Stimme lag Lachen, als er antwortete: »Naß wie ein weinender Säugling ohne Amme, die ihn windeln oder wiegen könnte.«

Er spielte auf ihr vergangenes Gespräch an. Sie ging nicht darauf ein.

»Nicht, hoffe ich, weil Sie sich davor gescheut haben, mich zu wecken.«

»Wie ›ein vorzüglicher, edler Ritter‹, der eher leidet, als ins Gemach seiner Dame einzudringen? So galant bin ich nicht. Die Pferde waren unruhig.«

»Und Sie haben ihnen als Knecht gedient?« Sie konnte ihre Überraschung nicht verhehlen.

»Nicht allein. Pferde sind das Leben, das Transportmittel und das Vermögen der *Tziganes*, und ganz besonders dieses Stammes, der edle Tiere züchtet und verkauft. Aber ich persönlich habe eine Abneigung dagegen, zu Fuß zu gehen, wenn ich es verhindern kann.«

Mara bezweifelte nicht, daß es reichlich Diener gab, denen er den Befehl hätte erteilen können, sich darum zu kümmern. Daß er selbst gegangen war, ließ sie nachdenklich werden. Sie hatte ihn für einen verwöhnten Aristokraten gehalten, dem wie vielen dieser Gattung das Wohlergehen der Diener oder Tiere gleichgültig war und den nichts kümmerte, solange es seine Bequemlichkeit nicht einschränkte. Aber dies war nicht der Zeitpunkt, seine Persönlichkeit deuten zu wollen. Was für ein Mensch der Prinz war, hatte keinen Einfluß darauf, was sie tun mußte.

»Sie ... müssen frieren.«

»Wollen Sie mir etwa anbieten, mich zu wärmen?«

Sie brauchte nur ja zu sagen, doch die Kühnheit seiner Frage erschütterte ihre Entschlußfestigkeit. Hastig antwortete sie: »Nur die halbe Decke.«

Ein leiser Luftzug wehte vorüber, dann hörte sie seine Stimme direkt über sich, als würde er neben ihrem Bett knien. »Kein weiches Kissen auf Ihrer Brust, kein süßes Säugen, kein fröhliches Hopsen, bevor ich glückselig einschlummere?«

»Ich – ich bin nicht Ihre Amme!« Die Heiserkeit ihrer Stimme wurde nicht durch Angst, sondern durch das warme Brodeln eines eigenartigen Schmerzes in ihrer Brust hervorgerufen.

»Zum Glück«, sagte er, erhob sich in einer geschwinden Bewegung, lüpfte die Felldecke und glitt neben ihr ins Bett.

Sie rückte mit einem halb unterdrückten, erschrockenen Aufschrei von ihm ab, hielt aber inne, als sie merkte, was sie tat. Sie verhielt sich töricht. Sie hätte weinen können vor Selbstvorwürfen, so angespannt waren ihre Nerven. Sie mußte lernen, sich besser zu beherrschen, ihren Körper zu zwingen, sich dem Diktat ihres Willens zu unterwerfen. Wenn der Prinz noch einen Vorstoß wagen, wenn er seine Hand ausstrecken würde, um sie zu berühren, durfte und würde sie sich ihm nicht verweigern. Sie würde alles über sich ergehen lassen und, so helfe Gott, darauf reagieren.

Er rührte sich nicht. Sie hätte allein im Bett liegen können, so wenig spürte sie seine Anwesenheit. Wenn er atmete, hörte sie das nicht, so ruhig verhielt er sich. Die Decke lag locker über ihnen beiden, er mußte also vollkommen entspannt sein. Nach einer Weile schien es ihr, als habe er die Fähigkeit, augenblicklich einzuschlafen, denn er drehte sich kein einziges Mal ruhelos um. Ganz langsam ließ die Spannung ihrer Muskeln nach, und sie gestattete ihren Lidern, sich zu schließen. Der Regen trommelte in beschwichtigendem, gleichmäßigem Rhythmus auf den Wagen. An ihrer unbedeckten Schulter wurde es langsam kühl, und sie zog die Decke höher, kuschelte sich in die Wärme.

Das graue Tageslicht, das in den Wagen kroch, weckte Mara wieder. Widerwillig hob sie die Lider. Sie versuchte, sich zu räkeln, und unterdrückte einen kleinen Schmerzensschrei. Jeder Muskel tat ihr weh, und ihre Schulter war so steif, daß sie nicht sicher war, ob sie sie würde bewegen können. Nicht die Erinnerung jedoch, sondern ein eigenartiger Kitzel in ihrem Bewußtsein rief ihr wieder ins Gedächtnis, daß sie nicht allein im Bett lag. Sie drehte den Kopf zur Seite und starrte in die Augen des Prinzen.

Er lag auf der Seite und beobachtete sie, den Kopf auf eine Hand gestützt. Die Decke war von seiner Brust gerutscht, so daß sein Oberkörper zu sehen war. Das weiche Licht des Morgens leuchtete bronzefarben auf den deutlich ausgeprägten Muskeln seiner breiten Schultern und ließ die weiche Haarmatte auf seiner Brust golden funkeln. Sein Blick war klar und anerkennend, aber zugleich strahlte er Konzentration und Nachdenklichkeit aus.

Ihr Haar schlängelte sich in dunklen Wogen um ihren Kopf auf dem Kissen. Das exakte Oval ihres Gesichtes errötete langsam in einem feinen, muschelfarbenen Rosa, das sich über ihren elegant geschwungenen Hals bis zu der Wölbung ihres Busens unter dem weiten Kragen ihres Seidenunterhemds ausbreitete. Ihre vor Überraschung geteilten Lippen waren süß modelliert, weich und feucht. Aber ihre Hand auf der Decke war zur Faust geballt, und das fleckige Grau ihrer irischen Augen verdunkelte sich langsam vor Spannung.

Roderic beugte sich zu ihr herüber. Ihre Wimpern schwebten wie seidene Schleier herab, um ihre Augen zu verbergen. Sie machte keine Anstalten, von ihm abzurücken. Es schien unehrenhaft, in diesem Moment seinen Mund auf ihren zu drücken, aber ihn trieb nicht nur reines Verlangen. Der kurze physische Kontakt war eine Prüfung. Er war neugierig, wie sie darauf reagieren würde, ob sie ihn annahm oder ihn von sich stieß.

Mara lag ganz ruhig, mit kühlen Lippen, und doch war ihre Empfindsamkeit so gesteigert, daß sie die Wärme und Seidigkeit, die Festigkeit und den Druck seines Mundes in den tiefsten Tiefen ihres Seins spürte. Ihre Angst wich, wurde von einem fast peinlich wohligen Gefühl abgelöst. Sie bewegte sich um eine Winzigkeit und ließ ihren Mund mit seinem verschmelzen. Der Druck wurde stärker, und sie spürte die leichte Berührung seiner Zunge.

Dennis hatte sie in der Nacht des Balles so geküßt, hatte seine nasse, heiße Zunge in ihren Mund gedrückt. Mit dieser Erinnerung stieg Panik in ihr auf, sie riß den Mund weg und hob die Hand, um Roderics Schulter wegzudrücken.

Er gab sie augenblicklich frei, aber er blieb neben ihr liegen und musterte sie weiter: die verfärbte Stelle auf ihrer Schulter, wo der Verband in der Nacht verrutscht war; die dunklen Schatten unter ihren Augen; die feine, transparente Haut, die nun unter einer Emotion erglühte, über deren Ursprung er nur Vermutungen anstellen konnte. Sie war ein wunderschönes Enigma, diese Frau, die mitten in der Nacht zu ihnen gestoßen war. Er witterte ein Geheimnis, mehr als nur eine Dame in Nöten, die vergessen hatte, wer sie war.

Die Ränke und Intrigen der Höfe und politischen Parteien in halb Europa waren ihm vertraut wie seine eigenen Gedanken. Er hatte einen Instinkt für die Gefahr entwickelt, dem zu vertrauen er gelernt hatte. Er wußte, daß es das Beste wäre, sie den Zigeunern zu überlassen. Und doch begannen ihn ihre schüchternen Annäherungsversuche und ihre hastigen Rückzüge zu faszinieren. Etwas in ihren Augen irritierte ihn, erinnerte ihn an ein Reh, das von den Jagdhunden in die Enge getrieben worden war.

»Vergeben Sie mir«, sagte er. Seine Worte kamen unvermittelt. »Es war falsch von mir, Ihre Verletzung auszunutzen.«

Wie viel leichter wäre es, wenn er die Situation einfach ganz und gar ausnutzen würde, dann wäre die Sache ein- für allemal vorbei. Ein verzweifeltes Lächeln zuckte bei diesem Gedanken um Maras Mund und verschwand dann wieder. »Ich nehme an, Sie sind es gewöhnt – neben einer Frau aufzuwachen.«

»Nicht neben einer, die keinen Namen hat, weder einen professionellen noch sonst einen.«

»Ich habe Ihnen doch gesagt –«

»Ich entsinne mich nur zu genau. Das stellt ein Problem dar, nicht wahr? Ich könnte mit den Fingern schnippen oder pfeifen, wenn ich Ihre Aufmerksamkeit erheischen möchte, aber das erscheint mir ungehörig. Jede neue Seele braucht einen Namen, und wie ein gestern erst geborenes Kind haben Sie die Gelegenheit, sich an diesem Morgen neu taufen, neu erschaffen zu lassen. Wie also wollen Sie genannt werden? *Chère* ist zu gewöhnlich und *chère amie* etwas verfrüht.«

»Ja.« Sie sah ihn wütend und ängstlich zugleich an. Sie war nicht seine Geliebte, seine *chère amie*, noch nicht, und obwohl sie ahnte, daß er sie mit diesen Worten necken, daß er damit die Spannung zwischen ihnen mindern wollte, konnte sie nicht sicher sein, daß er ihr Vorhaben nicht erahnt hatte. Man hatte sie vor seinem Scharfsinn gewarnt.

»Wollen Sie also Claire oder Caroline sein, Candance oder Chloë? Nicht jedermann hat die Wahl.«

Sie hatte das starke Bedürfnis, ihren eigenen Namen zu nennen. Doch diese Geste konnte sie sich nicht leisten.«Ich weiß nicht. Nennen Sie mich, wie Sie wollen.«

»Sie führen mich in Versuchung. Soll ich Sie Circe nennen wie die heidnische Hexe, die Männer in Schweine verzauberte? Daphne, die sich um der Liebe willen in einen Lorbeerbaum verwandelte? Oder vielleicht nach der schönen und treulosen Helena?«

»Nichts so Klassisches, hoffe ich. Aber brauchen Sie wirklich einen Namen? Vielleicht erinnere ich mich bald an meinen eigenen.«

»Vielleicht auch nicht.«

Wie verabscheuenswert diese Falschheit war. Sie senkte die Lider.«Dann ist es wohl das Beste, mich Chère zu nennen, so gewöhnlich das auch klingen mag.«

»Wie es Ihnen gefällt. Haben Sie Hunger?«

»Keinen großen.«

»Dabei haben Sie gestern abend nichts gegessen, es sei denn, bevor Sie zu uns gestoßen sind. Haben Sie Fieber?«

Er streckte seine Hand aus und legte sie auf ihre Stirn. Nur mit äußerster Willenskraft konnte sie sich zwingen, ruhig liegen zu bleiben. »Ich glaube nicht.«

»Nein«, stimmte er zu und hob die Hand wieder. »Womit also werden wir Ihren Appetit locken können? Mit Lerchenzungen? Den Heuschrecken des Mittelmeeres und dem Wein des Bacchus, der die Tore des Herzens öffnet?«

»Nein«, antwortete sie schaudernd.

»Möchten Sie dann vielleicht etwas Brot und Schokolade mit Ziegenmilch probieren?«

Wenn er ihr auf diese Weise das einfache Mahl hatte schmackhaft machen wollen, war ihm das gelungen. Auf ihr Nicken hin lächelte er, glitt mit geschmeidiger Eleganz aus dem Bett und begann sich anzukleiden. Mara starrte wie gebannt auf ihre Hände. Sie war sich der heißen Röte in ihrem Antlitz nur zu bewußt. Er war vollkommen nackt gewesen. Sie hatte das bereits vermutet, aber es zu wissen war etwas anderes. Eine Nacht lang hatte dieser starke, vitale und kräftige, von der mächtigen Aura seines Adelstitels umgebene Mann mit ihr ein Bett geteilt und sie dennoch unberührt gelassen. Es war enttäuschend. Und es war der Quell zwiefacher Schuld. Sie hätte etwas tun müssen, um ihn zu erregen. Aber war es nicht grausam, einen Mann, der so bedacht in seinem Umgang mit Frauen war, so auszunutzen, wie sie es tun mußte?

Die Niedergeschlagenheit, die seine Zurückhaltung in ihr ausgelöst hatte, blieb, nachdem er den Wagen verlassen hatte. Sie versuchte sich einzureden, daß er sie begehrt hatte; sie hatte ihn am frühen Morgen abwehren müssen, oder etwa nicht? Aber er hatte ihrem Widerstand so schnell nachgegeben. Von einem Mann, der bestimmt gewohnt war, seinen Willen zu bekommen, hätte sie zumindest einen Überredungsversuch erwartet, einen Wutausbruch oder eine Schimpftirade. Solche Reaktionen zeugten wenigstens von verletztem Stolz. Vielleicht war er ja einfach so konsequent, daß er sich nicht vorstellen konnte, daß sich ihm eine Frau verweigerte, es sei denn, sie hatte wirklich außergewöhnliche Gründe.

Sie lächelte ein wenig über diesen Gedanken. Nein, wahrscheinlich war er nur einem vorübergehenden Impuls gefolgt, weil sie gerade zur Hand gewesen war. Seine Begierde war nur ein kurzfristiges Aufflackern gewesen, deshalb hatte ihn ihre Weigerung nicht erbost. Das war alles. Sie hatte die Chance, die ihr das Schicksal in den Schoß gelegt hatte, nicht genutzt, und es war unwahrscheinlich, daß sie wiederkommen würde. Der Tag war kalt und regnerisch. Mara verzehrte ihr Brot und ihre Schokolade im Bett. Beides wurde ihr von dem Mädchen gebracht, das ihr am Abend zuvor als Zofe gedient hatte. Während sie aß, brachte das Mädchen Nadel und Faden und besserte Maras Kleid notdürftig aus. Die Näharbeiten zeugten von wenig Erfahrung, aber das Ergebnis war annehmbar und die Geste großzügig gewesen. Ihr warmherziger Dank ließ ein flüchtiges Lächeln auf dem braunen Gesicht des Zigeunermädchens erscheinen und entlockte ihr ein paar vereinzelte Informationen. Die Truppe des Prinzen und die meisten Zigeuner hatten das Lager schon am Morgen verlassen, um nach der Kutsche zu forschen, in der Mara gefahren war, und um jeden zu befragen, der sie gesehen haben könnte.

Der Zigeuner Luca war einer genauen Befragung darüber unterzogen worden, was er gesehen und gehört hatte. Die Kutsche sei von vier Apfelschimmeln gezogen worden und habe keine Eskorte gehabt, sagte er; sie sei so neu gewesen, daß die Farbe selbst in der Dunkelheit geglänzt habe, und nach dem neuesten Modell konstruiert. Die Laternen waren nicht entzündet gewesen, so daß er unmöglich die Farbe hatte feststellen können. Die Stimme eines Mannes hatte nicht rauh, aber zornig nachgeklungen, nachdem man Mara aus der Kutsche geworfen hatte. Gleich danach war die Kutschentür wieder zugeschlagen worden und das Vehikel in rasendem Tempo davongejagt. Zuerst hatte Luca gedacht, man hätte eine Leiche auf die Straße geworfen. Es schien keinen Grund zur Eile zu geben. Als sie sich stöhnend aufgerichtet hatte, hatte er ihr weißes Kleid in der Dunkelheit leuchten gesehen und erkannt, daß es sich um eine Frau handelte. Sie war in Richtung des Lagers gegangen, deshalb hatte er sie gehen lassen. Es war ihm am besten erschienen, wenn sich der Prinz selbst um dieses Problem kümmerte.

Bewegung, die Anstrengung, sich anzuziehen, schien Maras steifer Schulter gutzutun. Sie war erleichtert, denn sie hatte schon befürchtet, daß sie sich das Gelenk ausgerenkt haben könnte. Sie konnte die Arme nicht hoch genug heben, um sich zu frisieren, deshalb gestattete sie dem Mädchen, ihr Zöpfe zu flechten und diese in einer Krone um ihren Kopf zu winden.

Als sie einigermaßen ansehnlich war, wanderte sie im Wagen hin und her und schaute dem Mädchen zu, das das Bett machte und die schmutzige Wäsche des Prinzen wegräumte. Sie wußte nichts mit sich anzufangen, wußte nicht, ob es besser war, hinauszugehen und zu versuchen, mit Roderic zu sprechen, oder ob sie im Wagen warten und hoffen sollte, daß er zu ihr kommen würde. Ihr selbst wäre es lieber gewesen, wenn seine Männer in der Nähe gewesen wären; irgendwer, der das Gespräch aufrechterhalten konnte. Man hatte sie in der Kunst unterwiesen, stundenlang über Nichtigkeiten zu plaudern und Fragen zu stellen, die anderen Menschen die Befangenheit nahmen, aber im letzten Jahr schien sie all das wieder verlernt zu haben. Und es gab so vieles, worüber sie, wegen ihres gespielten Gedächtnisverlustes, nicht sprechen durfte, so viele Fallgruben, in die sie so leicht stürzen konnte. Ihr Gehirn war wie taub und keinesfalls in der Lage, witzig und unterhaltend zu sein. Wenn sie diese Fähigkeit nicht spielen konnte, wozu sollte sie dann die Aufmerksamkeit des Prinzen, oder irgendeines Mannes, auf sich ziehen?

Es hatte aufgehört zu regnen, aber der Morgen war wolkenverhangen und grau. Die Niederung, in der die Zigeuner campierten, war felsig und ein schlammiger Morast. Durch die Feuchtigkeit wirkte die Kälte noch durchdringender. Sie mußte sich bewegen, irgendwie aktiv sein, damit sie nicht bis ins Mark zitterte. Im Wagen hüllte sich Mara in ihren Umhang und fragte sich, ob sie es wagen könnte, ein Feuer in dem kleinen Keramikofen anzuzünden, der in einer Ecke stand. Schließlich schien es ihr am einfachsten, ihr Versteck zu verlassen und sich an dem großen Lagerfeuer draußen zu wärmen.

Dämon sprang fröhlich auf sie zu, strich um ihre Beine, wedelte mit dem ganzen Leib ebenso wie mit dem Schweif und bereitete ihr einen ekstatischen Empfang. Er leckte die Hand, die sie ihm entgegenstreckte, und sprang an ihr hoch. Seine Begrüßung war so stürmisch, daß Mara kaum vorwärtskam.

Der Prinz, der neben dem Feuer stand, drehte sich um und schnippte mit den Fingern. »Sitz, Dämon.«

Der Hund schaute ihn an und senkte den Schweif, aber einen Augenblick später stellte er sich wieder auf die Hinterbeine und bettelte mit offenem Maul und heraushängender Zunge um weitere Liebkosungen.

»Er gehorcht aufs Wort«, sagte Roderic mit Ironie in der Stimme.

Mara schaute mit einem Lächeln zu ihm auf und kraulte dem Hund den Kopf. »Mich stört das nicht.«

»Es schadet der Disziplin.«

»Ach? Wessen?«

»Seiner. Eines Tages wird er dem Falschen nachlaufen, und dann wird man ihm die Kehle durchschneiden.«

Eingeschüchtert blickte sie auf. »Das ist doch nicht wahr?«

»Nicht jedem ist das Leben teuer, menschliches wie tierisches.«

»Ja«, sagte Mara bedrückt. Sie mußte an Dennis Mulholland denken, der in die Schlacht geritten war, ohne sich etwas aus seinem Leben zu machen.

»Was, eine unangenehme Erinnerung?«

Auf die sanfte Nachfrage hin hielt Mara den Atem an, dann setzte sie ein Lächeln auf. »Ich – ich weiß nicht genau. Vielleicht war da etwas.«

Prinz Roderic beobachtete sie mit unverwandter Miene. Er antwortete jedoch nicht, denn in diesem Augenblick kamen die Zwillinge Jacques und Jared mit Trude in ihrer Mitte angeritten. Zigeunerkinder, die im Matsch spielten, quietschten auf und rannten los, um dem Schmutzwasser zu entkommen, das unter den Pferdehufen hochspritzte. Dämon bellte und rannte im Kreis und brachte damit die Hunde der *Tziganes* zum Bellen, die wiederum die Esel zum Wiehern und die Gänse und Hühner in ihren Käfigen unter den Pferdewagen zum Quaken und Gackern anstifteten.

Die beiden jungen Männer und die Frau stiegen ab und kamen auf den Prinzen zu, um ihm Bericht zu erstatten. Die Kutsche, soweit sie hatten feststellen können, war mit vollem Tempo in Richtung Paris gefahren, nachdem Mara in der Nähe des Zigeunerlagers hinausgeworfen worden war. Die Spur war von den tausend anderen nicht zu unterscheiden. Es war ein Jammer, daß sie das Gefährt nicht gleich in der Nacht verfolgt hatten, als noch die Möglichkeit bestanden hatte, es einzuholen, wenn es oder die Insassen von solcher Bedeutung waren.

Roderic legte die Stirn in Falten und erwiderte außer einem Nicken nichts auf diese letzte Bemerkung. An seiner Stelle funkelte Trude, die in ihrer weißen Uniform eine stattliche Erscheinung abgab, die beiden Zwillinge mit glühendem Blick an, als würde sie die beiden für impertinent halten, selbst wenn es der Prinz nicht tat. Trudes Benehmen strahlte fast etwas Beschützerisches aus. Es lenkte Maras Aufmerksamkeit auf sie. Die Anwesenheit der Frau war ihr gestern nacht eigenartig vorgekommen, aber sie war zu aufgeregt gewesen, um sich Gedanken darüber zu machen. Jetzt fragte sie sich unwillkürlich, wie sie wohl in die Truppe des Prinzen gekommen war und welche Position sie einnahm.

Die kleine Gruppe von Gefolgsleuten des Prinzen kam ihr keineswegs merkwürdig vor. Sie hatte von Grandmère Helene soviel über Prinz Rolf, Roderics Vater, und die Männer gehört, die vor all den Jahren mit ihm nach Louisiana gekommen waren, daß es ihr seltsam erschienen wäre, wenn Roderic keine Leibwache, kein eigenes *garde du corps* gehabt hätte.

Auch Rolfs Truppe hatte aus fünf Männern bestanden. Grandmère hatte ihr oft erzählt, wie sie auf dem Ball eintrafen, den sie auf dem Land nahe St. Martinville gegeben hatte, wie sie in ihren goldbetreßten und ordensbestückten Uniformen den Raum betreten hatten, in genau abgezirkelten Bewegungen, als befänden sie sich auf einer Parade. So brillant waren sie unter der einfachen Landgesellschaft erschienen, so atemberaubend war ihr Auftritt gewesen, daß es ihr vorgekommen war, als hätte eine Phalanx von Pfauen einen Taubenschlag erobert.

Der Ball war unterbrochen worden. Prinz Rolf hatte Angeline Fortine auserwählt. Sein Cousin Leopold, sein Halbbruder Meyer, der einäugige Veteran Gustav und die Zwillinge Oscar und Oswald hatten ebenfalls Partnerinnen gefunden. Sie hatten einen Tanz getanzt und waren dann, auf ein Zeichen des Prinzen hin, wieder abgezogen, traurig seufzende Damen – jene, die enttäuscht worden waren – und ekstatisch seufzende – die die Ehre gehabt hatten – zurücklassend. Die Feier war ein Triumph für Grandmère Helene gewesen: Ihr Haus war durch einen Prinzen geehrt worden! Sie hatte nicht geahnt, daß derselbe Prinz später die Frau stehlen würde, die ihr Sohn liebte.

Prinz Roderic hatte ihr den ersten aus seiner Truppe als seinen Cousin Michael vorgestellt, Sohn von Leopold. Es mußte derselbe Leopold sein, der mit Rolf in Louisiana gewesen war. Waren die anderen auch Kinder der ursprünglichen loyalen Truppe? Mara wünschte, sie könnte das fragen, aber solange sie ihren Namen und ihre Vergangenheit geheimhalten mußte, solange sie vorgeben mußte, sich an nichts zu erinnern, konnte sie das nicht. Es war zum Verzweifeln.

Trotz dieser Fessel erhielt sie jedoch später am selben Tag die Gelegenheit, ein paar Details ausfindig zu machen. Die anderen, Michael und der italienische Graf Estes, waren zurückgekehrt. Man verzehrte ein Mittagsmahl aus Eintopf und krustigem Brot, das mit Wein hinuntergespült wurde. Das Lager war beinahe leer; die meisten Zigeuner waren noch vor Tagesanbruch aufgebrochen und zogen über Land, um verschiedene Aufträge oder Vorhaben auszuführen. Roderic war mit Michael und den Zwillingen ausgeritten und hatte Estes und Trude zurückgelassen, scheinbar um das Lager zu bewachen, aber eigentlich, um sie im Auge zu behalten, wie Mara insgeheim vermutete.

Die blonde Amazone war damit beschäftigt, ihr Pferd zu striegeln. Als sie endlich fertig war, kam sie ans Feuer und ließ sich auf einem Teppich nieder. Mara, die die Knoten aus Dämons langem Schnauzbart gelöst hatte, schaute auf. Estes hatte ihr Gesellschaft geleistet und sie mit Geschichten aus dem Feldzug der Truppe durch Italien unterhalten, aber sich dann entschuldigt, um die Runde durch das Lager zu machen. Sie schenkte der anderen Frau ein unsicheres Lächeln, denn sie war sich der Tatsache wohl bewußt, daß Trude keineswegs erbaut über ihre Einteilung zur Lagerwache war.

»Estes hat mir erzählt, daß die Truppe schon in vielen Schlachten in ganz Europa gekämpft hat. Waren Sie – ich meine, kämpfen Sie mit den anderen?«

»Estes redet zuviel.« Die Stimme der anderen Frau klang grimmig, aber keineswegs maskulin.

»Er leistete mir Gesellschaft, eine freundliche Geste.«

»Er hat sich eingeschmeichelt. Er ist gern mit Frauen zusammen – mit allen Frauen.«

Der tadelnde Tonfall traf Mara an einer empfindlichen Stelle. »Sie dagegen, nehme ich an, haben wenig für Ihr eigenes Geschlecht übrig?«

»Ich bin froh, wenn ich mir das Gekicher und das ständige Geschwätz über Kleider und Kinder nicht anzuhören brauche.«

»Sie machen sich also wirklich nichts aus diesen Dingen?«

»Nein.«

»Statt dessen gefällt Ihnen das Töten.« Das Benehmen der Frau machte es ihr unmöglich, nicht tiefer zu bohren.

»Es gefällt mir nicht, aber ich kann es.«

»Dann sind Sie wohl am richtigen Platz.«

»Das bin ich wirklich«, antwortete Trude leidenschaftslos.

»Seltsam«, sagte Mara und neigte den Kopf, »das klingt nicht glücklich.«

Trude antwortete nicht direkt darauf. Nach einem Augenblick sagte sie: »Ich würde Ihnen einen Rat geben, wenn ich glauben könnte, daß Sie ihn befolgen.«

»Ja?«

»Sie haben Roderics Aufmerksamkeit auf sich gezogen. Sie haben seine Neugier geweckt, und nichts gefällt ihm so gut wie ein geistiges Rätselspiel. Aber sein Interesse wird erlöschen, sobald es ihm gelungen ist, Ihr Geheimnis zu lüften. Wenn Sie mehr erwarten, werden Sie enttäuscht werden.«

»Es ist ... sehr freundlich von Ihnen, mir das zu sagen.« Die Worte waren vieldeutig gewesen. War das auch so beabsichtigt?

»Ich tue es nur zu Ihrem Besten.«

Vielleicht war das wahr. Mara glaubte es nicht. Da sie jedoch nicht persönlich an dem Prinzen interessiert war, schien es ihr unnötig, das zu sagen. Mit beschwichtigender Stimme meinte sie: »Sie scheinen Prinz Roderic gut zu kennen.«

»Wir kennen uns, seit wir in der Wiege lagen.«

»Sind Sie vielleicht miteinander verwandt?«

»Keineswegs. Mein Vater war die rechte Hand von König Rolf, von Roderics Vater.«

»Ich fragte nur wegen Ihrer Haarfarbe. Sie sagten *war;* muß ich daraus schließen, daß Ihr Vater nicht mehr –«

»Er starb – er starb wie ein Soldat in der Schlacht.«

»Das tut mir leid. Sie müssen stolz auf ihn sein. Er war ein schöner Mann, nehme ich an?«

Die andere Frau war sichtbar erstaunt. »Das würde ich nicht sagen. Er war ein Stier von einem Mann und hatte nur ein Auge.«

Diese Information verriet, welcher Mann Trudes Vater gewesen war. Sie war die Tochter Gustavs, des Ältesten in der ursprünglichen Truppe, eines Mannes, der, in Grandmère Helenes Erinnerung, schon damals in Louisiana ein Veteran jenseits seiner ersten Jugend gewesen war. Irgendwie schien das zu passen.

»Ähneln Sie also eher Ihrer Mutter? War sie so hübsch wie Sie?«

»Wollen Sie mir schmeicheln? Meine Mutter war eine deutsche Magd, groß und blond und eher schlicht. Sie starb, als ich noch an ihrer Brust lag, deshalb wurde ich von meinem Vater nach Ruthenien gebracht, um dort von der Königin aufgezogen zu werden.«

Die Frau war so ernst, so ohne jede Grazie und Humor, daß man unmöglich dem Impuls widerstehen konnte, sie zu necken.

»Ich verstehe. Sie wuchsen also als Roderics Schwester auf.«

»Er hat eine Schwester, Prinzessin Juliana.«

Die Antwort kam schnell und voller Mißfallen. Mara biß sich auf die Lippe, um nicht lächeln zu müssen. Es war unübersehbar, daß Trude zärtliche Empfindungen dem Prinzen gegenüber hegte. Es überraschte sie, daß die anderen Mitglieder der Truppe das nicht zu merken schienen. Was Juliana betraf, ein Mädchen etwa ihres Alters, so hatte Mara von ihr gehört, obwohl sie ihre Existenz beinahe vergessen hatte. Dennoch war es Trude, die im Augenblick ihr Interesse auf sich zog. Sie mußte etwa siebenundzwanzig Jahre alt sein, Roderic war achtundzwanzig.

»Sie müssen mir meine Neugier verzeihen«, sagte Mara. »Aber die Vorstellung einer Frau in Uniform fasziniert mich.«

»Warum? Ich bin mit dem Schwert oder der Muskete so behende wie jeder Mann.«

»Aber im Kampf Mann gegen Mann sind Sie doch sicher im Nachteil?«

»Vielleicht«, entgegnete Trude kalt, »vielleicht auch nicht. So weit ist es noch nie gekommen.«

»Sie sind noch nicht in der Schlacht gewesen?«

»Das habe ich nicht gesagt. Kein Mann ist mir je nahe genug gekommen, um sich im Zweikampf mit mir zu messen.«

Die kühne Behauptung kam mit solcher Überzeugung, daß sie glaubhaft klang. »Sie haben sich also bewiesen. Nicht viele Frauen hatten diese Möglichkeit.«

»Nein«, sagte Trude und fuhr dann fort, als müßte sie sich zu den Worten zwingen: »Nur weil Roderic ein einzigartiger Mann ist, habe ich meine bekommen.«

»Einzigartig?«

»Ah, einzigartig fürwahr!« rief Estes aus, der jetzt nahe genug war, um diese Frage hören zu können. »Zwei Damen, eine dunkel und rätselhaft, die andere blond und ruhmreich, und beide wunderschön. Wie glücklich kann ich mich schätzen, allein mit diesem Paar hier zu sein. Ich bin versucht, euch beide zu entführen. Was haltet ihr davon? Sollen wir diesem grauen Klima entfliehen und die Sonne Capris suchen, nur wir drei?«

»Eingebildeter Popanz«, sagte Trude, stand auf und marschierte davon.

»Sie liebt mich nicht«, klagte Estes. »Während mich elenden Wurm jeder großartige Zentimeter ihrer Gestalt bezaubert!«

Es war lustig gemeint, da Trude ihn fast um Haupteslänge überragte. Aber Mara spürte den Kummer in dem gespielten

Ausbruch des Italieners und fand, daß es zu wahr klang, als daß sie darüber lachen konnte.

Als die Dunkelheit hereinbrach, kehrten die Zigeuner langsam ins Lager zurück. Sie kamen einzeln oder zu zweit, und manche der Rückkehrer waren nicht älter als vier oder fünf Jahre. Estes zufolge war es nicht ungewöhnlich, daß Kinder dieses Alters sich selbst versorgten, an den Bauernhöfen bettelten oder Hühner und Gänse stahlen, indem sie die Tiere mit einem Köder an einer Schnur angelten. Sie verirrten sich nur selten. Überall hinterließen die Zigeuner unauffällige Markierungen, kleine Steinpyramiden oder Zweige, die sie *patterans* nannten und die immer die Richtung zur Sippe wiesen, ob sie nun ein festes Lager hatte oder auf Wanderung war. Weil niemand ihnen Beachtung schenkte, waren diese Jüngsten äußerst tüchtig darin, Informationen zu sammeln, die ihrer Sippe von Nutzen waren.

Die Zigeunermänner kümmerten sich um die Pferde und beschäftigten sich mit anfallenden Reparaturen im Lager, bevor sie sich auf die Teppiche warfen, die rund um das Hauptfeuer lagen. Die Frauen nahmen das Geflügel aus, das die Kinder gebracht hatten, und warfen den wartenden Hunden die Abfälle zu. Sie stopften die Tiere mit Kräutern und Zwiebeln und hängten sie auf Spieße über ein eigenes Kochfeuer. Die Kinder spielten Fangen rund um die Pferdewagen oder schlugen einen Ball mit einem Stock. Die alte Geigerin begann zu spielen. Ein Mann nahm die Mandoline auf, schlug sie an, und kurz darauf stimmte ein anderer auf einer Concertina mit ein. Eine junge Frau drückte sich, angerührt von der Musik, von dem Wagen ab, an dem sie lehnte, und begann zu tanzen. Ihr Haar floß, nur von einem Stirnband gehalten, in einer wilden schwarzen Flut über ihren Rücken. Ihre Augen waren dunkel und glänzten vor Sinnlichkeit. Ihre weiche Baumwollbluse umschmiegte ihren Leib, und ihr Rock wirbelte voll und bunt um ihren Körper, bisweilen ihre Hüften nachzeichnend, dann wieder ihre Knie und Schenkel freigebend. Sie tanzte und drehte sich wie in Trance; ihre Arme und Beine, Füße und Hände bewegten sich in weichem, natürlichem Rhythmus wie eine Liebeserklärung an die Nacht und den Augenblick und die süße Leidenschaft der Musik.

Der Abend schritt weiter fort, aber niemand schien sich über die Uhrzeit Gedanken zu machen oder sie überhaupt zu bemerken. Das Essen würde kommen, wenn es fertig war. Schreienden Wickelkindern wurde sogleich die Brust gegeben, oder man fütterte sie mit in Wein oder Ziegenmilch getränktem Brot und kleinen Fleischfetzen, bevor man sie ins Bett legte. Die Älteren schliefen fast im Sitzen ein. Das Leben war dazu da, gelebt zu werden. Wer wußte schon, was die nächste Stunde bringen mochte? Laßt die Musik spielen! Tanzt! Singt! Mara, die alldem zusah, erschien es wie eine verlockende Philosophie.

Sie hörte nicht, wie der Prinz zurückkehrte. Ob seine Ankunft tatsächlich so leise vor sich gegangen war, wie es ihr vorkam, oder ob sie ganz in der Musik und dem Tanz verloren gewesen war, wußte Mara nicht zu sagen. In einem Augenblick war sie allein, im nächsten saß er neben ihr.

Man bereitete ihm keinen besonderen Empfang. Seine Anwesenheit wurde als etwas Natürliches hingenommen, so als wäre er einer der ihren. Das überraschte Mara. Sie hatte irgendeine Begrüßung erwartet, eine Ehrenbezeugung. Später hatte sie Gelegenheit, ihn danach zu fragen, als das Geflügel aufgeschnitten und herumgereicht wurde und das Lager während des Essens verstummte.

»Ich bin der Sohn des Boyaren«, sagte er. »Welche Ehre sollte man mir deswegen erweisen?«

»Das weiß ich nicht, da ich keine Vorstellung habe, was ein Boyar sein könnte.«

»Wo ich herkomme, ist der Boyar der Eigentümer, der Herrscher. Es ist der Titel, mit dem mein Vater über diese Leute herrscht.«

»Er besitzt sie?«

»Niemand kann einen Zigeuner besitzen; darin haben sich die alten Boyaren getäuscht. Aber weil der Vater meines Vaters und dessen Vater zuvor für ihre Vorfahren sorgten, ihnen zu essen gaben und sie kleideten und ihnen Arbeit verschafften und sie dennoch kommen und gehen ließen, wie es ihnen gefiel, erkennt diese Sippe unseren Titel immer noch an. Er ist wenig mehr als eine Erinnerung an längst vergangene Privilegien und alte Loyalität.«

»Aber wenn diese Sippe, wie es den Anschein hat, aus Ihrem Land stammt, was macht sie dann hier in Frankreich?«

Der Blick, den er ihr schenkte, war vollkommen undurchdringlich. »Sie sind Wanderer, Gesetzlose, Opfer mit hungrigem Herzen, und sie kommen und gehen. Brauchen sie einen Grund?«

»Ich dachte, sie wären vielleicht hier, weil Sie hier sind.«

»Warum? Sind Sie etwa deshalb hier?«

Mit tödlicher Sicherheit hatte er sein Ziel getroffen. Die Worte schnitten ihr wie ein Degen durch die Brust, aber sie kannte diesen Mann inzwischen gut genug, um zu wissen, daß sie jederzeit einer Attacke gegenwärtig sein mußte. Plötzlich jedoch hatte sie keinen Hunger mehr. Sie beugte sich vor, um Dämon, der zu ihren Füßen lag, die Reste ihres Gänseflügels vorzulegen. Der Hund schaute von dem Flügel auf sie, als zweifelte er an seinem Glück, dann verbellte er einen herbeischleichenden dürren Zigeunerhund und begann, an dem Knochen zu nagen.

Mara richtete sich wieder auf und zog ihre Brauen ernst zusammen. »Warum sagen Sie so etwas? Soweit ich weiß, bin ich nicht aus freien Stücken gekommen. Oder haben Sie etwas Schlechtes über mich erfahren? Gehöre ich zu jener Art von Frauen, die bisweilen einem Mann einen heimlichen Besuch abstatten?«

»Eine Kurtisanin mit samtenem Lächeln und seidener Haut? Eine Dirne mit offener Hand? Das glaube ich nicht. Aber diese Frauen sind nicht immer auf den ersten Blick zu erkennen, und jene, die sich hinter einer respektablen Fassade verbergen, sind oft die schlimmsten.«

»Wie bezeichnend für einen Mann, jene Frauen zu verdammen, die – die nur tun, was sie tun müssen.«

Er legte den Kopf zur Seite. »Sie würden sie verteidigen?«

Sie sah sich in verbalem Treibsand versinken und suchte vergeblich nach einem Weg, sich wieder zu befreien.»Das – das nicht. Ich zweifle nur das Recht der Männer an, über

Frauen zu urteilen, die gemäß der von Männern aufgestellten Regeln leben müssen.«

»Eine weitere Advokatin der Frauenrechte. Unsere George wird entzückt sein.«

»Wer?«

»George Sand, auch und gegen ihren Willen als Madame Dudevant bekannt. Sie müssen sie kennenlernen.«

Ohne ihr Zeit für eine Antwort zu geben, stand er auf. Mit ruhiger, aber tragender Stimme erteilte er Befehle. Seine Leute schauten auf. Die meisten hatten noch ihr Essen in Händen. Niemand rührte sich. Auch die Zigeuner beobachteten reglos das Schauspiel. »Ihr habt mich recht verstanden«, sagte der Prinz in sanftem Tonfall, »es sei denn, die Taubheit grassiert unter euch.«

Augenblicklich waren Speisen und Getränke vergessen. Männer erhoben sich eilig und verschwanden zielstrebig in verschiedene Richtungen, Zigeuner ebenso wie das Gefolge des Prinzen. Als sie sah, daß man sich offenbar auf eine allgemeine Abreise und nicht nur auf einen abendlichen Ausritt einstellte, umkrampfte gräßliche Furcht Maras Herz. Verließ der Prinz das Lager? Und wenn, wann würde er zurückkehren?

»Wohin wollen Sie?« fragte sie mit trockener Kehle.

»Das ist doch offensichtlich.«

»Nicht – nicht für mich.«

»Die Spuren der Kutsche, die Sie herbrachte, kamen aus Paris und führen wieder dorthin. Hier können wir nichts weiter über Sie erfahren. Wir müssen also nach Paris zurückkehren.«

»Sie und Ihre Männer – Ihre Gefolgschaft.«

»Natürlich. Und Sie.«

»Sie wollen mich mitnehmen?« Die Übelkeit hätte sich auflösen müssen. Sie blieb.

Die Feuersglut verwandelte das Antlitz des Prinzen in eine unlesbare Maske mit blauen, fast steinernen Augen. Mit tiefer, kühler und eigenartig liebkosender Stimme antwortete er: »Ich will Sie.«

3. Kapitel

Das Tempo, das Roderic auf der Straße nach Paris vorgab, war schnell und nahm keine Rücksicht auf schwächere Reiter. Anfangs fand Mara das Donnern der Hufe, das Peitschen des Windes im Gesicht, das Pulsieren des Blutes in ihren Adern belebend. Auf eigenartige Weise freute sie sich darüber, Teil der Gruppe um den Prinzen zu sein, so als würde sie dazugehören. Mehr noch, sie spürte eine gewisse Befriedigung, weil sie einen Teil ihrer Aufgabe so mühelos erfüllt hatte. Sie war in den Haushalt des Prinzen aufgenommen und kehrte gemeinsam mit ihm nach Paris zurück. Doch all dies hielt nicht allzu lange an.

Mara ritt auf einem großen Braunen, der gewohnt war, das Gewicht eines Mannes zu tragen. Seine Kraft schien nie zu erlahmen, aber es kostete sie ihre, ihn zu lenken. Sie war zwar eine gute Reiterin, verwendete aber immer einen Damensattel; ihre Muskeln waren nicht darauf trainiert, im Herrensitz zu reiten, was nun die einzige Möglichkeit war. Als die Stunden sich aneinanderreihten, nur von seltenen Ruhepausen für die Tiere unterbrochen, begann ihre verletzte Schulter weh zu tun und den Schmerz über ihren Rücken auszustrahlen. Ein Pochen setzte sich in ihrer verwundeten Schläfe fest und verstärkte sich. Ihr ganzer Körper fühlte sich bald an, als würde sie geprügelt, ganz methodisch durchgewalkt. Das Bedürfnis, eine Pause zu machen, marterte sie.

Trotzdem sträubte sie sich, darum zu bitten. Es war leicht zu sehen, daß die Männer um den Prinzen und Trude keine Müdigkeit spürten. Roderic selbst ritt mit der Lässigkeit eines Mannes, der endlose Tage im Sattel gewohnt ist und der sich in solchem Einklang mit seinem Pferd bewegt, daß ihn das Reiten keine Mühe kostet und er seine Gedanken anderen Problemen zuwenden kann. Um eine Pause und ein Nachtlager zu bitten hätte bedeutet, zur Belastung zu werden. Die anderen würden ihr die hinderliche Schwäche übelnehmen, selbst wenn sie zu höflich sein sollten, das offen zu zeigen. Vielleicht würde der Prinz auch zu dem Entschluß kommen, sie mitzunehmen sei ein Fehler, den er sich nicht leisten konnte. Auf jeden Fall war es nach einiger Zeit zu spät. Sie hatte das unumstößliche Gefühl, daß sie vollkommen am Ende sein würde, wenn sie jemals anhielte und abstiege. Die Furcht vor einer solchen Demütigung hielt sie aufrecht.

Das graue Licht des Morgens zog am Himmel auf. Langsam waren die Gestalten der anderen Reiter deutlicher zu erkennen. Der Prinz ritt an der Spitze, Michael neben ihm. Dann kamen Trude und einer der Zwillinge, während Estes neben Mara ritt und der zweite Zwilling die Nachhut bildete. Als der Italiener ihren Blick auffing, lächelte er sie freundlich an und salutierte. Aus einem Korb, der an seinem Sattel festgemacht war, blinzelte Dämon schläfrig, gähnte und wedelte zur Begrüßung mit dem Schweif. Als das blasse Licht stärker wurde, konnten sie den dunklen Schleier, den der Rauch aus den Kaminen von Paris über die Stadt legte, vor sich sehen.

Sie näherten sich einer Querstraße. Ein mit Kohlköpfen beladener Karren, der von einem gleichmütigen, ebenso hohen wie breiten Bauern gelenkt wurde, schaukelte den Weg entlang. Zwischen der Gabel trottete ein uralter Klepper, dessen Rücken so dicht mit Narben übersät war, daß er auf das Knallen der Peitsche neben seinen Ohren gar nicht mehr reagierte. Der Bauer sah sie kommen. Ihnen entging nicht der Blick, den er unter dichten Brauen hervor in ihre Richtung warf, und das höhnische Schmunzeln um seine dicken Lippen. Er machte keine Anstalten, anzuhalten oder den Weg freizugeben. Statt dessen lenkte er sein Gespann auf die Hauptstraße und schwenkte langsam darauf ein.

Kein Befehl wurde gegeben, kein Wort gewechselt, doch plötzlich steigerte sich das Tempo der Truppe zum Galopp. Die Männer grinsten. Die Pferde wurden angetrieben, die Mitglieder der Truppe beugten sich vor und nahmen die Zügel fester. Maras Pferd reagierte auf das Beschleunigen seiner Herde und wurde ebenfalls schneller. Hufe donnerten. Dreckfladen wurden hochgeschleudert. Sie hielten direkt auf den Karren zu.

Der Bauer starrte sie mit offenem Mund an, begann an den Zügeln zu zerren und versuchte, wenn auch zu spät, sein

Vehikel anzuhalten. Sie kamen näher. Und näher. Leises Gemurmel war zu hören, als die Reiter ihren Pferden zusprachen. Dämon gab einen Laut von sich, der halb Jaulen, halb Knurren war, und zog sich in seinen Korb zurück. Der Wind, der ihnen ins Gesicht wehte, brannte in den Augen. Roderics Antlitz leuchtete vor Übermut und Freude und stählerner Entschlußkraft.

Sie würden über den Karren setzen. Es würde eine Lektion im Benimm und eine treffsichere Ermahnung für den Landmann darstellen, welche Folgen unbotsamer Starrsinn haben konnte. Mara sah den Sprung kommen und begriff, welche Wahl sie hatte. Sie konnte ihr Roß zügeln, wenn sie die Kraft dazu besaß, wenn sie damit nicht den Mann hinter ihr bedrängte, so daß sie beide zu Fall kamen. Oder sie konnte dem Braunen seinen Willen lassen und beten, daß sie ihn nicht zu lange zurückgehalten hatte. Ihr blieb keine Zeit, die Alternativen abzuwägen, sie mußte ihren Instinkt entscheiden lassen. Sie ließ die Zügel hängen.

Der Bauer brüllte und sprang in Windeseile vom Karren. Das Zugpferd bäumte sich ein-, zweimal auf. Michaels Reitpferd nahm seine Kraft zusammen und sprang. In diesem Augenblick blickte Roderic, obwohl sein eigener Schimmelhengst zum Sprung ansetzte, sich um. Er sah Maras lose Zügel, sah ihre Hand, die sich in die Pferdemähne krampfte. Seine Miene verhärtete sich, dann setzten Pferd und Reiter in hohem, weitem Bogen über den Karren hinweg und landeten auf der anderen Seite. Maras Brauner machte einen letzten kraftvollen Satz, spannte seine Muskeln an und hob ab.

Sie schwebte nach oben, als segelte sie auf einem Pegasus. Der Karren, der staunende Bauer und der harte Boden schienen weit unter ihr. Sie sah, wie Roderic sich an den Rücken seines Hengstes klammerte, der mit gebogenem Hals und seitlich gedrehtem Kopf aufstieg, so plötzlich hatte der Prinz die Zügel zurückgerissen. Dann begann der lange Sturz abwärts. Die Vorderfüße des Braunen trafen mit einem gewaltigen Donnerschlag auf. Sie wartete darauf, daß der Schmerz der Erschütterung sie durchfuhr. Er kam nicht, denn sie war immer noch in der Luft. Ihre Füße hatten sich aus den Steigbügeln gelöst, und ihr Umhang und der Rock flatterten im Wind.

Plötzlich stieß sie gegen etwas Weißes und Hartes. Es prallte auf ihre Stirn, rammte ihr den Kopf zwischen die Schultern und peitschte um ihren Leib, daß ihr der Atem aus den Lungen gepreßt wurde. Ein Aufschrei entfuhr ihr, der von heiserem Gewieher neben ihr und einem leisen Fluch über ihr erwidert wurde. Sie fühlte einen schweren Leib an sich vorüberfliegen, hörte das dumpfe Donnern und Rumpeln, während der Rest der Truppe über den querstehenden Karren sprang.

Sie wurde herumgedreht. Sie bekam wieder Luft und fragte sich gleich darauf, als Übelkeit in ihr aufstieg, ob es nicht ein Fehler gewesen war, so tief einzuatmen. Sie schluckte schwer und öffnete dann die Augen.

Sie lag in den Armen des Prinzen, quer über seinem Sattelknauf. Er hatte sein Pferd herumgelenkt, um sich den Schaden anzuschauen, und sie konnte die anderen sehen, die sich um sie versammelt hatten und auf ihre Pferde einsprachen, während Michael und einer der Zwillinge Estes auf die Füße halfen. Der Italiener schnitt eine Grimasse ob der Grobheit, mit der sie ihn abstaubten, und humpelte dann gleich auf Mara und den Prinzen zu.

»Madame«, fragte er ängstlich, »haben Sie sich nicht verletzt?«

Sie brachte ein Kopfschütteln zustande. »Und Sie ... Monsieur?«

»Ich war in meinen besten Tagen Akrobat. Fallen bedeutet mir nichts, aber bei Ihnen – es war Wahnsinn, diesen Sprung zu versuchen.«

»Ich hatte keine Wahl.« Sie schloß die Augen und schluckte wieder, da Übelkeit sie durchlief.

»Kümmere dich um dein Pferd«, sagte Roderic mit rauher Stimme zu dem Grafen.

Dann hörten sie Lärm hinter sich. Der Bauer hatte sich von seinem Schrecken erholt und kam krakeelend und fluchend auf sie zu. Sie hatten mit ihren aristokratischen Mätzchen seinen Karren umgeworfen und seine Kohlköpfe in den Schlamm geschmissen. Er verlangte augenblicklich Schadensersatz.

»Unerzogen, unhöflich, ungewaschen und stolz darauf«, erklärte Roderic, während er auf ihn herabschaute. »Vorfahrt, mein Freund, gebührt nicht dem, der sie sich nimmt. Du bist die Ursache für dein und der Dame Mißgeschick. Willst du wirklich auf Gerechtigkeit bestehen?«

Die Drohung in den leise gesprochenen Worten war augenfällig. Der Bauer erbleichte und wich unter gemurmelten Entschuldigungen zurück. Mit zitternden Händen schirrte er das Zugpferd aus und kletterte dann auf dessen Rücken. Seine fetten Schenkel hopsten auf dem breiten Pferderücken, als er davongaloppierte.

Mara blieb während des Wortwechsels mit geschlossenen Augen und reglos liegen. Sie hörte, wie sich die anderen bewegten, wie ihr Brauner, dem nichts passiert war, zurückgebracht wurde. Sie begriff, daß Roderic seinen Griff löste, um auf sie herabzublicken.

»Und wie geht es Ihnen in Wahrheit?«

Sie hob die Lider und schaute zu ihm auf.«Ich werde mich bestimmt nicht übergeben«, erklärte sie so deutlich, wie es ihr zwischen den zusammengebissenen Zähnen hervor überhaupt möglich war.

Roderic sah die Entschlußfestigkeit in ihrem Blick, das trotzig vorgeschobene Kinn und auf ihrem Antlitz den Schatten von Furcht, nicht vor den Schmerzen oder der Gefahr, die sie eben durchgemacht hatte, sondern vor der Möglichkeit, sich bloßzustellen. Etwas schnürte ihm seine Brust ein, ein eigenartiges Gefühl, das er noch nie zuvor verspürt hatte; die Empfindung in einem anderen Körperteil, die ihre warme, weiche Gestalt an seinem Leib auslöste, war ihm dagegen nur zu vertraut. Die Flut scharfer Worte, die ihm ebenso oft als Waffe wie als Schild diente, war versiegt.

»Nein, das werden Sie nicht.«

Mara hörte die eisenharte Überzeugung in seiner Stimme, und ihre Spannung löste sich. Das Gefühl körperlicher Übelkeit ließ nach. Sie wurde sich der Kraft der Arme bewußt, die sie hielten, der ausgeprägten Muskeln in den Schenkeln, über denen sie lag. Seine Augen, erkannte sie, waren von einem meertiefen Blau und von Sorge überschattet. Verwirrt senkte sie die Lider und heftete ihren Blick auf einen roten Striemen über seiner weißen Tunika.

»Ich – ich scheine Sie mit Blut befleckt zu haben. Bitte verzeihen Sie mir.«

»Entschuldigen Sie sich nicht. Die Wunde an Ihrer Stirn ist wieder aufgeplatzt. Es wäre nicht passiert, wäre ich nicht so töricht gewesen.«

Ein schwaches Lächeln flog über ihre Lippen.«Das klingt seltsam aus Ihrem Mund.«

»Warum? Habe ich den Eindruck erweckt, ich sei zu stolz, um einen Fehler einzugestehen?«

»Nein, nein. Nur, daß Sie keinen hätten.«

Er verstummte unvermittelt. Für einen langen Moment schien er nicht einmal zu atmen. Sie öffnete die Augen wieder. Er betrachtete sie, und in seiner Miene spiegelte sich so schmerzlicher Zweifel, daß sie die Hand ausstreckte und sich unter Mühen aufsetzte.

Sein Griff verstärkte sich. »Trude! Cognac!«

Die Frau drehte sich mit ernstem Gesicht im Sattel herum und zog einen silbernen Flachmann heraus. Sie drehte die Kappe ab und reichte ihn herüber. Roderic nahm ihn entgegen und hielt ihn an Maras Lippen.

Sie wandte den Kopf ab. »Sie brauchen mich nicht wiederzubeleben.«

»Es hilft gegen den Schmerz und andere Unannehmlichkeiten. Betrachten Sie es als Medizin.«

Wieder lag der Rand des Flaschenhalses an ihrem Mund. Sie nippte vorsichtig, doch im gleichen Augenblick kippte der Prinz die Flasche hoch, so daß sie gezwungen war, mehrere tiefe Schlucke zu nehmen. Der Alkohol raubte ihr mit seinem Feuer den Atem und brannte sich in ihren Magen. Als sie wieder sprechen konnte, japste sie: »Sie werden mich betrunken machen.«

»Wäre das so schlecht?« fragte er leise und hob die Flasche noch einmal.

Das war es nicht. Sie schwebte auf einer Cognacwolke nach Paris. Die Wirkung verstärkte sich noch durch ihre Erschöpfung und erleichterte ihr das Vergessen. Sie merkte kaum, daß sie den Wohnsitz des Prinzen erreicht hatten, daß sie in den Hof einritten und daß man sie hineintrug. Aber als der Prinz sie auf der weichen Matratze seines Bettes niederlegte und ihre Arme von seinem Hals zu lösen begann, erwachte sie, um ihn schlaftrunken anzulächeln.

»Ich lebe in einem Junggesellenhaushalt, aber trotzdem müßte ich eine Zofe auftreiben können. Ich werde sie zu Ihnen schicken, andernfalls wird Trude nach Ihnen sehen.«

»Sie sind sehr freundlich«, murmelte sie.

»Nehmen Sie sich in acht. Ebenso falsch, wie es war, mir keine Fehler zu gestatten, könnte es sein, mir unverdiente Tugenden zuzuschreiben.«

»Haben Sie keine? Dann könnte ich Sie also verführen?«

Lachen sprühte aus seinen Augen. »Wollen Sie meine Erlaubnis haben oder meine Meinung wissen? Erstere erteile ich Ihnen ohne jede Beschränkung; die zweite lautet ja, zweifellos.«

»Das könnte Ihnen mißfallen.«

»Warum?«

Seine Wimpern, entdeckte sie, besaßen goldene Spitzen, die wie eine strahlende Barriere seine Gedanken abschirmten. Trotzdem gab es etwas dahinter, das wie eine Warnung auf ihre verwirrten Sinne wirkte und sie augenblicklich zur Vorsicht mahnte. Das Strahlen in ihrer Miene erlosch. Sie löste ihre Hand und ließ sich zurücksinken. »Männer, so hat man mir gesagt, ziehen es vor, Jäger zu sein.«

»So wie manche Frauen die Beute sein möchten?«

»Ich nicht«, antwortete sie schnell.

»Erwarten Sie, daß ich deshalb meinen Instinkten Einhalt gebiete und glücklich und ergeben abwarte, bis Sie mich überwältigen?«

»Das könnten Sie nicht.«

»Ich könnte das nicht? Das wäre mir neu.«

Er schien sie zu einem Wettkampf herauszufordern, obwohl sie das mit ihrem cognacgetrübtem Verstand nicht sicher zu sagen wußte. Aber wenn es tatsächlich eine Herausforderung war, dann war es eine, der sie sich im Augenblick nicht stellen konnte. Sie erlaubte sich ein Gähnen, das sie mit ihrem Handrücken abschirmte. »Meinetwegen. Morgen.«

»Die Sonne geht auf. Es ist Morgen.«

»Sie werden sich gedulden müssen.«

Er ließ sie sanft in die Kissen sinken und zog dann das Leinentuch und die Bettdecke über sie. In seiner Stimme lag ein Zittern, das vielleicht von Heiterkeit herrührte, als er antwortete: »Aber wie soll ich das ertragen?«

Das Arrondisment, in dem das Haus der ruthenischen Königsfamilie stand, wurde das Marais genannt. Der ehemalige Sumpf war Stück um Stück aufgefüllt und bebaut worden, als die Stadt anwuchs. Da es in der Nähe des alten Louvre-Palastes und der Tuilerien lag, hatte es sich im Laufe der Jahre zu einem höchst vornehmen und aristokratischen Bezirk mit vielen feinen, palastartigen Wohnhäusern gewandelt. Der Verfall hatte eingesetzt, als der Adel von Ludwig XIV. gezwungen worden war, mit ihm nach Versailles zu ziehen; die Revolution hatte den Niedergang noch beschleunigt. Nachdem Napoleon als Kaiser die Tuilerien besetzt hatte, wurden die großen Häuser allerdings von neuem bezogen und blieben auch nach der Rückkehr der Bourbonen und der Orléans auf den Thron bewohnt. Inzwischen bildete der Stadtteil eine einzigartige Mischung aus Elendsquartieren und vornehmen Residenzen, in dem der Adel auf Tuchfühlung mit den Nachkommen der Sansculotten lebte und alle von den Künstlern und Schriftstellern unterhalten wurden, die in den Mansarden des Viertels wohnten.

Die schlicht »Ruthenisches Haus« genannte Residenz des Prinzen war aus demselben blaßgoldenen Stein erbaut, aus dem so viele Gebäude der Stadt bestanden. Der aus unzähligen Schornsteinen aufsteigende Ruß hatte im Verlauf der Jahre diesen Stein schwarz überzogen, so daß er inzwischen ebenso matt und fahl aussah wie der Rest der Stadt. Das massive schmiedeeiserne Gittertor mit dem eingelassenen ruthenischen Wappen schirmte einen kopfsteingepflasterten

Kutschhof ab, den größten von vier solcher Höfe, die das rechteckige Gebäude umschloß.

Die Zimmer umgaben ringsum die vier Seiten jener Höfe, die praktischerweise nach den vier Himmelsrichtungen benannt worden waren. Der größte und Eingangshof war der Südhof. Die Anordnung verlieh dem Bau ein Gefühl der Offenheit, auch wenn der Außenwelt nur eine geschlossene Fassade präsentiert wurde, und führte dazu, daß durch die hohen, bleigefaßten, teilweise farbigen Fenster reichlich Licht und Luft in die Zimmer drangen. Der Eingangshof war als einziger eher nach praktischen Gesichtspunkten konstruiert und mit Pflastersteinen ausgelegt; er wies lediglich eine Diana-Statue sowie ein Halbrelief über der Eingangstür auf, auf dem vier griechische Frauen als Allegorie auf die Jahreszeiten dargestellt waren. Die anderen Höfe waren dagegen mit exakt gestutztem immergrünem Gebüsch bepflanzt, das zu komplizierten geometrischen Mustern angeordnet war. Wenn man von Zimmer zu Zimmer wandelte, konnte man immer ins Grüne und Freie blicken. Im Sommer brachten blühende Blumen und Kräuter zusätzlich Farbe ins Bild, aber jetzt, im Spätnovember, waren dort nur noch dunkelgrüne Büsche, umgegrabene Erde und ein paar leere Urnen zu sehen.

In Maras Augen war das Haus nichts weniger als ein Palast. Insgesamt gab es, so hatte sie aus zuverlässiger Quelle erfahren, ungefähr siebzig Zimmer unter den kompliziert angeordneten Giebeln. Oberhalb des Südhofes, des Haupteinganges, befand sich die Hauptgalerie, eine lange Halle, in der die Haupttreppe vom Eingang aufstieg, die zu den öffentlichen Empfangsräumen im linken Flügel führte. Zur Rechten befanden sich die Gemächer des Prinzen inklusive verschiedener Vorzimmer, Salons und anderer Räumlichkeiten, und dahinter die Staatszimmer für König Rolf und Königin Angeline, die sich sämtlich um den Osthof gruppierten. Um den Nordhof und den Westhof herum waren teils wunderliche ovale oder kreisförmige Privatsalons angeordnet, außerdem gab es dort eine lange Galerie, die manchmal zur körperlichen Ertüchtigung oder zum Tanzen verwendet wurde, sowie verschiedene weitere Salons, Vorzimmer, Schlafzimmer und Ankleidezimmer. Direkt hinter Maras Suite, die aus einem Salon, einem Schlafgemach und einem kleinen Ankleideraum bestand, gab es eine Hintertreppe, die zu den Küchen im Erdgeschoß hinabführte. Dort unten befanden sich außerdem die Quartiere der Bediensteten, die Lagerräume, der Kutschenstall und die Pferdeställe.

Zweifellos war es eine riesige und beeindruckende Residenz, aber dennoch wirkten Mobiliar und Wandbezüge, Gemälde und Emaillewaren, Vasen und Kristallüster und Porzellan, obwohl sie einst von höchster Qualität gewesen sein mußten, verwahrlost und schäbig. Man hatte wenig getan, um das große, verschachtelte Gebäude den Erfordernissen der Zeit anzupassen; während es in vielen Pariser Häusern bereits Gaslampen gab, mußte man hier immer noch zu Kerzenlicht greifen. In den dunklen Winkeln der verschiedenen Zimmer lagerten Schätze, verdeckt von uraltem Staub und Überresten zerbrochenen Mobiliars. Die Fenster hätten geputzt und die Decken von dem Fett und Dreck vergangener Jahrzehnte befreit werden müssen. Nicht einer der geräumigen Kamine im Haus zog richtig, und die Küchenangestellten waren so langsam, daß das Essen immer nur lauwarm auf den Tisch kam. Im Eingangshof lagen Pferdeäpfel und draußen auf der Straße vor der Küchentür ekelhafte Müllhaufen, die man lieber nicht genauer untersuchen wollte. In manchen Flügeln verfolgte einen der Gestank ungeleerter Nachttöpfe überallhin; in anderen war der Geruch nicht zu identifizieren und unbeschreiblich, aber ebenso überwältigend.

Man hatte Mara Bettruhe befohlen. Sie hatte aus purer Notwendigkeit zwei Tage lang gehorcht, freiwillig zwei weitere geruht, aber am vierten Tag rebellierte sie. Das Essen, das man ihr brachte, war ungenießbar; das Mädchen, das es servierte, eine Schlampe. Die Laken ihres Bettes hatten von Anfang an muffig gerochen und waren nicht gewechselt worden. In den Falten der Bettvorhänge und auf dem fleckigen, halb blinden Spiegel an der Wand nistete der Staub, und auf dem Teppich vor dem Bett hatte sich genug Dreck angesammelt, um Blumen darin zu pflanzen. Offenbar war ihr jeder

Besuch verboten worden, denn niemand kam zu ihr. Der Ekel, aber auch die Langeweile und das Gefühl, daß kostbare Zeit ungenutzt verstrich, trieben sie schließlich aus ihrem Zimmer.

Sie hatte Roderic seit dem ersten Morgen nicht mehr gesehen. In ihrem Hinterkopf hatte sie die vage Erinnerung an ein Gespräch, das sie am Tag ihrer Ankunft in Paris mit ihm geführt hatte. Sie befürchtete, daß der Cognac auf den völlig leeren Magen, verbunden mit ihrer Erschöpfung und ihren Schmerzen sie hatten indiskret werden lassen. Aber sie konnte sich nicht genau entsinnen, worüber sie gesprochen hatten. Sie hatte tatsächlich das Gedächtnis verloren. Sie nahm nicht an, daß sie allzu offenherzig gewesen war, ansonsten hätte sie sich vermutlich nicht mehr im Haushalt des Prinzen befunden. Aber trotzdem war es möglich, daß sie etwas gesagt hatte, was ihn dazu verleitet hatte, sie zu isolieren und ihrer so praktischen Amnesie zu mißtrauen.

Sie hatte sich mehr als einmal gefragt, ob der Prinz sie nicht absichtlich betrunken gemacht hatte. Eine solche Taktik, meinte sie, wäre ihm durchaus zuzutrauen. Oh, natürlich würde sie ihn von dem Verdacht freisprechen, sich auf diese Weise eine Frau zu Willen zu machen – ein Mann von seiner Gestalt und mit seinem Titel hatte solche Mittel nicht nötig. Nichtsdestotrotz war ihm eine Skrupellosigkeit zu eigen, die vermuten ließ, daß er nicht allzu viele Hemmungen hatte, auch auf ungewöhnliche Weise Informationen zu sammeln, wenn es die Situation erfordern sollte. Der Gedanke löste in ihr das Gefühl unangenehmer Verletzlichkeit aus.

Roderic nutzte aber auch, vermutete Mara, konventionellere Methoden der Informationsbeschaffung. In den wenigen kurzen Stunden, die sie auf gewesen war und sich umgesehen hatte, war ein nicht abreißender Strom von Besuchern gekommen, um den Prinzen zu sehen. In die offizielle ruthenische Botschaft waren Männer mit der ernsten und pompösen Miene von Staatsmännern und Finanziers gekommen sowie Damen in Pelzmänteln, die Schleppen eleganter Seidenkleider und Wolken teuren Parfüms hinter sich herzogen. Solche Besucher waren unverdächtig und wurden im Großen

Salon empfangen, der am Haupteingang lag. Aber was war mit den Autoren mit tintenfleckigen Fingern, den Künstlern mit offenen Halstüchern, wie es der romantischen Mode entsprach, den Straßenkehrern, Fischverkäufern, Kutschern, schwarzbefrackten Obern und kleinen Näherinnen in ihren billigen grauen Kleidern, deretwegen sie *grisettes* genannt wurden? Welche Dienste konnten diese Leute schon leisten – abgesehen von dem, was sie Roderic erzählten? Aus welchem Grunde sollte er auf ihre Informationen erpicht sein, es sei denn, er wollte das Rätsel lösen, das sie darstellte?

Vielleicht nahm sie sich selbst zu wichtig. Es war zweifelhaft, daß ein Mann wie der Prinz so viele Umstände machte, um die Identität einer Frau zu enthüllen. Sie konnte sich nicht mit der Illusion schmeicheln, daß sie ihn in ihren Bann geschlagen hatte. Sie hatte ihn kaum mehr als neugierig gemacht. Vielleicht hatte es einen kurzen Augenblick gegeben, in dem er von ihr angezogen wurde, aber kurz danach hatte sie wieder nur Irritation und Ärger gespürt. Sie hatte nicht das Gefühl, daß sich an solch winzigen Reaktionen eine große Leidenschaft entzünden konnte.

Natürlich war sie nicht mehr sicher, ob sie sich diese Leidenschaft überhaupt ersehnte. Ihre Instruktionen hatten gelautet, Roderic zu betören, damit er sie nach Paris mitnahm und sie in seinem Haus wohnen ließ. Man hatte erwartet, daß sie gezwungen sein würde, das Bett mit ihm zu teilen, um das zu erreichen. Das war nicht geschehen. Man hatte ihr nicht erklärt, welchem Zweck ihre Anwesenheit diente, außer daß sie ein Instrument darstellen sollte, das den Prinzen in die Ränke de Landes' verwickeln sollte. Es war durchaus möglich, daß sie ihr gestecktes Ziel erreichen konnte, ohne tatsächlich mit dem Prinzen intim zu werden.

Aber machte das einen Unterschied? Mara war, obwohl sie in aller Unschuld aufgewachsen war, Realistin. Sie war nicht so töricht zu glauben, daß sie aus dieser Episode unbeschadet hervorgehen konnte. Man kannte sie kaum in Paris; dennoch gab es genug Menschen, denen sie begegnet war und die sie bestimmt wiedererkennen würden. Wenn sie lange genug bei Roderic blieb, würde sie früher oder später jemandem begegnen, der sie erkannte und die unausweichliche Schlußfolgerung zog.

Vielleicht geschah das erst, nachdem sie getan hatte, was sie tun mußte – sie hoffte um ihrer Großmutter willen, daß es so sein mochte. Aber wenn es früher geschah, wenn man entdeckte, daß sie in Paris und nicht, wie ihre Cousine glaubte, mit ihrer Großmutter auf dem Land war, dann würde es einen Riesenskandal geben. Paris war, trotz seines kosmopolitischen Gehabes, in manchen Dingen ausgesprochen provinziell. Der Anschein von Tugend mußte gewahrt werden. Manche wetterten gegen die bourgeoise Moral, die sich mit dem Aufstieg der Mittelklasse nach der Revolution herausgebildet hatte und seitdem jedes Jahr strenger wurde. Aber das nutzte nichts. Eine Frau, die ihren guten Ruf bewahren wollte, durfte nicht mit einem Mann unter einem Dach leben, vor allem nicht mit jemandem wie dem Prinzen.

Sobald die Neuigkeit die Runde machte, würde sie ohne jede Verzögerung New Orleans erreichen. Mara mochte sich gar nicht vorstellen, was ihr Vater tun oder denken würde. Was sie selbst später tun sollte, wie und wo sie leben sollte, nachdem sie ihre Aufgabe erfüllt hatte, überlegte sie sich lieber nicht. Ihre Großmutter wäre in Sicherheit, und das war alles, was zählte.

Mara durchquerte die Hauptgalerie über dem südlichen Eingangshof, nachdem sie die öffentlichen Säle inspiziert hatte, als sie ein Bellen hörte. Es war Dämon, dessen war sie sicher, aber das Geräusch schien aus einiger Entfernung zu kommen. Die Akustik im Haus war, wie in jedem Haus jener Größe, vollkommen unterschiedlich. An manchen Stellen konnte man sich heiser brüllen, ohne daß der Laut weiter als bis zum Nebenzimmer gedrungen wäre, an anderen Stellen reichte ein leises Flüstern, um im ganzen oberen Stockwerk gehört zu werden. Sie dachte zuerst, daß der Hund vielleicht in Roderics Gemächern war. In diesen Abschnitt des Gebäudes war sie noch nicht vorgedrungen, aber sie wußte, daß die Räume, die seine Truppe belegt hatte, im selben Flügel am Osthof lagen. Lediglich Trude war in Maras Nähe untergebracht. Der Hund war bestimmt bei seinem Herrn Estes, da er selten dem Grafen von der Seite wich. Und Estes war, höchstwahrscheinlich, mit den anderen Männern der Truppe zusammen.

Sie hatte seit ihrer Ankunft nicht mehr mit ihnen gesprochen. Sie schienen ständig irgendwelche Aufgaben für Roderic erfüllen zu müssen, die sie in sämtliche Stadtviertel führten. Es war ein ständiges Kommen und Gehen. Ebenso intensiv verstanden sie es aber auch, sich zu entspannen; dauernd verschwanden sie zu einem Hahnenkampf oder einem Ringkampf, ins Theater oder zum Trinken in das Hinterzimmer irgendeines Restaurants. Manchmal mußten sie sich wohl auch ausruhen, vermutete Mara, aber sie hatte noch nicht erkunden können, wann oder wo.

Natürlich hatte sie Roderics Männer nicht gesucht. Sie war damit beschäftigt gewesen, das Gebäude zu inspizieren, sich darin zurechtzufinden und herauszufinden, warum es in einem derart verwahrlosten Zustand war.

Sie war zu dem Schluß gekommen, daß es zwei mögliche Gründe dafür gab. Entweder reichte das Geld nicht, um genügend Bedienstete einzustellen, die sich um das Haus kümmerten, oder es gab niemanden, der sie lenkte und darauf achtete, daß sie ihre Arbeit gründlich erledigten. Sie vermutete letzteres, da sie immer wieder auf mehrere oder einzelne livrierte Männer und Frauen stieß, die schwatzend in den Gängen standen, in der Küche tranken oder sich stritten oder sich hinter den Türen der Gästezimmer vergnügten. Es würde enorme Anstrengungen kosten, das riesige Haus in Ordnung zu bringen, aber der Anblick all des Schmutzes und Filzes, von dem der nichtstuenden Diener ganz zu schweigen, führte sie in Versuchung, ihr Glück zu wagen.

Wieder hörte sie das Bellen. Lauschend drehte sie den Kopf. Das helle, aufgeregte Kläffen wurde von lautem Donnern und Poltern und ab und zu einem Ausruf begleitet. Der Lärm kam nicht aus dem Ostflügel, sondern aus dem Flügel um den Nordhof. Sie hob ihre Röcke und eilte die Galerie entlang, wandte sich nach links in ein Vorzimmer, von dem aus sie in ein Schlafgemach mit anschließender Ankleidekammer gelangte, dann bog sie rechts in einen langen Salon, den sie durchquerte, bevor sie sich noch einmal nach rechts wandte und in eine weitere lange Galerie kam.

Der Raum, der zu beiden Seiten Fenster besaß und von je einem Kamin an den Stirnseiten beheizt wurde, war so warm und hell, wie an einem so kalten, grauen Tag überhaupt möglich war. Kerzen brannten in den Lüstern an der Decke, so daß die rußbedeckten Halter silbern glänzten. Ein langer, fadenscheiniger, aber immer noch schöner Webteppich mit einem dunkelblauen, roten und goldenen Motiv klassischer Figuren vor cremefarbenem Hintergrund lag auf dem edlen Parkettboden. Es war der einzige Einrichtungsgegenstand im Raum. Die hohe Decke war kassettiert und mit schwerem Stuck und blattgoldbelegten Gesimsen verziert, so daß sich eine Reihe viereckiger Flächen ergab. Diese Flächen waren mit Szenen ausgemalt, auf denen das Leben der Diana dargestellt wurde und die in den gleichen Farben wie der Teppich darunter gehalten waren. Die Gemälde wirkten matt unter dem dicken Schmutz, aber die Farben waren immer noch warm und voll. In der Mitte des Raumes, direkt unter einer Szene, die Diana mit Cupido zeigte, stand eine Menschenpyramide.

Die unterste Lage bestand aus Michael, Jacques und Jared, die sich auf Hände und Knie niedergelassen hatten. Auf ihnen, ebenfalls auf Händen und Knien, befanden sich Trude und der Zigeuner Luca. Über diesen beiden stand Estes, der sich alle Mühe gab, das Gleichgewicht zu halten, während die anderen vor und zurück wankten, offenbar, um ihn abzuwerfen. Estes gab sein Bestes, um Dämon zu überreden, doch ebenfalls heraufzuklettern und die Pyramide zu krönen, doch der Hund hielt, mit wie zu einem hündischen Grinsen geöffnetem Maul, sicheren Abstand.

Klagen über spitze Knie, knochige Schultern und riesige, vielfräßige Behemoths waren zu hören; dazu Stöhnen, Schnaufen und leise Flüche. Aber auch Lachen lag in der Luft sowie das Gefühl gemeinsamen Vergnügens und freundschaftlicher Kameraderie. Mara blieb, die Hände in die Hüften gestemmt, stehen und konnte ein Lächeln nicht unterdrücken.

»Und was soll das werden?« wollte sie wissen.

Michael drehte blitzschnell den Kopf. Sein Gesicht lief rot an, als er sie sah, und instinktiv wollte er sich aufrichten. Mit einem Aufschrei verlor Luca das Gleichgewicht. Trude kam ins Rutschen und murmelte einen unhörbaren Fluch. Dann löste sich die Pyramide in einem Gewirr von Armen und Beinen auf. Estes sprang auf die Füße, riß die Arme hoch und sprang in die Luft, Trude und Luca rollten sich über den Rücken ab. Michael, Jared und Jacques schlugen Purzelbäume. Und plötzlich standen alle sechs mit weit ausgebreiteten Armen und Beinen vor ihr. Wie ein Mann verbeugten sie sich tief aus der Hüfte. Auch Dämon wollte sich nicht lumpen lassen, rannte nach vorn, stellte sich auf die Hinterbeine und marschierte im Kreis herum.

»Ah, wunderbar!« rief Mara applaudierend aus.

Estes richtete sich wieder auf. Mit immer noch ausgebreiteten Armen wandte er sich an die anderen.«Sollen wir es noch einmal versuchen?«

»Nein!« antworteten diese im Chor.

Estes drehte sich achselzuckend wieder um. »*Eh bien,* die Vorführung ist beendet.«

»Vorführung, wer's glaubt«, sagte Jared und bewegte seine Schultern und Rückenmuskeln.

»Dann eben die Demonstration der Kunst des richtigen Fallens, einer äußerst wichtigen Disziplin.«

»Ja«, bestätigte Mara reuevoll. »Ich glaube, das haben Sie schon einmal erwähnt. Glauben Sie, ich könnte das lernen?«

»Nichts leichter als das. Sobald Sie sich erholt haben.«

»Ich bin vollkommen gesund.«

»Kein *mal de tête* mehr?«

»Kein Kopfweh.«

»Und Ihre Schulter?«

»Ist noch ein bißchen steif, aber vielleicht erholt sie sich schneller, wenn ich mich bewege.«

»Also dann!« rief der italienische Graf aus. Dann ließ er seinen Blick an ihrer schlanken Gestalt herabwandern, und seine Miene wurde düster.

»Was ist denn?«

»Tja, es gibt da ein Problem ... Sie verstehen –«

»Er versucht zu sagen«, mischte sich Trude ein, die nun ebenfalls vortrat, »daß es in Ihren Röcken schwierig sein wird.«

Mara nickte langsam. »Ich verstehe.«

»Haben Sie Hosen?« fragte Estes hoffnungsvoll.

»Nein. Nichts außer diesem Kleid.«

»Ach.«

Sie schauten erst einander, dann wieder Mara an. Sie blickten auf Trude, die den Kopf schüttelte.

»Meine sind zu groß.«

»Und meine zu klein«, meinte Estes bedauernd.

»Meine sind zu lang«, sagte Michael. Luca ließ ein Grinsen aufblitzen, das seine weißen Zähne zeigte. »Ich habe nur ein Paar, das einer Dame angemessen wäre, und ich trage es gerade, weil ich heute nach Paris gekommen bin, um Roderic zu sehen. Natürlich, wenn es gebraucht wird, werde ich gern –«

»Das wird nicht nötig sein.« Trude schaute ihn mißbilligend an.

»Unsere sind zu weit«, erklärten die Zwillinge.

Trude blickte die beiden mit aufeinandergepreßten Lippen an. »Vielleicht nicht. Man täuscht sich oft, was den Unterleib einer Dame betrifft; unsere Becken sind aus ganz natürlichen Gründen breiter, als sie erscheinen.«

»Trotzdem glaube ich es nicht«, sagte Estes.

»Roderics?« fragte Michael.

Traurig schüttelte Estes den Kopf. »Zu groß.«

Wie ein Mann wandten sie sich Michael zu. »Eine Schere. Wer hat eine Schere?«

Aber Mara schnitt die Hose nicht ab, die man ihr brachte; sie rollte die Beine einfach bis zu den Knien auf. Das Hemd, das man ihr ebenfalls geliehen hatte, hing schlaff an ihr herab. Die Ärmel waren bis über die Ellenbogen aufgekrempelt. Es gab keine Kragenknöpfe, mit denen sie das Hemd hätte schließen können, also band sie es mit einem Stoffband aus ihrem Mieder oben zusammen und steckte es unten in die Hose. Sie zog ihre hohen Schuhe aus, behielt aber die

Strümpfe aus undurchsichtiger weißer Seide an, so abgenutzt sie inzwischen auch waren. Auf diese Weise hatte sie das Gefühl, wenigstens halbwegs anständig gekleidet zu sein. Trotzdem war es einigermaßen peinlich, in Strümpfen aus dem Salon zu treten, wo sie sich umgezogen hatte, fast so, als träte sie in Unterhosen und Mieder vor die Öffentlichkeit.

Sie begannen mit einfachen Purzelbäumen über den Teppich, kullerten wie zusammengerollte Kellerasseln durch den Saal. Estes, der behende wie ein Affe und doppelt so putzig war, zeigte ihr, wie sie sich im Fall entspannen konnte. Verkrampfte Muskeln und Gelenke führten zu Verletzungen, behauptete er; sie mußte sich entspannen und die Richtung des Falles beibehalten, die Bewegung forttragen, bis sie sich verlor, und nicht versuchen, sie anzuhalten und sie brutal abzubrechen. Von den Purzelbäumen ging Mara dann zum freien Fall und Radschlagen über, während die anderen mit einer Reihe von freien Überschlägen die Galerie hinauf und hinunter schnellten. Sie bewegten sich so schnell und kraftvoll, als wären sie aus federndem Stahl.

Die Zeit verging, und schließlich verlor Mara ihre anfängliche Unsicherheit. Sie spürte, daß ihre Muskeln blitzschnell auf die Befehle ihres Gehirns reagieren konnten.

Anfangs hatte ihre Schulter etwas geschmerzt, aber das ging vorbei. Ihr Haar hatte sich aus dem lockeren Knoten gelöst, in den sie es morgens gebunden hatte. Es flog ihr um den Kopf, klebte mit dem Schweiß, den die körperliche Anstrengung sie kostete, an ihrem Gesicht fest. Sie übten so schnell, daß sie keine Zeit fand, es wieder zu ordnen.

»Jetzt werden wir Ihnen beibringen, wie eine Katze immer auf den Füßen zu landen«, verkündete Estes. »Wir machen die stehende Pyramide, alle sieben!«

Wieder übernahmen Michael und die Zwillinge die Aufgabe, das Fundament zu bilden. Estes sprach unablässig über Handgriffe und Fußstützen und die Kunst, einen menschlichen Körper zu erklimmen, während er hinaufkletterte und sich auf Michaels Schultern stellte. Trude erklomm die andere Seite, bis sie auf Jareds Schultern zu stehen kam, und Luca kletterte auf die Schultern von Jacques, der in der Mitte stand. Die unteren hielten die Fußgelenke derer, die auf ihnen standen und die wiederum die Arme untereinander verketteten und leicht schwankend die Balance zu halten versuchten.

»Kommen Sie, Chère, Sie müssen jetzt auf die Spitze. Hinauf mit Ihnen!«

Das würde sie niemals schaffen, sagte Mara sich selbst, als sie dort hinaufstarrte, wo sie hinsollte, so dicht unter das Gemälde an der hohen Decke. Aber im gleichen Moment nahm sie ein paar Schritte Anlauf und begann mit dem Klettern, hielt sich an einem Knie fest, in einer Armbeuge, auf einer Schulter, zog und drückte und schnaufte vor Anstrengung. Schließlich kniete sie auf Lucas Schultern und klammerte sich mit den Fingern in seinem Haar fest.

»Autsch!« schrie der Zigeuner auf.

»Ruhig, mein Engel!« rief Estes, als sie ihren Griff löste und sofort hektisch mit beiden Armen zu rudern begann, um ihren Platz auf der schwankenden, schaukelnden Menschenpyramide zu halten.

»Ich werde mir den Hals brechen und wirklich zum Engel werden«, erklärte sie resigniert.

»Auf keinen Fall!«

Im Tonfall des Italieners lag größere Heiterkeit, als angemessen war, fand sie. »Doch!«

»Vertrauen Sie mir, *mon chou*! Legen Sie Ihre Hand auf Lucas Kopf. Jetzt drücken Sie sich schnell hoch und stellen Ihren Fuß auf seine Schulter. Gut. Ganz ruhig. Jetzt nehmen Sie die Finger aus seinem Haar –«

»Vielen Dank«, sagte Luca.

»Ruhig. Höher, meine Kleine, höher. Drehen Sie sich um. Stellen Sie Ihren anderen Fuß auf seine andere Schulter. Die Hände auf die Hüften. *Voilà*!«

Die Muskeln in ihren Beinen brannten wie Feuer, zitterten vor Anstrengung. Ihr Herz hämmerte in Donnerschlägen in ihrer Brust. Der Atem fuhr scharf und schmerzhaft in ihre Lungen. Ihre Hände waren zu festen Fäusten geballt, und ihre Zehen verkrampft angespannt. Aber sie war oben. Sie hatte es geschafft.

Sie jubelten. Die Begeisterungsrufe kamen aus tiefstem Herzen und zeugten von Bewunderung für ihre Tollkühnheit und von männlicher Anerkennung der Tatsache, daß sie eine Frau und attraktiv dazu war. Der Jubel war so lebhaft und laut, daß sie nicht hörten, wie die Tür geöffnet wurde.

»Ein vortreffliches Schauspiel und ein erbauliches Spektakel, aber wohl kaum die angemessene Begrüßung für einen Gast – und die angemessene Behandlung für eine verletzte Dame.«

Roderic stand groß und aufrecht in der Tür, einen hünenhaften Bürger an seiner Seite. In seiner Stimme lag die eisige Kälte driftender Eisschollen.

»Hoppla!« rief Estes aus. Dämon bellte einmal, dann setzte er sich mit hängender Zunge hin und wedelte erwartungsvoll mit dem Schweif.

Die Pyramide löste sich auf. In einem Augenblick stand sie fest und ruhig unter Mara – im nächsten war nur noch Luft zwischen Mara und dem harten Parkettboden. Sie atmete aus, wie man es sie gelehrt hatte, entspannte sich und drehte sich im Fall nach vorn. Unvermittelt wurde sie von einem Netz starker Arme aufgefangen. Die Truppe hielt sie breit grinsend einen Augenblick lang fest, bis sie wieder bei Atem war. Dann hoben sie sie hoch und kippten sie nach vorne, so daß sie auf die Füße kam.

Estes wandte sich mit einer schwungvollen Gebärde an Roderic. »Sie sehen, mein Prinz! Die Dame war bei uns so sicher wie ein Kindlein auf dem Arm seiner Mutter, sicherer, als sie geahnt hat, das dürfen Sie uns glauben.«

Der Prinz war ungehalten. Er sagte nichts, aber man konnte es an der Haltung seiner Schultern, an der steinernen Unversöhnlichkeit seiner Miene erkennen. Er wandte seinen Blick Mara zu und musterte grimmig ihre zerzauste Frisur und ihr eigenartiges Kostüm, die roten und feuchten Wangen, die Scham und die Sorge um ihren Ruf, die jetzt hinter dem strahlenden Triumph und der Seligkeit in ihrem Blick aufzogen.

»*Magnifique*!« Der Mann neben Roderic trat vor, ergriff Estes' Hand und schüttelte sie kraftvoll. »Eine phantastische

Sache; diese Beherrschung, diese Kraft und Gelenkigkeit! Ich würde es am liebsten selbst versuchen, aber leider habe ich für eine solche Akrobatik zu viele der guten Dinge genossen, die das Leben bietet.«

»Monsieur, Sie übertreiben.« Estes neigte den Kopf, um sich für das Kompliment zu bedanken. Sein Ton war höflich.

»Nein, nein, ich versichere Ihnen, daß ich es nicht versuchen werde«, sagte der Mann und tätschelte seinen hervortretenden Bauch. »Aber man sagt, mein Vater, der Offizier in der Armee Napoleons war, hätte, wenn er im Sattel saß und sich an einer stählernen Stange festhielt, allein mit der Kraft seiner Schenkel ein Pferd hochheben können.«

»Unglaublich«, sagte Estes mit großen Augen.

»Ja.«

»Verzeihen Sie mir, Alex«, sagte Roderic, »ich wollte Sie nicht vernachlässigen. Sie kennen mein *garde du corps,* aber gestatten Sie mir, Sie dieser Dame vorzustellen, die Sie kennenlernen wollten, Mademoiselle Incognito. Chère, der bekannte Schriftsteller Alexandre Dumas.«

»Ich danke Ihnen für diese freundlichen Worte, Roderic. Mademoiselle, ich bin entzückt. Der Prinz hat mir Ihre Geschichte geschildert. Was für ein delikates Geheimnis, wahrhaftig Stoff für einen Roman – ich sollte das wirklich in Erwägung ziehen.«

»Es wäre eine kurze und traurige Geschichte, fürchte ich.«

»Nicht«, erklärte er mit großer Geste, »wenn ich damit fertig wäre.«

»Vielleicht haben Sie recht«, stimmte sie ihm zu. Sie lächelte über seine Höflichkeit und das schlichte Gemüt des Mannes. Er war ebenso groß wie breit, Mitte Vierzig und auf überladene Weise hübsch. Er war in einen Frack und Hosen nach der neuesten Mode gekleidet, obwohl die Weste, die sich über seinem breiten Leib spannte, von einem atemberaubenden roten, mit Goldfäden verzierten Brokat war. Sein Haar war dunkelblond und stark gelockt und über den Ohren bereits weiß. Seine Augen waren blau, und sein Gesicht hatte die Farbe des *café au lait,* den man den Kindern gab und der eher aus Milch als aus Kaffee bestand. Es war allgemein bekannt, daß seine Großmutter eine Negersklavin auf der westindischen Plantage seines Großvaters gewesen war und die beiden in einer Verbindung zusammengelebt hatten, die vielleicht, aber vielleicht auch nicht, legal gewesen war. In New Orleans wäre das ein Grund zur Scham gewesen; hier in Paris machte es ihn nur interessant. Sie fügte hinzu: »Es ist mir eine große Ehre, Sie kennenzulernen. Ich habe Ihre historischen Romane so genossen, vor allem *Die drei Musketiere*.«

»Sie erinnern sich noch an mein Buch, obwohl sie so viel Wichtiges vergessen haben? Wie wunderbar. Das Hirn ist schon ein seltsames Ding, nicht wahr? Es entscheidet vollkommen eigenwillig, woran es sich erinnern will.«

»Anscheinend. Aber ich schätze mich glücklich, Ihnen sagen zu können, daß ich unter allen Ihren Schriften dieses Buch und den *Grafen von Monte Christo* für wahrhafte Meisterwerke halte.« Sie hatte schon immer viel während der langen Sommer in Louisiana gelesen, aber während der Trauerzeit für Dennis hatte sie die Bücher als Möglichkeit, sich zurückzuziehen, besonders schätzen gelernt.

»Unter allen meinen Schriften! Gut gesagt. Ich wünschte, die Académie Française würde mit Ihnen übereinstimmen. Nur wegen meines großen Schaffensdrangs glauben sie, man könne mich übergehen, mich und meinen teuren Freund Balzac, der an demselben Problem leidet – einer zu großen Leichtigkeit des Wortes.«

Estes trat vor und schnippte mit den Fingern. »Soviel gebe ich auf die Académie. Man wird sich noch an Sie erinnern, Monsieur, wenn jene, die Ihnen den Zugang verwehren, längst vergessen sind.«

»Aber was ist mit Monsieur Hugo, der ebenfalls am laufenden Band Romane schreibt?« fragte Mara lächelnd. »Er ist doch Mitglied der Académie, glaube ich?«

Dumas zuckte mit den Achseln. »Ach ja, Victors Ausstoß an Worten ist wahrhaft erstaunlich, wenn auch natürlich nicht so groß wie meiner. Aber auch der große Hugo mußte sich viermal – viermal! – bewerben, ehe er angenommen wurde, und selbst dann war es nur dem Einfluß des verstorbenen Duc d'Orléans zu verdanken, daß ihm Einlaß gewährt wurde.«

»Also war es ein politischer Sieg?«

»Ganz genau, Mademoiselle. Aber Victor betrachtet sich auch als Politiker. Er hat sich schon auf dem Gebiet der Poesie, des Dramas, des Romans, der Finanzen und des Boudoirs hervorgetan. Für ihn ist die Politik eines der letzten Schlachtfelder, die seines Sieges noch harren.«

Er schien mit seiner Bescheidenheit und Offenheit fast zu Vertraulichkeiten einzuladen. »Und was ist mit Ihnen, Monsieur? Haben Sie auch Ambitionen in dieser Richtung?«

Er lachte laut. »Ich habe noch viele Schlachtfelder, auf denen ich kämpfen kann. Eigentlich möchte ich nur eines: so vermögend sein, daß ich schreiben kann, was ich will – und daß ich mein Haus fertigstellen kann. Sie waren alle so liebenswert. Sie sind gut zu mir. Sie würden mir einen großen Gefallen erweisen, wenn sie in mein Haus kommen würden, sobald es fertig ist. Dann werden wir essen und trinken und uns unterhalten und mein wunderschönes Monstrum feiern.«

»Sie bauen ein Haus?«

»Eher ein Denkmal«, sagte der Prinz.

»Ein Denkmal für die Geschichte und das Melodram und alle Dinge, die ich schön finde. Es wird einzigartig und atemberaubend werden. Manche werden es wohl auch häßlich finden, aber es wird viele faszinierende Züge haben.«

»Wie sein Erbauer?« schlug Roderic vor.

»Eines Tages, mein lieber Freund, wird Ihnen jemand ein großes Messer zwischen die Schulterblätter rammen oder Ihnen Ihre vorschnelle Zunge herausschneiden.«

»Und eines Tages werden Sie mehr für Ihre Liebhabereien ausgeben, als Sie mit Ihrer Feder zu verdienen vermögen, und dann wird man Sie Ihrer Schulden wegen aus der Stadt jagen. Aber heute nachmittag wird das nicht mehr passieren.« Roderic ließ seinen Blick durch den Raum schweifen. »Ich würde Ihnen einen Stuhl anbieten, Alex, aber anscheinend ist hier keiner. Sollen wir alle in den Salon gehen?«

Der Prinz trat beiseite, um seinem Gast den Vortritt zu lassen. Auf seine Geste hin begannen die anderen aus dem Zimmer zu gehen. Roderic berührte den Zigeuner am Arm und hielt ihn zurück. In dem Blick, den er ihm schenkte, lag keine Überraschung. Es war, als hätte der Prinz die Anwesenheit des Mannes schon früher bemerkt, doch erst jetzt die Muße gefunden, ihm auch seine Aufmerksamkeit zu schenken.

Als nur noch der dunkelhaarige Zigeuner, Mara und er selbst in der Galerie standen, sagte er: »Du willst der Truppe beitreten, Luca?«

»Wenn es Ihnen beliebt«, antwortete der Zigeuner, aber seine Haltung war fast abwehrend, als würde er erwarten, zurückgewiesen zu werden, und als wäre er bereit, sich sofort wieder vollkommen ungerührt zu geben.

»Die Entscheidung fälle ich nicht allein. Die anderen müssen einverstanden sein.«

»Sie meinen, Ihre Männer?«

»Das ist die Bedingung. Und sie sind nicht leicht zufriedenzustellen.« Der Prinz sprach mit ruhiger Stimme, aber seine Stimme klang warnend.

»Ich werde versuchen, mich würdig zu erweisen, Hoheit.«

»Du hattest etwas zu melden?«

Der Zigeuner zögerte, als wollte er noch etwas sagen. Schließlich senkte er zustimmend den dunklen Kopf. »Mein Volk hat sein Lager bei Montreuil, außerhalb der Stadtmauern von Paris, aufgeschlagen, wie Sie befohlen haben. Man erwartet Ihre Instruktionen.«

»Sie sollen trinken, singen, essen, tanzen, aber sich der Stadt fernhalten. Du verstehst?«

»Kein Betteln, keine Diebereien, keine Frauen, keine Pferdetäuschereien. Ich verstehe.«

»Auf bewundernswerte Weise. Wirst du uns Gesellschaft leisten?«

Plötzlich glänzten die Augen des Zigeuners feucht. Er gab keine Antwort außer einer kurzen, knappen Verbeugung, spannte dann die Schultern an und hob den Kopf, ehe er den anderen folgte.

»Und Sie, Chère?«

Mara war zurückgeblieben, weil sie gehofft hatte, unbemerkt zu entkommen. Sie hatte keine Ahnung, ob sie bei dieser Versammlung willkommen war, aber sie hatte nicht die Absicht, dabei zu sein. Es war eine Sache, in Hosen und einem pludrigen Hemd mit der Truppe auf dem Boden herumzupurzeln, aber etwas ganz anderes, in solcher Aufmachung zusammen mit einem vornehmen Besucher in einem Salon zu sitzen. »Ich glaube nicht. Ich – ich sollte mich wirklich umziehen.«

»Das ist nicht nötig. Wir haben Sie bereits so gesehen und können den Anblick nun auch noch länger ertragen.«

»Ich möchte lieber nicht bei Ihnen sitzen, solange ich wie ein Junge aussehe, der die Kleider seines Vaters angezogen hat.«

Ein Lächeln umspielte seinen Mund, das bis in seine Augen drang. »Diese Gefahr besteht keineswegs.«

Ihr kam ein unangenehmer Verdacht. Sie schaute an ihrer Brust herab und folgte der Richtung seines warmen Blickes. Das Band, das anstelle von Knöpfen das voluminöse Kleidungsstück zusammengehalten hatte, hatte sich gelöst, so daß das Hemd bis zu ihrem Bauch offenstand. Unter der Öffnung waren ihr Mieder und die weichen, weißen Hügel ihrer Brüste zu sehen, die sich über den spitzenbesetzten Rand erhoben. Schnell wandte sie sich ab und schloß das Hemd mit einer Hand.

»Dennoch müssen Sie mich entschuldigen. Vielleicht werde ich mich später dazugesellen.«

»Chère?«

Er sagte das leise, aber nichtsdestotrotz befehlend. Sie hielt in ihrem Rückzug inne und schaute über die Schulter zurück.

»Kommen Sie auf jeden Fall. Andernfalls müssen Sie damit rechnen, mir genau Rechenschaft darüber abzulegen, warum Sie nicht gekommen sind.«

»Wieso? Ich habe Sie seit Tagen nicht gesehen; bestimmt gibt es keinen Grund, warum ich ausgerechnet jetzt anwesend sein müßte.«

»Ich wünsche es so. Das ist Grund genug.«

»Eine arrogante Einstellung, muß ich sagen.«

»Aber es ist meine. Gibt es einen Grund, warum Sie unsere Gesellschaft meiden sollten?«

»Vielleicht bin ich müde.«

»Das wäre keine allzu große Überraschung. Sind Sie es?«

Sie spürte, wie ihre Kopfschmerzen zurückzukehren drohten, aber sie weigerte sich, das zuzugeben, weil sie ihm die Befriedigung nicht gönnte. Nicht ihre Turnerei war schuld daran, dachte sie, sondern die Anstrengung, die es sie kostete, sich mit ihm zu unterhalten.

»Um die Wahrheit zu sagen ... meine Garderobe ist sehr begrenzt. Sie gestattet mir nicht, so formellen Unterhaltungen beizuwohnen.«

»Einer der Punkte, über die wir uns unterhalten müssen.«

Hieß das, es gab noch mehr? Die Möglichkeit war beängstigend. Sie konzentrierte sich auf das Thema, das er angeschnitten hatte. »Ich benötige nichts Derartiges von Ihnen.«

»Wirklich nicht? Aber ich verlange, daß Sie, solange Sie unter meinem Dach leben, nicht wie eine arme, zerlumpte und aschebefleckte Waise aussehen. Ich möchte nicht, daß irgend jemand glaubt, ich würde eine Frau in einem solchen Zustand unterhalten.«

»Sie unterhalten mich nicht!« erwiderte sie zornig.

»Nein? Sie sind hier, und gemäß uraltem Recht genießt jede Frau, die das Dach mit einem Erben des Hauses Ruthenien teilt, dessen Schutz.«

»Ich habe das nicht gewollt!«

Seine Erwiderung kam schnell und unerbittlich: »Sind Sie also gegen Ihren Willen hier?«

»Was – was hat das damit zu tun? Ich habe mein Gedächtnis verloren, deshalb kann ich nicht wissen, wohin ich gehöre, wo ich lieber wäre.«

»Ganz genau. Aber mein Gast wartet. Ich erwarte Sie in Kürze, und später werden wir uns unterhalten.«

Mara blieb noch lange stehen, nachdem er und die anderen verschwunden waren. In ihrem Geist herrschte quälende Unruhe. War es möglich, daß er ihre Angst und ihre Wut absichtlich anstachelte, in der Hoffnung, ihr eine unbedachte Reaktion, eine verräterische Antwort zu entlocken? Der Gedanke gefiel ihr nicht, aber sein Benehmen hatte etwas Eigenartiges, so als würde er vorsichtig, aber zielstrebig ihre Abwehr testen. Er war zu einer solchen Taktik fähig, das wußte sie. Es war gut möglich, daß er sie ihres schwachen Zustandes wegen bis jetzt in Ruhe gelassen hatte. Vielleicht hatte er, nachdem er sie so gesund erlebt hatte, beschlossen, daß sie in der Verfassung war, einem Verhör unterzogen zu werden.

Und wenn schon? Er war ein bedrohlicher Mensch, mit Intelligenz und Lebenskraft gewappnet, selbstzufrieden, besessen von der glitzernden und schneidenden Kraft des Wortes, die Helene so oft an seinem Vater beschrieben hatte, und dennoch war er nur ein Mensch, der unbedeutende Prinz eines unwichtigen Balkanlandes am Rande Mitteleuropas. Es war lächerlich, wie alle auf ein Flüstern aus seinem Munde hin sprangen, wie alle sich duckten, sobald er eine Braue hochzog.

Sie würde sich nicht einschüchtern lassen. Sie hatte vielleicht kein moralisches Recht, da zu sein, wo sie jetzt war, sie mochte vielleicht sogar eine Gefahr für ihn darstellen, aber das gab ihm noch lange nicht das Recht, ihr Befehle zu erteilen oder sie so herablassend zu behandeln. Sie mußte im Augenblick so nahe bei ihm leben wie möglich, aber sie brauchte sich nicht jede Behandlung gefallen zu lassen, die er sich anmaßte. Und sie würde es auch nicht.

4. Kapitel

Als Mara eine Stunde später in den Salon trat, war von der Truppe oder Monsieur Dumas nichts zu sehen. Der Prinz saß allein vor dem Feuer unter dem großen Marmorsims in einem Sessel, gegen dessen dunkelblauen Seidenbrokat sich sein goldenes Haupt hell abhob. Er starrte in die Flammen, streckte einen gestiefelten Fuß dem Feuer entgegen und hielt ein Glas Wein in seiner Hand.

Hinter den Fenstern war der Nachmittag dem frühen Abend gewichen, der unter dem bedeckten Himmel noch düsterer wirkte. Ein paar Kerzen brannten mit rußigem, flackerndem Licht auf dem Tisch, der in der Mitte des großen Raumes stand. Sie erhellten einen kleinen Kreis, ließen aber die Ecken im Schatten. Im Halbdunkel konnte sie die Gobelins erkennen, die die Wände bedeckten, den Fries klassischer Figuren, der in den Marmor über den Kamin gehauen war, den Perserteppich mit seinem lebhaften Muster blauer und goldener Blumen, außerdem einige Kommoden, Kanapees und Sessel im Stil Ludwig XV. Staub und Schmutz wurden von der Dunkelheit gnädig verhüllt.

Mara hatte geglaubt, Roderic hätte ihre Anwesenheit gar nicht bemerkt, aber als sie mitten im Raum stehenblieb, erhob er sich und wandte sich zu ihr um. Sein Blick flog über das verknitterte weiße Seidenkleid, das sie wieder hatte anziehen müssen, aber er sagte nichts dazu. Er ging an eine Kommode, wo ein Tablett mit Weingläsern stand, füllte sein eigenes Glas von neuem, schenkte ihr dann eines ein und trat zu ihr, um es ihr anzubieten.

»Bitte, setzen Sie sich.«

Sie konnte sich diesem Tonfall nicht widersetzen. Er war nicht warm, aber er war auch nicht befehlend. Sie machte einen Schritt vor, um den Wein entgegenzunehmen. Auf der anderen Seite des breiten Kamins stand ein Gegenstück zu jenem Sessel, in dem er gesessen hatte. Sie ließ sich auf der äußersten Kante nieder.

Er kehrte nicht gleich wieder zu seinem Platz zurück, sondern blieb mit dem Rücken zum Kamin stehen. Mit dunklem Blick starrte er auf sie herab, als würde er Alternativen erwägen. Er streckte seine Hand aus und berührte die rissige, grindige Haut an ihrer Schläfe. Als sie augenblicklich zurückzuckte, zog er die Stirn in Falten und senkte die Hand.

»Ein Wunder der Heilkunst. Sie haben sich schnell von Ihrem Unfall erholt.«

»Ich hatte keinen großen Schaden erlitten.«

»Außer einem unbedeutenden Gedächtnisverlust. Ich kann mir nicht vorstellen, daß Sie immer noch bei uns wären, hätten Sie es inzwischen wiedergefunden, deshalb schließe ich daraus, daß es nicht zurückgekehrt ist.«

Schwang da nicht eine Spur von Ironie in seiner Stimme? Sie war sich nicht sicher. »Nein.«

»Offenbar hat auch niemand eine Frau, auf die Ihre Beschreibung passen würde, bei den Behörden als vermißt gemeldet. Auch auf der Straße hört man nichts von einem solchen Vorfall.«

»Ich verstehe.« Der Wein in ihrem Glas war rubinrot. Sie beobachtete, wie sich die Farbe veränderte, wenn sie das Glas in ihren Fingern drehte.

»Es sieht so aus, als müßten Sie bei uns bleiben.«

»Müßten?«

»Es sei denn, Sie wüßten, wohin Sie lieber gehen würden.«

Sie schüttelte langsam den Kopf. »Es ... es tut mir leid, daß ich Ihnen solche Unannehmlichkeiten mache.«

»Es sind keine Unannehmlichkeiten. Ich habe mir vorgestellt, daß Sie – Ihren Unterhalt verdienen könnten.«

Er hatte absichtlich jene Wendung gebraucht, gegen die sie sich vorhin so gesträubt hatte, dessen war sie sicher. Sie schaute zu ihm auf, ließ ihre Miene gefrieren, damit sich die Angst, die durch ihre Adern schoß, nicht auf ihrem Gesicht zeigte. »Wie meinen Sie das?«

Roderic beobachtete, wie die Röte langsam ihre Wangen befleckte und wünschte, er wüßte, was sie jetzt dachte und von ihm erwartete. Erinnerte sie sich an ihr Gespräch in jener Nacht, als sie in Paris eingetroffen waren? Wenn ja, dann verbarg sie das geschickt; er sah keine koketten Seitenblicke, keine Verlegenheit, es sei denn über ihre unordentliche Aufmachung vorhin. Daß sie diese Unterhaltung vergessen haben könnte, reichte fast aus, ihn davon zu überzeugen, daß ihre Amnesie kein Spiel war. Fast.

»Mein Majordomus ist ein guter Mann; ich könnte mir keinen loyaleren und ergebeneren Diener vorstellen. Sarus hat mir mein Leben lang gedient und war viele Jahre davor Kammerdiener und Majordomus meines Vaters. Sein Vater, sein Großvater und Urgroßvater dienten meinen Vorfahren als Leibeigene und Freie. Ich erzähle Ihnen das alles, damit Sie verstehen, warum ich ihn nicht einfach entlassen kann, obwohl er seine Pflichten vernachlässigt, wie Sie sicher bemerkt haben werden. Tatsächlich handelt es sich nicht um Nachlässigkeit: Es ist sein Alter. Sarus' Augen sind schwach geworden, er kann nicht mehr arbeiten wie einst, ja, er kann sich kaum mehr außerhalb seines Zimmers in meinem Flügel bewegen. Aber er hat dafür gelebt, meinem Vater und mir zu dienen, deshalb wäre es sein Tod, wenn ich einen jüngeren Mann an seine Stelle setzte.«

Roderic schwieg einen Augenblick und fuhr dann nachdenklich fort: »Es gäbe ein einziges Arrangement, das er vielleicht akzeptieren würde, ohne das Gefühl zu haben, man wolle ihm seinen Rang streitig machen. Aber dazu müßte ich meine Haushaltsangelegenheiten in die Hände einer Frau legen.«

»Sie meinen, Sie müßten eine Haushälterin einstellen?«

»Eine alte Vettel, die überall herumkramt und voller Verachtung auf Sarus' magere Leistungen herabsieht? Wohl kaum. Ich meine eine Frau, die er akzeptieren kann, weil er das Gefühl hat, daß ich mit ihr verbunden bin. Das Recht meiner Gattin würde er ohne jede Frage anerkennen ebenso wie das, wenn ich darauf bestünde und sie taktvoll wäre, meiner Geliebten.«

Der Vorschlag, der so gut zu ihrem Auftrag paßte, weckte ihre Abwehrinstinkte. »Sie meinen –«

Er zog eine Braue hoch, und ein schelmisches Lächeln lag auf seinem Gesicht, während er beobachtete, wie sie nach den geeigneten Worten suchte. »Keineswegs. Ich möchte nur den Anschein erwecken – es sei denn, Ihnen wäre die Wirklichkeit lieber.«

Das war nicht nötig, ganz bestimmt nicht nötig, nicht jetzt. Außerdem hatte Mara das Gefühl, daß es gefährlich wäre, auf irgendeinen Aspekt seines außergewöhnlichen Vorschlages einzugehen. »Nein, aber –«

»Ich war der Auffassung, es mißfalle Ihnen, von mir unterhalten zu werden, daß sie lieber auf irgendeine Weise selbst für Ihr Auskommen sorgen würden. Wenn ich mich irre, dann brauchen Sie das nur zu sagen, und die ganze Angelegenheit ist vergessen.«

Seine Stimme war samtweich. Ihr Mißtrauen wuchs, aber sie sah keine Möglichkeit, die Antwort zu umgehen, die er erwartete. Sie mußte weiter in einem Haus mit ihm wohnen. »Es gefällt mir nicht, abhängig von Ihnen zu sein, aber das ist so – so ungewöhnlich.«

»Es gibt viele Frauen in Paris, die den Haushalt eines Mannes führen. Nicht wenige dieser Arrangements sind irregulär.«

»Ich weiß nicht, wie Sie Ihren Majordomus davon überzeugen wollen, daß ich – daß ich wirklich die Berechtigung dazu besitze.«

»Das dürfen Sie mir überlassen.«

Wieder sprach aus seiner Stimme leichte Überheblichkeit. Oder war es richtig, das so zu bezeichnen? Vielleicht war es nicht mehr als ein ausgeprägtes Selbstbewußtsein.

»Ich gebe zu, daß Sie jemanden brauchen, der Ihre Bediensteten anweist«, sagte sie langsam. »Aber wie kommen Sie auf den Gedanken, daß ich die Richtige dafür bin? Sie wissen nichts über meine Fähigkeiten.«

»Sie sind bestimmt nicht geringer als die von Sarus.«

»Die Menschen, die sie beschäftigen, werden sich von mir vielleicht nichts befehlen lassen.«

»Dann werden Sie sie entlassen und andere, zugänglichere, einstellen.«

Sie starrte ihn an, sah die ausgeprägten Züge seines Gesichts, die Ruhe und die Zielstrebigkeit in der Tiefe seiner Augen. Irritiert durch seine ärgerliche Selbstsicherheit und ihre vollkommene Hilflosigkeit, sagte sie rauh: »Da Sie jeden meiner Einwände zu entkräften verstehen, werde ich wohl annehmen müssen.«

»Nur falls Sie das wünschen. Ich zwinge Sie nicht, ich bitte Sie nur bei einem Problem um Hilfe.«

»Ich wollte damit nicht sagen, daß Sie –« setzte sie an, hielt aber inne, als ihr die Unmöglichkeit dämmerte, ihm zu erklären, welche Beschränkungen ihr auferlegt waren.« Ich werde Ihnen gern auf jede erdenkliche Weise helfen.«

»Ein großzügiges Angebot, das ich aber nicht ausnutzen werde. Zunächst werden wir Sie für Ihre Position einkleiden müssen.«

»Das ist schnell geschehen«, sagte sie resigniert. »Gewiß haben Sie einen Lieferanten, der Sie mit dem üblichen grauen Kleid, plus Schürze und Haube, versorgt.«

»Nein.« Die Entgegnung kam schnell und duldete keinen Widerspruch.

»Es sollte nicht schwer sein, einen aufzutreiben. Sie brauchen nur die Mägde zu fragen.«

»Sie mißverstehen mich, und zwar absichtlich, habe ich den Eindruck. Lassen Sie mich deutlicher werden. Ich wünsche nicht, daß Sie sich wie eine Dienerin kleiden.«

»Wie«, fragte sie gepreßt, »soll ich mich Ihrem Wunsch nach denn kleiden? In Firlefanz, Fransen und hauchdünne Gaze, in Satin und Schleifchen und diskrete Spitzenschleier? Wie eine Hure?«

Er lächelte, und seine Stimme war liebkosend. »Was für eine ausgeprägte Phantasie Sie haben, *ma chère*. Aber nein. Wir werden Madame Palmyre rufen.«

»Nein!«

»Warum sollten Sie sich gegen die Hilfe der gefeiertsten Modistin von Paris wehren?«

Plötzlich war die Falle aufgesprungen, wo sie sie am wenigsten erwartet hatte. Und sie war mit offenen Augen hineingetreten. Madame Palmyre hatte das Kleid gefertigt, das sie trug, und ein Dutzend anderer dazu. Die Modistin würde sie auf den ersten Blick erkennen.

»Ihre – ihre Preise sind viel zu hoch für eine schlichte Haushälterin.«

»Schlicht? Vergessen Sie bitte nicht, welche Position ich einnehme – und vor allem nicht, daß Sie vor Sarus mehr als eine einfache Haushälterin darstellen. Er weiß Bescheid über solche Dinge und hat schon in der Vergangenheit Damen zur Modistin eskortiert.«

»Es ist mir gleich, was Ihre anderen Frauen trugen, ich komme auch mit weniger Aufwendigem zurecht.«

»Wie kleinlich und krämerisch. Ich frage mich, warum? Sie sind nicht eine unter vielen. Es ist schon einige Zeit vergangen, seit ich zum letztenmal durch die teuren Possen einer Kurtisane unterhalten wurde.«

»Ich bin nicht eifersüchtig, wenn Sie das damit andeuten wollen!«

Seine Augen strahlten Anerkennung über ihre schnelle Auffassungsgabe aus. »Man hätte fast den Eindruck haben können. Also bleibt es bei Madame Palmyre.«

Sie hob trotzig das Kinn. »Ich ziehe es vor, meine Kleider selbst zu schneidern.«

»Wie die einst charmante Kreation, die Sie jetzt tragen?«

Sein Tonfall war leicht ironisch, aber ohne Bösartigkeit. Trotzdem begann sie ihn zu durchschauen, und ihre Intuition gebot ihr Zurückhaltung. Sie legte ihre Stirn in Falten und schaute an ihrem Kleid herab. »Ich glaube nicht. Aber ich bin überzeugt, daß ich geschickt mit Nadel und Faden bin.«

Roderic studierte sie, gestattete seinen Blicken, über ihr Haar zu wandern, das sie in einen in der Eile auf berückende Weise unregelmäßig geratenen Knoten gebunden hatte. Dann glitt sein Blick an der reinen Linie ihres Kinns herab. Sie hatte sich gut erholt, aber sie war immer noch durcheinander; er wußte es. »Sie werden sehr wenig Zeit haben, Ihre Kenntnisse auszunutzen. Außerdem geziemt sich das vielleicht für Tageskleider, aber was ist mit den Ensembles, die man zu förmlicheren Gelegenheiten trägt?«

»Es wird für mich keinen Anlaß geben, solchen Ereignissen beizuwohnen.«

»Sie werden also ganz im Verborgenen bleiben, sich verschämt und verschüchtert in ihrem Zimmer verstecken? Wie wollen Sie da je herausfinden, wer Sie sind?«

»Und was wäre, wenn ich jemand bin, den man besser nicht in Ihrem Hause sehen sollte? Nein, ich gebe mich lieber der Hoffnung hin, daß ich mich zu gegebener Zeit erinnern werde.«

»Wann wird das sein? In ein paar Wochen, einem Monat, einem Jahr? Sie können sich nicht ewig verstecken.«

»Aber für eine kurze Zeit kann ich es.«

Er war enttäuscht. Er begriff, daß sein aufsteigender Zorn dieser Quelle entsprang und weigerte sich, ihm freien Lauf zu lassen; dennoch fühlte er ihn. Er hatte gedacht, daß er diese Frau, die er nur als Chère kannte, vielleicht langsam besser verstehen oder daß sie ihm vertrauen würde. Oder daß er, wenn ihr Gedächtnisverlust nicht gespielt war, sie vielleicht mit reiner Willenskraft dazu bringen konnte, sich zu entsinnen. Keines von beidem war eingetroffen. Das Rätsel, das sie darstellte, begann ihn zu verfolgen. Der Gedanke, daß sie unter seinem Dach im Bett lag, hatte ihn in den letzten Tagen ständig abgelenkt, während er den Papierkram erledigt und die über seiner Abwesenheit vernachlässigten Kontakte aufgefrischt hatte. Er hatte sich über ihre Genesung auf dem laufenden halten lassen, weil er den Tag kaum erwarten konnte, an dem sie so bei Kräften war, daß er sie weiter befragen konnte. Daß sie ihm immer noch auswich, machte ihn ruhelos und unzufrieden. Er erkannte an sich inzwischen alle Symptome für einen erdrückenden, königlichen Groll und amüsierte sich voll Ingrimm darüber.

»Dann machen Sie, was Sie wollen. Ich wünsche nur, daß sie ordentlich angezogen sind, und da Ihnen ganz offenbar die Mittel dazu fehlen, liegt die Verantwortung bei mir. Die Vorräte des Haushalts, Lebensmittel, Wein und andere Güter, können Sie erwerben, wie und wo Sie wollen; lassen Sie die Rechnungen herschicken. Das gleiche trifft auf Ihre Kleider zu. Aber ich behalte mir das Recht vor, darüber zu entscheiden, was an Material und Schnitt angemessen ist.«

»Ich werde versuchen, Sie nicht zu enttäuschen.«

»Es wäre noch besser, wenn Sie versuchten, mir zu gefallen.«

Das Einstellungsgespräch, wenn man es so bezeichnen konnte, schien damit zu Ende zu sein. Mit eisigem Lächeln setzte sie ihren ungekosteten Wein wieder ab und stand auf. »Besser für wen?« »Oh, für mich natürlich«, antwortete er. »Für wen denn sonst?«

»*Bonjour,* Mademoiselle. Mein Name ist Worth. Wie kann ich Ihnen behilflich sein?«

Es war riskant, wieder ins Maison Gagelin zu gehen, das Stoffgeschäft in der Rue de Richelieu, das sie mit ihrer Großmutter zusammen besucht hatte. Es schien unwahrscheinlich, daß sich jemand an eine einzelne Kundin erinnern würde, da wo seitdem viele Menschen den Laden betreten haben mußten. Sie hatte damals nur einen Schal gekauft, keine große Bestellung aufgegeben wie etwa für eine Aussteuer oder eine Begräbnisausstattung. Es gab überhaupt keinen Grund, warum sie einem der Verkäufer im Gedächtnis geblieben sein sollte, und sie wußte, daß sie hier Qualitätsware erstehen konnte, an der der Prinz nichts bemängeln konnte.

Es war Pech, nichts weniger, das denselben jungen Engländer, der ihr den Schal verkauft hatte, auf sie aufmerksam werden ließ. Sie war versucht, auf dem Absatz kehrtzumachen und den Laden wieder zu verlassen, aber das wäre nicht nur dem Menschen gegenüber unhöflich gewesen, der ihr zuvor eine große Hilfe gewesen war, sondern wäre wohl auch Luca merkwürdig erschienen, der mit ihr gekommen war.

Sie hatte zuerst geglaubt, der reine Altruismus habe den Zigeuner dazu veranlaßt, sie zu begleiten, daß er vielleicht das Gefühl gehabt hatte, sie sei allein auf der Straße nicht sicher. Aber je weiter der Morgen vorangeschritten war und je länger er ihr auf dem Streifzug nach dem frischesten Fleisch in die *boucheries*, zum Probieren der besten Törtchen und Marmeladen in unzählige *pâtisseries* und auf der Suche nach dem frischesten Gemüse durch die Stände auf dem offenen Markt von Les Halles gefolgt war, war unverkennbar, daß er sich langweilte. Er hätte es viel eher vorgezogen, mit der Truppe zusammenzusein, die auf irgendeiner Expedition, deren Zweck man ihr nicht erklärt hatte, zum Montmartre aufgebrochen war. Das einzige, was ihn davon hatte abhalten können, vermutete sie stark, war ein anderslautender Befehl. Er genoß ihre Gesellschaft, aber was sie tat, war Sache der Frauen, nicht der Männer. An manchen Orten fühlte er sich unwohler als an anderen, das spürte sie, und am unwohlsten hier im Stoffgeschäft, wo einer der Angestellten mißtrauisch seinen Aufzug, seinen Ohrring und das Kauri-Amulett beäugt und hörbar geschnieft hatte, bevor er sich umdrehte.

Luca ließ sich nicht anmerken, daß ihm das nicht entgangen war. Er lehnte an einer Marmorsäule und musterte müde und mißbilligend den roten Perserteppich, die damastbezogenen Wände, die Kristallüster an Ketten, die sich in den hohen Spiegeln spiegelten, die Treibhausblumen und die Ladentheken aus Mahagoniholz.

»*Bonjour*«, sagte sie, die höfliche Begrüßung erwidernd, und erklärte dann, daß sie Stoff für ein paar Tageskleider brauche. Sie hatte beschlossen, daß sie mit vier Kleidern ausreichend ausgerüstet wäre. Eines würde sie in Windeseile zusammennähen, um ihre Fähigkeiten zu demonstrieren und um endlich etwas anderes zum Anziehen zu haben als das weiße Seidenkleid, das sie jetzt unter ihrem Umhang verbarg. Das Kleid, das sie bis jetzt getragen hatte, würde sie mit Spitzen und Bändern verzieren und die Risse mit raffiniertem Nähwerk unsichtbar machen, dann konnte sie es als Abendkleid verwenden, sollte sie eines brauchen.

Worth neigte verstehend den Kopf. »Würden Sie bitte mitkommen, Mademoiselle? Aber ich kenne Sie, nicht wahr? Ach ja, Sie sind die Dame mit dem grauen Schal. Es ist mir eine Freude, Sie wiederzusehen.«

Hatte Luca das gehört? Sie konnte nicht sicher sein, daß nicht, obwohl sie sich in einiger Entfernung von ihm befanden. Wer hätte gedacht, daß sich der Verkäufer an sie erinnern würde? Wenigstens war er nicht mit ihrem Namen herausgeplatzt, wahrscheinlich, weil er ihn nicht wußte. Sie war einfach irgendeine Kundin gewesen, eine, die ihren Einkauf mitnahm, statt ihn sich schicken zu lassen.

Der Engländer begann, Stoffballen unter einer Theke hervorzuziehen. Er arbeitete mit Freude, dieser junge Mann von Anfang Zwanzig, und behandelte das Material, als wäre es wertvoll und fast lebendig in seinen Händen.

Als Mara die juwelengleichen Farben sah, die er aus dem Vorrat herausgezogen hatte, sagte sie: »Nein, nein, ich hätte Ihnen das gleich sagen sollen. Ich brauche etwas Praktisches, vielleicht in Grau oder Braun.«

»Wie Sie wünschen, Mademoiselle«, antwortete er. Plötzlich trat sein englischer Akzent deutlicher hervor. Stirnrunzelnd hievte er zwei Ballen in der gewünschten Farbe auf die Theke.

Mara hatte keine Zeit, sich darüber Gedanken zu machen, ob der Verkäufer mit ihrer Wahl einverstanden war. Sie nahm nacheinander jeden Stoff in die Hand. Die Stoffe waren aus feinem Wollchallis, fest gewebt und von fast seidiger Beschaffenheit. Sie zögerte trotzdem, berührte erst den einen Ballen, dann den anderen, um sich zu entscheiden. Sie hatte so lange so deprimierende Farben getragen, bevor sie nach Frankreich gekommen war. Nun war die Aussicht nicht gerade verlockend.

»Gestatten Sie mir einen Vorschlag, Mademoiselle?«

Sie nickte seufzend.

»Der Farbton wird Sie überdecken, jede Vitalität aus Ihrem Gesicht nehmen. Das Grau ist besser. Aber am besten wäre dies hier.« Er nahm einen Ballen mit vollem, tiefem Rot, das in den Falten fast lila changierte, und breitete den Stoff über der Theke aus.

»Er ist wunderschön, aber kaum der Stoff, in dem man die Dienstboten überwacht.«

»Warum nicht? Man sollte bei einer solchen Aufgabe genauso *soignée* aussehen wie im Theater oder beim Tee. Und die Farbe schluckt Flecken ebensogut, vielleicht noch besser. Außerdem wird sich ihre Haut in ihrer ganzen Reinheit und Vollkommenheit davon abheben.«

Er sprach mit solchem Ernst, daß seine Worte überhaupt nicht geschmeichelt klangen. »Sie sind sehr beredt.«

»Ich habe recht«, sagte er einfach.

Sie nahm das Burgunderrot und außerdem ein klares, tiefes Blau und ein sattes Grün, zusammen mit dem Grau. Als das erledigt war, stand sie da und überlegte sich, wie sie die Kleider schneidern sollte, damit sie entscheiden konnte, wieviel von jeder Farbe sie brauchte. Es wäre falsch, am Stoff zu sparen, weil man heutzutage soviel zusätzlich an die Kleider nähte, so viele Falten und Bänder, so viele Rüschen und Rosetten und Schleifen, daß man für die Verzierungen manchmal ebensoviel Stoff brauchte wie für das Kleid selbst. Sie sagte das auch laut.

»Wie wahr, Mademoiselle, und welche Verschwendung, da der übermäßige Schmuck den Blick eher auf das Kleid als auf die Trägerin lenkt. Bei Ihnen wäre es auf jeden Fall ein Fehler. Sie haben das Aussehen einer Madonna von Raffael, Sie strahlen eine solche Leichtigkeit, Natürlichkeit und doch einen Hauch von Sinnlichkeit aus. Sie brauchen keinen zusätzlichen Schmuck.«

Es war wirklich ein höchst ungewöhnlicher Verkäufer. Ihr lag schon beinahe die Frage auf der Zunge, ob er eine Vorstellung davon habe, wie Frauenkleider aussehen sollten, aber dann verkniff sie sich das. Höchstwahrscheinlich wollte er nur seine Verkäufe steigern, bis er zum Verkaufsleiter ernannt würde und nichts weiter zu tun hätte, als einen Maßanzug zu tragen und die anderen Verkäufer zu dirigieren.

»Ich brauche noch ein paar Ellen weißen Batist oder Kambrik«, sagte sie.

»Selbstverständlich, Mademoiselle. Heute morgen ist eine Partie von außergewöhnlicher Qualität eingetroffen. Ich werde sie Ihnen zeigen.«

Es war ganz offensichtlich, daß man aus einem solchen Stoff Unterkleider machen wollte. Worths Auskunft war dennoch höflich und ließ nicht erkennen, daß er sich dessen bewußt war. Es war gut möglich, daß er schon bald Verkaufsleiter würde, vielleicht noch ehe er dreißig Jahre alt war.

Die leichteren Materialien befanden sich in einer anderen Abteilung des Ladens. Nachdem der junge Engländer weggegangen war, um sie zu holen, trat ein Mann, der bisher hinter Mara gestanden hatte, an ihre Seite.«Sie sehen gut aus, Mademoiselle Delacroix.«

Sie wirbelte mit weit aufgerissenen Augen herum und blickte einem großen, dürren, satanisch aussehenden Mann in Schwarz in die Augen. Es war de Landes, der Mann, der sie vor weniger als einer Woche aus einer Kutsche gestoßen hatte. Noch während sie das registrierte, wurde sie sich der Tatsache bewußt, daß Luca in ihre Richtung starrte. Der Zigeuner richtete sich auf, stieß sich von der Marmorsäule ab und wartete ab, ob sie Hilfe gegen den Mann brauchte, der sie offenbar belästigte.

»Ich sehe, daß Sie einen Leibwächter haben«, murmelte de Landes. »Schicken Sie ihn weg.«

»Wie?«

»Sie sind eine kluge junge Frau. Denken Sie sich einen Vorwand aus.«

Er wartete nicht ab, ob sie ihm gehorchte, sondern schlenderte davon und tat so, als würde er sich einem Verkaufsstand für Regenschirme zuwenden.

Mara wandte sich wieder dem Stoff zu, der immer noch auf der Theke lag, und betastete ihn, als hätte sie sich immer noch nicht entschieden. Sie biß sich auf die Unterlippe, während sie in Gedanken nach einem Ausweg suchte. Sie spielte kurz mit dem Gedanken, laut aufzuschreien, Luca de Landes überwältigen zu lassen und sich dann auf Roderic zu verlassen, der ihre Großmutter finden und befreien würde. Es war unmöglich. Das Risiko war zu groß. Unvermittelt kam ihr eine Idee. Sie drehte sich um und ging zu dem Zigeuner.

»Einkaufen ist wirklich eine anstrengende Angelegenheit, nicht wahr?« fragte sie mit einem gezwungenen Lächeln. »Ich glaube nicht, daß ich den Rückweg bis zum ruthenischen Haus laufen kann. Könnten Sie bitte eine Droschke rufen?«

»Natürlich.« Luca neigte den Kopf, aber bevor er ging, warf er einen düsteren Blick auf den Mann am Regenschirmstand.

»Was für eine talentierte Verschwörerin Sie doch sind«, hörte sie einen Augenblick später de Landes in ihrem Rücken sagen. »Ich habe gut gewählt.« Sie drehte sich zu ihm um.

»Was wollen Sie?«

»Wie hochfahrend! Sie sollten nicht vergessen, in welcher Lage Sie und Ihre geliebte Großmutter sich befinden.« Der Mann legte einen Finger an seinen Schnurrbart und strich ihn zu einer dünnen schwarzen Linie, die zu beiden Seiten seines roten, feuchten Mundes in einem schmalen Spitzbart mündete. Sein Lächeln war kalt.

Mara starrte ihn an. Unbändiger Haß, gepaart mit eiskalter Furcht, ergriff von ihr Besitz. De Landes war auf finstere, diabolische Weise gutaussehend, und er verstärkte diesen Eindruck zusätzlich durch seine schwarze Kleidung und den sauber gestutzten Schnurr- und Spitzbart. Während der kurzen Zeit ihrer Bekanntschaft war sie zu dem Schluß gekommen, daß er ein leidenschaftlicher Ränkeschmied war und sich für einen neuen Machiavelli hielt. Diese Überheblichkeit machte ihn aber nicht weniger gefährlich.

Er nickte kurz und zufrieden, da sie seine Zurechtweisung schweigend hinnahm.»Also schnell. Ich gratuliere Ihnen zu Ihrem schnellen Sieg über den Prinzen. Ich hätte nicht gedacht, daß Ihnen das so leicht fallen würde.«

»Ihre Gratulation kommt zu früh. Ich lebe mit ihm unter einem Dach, mehr nicht.«

»Wie enttäuschend. Dem muß abgeholfen werden.«

Seine Stimme war kalt, seine Worte kamen präzise. Jedes Mißverständnis war ausgeschlossen. Sie hob ihr Kinn. »Dazu sehe ich keinen Bedarf.«

»Wirklich nicht? Ich werde es Ihnen noch einmal erklären. In kurzer Zeit wird dieser Mann, dieser Prinz, unter ihrem Einfluß stehen müssen. Ihre einzige Hoffnung, solchen Einfluß zu gewinnen, ist es, so intim wie möglich mit ihm zu sein.«

»Das ist Wahnsin«, schluchzte, sie leise, die Hände fest zusammengeballt. »Er gehört nicht zu den Männern, die sich von einer Frau beeinflussen lassen, gleichgültig, wie eng seine Verbindung mit ihr ist.«

»Alle Männer hören auf ihre Geliebten, vor allem, wenn die Affäre frisch und die Frau klug ist.«

»Sie verstehen nicht. Der Prinz schöpft Verdacht. Er glaubt nicht, daß ich mein Gedächtnis verloren habe, das weiß ich genau. Ich fürchte, er hat mich bloß nach Paris gebracht, um mich zu überwachen. Es wird nicht gelingen!«

»Sie müssen dafür sorgen, daß es gelingt. Sie können es, wenn Sie Ihre jungfräuliche Schüchternheit und Ihre törichten Ausflüchte vergessen. Ich versichere Ihnen, daß dem so ist, denn selbst ich spüre Ihre Anziehungskraft.«

Sie schenkte ihm einen angewiderten Blick. »Ich kann das nicht tun, ich kann es nicht!«

»Sie müssen sich stählen.« Seine Stimme war schneidend, und seine blasse Haut hatte eine rötliche Färbung angenommen, weil sie sein Kompliment so offensichtlich übergangen hatte. »In etwa zwei Wochen muß der Prinz an einem Ball teilnehmen, den die Vicomtesse Beausire gibt. Es ist Ihre Aufgabe sicherzustellen, daß er kommt. Sie wissen, welche Konsequenzen drohen, falls Sie versagen.«

»Aber wie – ich kann nicht –«

»Er wird eine Einladung erhalten. Sie werden dafür sorgen, daß er sie annimmt.«

»Vielleicht nimmt er sie ohnehin an. Möglicherweise brauche ich gar nicht einzugreifen.«

»Vielleicht wird er sie aber auch ausschlagen. Prinz Roderic ist dafür bekannt, sehr wählerisch und äußerst sensibel in politischen Dingen zu sein, wenn es darum geht, eine Gastgeberin mit seiner Anwesenheit zu beehren. Und er muß diesem Anlaß beiwohnen. Ich verlasse mich auf Sie.«

»Handelt es sich also um etwas Politisches?« wollte Mara wissen.

De Landes ignorierte die Frage. »Sie werden außerdem dafür sorgen, daß der Prinz zum richtigen Zeitpunkt eintrifft und daß er an der richtigen Stelle steht. Ich werde mich später mit Ihnen in Verbindung setzen, um Ihnen zu sagen, wo und wann.«

»Aber wie soll ich das schaffen, wenn ich nicht dabei bin?«

»Sie werden dabei sein. Zu diesem Anlaß wird ein Mann seine Geliebte mitnehmen können, wenn es ihm beliebt.«

»Was ist, wenn man mich erkennt?«

»Dann wird das keinen Unterschied mehr machen.«

»Für Sie und Ihre Pläne vielleicht nicht, aber für mich –«

»Das ist unwichtig. Hier steht viel mehr auf dem Spiel als Ihr guter Ruf, meine Liebe.«

»Was denn? Was haben Sie vor? Warum muß ich den Prinzen auf diesen Ball bringen?«

»Es ist weder notwendig noch ratsam, daß Sie das wissen. Sie brauchen sich nur darüber im klaren zu sein, was Madame Helene und Ihnen widerfahren wird, wenn Sie meine Instruktionen nicht genauestens befolgen.«

»Aber ich –«

»Das muß genügen. Vergessen Sie nicht, was ich Ihnen gesagt habe. Sie haben nur zwei Wochen. Nutzen Sie sie gut.«

Der Verkäufer namens Worth kehrte zurück. De Landes verbeugte sich, lächelte höflich, als hätte er ihr nur guten Tag gewünscht, drehte sich dann um und spazierte davon.

Ihre Hände zitterten, sie bebte am ganzen Leibe. Nur mit äußerster Willensanstrengung konnte sie ihren Einkauf beenden. Bis sie Weisungen erteilt hatte, wohin die Ware geschickt werden sollte, war Luca zurückgekehrt, und die gemietete Droschke wartete. Sie hatte das Gefühl, daß Worth sie erstaunt anblickte, als sie die Adresse des ruthenischen Hauses niederschrieb, aber es half nichts. Sie wandte sich ab und gestattete dem Zigeuner, sie aus dem Laden zu führen.

Ein Strom von Kutschen aller Formen und Bauarten, von Wagen, Lastkarren und Handwagen schob sich durch die schmalen Straßen der Stadt. Kutscher fluchten, Peitschen knallten, Pferde wieherten, Menschen brüllten aus den Fenstern die Kutscher oder Insassen anderer Droschken an. Eisenbeschlagene Räder klingelten, wenn sie über das unebene Kopfsteinpflaster rollten. Die Fahrt in der Droschke war so holprig, daß sich Mara ständig an der Halteschlaufe festhalten mußte, und die Kutsche war so langsam, daß das Vehikel ständig von Fußgängern überholt wurde, die sich unbekümmert durch den Verkehr schlängelten.

Luca hatte, statt bei Mara zu sitzen, neben dem Kutscher Platz genommen. Endlich allein und unbeobachtet, versank Mara in Gedanken. Welchen Grund konnte de Landes haben, soviel Wert darauf zu legen, daß der Prinz auf einem Ball der kleinadligen Vicomtesse Beausire erschien? Die einzig mögliche Erklärung war für Mara eine Vendetta. Ansonsten ergab alles keinen Sinn. De Landes hatte die Politik erwähnt, aber das schien ihr ein unwahrscheinlicher Grund zu sein. Der Franzose wurde von der Regierung Louis Philippes aus dem Hause Orléans beschäftigt und war deshalb höchstwahrscheinlich ein Orléanist, der aus persönlichen Gründen die Monarchie unterstützte. Der Prinz war der Erbfolger des ruthenischen Throns, deshalb würde er bestimmt für dieselbe Regierungsform eintreten.

Mara interessierte sich kaum für Politik und schon gar nicht für die französische. Ihre Großmutter dagegen hatte sich über die Jahre hinweg über die verschiedenen Revolutionen und vor allem die delikaten Skandale, die sie oft hervorbrachten, auf dem laufenden gehalten. Es sei faszinierend wie ein Theaterstück, was sich Männer ausdachten, hatte Helene gesagt; manchmal seien die Posen und Einstellungen, die sie vertraten, und ihre Gründe, eine bestimmte Idee zu übernehmen, so lächerlich wie in einem Volksstück. Weil ihre Großmutter ihr oft Artikel aus den Zeitungen und Magazinen vorgelesen und sie mit ihren scharfsinnigen Kommentaren gewürzt hatte, hatte Mara einen einigermaßen guten Überblick über die politischen Verhältnisse.

Nach dem Fall des Napoleonischen Empires vor etwa dreißig Jahren waren die Bourbonen wieder an die Macht gekommen, in Gestalt Ludwigs XVIII., Bruder des 1793 geköpften Ludwigs XVI. und Onkel des jungen Ludwigs XVII., der im »Temple« gestorben war. Wie Napoleon gesagt hatte, hatten die Bourbonen nichts vergessen und nichts gelernt. Obschon Ludwig XVIII. ein kluger König war, der dem Volk eine Verfassung gab, war er auch kalt und berechnend und vertrat in späteren Jahren die Auffassung, daß sein göttliches Herrschaftsrecht über den Rechten des Volkes stand. Ihm folgte sein Bruder Karl X., ein guter und ehrlicher Mann, der aber noch mehr dem Absolutismus zuneigte. Nach einer Regierungszeit von nur sechs Jahren hatte Karls Unfähigkeit, Kompromisse zu schließen oder die Veränderungen in Frankreich zu verstehen, zu einer Revolution geführt, die seine Abdankung zugunsten seines Enkels, des Comtes de Chambord, zur Folge hatte.

Das Land war damals von einer provisorischen Regierung geführt worden, die allerdings genug von den Bourbonen hatte. Der Thron wurde für vakant erklärt und dem Duc d'Orléans, dem Angehörigen eines Ablegers der Bourbonen, nach einem Staatsstreich, den man als Juli-Revolution bezeichnete, die Krone überreicht. Man ernannte ihn aber nicht zum König Frankreichs, sondern zum »König der Franzosen aus Gottes Gnade und durch den Willen des Volkes«. Das war er bis zur Gegenwart geblieben.

Die siebzehn Jahre der Herrschaft Louis Philippes waren nicht leicht gewesen. Die Legitimisten, die wieder die Bourbonen auf dem Thron sehen wollten, betrachteten Louis Philippe als Usurpator und verachteten ihn als Sohn des königsmörderischen Philippe Égalité. Die Sozialisten wollten eine neue Republik, eine Regierung, die das Volk ohne den Einfluß des Königs vertrat. Die Reformisten wollten in der Assemblé Reformen durchsetzen, die Louis Philippe einiger seiner Rechte beraubten und ihm zu einem konstitutionellen Monarchen nach dem Vorbild der englischen machen würden. Außerdem gab es noch die Bonapartisten, die glaubten, daß Frankreich nie eine glorreichere und fortschrittlichere Ära durchlebt habe als während des Napoleonischen Empires. Seit man 1840 Napoleons Leiche von Sankt Helena nach Paris überführt und in Les Invalides, umgeben von sechs Särgen, beigesetzt hatte, hatten die Bestrebungen, den Neffen des großen Franzosen auf den Thron zu bringen, neuen Auftrieb bekommen. Charles Louis Napoleon war das dritte Kind von Louis, dem Bruder des Kaisers und König der Niederlande mit Hortense de Beauharnais, Josephines Tochter.

Louis Philippe war durch die Unterstützung der Mittelklasse in sein Amt gelangt. Er vergaß diese Hilfe nie, wurde sogar zu einem Bürgerkönig, den man, in einen dunklen Mantel und Hut gekleidet und mit einem Schirm unter dem Arm, oft auf der Straße, in den Restaurants und in den Cafés sah. Er lebte einfach, ein Wesenszug, den er sich im Exil angeeignet hatte, als er oft Hunger leiden mußte. Er hatte auch, während eines längeren Aufenthalts in Louisiana zu jener Zeit, die amerikanische Eigenschaft angenommen, früh aufzustehen und hart zu arbeiten. Man sagte, der König stehe jeden Morgen bei Tagesanbruch auf, schüre sein eigenes Feuer und arbeite bis zum Frühstück an seinem Schreibtisch. Diese Züge gefielen der Bourgeoisie, aber sie machten ihn jenen verdächtig, die der Auffassung waren, ein König solle sich wie ein König verhalten.

Die Mittelklasse war die größte und einflußreichste Klasse, dank ihres Wohlstandes und des repräsentativen Monopols, das sie in der Assemblé ausübte. Dennoch war es ein Fehler, ihre Rechte und Vormachtstellung auf Kosten des Adels und des einfachen Volkes auszubauen. In der Ober- wie in der Unterschicht schmiedete man Komplotte, am eifrigsten aber unter den Radikalen, die sich für die Rechte der Arbeiter einsetzten.

In den letzten Jahren hatte es einige Attentate auf das Leben des Königs gegeben, vor allem eines, das Guiseppe Fieschi mit Hilfe einer »Höllenmaschine« ausgeübt hatte, die aus fünfundzwanzig gleichzeitig feuernden Gewehren bestand. Der König und seine Söhne hatten das Attentat unverletzt überstanden, aber achtzehn Menschen waren umgekommen. Fieschi und die anderen Verschwörer hatte man auf die Guillotine geschickt. Bonapartes Neffe Charles Louis Napoleon hatte zweimal versucht, einen Volksaufstand anzuzetteln. Beim letzten Versuch hatte man ihn verhaftet und zu lebenslanger Gefangenschaft auf der Festung Ham verurteilt, aber vor erst einem Jahr war er, als Arbeiter verkleidet, entkommen und nach England geflohen.

Grandmère Helene hatte, wie die meisten Frauen unter den französischen Kreolen Louisianas, lange Übung darin, Verwandtschaftsbeziehungen nachzuvollziehen, und verstand es deshalb, die komplizierten Genealogien der gegenwärtigen Hauptfiguren im Kampf um den französischen Thron aufzuschlüsseln. Sie hatte die Auseinandersetzung als Rauferei unter Dieben um einen gestohlenen Thron bezeichnet. Louis Philippe, hatte sie erklärt, habe kein Recht, darauf zu sitzen. Er sei lediglich der Ururerenkel einer österreichischen Prinzessin und eines italienischen Kardinals und überhaupt kein Bourbone. Wer einen Sinn für alte Geschichten besaß, hatte auch nicht vergessen, daß der zweite Sohn Annes von Österreich, der Prinzgemahlin Ludwigs XIII., nicht vom König, sondern von ihrem Liebhaber, Kardinal Mazarin, abstammte. Was Charles Louis Napoleon betraf, dessen Mutter, Hortense de Beauharnais, hatte sich mit Händen und Füßen dagegen gewehrt, mit ihrem tölpelhaften Onkel verheiratet zu werden, und laut erklärt, sie würde niemals mit ihm ins Ehebett steigen. Wenn auch ihr erster Sohn vielleicht ehelich gezeugt war, so wurde doch allgemein vermutet, daß ihr dritter Sohn, Charles Louis, der Affäre mit einem berühmten holländischen Admiral entsprungen war. Allerdings hatte Hortense damals so viele Liebhaber gehabt, daß möglicherweise nicht einmal sie selbst den Vater hätte benennen können. Und was schließlich die ältere Bourbonische Linie anging, die von den Legitimisten als einzige königliche betrachtet wurde – deren blaues Blut war schon so oft verwässert worden, daß es müßig gewesen wäre, alle Verunreinigungen einzeln aufzuzählen.

Was würde Grandmère Helene sagen, wenn sie gewußt hätte, worüber sich ihre Enkelin gerade den Kopf zerbrach? Hätte sie die Affäre, in die Mara verwickelt war, so amüsant gefunden wie jene dieser prominenten Persönlichkeiten?

Sie mußte den Prinzen verführen. Das war unvermeidlich. Sie hatte mit ihrem Zaudern und Zögern schon zuviel Zeit verschenkt. Sie hätte die Tat bereits hinter sich bringen können, vermutete sie, wenn sie nur etwas mutiger gewesen wäre.

Zwei Wochen. Sie hatte zwei Wochen, um den Prinzen an sich zu binden, um in sein Bett zu gelangen. Und es reichte nicht einmal aus, seine Mätresse zu werden, sie mußte ihn außerdem noch so bezaubern, daß er sich willig ihren Bitten fügte. Ein leichter Flirt, eine kurze Liaison würden nicht genügen. Dieser einzigartige Mann mußte so von ihr gefangen sein, daß er ihr gern zu Gefallen war und jeden Wunsch erfüllte.

Wie sollte sie das nur anstellen? Wie?

5. Kapitel

Am Nachmittag nach ihren Einkäufen ließ Mara das Dienstpersonal des ruthenischen Hauses zusammenkommen. Luca, der keine besonderen Aufgaben hatte, befand sich zufällig in dem Salon direkt neben der langen Trainingsgalerie der Truppe, als sie eine Magd mit der Botschaft zu den Dienstbotenräumen im unteren Geschoß schickte. Er kommentierte ihr Verhalten nicht, aber als die Dienstboten in das Zimmer drängten, legte er das Holzstück beiseite, an dem er herumschnitzte, und stellte sich hinter ihren Stuhl.

Mara saß an dem Schreibtisch, den sie in Beschlag genommen hatte, und war dankbar für diese Geste der Unterstützung. Sie hatte ein paar Jahre lang den Haushalt ihres Vaters geführt, hatte die Lebensmittel- und Vorratseinkäufe überwacht und die Sklaven beim Waschen und Putzen beaufsichtigt. Aber das war etwas ganz anderes gewesen, als französische Diener zu befehligen, die uralte Traditionen von Nebeneinkünften aus ihrer Anstellung verfochten, die so fest an ihre Unersetzlichkeit glaubten, daß es schon fast an Überheblichkeit grenzte, und die die republikanische Auffassung vertraten, daß alle Menschen gleich seien. Sie würde sehr streng sein müssen, wenn sie nicht unter die Räder kommen wollte.

Zwanzig Haushaltsangestellte hatten sich vorgestellt. Gemäß dem Haushaltsbuch, in dem ihre Namen und ihr Entgelt aufgelistet waren, gab es eine Köchin, zwei Hilfsköchinnen, drei Küchenmädchen, vier Dienstmägde, zwei Unterdienstmägde, vier Lakaien, einen Gärtner, einen Untergärtner, einen Kutscher und zwei Männer, deren Aufgabe es war, den Müll und Abfall fortzubringen. Mara blieb lange unbewegt sitzen und musterte die Gruppe. Sie war nicht eben eindrucksvoll. Die Frauen trugen keine Hauben, und ihre Schürzen waren grau und verdreckt. Die Männer wirkten, als wären ihre Jacken und Westen nur flüchtig gereinigt worden und von jener Art, wie man sie auch auf der Straße trug. Alle sahen schlampig und mürrisch zugleich aus, als würden sie ihr angenehmes Leben genießen und keinen Wert darauf legen, daß sich etwas daran änderte.

Sie zählte sie kurz durch und blickte dann noch einmal in ihr Haushaltsbuch. Dann schaute sie wieder auf und fragte: »Wo ist die Frau, die als Köchin geführt wird?«

Sie bewegten sich unruhig und warfen sich aus den Augenwinkeln verstohlene Blicke zu. Schließlich meldete sich ein Lakai zu Wort: »Madame Köchin sagt, sie ist kein gewöhnlicher Dienstbote, sondern eine Künstlerin. Sie sagt, sie läßt sich von einer – einer, die nicht Hausherrin ist, nichts befehlen. Wer sie sprechen möchte, meint sie, kann zu ihr in die Küche kommen.«

»Ich verstehe«, antwortete Mara ruhig und gelassen. »Sie werden zu ›Madame‹ gehen und ihr ausrichten, daß ich sie innerhalb der nächsten halben Stunde hier unter vier Augen sprechen möchte. Sollte sie nicht kommen, kann sie sich als entlassen betrachten. So, hat noch jemand Probleme damit, Befehle von mir entgegenzunehmen?«

Schweigen senkte sich herab. Keiner sprach oder bewegte sich. Mara wartete ein paar Sekunden, dann nickte sie dem Lakaien zu, der ihre Botschaft für die Köchin überbringen sollte. Er verneigte sich und eilte davon.

»Von jetzt an wird es eine Reihe von Änderungen im ruthenischen Haus geben. Die erste betrifft die Kleidung. Neue Livreen, Schürzen und Hauben sind für Sie bestellt und werden noch in dieser Woche geliefert. Diese Kleidung werden Sie tragen, solange Sie im Dienst sind, und zwar ausnahmslos, wie es sich für ein Haus, das zugleich die offizielle Residenz der ruthenischen Regierung ist, gebührt. Ich lege Wert darauf, daß Sie sich sauber und korrekt kleiden und von Gästen als Teil des Haushaltspersonals erkannt werden können. Habe ich mich klar ausgedrückt?«

Mara sah ein paar Köpfe zustimmend nicken, konsultierte die Liste in ihrer Hand und fuhr dann fort. Sie kündigte eine Reihe weiterer Änderungen an, die das Verhalten der Dienstboten, die Sauberkeit und die Verantwortlichkeit für ihre Arbeit betrafen, dann begann sie die Aufgaben zu umreißen, die jede Frau und jeder Mann ab sofort zugewiesen bekam. Sie war gerade am Ende angelangt, als die Tür aufflog und gegen die Wand krachte.

In den Raum marschierte eine stämmige, breitgesichtige Frau mit einer Pfanne in der Hand. Sie schaute sich um und stürmte, als sie Mara erblickt hatte, auf sie zu, als wollte sie sie schlagen. Hinter Mara trat Luca einen Schritt vor. Die Frau schaute in sein dunkles, gleichmütiges Antlitz und blieb augenblicklich stehen, wenn auch ihre Stimme immer noch schrill vor Zorn klang.

»Mit welchem Recht schicken Sie mir eine solche Nachricht? Ich bin noch nie so beleidigt worden! Männer flehen mich an, jawohl, die reichsten Männer sogar, ich soll in ihr Haus kommen und für sie kochen. Ich bin ohne Konkurrenz, eine Künstlerin! Mein Gehalt übersteigt bei weitem das, was eine wie Sie in Jahren auf dem Rücken liegend verdient!«

Mara stand auf. »Wirklich! Dann sind Sie eindeutig überbezahlt.«

Der kühle Kommentar brachte den zornigen Wortschwall zu einem plötzlichen Versiegen. Das Gesicht der Köchin färbte sich purpurrot. »Ich hätte gute Lust, dieses Haus zu verlassen! Das würde Ihnen nur recht geschehen. Der Prinz würde Sie bestimmt rausschmeißen, wenn er entdeckt, daß er mich Ihretwegen verloren hat!«

»Tun Sie, was Ihnen richtig erscheint. Ich versichere Ihnen, es ist unwahrscheinlich, daß man Ihre Abwesenheit bemerkt.«

»Wollen Sie etwa meine Fähigkeiten anzweifeln?«

»Wollen Sie etwa behaupten, die Mahlzeiten, die in diesem Haus serviert werden, würden dafür sprechen?«

Die Frau öffnete den Mund und klappte ihn dann wieder zu. Die Pfanne, die sie geschwungen hatte, senkte sich langsam.

»Ich wurde vom Majordomus des Prinzen engagiert. Niemand sonst kann oder wird mich entlassen.«

Die Worte klangen kriegerisch, aber der Ton war gedämpft. Mara wußte, daß sie gewonnen hatte. »Man wird Sie nicht entlassen, solange das Essen, das auf den Tisch des Prinzen gelangt, Ihren Fähigkeiten entspricht. Ich bin sicher, Ihrem Ruf zuliebe wird Ihnen das ein inneres Bedürfnis sein.«

»Natürlich.«

Die Frau hätte keine andere Antwort geben können, aber sie klang aufrichtig. »Gut. Ich verlasse mich darauf, daß Sie Ihr Talent nutzen, um Menüs zu schaffen, die eine Mahlzeit hier im ruthenischen Haus zu einer bleibenden Erinnerung machen. Wenn Sie sie ausschreiben und mir jeden Morgen bringen, werden wir Sie besprechen können.«

»Dieser Haushalt ist unmöglich! Leute kommen, Leute gehen. Wie kann ich mein Bestes geben, wenn man mir jeden Tag erst im letzten Moment sagt, ob ich für vier oder vier Dutzend Gäste kochen soll?«

»Ich werde versuchen, Ihnen früh genug Bescheid zu geben. Trotzdem müssen Sie die Portionen generös berechnen, damit genügend für zusätzliche Gäste da ist, so wie es die Gastfreundschaft dieses Hauses erfordert.«

Die Köchin kniff die Lippen zusammen und nickte. »Wegen der Einkäufe –«

»Die überlasse ich größtenteils Ihnen«, erklärte Mara augenblicklich und fügte dann hinzu: »Allerdings werde ich manchmal Zutaten besorgen, die täglich frisch gekauft werden müssen. Und wir werden natürlich gemeinsam die Rechnungen durchgehen, bevor sie bezahlt werden.«

»Natürlich«, stimmte die Frau zu, und wenn ihr Tonfall auch hart klang, war eine widerwillige Anerkennung herauszuhören.

In einem großen Haushalt war es Sitte, daß der Koch eine Vergütung von den Lieferanten erhielt, denen er Aufträge erteilte. Die Praxis wurde geduldet, solange sie nicht dazu führte, daß der Herrschaft minderwertiges Essen zu überteuerten Preisen vorgesetzt wurde. Der Köchin war klar, daß Mara diesen Aspekt des Haushaltes zu überwachen gedachte. Die Qualität des Fleisches und der Innereien, der Milch, der Butter und Eier würde sich zweifellos bessern.

»Der Weinkeller scheint angemessen bestückt zu sein. Der Majordomus des Prinzen hat sich darum gekümmert, glaube ich. Er wird das auch weiterhin tun. Es sollte nicht nötig sein, daß jemand täglich die Flaschen zählt, aber wir werden ein Inventar erstellen und es regelmäßig überprüfen.«

Die Köchin warf den Lakaien einen Seitenblick zu. Sie wichen dem Blick aus, studierten ihre Hände oder starrten reglos geradeaus. Ein Hausmädchen unterdrückte ein nervöses Kichern und verwandelte es gerade noch in ein trockenes Husten.

Mara wartete eine Weile und wandte sich dann übergangslos dem nächsten Punkt auf ihrer Liste zu. Offenbar hatte man sie verstanden.

Die beiden folgenden Tage waren von Tumult erfüllt. Die Dienstboten wurden in Mannschaften zu drei oder vier Personen aufgeteilt. Sie wurden früh zu einer Arbeit eingeteilt und hörten bis spät abends nicht auf. Wohin man auch ging, stieß man auf Schrubber und Tücher, Bürsten und Leitern, Reinigungsmittel und Polituren. Es war unmöglich, eine Treppe hinauf oder hinunter zu gehen, ohne daß man einem Mann oder einer Frau mit einem Eimer voll heißem Wasser oder schmutzigem Seifenwasser begegnete. Die schweren Vorhänge an den Fenstern und um die Betten wurden ausgeschüttelt und geklopft, bis Staubwolken die Räume vernebelten. Die Polster der Sessel und Sofas wurden gebürstet und gewischt und ausführliche Listen mit jenen Gegenständen erstellt, die ausgebessert werden mußten.

Sie bohnerten die Steintreppen mit Limonenkarbonat, streuten Teeblätter auf die Teppiche, die den Schmutz aus den Fasern ziehen sollten, und gebrauchten einen Blasebalg, um den Staub von den bemalten und freskenverzierten Decken zu pusten, bevor sie vorsichtig abgebürstet wurden. Sie wuschen das Holz mit einer Mischung aus weicher Seifenlauge, Sand und Bier; polierten die Möbel mit Essig, Leinsamenöl und Weingeist; und rieben Messingleuchter und andere Metallgegenstände mit Klauenfett und Terpentin ab. Sie schrubbten uralten Schmutz und die Flecken vom Parkett und von den Marmorböden und bohnerten sie mit Bienenwachs, bis sie glänzten.

Die Fenster wurden geputzt und trockengerieben, bis sie blitzten, ebenso die Spiegel, Uhrgläser, Vasen und Marmorbüsten; außerdem die sechzehnhundert Kristallgläser und das dreitausendsechshundertteilige Porzellanservice. Das Silber wurde geputzt, angefangen von den zierlichsten Mokkalöffeln bis zu den großen hohlgriffigen Tranchiermessern, von den Messerbänken bis zu dem großen Samowar, in dem der Tee serviert wurde.

Im Hinterhof wurden große Kessel aufgestellt, in denen man die Leinentücher auskochte, die während der langen Lagerzeit vergilbt und modrig geworden waren: Bettücher, Servietten, Tischtücher, Handtücher und zahllose andere Stücke von unklarer Bestimmung. Mit dem kochendheißen Seifenwasser wurde danach das Kopfsteinpflaster der Innenhöfe abgeschrubbt, bis es dampfte, dann spülte man das schmutzige Wasser mit dem Dreck vergangener Jahrzehnte hinweg. Die Kanten und Kurven der Büsche wurden nachgeschnitten und jeder Grashalm darunter ausgezupft, danach wurde der Garten sorgfältig gedüngt und mit gehäckseltem Heu gemulcht.

Die Arbeit hatte in den öffentlichen Räumen begonnen, aber bald die Apartments des Prinzen und die nahen Schlafgemächer der Truppe erfaßt. Roderic und seine Männer wurden vertrieben, verschwanden bei Tagesanbruch und kehrten erst wieder, wenn die Nacht angebrochen und Ruhe eingekehrt war. Sie gewöhnten sich an, jeden Stuhl erst sorgfältig darauf zu prüfen, ob er naß war, bevor sie sich setzten, und kurz mit dem Finger über den Tisch zu streifen, um Politurreste aufzuspüren, bevor sie einen Arm oder uniformierten Ellbogen darauf stützten. Sie bewegten sich auf Zehenspitzen über die frisch gewachsten Böden oder wurden dabei beobachtet, wie sie mit dem Ärmel ihre Fingerabdrücke von glänzendem Messing oder Silber abwischten. Doch trotz solcher anfänglicher Unbehaglichkeit lobten sie lauthals die sich abzeichnenden Verbesserungen.

Mara delegierte die Aufgaben und überprüfte die verschiedenen Arbeitsgruppen ab und zu, machte regelmäßig Rundgänge durch die Räume, in denen gerade geputzt wurde. Den Großteil ihrer Zeit verwandte sie jedoch aufs Nähen. Sie hatte die Dienste einer Unterhausmagd in Anspruch genommen, eines Mädchens namens Lila, das angegeben hatte, einst

Schneiderin gewesen zu sein. Gemeinsam hatten sie ein Quartett von Kleidern entworfen, die von fast mittelalterlicher Erscheinung waren. Das granatrote hatte einen rechteckigen Ausschnitt, eine pointierte Basquine und Puffärmel, die am Handgelenk, am Ellenbogen und an der Schulter gerafft waren. Seidenspitzen umgaben das Dekolleté und jeden Abschnitt der gerafften Ärmel. Das dunkelblaue Kleid war ähnlich geschnitten und mit geschlitzten Ärmeln versehen, die ein granatrotes Futter offenbarten. Direkt über dem Rocksaum war ein Band aus demselben Material aufgenäht. Das graue und grüne Kleid folgten dem gleichen Muster. Weil sie so einfach waren, ging die Arbeit schnell von der Hand; dennoch nähten Mara und die Magd Lila bis tief in die Nacht. Zusätzlich zu den Kleidern hatte Mara aus dem Kambrik vier Mieder und Höschen geschneidert und aus dem Batist ein Nachthemd, das ähnlich den Tageskleidern geschnitten war, nur daß über dem viereckigen Ausschnitt Spitzen angenäht waren, die in einem Kragen um ihren Hals mündeten.

Schließlich war das Haus sauber, wenigstens die wichtigeren Räume; die Mahlzeiten waren besser und herzhafter geworden, und es gab verschiedene Gänge. Die Kleider und die Unterwäsche waren fertig, gebügelt und hingen im Schrank. Die Verführung konnte beginnen.

Ein zufriedener Mann war ein empfänglicher Mann. Wenigstens verließ sich Mara auf diese Theorie. Sie glaubte gehört zu haben, wie Grandmère dasselbe sagte, aber sie war nicht sicher. Trotzdem erschien es wahrscheinlich, daß Roderic eher geneigt wäre zu reagieren, wenn er sich in der Sauberkeit, für die sie gesorgt hatte, entspannte und sich nach dem guten Essen, das sie arrangiert hatte, wohl fühlte.

Es war ebenfalls wahrscheinlich, daß die lebhaften Farben ihrer neuen Kleider, ihr enganliegendes Mieder und das tief ausgeschnittene Dekolleté, das ihre Brüste hervorhob, ihr gute Dienste erweisen würden. Sie hatte vom Haushaltsgeld eine kleine Phiole Guerlain-Parfüm erstanden, das sie großzügig aufzutragen gedachte. Sie hatte für diesen Abend ein

Bad mit heißem Wasser bestellt und Lila angewiesen, wie sie ihr Haar frisieren sollte. All das sollte ihr helfen.

Ein Teil ihrer selbst schauderte über ihre sorgfältige und zynische Planung. Sie kam sich so berechnend vor, fast wie eine jener Damen der Nacht, die es überall in Paris gab. Aber was sollte sie tun? Die Sicherheit ihrer Großmutter stand auf dem Spiel. Sie mußte handeln. Jetzt.

Sie konnte sich einreden, daß die zwei vergangenen Tage notwendig gewesen waren, daß sie zur Vorbereitung gedient hatten. Es war ebensogut möglich, daß alles nur eine überflüssige Verzögerung war. Sie hatte Angst. Sie wäre am liebsten die Treppe hinunter, quer durch den Hof und auf die Straße gerannt, um nie wiederzukehren. Sie hätte alles darum gegeben, zum Prinzen gehen zu können und ihm zu sagen: »Ich heiße Mara, Marie Angeline Delacroix. Ich bedauere zutiefst, daß ich mich unter einem Vorwand hier eingeschlichen habe, und bitte Sie, mir zu vergeben, aber jetzt möchte ich heim.«

Was würde Roderic sagen? Wäre er wütend? Angewidert? Voller Verachtung? Wäre er froh, sie loszusein, oder würde er ihren Fortgang bedauern? Natürlich machte das keinen Unterschied, aber sie wünschte, sie wüßte es trotzdem.

Die vorwinterliche Dunkelheit kam viel zu schnell. Mara schaute ein letztes Mal in die Küche, um zu überprüfen, welche Fortschritte das Mahl machte, das sie und die Köchin zusammengestellt hatten. Die Haut der kleinen Brathähnchen war goldbraun; das Kalb köchelte in seiner Weinsoße; die Langusten in ihrem vollen, cremigen Fond erfüllten die Luft mit ihrem Aroma. Kuchen und Crèmes warteten in ihren Kristallschalen, und eine Karamelsoße blubberte am Rande des riesigen Eisenofens, der der ganze Stolz dieser niederen Regionen war. Die Köchin, in grauem Kleid mit blütenweißer Schürze und einem hohen weißen Hut auf dem Haar, führte die Speisen voller Stolz vor. Mara machte ihr ausgiebig Komplimente, aber der Knoten in ihrem Magen war so fest, daß die Speisen ebensogut aus Kohle und Asche hätten sein können, so regten sie ihren Appetit an.

Schließlich war alles bereit. Ihr Bad war beendet, ihr Haar gekämmt, die neue Unterwäsche und das granatrote Kleid angezogen. Lila hatte ihr neues Nachthemd auf das Bett gelegt. Die Luft roch nach dem Blumenduft des Parfüms, das sie auf ihren Hals, zwischen ihre Brüste, an die Innenseite ihrer Ellbogen und auf ihre Handgelenke getupft hatte. Sie betrachtete sich ein letztes Mal im Spiegel. Das Kleid stand ihr gut, fiel in eleganten Falten über ihre Unterröcke, und die Farbe ließ ihr Gesicht leicht rosa aufscheinen. Trotzdem war sie blaß.

»*Mademoiselle est très belle.*«

»Danke, Lila. Du hast ausgezeichnete Arbeit geleistet.«

Mara drehte sich vom Spiegel ab, hielt dann inne und blieb entschlußlos im Raum stehen. Sie schaute sich um, auf das Himmelbett mit den hellrosa Seidenvorhängen, die von einer Plattform über dem Kopfende herabhingen, auf den Schrank mit seinem Aufsatz und dem geschnitzten Rahmen, auf den weißen Marmorkamin mit den vergoldeten klassischen Statuetten, auf die Wandbehänge und den Aubusson-Teppich mit seinem Blumenmuster unter ihren Füßen. Sie fühlte sich, als hätte sie all das noch nie gesehen, als wäre ihr alles, sie selbst eingeschlossen, vollkommen fremd. Vielleicht litt sie tatsächlich an einer Art Gedächtnisverlust. Es war fast, als wäre Marie Angeline, das Mädchen, das mit Dennis Mulholland geflirtet und über seinen Tod geweint hatte, ein anderer Mensch geworden.

»Stimmt etwas nicht, Mademoiselle?«

Mara fuhr zusammen und merkte, daß sie ihre Hände so fest zusammengepreßt hatte, daß die Finger wachsweiß waren. Mit einiger Überwindung löste sie den Griff wieder und rang sich ein Lächeln ab.«Nein, es ist alles in Ordnung. Was sollte nicht stimmen?«

Sie wurde mit Jubel und einem Schwall lauter Komplimente von der Truppe begrüßt. Man begleitete sie zum Diner: Jared und Jacques reichten ihr zu beiden Seiten die Arme, Estes bildete die Vorhut, und Michael und Luca folgten hinter ihr. Roderic, dem die Etikette gleichgültig war, folgte als letzter an Trudes Seite.

Das Essen war ein großer Erfolg. Die Speisen waren perfekt, die Weine, die zu jedem Gang gereicht wurden, delikat. Man brachte einen Trinkspruch auf die Köchin aus, dann einen auf Maras Fähigkeiten als Haushälterin, auf ihr Organisationstalent und auf ihre Schönheit. Man trank auf den Mann, der sie aus der Kutsche gestoßen und sie auf diese Weise zu ihnen gebracht hatte; auf das Land Frankreich, auf dessen Boden man sie gefunden hatte; auf seinen Regenten Louis Philippe; und um der Ausgewogenheit willen und um die Liebe zur Heimat zu beweisen, auf Ruthenien und seinen starken König Rolf. Mara aß nur wenig, mußte aber auf alles trinken, was die Truppe eines Trinkspruches für würdig befand. Langsam begann sich ihre Beklommenheit zu lösen.

Sie erwarteten keine Gäste an diesem Abend. Als der letzte Kuchenkrümel verspeist und der letzte Löffel Crème hinuntergeschluckt war, zog man sich zum Kaffee in den Salon in König Rolfs Flügel zurück statt in den Empfangssalon. Der Raum war kleiner, aber immer noch so groß, daß ein Kamin an jedem Ende untergebracht war und drei verschiedene Sitzgruppen Platz fanden. Die Truppe verteilte sich, manche spielten mit ihren Würfeln, die sie Knöchel nannten, andere setzten sich vor ein Schachspiel. Roderic nahm am Pianoforte Platz und begann zu spielen. Nach kurzem Zögern setzte sich Mara auf einen Sessel vor dem Feuer am anderen Ende des Raumes. Sie war noch nie mit den anderen hier gewesen, und trotz Trudes Anwesenheit, die mitten im Würfelspiel war, fühlte sie sich in der fast ausschließlich männlichen Gesellschaft fehl am Platz.

Das Kaffeetablett mit dem Silberservice, ein Teller mit Keksen und eine Obstschale wurden hereingetragen und vor Mara abgestellt. Nachdem sie Roderics Kaffee eingeschenkt hatte, trug Luca die Tasse zu ihm hinüber. Der Prinz spielte eine leise Melodie – wie Mara glaubte, eine Variante Mozarts über ein ungarisches Volkslied. Die anderen holten sich ihren Kaffee selbst und neckten und frotzelten sich freundlich, während sie ihn tranken.

Mara hatte angenommen, daß die Mitglieder der Truppe gehen würden, nachdem der Kaffee abgeräumt worden war.

Sie blieben. Ihrem Wunsch zum Trotz, sie loszuwerden, widmeten sie sich wieder ihren Spielen. Sie beobachtete sie und versuchte sich zu überlegen, wie sie ihren Anführer vor einer so großen Zuschauerschaft verführen sollte, noch dazu vor einer, die eine solche Vorstellung höchst amüsant finden würde. Es war unmöglich.

Sie warf Roderic einen Blick zu. Das Licht der Kerzen im Kerzenhalter des Flügels ließ sein Haar warm und golden glänzen. Es fiel auf seine hohen, slawischen Wangenknochen und bildete tiefe Schatten um seine Augen. Es fing sich in den feinen blonden Härchen auf seinem Handrücken und warf die Schatten seiner Finger auf die Tasten, so daß sie noch länger und feingliedriger wirkten, als sie in Wahrheit waren. Er spielte immer weiter, als würde er sich gar nicht gewahr werden, was um ihn herum vorging. Mara hatte Grund anzunehmen, daß dieser Eindruck falsch war. Ab und zu schaute er auf, und diese kurzen Blicke waren durchdringend und aufmerksam.

Sie zermarterte sich das Gehirn auf der Suche nach einer Gelegenheit, mit Roderic allein zu sein. Sie konnte sich einen Auftrag für einen aus der Truppe ausdenken, vielleicht sogar für zwei, aber nichts, das sie lange fernhalten würde. Wenn sie die ganze Gruppe auf einmal loswerden wollte, würde der Prinz wahrscheinlich mitgehen. Erwartungsvoll suchte sie nach Anzeichen für Müdigkeit, aber alle wirkten so frisch wie am Morgen. Als erst eine halbe, dann eine ganze Stunde vergangen war, vergaß sie alle Vorsicht.

Sie stand auf und ging zu den Würfelspielern hinüber. »Wie häuslich Sie heute abend sind«, sagte sie und beugte sich über Estes' Schulter, um die Würfel auf dem Tisch erkennen zu können. »Gibt es keine Salons zu besuchen, nichts Neues in der Oper oder der Comédie Française? Zeigt Monsieur Dumas keine neue Produktion? Tut er das nicht immer?«

Nebenan blickte Michael von seinem Schachspiel auf. »Ich glaube, sein neuestes Stück ist *Le Chevalier de Maison-Rouge* in seinem Historischen Theater am Boulevard du Temple.«

»Ich wußte doch, daß es eines geben muß.«

»Er ist immer für ein, zwei Lacher und ein paar Entsetzensschreie gut.« Der Kommentar kam von Trude, deren breites Gesicht ein gewisses Interesse erkennen ließ.

»Ach, ich weiß doch, daß du nur die zärtlichen Liebesszenen magst«, erklärte ihr Jacques.

»Das trifft doch eher auf dich zu«, antwortete Trude ohne Grimm. »Mir gefallen die Schwertkämpfe. Heutzutage gibt es doch kaum mehr Gelegenheit, den Degen zu ziehen.«

»Du lebst in der falschen Gegend«, meinte Estes.

»Eher im falschen Jahrhundert. Ich wäre gerne einer von Dumas' Musketieren gewesen.«

»Gräm dich nicht, meine Göttin; auch für uns heißt es ›alle für einen, einer für alle!‹« Der italienische Graf beschrieb eine großartige Geste.

»Wirklich?«

»Zweifelst du daran?«

»Mir scheint, daß in den letzten Tagen dein Gehorsam, wie auch der der übrigen, einer Frau überflüssigster Art gilt, einer Hausfrau, die sich eitel in ihren neuen Kleidern produziert und über ihre lächerliche Leistung, diese Riesenscheune auseinanderzunehmen und wieder zusammenzusetzen, vor Stolz fast zerplatzt.«

Der Kommentar war nicht für die Allgemeinheit gedacht gewesen. Trude hatte lediglich zu Estes gesprochen, aber plötzlich war eine jener Pausen in der Konversation entstanden, in der jedes Wort laut und deutlich zu verstehen ist. Betretenes Schweigen machte sich breit. Trudes Ohren wurden rot.

»Wenn wir einer ›Hausfrau‹ ergeben sind«, antwortete Estes langsam, »dann vielleicht, weil sie bessere Manieren hat.«

»Ich wollte nicht –«, setzte Trude an.

Dann sprach Roderic, und seine Worte schnitten durch die gespannte Atmosphäre. »Ihr seid für heute entlassen. Ich finde, die Anziehungskraft von Dumas' ›Edelmann des roten Hauses‹ sollte, nein muß, erkundet werden. Was sagt ihr dazu, meine Tapferen, meine äußerst Tapferen?«

Es war, der Wortwahl zum Trotz, ein Befehl. Innerhalb einer Sekunde hatten alle zugestimmt.

Estes wandte sich an Mara. »Kommen Sie mit, Mademoiselle?«

»Ich ... ich glaube nicht. Ich bin zu müde.«

»Was ist mit Ihnen, mein Prinz?«

Mara hielt gespannt den Atem an.

»Die Aussicht auf Schreie und Schwertkämpfe begeistert mich im Augenblick kaum. Ein andermal.«

Estes tippte sich mit dem Finger an den Kopf, eine verwegene Miene auf dem koboldhaften Gesicht. »Sie vergessen die Liebesszenen.«

»Ich werde es versuchen.«

Kurz danach waren sie weg. Nur Luca blieb zurück. Der Zigeuner wartete, bis sich die Tür hinter den anderen geschlossen hatte und ihre Stiefelschritte im Gang verhallt waren. Dann verbeugte er sich vor Roderic. »Ich bitte um Ihre Erlaubnis, heute nacht draußen schlafen zu dürfen, Hoheit.«

Der Prinz beendete das Stück, das er gerade spielte, hob dann die Hände und stand auf. »Der Seifenduft ist recht stark, da gebe ich dir recht, aber ist er wirklich so überwältigend?«

Der andere Mann schüttelte den Kopf. »Ich brauche den freien Himmel über mir.«

»Brauchst du oder willst du ihn? Manche Wünsche können und sollten unterdrückt werden.«

»Ich bin Zigeuner. Ich brauche ihn.«

Roderic nickte knapp. »Wie du meinst.«

Luca wandte sich an Mara und erklärte ernst: »Ich möchte damit Ihre Gastfreundschaft und Ihr Haus nicht beleidigen, Mademoiselle.«

»Es ist nicht meins«, erwiderte sie ruhig.

»Sie sind die Frau. Für uns sind Frauen wie die Erde. Die Erde ist unsere Mutter, unser Heim, genau wie die Frau. Ich drücke mich vielleicht nicht gut aus, aber weil Sie Frau sind, sind Sie das Heim, wo wir Essen und Ruhe finden. Es hat nichts mit dem Besitz zu tun, nur mit dem Sein.«

»Sie drücken es ausgezeichnet aus, Luca, und ich danke Ihnen. Schlafen Sie gut.«

Als er gegangen war, wandte sich Mara ab. Das Kaffeetablett stand immer noch vor ihrem Stuhl neben dem Kamin. Sie ging hinüber, nahm die Kanne hoch und berührte sie an der Seite. Über die Schulter hinweg sagte sie: »Ich glaube, er ist noch heiß. Möchten Sie vielleicht noch eine Tasse?«

»Danke, nein.«

Seine Stimme klang nahe. Nervös setzte sie die silberne Kaffeekanne so ungeschickt wieder ab, daß sie auf dem Tablett klapperte. Sie nahm einen kleinen, mit Zucker überzogenen Keks und biß hinein. Er war feucht, aber ihr Mund war so trocken, daß sie beinahe husten mußte, als sie ihn zu schlucken versuchte. Sie legte die andere Hälfte wieder ab.

Was sollte sie jetzt tun? Wie sollte sie sich dem Prinzen nähern? Sie konnte sich nicht einfach in seine Arme werfen, oder etwa doch? Es gab Frauen, die sich einfach vor einen Mann hinstellen und ihn bitten konnten, sie zu lieben, aber zu denen gehörte sie nicht. Es mußte auch subtiler gehen. Das Schweigen dehnte sich immer weiter.

»Sind Sie sicher, daß Sie heute abend nicht ins Theater gehen wollten?« fragte Roderic. »Oder haben Sie nur Ihre Diamanten und Operngläser verlegt, genau wie Ihren Namen?«

Anscheinend ging er kommentarlos über Trudes Kritik an ihr hinweg. Das war ihr nur recht. »Nichts derart Unangenehmes. Mir war einfach nicht danach zumute.«

»Sie haben in kurzer Zeit viel geleistet, vielleicht sogar zuviel.«

»Gefällt es Ihnen nicht?«

»Wie könnte es das? Sie haben ein Wunder an Reinlichkeit vollbracht. Aber ich habe mich noch nicht als Sklaventreiber niedergelassen.«

Sie drehte sich zu ihm um. Er stand mit dem Rücken zum Feuer. Wie groß er in seiner weißen Uniform wirkte, wie weit er sie zu überragen schien. »Sind Sie aus irgendeinem Grund nicht mit mir zufrieden? Wären Sie gern ins Theater gegangen? Sie brauchen nicht meinetwegen hierzubleiben.«

Es waren nur Worte, Höflichkeiten, aber sie wartete mit angehaltenem Atem auf seine Antwort.

»Ich bin sehr zufrieden.«

Sie hätte nicht sagen können, was sie eigentlich erwartet hatte; trotzdem ärgerte sie seine Antwort. »Luca scheint sich Ihrer Mißbilligung entzogen zu haben, weil er ein Zigeuner ist. Vielleicht hätte ich lediglich sagen sollen, daß ich ebenfalls einen einzigen Grund habe – ich bin eine Frau.«

»Den kann ich nicht akzeptieren. Die meisten Frauen wären in diesem Augenblick schon unterwegs, würden sich auf die Lichter, den Lärm und die Spannung freuen und die Begleitung von vier aufmerksamen Männern und einer Amazone genießen.«

»Ich bin nicht wie die meisten Frauen.«

»Das vermute ich schon seit einiger Zeit.«

Was meinte er damit? Sie zweifelte nicht daran, daß seine Worte einen tieferen Sinn hatten, aber sie konnte es sich nicht leisten, jetzt darüber nachzudenken. Dennoch war es angenehmer, sich hier ein Wortgefecht mit ihm zu liefern, als einen Weg zu suchen, wie sie ihn verführen konnte. Sie wußte, daß sie dem Unvermeidlichen nicht ausweichen konnte, aber sie konnte dem Impuls nicht widerstehen, die Konversation auf jede nur denkbare Weise aufrechtzuerhalten.

»Luca war heute abend eigenartig, aber die Zigeuner sind überhaupt ein eigenartiges Volk.«

»Wanderer, Vagabunden und Wegelagerer, Wahrsager und Betrüger und allesamt verdammt? Man kann sie ausgezeichnet verstehen, wenn man sich klarmacht, daß sie seit Jahrhunderten über das Antlitz der Erde gejagt werden. Sie haben keine Heimat außer Mutter Erde, beanspruchen keinen Besitz und lassen bei anderen keinen gelten, haben nicht einmal ein Wort dafür, genausowenig wie übrigens für Pflicht. Überrascht das, wenn ihnen immer wieder genommen wurde, was sie besaßen, wenn sie immer wieder gezwungen waren, heimatlos, nackt und hungrig weiterzuziehen? Wenn die Pflicht sie nur an einen Herren band oder sie für einen fremden Staat sterben ließ?«

»Woher kommen sie, wo sind sie losgezogen? Wissen Sie das?«

»Die Wurzeln ihrer Sprache, des *calo*, stammen aus Indien. Etwa zur Zeit Alexanders des Großen wurden sie von ihrem Boden in jenem Land vertrieben. Sie waren keine Hindus. Ihre Religion war die älteste der Menschheit. Ihre höchste Göttin war Mutter Erde, deren Symbol die Kaurimuschel ist, und ihre Gesellschaft war matrilinear. Ihre Feinde gehörten einer patriarchalischen Gesellschaft an, die sich durch diesen Glauben gefährdet fühlte. Man sprach ihnen ihre Menschlichkeit ab, machte sie zu Wesen, die tiefer standen als die Unberührbaren oder Tiere und die keine Rechte vor dem Gesetz hatten. Sie flohen nach Makedonien, wo sie sich der Vorhut der Truppen Alexanders auf ihren Eroberungszügen zugesellten, und wurden so über die damals bekannte Welt verstreut.«

»Die Menschen halten sie meist für romantische Nomaden«, sagte Mara. »In Wahrheit sind sie zu bemitleiden.«

»Ja und nein. Sie finden Arbeit als Hirten, Pferdehändler, Zureiter und Metallarbeiter. Sie werden oft verachtet und umgebracht, immer weiter und weiter gejagt, bis sie zu gewitzten Dieben und Prostituierten und Kindsentführern wurden, um zu überleben. Aber sie besitzen auch eine leidenschaftliche Liebe zum Leben und zu ihrer Musik, zum Tanz und zum Gesang, mit dem sie diese Liebe ausdrücken. Sie sind seit etwa achthundert Jahren in Europa und seit fast fünfhundert in Westeuropa. Hier betrachtete man sie als Heiden, weil sie für die christliche Religion nur wenig übrighaben. Man nannte sie Mondanbeter und Dianas Waldhüter und verbrannte sie als Ketzer. Sie haben nie eine Heimat gekannt. Inzwischen wollen sie auch keine mehr und sind darum freier als Sie oder ich.«

»Sie scheinen sie sehr zu mögen.«

»Die Zigeuner sind in meinem Land gewesen, seit es Ruthenien gibt.« Er lächelte, und seine Miene wurde warm dabei. »Außerdem war mein Urgroßvater Russe, ein Graf, den sie ›Goldener Wolf‹ nannten. Mein Vater hat diesen Titel übernommen. Der alte Graf liebte das Kämpfen, das Trinken und die Zigeunerinnen. Er heiratete die Tochter des ruthenischen Königs, aber man sagt, er habe den Sohn seiner Zigeunergeliebten in die königliche Kinderstube geschmuggelt, damit er zu seinem Erbe und zum zukünftigen König würde.«

»Sie fühlen sich Ihnen verwandt?«

»Vor allem, wenn mir die Last, ein zukünftiger König zu sein, allzu schwer wird.«

»Sie würden am liebsten Ihre Pflichten vergessen und ein Vagabund werden?«

»Warum nicht? Wen wird es in hundert Jahren kümmern, was ich heute tue?«

»Vielleicht Ihre Kinder?«

»Unerträgliche, triefnasige Bälger, ebenso destruktiv wie degeneriert? Ich entsinne mich meiner Kindheit noch zu gut, um ein Mitgefühl zu empfinden, das sie höchstwahrscheinlich nicht verdienen.«

Seine Söhne würden groß und stolz werden, seine Töchter engelsgleich mit goldenen Locken und süßem, reserviertem Lächeln. Zu so später Stunde würden sie in ihren langen, weißen Nachthemden hereinkommen, um ihre Gutenachtküsse zu empfangen. Mara verbannte das geistige Bild mit Mühe und mit der plötzlichen, seit Jahren nicht mehr empfundenen Angst, daß sie das zweite Gesicht ihrer Mutter geerbt haben könnte.

Die Verbindung mit Ruthenien wird Kummer bringen. Waren die Worte ihrer Mutter vielleicht eine Prophezeiung gewesen? Auch diese Erinnerung verscheuchte sie.

»Sie haben Verpflichtungen«, sagte sie mit leiser Stimme. »Sie sind der Prinz, ob es Ihnen gefällt oder nicht. Es gibt Dinge, die Sie tun müssen – die wir alle tun müssen.«

»Beklagenswert, aber wahr.«

Ein Scheit im Feuer brach und sank in die Flammen, die höher stiegen. An der Wand fuhr ein Luftzug über die schweren Wandbehänge. Draußen heulte der Wind über den Sims und um die fratzenhaften Wasserspeier. Das Haus war still; die Dienstboten waren zu Bett gegangen oder hatten sich in die warme Küche zurückgezogen. Die langen Korridore hinter dem Salon schienen vor Leere zu hallen.

Ein Instinkt ließ Mara einen Apfel von dem Obstteller aufnehmen. Er war rot und fest und fühlte sich kühl an. Das silberne Obstmesser lag neben der Schale, und sie nahm es mit der anderen Hand. »Möchten Sie einen Apfel mit mir teilen?«

Roderic starrte auf sie herab, auf die rote Frucht, die fast dieselbe volle Farbe hatte wie ihr Kleid, auf die sanfte Kurve ihrer Wangen und auf die dunklen Schatten, die ihre Wimpern darauf warfen. Die Blässe ihrer Haut über ihrem Kleid, ihr gerade gezogener und leicht rosa getönter Scheitel in ihrem schwarzen Haar lösten in ihm erstaunlich zärtliche Gefühle aus. Er wollte ihr das Messer aus der Hand nehmen, bevor sie sich schnitt, wollte sie dazu bringen, ihn ohne die Scheu anzusehen, die sie immer ausstrahlte. Er sprach fast ohne nachzudenken, um seine Gedanken geheimzuhalten.

»Bei den Zigeunern wirft ein Mädchen einen Apfel, wenn es sich einen Geliebten erwählt hat. Er symbolisiert das Herz.«

Der Apfel schien ihr aus der Hand zu fliegen. Sie hatte keinen bewußten Vorsatz gefaßt, ihn zu werfen. In einem Augenblick hielt sie ihn, im nächsten lag er in seiner Hand. Seine Finger schlossen sich fest darüber. Der Blick in seinen Augen war wachsam und fast strahlend, aber seine Stimme war leise, als er fragte: »Ist das Morgen endlich eingetroffen?«

Sie erwiderte seinen Blick. Ihre grauen Augen waren weit vor Überraschung über ihre Schüchternheit und vor Erregung. Das zarte Rosa des Errötens kroch unter ihre Haut, wärmte sie, vertrieb die Blässe. »Morgen?«

»Eine Unterhaltung, die wir einst führten, ein Versprechen, das Sie gaben.«

»Ich ... erinnere mich nicht.«

»Aber ich.«

Er trat auf sie zu, den Apfel in einer Hand, und nahm das Messer mit der anderen. Mit einer geschwinden Bewegung teilte er die Frucht und reichte ihr die Hälfte. Mit tiefer Stimme sagte er: »Sie zehren von mir, ich zehre von Ihnen. Wir sind das Mahl.«

Es klang nach einem Ritual oder einer Beschwörung. Langsam hob Mara den Apfel an ihren Mund und nahm einen kleinen Bissen. Der Prinz biß in seine Hälfte, kaute langsam und legte den Rest beiseite. Dann nahm er ihre Hand, zog sie auf die Füße und in seine Arme. Sie kam gern, leicht, hätte fast gelacht, weil das lange Warten vorüber war, und fürchtete sich zugleich vor dem festen Griff und der Entschlossenheit des Prinzen. Sie schluckte hastig. Sein Adamsapfel hüpfte, als er es ihr gleichtat.

Er berührte ihre Lippen in einer federleichten, brennenden Liebkosung. Er hielt sie fest, aber nicht zu eng. Sie spürte seine Uniformknöpfe und den harten Schlag seines Herzens an ihrer Brust. Seine Schenkel drückten fest gegen ihre dicken Röcke. Der Wunsch, sich näher an ihn zu drängen, kämpfte in ihr gegen das Bedürfnis, sich zurückzuziehen, ehe es zu spät war. Sie tat keines von beidem, sondern blieb still stehen.

Ihre Lippen teilten sich, ohne daß es ihr richtig bewußt war. Sie legte ihre Arme um seinen Hals, genoß den groben Stoff seiner Uniform und die Wärme seiner Haut unter ihren Händen. Er roch nach gestärktem Leinen und Seife und nach frischer Männlichkeit. Er schmeckte nach Wein und Kaffee und Apfel. Es war eine süße und zu Kopf steigende Mischung. Seine Lippen waren warm und zärtlich, bewegten sich sanft und forschend. Er liebkoste mit seiner Zungenspitze die samtene Oberfläche ihrer Lippen, kitzelte sie dabei und drang in die feuchten, sensiblen Winkel vor.

Langsam, aber sicher verstärkte sich sein Griff. Der Druck seines Mundes wurde größer. Sie reagierte darauf, drängte sich an ihn. Seine Zunge berührte ihre mit aufreizender Wärme, und sie erwiderte seine Berührung, gab ihm die winzigen Liebkosungen zurück, fühlte, wie ihre Sinne mit dem aufkommenden sinnlichen Vergnügen schärfer wurden. Nie zuvor hatte sie so empfunden. Die Entdeckung, daß sie an dieser Verführung Vergnügen finden konnte, war schockierend. Und doch erschien sie ihr wie ein Geschenk, wie eine Belohnung für ihr langes Warten.

Seine Lippen versengten ihre Wange, ihre Augen, ihre Stirn; er erforschte die empfindliche Vertiefung unter ihrem Ohr, und der warme Schlag seiner Zunge ließ ihre Nerven erzittern. Sie griff mit den Fingern in die kurzen, seidigen Locken, die über seinen Hals wuchsen, und ihr Atem wurde schnell und flach. Das Blut jagte durch ihre Adern, ihr wurde heiß. Ihre Hände schienen unendlich schwach zu werden, und in ihrem Unterleib bildete sich ein Strudel inmitten eines Gefühles von Schwere.

Er zog eine Spur heißer Küsse über ihren Kiefer, die sanfte Biegung ihres Halses hinab und durch die Vertiefung unter ihrer Kehle. Er senkte sich herab, als sie in seinen Armen lag, preßte sein Gesicht mit den sengenden Lippen auf die weiche, weiße Wölbung ihrer Brüste, die von ihrem Korsett nach oben geschoben wurden. Er inhalierte den zu Kopf steigenden Duft ihres Parfüms und ihr eigenes, süßes Aroma, und sein Atem kam tiefer und schwerer.

»Chère«, flüsterte er, umfaßte mit einer Hand ihre Brust und senkte seine Lippen in einem harten, verlangenden Kuß auf ihre.

Draußen waren Schritte zu hören. Die Tür flog auf, und eine Frau kam in den Raum gerauscht. Roderic ließ von Mara ab, hielt sie aber noch in seinem Arm fest, als er sich mit zornigem Gesicht dem Eindringling zuwandte. Die Frau blieb stehen.

Sie trug ein Reisekostüm aus luxuriösem meerblauen Samt, das wie angegossen an ihrem hohen, eleganten Körper saß. Ein schnittiger Hut mit wippender, cremefarbener Feder saß vorne auf ihrem hochgetürmten silberblonden Haar. Sie trug einen riesigen Bibermuff von der Größe eines Plumeaus, und an ihrer Seite trottete ein Pekinese, der, als er Roderic erblickte, augenblicklich Zuflucht unter den Röcken seiner Herrin nahm.

»Mein lieber Bruder«, rief die Dame mit Lachen in ihrer klaren Stimme aus, »wenn du dich schon im Salon vergnügen mußt, dann könntest du wenigstens die Tür abschließen!«

Roderics Griff lockerte sich. In seiner Stimme lag Resignation und Zuneigung, als er sagte: »Liebe Juliana, sag mir gleich, daß dir die Gendarmen auf den Fersen sind; das würde deinen Auftritt komplettieren.«

»Nur ein wütender Vater und ein aufgeblasener Preuße, sonst niemand. Aber was ist das für ein Empfang, nachdem ich so weit gereist bin?«

»Hast du Tambourine und Triangeln und Tanzbären erwartet? Ich fürchte, damit können wir nicht dienen. Gestatte mir, dir die Frau an meiner Seite vorzustellen. Sie wird Chère genannt, mangels eines anderen Namens. Meine Süße, dies ist meine Schwester Juliana.«

Die beiden Frauen nickten einander zu. Juliana zog eine Braue hoch.«Reizend, wirklich reizend. Aber was wird Papa sagen, wenn er erfährt, daß du dich mit deiner Inamorata hier niedergelassen hast?«

»Sie ist nicht meine Inamorata, meine Geliebte, meine Mätresse; sie ist eine Dame und hört ausgezeichnet, falls du sie etwas fragen möchtest.«

Juliana trat eilig vor, ein um Verzeihung bittendes Lächeln auf dem Gesicht, und streckte Mara die Hand entgegen. »War ich unhöflich? Bitte vergeben Sie mir. Es war die Überraschung.«

Der Wortwechsel hatte Mara Gelegenheit gegeben, ihre Fassung wiederzufinden. »Keineswegs. Habe ich richtig verstanden, daß Sie Ihr Heim verlassen haben? Oder sucht Sie ein fremder Vater?«

Ein leichtes, fröhliches Lachen war die Antwort. »Ah, Sie gefallen mir! Nein, nein, kein zornerfüllter Papa, dessen Sohn ich hintergangen habe! Ich bin fortgelaufen, habe mich mitten in der Nacht aus meinem abgeschlossenen Zimmer geschlichen und alle Verfolger abgehängt, um zu meinem Bruder zu fliehen. Ist das nicht romantisch?«

»Und zwar mitsamt einem kläffenden Pekinesen, einem halben Dutzend Koffern und in deinem elegantesten Ensemble«, ergänzte Roderic.

»Nein, das ist nicht mein elegantestes«, widersprach Juliana und schaute kurz an sich herab. »Aber es ist akzeptabel.«

»Bist du sicher, daß unser geliebter Vater die Tür nicht doch offen gelassen hat?«

Juliana starrte ihn an. Wut zog in ihrem Blick auf. »Willst du damit sagen, du glaubst, er hätte mich ziehen lassen?«

»Du bist hier, oder nicht? Andernfalls wäre es unwahrscheinlich, daß du über die ruthenische Grenze gelangt wärest.«

»Das sähe ihm ähnlich! Aber warum? Warum?«

»Die Antwort, vermute ich, liegt vielleicht bei dem Preußen.«

»Arvin? Aber Papa ist vernarrt in den Mann! Er geht mit ihm auf die Jagd und auf die Falkenjagd, serviert ihm Bonbons und den besten Wein und läßt ununterbrochen Komplimente auf ihn herabregnen. Er hat ihn, kurz gesagt, wie einen Schwiegersohn behandelt, ganz als würde er dem Kronprinzen sein teuerstes Juwel anbieten wollen. Mich!«

»Ich nehme an, das war dir zuviel der Ehre.«

»Ganz genau.«

»Könnte es sein, daß der König, dieser gewiefte Boyar, sein, äh, Juwel nur ungern hergeben, aber dabei keinesfalls Preußen vor den Kopf stoßen wollte?«

»Und weshalb hat er mir dann eine Moralpredigt über meine Pflichten als Tochter und die Freuden eines Lebens als Mutter von kahlköpfigen Riesen gehalten?«

Abgelenkt fragte Roderic: »Kahlköpfig? Dein Preuße ist kahl?«

»Oder rasiert, ich habe das nicht nachgeprüft. Außerdem ist er riesig«, sagte Juliana geistesabwesend und dachte stirnrunzelnd über ihr Problem nach. »Zum Teufel mit allen Männern und ihren staatsmännischen Spielereien! Hätte mir Papa das nicht erklären können?«

»Und dich vor den Kopf stoßen, weil du vermutet hättest, daß seine Abneigung gegen eine Verbindung seiner Tochter mit dem preußischen Adel nichts mit väterlicher Zuneigung zu tun hat, sondern viel mehr mit der Neigung Preußens, kleinere Länder zu verschlingen? Er konnte keinesfalls das Risiko eingehen, daß du den Kahlen aus bloßem Trotz ermutigst.«

»So dumm bin ich nicht!«

»Nein, aber du kannst nicht leugnen, daß du bedauernswert flatterhaft bist.«

»Genau das«, erklärte seine Schwester Roderic schadenfroh, »sagt Papa von dir.«

»Wirklich?« fragte er leise.

Mara spürte, daß sich ein Geschwisterstreit von epischen Ausmaßen anbahnte, und schritt hastig ein. »Habe ich richtig verstanden, Juliana, daß Ihnen Ihr Preuße möglicherweise auf den Fersen ist?«

»Arvin ist nicht gerade klug, aber er ist zäh. Wenn er entdeckt, wohin ich geflohen bin, wird er folgen.«

»Und angesichts deiner üblichen Reisegewohnheiten –«, begann Roderic.

»Ich hatte nur zwei Reiter als Eskorte und zwei Lakaien, und natürlich meine Magd und einen Mann, der im Gepäckwagen mitfuhr!«

»Warum hast du keine Glocken an deine Kutsche gebunden oder einen Herold beauftragt, deine Ankunft zu verkünden?« fragte Roderic beiläufig.

Juliana holte Luft, um ihm darauf zu antworten, aber sie blieb stumm. Sie wurde von einer Bewegung in der offenen Tür abgelenkt. Luca trat mit grimmiger Miene ein. Der Pekinese begann zu bellen und verzog sich immer tiefer unter Julianas Röcke. Das Mädchen beugte sich herab, hob den Hund hoch und tadelte ihn: »Ruhig, Sophie, ruhig!«

Der Zigeuner wandte sich an Mara, Juliana betont ignorierend. »Das Gepäck der Dame wurde wie befohlen abgeladen und ins Haus gebracht. Aber es gibt ein Problem mit den Zimmern.«

»Ja?« fragte Mara.

Luca schaute verlegen zu Boden.

»Anscheinend wohnt sie, wenn sie in Paris ist, normalerweise in den Zimmern, in denen Mademoiselle – also, es ist so, daß –«

»Ach, ich verstehe«, erlöste ihn Mara. »Dann müssen meine Sachen in ein anderes Zimmer gebracht werden.«

Zugleich meldete sich Juliana zu Wort.«Es gibt noch mehr Zimmer in diesem Flügel; mir ist jedes recht, solange ich nur ein Kissen finde, auf das ich meinen Kopf betten kann.«

Roderic schüttelte den Kopf. »Welcher Edelmut. Ich wäre gerührt, wüßte ich nicht, daß das Kissen mit Seide überzogen und möglichst mit einem Monogramm bestickt sein muß.«

Ohne auf seinen Kommentar einzugehen, sagte Mara: »Ich wollte Ihren Platz nicht einnehmen.«

»Noch eine edelmütige Dame«, erklärte Roderic Luca.

»Ich Ihren auch nicht«, erwiderte Juliana fest.

»Ich versichere Ihnen –«

Juliana wandte sich an Luca. »Sagen Sie meiner törichten Magd, sie soll sich nicht den Kopf zerbrechen und meine Sachen ins erste passende Zimmer räumen lassen.«

Luca deutete eine Verbeugung an. »Ich werde einen Dienstboten rufen, der Ihre Botschaft überbringt.«

»Edelmut auf zigeunerische Art«, murmelte Roderic.

»Ach«, sagte Juliana, nachdem sie einen langen, nachdenklichen Blick auf den großen, dunkelhaarigen Mann geworfen hatte, der so leichthin über ihre Anordnungen weggegangen war. »Was für eine ungewöhnliche *ménage* du führst, Roderic. Eine Geliebte, die keine ist, und ein Gast, der sein Bett im Hof aufgeschlagen hat!«

»Nicht zu vergessen eine Verwandte, die man immer wieder an ihre guten Manieren erinnern muß.« Heiter stellte er seine Schwester dem Zigeuner vor.

Juliana reichte Luca die Hand. »Die lange Reise hat mich dumm gemacht. Werden Sie meine Entschuldigung annehmen?«

Ihr Lächeln war warm und freundlich, ihr Benehmen ohne jede Herablassung. Luca hob ihre Hand an die Lippen, blickte in ihre klaren blauen Augen, und seine Miene wirkte plötzlich verklärt, als hätte man ihm einen schweren Schlag versetzt. »Aus tiefstem Herzen, Hoheit«, antwortete er.

Erst jetzt fiel es Mara wie Schuppen von den Augen, daß die junge Frau, die so vertraulich und natürlich mit ihr gesprochen hatte, eine Prinzessin war. Zweifellos hätte sie knicksen müssen, als sie einander vorgestellt wurden. Inzwischen war es allerdings zu spät.

Juliana unterhielt sich weiter mit dem Zigeuner. »Vielleicht könnte ich Sie dazu überreden, mich zu meinen Räumen zu begleiten? Nicht daß ich mich vor Straßenräubern in unseren Gängen fürchten würde, aber es ist schrecklich dunkel. Der Wind hat die Hälfte der Kerzen in den Kronleuchtern ausgeblasen, und wie in allen alten Häusern war ohnehin nur die Hälfte angezündet.«

»Ich stehe Ihnen zu Diensten«, sagte Luca und vollführte eine möglichst elegante Verbeugung.

»Aber Sie lassen sich nichts befehlen?« Juliana schenkte ihm einen freundlichen Blick unter ihren Wimpern hervor.

»Niemand befiehlt mir.«

»Oh, eine starke Erklärung. Ich bewundere Männer mit Willenskraft.«

Sie waren bereits zur Tür hinaus. Roderic rief ihnen nach: »Einen Augenblick!« Zu Mara sagte er gedämpft: »Wenn der Preuße kommt, können wir uns glücklich schätzen, falls wir ihm kein Zigeunermesser aus dem Rücken ziehen müssen.«

Mara stimmte ihm zu, aber in Gedanken war sie ganz bei Roderic, der ihre Hand an den Mund hob und ihr einen Kuß auf die Handfläche drückte.

»Auf jeden Fall«, fuhr er fort, »scheinen Sie Ihren Schatten, Ihren *cavaliere servitore* verloren zu haben. Bedauern Sie das?«

»Das war er kaum.«

Luca und Juliana warteten auf sie, unterhielten sich und lachten, ohne irgend etwas von dem wahrzunehmen, was um sie herum vorging.

»Aber fast. Er ist empfänglich für Frauen, unser Luca. Und damit steht er nicht allein; ich scheine empfänglicher für Sie zu sein, als gut für Sie ist.«

»Warum denn?« Er hielt ihre Hand in warmem, festem Griff. Der Blick in seinen Augen war genauso. Er würde sie fortschicken. Sie wußte es.

»Ihnen ist eine Unschuld zu eigen, die man Ihnen nicht nehmen darf. Sie würden mich hassen, wenn Sie Ihre Erinnerung wiederfänden und entdeckten, daß Sie eine geliebte Verlobte oder Ehefrau sind.«

Er würde sie nicht bei sich behalten, weil er glaubte, sie wüßte nicht, wer sie war, und wenn sie ihm die Wahrheit sagte, würde er sie augenblicklich fortschicken. Die Situation war von einer schrecklichen Ironie, aber sie konnte nicht darüber lachen.

»Sie irren sich«, war alles, was ihr einfiel.

»Lieber irre ich mich, als ein Leben lang zu bereuen.« Sie wollte protestieren, aber er hob die Stimme. »Chère wird euch beide begleiten. Sie geht ins Bett.«

Die Truppe langweilte sich. Sie hatten in der vergangenen Nacht, nach dem Besuch im Theater, zwei Cabriolets gemietet und sich Wettrennen über die Pont Neuf geliefert, bis die vier Damen des Abends, die ihre Passagiere waren, vor Entsetzen geschrien hatten. Sie hatten zwei französische Leibwachen aus dem Corps, das König Louis Philippe beschützte, zum Trinken herausgefordert und dabei alles erfahren, was die Leibwachen über die Gewohnheiten, Vorlieben und Absichten des französischen Königs wußten. Die Anwesenheit Julianas, die sie kannten, seit sie der Kinderstube entwachsen war, hatte die Stimmung eine Weile gehoben, aber da sie sich gleich nach dem Frühstück zu einem Einkaufsbummel aufgemacht hatte, hatte die Zerstreuung nicht angehalten.

Sie lagen auf dem Boden der langen Galerie, wo sie ihre Fallübungen gemacht hatten. Selbst die Akrobatik hatte ihren Reiz verloren, vor allem, weil sich Mara lachend geweigert hatte, noch länger in ihre Schule zu gehen, und erklärte, daß zuviel Arbeit auf sie warte. Sie hatte im Laufe des Vormittags ein Tablett mit Apfelkuchen und Kaffee hereinbringen lassen, als sie begann, am Kamin der Galerie ihre Näharbeiten zu verrichten, aber ansonsten fiel ihr nichts ein, womit sie die quälende Langeweile hätte mildern können.

»Was wir brauchen«, sagte Michael mit ernstem Gesicht, während er in die Flammen des großen Kamins starrte, den Kopf auf die Hände gestützt, »ist ein ordentlicher Krieg. Kein großer, nur ein kleiner mit ein oder zwei netten Scharmützeln.«

Estes seufzte. »Ja, und mit ein paar Dörfern zum Überfallen, möglichst voller hübscher Mädchen.«

»Oder wenigstens einigermaßen hübscher«, ergänzte Jared.

»Wenigstens keinen häßlichen«, stimmte ihm Jacques zu.

»Frauen. Keine Mädchen, sondern gelangweilte Frauen. Ich erinnere mich noch, als ich einst in den Niederlanden war –«

»Ähem«, räusperte sich Michael vielsagend. Estes warf einen schnellen Seitenblick auf Mara, zog den Kopf ein und ließ die Anekdote unvollendet.

»In Polen und Parma gibt es Aufstände, in Venedig und Wien Aufruhr, Proteste in Berlin, Mailand und Rom«, erklärte Trude mißmutig. »Warum müssen wir ausgerechnet in Paris sein, wenn es überall in Europa hübsche, kleine Revolutionen gibt?«

»In Paris!« stöhnten sie wie ein Mann, und der Seufzer klang nur halb ironisch.

»Ich habe mich schon besser amüsiert«, erklärte Estes nachdenklich, »als ich in einem Lazarett hinter einem viertklassigen Bordell in einem gottverlassenen kroatischen Kaff gelegen bin. Viertklassig? Ich bin keinesfalls sicher, daß man es so hoch einordnen kann. Die Frauen in diesem Haus waren so häßlich, daß sie ihre Unaussprechlichen über den Kopf zogen und ihre Kopftücher über ihren –«

»Ähem«, unterbrach ihn Michael wieder.

»Warum würfeln Sie nicht?« schlug Mara taktvoll vor.

»Niemand von uns besitzt etwas, das gewonnen oder verloren werden könnte«, sagte Jared.

Jacques rollte sich herum, so daß er zu Maras Füßen auf dem Bauch lag, und schaute zu ihr auf. »Natürlich könnten Sie einen Preis aussetzen, zum Beispiel einen Kuß ...«

»Brilliant, Brüderchen, brilliant!« rief Jared aus und richtete sich in plötzlich erwachtem Interesse auf einem Ellbogen auf.

»Tut mir leid«, erklärte Mara knapp. Sie verknotete das Ende ihres Garns und schnitt es ab.

Estes sagte: »Ich bin es so leid, Knöchel zu spielen und Michael dabei zu beobachten, wie er seine *petits* Soldaten über das Schachbrett schiebt, daß ich –«

Der Rest der Truppe räusperte sich.

»Höre ich Klagen?« fragte Roderic freundlich von der Tür aus, durch die er fast lautlos den Raum betreten hatte. »Wie ungerecht, falls jemand meinetwegen unter dumpfer Mattigkeit leiden sollte. Was braucht ihr, um euren Dienst bei mir wieder zu genießen?«

»Der Himmel sei uns gnädig«, flüsterte Estes, und es war ein wahres Stoßgebet.

»Jared, könnte ich dich damit behelligen, uns schnell die Degen zu bringen?«

»Heilige Mutter Gottes«, flüsterte Jacques, richtete sich auf und wischte sich die Handflächen an der Hose ab, während sein Bruder aufsprang, um Roderics Wunsch zu erfüllen. Die anderen tauschten vielsagende Blicke aus und rappelten sich langsam auf.

Die Degen wurden gebracht. Sie hatten lange, schmale Klingen, die mit fernöstlichen Mustern ziseliert waren und in silbernen und messingfarbenen Knäufen steckten. Biegsam und tödlich waren sie und ohne die Knöpfe auf den Spitzen, die normalerweise bei Übungskämpfen verwendet wurden. Die Truppe setzte auch keine auf. Mäntel und Stiefel wurden ausgezogen und die Ärmel über die Ellenbogen aufgekrempelt. Dann stellten sie sich, ohne jeden Schutz für Gesicht und Körper, einander gegenüber auf.

»Nur bis zum ersten Blutstropfen. Schlagt sicher, aber leicht.«

Die Apathie im Raum war wie weggefegt. Statt dessen lag Aufregung in der Luft, gepaart mit neugieriger Vorfreude und absoluter Entschlossenheit. Sie wußten einer wie der andere, daß in der Hitze des Gefechts alles geschehen konnte, von kleinen bis hin zu schweren Verletzungen, entstellenden Wunden, Verkrüppelungen und dem Tod. Mara saß wie angenagelt. Sie wollte nicht als feige erscheinen, indem sie jetzt verschwand, aber sie war nicht sicher, ob sie zuschauen konnte.

Am erstaunlichsten war die Paarung. Roderics Cousin Michael stand Jared gegenüber, und der andere Zwillinge, Jacques, hatte sich vor Estes aufgebaut, so daß Trude den Prinzen als Gegner hatte. Sie hatte die Wahl nicht getroffen, sie war auch kein Zufall, sondern auf Roderics direkte Anweisung hin geschehen.

Was dachte er sich dabei? Würde er ihr als Edelmann gestatten, ihm eine kleine Wunde zuzufügen? Das schien unwahrscheinlich, da Maras Beobachtungen nach die Frau immer wie alle anderen aus der Truppe behandelt worden war. Und selbst wenn er das täte, könnte Trude sich dazu überwinden, in Anbetracht dessen, was sie, wie Mara vermutete, für ihren Führer empfand? War Trude vielleicht eine so erfahrene Kämpferin, daß sie eine echte Herausforderung war, der sich Roderic stellen wollte? Das schien möglich, da sie ungewöhnlich kräftig war und starke Handgelenke besaß. Es war jedoch genausogut möglich, daß Roderic ihnen allen überlegen war, wie ihre Kommentare andeuteten, und deshalb das Gefühl hatte, daß Trude bei ihm am sichersten war. Aber wie sollte er sich schützen, ohne sie zu verwunden? Wie konnte er zulassen, daß er geschlagen wurde, und sich dennoch die Achtung seiner Leute bewahren? Oder wie sollte er Trude besiegen, ohne sie zu verletzen?

»Bereit?«

»Bereit«, kam die Antwort im Chor.

»Salutiert!« Als die Degen im Einklang gehoben und wieder gesenkt worden waren, fuhr der Prinz fort: »Unsere Chère wird das Signal geben.«

Vor Überraschung war Mara sprachlos. Sie hatte nicht geglaubt, daß er ihre Anwesenheit überhaupt bemerkt hatte. Als ihr bewußt wurde, daß sie alle still standen und warteten, nahm sie das schwere weiße Leinentaschentuch, das sie gerade geflickt hatte, und streckte es mit den Fingern von sich. »*En garde*«, sagte sie und ließ das Taschentuch fallen. Die Degen prallten in einem dissonanten Klang aufeinander, scharrten und kratzten, sprangen auseinander. Die Bewegungen waren so präzise wie bei einem Ballett und wirkten vollkommen mühelos. Und doch standen bereits nach wenigen

Sekunden Schweißtropfen auf ihren Gesichtern, und der schwere Atem übertönte das leise Schlurfen der vortretenden und zurückweichenden Schritte. Trotzdem waren alle, die an diesem tödlichen Spiel teilnahmen, gedrillt. Alle bewegten sich mit höchster Präzision, beugten und streckten ihre Muskeln in tausend schwierigen Bewegungen und komplizierten Manövern. Noch nie hatte Mara so deutlich gesehen, daß sie eine Einheit waren, darauf trainiert und dazu bestimmt, gemeinsam zu kämpfen, wie in diesem Augenblick, in dem sie gegeneinander antraten.

Sie konzentrierten sich voll und ganz auf die blinkende Degenspitze und auf die Bewegungen ihres Gegenübers. Nach einigen Minuten ließ die Anspannung nach, wurde von Vertrauen in die eigenen gut geübten Fähigkeiten und von wachsendem Vergnügen abgelöst. Grinsend wurde ein gut gezielter Stoß pariert und zum Gegenschlag ausgeholt. Derbe Kommentare wurden abgegeben. Die Duelle wurden gewagter, spektakulärer. Die Klingen schlugen in eigenartig gleichmäßigem Rhythmus gegeneinander, klangen bisweilen fast musikalisch und klirrten dann plötzlich in einer Finte oder einer unvollendeten Riposte.

Fahlgraues Licht fiel durch das leicht getönte Glas der Fenster. Es verlieh den Gesichtern der Kämpfer eine gespenstische Blässe und warf changierende gelbe, lavendel- und rosafarbene Schatten auf ihre Kleider. Es ließ die Szenerie eigenartig unwirklich wirken, als wären diejenigen, die davon berührt wurden, blutlose Schatten ihrer selbst oder Wanderer aus anderen blutrünstigeren Zeiten. Im Dämmerlicht blitzten die Funken, die von den aufeinanderprallenden Klingen aufstoben, hell orange.

Dann machte Jacques einen Ausfall und zog sich wieder zurück. Estes ließ einen lauten, theatralischen Verzweiflungsschrei aufsteigen und griff sich an den Arm. »Getroffen, von einem Kind bei einem Kinderstreich getroffen! Diese Scham, diese Schmach!«

»Du hast dich absichtlich verletzen lassen, verdorbener alter Kerl«, beschwerte sich Jacques, »weil du gehofft hast, daß dich Mademoiselle Chère mit ihrem Taschentuch verbindet!«

»Du hast mich nicht nur am Arm, sondern auch tief im Herzen getroffen! Wie kannst du nur so etwas glauben?«

»Ich kenne dich. Außerdem habe ich selbst mit dem Gedanken gespielt.«

»Unverschämter Gernegroß. Ich hätte gute Lust, meinen Degen wieder aufzunehmen und dich Mores zu lehren.«

»Zu spät«, erwiderte Jacques schadenfroh. »Ich habe den ersten Treffer gesetzt. Es ist vorbei.«

Doch für die anderen war es noch nicht vorbei. Sie kämpften weiter, während Mara tatsächlich den Arm des Italieners mit ihrem Taschentuch verband. Die Wunde war tief, aber keinesfalls schwer. Estes protzte seinem Gegner gegenüber mit der Aufmerksamkeit, die Mara ihm schenkte, und stolzierte dann mit dem weißen Leintuch um den Oberarm herum, als wäre es eine Auszeichnung oder ein Gunstbeweis. Er marschierte über den Fechtboden, kommentierte pointiert die Fechtkünste der anderen wie ein Zuschauer in seiner Loge. Statt daß es die Kämpfer ärgerte, schien es lediglich ihre Kampflust anzustacheln und die konzentrierte, gelöste Atmosphäre nur noch zu verstärken. In der offenen Tür hatten sich Zuschauer versammelt. Es waren die Dienstboten, die durch den Lärm der Degen angelockt worden waren. Sie unterhielten sich leise, tauschten Kommentare aus und applaudierten nach einer besonders gewagten Attacke. Mara hätte es nicht überrascht, wenn sie erfahren hätte, daß auch ein paar Wetten abgeschlossen wurden.

Michael und Jared waren fast gleich stark. Ihre Degen blinkten blau, glitten, scharrten, prallten gegeneinander. Plötzlich griff Jared an. Michael parierte mit einer Quinte und ging in die Riposte. Jared wich zurück, aber bei dieser Bewegung fuhr Michaels Klingenspitze über seine Hand. Jared fluchte, aber ohne Zorn, und ließ sein Schwert fallen.

Mara war so mit Jareds Verletzung beschäftigt, daß ihr das Ende des Zweikampfes zwischen Trude und Roderic entging. Aus dem Augenwinkel sah sie die Klingen durch die Luft wirbeln, dann blieb Trude plötzlich mit gesenkter Degenspitze stehen und starrte den Prinzen an. Sie hielt sich eine Hand ans Gesicht.

Mara trat schnell vor, während Roderic sich zurückzog. Bevor sie Trude aber erreicht hatte, hatte die junge Frau langsam die Hand gesenkt und starrte auf das Blut an ihren Fingern. Die Wunde war nur klein, kaum mehr als ein Kratzer. Sie würde nicht einmal eine Narbe hinterlassen, aber trotzdem war Trude kalkweiß und schwankte unsicher. Sie hob ihre haselnußbraunen Augen und sah Roderic an.

»Sie tun nie etwas grundlos«, sagte sie so leise, daß es kaum jemand hörte. »Warum?«

»Denk nach«, empfahl er. Mit kalter, aber doch erschütterter Stimme antwortete sie: »Das möchte ich lieber nicht.«

»Das bleibt dir überlassen.« In der Tür liefen die Bediensteten wie vor einer Flutwelle auseinander und gingen eiligst wieder ihren Beschäftigungen nach. Juliana betrat so ungestüm den Raum, daß ihre rosafarbenen Röcke hinter ihr her wirbelten und die Federn auf ihrem rosafarbenen Samthut wippten.

»Wo bitte sind die Briganten? Ich habe den Kampflärm gehört, kaum daß ich das Haus betreten habe, und bin sofort zum Schlachtfeld geeilt. Sind sie etwa schon vertrieben?«

»Es gab keine Briganten«, erklärte Roderic knapp.

»Keine Briganten? Räuber, Strauchdiebe dann, Einbrecher oder Mörder? Irgend jemand muß der Grund für ein solches Gemetzel gewesen sein!« Ihr Ton war schneidend, und die Ironie vermochte ihre Wut kaum zu verbergen. Wahrscheinlich war sie um so wütender, weil sich ihre Besorgnis als unbegründet herausgestellt hatte.

Michael bemerkte keineswegs weise: »Es war bloß eine Kur gegen die Langeweile.«

»Eine Kur, die sich nur zu leicht als einmalig herausstellen könnte! Ich nehme an, wenn einer von Ihnen sich über Kopfweh beklagte, würden die anderen ihm den Kopf abschlagen!«

»Du entwickelst dich noch zum Hausdrachen«, sagte Roderic, um seinen Mann aus der Schußlinie zu nehmen. »Aber nicht alle Männer mögen alte Jungfern. Bist du wirklich sicher, daß dir dein Preuße folgen wird?«

»Laß Arvin aus dem Spiel!«

»Nur zu gern, obwohl wir abwägen müssen, welche Auswirkungen sein Eintreffen – oder sein Ausbleiben – auf dein Temperament haben wird.«

»Ich bin nicht die einzige, die zynisch geworden ist. Wenn ich gewußt hätte, wie sehr es dich trifft, hätte ich gestern abend die Tür hinter dir und deinem Schätzchen geschlossen und wäre still und heimlich wieder verschwunden.«

»Ich wünschte, du hättest es getan«, erwiderte Roderic ungerührt, »oder du wärst nie gekommen.«

»Wenn du erreichen wolltest, daß ich mich hier keinesfalls wohl fühle, dann ist dir das auf bewundernswerte Weise gelungen. Aber es wird dir nichts nützen!« verkündete Juliana in erhabenem Zorn. »Hier bin ich, und hier bleibe ich!«

Mara wartete den Fortgang des Streites gar nicht erst ab. Sie sammelte ihr Nähzeug auf, umrundete die Gruppe und verschwand aus dem Raum. Sie hatte das Gefühl, daß Roderic ihr nachschaute, aber wenn er das tat, dann unternahm er keinen Versuch, sie zurückzuhalten.

Was Roderic zu seiner Schwester gesagt hatte, schien darauf hinzudeuten, daß er die Unterbrechung gestern abend bedauert hatte. Wäre es ihm lieber gewesen, wenn die Hitze des Augenblicks nicht gelöscht worden wäre, wenn er keine Gelegenheit bekommen hätte, mit kühlem Kopf die nächsten Schritte abzuwägen? Bei ihr war es bestimmt so. Sie war so kurz davor gewesen, ihre Aufgabe vollkommen mühelos zu erfüllen. Wie seltsam. Schon nach dem Vorfall mit Dennis Mulholland hatte sie geahnt, daß sie verführerischer war, als sie glaubte – es mußte so sein, sonst hätte er sich niemals so verhalten. Trotzdem überraschte sie die Erkenntnis, daß ihr die Vorstellung, sich dem Prinzen hinzugeben, in diesem Augenblick nicht unangenehm gewesen war; es war ihr natürlich, fast unvermeidlich erschienen. Das Gefühl, in seinen Armen zu liegen, die Zartheit seiner Küsse, das Aufwallen ihres Blutes hatte sie beinahe erschreckt. Sie hatte sich damit abgefunden, den Mann zu verführen; sie hatte nicht erwartet, daß sie es genießen würde.

Sie hatte fast das Gefühl, betrogen worden zu sein, so enttäuscht war sie gewesen, daß sie ihr Ziel nicht erreicht hatte.

Es waren die Angst und das Gefühl, daß ihr kostbare Zeit verlorenging, die sie so heftig reagieren ließ, versuchte sie sich einzureden. Sie glaubte nur halb daran. Es war egal. Ihr blieben nur noch elf Tage. Elf Tage. Jeder einzelne mußte zählen.

Mara war erst seit ein paar Minuten in ihrem Zimmer, als jemand an die Tür klopfte. Juliana trat auf ihre Antwort hin ein. Das blonde Mädchen blieb zögernd in der Tür stehen und biß auf ihre Unterlippe.

»Sagen Sie mir ruhig, wenn ich gehen soll. Ich mache Ihnen keinen Vorwurf deswegen. Ich war eben unhöflich Ihnen gegenüber, aber das war keine Absicht. Ich fürchte, wir neigen in unserer Familie dazu, allzu offen auszusprechen, was uns durch den Kopf geht. Das zieht manchmal Probleme nach sich.«

»Bitte, kommen Sie herein.«

»Danke.« Sie drehte sich mit wirbelnden Röcken um, um die Tür sorgfältig hinter sich zu schließen.

»Ich habe heute morgen nachgedacht«, sagte Mara. »Möglicherweise möchten Sie selbst den Haushalt Ihres Bruders führen. Wollten Sie vielleicht darüber mit mir sprechen?«

»Mein Gott, nein! Ich bin überhaupt nicht häuslich.« Juliana sah sie fassungslos an.

»Ich möchte Ihnen weder Ihre Privilegien noch Ihre Räume wegnehmen.«

»Ich bitte Sie darum. So wie ich das Haus von meiner letzten Reise her in Erinnerung habe, haben Sie bereits Wunder vollbracht. Es würde mir nicht im Traum einfallen, mich einzumischen.«

»Wie ... wie kann ich Ihnen dann behilflich sein?«

Das andere Mädchen zuckte mit den Achseln. »Ich weiß nicht. Ich bin einfach so zu Ihnen gekommen. Ich wollte Ihnen nur sagen, daß ich Sie eben nicht verletzen wollte. Ich wollte den Dünkel meines Bruders etwas bremsen. Er ist entschieden zu überzeugt von sich selbst.«

»Streiten Sie sich immer?« Mara führte sie in den angrenzenden Salon und deutete auf einen Sessel. Juliana ließ sich nieder, seufzte und faßte dann nach ihrem Hut, den sie abnahm und neben sich auf den Boden warf.

»Nicht jedesmal, aber oft.«

Mara hatte sich oft gefragt, wie es wohl sein mochte, einen Bruder oder eine Schwester zu haben. Sie hatte sich vorgestellt, daß sie zusammen spielten, eine geschlossene Front gegen die feindliche Welt bildeten, aber nicht, daß sie sich stritten. Sie öffnete den Mund, um das zu sagen, aber ihr fiel gerade noch rechtzeitig ein, daß das ein gefährliches Thema für jemanden war, der angeblich keine Erinnerung an die Vergangenheit besaß.

»Roderic streitet sich fast mit jedem außer unserer Mutter. Mama haßt Streitereien und hält sich deshalb immer aus den Wortgefechten heraus, im Gegensatz zu uns anderen. Aber wenn man sie zu weit treibt, dann erhebt sie sich und schmettert den Gegner mit einem einzigen Satz nieder.«

»Mir ist Roderics – und in gewissem Maß auch Ihre – ungewöhnliche Sprache aufgefallen«, erklärte Mara trocken.

Juliana schnitt eine Grimasse. »Ein Erbe unseres Vaters; ich versuche, es in Grenzen zu halten; Roderic nicht. Sie sollten die beiden hören, wenn sie zusammen sind. Oder vielleicht lieber nicht. Wenn sie verschiedener Meinung sind, dann müssen Außenstehende aufpassen, daß sie nicht von ihren ätzend scharfen Kommentaren getroffen werden. Mama stand immer zwischen beiden. Ich glaube, auch wenn ich nicht sicher sein kann, daß Roderic Ruthenien verließ, weil er wußte, welche Schmerzen ihr diese Auseinandersetzungen bereiteten.«

Juliana sprach von Angeline, der ruthenischen Königin, Maras Taufpatin. Mara überlegte sich, wie sie wohl mehr über sie herausfinden konnte. »Roderic und sein Vater haben sich also entzweit?«

»So würde ich das nicht sagen. Sie sind beide verschlossen, deshalb läßt sich nur schwer feststellen, was zwischen ihnen vor sich geht. Es ist genausogut möglich, daß unser Vater Roderic aus Ruthenien getrieben hat, weil er es für das Beste hielt, wenn mein Bruder auf eigenen Füßen steht, wenn er sein Leben selbst in die Hand nimmt. So hat man es mit ihm gemacht, als er so alt war.«

Mara runzelte die Stirn. »Das klingt hart.«

»Ja, aber es hat ihm gutgetan. Roderic hat sich sehr gut geschlagen. Er und seine Truppe versetzen die Höfe halb Europas in Angst und Schrecken.«

»Schrecken?«

»Man nennt sie das Todeskorps. Wußten Sie das nicht?«

Mara schüttelte den Kopf. Ein beunruhigendes Gefühl ergriff Besitz von ihr, wenn sie auch nicht wußte, warum. »Was machen sie denn?«

»Sie kämpfen, das nehme ich wenigstens an. Man findet sie immer dort, wo Schwierigkeiten bevorstehen. Ich entsinne mich, gehört zu haben, daß sie mithalfen, Spezialeinheiten für verschiedene Königshäuser auszubilden. Heutzutage drohen ständig Attentate. Jeder muß sich davor schützen, so gut er kann.«

»Ich verstehe nicht, warum man die Truppe fürchten sollte, wenn sie andere dazu ausbilden, Mitglieder des Königshauses zu beschützen.«

»Die Methode, mit der sie vorgehen, bewirkt das. Sie bilden nicht nur eine Kampftruppe aus, sondern infiltrieren den Staat, sammeln Informationen und freunden sich mit allen politischen Elementen an, um herauszufinden, von wo die größte Gefahr droht. Manche sagen, dank dieser Taktik könnten sie eine Regierung ebenso leicht stürzen wie stützen, und bei mancher Gelegenheit haben sie Dinge erfahren, die Roderic zu der Überzeugung geführt haben, daß die Opposition eigentlich an der Macht sein sollte. Es ist ein bißchen so, als würde man den Wolf durch die Hintertür einlassen, um die Geier vor der Vordertür abzuschrecken. Daher auch der Name.«

»Das Corps des Todes«, flüsterte Mara leise und schauderte.

In der kurzen Pause hörten sie ein Kratzen an der Salontür. Mara schaute auf. »Herein.«

Trude betrat das Zimmer. »Bitte, verzeihen Sie die Störung, Mademoiselle, aber ich habe mich gefragt, ob –«

Als die Frau Juliana erblickte, hielt sie abrupt inne, und ihr großer Körper versteifte sich. Juliana zog eine Braue hoch, stand aber augenblicklich auf. »Kümmern Sie sich nicht um mich, ich wollte gerade gehen.«

»Nein, nein, gehen Sie nicht«, sagte Mara. Sie hatte noch keine Zeit gehabt, sie über Angeline auszufragen. »Vielleicht möchte Trude uns Gesellschaft leisten? Wir könnten heiße Schokolade und Kuchen bestellen und ein bißchen plaudern.«

»Dazu habe ich keine Zeit«, antwortete Trude distanziert. »Ich wollte nur fragen, ob Sie vielleicht eine Medizin für meine Wunde haben. Estes meinte, damit keine Narbe zurückbleibt.«

»Ich fürchte, ich habe nichts dergleichen«, begann Mara.

»Aber ich«, sagte Juliana, »und es ist sehr wirksam. Wenn Sie mit mir kommen, dann suche ich es Ihnen heraus.«

»Das wäre zuviel –«

»Unfug. Wir Frauen müssen zusammenhalten. Allein die Vorstellung, daß Roderic Ihr Gesicht verletzt hat! Er hätte genausogut Ihren Arm treffen können, wenn er nur gewollt hätte. Ich hätte nie geglaubt, daß er so unvorsichtig sein kann.«

»Er war nicht unvorsichtig.« Trudes Stimme klang hart, als würde sie sich die Worte gegen ihren Willen abringen.

»Wollen Sie damit sagen, er hat das absichtlich getan?«

»Es war ein Lektion, weil ich Mademoiselle Chère als eitel bezeichnet habe.«

»Nein«, hauchte Mara und stand auf. »Das kann nicht sein.«

»Sie kennen ihn nicht.«

Die Worte sollten Mara daran erinnern, daß sie neu in ihrer Gemeinschaft war. In ihnen lag auch ein bitterer Hohn, der aber vielleicht nicht nur auf Mara, sondern auch auf sie selbst zielte.

»Wenn das wahr ist, möchte ich Sie um Verzeihung bitten.«

»Es gibt keinen Grund für Sie, um Verzeihung zu bitten. Er hat es nicht Ihretwegen getan, sondern – sondern zu meinem Besten.«

»Egal«, mischte sich Juliana lebhaft ein, als Mara nicht antwortete, »welchen Grund er auch gehabt hat, wir müssen den Schaden reparieren. Kommen Sie mit.«

Die beiden Frauen gingen. Mara begann wieder zu flicken, aber obwohl sich ihre Nadel stetig fortbewegte, konnte sie nicht vergessen, was Trude gesagt hatte. Hatte Roderic Trudes Gesicht zur Strafe verletzt? Wenn ja, hatte er es aus dem Grund getan, den Trude angedeutet hatte; als Ermahnung, nicht über die Eitelkeit anderer Frauen zu sprechen, ohne sich selbst dabei zu berücksichtigen? Oder war es als Ausgleich dafür gedacht, daß die Frau Mara in Verlegenheit gebracht hatte, als Strafe für eine Beleidigung, die der Prinz damals scheinbar übergangen hatte? Daß ein Mann so kaltblütig vorgehen konnte, verstörte sie. Daß sie mit einem Mann intim werden mußte, der zu so etwas fähig war, war noch viel schlimmer.

Das Corps des Todes. Was für eine Gruppe war das eigentlich, und was für ein Mann war ihr Anführer? Sie hatte Roderic für einen müßiggängerischen Prinzen gehalten, für einen hübschen, intelligenten, musikalisch begabten, aber letzten Endes unbedeutenden Mann. Je mehr sie erfuhr, desto weniger schien sie von ihm zu wissen oder zu verstehen.

Sie begegnete Roderic in der langen Galerie, als sie später an diesem Abend auf dem Weg zu den Empfangsräumen war. Er kam aus seinen Gemächern, als sie durch den Hauptgang wanderte, den sie genommen hatte, statt durch die Zimmer zu gehen, die Trude und Juliana in ihrem Flügel bewohnten. Sie blieb stehen, als sie ihn sah, und prüfte unbewußt seine Miene daraufhin, ob sie etwas über seine Laune verriet. Er bot ihr seinen Arm an. Sie nahm ihn und ging ein paar Schritte an seiner Seite, bevor sie genau das aussprach, was ihr durch den Kopf ging.

»Darf ich Sie etwas fragen?«

Er schenkte ihr einen mißtrauischen Blick, aber er neigte in schweigender Zustimmung den Kopf.

»Haben Sie Trudes Gesicht absichtlich verletzt?«

»Behauptet sie das?«

»Das wissen Sie genau.«

Er atmete mit einem leisen Geräusch aus, das vielleicht ein Seufzen war.

»Trude ist ein zu guter Soldat. Solche Ergebenheit kann nützlich sein, aber sie droht darüber zu vergessen, daß sie eine Frau ist.«

»Das ist kaum verwunderlich, da man sie selten wie eine behandelt. Wir neigen dazu, uns so zu sehen, wie uns die anderen sehen.«

»Wenn das geschieht, wäre es vielleicht ganz gut, wenn man uns zwänge, noch mal genau hinzusehen.«

»War das der Grund? Wollten Sie sie daran erinnern, daß sie eine Frau und ebenso eitel ist?«

»Ich wollte sie daran erinnern, daß es auch andere Dinge gibt, als nur Mitglied meiner Truppe zu sein.«

»Ich habe irgendwie das Gefühl, daß sie das weiß.«

»Sie meinen also, sie birgt ein weiches Herz in ihrem Busen? Außerdem erschien es mir notwendig, damit sie mich nicht zu einer romantischen Gestalt stilisiert. Manche Männer geben sich zur Zeit gern als mißverstandene, gequälte, poetische Seelen, aber dazu gehöre ich nicht. Ich bin ein Mann, der eine Aufgabe zu erledigen hat, und das kann ich am besten, wenn ich ungebunden bin. Außerdem ist in der Truppe nur Platz für Menschen, die das Wohl aller obenan stellen, statt sich instinktiv um das Wohlbefinden eines einzelnen zu kümmern.«

»Sie befürchten, daß sie die anderen um Ihretwillen in Gefahr bringen könnte? Aber woher sollte die kommen?« Waren seine Worte als Warnung an sie gedacht? Wollte er damit auf seine eigene Weise ausdrücken, daß er keine Zeit hatte, sich mit einer Frau einzulassen?

»Wenn wir das wüßten, könnten wir sie neutralisieren, so daß sie keine Gefahr mehr wäre.«

»Aber warum? Warum mußten Sie sich ... sich ...«

»Mich einmischen? Ich bin für Trude verantwortlich, so wie für alle anderen und jetzt auch für Sie. Alles, was einem von Ihnen widerfährt, wird man mir anlasten.«

»Wer sollte Ihnen das vorwerfen?«

»Ich selbst.«

Seine Stimme klang unnachgiebig. Er duldete keinen Widerspruch in dieser Frage. Sie ließ sie auf sich beruhen. »Trotzdem scheint es mir eine harte Lektion für Trude zu sein.«

»Sie versteht sie. Außerdem kann sie sich von Ihresgleichen aufrichten lassen. Ich zweifle nicht daran, daß

Sie sie getröstet und ihre Wunden und Ängste gelindert haben.«

»Das hat Juliana getan.«

»Das Kind muß hinter meinem Rücken gereift sein, wenn es für einen so selbstgenügsamen Menschen wie Trude Mitleid empfinden kann.«

»Was wollten Sie damit beweisen – daß sie zu hart oder zu weich ist?«

»Noch eine Fürsprecherin; das habe ich nicht anders erwartet. Ich wollte sie dazu bringen, darüber nachzudenken, welchen Weg sie einschlagen soll. Mehr nicht.«

Sie hatten das Vorzimmer erreicht, durch das man in den Empfangssalon mit dem anschließenden Eßzimmer gelangte. Ein Lakai öffnete ihnen die Tür, und sie traten ein.

Mit gesenkter Stimme sagte Mara: »Das, vermute ich, ist Ihnen gelungen.«

»Zu gut sogar, wie sich herausstellen könnte. Wie soll ich meine Freude nur zügeln?«

Sie schaute ihn kritisch aus dem Augenwinkel an. Sein blauäugiger Blick ruhte auf ihrem Antlitz. Sie hatte jedoch keine Zeit, weitere Fragen zu stellen, da Juliana vor ihnen auftauchte und Trude bei ihr war, in eine weißseidene Hemdbluse mit feinem Spitzenjabot gekleidet, die sie in ihre Uniformhose gesteckt hatte.

Was hatte Roderic gemeint? War das Bedauern, das sie einen kurzen Augenblick auf seinem Gesicht hatte aufblitzen sehen, eine Reaktion darauf, daß sie seine Aktion mißbilligte, obwohl er diese Mißbilligung absichtlich provoziert hatte? Bedauerte er das, was er als notwendige Distanz zwischen ihnen betrachtete? Oder hatte er im gleichen Augenblick Trude in ihrer Seidenbluse erblickt und die Verweichlichung eines guten Soldaten betrauert? Aber wenn letzteres der Grund war, hatte er nicht mit voller Absicht diesen Ausflug in die Weiblichkeit heraufbeschworen? Die möglichen Verwicklungen dieser Gedanken verwirrten sie zusehends, deshalb gab sie es verzweifelt auf, über das Thema nachzudenken.

Sie hatte eigentlich an diesem Abend noch einmal versuchen wollen, den Prinzen von den anderen zu trennen. Sie sollte keine Gelegenheit dazu erhalten. Direkt nach einem ausgiebigen Essen scheuchte der Prinz alle aus dem Haus. Der Autor Victor Hugo hatte einen literarischen Salon in seinem nahe gelegenen Haus an der Place Royale. Er hatte eine Karte geschickt, durch die er Roderic einlud, so viele aus seinem Gefolge mitzubringen, wie er wünsche. Sie würden die stimulierende Anwesenheit einiger der klügsten Köpfe und liberalsten Geister in Paris genießen, und wenn nicht, so würden sie zumindest davon unterhalten werden.

»Liberal?« mokierte sich Juliana. »Hugo ist ein Libertin!«

»Prüderie, meine liebe Schwester, ist eine Krankheit, die den Körper und die Energie des Geistes schwächt. Solltest du einem Mann das Attribut der Größe verweigern, nur weil er für drei Haushalte aufkommt, die allesamt in Gehweite voneinander entfernt sind?«

»Kein Mann braucht zwei Geliebte und eine Ehefrau. Und es ist ungehörig, daß Hugo seine Kollektion so nahe beieinander untergebracht hat. Wie mögen sich die beteiligten Frauen dabei vorkommen, so zur Annehmlichkeit eines Mannes untergebracht worden zu sein?«

»Nicht umsonst lautet sein Motto: ›Ego Hugo‹. Das nenne ich grandios.«

»Ich nenne das lächerlich.«

»Großen Männern kann man viele lächerliche Dinge vergeben. Dumas seine Westen zum Beispiel.«

»Unter anderem! Man sagt, er hält sich einen wahren Zoo, einen Hausgeier namens Jugurtha eingeschlossen, der fünfzehntausend Francs wert sein soll, und ein Batallion von Geliebten, die so regelmäßig den Platz tauschen wie eine Palastwache – und die er mit seinem Sohn teilt!«

Roderic ließ sich jedoch auf keinen Streit ein. Er steckte die Hand seiner Schwester unter seinen Arm, nahm Maras unter den anderen und ging los, über die Schulter zurückrufend: »*En avant, mes enfants!*«

7. Kapitel

Die Versammlung war nicht groß, aber lautes Gelächter und lebhafte Gespräche erfüllten den Raum. Die Menschen standen in Grüppchen beisammen, argumentierten und gestikulierten mit konzentrierten Mienen. Madame Hugo kreiste zwischen ihren Gästen, stellte sie einander vor und dirigierte die Käse, Wein und Pastetchen servierenden Diener. Victor Hugo hielt in einem ausladenden Lehnsessel am Kamin Hof. Ein paar Männer und Frauen hatten sich zu seinen Füßen auf dem Teppich niedergelassen.

Der Raum war lang und geräumig, und an den Wänden hing roter Stoff, der mit orientalischen Mustern bemalt war. Das Mobiliar war dunkel, schwer, mit Schnitzereien verziert und mit rotem Plüsch belegt. Eine Reihe von üppigen Ottomanen im neuesten Stil waren aufgestellt. Das Gaslicht an der Decke spuckte und fauchte in einer schwarzen, schmiedeeisernen Halterung mit gravierten Milchglaskugeln. Die Vorhänge, welche die Nacht ausschlossen, und die Tischdecken auf den verschiedenen Tischchen im Raum waren mit dicken Seidenfransen versehen.

Mara stand mit Estes und Michael in einer Ecke. Sie war froh über die Begleitung der Männer, die sie geduldig auf die verschiedenen Gäste hinwiesen; sie fühlte sich in einer derart intellektuellen Umgebung mehr als nur ein bißchen eingeschüchtert. Alle schienen so überzeugt von sich und ihren Ideen zu sein, so schnell bereit, jeden Widerspruch niederzureden. Niemals fehlte ihnen das passende Wort oder eine elegante abstrakte Wendung. Theorien und komplizierte Ideologien flogen durch die Luft wie Spielzeug. Hier waren Menschen versammelt, die bestimmt berühmt auf ihrem Gebiet waren, aber sie kannte keinen einzigen davon.

»Machen Sie sich keine Sorgen, Mademoiselle«, versicherte ihr Estes, als sie ihm und Michael das erklärte. »Die Hälfte der Leute im Raum versteht nicht ein Zehntel dessen, was die andere Hälfte erzählt, aber sie alle – alle! – schneiden wie verrückt auf. So ist die Welt nun mal.«

Mara erkannte Alexandre Dumas, der eine andere seiner scheußlichen Westen trug. Diese hier war giftgrün und eigelb gestreift. Sein rundes Gesicht strahlte vor Freude, er verspeiste dicke Käsescheiben ohne jedes Brot und sprach über seine neue *Hamlet*-Produktion. In seiner Nähe, aber nicht in seinem Zuhörerkreis, stand eine Frau von Anfang Vierzig, die in ein konservatives schwarzes Wollkleid mit enger Basque und vollem Rock mit scharfen Falten gekleidet war und ein grauschwarz gestreiftes Cape übergeworfen hatte. Diese Dame hatte man ihr auf der Straße gezeigt, als sie zum erstenmal nach Paris gekommen war. Roderic hatte sie ebenfalls erwähnt.

»Ist das nicht Madame Dudevant, die ihre Bücher mit George Sand signiert?« fragte sie leise.

Michael folgte ihrem Blick und nickte. »Sie ist heute abend sehr langweilig gekleidet. Manchmal belebt sie die Szene etwas, indem sie Hosen anzieht.«

»Das ist für Sie beide doch nichts Ungewöhnliches«, sagte Mara. »Immerhin trägt Trude ständig Hosen.«

»Trude ist – na ja, eben Trude.« Michael zuckte mit den Achseln.

Vielleicht hatte Roderic recht, vielleicht war es wirklich an der Zeit, Trude bewußt zu machen, daß sie eine Frau war, aber in diesem Augenblick sagte Estes etwas zu ihr und lenkte sie ab.

»Madame Dudevant betrauert immer noch ihre Trennung von dem Komponisten Chopin, würde ich vermuten. Sie hatten einen großen Streit über die Hochzeit ihrer Tochter, und deswegen hat er sie verlassen. Die Trennung scheint endgültig zu sein.«

»Ich habe gehört, Chopin sei krank«, sagte Michael. »Er hat eine Lungenkrankheit«, antwortete Estes. »Er gibt Madame Dudevant die Schuld daran, weil sie ihn vor einigen Jahren nach Mallorca brachte, wo er sich angesteckt habe.«

»Das erscheint mir kaum gerecht«, sagte Mara. »Sie kann ihn nicht gezwungen haben, mitzukommen.«

»Sie hat die stärkere Persönlichkeit. Sie ist sechs oder sieben Jahre älter.«

»Was hat das schon zu sagen?«

»Eine Menge, wie Sie feststellen werden, wenn Sie Bekanntschaft mit ihr gemacht haben. Hier entlang!« Der Italiener nahm sie bei der Hand und schlängelte sich durch die Menge.

»Nein, warten Sie!« rief Mara, aber er schenkte ihr keine Beachtung. Einen Augenblick später wurde sie Aurore Dudevant vorgestellt.

»Wie geht es Ihnen, meine Liebe?« Die Schriftstellerin drehte sich mit einem gnädigen Lächeln zu ihrem Begleiter um. »Darf ich Sie mit meinem Freund Balzac bekanntmachen?«

Der Mann neben ihr war, wie so viele in diesem Raum, etwa von mittlerem Alter. Dank seiner schweren Gestalt, dem großen Kopf, dem dicken Hals und den Stierschultern wirkte er, obwohl er nicht besonders groß war, doch sehr eindrucksvoll. Sein Gesicht war rot, seine Nase breit und dick, und die Zähne unter dem zerrupften Schnurrbart waren vergilbt.

»Es ist mir ein Vergnügen, Monsieur. Ich habe Ihre Bücher gelesen.«

»Das haben Sie? Welche?« Die Worte kamen wie aus der Pistole geschossen.«

»*Vater Goirot* natürlich und ein paar andere Bände der *Menschlichen Komödie,* allerdings nicht alle. Es ist ein einzigartiger Zeitvertreib, aber auch ein großes Unterfangen!«

»Er kennt bei der Arbeit wie beim Essen keine Grenzen, nicht wahr?« sagte Madame Dudevant.

»Man muß seine Gläubiger bezahlen«, erklärte Honoré de Balzac mit traurigem Kopfschütteln. »Die Handelsleute haben die unangenehme Angewohnheit, von einem Mann zu erwarten, daß er genug Geld hat, um für seine Wünsche aufzukommen. Das ist unmöglich.«

»Sie und Dumas«, meinte Aurore Dudevant mit resignierter Stimme, »Sie verdienen Geld, als würde es direkt aus ihrem Federkiel strömen, und Sie können sich beide glücklich schätzen, wenn man Sie einst nicht im Armengrab beisetzt.«

»Mit Hugo zwischen uns.«

»Victor hat mehr Glück mit seinen Frauen; sie kopieren nicht nur seine Manuskripte und Briefe als unbezahlte Sekretärinnen, sie verwalten auch sein Geld.«

»Seine Frau, hört man, hält jedenfalls die Geldbörse fest umklammert.«

»Eine starke Persönlichkeit, diese Madame Adèle.«

»Jedenfalls besitzt sie genug Verstand, um ihn nicht allzu kurz an der Leine zu halten.«

»Ja. Sie beklagt sich nicht mehr darüber, daß er sie vernachlässigt, habe ich gehört. Anscheinend hat sie aus der Praslin-Affäre gelernt.«

Maras Neugier wurde durch die vielsagenden Blicke geweckt, die die anderen tauschten, und so mischte sie sich ein: »Die Praslin-Affäre?«

George Sand alias Madame Dudevant klärte sie darüber auf. Vor einigen Monaten, Ende August, hatte der Duc de Praslin seine Gattin ermordet. Er hatte sie mit einem Messer erstochen und mit einem Kerzenständer auf sie eingeschlagen, während sie schlafend in ihrem Haus in der Rue de Faubourg St. Honoré lag. Bösartigste Gerüchte rankten sich um die möglichen Gründe für die Tat. Man sagte, der Duc sei verliebt in Mademoiselle Deluzy, die Gouvernante seiner Kinder, gewesen; die Duchesse habe ihre Kinder verdorben, weil sie als Kind ihrer eigenen Gouvernante ausgesetzt gewesen sei, die, wie man es umschrieb, manchmal »nicht auf die Insel Kytharo, sondern auf die von Lesbos« geflohen sei. Manche sagten, der Duc sei ein kalter, in sich gekehrter Mensch, der seinen Verstand verloren habe, während andere behaupteten, daß die emotionale und sexuelle Dominanz der Duchesse den ruhigen Mann in den Wahnsinn getrieben habe. Man wußte nur eines mit einiger Gewißheit: daß die Ehe mit einer Liebesheirat begonnen hatte und einige Zeit voller Liebe weitergeführt worden war, so daß ihr neun Kinder in dreizehn Jahren entsprungen waren. Von da an hatte sie sich unvermutet in hitzigen Streitereien und getrennten Schlafzimmern aufgelöst – bis zu einer heißen Nacht im August.

Die Tragödie war nur die letzte in einer ganzen Reihe von Enthüllungen und anderen Wahnsinnstaten unter den Vornehmsten im Lande. Nicht lange davor hatte der Comte Mortier versucht, seine Kinder zu ermorden; der Prince d'Eckmuhl hatte in einem Wutanfall seine Mätresse erdolcht; der französische Botschafter in Neapel hatte sich die Kehle mit dem Rasiermesser durchtrennt; und der Wahrer des Siegels, Martin du Nord, hatte auf seine Verstrickung in eine Moralaffäre reagiert, indem er sich das Leben genommen hatte. Die Menschen hatten allgemein das Gefühl, daß unter der respektablen Fassade der Regierung Louis Philippes giftige Fäulnis wucherte, die man ausrotten mußte, selbst wenn es den Kopf des Regenten kosten sollte.

»Nie werde ich vergessen, wie sich das Volk vor dem Haus aufführte, in dem Praslin den Mord begangen hat. Sie schienen kein Mitleid mit der Duchesse zu haben, die tot in einem der Räume lag, und auch nicht wirklich zornig auf den Duc zu sein, der Gift genommen hatte und von der Polizei weggebracht worden war. Sie schrien immerzu: ›Nieder mit Louis Philippe!‹ und ›Tod dem König!‹ Als würde der Terror wieder auferstehen.«

»Das wäre gut möglich«, sagte Estes.

»Vielleicht sollten wir um einen weiteren solchen Skandal beten, damit der König die Rufe nach Reformen erhört?« sagte Balzac.

»Oder einen auslösen?« schlug Aurore Dudevant vor. Die Gruppe war so ernst, daß Mara ein kleiner Schauer durchlief. Sie hatte höflich alles mitangehört, was gesagt worden war, obwohl ihr nach wenigen Augenblicken wieder eingefallen war, daß ihre Großmutter ihr von dem Fall Praslin erzählt hatte. Jetzt fiel ihr wieder ein, wie das Gespräch begonnen hatte, und sie fragte: »Aber was hat das mit Monsieur Hugo zu tun?«

»Ihn faszinierte der Fall«, antwortete Balzac, »und zwar so sehr, daß seine gute Frau Angst bekam. Ich fürchte, genau das wollte er auch erreichen, obwohl man da nicht sicher sein kann. Schwer zu sagen, wie weit Hugos Selbstsucht eine Pose und wieviel davon echt ist.«

»Ego Hugo«, murmelte Mara mit einem Lächeln der Erinnerung, während sie dorthin schaute, wo Victor Hugo den Menschen zu seinen Füßen predigte und dabei emphatisch mit den Armen fuchtelte.

»Ganz genau. Er war ein riesiges, häßliches Baby, aber selbst jetzt, nachdem er zu einem präsentablen Mann herangewachsen ist, benimmt er sich, als hätte er immer noch seine Windeln an.«

»Aber er ist ein großer Mann, ein großer Schriftsteller«, sagte Estes.

»Das versteht sich von selbst.« Madame Dudevant zuckte mit den Achseln. »Wer sonst könnte ein Buch über einen Buckligen und eine Kathedrale schreiben und damit ganz allein die Architektur eines Jahrhunderts beeinflussen, ganz zu schweigen davon, daß er Notre Dame vor dem endgültigen Verfall gerettet hat?«

»Ich sehe Madame Juliette nirgendwo, glaube ich, und ich habe soviel über ihre Schönheit gehört. Ich dachte, sie und Madame Hugo würden sich verstehen.« Estes schaute sich hoffnungsvoll um, während er sprach.

»Es ist die andere Mätresse, Madame Leonie, die Adele Hugo besucht. Hugo wurde mit Leonie in flagranti von Leonies Mann ertappt, und er mußte ihretwegen wegen Ehebruchs ins Gefängnis.«

»Ach ja. Man hat von dieser Eskapade gehört.«

»Wer hätte das nicht? Aber wie Lamartine damals bemerkte: ›Frankreich ist elastisch; man kann selbst aus einem Kanapee auferstehen.‹«

»Die Franzosen kaufen seine Bücher trotzdem«, kommentierte Mara.

»Noch mehr als je zuvor. Mehr als ein so notorisch untreuer Mensch es verdient hätte.«

»Ich bitte Sie, Aurore«, meinte Balzac beschwichtigend.

Estes zog eine Braue hoch. »Und das von Ihnen, meine Teuerste?«

»Wollen Sie damit andeuten, ich sei untreu gewesen?«

Schweißperlen traten auf die Stirn des Italieners.

»Das würde mir nicht im Traum einfallen. Dennoch, man hört so manches ...«

»Männer sind wie Klatschweiber! Ich habe immer an die Treue geglaubt; ich habe sie gepredigt, praktiziert und gefordert. Andere sind diesem Ideal nicht gerecht geworden; ich auch nicht. Aber dennoch habe ich nie Reue verspürt, weil meine Fehltritte mir fast schicksalhaft erschienen, weil sie einem instinktiven Idealismus entsprachen, der mich dazu trieb, das Unvollkommene auf der Suche nach der Vollkommenheit hinter mir zu lassen.«

»Sie ehren nicht das Sakrament der Ehe?« fragte Mara, durch die Offenheit der Frau ermuntert.

»Kaum, da ich mich von einem Ehemann befreit habe, für den ich nicht mehr als eine Leibeigene war. Nein. Der gesunde Menschenverstand und schlichte Menschlichkeit gebieten, daß keine Frau gezwungen sein sollte, bei einem Mann zu bleiben, den sie verabscheut. Frauen sollten, wie Männer, frei sein, jenen zu lieben, den sie wollen. Aber es ist keine Liebe, sondern schlichte Lüsternheit, fröhlich von Haus zu Haus zu wandern, wie Victor das tut, drei verschiedene Frauen am gleichen Tag zu lieben und wahrscheinlich noch ein paar Schauspielerinnen dazu.«

»Zu seiner Verteidigung«, sagte Balzac, »sollte ich Sie an die berüchtigte Affäre seiner Frau mit Sainte-Beuve erinnern. Meiner Meinung nach hat er alle Illusionen über die Liebe verloren, als er das entdeckte.«

»Das ist keine Entschuldigung.«

»Aber ihm mit seinem giftigsten Literaturkritiker die Hörner aufzusetzen! Männer sehen über vieles hinweg, aber ein Betrug von solcher Größe wird weder vergessen noch vergeben.« Betrug. Das war kein angenehmes Thema für Mara. Sie hatte sich noch nicht auszudenken gewagt, was Roderic tun würde, sobald er entdeckte, daß sie ihn hintergangen hatte. Anfangs hatte sie gedacht, es würde nichts ausmachen. Sie hatte sich getäuscht. Sie ließ ihre Aufmerksamkeit nur zu gern durch einen Mann in einem eigenartigen dunkelbraunen, goldgesäumten und -geschnürten Samtumhang ablenken, in dessen Rücken eine quastengeschmückte

Kapuze herabhing. Er war eine eindrucksvoll Erscheinung, groß, dunkel und düster.

»Wer ist der Mann in dem eigenartigen Mantel?«

»Dem Burnus? Das ist Delacroix, der Maler. Eine prächtige Gestalt, nicht wahr? Er hat den Burnus von seinen Reisen aus Algerien mitgebracht. Heutzutage fahren so viele in diesen Teil der Welt, daß das langsam zu einer Mode wird.«

Hinter Delacroix – mit dem sie nicht verwandt war, soweit sie wußte – befand sich die Eingangstür. Ein Mann traf soeben ein und reichte einem Dienstmädchen Hut und Stock. Auch er war groß und dunkel, aber er hatte einen dünnen Schnauzer und einen schmalen Kinnbart und ließ seinen Blick ungeduldig durch den Raum schweifen. De Landes' Blick erfaßte Mara, dann befahl er sie mit einer knappen Kopfbewegung zu sich.

Maras Nerven spannten sich wie Violinensaiten. Daß de Landes hier war, deutete darauf hin, daß jede ihrer Bewegungen überwacht wurde. Wußte er, daß sie nicht getan hatte, was er von ihr verlangte? Was würde er dazu sagen?

Sie verließ die Gruppe, mit der sie zusammenstand, höchst ungern; trotzdem führte kein Weg daran vorbei. »Verzeihen Sie mir«, erklärte sie bei der ersten sich bietenden Gelegenheit, »ich glaube, Prinzessin Juliana bittet mich zu sich.« Sie ging durch den Raum, unterhielt sich kurz mit der Prinzessin, kommentierte fröhlich die Versammlung und fädelte sich dann weiter durch die Gäste bis zu de Landes. Er hatte einen Beobachtungsposten ausgewählt, der von einer Trauerweide in einem Keramiktopf und einer Ritterrüstung mit Visier abgeschirmt wurde. Mit Mühe behielt sie ihr unverbindliches Lächeln bei, als sie neben ihm stehenblieb, aber sie kam ohne Umschweife zur Sache. »Was wollen Sie?«

»Wie charmant Sie aussehen. Der Verkäufer hatte recht; dunkle Farben stehen Ihnen.«

»Sie sind nicht hergekommen, um mir Komplimente zu machen.«

»Nein, aber ich beginne mich zu fragen, ob es nicht töricht von mir war, Sie nicht persönlich in der Kunst zu unterweisen, wie man die – wie soll ich es sagen? – Kooperation eines Mannes gewinnen kann.«

»Der Prinz ist äußerst scharfsinnig. Er darf uns nicht zusammen stehen sehen, weil er weiß, daß ich mich angeblich nicht an irgendwelche Freunde erinnere. Ich wiederhole, was wollen Sie?«

Sein Blick war lang und kalt, dann nickte er unvermittelt. »Die Vicomtesse Beausire wird durch die Anwesenheit Seiner Majestät des Königs auf ihrem Ball geehrt werden. Louis Philippe wird exakt um zehn Uhr eintreffen. Sie werden nicht nur dafür sorgen, daß der Prinz dort ist, sondern sich auch darum kümmern, daß er sich in der Nähe des Eingangs aufhält, durch den der König und seine Gäste eintreten werden. Haben Sie verstanden?«

»In der Nähe des Eingangs? Wo? Ich weiß nichts über das Haus oder die Zimmer.«

»Das macht nichts. Er muß um zehn Uhr in der Nähe des Haupteinganges sein.«

»Zehn. Haupteingang. Wie geht es meiner Großmutter?«

»Noch ganz gut.«

De Landes neigte den Kopf und verschwand. Es dauerte einen Augenblick, ehe Mara begriff, daß Rodérics Erscheinen ihn in die Flucht getrieben hatte. Der Prinz kam direkt auf sie zu. Er lächelte, aber sie ließ sich nicht täuschen.

»Habe ich, haben wir alle Sie so vernachlässigt, daß Sie ins Gebüsch krabbeln müssen, um sich mit Fremden zu unterhalten?«

Sie hob das Kinn. »Krabbeln?«

»Hätte ich sagen sollen, ›verstecken‹?«

»Ich konnte nicht ahnen, daß es verdächtig ist, wenn man sich während eines literarischen Salons wie diesem mit einem Gast unterhält. Das hätten Sie mir sagen müssen.«

»Das hätte ich getan, hätte ich es für nötig gehalten.«

»Was haben Sie von mir erwartet? Sollte ich an Ihrer Seite bleiben? Ich hatte den Eindruck gewonnen, daß Sie mich davor warnen wollten, Ihnen zu nahe zu kommen.«

Seine Augen wurden schmal. »Und das hat Sie so getroffen?«

Natürlich war es ein Fehler gewesen, sich auf ein Wortgefecht mit ihm einzulassen. Es hatte sie tatsächlich getroffen, daß er seine Begierde so leicht zügeln konnte, daß es ihm gelungen war, auf eleganteste Weise ihre Avancen zurückzuweisen. Aber war es nicht besser, das wenigstens vorläufig zuzugeben, damit er nicht auf einer Antwort de Landes' betreffend beharrte?

Sie senkte die Lider. »Keine Frau denkt gern von sich, daß sie so leicht zu durchschauen ist.«

»Wirklich nicht?«

Die Heiterkeit, die langsam, wie von einer angenehmen Erinnerung genährt, in seine Augen drang, verunsicherte sie. »Ich kann mir auch nicht vorstellen, daß ein Mann das möchte.«

»Das würde auf den Mann ankommen – und auf die Frau.« Er hob die Hand, öffnete das Visier der Rüstung und ließ es klappernd wieder zufallen.

Sie hatte plötzlich das Gefühl, daß er sich unwohl fühlte, daß er wünschte, er hätte diese Worte nicht gesagt. Das konnte nur bedeuten, daß er sie bereute. Aber warum sollte er sie bereuen, es sei denn, sie wären wahrer, als er eingestehen wollte? Bevor sie diesem Gedanken allerdings weiter nachgehen konnte, drehte er sich ihr wieder zu.

»Haben Sie Lamartine kennengelernt? Er hat das Gesicht eines Aristokraten und die Seele eines Metzgers. Er ist ein Poet, der zum Politiker wurde. Das sind die gefährlichsten.«

Alphonse de Lamartine war von Grandmère Helene und ihrer älteren französischen Cousine als Radikaler in Grund und Boden verdammt worden. Grund dafür waren seine Ansprachen in der Abgeordnetenversammlung und die in den letzten Jahren erfolgte Veröffentlichung seines achtbändigen Werkes *Histoire des Girondins,* in denen er die Rechte des Proletariats feierte. Sie hatten ihn als Verräter an seiner Klasse bezeichnet, als Feigling, der die stabilste und friedlichste Regierung zu stürzen versuche, die Frankreich in den letzten hundert Jahren gehabt habe, und als Narren, weil er den Botschaftertitel verschmäht hatte, mit dem Louis Philippe ihn aus seiner Reformerrolle zu locken gehofft hatte.

Er war eine aristokratische Erscheinung, genau wie Roderic angedeutet hatte. Er hielt sich aufrecht, war schlank, hatte ein schmales, intelligentes Gesicht und hellbraunes Haar, das an den Schläfen ergraut war. Er war auf leise Art witzig, wie Mara entdeckte. Es war eine Erholung, sich mit ihm zu unterhalten, vor allem nach den vorangegangenen anstrengenden Wortwechseln mit de Landes und Roderic und den gehässigen Bemerkungen und dem Skandalgeflüster der anderen.

Roderics Aufmerksamkeit wurde von einer entschlossenen Frau in einem verblüffenden chartreusefarbenen Seidenkleid mit Pünktchen und meilenlanger Seidengimpe beansprucht. Er hörte ihrem Geplapper jedoch nur mit halbem Ohr zu. Sein Blick ruhte auf der Frau in Dunkelblau, die er Chère nannte. Die Röte wich langsam aus ihren Wangen, und ihr Lächeln kam wieder leicht und natürlich, ohne die Gezwungenheit, die auf Angst oder Schuldgefühle schließen ließ. Der Anblick löste einen eigenartigen Schmerz in seinem Inneren aus; sie war in seiner Gegenwart immer auf der Hut. Trotzdem, die Winkel und Schatten, die das Gaslicht auf das Oval ihres Gesichtes zeichnete, die Reinheit ihrer Haut und das weiche Grau ihrer Augen, das durch die tiefe Farbe ihres Kleides noch verstärkt wurde, verliehen ihr eine einzigartige Schönheit. Sie bezauberte ihn täglich mehr, nicht nur durch ihre verlorengegangene Vergangenheit und das Rätsel, das sie darstellte, sondern durch etwas, das er in ihr spürte.

Am liebsten hätte er sie weiterhin ein Geheimnis bleiben lassen, gewartet, bis sie ihr Gedächtnis von selbst wiederfand oder ihm anvertrauen wollte, was immer sie vor ihm verbarg. Ein- oder zweimal war ihm bereits der Gedanke gekommen, daß es ihm am liebsten wäre, wenn keines von beidem einträfe. Die Wiederkehr ihres Gedächtnisses würde bedeuten, daß sie ihn verlassen und dorthin zurückkehren mußte, wo sie hergekommen war. Wenn sie andererseits Informationen zurückhielt, war sie vielleicht mit einer Absicht zu ihm gekommen, von der er lieber nichts erfahren wollte.

Er *mußte* es jedoch erfahren. Es stand zuviel auf dem Spiel, als daß er sich die quichotische Geste leisten konnte, eine Frau unter seinem Dach zu beherbergen, die ihn hintergehen wollte. Luca hatte ihn auf de Landes hingewiesen, hatte ihn als den Mann identifiziert, der Chère im Stoffgeschäft angesprochen hatte. Es war wohl kaum ein Zufall, daß er sich heute abend wieder mit ihr unterhalten hatte. De Landes war wohlbekannt, nicht nur als Beamter des Außenministeriums, sondern auch als Lebemann, als Heimsuchung für die kleinen Näherinnen, die man *grisettes* nannte. Eine Untersuchung der letzten Aktivitäten dieses Mannes mochte einige Erkenntnisse bringen. Wenn er die wollte.

Er schaute zu Luca hinüber. Der Zigeuner machte eine kurze Kopfbewegung in Richtung Tür, mit der er andeutete, daß de Landes den Salon verlassen hatte. Roderic nickte langsam, mit ausdrucksloser Miene. Luca verschwand, leise und still wie ein Schatten, hinter dem Franzosen aus dem Raum.

Es war spät, als sich die Gesellschaft auflöste. Als sie auf den Place Royale traten, entdeckten sie, daß es schneite. Die Flocken fielen dicht und gleichmäßig, bedeckten die Pflastersteine zentimeterhoch und bildeten weiche, goldene Lichtkugeln um die Gasflammen der Straßenlaternen. Ab und zu wirbelte ein Windstoß sie auf, ließ sie tanzen, trieb sie gegen den Rinnstein oder die Stämme der unbelaubten Bäume im Park, der die Mitte des Platzes bildete.

»Ist das nicht wunderschön!« rief Mara aus und streckte die Hände vor, um die kristallenen Schneeflocken aufzufangen. Im Süden Louisianas, wo sie lebte, fiel höchstens einmal in fünf Jahren Schnee, und auch dann nur so dünn und vereinzelt, daß er sofort schmolz, nachdem er den Boden berührt hatte.

Estes schnaubte und bibberte in seiner Uniformjacke. »Wunderschön? Bah!«

»Vorsicht auf den Pflastersteinen«, warnte Jared, nahm Maras Arm und ließ seinen blitzschnell um ihre Taille gleiten, als sie auszurutschen drohte.

Juliana schaute sich um. »Wo ist Luca?«

»Er hat zu tun«, antwortete Roderic, und seine Worte schienen in Eis gehüllt zu sein.

Jacques bückte sich, nahm eine Handvoll Schnee auf und formte sie zwischen seinen Handschuhen zu einem Ball. Sein Blick begegnete dem des Prinzen. Er ließ den Schnee wieder fallen und wischte sich betont unschuldig die Handschuhe ab.

»Oh, oh«, murmelte Jared leise. Er schaute auf seinen Anführer, und etwas in Roderics Miene veranlaßte ihn, seinen Arm wegzunehmen und Mara nur mit seiner Hand unter ihrem Ellenbogen zu stützen. Schweigend gingen sie bis zum ruthenischen Haus.

War Roderic eifersüchtig gewesen? Diese Frage plagte Mara, als sie Lila gestattete, ihr Kleid aufzuhaken und ihr beim Zubettgehen zu helfen. Sie dachte an den Augenblick zurück, als er nach ihrem Wortwechsel mit de Landes zu ihr gekommen war, ging jedes Wort durch, das er gesagt hatte, überlegte sich, wie er ausgesehen hatte. Dann machte sie das gleiche mit dem Vorfall auf dem Place Royale und ging schließlich bis zu dem Tag zurück, an dem er sie bei ihren Akrobatikübungen in den Armen der anderen ertappt hatte. War es möglich, daß er sie wirklich begehrte, daß sie ihn anzog, aber daß er dieser Anziehungskraft widerstand? War dieser Widerstand so anstrengend, daß er ihn heute abend seine Beherrschung gekostet hatte?

Sie war nicht überzeugt. Bestimmt zog sie ihn an, bestimmt hatte er vorübergehend Zuneigung zu ihr gefaßt, aber sie hatte das Gefühl, daß mehr hinter seiner Weigerung steckte, ihren Verführungskünsten zu erliegen. Er mochte ihr erzählen, er wolle ihr zukünftige Reue ersparen, weil er keine Zeit für eine Frau habe, aber der Grund, dessen war sie sicher, lag tiefer. Er war auf der Hut vor ihr. Darauf lief es immer wieder hinaus.

Lila hielt das Nachthemd aus feinem Kambrik vor sie hin, und gehorsam hob Mara beide Arme, damit die Magd es ihr über den Kopf ziehen konnte. Die Magd öffnete ihr das Haar und reichte ihr die Bürste, als Mara die Hand danach ausstreckte, dann ging sie ans Bett und schüttelte es auf. Mit ausdrucksloser Miene und ohne ihre Magd wahrzunehmen, zog Mara die Bürste durch ihr Haar.

Bei dem Vorfall mit Dennis war es, dachte sie, ihre physische Anwesenheit, die Berührung ihres Körpers gewesen, weswegen er sich vergessen hatte. Auch Roderic hatte, als sie in seinen Armen gelegen hatte, nicht innegehalten, um sich über die Komplikationen den Kopf zu zerbrechen, die sich ergaben, wenn er sie liebte. Wenn Juliana nicht gekommen wäre, wäre ihr die Verführung gelungen. Sie wäre jetzt die Geliebte des Prinzen und bräuchte sich nicht länger von diesen Zweifeln plagen zu lassen.

So wenig sie sich danach sehnte, weibliche Gespielin des Prinzen zu werden, so wenig sie sich wünschte, ihn in eine Affäre zu locken, sie wollte endlich, daß dieses unerträgliche Warten, die Angst vor dem, was sie zu tun hatte, ein Ende nahm. Es wäre eine Erleichterung, wenn die Wahrheit endlich herauskäme, wenn sie endlich in seinem Bett läge.

Mara hielt inne, die Bürste in der Hand und das Haar offen auf ihrem Rücken. Und was wäre, wenn sie sich einfach zu ihm legte, wenn er schlief? Würde ihre Anwesenheit, ihre weibliche Form und Wärme ausreichen, ihn seine Vorbehalte noch einmal vergessen zu lassen?

Ihr Herz machte einen Satz bei dem Gedanken. Ihre Hände begannen zu zittern, darum legte sie schnell die Haarbürste beiseite. Würde sie das wagen? Nachdem sie gesehen hatte, was er mit Trude getan hatte, nach seiner Warnung, nach seiner düsteren Laune heute abend ... würde sie das Risiko auf sich nehmen?

»Stimmt etwas nicht, Mademoiselle?«

»Nein, alles in Ordnung, Lila«, antwortete sie und zwang sich zu lächeln. »Sie können jetzt gehen.«

Die Tür schloß sich hinter der Zofe. Mara wartete, bis die Schritte des Mädchens sich durch das Vorzimmer und über die Hintertreppe entfernt hatten. Als nichts mehr zu hören war, hob sie den Saum ihres Nachthemds an und verließ das Schlafzimmer. Sie gewährte sich keine Sekunde, um über ihren Plan nachzudenken und noch ängstlicher zu werden.

Die Böden der langen, leeren Räume, durch die sie in Roderics Flügel gelangte, waren kalt unter ihren nackten Füßen. Ein kühler Luftzug wehte unter ihr Nachthemd, fächelte es um ihre Knie und Schenkel. Die meisten Kerzen in den Girandolen waren niedergebrannt, so daß sie durchs Dunkel wanderte, das nur ab und zu von einer Lichtpfütze unterbrochen wurde. Hinter den hohen Fenstern lag die dunkle und samtig stille Schneenacht. Das einzige, was sie sehen konnte, war ihre blasse Gestalt, die sich ab und zu verzerrt im verbleiten Fensterglas spiegelte.

Sie gelangte ins Zentrum des Gebäudes, wo die Korridore ein Andreaskreuz bildeten und die vier Innenhöfe voneinander abtrennten. Vor ihr befand sich ein kleines Antichambre, das in den Flügel des Prinzen rund um den Osthof führte. Zur Linken befand sich eine Tür, durch die man zu den Schlafgemächern der Truppe gelangte. Geradeaus ging es zum Privatsalon des Prinzen und weiter zu seinem Schlafgemach sowie einem kleinen Ankleidezimmer. Jenseits lag ein kleiner Raum, in dem ein mit Büchern und Papieren überladener Schreibtisch stand. Hinter diesen Räumen, in dem Flügel, der sich in rechtem Winkel links an die Gemächer des Prinzen anschloß, lag die Suite, in der seine Mutter und sein Vater wohnten, wenn sie in Paris waren. Sie zögerte nur einen winzigen Augenblick, um sicherzugehen, daß niemand Wache hielt. Da sie niemanden sah, nichts hörte, drückte sie die schwere Messingklinke herab und schob die Tür auf. Dann trat sie in Roderics Privatsalon.

Hier herrschte absolute Dunkelheit. Sie mußte sich vorsichtig bewegen. In ihrer Kindheit hatte man während eines Jahres viel über die Indianer gesprochen, die aus den Südstaaten nach Westen zogen. Sie und ein paar Sklavenkinder hatten auf der Plantage wochenlang Indianer gespielt, sich im Gestrüpp im Garten versteckt und waren durch das Haus geschlichen, um die Erwachsenen mit gespielten Attacken zu überraschen. Sie hatte gelernt, vollkommen lautlos barfuß zu gehen und sich vorsichtig und geschickt zu bewegen und allem aus dem Weg zu gehen, was ein Geräusch verursachen könnte. Jetzt, in der stickigen Stille des Raumes, schien es nur natürlich, sich auf diese eingefleischten Fähigkeiten zu verlassen.

Sie umrundete einen Tisch, ein Sofa, einen Sessel, eine Fußstütze. Sie erinnerte sich von ihren Inspektionsrunden daran, wo sich die Tür zum Schlafgemach befand, und nach wenigen, kurzen Augenblicken strichen ihre Fingerspitzen erst über die Türfüllung, dann über die Klinke. Sie drückte sie herab, schob die schwere Tür auf und schlüpfte hindurch.

Im Zimmer war kein Laut zu hören: weder das sanfte Schnarchen noch der tiefe, regelmäßige Atem eines Schläfers. Schlief er so ruhig oder war er gar nicht im Zimmer und arbeitete vielleicht nebenan? Aber kein Lichtschein drang aus dieser Richtung.

Wie ihres stand auch das Bett des Prinzen auf einer Plattform. Der beschnitzte und vergoldete Sockel war sehr breit und lang. Obwohl man es jetzt nicht sehen konnte, ragte das Kopfende hoch auf zur Decke und endete in einem halben Baldachin. Er war mit einer vergoldeten, bemalten Schnitzerei verziert, die Krone und Wappen Rutheniens darstellte. Zu beiden Seiten hingen Seidenvorhänge herab, die mit Kordeln zurückgebunden waren. Sie mußte achtgeben, daß sie die Vorhänge nicht berührte, denn diese Bewegung konnte einen so wachsamen Mann wie Roderic aus dem Schlaf reißen.

Die Außenkante ihres Fußes strich an der Plattform entlang. Sie setzte einen Fuß darauf und belastete ihn langsam, bevor sie den anderen Fuß hochzog. Immer noch kein Laut. Sie wagte sich näher heran, so daß der Stoff ihres Nachthemds gegen die Bettlaken wehte. Sie ortete mit federleichter Berührung die Vorhänge, dann beugte sie sich mit ausgestreckter Hand vor.

Ihre Hand wurde von einem eisernen Griff umklammert und sie nach vorn gerissen. Sie verlor das Gleichgewicht und kippte quer über das Bett. Ein Schreckensschrei saß in ihrer Kehle. Ihr Haar flog ihr ums Gesicht wie ein seidiges Segel, dann stürzte sie. Sie kam mit dem Rücken auf der Matratze auf, und ein Gewicht senkte sich auf sie, preßte sich auf ihr Brustbein, nagelte sie fest. Ein harter Schenkel drückte auf ihre Knie und hielt sie fest. Ihre andere Hand wurde von stählernen Fingern gepackt und über ihren Kopf gerissen.

»Süß duftend und gefällig und schöner als der Traum eines Muselmanen vom Paradies: Sind Sie gekommen, um mich dorthin zu bringen oder um mich einfach loszuwerden?«

»Was ... glauben Sie ... denn?« Die Worte kamen gepreßt, so schwer lastete der Druck auf ihrer Brust.

Das Gewicht wurde weggenommen, ihre Hände wurden freigegeben.«Kann ich eine Vermutung wagen?«

Mara atmete tief ein und schluckte, weil ein dicker Kloß in ihrer Kehle saß und sie das hysterische Bedürfnis zu lachen verspürte. Sie war wahrhaftig in seinem Bett. »Sie ... Sie können mich nach Waffen durchsuchen, wenn Sie wollen.«

Gespannt verharrte er. Er knurrte: »Ein interessantes Angebot.«

Die pulsierende Hitze seines Körpers an ihrem strafte seine gleichgültigen Worte Lügen. Seine Stärke verriet ungeheure Selbstkontrolle, geführt von eisernem Willen, der jedes körperliche Unbehagen ignorierte. Unter Aufbietung jedes Grans an Willenskraft gelang es ihr, die Hand ruhig zu halten, als sie mit ihren Fingern über seine Brust strich. Die Muskeln unter der feinen Haarmatte waren hart und sehnig. Dankbar für den Schutz der Dunkelheit, der ihre hektische Röte verbarg, ließ sie ihre Finger über die flache Fläche seines Bauches wandern, der abfallenden Haarspur folgend.

Er zog den Atem ein und schnappte ihre Hand. Im nächsten Moment umschloß er ihr Gesicht mit der anderen, und sein Mund senkte sich auf ihren herab. Es war ein verzehrender Kuß, von Wut und mühsam gezügelter Begierde geführt, eine sengende, unnachgiebige Invasion. Ungestüm und gnadenlos nahmen seine Lippen Besitz von der Süße der ihren. Seine Zunge strich über das zarte Innere ihres Mundes, verwob sich mit ihrer Zunge in geschmeidiger Belehrung, stieß dann tiefer.

Maras Herz pochte in ihrer Brust. Das Blut donnerte in ihrem Kopf und schoß durch ihre Adern wie über Stromschnellen. Sie stieß einen kleinen Laut aus, der Angst oder Wut oder Gefallen bedeuten konnte.

Abrupt zog er sich zurück und sog tief und heftig die Luft ein. »Sie sind keine Houri, keine Metze, keine Spenderin geheimster Freuden, süße Chère. *Was tun Sie hier?*«

»Wollen – wollen Sie mich nicht?« Sie fühlte sich wie eine Hure, was er, wie sie mit ängstlicher Klarsicht erkannte, durchaus beabsichtigt hatte.

»Ob ich Sie will? Was hat das damit zu tun?«

Sie wand sich unter der ruhigen Wildheit seiner Worte. »Ich – ich wollte Ihnen einfach nahe sein. Ist das so falsch?«

Er stieß sich von ihr ab und rollte vom Bett. Dann leuchtete die gelbe Flamme eines Schwefelhölzchens auf, und es roch nach faulen Eiern und Kiefernholz. In den gelben Schein gebadet, entzündete Roderic die Kerze in dem Silberständer auf den Nachttisch und schüttelte dann das Streichholz aus.

Die Kerzenflamme tanzte, schickte suchend ihre Strahlen in die dunklen Ecken des Zimmers und warf ihr unruhiges Licht über Mara, die aufgestützt auf einen Ellbogen im Bett lag. Zwei feurige Punkte blitzten in ihren Augen, und der Schein zeichnete die weichen Kurven und Vertiefungen ihres Körpers unter dem feinen Material ihres Nachthemds ab und schimmerte auf ihren schlanken Waden und Fußgelenken, wo der Saum heraufgerutscht war. Roderic starrte auf sie herab und war sich des tiefen Drängens in seinem Inneren bewußt, das nichts mit der unbefriedigten Begierde seiner Lenden zu tun hatte. Wie stolz sie aussah, mit dem hochgereckten Kinn und dem stehenden Spitzenkragen, der die Reinheit ihrer Kehle und ihres Halses hervorhob – und doch, es lag etwas Abwehrendes, Gedemütigtes in ihrem Blick. Daß es seinetwegen dort war, ließ Scham auch in ihm aufkommen. Er machte sich mit einem kurzen Kopfschütteln frei davon.

»Die Frage ist«, sagte er milde, »kann es recht sein?«

»Ich hätte Sie nie für einen Puritaner gehalten.« Sie schien den Blick von der strahlenden Nacktheit des Körpers über ihr nicht abwenden zu können.

Ihr Mund war nach seinem Kuß rot und geschwollen, als bedürfe er der Linderung. »Aber auch nicht für einen Narren, hoffe ich.«

Nein, das war er nicht. Mara fühlte sich überrumpelt, als würde sie sich in einer Lage abmühen, über die sie keine Macht mehr hatte. Ein Schauder überlief sie, ein zweiter folgte. Nur der Gedanke an Grandmère Helene – so fragil und doch so voller Lebensfreude – und an die schnell verrinnende begrenzte Zeit, die ihr blieb, brachten sie dazu, weiterzumachen. »Sie haben Sarus glauben lassen, daß ich Ihre Geliebte bin, und inzwischen geht jedermann davon aus, selbst die Truppe manchmal. Was für einen Unterschied macht es schon?«

»Ich weiß, daß Sie es nicht sind, und Sie wissen es auch. Das ist der Unterschied.« Vielleicht war er ein Narr. Die Gründe, die im hellen Tageslicht so einleuchtend schienen, klangen im unruhigen Schein einer einsamen Nachttischkerze wenig überzeugend. Seine Wachsamkeit gegenüber einem Verrat hatte niemals nachgelassen, und es war unwahrscheinlich, daß das jetzt geschehen würde. Wenn sie sich um ihre Ehre nicht scherte, warum sollte er es tun? Und doch war es diese scheinbare Unbesorgtheit, verbunden mit ihrer offensichtlichen Unerfahrenheit, die ihn am meisten verstörte, mehr sogar als die Wahrscheinlichkeit, daß er eine Verräterin beherbergte.

»Aber ich könnte es werden, ganz leicht.« Die Worte kamen leise und klangen fast flehend. Sie streckte eine Hand aus.

Seine dunkelgoldenen Brauen zogen sich zu einem Stirnrunzeln zusammen, und er nahm ihre Finger, die sichtbar zitterten. »Eine frierende Dame, furchtsam flehend und voll eisiger Hingabe. Wie kann ich widerstehen?«

Er ließ ihre Hand los, beugte sich über sie, fuhr mit den Armen unter sie und hob sie an seine Brust. Er schwang herum, daß sich ihr Haar wie ein dunkler Vorhang um sie schlang, und marschierte aus dem Schlafzimmer in seinen Privatsalon und von dort aus ins Vorzimmer. Dort brannte Licht, denn Michael stand, nur in Uniformhose gekleidet, in der Tür, die zu den Räumen der Truppe führte. Sarus stand mit von Alter und Müdigkeit gezeichnetem, russisch-tatarischem Gesicht neben Roderics Cousin. Offenbar hatten sie etwas gehört, jedenfalls genug, daß sie davon aufgewacht waren.

Mara schloß die Augen und wünschte sich, vom Erdboden verschluckt zu werden. Schmerzvolle Tränen der Verzweiflung stiegen hinter ihren Lidern auf. Einen Moment lang hatte sie verrückterweise geglaubt, Roderic wolle sie umarmen, sie in seinem Bett wärmen. Diese Hoffnung hatte sich zerschlagen. Als sie das Vorzimmer durchquerten und den Gang betraten, der in die anderen Flügel führte, begriff sie, daß er sie zu ihrem Schlafgemach zurückbrachte.

»Ich kann gehen«, sagte sie erstickt.

Er antwortete nicht.

Es war ein langer Weg. Mara wurde sich mit der Zeit der Kraft seiner Hände und seines stetig klopfenden Herzens bewußt. Ihre Haut glühte an jenen Stellen, die, nur durch den dünnen Stoff des Nachthemds getrennt, gegen ihn gedrückt wurden. Sicher. Sie fühlte sich sicher. Aber ihr war auch mit unerträglicher Deutlichkeit bewußt, daß er ein Mann, ein Prinz war. Roderic von Ruthenien. Sie waren einander nahe, so nahe. Sie verspürte den beunruhigenden Impuls, sich umzudrehen, ihre Arme um seinen Hals zu schlingen und sich an ihn zu pressen. Sie wünschte sich, und zwar mit einer Eindringlichkeit, die nichts mit den ihr gegebenen Instruktionen zu tun hatte, daß er sie bemerke, daß er wirklich auf sie als Frau reagiere.

Die Aussicht auf ein körperliches Zusammensein verblaßte, und Verdruß machte sich breit, bald gefolgt von Zorn. Arroganter, aufgeblasener Kerl; seine angebliche Fürsorge war eine Beleidigung. Wie konnte er es wagen, sie abzuweisen, und noch dazu so mühelos? Sie wünschte sich, daß er das bereuen sollte; das wünschte sie wirklich, wenn auch nur, um ihre angeschlagene Selbstachtung wiederherzustellen. Aber wie sollte sie das erreichen? Er schien unverwundbar zu sein.

Er stieß die Tür zu ihrem Schlafzimmer auf und marschierte im Licht eines auf dem Tisch stehenden Kandelabers geradewegs auf ihr Bett zu. Er legte sie darauf ab und trat zurück. Blitzschnell erhob sich Mara auf die Knie und streckte die Arme aus, um ihn bei den Schultern zu packen.

Warm und fest lagen sie unter ihren Händen, die Muskeln gaben nach und leisteten vor Überraschung keinen Widerstand. Einen winzigen Augenblick erwiderte sie seinen kobaltblauen Blick mit ernsten, herausfordernden Augen. Dann legte sie ihre Lippen auf seine, strich über die seidige, wohlgeformte Oberfläche, erforschte mit ihrer Zungenspitze die eingegrabenen Winkel, die empfindsame Linie, an der sie zusammentrafen. Er beugte sich vor, und seine warmen Lippen öffneten sich willig. Benommen vor Triumph und einem Gefühl, das sie noch nicht erkennen konnte, ließ sie ihre Hände über seine Schultern gleiten und verschränkte sie hinter seinem Hals, den Kuß vertiefend.

War es Berechnung, die sie zurückweichen ließ, oder zweifelte sie an ihrer eigenen Courage? Hatte sie eine winzige Bewegung seinerseits verwirrt oder ihr wachsendes Bedürfnis, ihm näher zu sein? Sie hätte das nicht sagen können, aber sie ließ ihn los und wich zurück.

»Gute Nacht«, murmelte sie.

Einen Herzschlag lang starrte er sie mit unergründlicher Miene an. Dann drehte er sich mit einer glatten, geschmeidigen Beherrschtheit um, die von unbegrenzter Kraft kündete, und ging aus dem Zimmer.

Mara brach auf dem Bett zusammen, bedeckte ihr Gesicht mit beiden Händen und ließ die Stirn auf die Knie sinken. Was sollte sie nur tun? Sie mußte sich der Tatsache stellen, daß sie es vielleicht nicht in das Bett des Prinzen schaffen würde. Was sollte aus ihrer Großmutter werden, wenn ihr das nicht gelang? Was würde de Landes tun?

Diese Fragen waren von entscheidender Bedeutung und quälend, aber es gab noch eine weitere, die endlos in ihrem Kopf kreiste. Wie sollte sie Roderic am Morgen gegenübertreten?

Sie fühlte sich verletzt und niedergeschlagen und, ja, erschöpft, als hätte sie eine verzweifelte Schlacht geschlagen. Ihr Brustkorb schmerzte, ihre Lippen brannten, und ihr Stolz war wund. Sie sehnte sich mit gleicher Inbrunst nach Rache und Vergessen, nach Erlösung von der Demütigung, die sie peinigte.

Und doch war sie in anderer Hinsicht erleichtert. In Anbetracht von Roderics Verhalten gegenüber seiner Truppe, wenn sie sein Mißfallen erregte, wußte sie, daß sie sich glücklich schätzen konnte, ihm fast unversehrt entronnen zu sein. Mehr noch, sie war sogar der letzten physischen Kapitulation entronnen. Sie hatte allen Grund, erleichtert zu sein.

Die Selbstkontrolle des Prinzen war für sie wie eine Offenbarung. Sie hatte unbewußt vermutet, zweifellos aufgrund ihrer Erfahrung mit Dennis, daß den Männern die letzte Selbstbeherrschung fehle, daß sie ihren Gelüsten eher ausgeliefert seien. Roderic hatte sie begehrt. Er hatte es nicht zugegeben, aber es war offensichtlich gewesen. Trotzdem hatte er sich zurückgehalten. Aus welchem Grund auch immer, er hatte sich von ihr zurückgezogen, obwohl er sie leicht hätte besitzen können, hatte sie aus seinem Bett, seinen Gemächern, seiner Nähe entfernt. Trotz ihrer Willigkeit, ihrer Berührung, selbst ihrer Bitten hatte er, egal wie schwer oder leicht es ihm gefallen sein mochte, den Willen aufgebracht, sie abzuweisen.

Mara setzte sich auf und warf ihr Haar zurück. Erstaunt erwog sie Roderics Benehmen und dachte an das andere Mal zurück, als sie allein mit einem Mann gewesen war. Langsam wurde ihr klar, daß Dennis Mulholland in jener Nacht im Sommerhaus jede Selbstbeherrschung hatte missen lassen. Er hatte nicht mehr Selbstdisziplin aufgebracht als ein kleiner Junge allein in einem Zuckerwarenladen. Zufällig hatte sich ihm die Gelegenheit geboten, seine Gelüste zu befriedigen, und er hatte sie mit beiden Händen ergriffen. Er hatte keine Sekunde an sie gedacht. Ihm war ihre mißliche Lage gleichgültig gewesen und daß sie keine Luft bekam; er hatte bloß versucht, seinen Appetit auf ihre Kosten zu stillen. Sie war zu Recht wütend gewesen in jener Nacht, hatte sich zu Recht geweigert, ihn zu heiraten. Er hatte das gewußt. Sein Tod hatte nichts daran geändert.

Plötzlich fühlte sie sich, als wäre eine große Dunkelheit von ihren Gedanken genommen. Sie trug keine Schuld. Dennis Mulholland war nicht ihretwegen umgekommen. Sie war keine Verführerin, die ihn über alle Widerstandskraft hinweg gereizt und dadurch die Entehrung herbeigeführt hatte, die ihn dann den Tod suchen ließ. Es war seine eigene Schwäche gewesen, so wie es seine Wahl gewesen war, sich zurückzuziehen oder ihre Tugend mit seiner Berührung zu verletzen.

Wie hatte sie etwas anderes denken können? Weil ihr Vater und Dennis auf eine Heirat gedrängt hatten, als wollten sie sie für eine Sünde bestrafen? Hatte sie ihre Gedankenlosigkeit gereut oder hatte die Gesellschaft scheinbar erwartet, daß sie die Schuld auf sich nahm? Oder waren es die religiösen Lehren aus ihrer Kindheit gewesen, die schon in der Geschichte des Paradieses die Schuld an Adams Willensschwäche in Evas Hand legten?

Aus welchem Grund auch immer, es hatte einen Balkanprinzen gebraucht, damit sie ihren Irrtum erkannte. Wenigstens dafür mußte sie ihm dankbar sein. Das wäre allerdings viel leichter, wenn sie Roderic nie wiedersehen müßte.

Der Morgen brachte Julianas Preußen. Es war fast elf Uhr, als Sarus, korrekt in seine Uniform gekleidet, die der der Truppe nicht unähnlich war, Mara im Salon aufsuchte, wo sie mit der Köchin das Tagesmenü durchsprach. Er verbeugte sich steif und präsentierte eine Karte auf einem silbernen Tablett.

»Was ist denn?« fragte sie, nahm die Karte auf und blickte verwundert darauf. Der Name auf der Karte, verbunden mit einer langen Aufzählung von Titeln, sagte ihr nichts.

»Es ist der Kronprinz, Mademoiselle.«

»Bestimmt möchte er nicht mich sehen. Sie müssen das Prinz Roderic geben.«

»Der Prinz ist seit einer halben Stunde mit Luca zusammen. Er hat Anweisung gegeben, ihn keinesfalls zu stören.«

»Dann wird der Kronprinz warten müssen.«

»Der Preuße ist ... ungeduldig.«

»Preuße – oh!« Mara betrachtete die Karte noch einmal stirnrunzelnd und schaute dann wieder auf. »Vielleicht können Sie Prinzessin Juliana von seiner Ankunft in Kenntnis setzen.«

»Die Prinzessin liegt noch zu Bett.«

»Bestimmt wird er warten, bis sie aufgestanden ist und ihn empfangen möchte?«

Sarus zögerte. Sein faltiges Gesicht wurde ganz knittrig vor Sorge. »Er ist nicht gewöhnt, daß man ihn warten läßt. Vielleicht geht er Prinzessin Juliana suchen, und wenn er das tut, dann wird sie –«

»Ja, das kann ich mir vorstellen«, sagte Mara hastig. Juliana wäre gar nicht zufrieden und würde alle Welt das wissen lassen. Eine häusliche Krise mußte unter allen Umständen vermieden werden. »Also gut. Ich komme sofort.«

Als sie kurz darauf den Empfangssalon betrat, stand der Preuße am Fenster und starrte auf die schneebedeckten Pflastersteine im Eingangshof. Er drehte sich um, als sie auf ihn zukam, schlug die Hacken zusammen und verbeugte sich. »Mademoiselle, bitte verzeihen Sie, daß ich Sie von Ihrer Arbeit abhalte.«

»Das tun Sie keineswegs.« Mara knickste kurz und bedeutete ihm dann, sich ihr gegenüber auf ein Kanapee zu setzen. Er war groß und gut gebaut, wenn auch sein Leib faßrund war. Er war Ende Dreißig und hatte einen fließenden blonden Schnurrbart, ein ausschweifendes Gewächs, das mit der glatten, rasierten Platte seines kahlen Schädels kontrastierte. »Hat man Ihnen eine Erfrischung gebracht? Ausgezeichnet. Also, wie kann ich Ihnen helfen?« Er räusperte sich.

»Es handelt sich um eine etwas heikle Angelegenheit.«

Als er nicht weitersprach, sagte Mara, um ihm zu helfen: »Es handelt sich um Prinzessin Juliana, nehme ich an?«

»Fürwahr, ja. Ein zauberhaftes Wesen. Ich habe die Erlaubnis ihres Vaters, ihr den Hof zu machen.«

»Ja?« Trotz seiner ruppigen Art war er ein hochanständiger Mann, aber ebenso berechnend.

»Sie ist jung und ungestüm und weiß nicht, was sie will.«

Mara, die sich wie eine Anstandsdame zu fühlen begann, dachte insgeheim, daß diese Beschreibung kaum auf die Juliana zutraf, die sie kennengelernt hatte. Sie sagte nichts, sondern nickte nur aufmunternd.

»Um es kurz zu machen, sie ist vor mir geflohen. Ist sie hier?«

»Hat Ihnen Sarus das nicht gesagt? Sie besucht ihren Bruder, ja.«

»Ach, das sind gute Neuigkeiten. Darf ich sie sehen?«

»Da er diese Bitte schon vorausgesehen hat, sieht Sarus bereits nach, ob sie im Hause ist.«

»Ich muß sie sehen!«

Seine Vehemenz war ein bißchen erschreckend, vor allem, da ihm zugleich das Blut ins Gesicht schoß. Die Gefäße in seinem Hals schienen kurz vor dem Platzen zu sein. Sie hatte keine Ahnung, was sie tun sollte, falls er aufsprang und das Haus zu durchsuchen begann.

»Kennen Sie Juliana schon lang?« fragte sie in der Hoffnung, ihn abzulenken. Wo war das Mädchen, wo war Roderic? Irgendwer. Sie konnte nicht glauben, daß keiner aus der Truppe kurz vorbeigekommen war, um den kahlen Preußen in Augenschein zu nehmen. Vielleicht waren auch sie bei Roderic?

»Wir haben uns in Ruthenien im Palast kennengelernt. Seit jenem Tag sind zwei Monate vergangen.«

Im Eingangshof unter den Fenstern erscholl der Türklopfer. Irgendwo bellte Dämon, und der Klang wurde von dem schrillen Kläffen beantwortet, das von Julianas Pekinesen stammte. Vielleicht würde sie bald errettet.

»Ist das nicht Julianas kleiner Hund? Ganz bestimmt ist sie da. Sie geht nirgendwo ohne das Tier hin.«

»Wir sind hier in Paris, Hoheit. Es ist nicht immer opportun, einen Hund bei sich zu haben.« Wo steckte Sarus? Konnte er nicht wenigstens in Erfahrung bringen, ob Juliana ihren Besuch empfangen oder sich verleugnen lassen wollte? Verzweifelt nach einem Thema suchend, mit dem sie ihn ablenken konnte, sagte sie: »Ich hoffe, der Schnee hat Ihre Reise nicht allzu sehr erschwert?«

»Es war nichts. Ich war nicht überrascht, als er gegen Morgen aufhörte. Ich bin die Nacht ohne Rast durchgefahren.«

In diesem Augenblick öffnete ein Hausmädchen die Tür. »Die Messieurs Alexandre Dumas, *père et fils.*«

Bevor die neuen Gäste eintreten konnten, kam Dämon mit hängender Zunge und klickenden Krallen in den Raum galoppiert, gefolgt von Sophie, der Pekinesin, die eine juwelenbesetzte Leine hinter sich herschleifte. Sie umkreisten das Kanapee, kamen dann schlitternd zum Halten, als sie den Kronprinzen erblickten, und leckten ihm die Hand. Alexandre Dumas der Ältere betrat, ganz Bonhomme, den Raum, ohne sich im geringsten durch den Lärm stören zu lassen. Ihm folgte ein junger Mann mit gelocktem braunem Haar und hellblauen Augen in einem leicht melancholischen Gesicht.

Dumas rief: »Mademoiselle Inkognito, ich wünsche Ihnen einen guten Morgen! Hier habe ich meinen Sohn mitgebracht, der unbedingt eine so faszinierende junge Dame wie Sie kennenlernen wollte. Ich hoffe, das macht Ihnen nichts aus?«

Mara stellte Dumas *père* dem Kronprinzen vor, obwohl sie nicht sicher war, daß beide den Namen ihres Gegenübers über dem hohen Kläffen und tiefen Gebell der aufgeregten Hunde verstanden. Sie schimpfte Dämon mit ernster Miene, aber vergebens, und als sie dem Mädchen befahl, die beiden Tiere nach draußen zu bringen, faßten das der Mischling und der Pekinese als neues Spiel auf und begannen, sich unter den Stühlen zu verstecken. Im allgemeinen Tohuwabohu erschienen Estes und Jared in der Tür. Auch sie schlossen sich der Jagd an. Der ältere Dumas genoß die Szene offensichtlich, ließ sich neben Mara nieder und ergriff ihre Hand.

Zerstreut lächelte Mara ihn an und schaute gleich wieder weg, um zu rufen: »Paßt auf die Vase auf!«, denn das feine Meißner Porzellan schwankte bedrohlich auf seinem wackligen Tisch. Der Pekinese rannte zwischen den Beinen des jüngeren Dumas durch, der sich vorbeugte und versuchte, die nachschleifende Leine zu fassen. Im gleichen Moment bückte sich der Kronprinz danach. Die beiden Männer stießen laut hörbar mit den Köpfen zusammen. Der jüngere Dumas taumelte rückwärts und trat auf Sophie. Die Pekinesin jaulte auf. Dumas bewegte sich und senkte den Fuß auf die Hundeleine, die im selben Moment unter ihm weggezogen wurde, da der Preuße daran zog. Dumas strauchelte, wirbelte mit den Armen in der Luft und fiel dann vor Mara auf die Knie.

Dämon kam gerade um das Ende des Kanapees geschossen, Estes und Jared auf den Fersen, machte einen Riesensatz und landete auf Dumas' Rücken. Der Kopf des jungen Mannes schnellte vor und wurde direkt in Maras Schoß gepreßt. Augenblicklich sprang Dämon in Maras sichere Arme und versuchte, ihr das Gesicht zu lecken.

Mara hustete vor unterdrücktem Lachen und versuchte, den Hund abzuwehren, während Dumas der Ältere, der Kronprinz und Estes allesamt über sie herfielen.

In diesem Augenblick erscholl Roderics Stimme aus der Tür. Sein Ton war steinhart vor Verachtung. »Eine charmante Feier, wenn auch etwas vulgär. Darf man mitmachen?«

8. Kapitel

Es war ein Tag mit vielen Besuchen, ein stetes Kommen und Gehen. Juliana kam hinter ihrem Bruder in den Salon geschneit und war Arvin, dem preußischen Kronprinzen, gegenüber voll lächelnder Liebenswürdigkeit. Ihre offenkundige Wiedersehensfreude vernebelte seine Sinne so vollkommen, vor allem, da sie Roderics wenig herzlicher Begrüßung auf dem Fuße folgte, daß sie ihn, ehe er wußte, wie ihm geschah, zu einer Fahrt durch das verschneite Paris überredet hatte. Die Dumas' verabschiedeten sich vor dem Mittagessen, versprachen aber, von dem Prinzen dazu gedrängt, zum Abendessen wiederzukommen. Die Tür hatte sich kaum hinter ihnen geschlossen, da öffnete sie sich bereits wieder, um ein Mitglied der Académie einzulassen, außerdem einen Politiker mit ausgeprägten republikanischen Regungen sowie eine klatschsüchtige alte Comtesse, die bis ins Herz Legitimistin war und das feurig verfocht. Das Trio blieb zum Essen und hätte sich über dem *daube glace* fast zu prügeln begonnen. Während des Nachmittags schauten diverse Damen und Herren vom Hofe Louis Philippes vorbei und beklagten sich über ihre Langeweile. Das Leben war zur Zeit langweiliger als sonst, da Madame Adelaide, die Schwester des Königs, erkrankt war. Das ruthenische Haus war der einzige Ort, an dem man garantiert unterhalten wurde und spritzige Konversationen führen konnte, ohne das Aroma der von den Doktoren verschriebenen Mittelchen in der Nase zu haben. Gemeinsam mit der Comtesse, dem Politiker und dem Akademiker, die sich währenddessen in ihre Schützengräben zurückgezogen hatten, ließen sie sich zu einem Kartenspiel nieder.

Während des Nachmittags gesellte sich Théophile Gautier von *La Presse* zu ihnen, der Journalist, der zugleich Poet war. Er las ihnen einen Abschnitt seines neuesten Gedichts vor, ein Fragment, das seine Reise in ein Land betraf, dessen Name Mara entging. Aber es klang gut und wurde eifrig beklatscht. Er beklagte sich darüber, daß jedermann inzwischen reiste und darüber schrieb oder das vorhatte. Bald würde es nur noch Bücher über andere Länder geben, keines mehr über Frankreich. Jener ältere Mann, der in den Raum geschlendert kam, nahm sich davon aus. Er sei jahrelang quer durch Frankreich gereist, habe uralte Bauten besucht und darüber geschrieben.

»Aber nur gelehrte Artikel«, protestierte Gautier. »Ihre berühmteste Geschichte handelt von einer spanischen Blume der Nacht namens Carmen!«

Roderic, der mit einem Glas Branntwein am Ellbogen vor dem Feuer lagerte, zog eine Braue hoch. »Diese gelehrten Artikel haben dazu geführt, daß viele architektonische Kunstwerke in Frankreich erhalten wurden. Merimée zum Denkmalinspektor zu ernennen, war eine der wichtigsten Entscheidungen der Juli-Monarchie.«

Prosper Merimée verneigte sich dankend angesichts dieses Kompliments, doch einer der Höflinge protestierte. »Das klingt, als würden Sie nichts mehr von Louis Philippe erwarten. Der Mann ist noch nicht tot.«

»Sehr richtig«, sagte Roderic, nahm sein Branntweinglas auf und starrte in die kreisende Flüssigkeit.«Es tut mir leid.«

Mara schaute abrupt auf. Sie spielte gerade eine Runde altmodisches *brisque* mit. De Landes' Instruktionen gingen ihr durch den Kopf: Sie sollte erreichen, daß sich Roderic in der Nähe des Königs aufhielt. Wo Roderic war, wäre auch die Truppe. Konnte das etwas mit der Tatsache zu tun haben, daß seine Männer auch als Todeskorps bekannt waren? War vielleicht ein Anschlag auf den König geplant? Aber wenn dem so war und wenn Roderic daran beteiligt sein sollte, warum sollte sie dann dafür sorgen, daß er am richtigen Ort war? Und warum sollte ein Mann aus dem Ministerium Louis Philippes, der von der Gunst des Königs abhängig war, darin eine Rolle spielen? Es ergab keinen Sinn. Und dennoch gab es einen Grund. Es mußte einen geben, sonst wäre sie nicht hier im ruthenischen Haus.

Roderic war ein ausgezeichneter Gastgeber, der sich um das Wohlergehen seiner Gäste kümmerte und sie in Gespräche verwickelte, die funkelten und gleißten wie ein Feuerwerk. Er hatte eine Begabung dafür, den Menschen das Gefühl zu geben, gern gesehen zu sein, aber seine Anwesenheit hatte nichts Beruhigendes. Statt dessen herrschte eine so intensive Atmosphäre lebhafter Spannung und scharfsinniger Unterhaltung, daß anscheinend niemand gehen wollte, weil jeder fürchtete, er könnte etwas Aufregendes verpassen.

Und doch wurde diese Intensität, das erkannte Mara im Laufe des Tages, von seiner düsteren Stimmung angeheizt. Wenn sie die Anzeichen nicht selbst bemerkt hätte, dann hätte sie das katzenpfotige Auftreten der Truppe alarmiert. Der ruhige Peitschenhieb seiner Stimme im Streit, die brillante Logik, mit der er seine Gegner niedermachte, der sanfte Tonfall und die ernste Miene, mit der er jene aufforderte, die einen törichten Einwand vorbrachten, sich noch zu steigern, waren nicht zu ignorieren. Ebenso beunruhigend war seine gewagte Galanterie den Damen gegenüber, die er mit einer solchen Kühnheit anlächelte, daß eine sich an seinen Arm hängte und mit strahlenden Augen die Brust gegen ihn preßte, während eine andere jedesmal nervös kicherte, sobald er in ihre Richtung blickte.

Juliana kehrte schließlich von ihrer Ausfahrt mit dem Preußen zurück, beobachtete ihren Bruder kurz und warf dann Mara einen schnellen Seitenblick zu. »Wenn er nicht aufpaßt, dann hat er bald einen Degen im Rücken stecken.

Oder er liegt unter dem Tisch, weil er Wein und Branntwein durcheinandergetrunken hat. Er trinkt nie bis zum Exzeß, es sei denn, er ist verletzt oder außer sich vor Wut. Ich frage mich, was ihn wohl so in Rage versetzt hat? Man könnte fast schwören, er sei unglücklich verliebt.«

»Das wohl kaum«, sagte Mara knapp.

»Nein? Wie interessant.«

Wieviel wußte Juliana von dem, was in der vergangenen Nacht vorgefallen war? Ihr Gesicht mit den ausgeprägten Zügen verriet nichts. Mara glaubte nicht, daß Sarus oder Michael weitererzählt hatten, was sie gesehen hatten, aber niemand konnte wissen, ob nicht vielleicht Diener in der Nähe gewesen waren oder aus ihren Zimmern gelugt hatten. Außerdem war unmöglich festzustellen, was sich ein heimlicher Beobachter wohl bei dem Anblick des Prinzen, der sie in ihr Zimmer zurücktrug, gedacht haben mochte. Es hätte alles mögliche bedeuten können.

Aber war Roderic da schon zornig gewesen? Vielleicht ein wenig, das mußte sie zugeben, aber keinesfalls so wütend wie jetzt. Langsam sagte sie: »Es muß etwas anderes sein.«

»Was zum Beispiel?«

»Ich habe keine Ahnung.«

Sie hatte den ganzen Tag über nicht mit Roderic gesprochen und er nicht mit ihr. Ihm gegenüberzutreten war nicht so schlimm gewesen, wie sie befürchtet hatte, dank des Wirrwarrs mit den Hunden. Ihre Bestürzung, umgeben von Männern und mit dem Gesicht des jüngeren Dumas in ihrem Schoß angetroffen zu werden, sowie ihre Wut über Roderics gewollte Mißdeutung der Situation hatten ihr über die ersten Augenblicke hinweggeholfen. Seine vollkommene Gleichgültigkeit ihr gegenüber, als hätten die Ereignisse der vergangenen Nacht nie stattgefunden, half ebenso.

Und doch war es fast unerträglich gewesen, den ganzen langen Tag mit ihm in einem Zimmer zu sein. Sie glaubte, daß er das bemerkt hatte und sich überhaupt nicht um ihre Empfindsamkeiten scherte. Fast schien es, als würde er zur Strafe absichtlich bleiben und sie beobachten, statt sich wie üblich zu seinen Geschäften zurückzuziehen. Natürlich war sie überempfindlich. Ihr Unbehagen war sehr real, aber seine Reaktion darauf war bestimmt nur ein Produkt ihrer Einbildung.

Die Nacht brach herein, und endlich wurde es Zeit zum Abendessen. Achtundzwanzig Personen setzten sich an die Tafel, die Dumas', Vater und Sohn, eingeschlossen. Das Essen war reichhaltig und hervorragend zubereitet, Wein gab es im Überfluß. Mara schob ein Stück Kalbfleisch auf ihrem Teller herum und nahm sich vor, die Köchin für ihr Geschick zu loben, der es gelungen war, eine im Laufe des Abends ständig gewachsene Anzahl von Gästen so gut zu versorgen. Die Stimmen schallten laut und gutgelaunt über die Tafel. Beides kratzte an ihr wie Fingernägel über eine Glasscheibe. Sie spürte, wie sich Kopfschmerzen hinter ihrer Stirn entwickelten, ein Zeichen dafür, daß der Tag sehr anstrengend gewesen war. Mehr als alles andere wünschte sie sich, in ihrem ruhigen Zimmer zu sein. Sobald wie möglich würde sie sich zurückziehen.

Sie verließen gerade das Speisezimmer, als Sarus kam und Roderic auf die Schulter tippte. Der Prinz neigte den Kopf, um sich die geflüsterte Botschaft anzuhören, dann ließ er sie mit einer eleganten Entschuldigung und dem Versprechen allein, später im Salon wieder zu ihnen zu stoßen.

Augenblicklich wurde die Stimmung gedämpfter, obwohl sie immer noch lebhaft war. Fast jeder kannte jeden anderen. Die Menschen standen in kleinen Gruppen beisammen, aber die meisten hatten sich um Juliana versammelt, die es sich auf dem Kanapee in der Mitte des Raumes bequem gemacht hatte. Der Preuße, der zum Essen zurückgekehrt war, hing ständig über ihr, während Dumas der Ältere extravagante Lobeshymnen auf sie ausbrachte und sein Bestes tat, sie davon zu überzeugen, daß sie ihr Prinzessinnendasein aufgeben und Schauspielerin werden sollte.

Einer der wenigen, die einzeln und allein im Raum standen, war Luca. Er lehnte in einer Fensternische, die Schulter gegen den Rahmen gestützt, und folgte mit dunklem Blick jeder Geste und jedem Mienenspiel in Julianas Gesicht. In Julianas Adern floß Zigeunerblut, wenn man Roderic Glauben schenken konnte, und vielleicht reagierte es auf die schweigende Bewunderung. Auf jeden Fall war sich die Prinzessin seiner bewußt, denn hin und wieder schaute sie zu Luca herüber, und dann verzog sich ihr Mund zu einem heimlichen Lächeln.

Auch Mara hatte sich von den anderen abgesondert, bis sich Dumas der Jüngere zu ihrem Stehplatz vor einem der beiden Kamine gesellte. Er legte eine Hand auf den marmornen Kaminsims und lehnte sich dagegen, während er seinen Rockschoß zurückschob, um die andere Hand in die Tasche stecken zu können. »Man sagt, Mademoiselle Incognito, daß Sie die Mätresse Prinz Roderics geworden seien. Ist das wahr?«

»Was für eine unverschämte Frage!« antwortete sie, um einen leichten Ton bemüht.

»Sie leugnen es nicht, also muß es wahr sein. Ich möchte Sie nur warnen; das Leben einer Kurtisane, *la vie galante*, ist weder so leicht noch so aufregend, wie es erscheinen mag.«

Er sagte das mit vollkommenen Ernst und meinte es zweifellos auch so; trotzdem war sie nicht in der Stimmung für eine Moralpredigt. »Sie haben offen gesprochen, deshalb wird es Sie nicht überraschen, wenn ich Ihnen sage, daß ein solcher Rat eigenartig aus dem Munde eines Mannes klingt, der, so sagt man, sich jahrelang die Geliebten mit seinem Vater teilte.«

Er zuckte mit den Achseln. »Ich hatte einst das Privileg, die Geliebten meines Vaters aufzutragen und seine neuen Schuhe einzutragen. Beide Gewohnheiten habe ich abgelegt.«

»So, so«, sagte sie höflich und sah sich nach einer Möglichkeit um, sich zurückzuziehen.

»Ich habe kein Recht, so mit Ihnen zu sprechen, das weiß ich, aber Sie erinnern mich sehr an jemanden, den ich einst kannte. Man nannte sie Marie Duplessis, aber in Wahrheit hieß sie einfach Alphonsine Plessis.«

»Was?«

»Sie starb vor nicht langer Zeit an einer Lungenkrankheit. Sie war dreiundzwanzig.«

»Sie standen ... ihr nahe?«

Der Schatten von Schmerz fiel auf sein Gesicht. »Wenn Sie damit fragen wollen, ob sie meine Mätresse war: nein. Wir liebten uns, aber ich konnte es mir nicht leisten, sie zu unterhalten. Sie schwirrte davon, wurde der Liebling anderer Männer, das Juwel von ganz Paris. Aber das Leben zwischen Kamelien, Diamanten und Pelzen ist von kurzer Dauer. Mit zunehmendem Alter werden die Frauen besitzergreifend und ängstlich, oder eine Krankheit rafft sie dahin. Sie gehören dort ebensowenig hin wie Alphonsine. Sie sollten dahin zurückkehren, wo sie hergekommen sind, eine Bauersfrau, eine Nonne, ein altes Weib werden – alles, nur nicht das.«

Mara schaute mit düsterem Blick zu ihm auf. »Das würde ich«, sagte sie, »wenn ich könnte. Würden Sie mich jetzt bitte entschuldigen?«

Sie ging davon und hielt nicht an, ehe sie aus dem Raum war. Immer noch hallten die Worte von Dumas dem Jüngeren in ihren Ohren. Sie hätte sie nicht zu hören brauchen, um zu wissen, welches Risiko sie einging; sie war sich von Anfang an darüber klargewesen. Draußen im Hauptgang lehnte sie sich mit dem Rücken an die Wand neben der Tür und schloß die Augen. Was sollte aus ihr werden, wenn ihre Verbindung mit dem Prinzen bekannt wurde? Selbst wenn sie und ihre Großmutter erzählen würden, was wirklich vorgefallen war, wer würde ihnen glauben? Es klang so unwahrscheinlich.

Sie machte sich wenig Illusionen. Bald wäre sie überall als Mätresse des Prinzen bekannt. Sobald die Kunde davon New Orleans erreicht hätte, würden sie vielsagende Blicke und das Kichern hinter ausgebreiteten Fächern verfolgen. Man würde glauben, sie habe jenen fatalen Fehltritt begangen, vor dem man alle jungen Frauen warnte. Unausweichlich würden manche behaupten, sie hätten das nicht anders erwartet, nachdem ihr Vater sie so verwöhnt und sie sich so liederlich benommen habe.

Was blieb ihr anderes übrig, als in Paris zu bleiben und genau das zu werden, wofür man sie bereits hielt? Als sie Louisiana verlassen hatte, hätte sie sich nie träumen lassen, daß sie dazu bestimmt war, eine Kurtisane zu werden, ein *vie galante* zu leben, um den Männern zu gefallen.

Es schien keinen Ausweg zu geben. Unverschuldet war sie in diesen Morast von Lügen und Täuschung geraten. Nun war sie darin gefangen.

Sie drückte sich von der Wand ab und ging in Richtung ihrer Zimmer. Die Treppengalerie über dem Eingang mit den Fenstern zu beiden Seiten war kalt. Sie schlang die Arme um ihren Leib und beeilte sich. Als sie an die Stelle kam, wo die Treppengalerie mit dem Nord-Süd-Gang ein Andreaskreuz bildete, wandte sie sich nach links und durchquerte drei selten genutzte Räume, die in den Privatsalon und zu der langen Galerie führten, wo sich die Truppe meist aufhielt. Sie wandte sich nochmals nach links, um zu dem Vorzimmer zu gelangen, in dem die Dienstbotentreppe untergebracht war und von dem aus man in ihre Suite oberhalb des Westhofes gelangte.

Die Tür zu dem Vorzimmer schloß sich gerade, als sie näher kam. Sie dachte sich nichts dabei, vermutete lediglich einen Dienstboten bei der Arbeit. Sie drückte die Klinke nieder, stieß in ihrer Eile mit einer schnellen Bewegung die Tür auf und trat ein.

Roderic wirbelte herum, duckte sich und zog mit einer blitzschnellen, geschmeidigen Bewegung einen Dolch aus seinem Gürtel. Sie blieb wie angewurzelt stehen und unterdrückte einen Aufschrei. Er fluchte ausgiebig und lang. Hinter ihm trat ein Mann aus dem Schatten.

»Stellen Sie mich vor, mein lieber Prinz. Eine Dame, die Ihrem gezückten Dolch gegenüberstehen kann, ohne zu schreien, muß ebenso diskret sein, wie sie lieblich ist.«

Es war Charles Louis Napoleon, Prinz Louis Napoleon, wenn man ihn mit dem richtigen Titel ansprach, der Neffe Napoleons I. und der bonapartische Thronfolger Frankreichs. Mit diesem Mann hatte Roderic seit dem Abendessen eine Unterredung. Sie reichte ihm die Hand und knickste, als er sich darüber verbeugte. Er gab ihre Finger nicht wieder frei, sondern hielt sie sanft fest, während er sie musterte. Sie schaute ihn ebenso offen an und versuchte sich zu überlegen, was für Geschäfte er mit Roderic treiben könnte. Er war kein einnehmend aussehender Mann, mittelgroß, mit schmalen Schultern und dünnem braunem, leicht gewelltem Haar. Sein Schnauzer und sein kleiner Bart waren sauber gestutzt, und er trug einen dunkelbraunen Frack und eine mittelbraune Weste zu schwarzen Hosen. Am eindrucksvollsten waren seine Augen. Sie waren dunkel und wäßrig, überschattet, als wollte er seine Gedanken abschirmen, und von ruhiger Entschlossenheit.

»Sehr erfreut ... Chère, nicht wahr?«

»Ich hatte keine Ahnung, daß Sie in Frankreich sind, Hoheit.«

»Die hat niemand. Ich bin immer noch, wie schon seit einigen Jahren, *persona non grata* hier, deshalb verabschiede ich mich auch durch die Hintertür. Diese Furcht vor mir wäre fast schmeichelhaft, wenn sie nicht so viele Umstände machen würde.«

Aus dem Augenwinkel bemerkte sie die schnelle, entschlossene Bewegung, mit der Roderic seinen Dolch zurücksteckte. Mit finsterer Miene beobachtete er sie beide. Sie sagte zu Louis Napoleon: »Dann sind Sie in Gefahr. Ich darf Sie nicht aufhalten.«

»Ja.« Er seufzte bedauernd. »Aber es wäre das Risiko bestimmt wert, wenn Sie es täten.«

Er war galant und besaß einen Blick für schöne Frauen; daran konnte es keinen Zweifel geben. Doch sprach er mit so charmanter Schüchternheit, daß man sich nicht bedroht fühlte. Wie leicht, dachte sie, könnte er eine Frau in falscher Sicherheit wiegen. Sie lächelte. »Gestatten Sie mir, Ihnen eine glückliche Reise zu wünschen.«

»Das müssen Sie wohl. Wie bedauerlich.«

Roderic beobachtete sie. Langsam zwang er sich dazu, den Griff um den Dolch zu lösen. Es wäre kaum angebracht, das Blut des bonapartischen Thronfolgers auf seiner Türschwelle zu vergießen. Mit sarkastischem Humor erkannte er, was ihn antrieb. Eifersucht. Wie hatte sie so schnell von ihm Besitz ergreifen können? Wie hatte das geschehen können, wo er sich doch mit Zynismus und Mißtrauen dagegen gewappnet hatte? Doch das *wie* war nicht länger wichtig. Er hatte einer namenlosen Frau gestattet, sich unter seiner Haut einzunisten, sich in sein Herz zu schleichen. Er würde sie herausreißen müssen, denn sie war nicht mehr namenlos.

Mara, dachte er und probierte das Wort im Geiste aus, verglich es mit der Wirklichkeit vor seinen Augen und fragte sich, ob er es laut ausgesprochen hatte, als sie ihm einen schnellen, nervösen Blick zuwarf. Nein, sie warteten nur auf seinen Einsatz; er mußte den Gastgeber spielen und seinen Gast durch den Dienstboteneingang hinausbegleiten. Wortlos bedeutete er Louis Napoleon, ihm voranzugehen, dann folgte er dem anderen Mann geschwind die Treppe hinunter.

Mara ging nicht zu Bett. Sie schritt auf und ab, versuchte Sinn in das zu bringen, was um sie herum geschah. Roderic war ein Prinz, ein Thronerbe, und sollte eigentlich daran interessiert sein, daß sich die Monarchie als Regierungsform in Europa hielt. Außerdem war er ein geübter Kämpfer und hatte Erfahrung im Schutz königlicher Häupter – oder in ihrer Beseitigung. Durch sein Haus strömten radikale Republikaner, Mitglieder des französischen Hofes, Legitimisten, die einen durch den Comte de Chambord personifizierten Bourbonen auf dem Thron sehen wollten, und nun noch Louis Napoleon, der Hoffnungsstrahl der Bonapartisten. Roderic schien niemandem ergeben, niemandem zugeneigt zu sein, und trotzdem sammelte er geflissentlich Informationen über alle. Warum?

Bald würde ein Ball stattfinden, an dem auch König Louis Philippe teilnehmen sollte. Roderic sollte dort, sollte an einem festgelegten Platz sein, wenn der König eintrat. Warum?

Warum? Die Frage trieb sie zum Wahnsinn.

Wenn sie durch irgendein Wunder in der Lage sein sollte, die ihr zugewiesene Rolle zu spielen, und Roderic tatsächlich zum angegebenen Zeitpunkt am angegebenen Ort sein sollte, dann würde das, was geschehen würde, ihretwegen geschehen. Auch das nagte an ihr.

Wenn er nicht dort war, wenn nichts geschah, dann würde ihre Großmutter verletzt, vielleicht sogar getötet. Diese Bedrohung hing ständig über ihr.

Es mochte eine Stunde vergangen sein, als Juliana an die Tür pochte, sie dann aufriß und hereinlugte. »Gut, Sie sind noch angezogen. Kommen Sie! Schnell!«

»Was ist denn?«

»Sie liefern sich ein Rennen!«

»Wer?«

»Die Truppe natürlich. Auf der Seine. Nehmen Sie Ihren Umhang mit!«

Mara rappelte sich auf. »Sie müssen alle verrückt sein.«

»Zumindest betrunken, nehme ich wenigstens an.«

Die letzten Worte kamen nur noch gedämpft, denn Juliana hatte den Kopf bereits zurückgezogen und eilte den Korridor hinunter. Mara zögerte nur einen Augenblick. Dann schnappte sie sich ihren Umhang aus dem Schrank und rannte Juliana nach.

Die Nacht war kalt, und die Straßen waren glatt unter dem schmutzigen, halbgeschmolzenen Schnee, der im Schein der Laternen wie ein Band schwarzer Diamanten schimmerte. In Pelze gewickelt und unter zugeknöpften wollenen Überziehern schlitterten und rutschten die Gäste zu den Kutschen, die vor dem Haus warteten. Ein paar Kutscher wärmten ihre Pferde auf, führten sie auf der Straße auf und ab, damit sie in der Kälte keinen Schaden nahmen, deshalb quetschten sich alle in die wenigen Kutschen, die für die kurze Fahrt zum Flußufer zur Verfügung standen. Anfangs waren sie noch aufgeregt und durch den Wein erhitzt, aber die kalte Fahrt durch die dunklen Straßen, über die Place de la Bastille mit der Säule, die sich in den Nachthimmel reckte, bis dahin, wo sich die Pont d'Austerlitz über die Seine wölbte, dämpfte ihren Enthusiasmus. Schließlich verfluchten sie ihren unberechenbaren Gastgeber, obwohl sie immer noch lachend und bewundernd die Köpfe schüttelten. Man wußte nie, was Roderic als nächstes einfiel: Er hatte ein Quecksilbertemperament, nicht wahr? Gar nicht zu vergleichen mit den dumpfen und steifen Langweilern am Hof!

Es gab keine Übereinstimmung über den Grund für das Rennen. Anscheinend hatte es sich aus einer Diskussion über Bootsfahrten auf der Elbe ergeben, aber ob es die Folge einer

Wette, einer Herausforderung oder bloßen Überschwangs war, vermochte niemand zu sagen. Es schien keine ernsten Mißstimmungen zu geben, aber dennoch wurden die Männer in zwei Mannschaften aufgeteilt, deren eine der Prinz und deren andere der Preuße anführte.

Die Seine war die Lebensader von Paris, die wichtigste Verkehrsverbindung. Auf ihren grünbraunen Wassern wurde ein Großteil der Handelsgüter transportiert, einiges in kleinen Frachtern und dickbauchigen Barken, das meiste aber auf schmalen Booten mit flachem Heck und spitzem Bug, die mit Leichtigkeit unter den Bögen der vielen Brücken hindurchkamen. Diese kleinen Boote wurden normalerweise von einem Mann mit einem Heckruder gelenkt, manchmal aber gesellte sich ein zweiter Ruderer im Bug dazu. Die Schiffe gehörten den Fährleuten, deren Großväter und Väter schon mit solchen Kähnen gearbeitet hatten. Diese Boote wurden über Nacht in kleinen Flottillen überall auf dem Fluß angebunden, vor allem aber in der Nähe der Kais am Oberlauf des Flusses, wo die ankommenden Schiffe andockten. Roderic und die Truppe waren schon vorausgegangen, um die schlafenden Fährleute zu wecken und das Leihgeld für vier der Kähne auszuhandeln.

Die Boote warteten unter der Brücke. Jedes war mit einem Ruder im Heck und einem im Bug ausgestattet. Die Truppe hatte Lose gezogen, um die Mannschaften für die beiden Rennen zusammenzustellen. Der Preuße und Estes saßen im ersten Boot, Michael und Trude im zweiten. Roderic stellte mit Jared und Luca mit Jacques das zweite Team. Die Rennstrecke erstreckte sich etwa zwei Meilen über ein gerades Flußstück bis zu den beiden Inseln Ile Saint-Louis und Ile de la Cité. Dort würden sich die Boote trennen. Die erste Mannschaft würde über den rechten, die zweite über den linken Flußarm rudern. Hinter der zweiten Insel würden sie ihren Weg wieder gemeinsam bis zur Pont Royal fortsetzen. Die erste Mannschaft, die unter dieser letzten Brücke ankam, würde zum Sieger erklärt werden.

Eine Menschenmenge hatte sich versammelt. Heitere Späße flogen zwischen den Booten und den Ufermauern hin und her. Unter der Brücke zupfte ein Trio von *grisettes* Blumen und Schleier aus ihren Hüten und warf sie Jacques und Jared zu. Die Zwillinge flirteten geistreich und steckten sich die Gunstbeweise hier und da an. Auch Estes ließ sich das Vergnügen nicht entgehen. Die anderen schenkten den hübschen Näherinnen keine Aufmerksamkeit.

Juliana sprang aus der Kutsche und rannte ans Brückengeländer. »Roderic!« rief sie zu den Männern hinab, die sich um die dümpelnden Boote unter ihr versammelt hatten.«Ich will mit dir fahren!«

»Und riskieren, in den feuchten Armen der Seine zu landen? Kein besonders erstrebenswertes Ziel. Unser ehrwürdiger Vater würde das zutiefst mißbilligen, und zwar zu Recht.« Seine volle, klare und unbekümmerte Stimme scholl zu ihnen herauf. Das Gesicht war bleich im Schein der Laterne, die an jedem Bug hing, aber seine Augen glänzten, glänzten zu stark. Er war nicht nüchtern.

»Er ist nicht hier.«

»Ein unwiderlegbares Argument. Aber was ist mit dem zusätzlichen Ballast?«

»Wenn die Boote gleichmäßig besetzt sein müssen, dann kann Chère mit der anderen Mannschaft fahren.«

»Gleiche Last für beide. Wir werden sehen, welche Dame zuerst um Gnade bittet.«

Ich ganz bestimmt nicht, dachte Mara angespannt und widerwillig. Wenn er nicht mit diesem Unterton gesprochen hätte, hätte sie sich vielleicht geweigert. Das Wasser unter der Brücke floß schwarz und schnell durch die Nacht, von hinterhältigem Kräuseln und Wellen und Luftblasenketten verziert, die von gefährlichen Unterströmungen kündeten. Ab und zu wurde die Rennstrecke vor ihnen mit dem schwachen Licht der Laternen und Gaslampen belegt, das sich über den breiten Fluß legte, aber dadurch wirkte die windige Dunkelheit dazwischen nur noch düsterer. Aus dem Wasser stieg der ölige, saure Gestank alten Schlicks. Die Boote schlugen gegen das Brückenpier, und die Ruder quietschten, von den Ruderern mühsam an Ort und Stelle gehalten. Sie hoffte, daß sie ihr Mut nicht verlassen möge, aber es gefiel ihr gar nicht, bei diesem Mitternachtsrennen mitzumachen.

»Sie haben es gehört. Wir können mit. Also los!« rief Juliana. Sie packte Mara am Arm und zerrte sie zu der Treppe, die zu dem Fußweg unter der Brücke hinunterführte.

Die Boote wurden ans Ufer gesteuert. Juliana kletterte ins Boot ihres Bruders, und Mara ging zu dem Preußen an Bord. Sie setzten sich in die Mitte, so daß das Gewicht gleichmäßig verteilt war. Wieder nahmen die Kähne ihre Startpositionen unter der Brücke ein.

Ruhe senkte sich herab. Die Boote schwankten auf den Wellen, und der kalte Wind pfiff um die Steinpfeiler der Brücke. Das Wasser blubberte und schien zu kichern. Die Gesichter der Männer erschienen geisterhaft im matten Schein der Laternen. Michael und Trude wirkten pflichtbewußt und grimmig entschlossen. Estes, der beim Preußen saß, schien sich gegen die Kälte zusammenzukauern, aber zu allem bereit zu sein, während der Kronprinz einfach nur ungeduldig war. Luca und Jacques waren jetzt ruhig geworden; der Zwilling widmete ebenso wie sein Bruder seine ganze Aufmerksamkeit der vor ihm liegenden Aufgabe. Roderic sprach einen oder zwei leise Befehle, aber saß entspannt und selbstbewußt, ganz und gar konzentriert und vollkommen ungerührt in seinem Boot. Sie warteten.

Über ihnen flammte orangefarbenes Licht auf, als eine Fackel entzündet wurde. Die Stimme Dumas' des Älteren erscholl zu einer geschliffenen Rede, deren Worte vom Nachtwind fortgetragen wurden. Dann wurde die Fackel mit dramatischem Effekt über das Brückengeländer geworfen. Funkensprühend und rauchend fiel sie und wurde gleich darauf vom Wasser ausgelöscht. Die Boote schossen aus dem dunklen Brückenschatten hervor. Das Rennen hatte begonnen.

Wie in die Freiheit entlassene, schwer fallende Wale, wie aus einem Bauernhof auf die sommergrüne Weide galoppierende Pferde durchpflügten die Boote, von starken Rücken und harten Muskeln angetrieben, das Wasser der Seine in schaumigen Furchen flußabwärts, die Rennstrecke hinab. Die Ruder kreischten und stöhnten und donnerten, gruben sich ins Wasser, wirbelten Gischt in die Luft. Der Fluß gurgelte und summte. Die Männer brüllten triumphierend und eifernd, stemmten sich stöhnend in die Riemen. Hinter ihnen stieg auf der Brücke der Jubel der Gäste auf und verhallte dann, als sich die Boote weiter entfernten.

Seite an Seite hielten die Boote ihre Positionen, während die Ruderer den Fluß durchwühlten. Manchmal setzte sich eines, dann das andere an die Spitze, nur eine Ruderlänge voneinander entfernt. Der Fahrtwind klatschte an ihre Umhänge und zerrte an ihrem Haar. Die hochgewirbelten Tröpfchen fielen wie Regen herab, landeten auf den erhitzten Gesichtern und mischten sich mit dem Tau des Schweißes.

Das Rufen erstarb. Auf beiden Uferstraßen waren jetzt die Silhouetten schnell fahrender Kutschen zu sehen, in denen die Gäste mit den Booten mitzuhalten versuchten. Männer hingen aus den Fenstern und schwenkten ihre Hüte, oder sie brüllten Aufmunterungen vom Kutschbock herunter, wo sie Platz genommen hatten, um besser sehen zu können.

Es war ein spannender Wettkampf. Das Antlitz des Preußen im Heck von Maras Boot war von der grimmigen Entschlossenheit einer Bulldogge. Estes schnitt bei jedem Ruderschlag eine Grimasse, behielt aber das gleiche gnadenlose Tempo bei wie der Kronprinz. Roderics Gesicht war, wie im Schein der Bootslaterne zu erkennen war, von fast aufgekratzter Fröhlichkeit, aber dennoch konzentriert. Er holte Luft und stimmte ein kühnes Seemannslied mit starkem, regelmäßigem Rhythmus an. Jared, Jacques und Luca, die in seiner Mannschaft waren, nahmen es als Einsatz und skullten in gleichmäßigen, kräftigen Zügen.

Nach wenigen Augenblicken trennten sich die Boote, um in die verschiedenen Flußarme einzubiegen. Notre Dame mit ihren schrägen Stützpfeilern ragte vor ihnen auf wie eine uralte, riesige Steinspinne. Die Boote zogen daran vorbei, und plötzlich wurde die Nacht ruhig, da der Wind, von dem riesigen Steingebäude gebremst, erstarb. Hoch zu ihrer Linken ragte der Kai auf, eine Ufermauer, die sich immer höher auftürmte, je enger das Flußbett wurde. Darüber erhoben sich die hohen Häuser von Paris, mit dunklen, blinden Fenstern und geschlossenen Geschäften im Erdgeschoß, deren Markisen aufgerollt waren.

Sie fuhren in einen modrigen, tiefschwarzen Steintunnel ein, und die tanzende Laterne im Bug verbreitete ihr gelbes Licht über dem düsteren Wasser vor ihnen. Die Männer ruderten, bis ihnen die Adern aus den Schläfen traten und ihr Atem tief und schwer ging, bis sie an nichts mehr dachten als den nächsten Ruderschlag, den nächsten Atemzug, die sanfte Windung des Flusses.

Auf ihrem Sitz stemmte sich Mara gegen das regelmäßige Ziehen der Ruder und kniff die Augen zusammen, um etwas vor ihnen zu erspähen. Ihre Gedanken waren bei den anderen, die auf der anderen Seite der Inseln vorbeiruderten, direkt unter dem rechten Ufer; ihre Gedanken waren von Mißtrauen gezeichnet. Vielleicht konnte sich keiner mehr daran erinnern, wie es zu diesem Rennen gekommen war, aber sie würde alles verwetten, daß zumindest ein Mann es sehr genau wußte. Roderic tat, nüchtern oder betrunken, nichts ohne einen Hintergedanken. Wenn er in diesem Augenblick die Seine hinunterjagte, dann aus einem ganz bestimmten Grund. Aus welchem? Was hatte er vor?

Vor ihnen tauchten graue Nebelfetzen auf. Sie trieben auf dem Wasser, wirbelten herum, verneigten sich vor ihnen, als sie hindurchstießen. Sie kamen in dichterer Folge, so daß sich das Licht der Buglaterne darin verfing, und zogen sich schließlich zu einem schmutzigen, undurchsichtigen Vorhang zu. Er umgab sie, erstickte alle Geräusche, ließ die Welt in weite Ferne rücken. Als sie an der Spitze der Ile de la Cité vorbeizogen, lag er wie eine weiche Decke über dem breiten Fluß und dem darüber gespannten Eisengeflecht der Pont des Arts. Und durch ihn flogen, wie glutäugige Möwen, die Kähne von Roderics Mannschaft, eine Bootslänge voraus.

Der Preuße fluchte, und das Boot, in dem Mara saß, machte einen Satz vorwärts. Es begann den Abstand zwischen ihnen und dem führenden Boot zu verkürzen, ließ aber das Boot mit Michael und Trude hinter sich. Schließlich zog es gleich. Einen endlosen Augenblick lagen die drei Boote gleichauf, dann fiel das zweite Boot aus Roderics Mannschaft, in dem Luca und Jacques saßen, langsam zurück. Die Pont des Arts zog über ihnen hinweg. Von der Strömung und der Hitze des Gefechts angetrieben, kamen die beiden Boote in Führung langsam einander näher. Die Pont Royal ragte vor ihnen auf, eine Steinwand, von fünf nebelverhangenen Bögen durchbrochen. In einer langen Reihe warteten darauf die Gästekutschen, die vorausgeeilt waren, um das Ende des Rennens verfolgen zu können. Die Kutschenlaternen gleißten wie Rubine, umhüllt und verschleiert von Nebelschwaden.

Die Barke kam von rechts. Sie dümpelte in der Strömung, rollte langsam und gemächlich im Wasser, genau vor ihnen. Niemand war an Bord; sie hatte sich aus ihrer Vertäuung gerissen. Arvin steuerte links daran vorbei und lenkte das Boot mit seinem Heckruder.

Sie würden an der Barke vorbeikommen, aber für Roderic blieb kein Platz mehr. Der Preuße hielt den Abstand zur Barke nicht so groß, daß zwei Boote dazwischen gepaßt hätten, sondern blieb stur auf seinem Kurs. Er wollte Roderic zwingen, ihn vorbeizulassen, damit er nicht mit der Barke kollidierte, und selbst in diesem Fall würde nur ein verzweifeltes Manöver einen Zusammenstoß abwenden können.

»Werter Herr, gezwungen, zwischen zwei unangenehmen Möglichkeiten zu wählen«, rief Roderic, und seine Worte schallten klar über das Wasser, »drehe ich mich wie eine Nadel ohne Magnet. Ich überlasse die Wahl Ihnen, Arvin.«

Er schaute nicht einmal herüber, sondern legte sich noch mehr in die Riemen, bis sein Boot, das leicht in Führung lag, sich auf das des Preußen zubewegte. Und augenblicklich hatte Kronprinz Arvin die Wahl, die Lücke zu weiten und dem Prinzen von Ruthenien den Vortritt zu lassen oder ihn zu rammen.

Estes fällte die Entscheidung. Er saß fluchend im Bug, setzte sich über das Manöver des Kronprinzen hinweg und lenkte den Bug des Bootes mit seinem Ruder beiseite. Arvin, mit zornig verzerrten Zügen, reagierte, indem er mit dem Heckruder gegenlenkte, aber das gegnerische Boot war bereits durch die Öffnung geschossen, die Estes geschaffen hatte. Jared und Juliana jubelten, und Roderic sang ächzend ein leises Lied.

Aber das plötzliche Umlenken des Preußen trieb das Boot, in dem Mara kauerte, seitlich zur Strömung. Der Fluß ergriff es, wirbelte es herum und schleuderte das Heck gegen die Barke. Das hölzerne Boot donnerte gegen das schwere Gefährt. Seine Planken krachten mit einem Geräusch wie ein aufgeschlagenes Ei, dann wurde es halb unter die Barke gezogen. Wasser schwappte über das Dollbord, füllte den Boden, so daß es nach unten gerissen wurde wie ein Blatt im Rinnstein. Zischend erlosch die Laterne. Mara sprang auf, als ihr das Wasser schon halb zu den Knien reichte, und einen Augenblick später stürzte sie kopfüber in den Fluß.

Kalt, kalt. Das Wasser raubte ihr den Atem und zerrte Umhang und Röcke nach oben, die wie ein verheddertes, sie einschließendes Leichentuch um sie herum aufstiegen. Tiefer und tiefer sank sie, dann drehte sie sich, vollkommen gelähmt. Ihre Lungen begannen zu brennen, ihr Gehirn löste sich mit einem unhörbaren Schrei aus seiner Starre, dann begann sie zu treten und versuchte, ihre Arme aus dem verwickelten, wasserschweren Stoff zu befreien. Ihr Kopf durchbrach die Wasseroberfläche, und sie schnappte hustend nach Luft, öffnete schließlich auch die Augen. Sie war unter der Barke hindurch auf die andere Seite gezogen worden.

Sie konnte nicht schwimmen. Sie konnte sich ein paar kurze Minuten über Wasser halten, wenn sie aus Leibeskräften strampelte und mit den Armen ruderte, aber sie wußte, daß ihre Kräfte nicht lang reichen würden, vor allem, wenn die schweren, nassen Kleider sie nach unten zogen. Der Fluß trug sie davon wie ein Stück Treibgut. Sie konnte die anderen nicht sehen, wußte aber, daß sie ein Stück hinter ihr sein mußten. Sie hatte jedoch nicht die Kraft, sich umzuschauen, konnte sich nicht darauf verlassen, daß man sie retten würde, nicht solange Kronprinz Arvin und Estes noch ans Trockene gebracht werden mußten.

Vor ihr war die Brücke. Die Gäste des Prinzen schrien und riefen etwas herunter. Wurde sie gesehen? Sie wußte es nicht; es war dunkel, und der Fluß war breit. Aber ein Stützpfeiler unter einem der Bögen kam schnell auf sie zu.

Sie schlug mit erstaunlicher Wucht dagegen. Weißglühender Schmerz fuhr durch ihre Seite, aber sie streckte die Arme aus, um sich am Stein festzuhalten. Ihre tauben Finger rutschten über den mit glitschigem Efeu bewachsenen Pfeiler. Ihre Nägel brachen, als sie sich daran festzuklammern und höher zu strecken versuchte. Dann spürte sie rauhes Gestein. Ihre Finger bekamen Halt, hielten sie. Hustend hing sie halb im Wasser, und ihr Atem klang rauh und hohl in ihren Ohren.

Sie würde sich nicht lange halten können. Sie war so schwer, so vollgesogen, der Fluß zerrte an ihr, und ihre Fingerspitzen waren taub. Sie hatte das eigenartige Gefühl, ihre Beine und Füße seien warm, und begriff mit Entsetzen, was das bedeutete – ihr Körper begann langsam im Eiswasser zu erfrieren. Es war dunkel unter der Brücke, dunkler noch als draußen auf dem Fluß. Gleich würde sie den Halt verlieren und in noch größere Dunkelheit davontreiben. Immer noch klammerte sie sich hartnäckig an den Stein, zögerte sie den Augenblick heraus, hing sie an ihren Fingerspitzen, hatte die Wange auf den schleimigen Stein gebettet und die Augen geschlossen.

Etwas platschte neben ihr. Ein Nebelfinger fuhr ihr übers Gesicht, und ein Zittern wie warmer Schmerz durchfuhr sie. Eine Stütze legte sich um ihre Taille, nahm das Gewicht von ihren Händen; immer noch ließ sie nicht los.

»Lassen Sie, stützen Sie sich auf mich«, sagte Roderic ihr ins Ohr, indem sich sein Arm um sie schloß.

»Nein.«

»Ist das Stolz oder Vorsicht? Hören Sie gut zu, *ma chère*, und merken Sie sich meine Worte: Kein Schicksal ist so schlimm wie der Tod, keines. Und keines wäre für mich schlimmer, als Sie zu verlieren, ohne daß ich Sie je kennengelernt hätte.«

Bewegungslos hingen sie im eiskalten Wasser, die tauben Leiber eng aneinandergepreßt. Dann drehte sich Roderic von ihr ab. Er pfiff kurz und grell.

Das Klatschen und Knarren von Rudern war zu hören, und ein Boot kam auf sie zu. Mit starkem, festen Griff nahm der Prinz Maras Gewicht auf sich, und sie ergab sich mit einem Seufzer. Einen kurzen Augenblick wurde sie gehalten, dann riß man sie aus dem Wasser. Feste Hände umklammerten sie, zogen sie grob, aber gekonnt über das Dollbord. Das kleine Gefährt schaukelte, als Roderic sich über die Seite hievte, dann fielen sie beide zu Boden, lagen in einer algigen und fischig riechenden Pfütze unter Roderics Uniform, während Luca und Jacques ans Ufer ruderten.

Eine Kutsche wartete bereits, als Roderic sie die Stufen hinauftrug. Am Schlag verharrte er und wandte sich zu seinen Gästen um, die sich starrend, aufgeregt schnatternd und Fragen rufend um ihn versammelt hatten. Sein Gesicht war von Müdigkeit und Abscheu überschattet, als er sprach.

»Der Abend ist beendet. Sie können gehen.«

9. Kapitel

Die Kutschfahrt zurück zum ruthenischen Haus war kalt und ungemütlich und endlos. Mara saß zusammengekauert in ihren klammen Kleidern, bibberte mit zusammengebissenen Zähnen und versuchte, sich nicht allzu schwer auf Roderic zu lehnen, der sie hielt. Es schien falsch, seine Wärme, seine Fürsorge für sich zu beanspruchen. Falsch auch, ihm ihre Nähe aufzudrängen, obwohl es ihm nicht angenehm war. Sie hätte sich an ihn geklammert und ihre magere Wärme mit ihm geteilt, hätte er sie nötig gehabt, aber er hatte es nicht. Vielleicht dank des starken Branntweins, der Anstrengung beim Rudern oder seiner Bemühungen, sie im Wasser zu finden, dampfte er fast vor Hitze. Das Wasser troff aus seinen Haaren, rann aus den goldenen Strähnen, die er mit den Fingern zurückgestrichen hatte, und tropfte ihm von Nase und Kinn. Er schien es gar nicht zu bemerken.

»Was – was ist mit Estes und dem Kronprinzen Arvin?« fragte sie.

»Sie folgen uns mit Michael und Trude, die beide aufgefischt haben. Estes plappert ununterbrochen. Er ist leicht erregbar. Arvin sagt keinen Ton.«

»Ich – ich hoffe, Sie sind zufrieden.«

Er schaute auf sie herab. »Sollte ich das sein?«

»Wie ein Vöglein im Mai, trala-la. Sie ha-haben den Kronprinzen gezwungen, seine Schwä-wäche zu o-offenbaren, s-seine Besessenheit, um jeden Preis zu ge-gewinnen.«

»Aber Sie müssen zugeben, wenn er diese Schwäche nicht gehabt hätte, wenn er so galant gewesen wäre, meinem Team eine faire und gleiche Chance zu geben, dann wäre er nun derjenige, der besser dastünde, als ein Mensch, der eher eine Niederlage hinnimmt, als die Gesundheit seiner Geliebten und ihres Bruders aufs Spiel zu setzen.«

»Ha-Haben Sie das mit der Barke arrangiert?«

»Für was für einen Ränkeschmied halten Sie mich? Halten Sie das für möglich?«

»Das ve-versuche ich gerade herauszubekommen.« Es wurde immer schwieriger, zwischen den klappernden Zähnen etwas herauszubringen. Sie schlang ihre Arme fester um ihren Leib.

»Was würden Sie vorziehen – einen Mann, der die Gunst des Augenblicks ergreift, oder einen, der sich den Augenblick gewogen macht?«

»Wa-was hat das, was ich vorziehe, da-damit zu tun?«

»Sie haben nicht nachgedacht. Ich habe Sie in Arvins Boot steigen lassen.«

Sie schaute ihn an, versuchte sein Gesicht im Schatten der Dämmerung zu erkennen, die nur von der Außenlaterne der Kutsche erhellt wurde. »Noch eine Prüfung, eine doppelte sogar? Ve-verraten Sie mir: Habe ich bestanden?«

»Ich bin überzeugt, daß Sie nicht Arvins Werkzeug sind.«

»Haben Sie das geglaubt?«

»Sie sind beide so kurz nacheinander eingetroffen«, meinte er entschuldigend.

»Ich glaube nicht, daß Sie das gedacht haben.«

»Wirklich nicht?«

Wirklich nicht, aber sie sah mit irritierender Klarheit, daß ihn trotz seines gespielten trockenen Humors etwas bedrückte. Sie fragte: »Sehe ich aus wie eine Preußin?«

»Nein, und ihr Zorn scheint so groß, daß Sie jetzt auch nicht mehr wie ein halb ersoffenes Kätzchen aussehen oder wie eines klingen.«

Sie hatten den Eingangshof des Hauses erreicht. Er stieg aus der Kutsche und half ihr heraus. Aber obwohl er seine Antwort leichthin und wie nebenbei gegeben hatte, ließ sie sich nicht irreführen. Er hatte den unbegründeten Vorwurf nicht gemacht, damit sie ihr Zorn wärmte. Das war keineswegs der Grund gewesen.

Sie hatte halb erwartet, daß er sie ins Haus tragen würde. Statt dessen ging er voraus, und sie konnte seine ruhigen, scharfen Befehle hören, während sie langsam die Stufen zur Eingangsgalerie hinaufstieg, eine nasse Spur über den Marmor ziehend. Sie wandte sich in der Galerie in Richtung ihrer Suite, aber bei dem Andreaskreuz wurde ihr der Weg versperrt.

»Aufgrund langer Gewohnheit wartet auch heute nacht ein heißes Bad in meinem Ankleidezimmer auf mich«, sagte Roderic. »Sarus gießt eben heißes Wasser zu. Ich werde es Ihnen überlassen.«

Der Gedanke an ein heißes Bad war wie Balsam. Sie richtete sich auf. »Das ist sehr freundlich, aber ich werde warten, bis man eines in meinem Zimmer hergerichtet hat.«

»Das kann ich nicht zulassen. Seien Sie vernünftig.«

»Ich bin die Fleisch gewordene Vernunft. Aber Sie wollen mich nicht in Ihren Gemächern haben, deshalb möchte ich Sie nicht unnötig meiner Anwesenheit aussetzen.«

Die anderen trafen ein; Räder ratterten über das Pflaster im Eingangshof und Stimmen erschollen. Mit leichter, fast gefälliger Stimme sagte Roderic: »Gefällt es Ihnen, wie ein Mehlsack herumgeschleppt zu werden? Ich füge mich dem, aber ich würde zuvor gern wissen, ob Sie das wirklich mögen.«

»Reden Sie keinen Unsinn!«

»Dann kommen Sie jetzt mit in mein Ankleidezimmer.«

In seiner Stimme lag jene milde Schärfe, die sie schon gehört hatte, wenn er sich an seine Truppe wandte und die im Falle einer Weigerung oder einer Herausforderung sichere Vergeltung versprach. Es wäre kindisch, ihm nur aus Trotz zu widersprechen. Sie war sich der Tatsache wohl bewußt, daß er, wenn er sie aus irgendeinem Grunde in seinem Zimmer haben wollte, dort auch hinbrachte. Auch wenn sie nicht wußte, ob seine Motive rein altruistischer Natur waren, wäre es auf jeden Fall töricht, wenn sie sich die Gelegenheit entgehen ließe, die Aufgabe zu erfüllen, vor die man sie gestellt hatte. Außerdem bebte ihr Körper bereits wieder unter Kälteschauern.

»A-also gu-gut«, sagte sie, reckte den Kopf trotz des verräterischen Zitterns hoch und betrat das Vorzimmer, durch das man in seine Gemächer gelangte.

Das Ankleidezimmer war eine kleine Kammer neben dem Schlafzimmer, die schnell durch das Feuer erwärmt werden konnte, das jetzt im Ofen knisterte und fauchte. Die Badewanne war ein sogenanntes Sitzbad, bestand aus mit Porzellan überzogenem Kupfer, war mit einem Efeumuster bemalt und hatte einen hohe Rückenlehne. Dicke türkische Badetücher lagen auf einem Gestell bereit, und ein Stück Sandelholzseife wartete in einer Kristallschale, die am Wannenrand angebracht war. Auf einem Stuhl war ein dunkelblauer Bademantel mit weißen Manschetten und einer gestickten Krone auf der Tasche bereitgelegt. Ein hoher Stehleuchter mit sechs Kerzen erhellte den kleinen Raum.

Mara drehte sich in einem Tropfenregen, der aus dem Saum ihres Umhangs rann, wartete darauf, daß der Prinz sie allein ließ. Aber er schloß die Tür hinter sich und näherte sich ihr. Direkt vor ihr blieb er stehen und betrachtete sie nachdenklich. Mit fassungsloser Miene und roten Schatten der Ermüdung und Erschöpfung unter den Augen starrte sie in sein Gesicht. Ganz ruhig streckte er die Hand aus, öffnete ihren Umhang und ließ das naßschwere Stück zu Boden fallen, dann begann er das Gewirr ihrer Haare nach den letzten verbliebenen Haarnadeln zu durchforschen.

»Was machen Sie da?«

»Ich bin Ihnen behilflich.«

»Lila wird mir helfen, wenn Sie nach ihr schicken.«

»Es geht schneller, wenn ich es mache.«

Seine Stimme war betörend, und die Wärme des Feuers nahm ihr die Willenskraft. Mit gezwungen beißendem Tonfall sagte sie: »Nicht unbedingt.«

»Sie zweifeln an meiner Erfahrung?«

»An Ihren Motiven.«

»Oh, das sind die lautersten.« Er zog seine gespreizten Finger durch die schwarze Seide ihres Haares, verteilte es über ihren Schultern und legte dann seine Hand auf ihren Oberarm, um ihren Rücken zu sich zu drehen. Sie spürte seine Finger an den Haken ihres Kleides. Sie sollte ihm Einhalt gebieten. Darauf bestand eine innere Stimme. Sie hätte es getan, wenn sie die Kraft dazu aufgebracht hätte. Sie verstand ihn nicht und konnte ihm nicht trauen. Er war ein komplizierter Mann, dem man nur schwer nahekommen und den man kaum verstehen konnte. Sie hatte nur so wenig über ihn erfahren, und selbst das wenige machte ihr angst. Jetzt zitterte sie nicht nur vor Kälte.

Mit zielstrebigen, sicheren Bewegungen öffnete er die Haken. Seine warmen, sanften Finger strichen über ihr Rückgrat; trotzdem war ihre Haut so gereizt, daß jede Berührung ein nachträgliches Stechen auslöste. Sie stand reglos, den Kopf graziös gesenkt, ohne daß sie es gemerkt hatte, bis sie ein Zupfen spürte, mit dem er ihr Korsett aufzuschnüren begann. Sie zuckte und versuchte ihm auszuweichen, aber er schlang einen festen Arm um ihre Taille, löste blitzschnell die Korsettschnüre und die Bänder ihrer Unterröcke. Erst dann ließ er sie los. Sie wirbelte von ihm weg.

Die Anklage in ihren Augen lesend, sagte er: »Unbeständigkeit, dein Name ist Frau. Oder habe ich die süße Verführung vor zwei Nächten nur geträumt?«

»Damals erschien ich Ihnen nicht begehrenswert. Warum jetzt?«

»Sie irren sich. Das Begehren war da.«

Vor zwei Nächten hatte ihn etwas zurückgehalten. Jetzt nicht mehr. Was hatte sich in der Zwischenzeit geändert?

Eine Gänsehaut des Entsetzens kroch über Maras Leib, als ihr ein fürchterlicher Verdacht kam. Wußte er etwa Bescheid?

Ein entferntes Klopfen erklang an der Schlafzimmertür hinter dem Ankleidezimmer. Roderic warf einen Blick hinüber. Mit freundlicher, aber bestimmter Stimme sagte er: »Das wird Sarus sein. Ich gehe ein paar Minuten aus dem Zimmer, um etwas mit ihm zu besprechen. Wenn ich zurückkomme, sitzen Sie im Bad, sonst ziehe ich Sie splitternackt aus und stecke Sie selbst hinein.«

Er meinte es ernst. Daran gab es nicht den geringsten Zweifel. Einen Augenblick schwankte sie zwischen Stolz und Angst einerseits und ihrem Bedürfnis nach Wärme und dem harten Gebot, sich in das Vertrauen dieses Mannes einzuschleichen, andererseits. Eigentlich hatte sie keine Wahl. Hastig schlüpfte sie aus ihren durchtränkten Kleidern und trat aus dem nassen Haufen in das dampfende Wasser der Sitzbadewanne. Vor Hitze erschauernd, ließ sie sich langsam hineinsinken, bis das Wasser ihre Schultern bedeckte. Ihr nasses Haar breitete sich über das Wasser wie ein Fächer und bildete einen schwarzen Seidenschleier über der weißen Wölbung ihrer Brüste. Sie schlang die Arme um ihren Körper, schloß die Augen und neigte den Kopf. Sie hatte gar nicht gewußt, wie durchgefroren sie gewesen war, ehe sie das warme Wasser gespürt hatte, aber immer noch war die innere Kälte stärker.

»Hier, trinken Sie das.«

Sie schaute auf. Roderic stand über ihr. Unter einem Arm trug er zusammengefaltete Badetücher, im anderen Arm hielt er ein kleines Silbertablett. Auf dem Tablett standen zwei tiefe silberne Becher mit einer Flüssigkeit, aus der in kleinen Spiralen Dampf aufstieg.

»Was ist das?« Es roch nach Alkohol.

»Das wissen nur Sarus und die Götter. Trinken Sie es.«

Schon der Gedanke an etwas Warmes war belebend. Sie nahm einen Becher vom Tablett und hielt ihn an ihre Lippen. Sie nippte daran und hustete augenblicklich, weil das Gebräu so stark war, daß es ihr den Atem verschlug. Roderic hatte sich zurückgezogen. Sie konnte den Becher nirgendwo abstellen, ohne aufzustehen und sich zu entblößen.

»Es schmeckt«, sagte sie japsend, »als hätte er jeden Schnaps der Welt zusammengerührt und das Ganze gezuckert und aufgekocht.«

»Eine ziemlich treffende Beschreibung für einen Seemannspunsch.«

»Nehmen Sie das weg.« Sie streckte ihm den Becher hin.

»Erst wenn er leer ist.«

Sie spielte mit dem Gedanken, ihn wegzuschleudern, wandte dann aber ihren Blick zum Feuer. Der Alkohol würde eine hübsche Stichflamme auslösen.

»Dann wäre immer noch meiner da«, sagte er, als hätte er ihre Gedanken gelesen. »Sie brauchen ihn nötiger als ich.«

»Wenn Sie mich schon wieder wütend machen wollen, damit mir warm wird, dann haben Sie jedenfalls Erfolg!«

Er musterte ihr gerötetes Gesicht und sah den Zorn aus ihren grauen Augen sprühen. »Was für ein Glücksfall, dabei wollte ich nur das Winterrheuma vertreiben.«

»Wirklich? Und dann?« Sie nippte noch einmal vorsichtig.

»Und dann wollte ich ein Bad nehmen, falls Sie es über sich bringen könnten, es zu verlassen.«

Das war keine Antwort. Sie nippte noch einmal, während sie darüber nachdachte, gegen das hohe Ende der Wanne gelehnt. Wärme breitete sich von ihrem Magen in ihre Arme und Beine aus. Die harten Knoten der Anspannung begannen sich aufzulösen. Sie war müde, so müde. Ihr Gehirn schien nicht mehr zu arbeiten, weigerte sich, sich mit dem Problem von Rodercis Kehrtwendung zu befassen. Es erschien plötzlich nicht mehr wichtig. Er hatte sich bewegt und stand nun irgendwo hinter ihr. Sie glaubte am Geräusch zu erkennen, daß er Holz ins Feuer legte. Die Flammen knisterten und knackten, erfüllten das Zimmer mit Licht. Schwerer Rauch- und Kerzenduft hing in der Luft und mischte sich mit dem Sandelholzaroma der Seife in ihrem Schälchen, die vom Feuer gewärmt wurde.

Sie streckte die Hand aus, um die Seife aufzunehmen, nahm einen weiteren Schluck von ihrem Punch, setzte dann den Becher in der Seifenschale ab und wusch sich. Sie übergoß sich mit heißem Wasser, um die Seifenreste abzuspülen und wusch sogar das Flußwasser aus ihrem Haar. Angesichts des abkühlenden Wassers blieb sie nicht unnötig lange in der Wanne, sondern nahm sich das Handtuch und stand auf.

Roderic beobachtete sie, am Kamin lehnend; beobachtete die Wasserkaskaden, die im Feuerschein funkelten und an ihrem schlanken Rücken und Beinen entlangliefen; betrachtete das Haar, das in einer dunklen, seidigen Masse an der perlmutthaften Haut um ihre Hüften klebte. Er glaubte nicht, daß sie ihn vergessen hatte, sondern daß sie seine Anwesenheit als unabänderlich hingenommen und beschlossen hatte, ihn zu ignorieren. Es war kein angenehmer Gedanke, obwohl er Vorteile bot.

Er leerte seinen Punschbecher und stellte ihn ab, dann nahm er ein Badetuch auf, schüttelte es aus und hielt es gegen das Feuer. Als Mara ihr Haar abgetrocknet hatte, trat er an sie heran und wickelte sie in das warme Tuch.

»Danke«, sagte sie leise und ausdruckslos. Sie sah ihn nicht an.

Er antwortete nicht, sondern drehte sich um und streifte die Stiefel ab, während er zugleich seine Hose aufknöpfte. Mara hörte ihn, während sie wie gebannt ins Feuer starrte, in die Wanne steigen und mit der Wäsche beginnen. Langsam und vorsichtig ließ sie sich in den Stuhl vor dem Feuer sinken und begann, ihr Haar mit den Fingern zu durchkämmen, damit es schneller trocknete. Sie drehte sich nicht um, als sie nach langen Minuten Roderic aufstehen und sich schnell und gründlich mit dem Handtuch abtrocknen hörte, das sie hatte fallen lassen, auch nicht, als er sich bückte, um seinen Bademantel aufzuheben, den er hinter ihr abgelegt hatte. Sie zuckte allerdings zusammen, als er sich neben ihr auf ein Knie niederließ und seine Finger um den dichten Vorhang ihres warmen Haars schloß.

»Trocken genug«, sagte er.

»Wozu?« fragte sie mit einem Kloß in der Kehle.

»Für meine Zwecke.«

Kraftvoll und geschmeidig stand er wieder auf, hob sie mit der gleichen Leichtigkeit aus dem Stuhl, mit der er zuvor seinen Bademantel aufgehoben hatte. Sie hielt den Atem an, als er sich mit ihr im Arm umdrehte, zur Tür ging und in sein Schlafzimmer trat. Auch hier brannte ein Feuer, das seine Lichtfinger in die dunklen Ecken streckte, auf der vergoldeten Krone des Wappens über dem Bett glänzte und die weißen Samt- und Seidenvorhänge aufleuchten ließ, die vom Baldachin herunterhingen. Das große Bett war aufgeschlagen. Roderic legte sie, immer noch in ihr Tuch gehüllt, auf der weichen Matratze ab und glitt dann neben sie. Er zog die dicke Daunendecke über sie beide und stützte sich dann auf einen Ellbogen, um sie mit gleichgültiger Miene zu betrachten.

»Warum?« flüsterte sie die eine Frage, die sie verzehrte. Ihre Lippen waren trocken.

»Ich bin Gottes Hofnarr, ein Wesen, das nur aus Neugier und Aufopferung besteht. Welchen anderen Grund könnte es geben?«

»Viele, fürchte ich.«

»Vielleicht später, doch nicht heute nacht. Schlafen Sie – Chère.«

Als Mara erwachte, zog die bleiche Wintersonne hinter den Vorhängen auf und erhellte den Raum. Das Feuer im Marmorkamin war zu schwarzer Asche zerfallen, und es war kalt im Schlafzimmer. Das Bett, in dem sie lag, war warm, aber sie lag allein in seiner Pracht und königlichen Größe.

Sie richtete sich auf. Ihr Haar war wirr, und sie warf es mit einer Kopfbewegung über die Schulter zurück. Sie streckte die Hand aus, um das kühle Leinen zu berühren, wo Roderic gelegen hatte. Die Decke fiel herab, und plötzlich fühlte sie ihre Nacktheit; sie spürte sie innerlich wie einen Verlust. Zugleich war sie sich eines Unbehagens bewußt. Sie hatte die Nacht im Bett des Prinzen verbracht, und nichts war geschehen. Was war mit ihr, daß sie immer noch unberührt war? Natürlich war sie dankbar; sie hatte es nicht eilig, sich ihrem Schicksal zu stellen. Trotzdem war sie Frau genug, um pikiert darüber zu sein, daß er ihrem Charme so leicht widerstehen konnte.

Ein leises Geräusch kam aus dem Salon. Mara zog blitzschnell die Decke hoch. Einen Augenblick später wurde die

Tür geöffnet. Lila kam in das Zimmer geschwebt. In der Hand hielt sie ein Tablett mit einer Kanne heißer Schokolade und einem Teller mit Brötchen, und über ihrem Arm lag Maras Unterwäsche, frisch gewaschen, dazu ihr granatrotes Kleid. Das Mädchen stellte das Tablett auf Maras Knien ab und wandte sich dann ab, um die Kleider bereitzulegen.

Mara fragte nicht, woher die Frau wußte, wo sie zu finden war; es war eine allgemein akzeptierte Tatsache, daß die Dienstboten immer alles wußten. Zweifellos hatte Roderic mit seinem Organisationstalent dafür gesorgt, daß man ihr ein Frühstück und frische Kleider brachte.

»Wo ist der Prinz?« fragte sie.

»Er ist ausgegangen, Mademoiselle. Ich weiß nicht wohin.«

Es blieb ihr anscheinend nichts anderes übrig, als die Schokolade auszutrinken, die Brötchen zu essen und sich an ihr Tagwerk zu machen, als wäre nichts passiert. Um die Wahrheit zu sagen, sie war keineswegs sicher, ob etwas passiert war.

Als sie angezogen war und das Haar in einer ordentlichen geflochtenen Krone frisiert hatte, verließ Mara das Schlafzimmer. Auf dem Weg durch den Salon hielt sie an, registrierte die Reste von Roderics Frühstück und die verstreuten Überbleibsel seiner Morgenpost, darunter drei zerlesene Zeitungen und einen Stapel von Boten überbrachter Einladungskarten. Unter letzterem erblickte sie einen dicken, schweren Papierumschlag. Sie trat näher, zog ihn an einer Ecke aus dem Abfallstapel. Es war, wie sie erwartet hatte, die Einladung der Vicomtesse de Beausire. Roderic hatte nicht vor, ihr Folge zu leisten, wie nur allzu deutlich erkennbar war.

Sie mußte etwas unternehmen. Der Gedanke ließ sie während des ganzen restlichen Vormittags und des Nachmittags nicht mehr in Ruhe. Sie durfte sich nicht mehr ablenken lassen. Die Nachricht, daß der Kronprinz von Preußen Paris niesend und vollkommen verschnupft verlassen hatte, war nur vorübergehend von Interesse. Die Eskapade Julianas, die in Lucas Begleitung stundenlang durch die Wildnis des Bois de Boulogne geritten war, ließ sie vollkommen kalt. Eine Küchenkrise, ausgelöst durch die Lieferung einer größeren Menge von Kutteln statt des gewünschten Kalbfleisches, stellte nur eine unbedeutende Störung dar, die beseitigt wurde, ohne daß ihre Aufmerksamkeit mehr als oberflächlich in Anspruch genommen wurde. Die Ankunft eines aufdringlichen Kerls mit einem großen Bündel, der Sarus zu sehen verlangte und zwei Stunden mit dem Majordomus in Roderics Gemächern verschwand, erregte nur milden Widerwillen. Nur eines beschäftigte sie, als der Abend sich zur Nacht wandelte – wo Roderic hingegangen war und was er tun würde, wenn er zurückkehrte.

Als erstes unterhielt er sich hinter verschlossenen Türen mit seiner Schwester, und später floh Juliana bleich und schmallippig aus dem Raum. Sie entschuldigte sich aber bei Luca dafür, daß sie von ihm erwartet hatte, über eine so lange Zeit ihr einziger Beschützer zu sein. Als zweites ließ er in der Küche Bescheid geben, daß er zu zweit in seinen Gemächern zu Abend speisen würde. Als drittes schickte er nach Mara.

Ihr Herz begann zu klopfen, als sie seine Aufforderung in ihrem Schlafzimmer erreichte. War der Augenblick gekommen? Sie war froh, daß sie schon gebadet und ihr Haar zu einer neuen Frisur hochgesteckt hatte, aus der eine Lockenkaskade über ihren Rücken hinabfiel. Sie wünschte, sie hätte noch etwas anderes zu tragen, ein paar der entzückenden Kleider, die jetzt im Hause ihrer Cousine im Schrank hingen. Das Kleid, das sie trug, stand ihr gut, aber sie konnte ihn damit nicht überraschen, da sie der Prinz schon mehrere Male darin gesehen hätte.

Es hatte keinen Sinn zu klagen. Und keinen, die Ereignisse vorherahnen zu wollen, indem sie an die reizende, bestickte Unterwäsche dachte, die von den Nonnen in New Orleans für sie angefertigt worden war. Vielleicht wollte Roderic lediglich Gesellschaft beim Abendessen.

Die Speisen waren im Salon auf einem kleinen Tisch vor dem Kamin aufgetragen worden. Zwei Stühle standen einander gegenüber. Das Feuer tanzte in den Weingläsern und brach sich rotgolden auf dem Silber. Roderic wartete neben dem Tisch, mit auf dem Rücken gefalteten Händen und leicht gespreizten Beinen. Seine Uniformjacke war makellos, strahlend weiß und von türkisfarbenen Bändern überkreuzt, die mit goldenen Fäden eingesäumt waren. Sein Haar war feucht, fiel in einer glänzenden Locke in seine Stirn, als wäre er gerade aus dem Bad gestiegen. Mit nachdenklichem Blick sah er sie kommen.

»Ich habe Sarus gesagt, daß wir uns selbst bedienen«, erklärte er, während er einen Stuhl für sie zurückzog. »Stört Sie das?«

»Keineswegs.«

Sie schenkte ihm einen kurzen Blick. Plötzlich wurde ihr bewußt, wie allein sie hier in diesem Gebäudeflügel mit ihm war. Die anderen waren im Speisesalon und weit entfernt. Selbst wenn sie um Hilfe riefe, würde vielleicht niemand kommen. Sie bedeutete ihnen nichts, sie war eine Frau ohne Namen, während der Mann neben ihr ihr Prinz war. Ein eigenartiger Schauer lief über ihre Haut, und plötzlich erinnerte sie sich ungeheuer lebhaft daran, wie sie, in ein Badetuch gehüllt, in seinen Armen gelegen hatte. Sie fragte sich wieder, wie schon so oft, ob sie etwas von dem Zweiten Gesicht ihrer Mutter geerbt hatte, ob sie die Fähigkeit besaß, Gedanken zu lesen. Im Augenblick war ihr die Vorstellung unangenehm.

Roderic bemerkte das kurze verräterische Zittern und war zufrieden. Vielleicht war diese Frau nicht unschuldig und ohne Falsch, aber sie war auch nicht daran gewöhnt, mit einem Mann allein zu sein. Seinem ersten Impuls, den er in der vergangenen Nacht nur mit Mühe hatte unterdrücken können – sie gewaltsam in sein Bett zu zwingen und sie dort zu behalten, bis sie klipp und klar gestand, wer sie war und was sie wollte –, würde er nicht folgen müssen. Er war, vermutete er, eher auf seine Enttäuschung und auf seine glühende Begierde zurückzuführen gewesen als auf kluge Überlegung. Es gab andere, subtilere Methoden, dasselbe Ziel zu erreichen. Vielleicht nahmen sie mehr Zeit in Anspruch, aber er hatte es nicht eilig.

Mara. Marie Angeline Delacroix, auf Besuch in Frankreich und bei ihrer Cousine untergebracht. In freundschaftlichem Verkehr mit de Landes, einem ehrgeizigen Mann von nicht allzu fester Treue. Das, aber nicht viel mehr, hatte Lucas Bericht vom Vortag ergeben. Der Grund für die Verbindung war offensichtlich; es war bestimmt kein Zufall, daß Mara das Patenkind seiner Mutter war. De Landes wollte diese Verwandtschaft ausnutzen. Der Zweck dieser Scharade in seinem Haus, die sich aus dieser Verbindung entwickelt hatte, war nicht zu erkennen, ebensowenig wie der Grund, warum Mara sich dafür hergab. Beides würde sich in Kürze ändern.

Mara aß und trank, aber die Speisen, die sie sich in den Mund steckte, hätten ebensogut die widerwärtigen Kutteln sein können und der exzellente Wein ein bloßer *vin ordinaire*. Sie wußte nicht, was sie mit dem Mann ihr gegenüber sprechen sollte. Er schien geistesabwesend, mit seinen eigenen Gedanken beschäftigt, und doch spürte sie, daß ihm nichts, was sie tat, nicht die kleinste Bewegung, entging. Es war beunruhigend.

Roderic beendete sein Mahl und warf die Serviette auf den Tisch. Mara pickte noch etwas länger in ihrem Essen herum, dann legte sie die Gabel ab. Roderic lächelte, eine liebkosende Bewegung seiner Lippen.

»Sie haben sehr wenig gegessen.«

»Ich war nicht hungrig.«

»Fühlen Sie sich wohl? Keine Nachwirkungen von dem ... Unfall?«

»Nein, nein, nichts Derartiges.«

»Gut.« Er erhob sich und reichte ihr die Hand. »Kommen Sie, ich möchte Ihnen etwas zeigen.«

Sein Griff war warm und fest. Er zog sie in Richtung Schlafzimmertür, drückte diese auf und führte sie hinein. Sie machte ein paar Schritte in das Zimmer und blieb dann mit großen Augen stehen.

Die Luft im Schlafzimmer, gewärmt von einem hellodernden Feuer, roch schwer nach Parmaveilchen. Überall waren die tiefblauen Blumen: in kleinen Vasen auf dem Kamin, zwischen Farnwedeln in silbernen filigranen Haltern auf einem kleinen Tischchen; auf dem Boden verteilt. Aber vor allem waren sie an den neuen Vorhängen aus violetter Seide befestigt, die als Untervorhänge über dem Bett hingen, und auf der cremefarbenen Seidendecke ausgestreut. Auf einem Stuhl lag, liebevoll ausgebreitet, ein Nachthemd aus Spitze, die fein wie Spinnweben und ebenso durchsichtig war, und auf dem mit Monogramm versehenen, spitzenbesetzten Seidenbezug über dem flauschigen Daunenkissen lag eine mit blauem Samt überzogene Schachtel in Form einer Muschel, auf der das Emblem des teuersten Juweliers von Paris, Fossin, prangte. Die Schachtel stand offen und stellte auf einem Bett aus weißem Samt eine Diamantkollektion, bestehend aus Halskette, Armband und Ohrringen, zur Schau.

Mara wirbelte herum und schaute Roderic an. »Was soll das?«

»Naivität, und sei sie nur gespielt, ist außer Mode. Ihnen muß doch klar sein, daß dies nicht weniger ist als die ideale Dekoration für eine Verführung.«

»Ihre oder meine? Nach dem, was zwischen uns vorgefallen ist, muß sich diese Frage stellen.«

»Wessen Sie vorziehen«, antwortete er mit unschuldigem und einzigartig süßem Lächeln.

Sie schluckte schwer. »Ich dachte, Sie wären entschlossen, mir zu widerstehen, und zwar zu meinem Besten.«

»Hingabe ist ein bezaubernder Luxus, der sich mir nicht oft bietet. Ich habe meine Meinung geändert.«

»Unbeständigkeit, dein Name ist Mann!«

Es war eine Revanche und treffender, als sie ahnte. Trotzdem gefiel ihm ihr Mißtrauen, denn es bewies, daß sie eine ebenbürtige Gegnerin war. Es irritierte ihn auch mehr, als er gewünscht hätte. Es war schon sehr lange her, seit er zum letztenmal unschlüssig gewesen war, wie er am besten mit einer Situation oder einer Frau umgehen sollte.

»Ich will Sie«, sagte er, und sein Blick kam hinter den spitzen goldenen Wimpern zur Ruhe, da er die Wahrheit sagte. »Gibt es einen besseren Grund?«

Sie wollte ihn auch, und der Schmerz, den diese Begierde auslöste, war wie ein Messer, das sich in ihr Inneres bohrte. Und doch spürte sie vor allem Bedauern. Sie hatte ihm seine Skrupel zugute gehalten, seine gnadenlose Selbstbeherrschung. Er hatte sie verloren.

»Ich erwarte Ihre Entscheidung.«

Zu verführen oder verführt zu werden. Hatte sie eine andere Wahl? Sie sah keine. Natürlich, sie hätte sich der Gnade des Prinzen anvertrauen und ihn um Hilfe anflehen können, ihre Großmutter zu retten. Er würde verstehen, dessen war sie sicher, aber es gab keine Garantie, daß er etwas unternehmen würde. Vielleicht war ihm die Sicherheit einer alten Dame weniger wichtig als die Rache über einen erwiesenen Feind. Roderic trug große Verantwortung, und hinter der Verschwörung gegen ihn steckte mehr, als man sie hatte wissen lassen.

Sie glaubte nicht, daß er physischen Zwang ausüben würde, sollte sie sich entschließen, jetzt noch den Rückzug anzutreten, aber sie konnte nicht sicher sein. Er besaß eine Entschlossenheit, die jede Sicherheit ausschloß. Aber selbst wenn sie nicht zu weit gegangen war, da gab es immer noch de Landes, der sie bedrohte. Die Tage gingen bald zur Neige, der Ball kam immer näher. Sie mußte handeln.

Sie brauchte nur vor ihn hinzutreten, ihre Hände auszustrecken und ihn zu berühren, dann war die Tat vollbracht. Etwas hielt sie zurück. Es waren nicht Angst oder physisches Widerstreben, keine Verlegenheit oder gar Schüchternheit, obwohl sie all dies empfand. Es war die ausgesuchte Höflichkeit des Prinzen, die Quintessenz jener Grazie und Kraft und ausgeprägten Beherrschung, dirigiert von blitzschneller Intelligenz, die er in den letzten Tagen gegen andere eingesetzt hatte. Sie schien ihr angesichts einer solchen Gelegenheit zu durchdacht. Sie mißtraute sich selbst und ihm, aber vor allem mißtraute sie ihrer Fähigkeit, sich davor zu schützen. Sie erkannte ganz klar, daß er zwar ihr die Wahl überlassen hatte, aber keineswegs so neutral war, wie er gern gewirkt hätte. Er hatte vor, sie zu verführen. Die Frage war, warum? Und konnte sie ihn davon abhalten? Konnte sie ihn statt dessen verzaubern?

Er wartete ihre Antwort nicht ab, sondern stellte sich ans Bett und nahm die samtbezogene Schachtel auf. Er legte sie auf den Nachttisch und entnahm ihr das phantastische Kollier mit den schweren glitzernden Diamanten.

Sie trat zurück. »Nein, bitte nicht.«

»Fürchten Sie sich?«

»Nein.« Das leise gesprochene Wort klang unsicher.

Er legte die Diamanten um ihren Hals und ließ den Verschluß einschnappen. »Selbst wenn Sie sich fürchteten«, sagte er, so daß sein Atem über die seidigen Härchen an ihrer Schläfe strich, »zu wagen bedeutet, die Furcht zu leugnen und zu leben.«

»Wie könnte ich dann das Wagnis scheuen?«

Das Kollier lag kalt und schwer auf ihrer Brust. Wollte er sie damit bestechen? Und wenn, dann konnte sie es sich nicht leisten, entrüstet zu sein. Er war ihr nahe, so nahe. Wenn sie sich umdrehte, läge sie in seinen Armen. Es war höchste Zeit, genau das zu tun. Aber wie konnte sie? Er war der Prinz, und er verkörperte die Macht und die geschliffene Perfektion dieses Titels. Dadurch und aufgrund der strengen Herrschaft, die er über seine Männer und sich selbst ausübte, schien er irgendwie nicht sterblich. Trotz all ihrer tapferen Worte fürchtete sie sich. Es war nicht einfach Furcht vor dem physischen Beisammensein, das kommen mußte, obwohl das allein beängstigend genug war, sondern davor, daß seine Nähe sie geistig wie körperlich nicht unberührt lassen würde. Sie würde sich ändern, daran zweifelte sie nicht. Es war sogar möglich, daß sie wie eine Maid, die sich einem unbekannten uralten Gott hingab, zerstört werden würde.

Es gab nur einen Weg, diese unbegründete Furcht zu besiegen. Steif wie eine Figur auf einer Spieluhr drehte sie sich um, plazierte ihre Fingerspitzen auf dem festen weißen Stoff seiner Uniformjacke und ließ sie aufwärts rutschen.

Plötzlich schwoll sein Brustkorb unter seinem tiefen Atem. Er umfaßte ihre Ellbogen und zog sie an sich. Sie schaute auf und war sofort in dem blauen Feuer seines Blicks gefangen. Als sie das brennende Strahlen darin sah, erkannte sie, daß, so prinzlich er auch sein mochte, seine Begierde ganz und gar menschlich war.

Er senkte den goldenen Kopf, und seine festen, weichen Lippen berührten ihre, lockten sie sanft. Blindlings drängte sie sich näher an ihn. Seine Hände glitten von ihren Ellbogen über ihre Oberarme auf ihren Rücken und zogen sie an ihn, während der Kuß inniger wurde. Ihr Herz hämmerte gegen ihre Rippen, während ihr das Blut schneller und heißer durch ihre Adern floß. Ihr Atem drang kaum durch ihre Kehle. Ihre Lippen verschmolzen mit seinen, verbanden sich untrennbar mit ihnen, und unter ihrem Mieder und dem warmen Gewicht des Diamantenkolliers schwoll ihr Busen prall an. Sein Mund schmeckte so schmerzlich süß, so unendlich verlockend. Sie ließ ihre Hände höher wandern, verschränkte sie hinter seinem Kopf, fuhr mit den Fingern durch die kurzen, festen Locken, die im Nacken länger wurden. Sie konnte an nichts mehr denken außer an den vollkommenen und unerwarteten Genuß des Augenblicks.

Seine Finger entdeckten auf ihrem Rücken die Haken ihres Kleides. Mit leisem Klicken löste er einen nach dem anderen. Ein leichtes furchtsames Beben überlief sie, aber sie unterdrückte es und konzentrierte sich statt dessen auf das Spiel seiner Schultermuskeln unter der Uniformjacke, das durch seine Betätigung ausgelöst wurde. Sie wollte seine nackte Haut berühren. Der Wunsch war schockierend, aber nicht zu leugnen. Sie zwängte eine Hand zwischen die beiden Körper und begann mit tastender Vorsicht, die verzierten Schnurverschlüsse seiner Jacke zu öffnen.

Challis über Kambrik, Wollgarn über Leinen, so fielen ihre Kleider zu Boden und landeten mit leisem, seufzendem Wispern auf dem Boden. Puffärmel über Bügelfalten, sanft gekräuselt, steif gestärkt, so häuften sie sich auf- und durcheinander. Schließlich standen sie nackt voreinander, gebadet in Feuerschein und Kerzenlicht, mit glänzenden Körpern und mit vom Duft der Veilchen und von unbefriedigter Lust und übersteigertem Empfindungsvermögen verwirrten Sinnen.

»Ach Chère, du bist der Traum jedes nichtsahnenden Mannes. Möge Gott geben, daß ich nicht aufwache«, sagte er und löschte die Kerzenflammen mit den Fingerspitzen.

Wer verführte wen? Und machte das einen Unterschied? Es machte einen, natürlich, aber der war längst nicht so wichtig wie der pulsierende Strom des Verlangens, der sie davontrug. Mara wandte sich als erste dem Bett zu, stützte ihr Knie auf die blumenbestreute Oberfläche, sank zwischen den Veilchen auf die Seidendecke, welche die fedrig weiche Matratze bedeckte. Er gesellte sich zu ihr, stützte sich auf einen Ellbogen und legte seine Hand auf ihren Bauch. Seine langen, vom Schwertkampf schwieligen Musikerfinger überspannten die schmale Taille mit Leichtigkeit. Er musterte ihr Gesicht, das ihre mühsam gewahrte Fassung verriet, im Dämmerschein des Feuers, dann beugte er sich, ihren Blick so lange wie möglich haltend, herab, um ihre Brustwarze zu liebkosen, umspielte sie mit seiner körnigen, warmen Zunge, nahm sie in seinen sanft saugenden Mund. Er legte eine Spur von Küssen um den erregten, aufgerichteten Gipfel und reiste dann weiter zum zweiten, um dort dasselbe Ritual zu vollziehen. Er strich mit seinen Lippen über das Tal zwischen ihren Brüsten und fegte das Juwelengewirr an ihrer Kehle beiseite, um mit der Zunge die Höhlung darunter auszukosten. Er schmeckte den Puls, der hektisch in ihrer Schlagader klopfte, als faszinierte ihn dessen Stärke, dann versengte er ihren weich geschwungenen Kiefer mit seinen Küssen. Wieder nahm er ihren Mund gefangen, erforschte sein feuchtes Inneres, während zugleich, ebenso besitzergreifend wie vorsichtig, seine Hand auf dem kleinen Hügel zwischen ihren Schenkeln zu ruhen kam.

Sie hielt den Atem an, als sie seine Berührung spürte. Es gab aber keinen Grund zur Beunruhigung; er verhielt sich vollkommen ruhig, bis auf den vorsichtigen Druck und die leise Bewegung eines einzigen Fingers. Eine einzigartige Magie ergriff von ihr Besitz, senkte sich spiralförmig in das Zentrum ihres Seins. Unwillkürlich bewegte sie ihre Hüften, so daß sie gegen seine Hand drückten, und langsam und zärtlich begann er sie zu liebkosen.

Sie wunderte und ängstigte sich sogar ein bißchen über die Gefühle, die sie empfand. Gleich darauf glühte sie vor innerer Hitze und mit einer eigenartigen singenden Spannung war sie umfangen von üppiger Sinnlichkeit. Es schien ihr unmöglich, daß das immer noch ihr Körper war, daß sie solche Empfindungen haben sollte, obwohl sie doch etwas Unrechtes tat. Mit zusammengekniffenen Augen und einem kleinen unbeherrschten Laut in der Kehle wandte sie sich zu ihm um. Er hielt sie immer noch mit rastlosen Fingern, die sich sacht bewegten, bis ihre Bauchmuskeln sich zusammenzogen, und sein Mund verwandelte ihre Brustwarzen in pralle Knospen der Erwartung.

Ein Wohlgefühl überschwemmte sie in Wogen. Sie glaubte, es nicht mehr ertragen zu können; noch mehr kam. Seine Finger wurden zielstrebiger, gruben sich tiefer zwischen ihre Schenkel. Sie fühlte sie vorsichtig tasten, ein langsames brennendes Eindringen.

Er verharrte plötzlich. In einem weit entfernten Winkel ihres Geistes begriff sie, daß er die Mauer ihrer Jungfräulichkeit entdeckt hatte, die Überreste, die nach den groben Vorstößen Dennis Mulhollands noch davon übrig waren. Das durfte nichts mehr ändern, denn in diesem Augenblick änderte es nichts mehr für sie. Eilig ließ sie ihre Hand über seinen Arm gleiten, preßte seine Hand wieder auf ihren Körper, und drängte sich im gleichen Moment in einer Ekstase des Begehrens und Verlangens an ihn.

»Hör nicht auf«, flüsterte sie, »bitte nicht.«

Ihr Fleisch war feucht und heiß, wo er es berührte. Er drang tiefer, streichelte, dehnte, drückte vorsichtig, bis sie stöhnte und den Kopf auf dem Kissen hin und her warf. Sie zerschmolz, Körper und Geist wurden flüssig wie heißes Kerzenwachs. Der Drang, ihn ganz aufzunehmen, wurde verzweifelt stark. Sie sehnte sich danach, die Tiefen und Kurven ihres Körpers an ihn zu pressen, immer fester und fester, als könnte sie ihn auf diese Weise zu einem Teil ihrer selbst machen.

Ein Zittern durchlief die Muskeln seines Arms, und sie erkannte, welchen Preis es ihn kostete, die Zärtlichkeiten andauern zu lassen, auf ihre Reaktionen zu achten und das Einfühlungsvermögen aufzubringen, das er gezeigt hatte. Das alles war ein Teil von ihm, nichts, was er nur ihretwegen tat; trotzdem war sie ihm dankbar dafür.

Sie glitt tiefer ins Bett, legte ihre Hand auf seine muskulöse Flanke und zog ihn in einer unmißverständlichen Einladung an sich.

Er drang ganz langsam in sie ein, füllte ihre Enge mit seiner harten Kraft, drückte sie an sich, als sie den Atem anhielt, weil er die schmale Pforte durchdrang. Der feurige Schmerz löste sich auf, fast ehe er eingesetzt hatte. Als sie sich entspannte und die Luft aus ihren Lungen ließ, begann er sich in einem ebenso zeitlosen wie uralten Rhythmus in ihr zu bewegen. Sie drängte sich an ihn, umklammerte ihn, gab sich dem Verzücken hin. Grenzenlos, vom Feuerschein vergoldet, umfing es sie beide und schickte sie auf eine Reise in die Unendlichkeit.

Das Feuer war bis auf das Bett schwarzer und rotglühender Kohlen hinabgebrannt. Im Zimmer wurde es langsam kühler; trotzdem machte Roderic immer noch keine Anstalten, sie zuzudecken. Er lagerte, an das Kopfende des Bettes gelehnt, und betrachtete die Frau, die erschöpft neben ihm schlief. Er hatte geglaubt, sie verstehen zu können, wenn er sie erst einmal in seinem Bett gehabt hatte. Er hatte sich geirrt. Ihr Duft und ihr Geschmack hatten sich wie eine exotische Droge in seiner Nase und seinem Mund festgesetzt, seine Haut war von ihren Berührungen gebrandmarkt. Er hatte ihre Umarmungen genossen, ihre immer wieder erneuerte Hingabe in den letzten Stunden. Trotzdem entzog sie sich ihm. Er war immer noch nicht zufrieden. Es gefiel ihm nicht.

Eine unschuldige Verführerin. Wer hätte das gedacht? Er konnte es immer noch nicht glauben, trotz des Beweises, den er selbst entdeckt hatte. Das Wissen, daß er der erste gewesen war, daß sie ihm aus freiem Willen ein solches Geschenk gemacht hatte, löste ein eigenartiges Gefühl in ihm aus. Er fühlte sich geehrt, beschämt und begeistert zugleich, aber er war auch mißtrauisch. Es mußte ein Grund dafür vorhanden sein. Sonst ergab alles keinen Sinn.

Er sah den Schein der Diamanten an dem Kollier, das er ihr geschenkt hatte, sah, wie sich das schwache Licht in den Facetten brach. Es sah bezaubernd aus auf ihrer nackten Haut, obwohl es auch grob, zu hart und zu glitzernd erschien. Es war das falsche Geschenk für sie gewesen. Es war auch falsch gewesen, sie mit solchem Pomp aus der Balance bringen zu wollen, aber er hatte geglaubt, auf diese Weise etwas erfahren zu können. Statt dessen war er nur noch verwirrter. Warum hatte sie es angenommen? Warum hatte sie es ihm nicht ins Gesicht geschleudert, wie er es halb erwartet hatte?

Er hauchte einen leisen Fluch. Er ließ sich viel zu sehr von ihr anrühren. Er mußte aufpassen.

Mara regte sich, öffnete die Augen. Sie setzte sich auf, starrte auf die dunkle Gestalt neben ihr im Dämmerlicht.

»Jungfräulichkeit wird von manchen mehr geschätzt als von anderen; dennoch bin ich neugierig. Warum haben Sie mir das nicht verraten?«

»Ich ... ich glaubte nicht, daß das einen Unterschied machen würde.«

»Sie dachten, das würde mich nicht interessieren?«

»Warum sollte es? Solange Sie nicht Buch führen?«

»Das«, sagte er leise, »war unwürdig.«

»Mir erscheint die Frage hypothetisch.« Sie drehte sich von ihm weg, schnappte sich die Decke und zog sie über ihren Körper.

»Vielleicht nicht, wenn ich mich irgendwann in der Zukunft einem erzürnten Verlobten oder Vater stellen muß.«

»Das erscheint kaum wahrscheinlich.« Die Worte kamen gedämpft. Sie dachte kurz an ihren Papa, der weit weg in Louisiana war. Er konnte ihr nicht helfen, nicht jetzt.

Die ausweichende Antwort jagte eine Zorneswoge durch seine Adern. Er faßte nach ihr, packte sie an den Oberarmen und zog den warmen nackten Leib an sich. »Warum?« verlangte er zu wissen, die Zähne fest zusammengepreßt. »Warum?«

»Ich weiß es nicht«, weinte sie. »Wie sollte ich auch. Es ist Wahnsinn, das zu fragen!«

Sein Zorn verflog, so schnell er gekommen war. Er ließ sie hinabsinken, bis sie quer über seinem Schoß lag. Ein Veilchen hatte sich in ihrem Haar verfangen. Er löste die Blüte aus den dunklen Strähnen, drehte sie in seinen Fingern, strich damit über die zarte Oberfläche ihrer Lippen. Nachdenklich sagte er: »Vielleicht bin ich wahnsinnig, vielleicht bin ich es wirklich.«

Er senkte den Kopf und zerdrückte das Veilchen mit seinem Mund auf ihrem.

10. Kapitel

Die blasse Wintersonne, die durch die Scheiben des pastellgetönten Glases fiel, legte sanftrosa und hellblaue Kreise über Mara, während sie die Hauptgalerie auf und ab ging. Sie war allein. Roderic war zu einer Audienz an den Hof berufen worden. Die anderen waren auf diversen Besorgungsgängen. Man erwartete keine Gäste. Sie hätte erleichtert sein müssen, froh über die paar Augenblicke für sich selbst; statt dessen fühlte sie sich alleingelassen.

Doch sie brauchte Zeit zum Nachdenken. Der Plan konnte jetzt umgesetzt werden. Sie hatte das ihr gesetzte Ziel erreicht und mußte den daraus erwachsenden Vorteil nutzen. Das Problem war, daß sie es einfach nicht schaffte, sich auf das Notwendige zu konzentrieren.

Sie hatte bislang kaum darüber nachgedacht, wie sie Roderic überreden sollte, am Ball der Vicomtesse Beausire teilzunehmen. Das Problem, ihn zu verführen, war so übermächtig groß gewesen, daß sie nicht darüber hinaus hatte blicken können. Jetzt sah sie die Schwierigkeiten nur allzu deutlich vor sich. Trotz der Versicherungen de Landes', Roderic werde überaus kooperativ sein, wenn sie erst einmal sein Bett erobert hätte, konnte sie nicht glauben, daß sie nun mehr Einfluß auf ihn hatte als zuvor. Der Prinz fand sie begehrenswert – daran konnte es nach der vergangenen Nacht kaum einen Zweifel geben, aber es war lächerlich, anzunehmen, daß er sich von ihr seine Handlungen diktieren lassen würde.

Das Wissen, daß sie Roderic auf irgendeine Weise dazu bringen mußte, sich ihrem Willen zu fügen, und daß sie dazu das ausnutzen mußte, was zwischen ihnen vorgefallen war, war beunruhigend. Sie kam sich wie eine Prostituierte vor. Es schien, als würde sie in Wahrheit nicht ihn, sondern ihr innerstes Selbst betrügen.

Die Nacht mit Roderic war eine Offenbarung gewesen. Sie hatte sich nicht träumen lassen, daß sie zu solcher Selbstaufgabe, zu so intensivem Empfinden fähig war. Die Entdeckung war ein Geschenk, das sie in den Dreck zerren würde, wenn sie diese neu erwachten Gefühle dazu benutzte, ihren Kopf durchzusetzen.

Und doch blieb ihr nichts anderes übrig. Es gab kein Entrinnen. Grandmère Helenes Sicherheit und Gesundheit hingen davon ab. Sie mußte es tun.

Aber wie sollte sie das Gespräch auf den Ball bringen, auf einen Ball, von dem sie eigentlich nichts wissen durfte? Unter welchem Vorwand sollte sie den Prinzen dazu überreden, daran teilzunehmen? Wie konnte sie bewirken, daß er sie mitnahm, obwohl sie keinen offiziellen Rang einnahm und in die Einladung nicht eingeschlossen war? De Landes tat sich leicht, von gesellschaftlichen Anlässen zu reden, zu denen ein Mann von Rang seine Mätresse mitnahm; ihrem Eindruck nach erwartete die französische Gesellschaft anläßlich eines Ereignisses, dem auch Louis Philippe beiwohnen würde, mehr Diskretion, selbst von einem unberechenbaren Prinzen wie Roderic von Ruthenien.

Das Problem bereitete ihr Kopfschmerzen. Was sollte sie tun? Wäre es besser, auf einen geeigneten Augenblick zu warten, vielleicht bis nach einem Liebesakt, und dann sehnsüchtig von den glänzenden gesellschaftlichen Ereignissen zu reden, von denen sie gehört hatte, an die sie sich aber nicht erinnern konnte? Sollte sie liebevoll um die Ehre betteln, von einem wahrhaften Prinzen begleitet zu werden?

Das konnte sie nicht.

Vielleicht konnte sie scheinbar unbeabsichtigt andeuten, daß jemand sie auf einem großen Ball erkennen und dadurch das Rätsel ihrer Existenz lösen könnte? Ja, das war eine Möglichkeit, denn schließlich war das nur allzu wahr. Aber brachte sie das über sich, ohne vor Abscheu über sich selbst zu erröten? Ohne Roderics Verdacht zu erregen? Sie bezweifelte es.

Die Glocke läutete am Eingang. Mara zog sich hastig in die Privatgemächer am Ende der Galerie zurück, während ein Dienstmädchen vorbei- und die Steintreppe hinabeilte, um dem Besucher die Tür zu öffnen. Ein paar Minuten später erschien das Mädchen bei Mara.

»Es ist Monsieur Balzac, Mademoiselle Chère. Ich habe ihm gesagt, daß der Prinz nicht zu Hause ist, aber er besteht darauf, mit Ihnen zu sprechen. Ich habe ihn in den Salon geführt.«

Mara dankte dem Mädchen, strich sich mit der Hand über das Haar und trat den Rückweg durch die Galerie zu den Empfangsräumen an, wo der Schriftsteller wartete. Ein Lakai öffnete ihr die Doppeltür, und sie schenkte ihm ein Lächeln, bevor sie eintrat. Balzac stand am entgegengesetzten Ende des Raumes, den Rücken dem kleinen Feuer zugewandt, das im Kamin brannte. Er hatte eine afrikanische Orange aus einer auf einem Tisch stehenden Schale genommen und aß sie ungeschält aus der Hand, als wäre es ein Apfel.

»Ach, Mademoiselle, vergeben Sie mir, daß ich Ihre Hand nicht küsse«, sagte er mit großer Geste und einem genialischen Lächeln, »aber ich bin ein bißchen klebrig.«

»War kein Obstmesser da? Das tut mir leid. Ich lasse sofort eines bringen.«

»Nein, nein, ich bitte Sie! Das braucht es nicht. Alle guten Dinge im Leben haben einen bitteren Beigeschmack und sind nur schwer zu genießen.«

»Aber bestimmt –«

»Das ist nicht nur meine Theorie. Mein Freund Hugo verspeist manchmal den Hummer mitsamt der Schale; ich habe es mit eigenen Augen gesehen. Was für Kiefer der Mann hat und was für Zähne! Phantastisch.« Er nahm einen weiteren großen Bissen von der Orange und zermalmte genußvoll die Kerne.

»Wie Sie meinen«, sagte Mara und ging zum Kanapee. »Ich bin überzeugt, daß es der Prinz bedauern wird, Ihren Besuch verpaßt zu haben.«

»Ein faszinierender Mann, der Prinz, und ein anregender Gesprächspartner, aber Sie sind viel attraktiver anzusehen, Mademoiselle.«

Es war pure Galanterie, und Mara machte nicht den Fehler, mehr dahinter zu vermuten. Sie erkundigte sich, an welchem Werk der Autor gerade arbeitete, und lauschte mitfühlend seinen Erzählungen von unkooperativen Romanfiguren, schlaflosen Nächten und blutsaugerischen Verlegern. Unter dem rauhen, ungeschlachten Äußeren verbarg sich ein hochsensibler Mensch, fand sie. Sie hatte einige seiner Geschichten gelesen und war erstaunt darüber gewesen, wie gut er die Frauen verstand. Das sagte sie ihm auch.

»Wie freundlich von Ihnen. Wie freundlich. Sie kommen zu mir, diese Frauen, über die ich schreibe, wie eine Vision der Leidenschaft in der Nacht. Frauen werden von dieser Leidenschaft, von der Liebe beherrscht. Sie sind nicht so von ihrem Selbst eingenommen wie die Männer, deshalb können sie sich, ihr Leben, selbst ihren Körper, durch diese Leidenschaft verwandeln. Nicht die von Männern gemachten Dinge sind in dieser Welt von Bedeutung, sondern die Familie, die eine Frau aus dieser unermeßlichen Liebe heraus erschafft.«

»Wie seltsam, einen Mann so etwas sagen zu hören.«

»Alle Männer, die Augen haben zu sehen, wissen das«, sagte er schlicht. »Ist die Ehe nicht nur der Versuch der Männer, diese Liebe für ihre eigenen Zwecke, für ihre eigenen Bedürfnisse zu kanalisieren?«

»Ja«, stimmte sie zu. Dann kam ihr plötzlich eine Idee, und sie fuhr fort: »Monsieur Balzac, Sie kennen Paris und die Pariser gut. Würden Sie meinen, daß der Prinz seine Mätresse zu, sagen wir, dem Ball der Vicomtesse Beausire mitnehmen könnte?«

»Warum sollten Sie an dem Empfang teilnehmen wollen? Es wird todlangweilig werden.«

»Ich meine es ernst.«

»Ach.« Er nickte langsam, steckte sich den letzten Bissen von seiner Orange in den Mund, wischte sich die Hände an seinem Taschentuch ab und kam zu ihr, um sich neben ihr niederzulassen. »Bedauerlicherweise ist das nicht mein Milieu. Natürlich habe ich Freunde unter der Aristokratie, aber ich verkehre nicht in diesen Kreisen. Sind Sie enttäuscht?«

Sie überging die Frage. »Aber sie schreiben darüber, ebenso wie sie über die Ärmsten von Paris geschrieben haben. Sie müssen wissen, was dort erwartet oder erlaubt wird?«

»Auf jeden Fall nehmen sich die Aristokraten größere Freiheiten heraus als die Bourgeoisie, die fade Mittelklasse, die in steter Angst davor lebt, was man über sie denken könnte.«

»Das ist keine Antwort«, sagte sie mit ruhigem Blick und ernster Stimme.

Er seufzte. »Sie sind eine schwierige Frau. Ja, ich nehme an, der Prinz könnte Sie mitnehmen, wenn er das wünschen sollte. Sie sind nicht gerade eine stadtbekannte Kurtisane. Er könnte sie immer noch als entfernte Verwandte ausgeben, wenn sich die Notwendigkeit ergeben sollte, wenn Sie zum Beispiel dem König vorgestellt würden.«

»Da sei der Himmel vor«, verkündete Mara inbrünstig.

»Das Risiko besteht.« Balzac zuckte mit den massigen Schultern. »Aber warum wenden Sie sich mit diesem Problem an mich? Warum fragen Sie nicht einfach den Prinzen?«

»Ich wollte erst wissen, ob es überhaupt möglich ist, bevor ich ihn belästige.«

Balzac nahm ihre Hand an sich und hob sie an seine Lippen. »Ganz bestimmt würde er keine Ihrer Bitten als Belästigung empfinden, Mademoiselle. Wie könnte er auch?«

»Leicht«, antwortete sie trocken.

»Sie fürchten sich vor ihm?« fragte Balzac und schaute sie stirnrunzelnd an.

»Nein, nein. Aber manchmal ist es schwierig, um etwas zu bitten, vor allem, wenn es einem wichtig ist. Finden Sie das nicht auch?« Sie hatte zuviel gesagt; sie begriff das, sobald sie es ausgesprochen hatte. Vielleicht machte es nichts.

»Es mißfällt Ihnen, den Anschein zu erwecken, daß Sie Ihre Gunst gegen ... Privilegien einhandeln.«

»Ich wußte, daß Sie verstehen würden«, sagte sie bemüht heiter. Bevor er weitersprechen konnte, wechselte sie geschwind das Thema.

Sie sprachen über eine Reihe von Dingen, und die Zeit verflog. Nach und nach kehrte die Truppe zurück, ebenso Juliana in ihrem eleganten Reitkleid. Dazu gehörte eine *soubreveste* aus schwarzem Samt mit einem grauen Litzenkreuz im Stil der Grauschwarzen Musketiere Ludwigs XVIII. Sie wurde über einer roten Jacke und unter einem Hut getragen, der wie ein gefiederter Helm wirkte. Begleitet wurde Juliana von zwei Poeten, deren Namen im allgemeinen Durcheinander untergingen, und einem mürrischen Comte, der ihr nachlief wie ein Hund einem besonders saftigen Knochen. Wenig später kam Roderic hereingeschlendert. Er lächelte Mara quer durch den Raum zu und grüßte sie, indem er das Weinglas erhob, das ihm ein Diener gereicht hatte.

Mara störte es nicht im geringsten, daß er keinen Versuch unternahm, zu ihr zu kommen. Sie hatte ihn seit den frühen Morgenstunden nicht gesehen; sie hatte noch geschlafen, als er aufgestanden war. Sie hatte keine Ahnung, was sie ihm sagen sollte, wenn sie wieder voreinander standen.

Sie fühlte sich irgendwie verändert, seit sie die Nacht mit ihm verbracht hatte. Oh, hier und da gab es ein paar wunde Stellen, aber die waren nicht wichtig. Es war ihr so natürlich, so richtig erschienen, als es geschehen war, keineswegs wie die schreckliche Prüfung, die sie nach dem Geflüster und zufällig belauschten Bemerkungen ihrer Kindheit oder nach ihrer Erfahrung mit Dennis' ungestümem Gegrabsche erwartet hatte. Trotzdem fühlte sie sich anders, auf geheime Weise gebrandmarkt. Über Nacht war sie die Mätresse des Prinzen geworden. Viele hatten das bereits vermutet; jetzt war es Wirklichkeit geworden. Mätresse. Nie hatte sie geglaubt, so etwas zu werden.

Immer mehr Gäste erschienen, bis der Raum aus allen Nähten zu platzen schien. Mara, bemüht, ihre Pflichten als Haushälterin und Gastgeberin nicht zu vernachlässigen, sorgte für Erfrischungen und wanderte langsam durch den Raum. Auch Juliana gesellte sich bald hier, bald dort zu den Menschen und plauderte in einer mühelosen Zurschaustellung königlicher Höflichkeit zuerst mit diesem, dann mit jenem. Roderic verhielt sich ebenso.

Dann brachen die Gäste, wie auf ein magisches Signal hin auf, da die Stunde der Vormittagsbesuche vorüber war. Balzac verabschiedete sich, gefolgt von den Poeten und dem Comte. Die Truppe zog sich in die Galerie zurück, die sie mit Beschlag belegt hatte. Nur Juliana war noch im Zimmer, als sich Roderic neben Mara auf das Kanapee fallen ließ.

»Man hat mich davon in Kenntnis gesetzt«, sagte er, »daß Sie mehr als alles andere wünschen, zum Ball der Vicomtesse zu gehen.«

Sie warf ihm einen kurzen Seitenblick zu, und verräterische Röte stieg in ihre Wangen. Sie hatte sich noch nicht vorbereitet, war überhaupt nicht bereit. »Ich ... ich nehme an, das hat Ihnen Monsieur Balzac verraten.«

»Er war so freundlich. Er schien zu glauben, ich würde mich freuen, wenn ich erführe, wie ich Ihnen einen Gefallen tun kann.«

»Natürlich hat er sich geirrt.«

»Warum sollten Sie das glauben? Auch Dichter und Diebe und schreiende Esel sagen manchmal die Wahrheit. Zufällig hatte er recht, obwohl ich es eingestandenermaßen eigenartig finde, eine Predigt über die Empfindsamkeit der Frauen anhören zu müssen und über die Verpflichtung der Männer, ihre sehnlichsten Wünsche zu erfüllen. Ebenso eigenartig, wie ich es finde, Ihre Wünsche von ihm vorgetragen zu bekommen.« Er lehnte sich zurück, streckte seine langen Beine aus und faltete die Hände über dem Bauch. »Warum haben Sie mir das nicht selbst gesagt?«

»Ich ... ich hatte keine Ahnung, daß das möglich war.«

»Das meinte auch Honoré. Die Frage ist, was reizt Sie so an diesem Ereignis?«

Sie machte eine hilflose Geste. »Es ist ein Galaempfang.«

Juliana gesellte sich zu ihnen und nahm, ihren Reitrock glattstreichend, Platz. »Warum sollte es sie nicht reizen? Der

König und alles, was Rang und Namen hat, wird kommen. Außerdem hat Chère sich ständig für dich abgearbeitet, seit du sie aus einem ländlichen Straßengraben gezogen hast. Natürlich will sie sich amüsieren.«

»Es ist wirklich zu schade«, erklärte Roderic mit einem langen Blick auf seine Schwester, »daß Louis Philippe letztes Jahr die Heirat des Duc de Montpensier mit der Infanta Maria Luisa arrangiert hat; Montpensier wäre der Richtige für dich gewesen. Der Comte de Paris ist noch recht jung, erst sieben, aber er ist der Thronfolger, und das gleicht manches aus. Ich muß mit unserem Vater über einen passenden Kandidaten für dich sprechen. Seit Arvins Abreise mangelt es dir an Beschäftigung – du mischst dich ständig in Sachen, die dich nichts angehen.«

Juliana zog eine Braue hoch. »Ich würde mich an deiner Stelle vorsehen, wenn ich mit Vater über eine Heirat spräche. Er könnte auf die Idee kommen, Ausschau nach einer geeigneten Prinzessin für dich zu halten.«

»Dieses Damoklesschwert hat schon Rost angesetzt. Er hat eine Liste möglicher Verbindungen, seit ich zum erstenmal als rotköpfiges und greinendes Kleinkind von meinem Kindermädchen der Gesellschaft vorgestellt wurde.«

»Vielleicht bist du bislang dem Schicksal der Prinzen – einer lieblosen Ehe – entgangen, aber aufgeschoben ist nicht aufgehoben. Wie der kleine Comte von Paris bist du der Thronfolger.«

»Deine Fürsorge rührt mich. Könntest du nun gehen, damit ich in Ruhe mit Chère sprechen kann?«

»Damit du sie in Ruhe davon überzeugen kannst, daß sie keinesfalls auf einen Ball gehen möchte? Nein, weißt du, auch ich würde mich über etwas Fröhlichkeit und Musik freuen. Ihr seid alle viel zu langweilig hier!«

»Sind wir das wirklich?« fragte Roderic milde.

Juliana warf ihm einen erschrockenen Blick zu. »Damit wollte ich dich nicht herausfordern, wirklich nicht! Aber ich glaube, Chère würde von etwas Abwechslung profitieren, und wer weiß? Vielleicht findest du ja jemanden, der diese mysteriöse Dame identifizieren kann.«

»Was äußerst wünschenswert wäre«, kommentierte ihr Bruder, aber seine Stimme klang ausdruckslos.

»Das«, sagte Juliana, an Mara gewandt, »war eine Kapitulation, falls Sie es nicht erkannt haben. Was also werden wir auf diesem Ball tragen? Wir müssen uns sofort entscheiden und gleich zum Modisten, wenn die Kleider noch rechtzeitig fertig werden sollen.«

Es war zu leicht gewesen. Mara hatte erwartet, alle Tricks anwenden zu müssen, die sie kannte, jedes Argument vorbringen und vielleicht sogar betteln zu müssen. Statt dessen hatte sich der Prinz ohne große Umstände einverstanden erklärt. Genau das hatte sie gewollt, hatte sie gebraucht; dies war ihr wichtigstes Ziel gewesen. Aber trotzdem bereitete es ihr Unbehagen, daß sie es so leicht erreicht hatte.

Es war nicht Roderics Art, sich so schnell umstimmen zu lassen. Er hatte nicht beabsichtigt, der Einladung zu dem Ball Folge zu leisten. Sie nahm nicht an, daß er ihrem Wunsch nur wegen ihrer Umarmungen oder aufgrund der Argumente seiner Schwester entsprochen hatte. Was also bezweckte er damit?

Sie versuchte, sich zu schelten, sich einzureden, daß er überhaupt nichts damit bezweckte, daß ihr Bild von ihm – das eines Mannes mit diabolischen geistigen Fähigkeiten – nur Einbildung war. Es half nichts. Sie wurde den Verdacht nicht los, daß sie selbst, statt den Prinzen in eine Falle zu locken, schon in die nächste gegangen war.

Der Einkaufsbummel war ein Erfolg. Mara hatte befürchtet, Juliana könnte darauf bestehen, zu Madame Palmyre zu gehen. Aus diesem Grund hatte sie darum gebeten, zuerst im Maison Gagelin abgesetzt zu werden, und sich, sobald sie den Stoffladen betreten hatte, gleich an den Verkäufer namens Worth gewandt. Sie wollte sich mit ihm über das Material und die Farbe ihres Kleides beraten, aber vor allem wollte sie, daß Juliana seine Einwände gegen übertriebenen Pomp kennenlernte.

Worth hatte sie nicht enttäuscht. Er hatte einen schweren, steifen meerblauen Satin gebracht, der Julianas Haut durchsichtig wie feinstes Porzellan aussehen ließ und ihren Augen unglaubliche Tiefe und Glanz verlieh. Er hatte ihr auch ein Kleid mit verlängertem Mieder skizziert, das ihre königliche Größe und vollendete Gestalt zu voller Geltung bringen würde, ohne sie unter Rüschen und Rosetten oder Spitzenbesätzen und Klumpen von Seidenblumen zu begraben.

Mara hatte er zu einem äußerst feinen weißen Seidenchiné mit einem Hauch von Rosa in den Falten geraten und ein kompliziert gefälteltes Mieder vorgeschlagen, das ihre Taille noch dünner als die sechzig Zentimeter wirken ließ, die sie normalerweise maß. Außerdem hatte er ihnen eine Modistin empfohlen, eine ehemalige *grisette*, welche die feinen Materialien korrekt zuschneiden würde und nicht so überlastet war, daß sie die Kleider nicht rechtzeitig fertigstellen könnte. Da Juliana darauf bestand, hatte er ihr mehrere Reiherfedern verkauft, die sie zu einem passenden Kopfschmuck für ihr Kleid umfärben konnte, aber Mara hatte er davon überzeugt, daß sie nicht mehr brauchte als ein oder zwei rosa Rosenknospen in ihrem dunklen Haar. Als der Engländer mit seinem reizenden Akzent sie mit einer Verbeugung verabschiedet hatte, hatte Juliana ihn als äußerst charmant deklariert und ihm geschworen, ihn wieder zu besuchen.

Sie waren zur Kutsche zurückgekehrt, und Juliana hatte den Befehl gegeben, sie zu einem Schuster zu bringen, der für seine Tanzschuhe bekannt war. Plötzlich sagte Roderics Schwester: »Wissen Sie, wir hätten Trude mitnehmen sollen.«

»Sie meinen –«

»Ich meine, es wird Zeit, daß sie aufhört, den Mann zu spielen. Unter der Uniform steckt ein Frauenkörper und schlägt ein Frauenherz. Ganz bestimmt möchte sie nicht in Hosen auf einen Ball gehen?«

»Vielleicht doch. Bei Trude ist das schwer zu sagen«, wandte Mara ein.

»Sie ist nicht sehr offenherzig, das gebe ich zu, und mit Ihnen noch weniger, aus leicht erklärbaren Gründen.«

»Sie meinen, weil ich jetzt die Zimmer Ihres Bruders teile«, erklärte Mara, entschlossen, den Tatsachen ins Auge zu blicken.

»Natürlich«, meinte Juliana ungeduldig. »Sie folgt Roderic bereits ihr ganzes Leben auf den Fersen, und er hat das zugelassen, weil er sie mag und nicht möchte, daß sie verletzt wird, und weil – das muß man zugeben – sie ihm nützlich ist. Wenn sie sich nur gestattete, eine Frau zu sein, würde sie vielleicht erkennen, daß es auch andere Männer auf der Welt gibt.«

»Vielleicht. Aber würde das etwas ändern?«

»Wir werden das nie erfahren, wenn wir ihr nicht irgendwie helfen.«

»Dazu braucht man einige Überredungskünste«, sagte Mara.

»Die habe ich«, erklärte Juliana schlicht.

»Ja. Ich habe Ihnen noch gar nicht dafür gedankt, daß Sie Roderic überredet haben, Sie – uns – zu diesem Ball mitzunehmen.«

»Sie glauben, er hat das meinetwegen getan?« Juliana schüttelte den Kopf, und ein Lächeln spielte um ihren Mund. »Was für eine bescheidene Frau Sie sind, Chère.«

Mara warf ihr einen kurzen Seitenblick zu und schaute gleich wieder weg. »Stört es Sie, daß ich die Geliebte Ihres Bruders bin?«

»Ob es mich stört? Warum sollte es das? Aber nein, Sie sind gut für ihn. Ich habe ihn noch nie so in Anspruch genommen gesehen. Ihm ist immer alles leichtgefallen – er sieht gut aus, besitzt Intelligenz, Kraft, unbegrenzte Fähigkeiten, hat eine gute Abstammung, immense Ressourcen, eine hingebungsvolle Mutter und einen Vater, der sich trotz seiner hohen Erwartungen um ihn sorgt. Er hat viele Frauen gehabt, die kaum oder gar keinen Widerstand aufbrachten; die so oberflächlich waren, daß sogar ein Kind sie durchschaut. Sie dagegen entziehen sich ihm. Sie haben keine Vergangenheit, keine Zukunft, nur die Gegenwart. Er kann Sie nicht durchschauen, kann Ihre Gedanken nicht erraten, und das fasziniert ihn. Vielleicht ist es schade, wenn Sie Ihr Gedächtnis wiederfinden.«

Wollte Juliana andeuten, daß ihre Anziehungskraft auf Roderic schwinden würde, sobald er wußte, wer und was sie war? Es machte keinen Unterschied, bald würde sie ihn ohnehin verlassen, gleich nach dem Ball. Trotzdem versetzte ihr der Gedanke einen eigenartigen Stich im Herzen.

Trude lehnte ein Ballkleid ab. Zu voller Größe aufgerichtet und Juliana eine Handbreit überragend, erklärte sie: »Ich gehöre zur Truppe. Ich brauche mich hinter keinem Rock zu verstecken.

»Zu verstecken!« rief Juliana zornig aus. »Sie würden sich nicht dahinter verstecken, sondern zeigen, daß Sie eine Frau sind.«

»Ich bin eine Frau, mit oder ohne Rock.«

»Ja, aber –«

»Drängen Sie nicht weiter, bitte, Prinzessin Juliana.«

Estes sagte das. Er war ans Ende der Galerie gekommen, wohin Juliana und Mara Trude verschleppt hatten.

Juliana wandte sich zu dem Italiener um. »Dann überzeugen Sie sie! Sie hat keine Ahnung, was sie verpaßt, wenn sie niemals tanzt oder mit einem Mann poussiert oder eine Verabredung zu einem Ball hat.«

»All das reizt mich kein bißchen«, erklärte Trude steif.

»Dann sind Sie wirklich keine richtige Frau mehr. Mein Bruder wird einige Fragen zu beantworten haben.«

»Es ist nicht sein Fehler. Nicht alle Frauen wollen das. Nicht alle Frauen erstreben Bewunderung und Liebäugeleien.«

»Woher wollen Sie das wissen, wo Sie beides nie kennengelernt haben?«

»Ich weiß es. Ich bin glücklich, so wie ich bin.«

»Sie verstehen nicht –«

»Verzeihen Sie, Prinzessin Juliana«, versuchte es Estes noch einmal. Das schmale Gesicht hinter dem Bart war ernst. »Sie verstehen nicht. Manche Frauen haben andere Bedürfnisse als andere, kennen andere Erfüllungen.«

»Außerdem«, sagte Trude, »wäre ich dem Prinzen kaum von Nutzen, so in Röcke eingeschnürt.«

»Wenn Sie das um seinetwillen tun –«

»Es ist kein Opfer. Es ist meine Pflicht, Prinz Roderic und der Truppe gegenüber. Sie verlassen sich auf mich.«

Es war die Quelle für Trudes Stolz, dachte Mara, daß sie gebraucht wurde. Es schien ihr zu genügen, vorläufig jedenfalls. Außerdem hatte Trude einen Mitstreiter gewonnen. Denn die Walküre und der italienische Graf standen beisammen und unterhielten sich leise, als sie und Juliana den Raum verließen.

Die Tage verflogen mit atemberaubender Geschwindigkeit. Das Wetter war weiterhin grau und trübsinnig und kalt. Regen, manchmal auch Hagel fiel. Trotzdem riß die Parade der Besucher nicht ab: von Berühmten, von Berüchtigten, von Wichtigen und von Unbekannten. Ständig saßen zwischen zwanzig und dreißig Menschen abends am Eßtisch, und sie blieben oft bis tief in die Nacht. Aber wenn sie gegangen waren und sich die Tür hinter ihnen geschlossen hatte, zog sich Roderic in seine Gemächer zurück und nahm Mara mit. Langsam sammelten sich ihre Habseligkeiten in seinen Zimmern an, und ebenso langsam gewöhnte sie sich daran, sich vor ihm an- und auszuziehen, seine Liebkosungen anzunehmen, sich zu ihm in das große königliche Bett zu legen. Sie begann zu glauben, daß er nicht nur physische Befriedigung bei ihr suchte, sondern daß er sich in ihrer Gesellschaft von den Pflichten und Verpflichtungen erholte, die ihn in jedem wachen Augenblick beanspruchten.

Stück für Stück erzählte er ihr von sich, und Mara glaubte, im Geiste das flachshaarige Wickelkind vor sich zu sehen, das er gewesen war, den wilden Rangen, der immer wieder mit seinem energischen Vater über Kreuz geriet und immer wieder von seiner Mutter, der lieblichen und gütigen Angeline, verteidigt wurde. Sie konnte die Berge und bewaldeten Täler Rutheniens vor sich sehen, die schnell strömenden, eisigen Flüsse, die kleinen Dörfer und ummauerten Städte mit den uralten Brücken, deren Geländer von den Standbildern irgendwelcher Heiliger gesäumt waren, die genausogut die Ebenbilder vergangener Könige und Königinnen sein konnten.

Manchmal versuchte er, sie mit einer Frage nach ihrer eigenen Vergangenheit, ihrer Kindheit zu übertölpeln. Sie war jedoch inzwischen in Ausflüchten und im Gebrauch eines schweigenden Lächelns geübt, wenn es ihr in Wahrheit auch manchmal schien, als hätte sie keine erinnerungswürdige Vergangenheit mehr. Es kam ihr so vor, als hätte sie schon immer hier mit dem Prinzen und seinem Gefolge im ruthenischen Haus gelebt. Als hätte sie schon immer nackt in Roderics Armen geschlafen und würde das immer tun. Es war gefährlich, sich solche Gefühle zu gestatten, das wußte sie, aber sie konnte nicht dagegen an.

Schließlich kam der Abend des Balles. Die Kleider, die Mara und Juliana bestellt hatten, waren am Tag zuvor geliefert worden und Maras hing im Schrank in Roderics Ankleidezimmer. Ihre Unterkleider waren bereitgelegt worden, zusammen mit den Seidenstrümpfen und den weißen Satintanzschuhen mit dem Perlenbesatz auf den Zehen. Sie hatte frühzeitig gebadet, damit ihr Haar genügend Zeit zum Trocknen hatte. Lila hatte ihr die Nägel gefeilt und sie rosa glänzend poliert. Sie sollte sich eigentlich ausruhen, auf einer Chaiselongue in Roderics Schlafzimmer liegen. Statt dessen saß sie vor dem Feuer, starrte in die Flammen, die Hände vor sich gefaltet, und versuchte, nicht zu denken.

Dies war die entscheidende Nacht. Es war der Abend, auf den sie seit Wochen all ihre Kräfte gerichtet hatte, der Abend des Balles, der Abend, an dem sie den Prinzen de Landes in die Hände spielen würde. Sie hatte ihre Rolle gespielt. Ihre Aufgabe war vollbracht, sobald sie an Roderics Arm die Residenz der Vicomtesse Beausire betreten hatte. Was danach geschah, lag außerhalb ihrer Verantwortung. Trotzdem wünschte sie sich mit glühender Inbrunst, sie wüßte, was dann passieren würde. Es bestand die Möglichkeit, daß Roderic öffentlich bloßgestellt würde, auch wenn sie keine Ahnung hatte, wie das geschehen sollte. Sie dachte an die Möglichkeit eines Attentats oder an seine Verhaftung und Anklage als Führer des Todeskorps, selbst an Gefangenschaft und Folter.

Sie versuchte, sich ein optimistischeres Ende einzureden, eine überraschende Ehrung, eine Auszeichnung oder vielleicht heimlicher Nachforschungen angesichts einer bevorstehenden Allianz zwischen Frankreich und Ruthenien. Letzteres war unwahrscheinlich. Die Töchter Louis Philippes waren bereits verheiratet, und seine Enkelinnen lagen noch in der Wiege. Und was eine Ehrung oder Auszeichnung betraf – dafür hätte eine einfache Einladung des Königs in die Tuilerien genügt.

Nichts schien einen Sinn zu ergeben. Das Grauen vor dem, was geschehen mochte, ließ sie innerlich frieren. Sie streckte ihre Hände den Flammen im Kamin entgegen und war nicht überrascht, als sie sie zittern sah.

Die Tür öffnete sich hinter ihr, und Mara hörte Roderics weichen, gleichmäßigen Schritt. »Sie grübeln im Finstern? Eine sinnlose Beschäftigung, wenn es auch Menschen gibt, die das gern tun, wie man mir versichert hat.«

Sie blickte auf und schaute zum Fenster. Es war wirklich schon dunkel geworden. Sie stand auf und wandte sich ihm zu. »Ich habe gewartet, daß es endlich Zeit wird, mich für den Ball anzukleiden.«

»Anscheinend war es kein fröhliches Warten. Sie brauchen nicht zu gehen, wenn Sie Ihre Meinung geändert haben.«

Der Impuls, die angebotene Entschuldigung anzunehmen, war stark. Wenn sie einfach mit ihm zu Hause bliebe, dann konnte ihm nichts geschehen. Er wäre in Sicherheit. Im Gegensatz zu ihrer Großmutter.

»Juliana wäre enttäuscht«, sagte sie und rang sich ein Lächeln ab.

»Sie würde es überleben.«

Würde er die Nacht überleben? Dies war die Wurzel ihrer schrecklichen Ängste. Sie mußte auf den Ball gehen und er ebenfalls, aber vielleicht würde alles eine gute Wendung nehmen, wenn er gewarnt war. Sie trat vor und legte ihre Hand auf seinen Arm. »Roderic«, setzte sie an und verstummte dann.

»Sagen Sie, was Ihnen auf dem Herzen liegt«, forderte er. Seine Stimme klang fast drängend.

Sie starrte ihn mit großen Augen an. Er war so vital, so energiegeladen, selbst wenn er einfach so dastand und den Kopf zu ihr herabneigte. Sie konnte den Gedanken nicht ertragen, daß er unvorbereitet in diesen Ballsaal schritt, aber wie sollte sie ihn warnen? Sie konnte es nicht. Sobald sie zu erklären begann, warum er sich vorsehen sollte, würde ihr nichts anderes übrigbleiben, als ihm alles zu offenbaren. Das Risiko war zu groß. Es war unmöglich.

»Nichts«, sagte sie, ließ ihre Hand von seinem Ärmel rutschen und wandte sich ab.

Er beobachtete sie, beobachtete den dunklen Seidenschleier ihrer Wimpern, beobachtete, wie sich der Schein des Feuers in den schwarzen, glänzenden Wogen ihres Haares brach, das über ihren Rücken floß, als sie sich von ihm entfernte. Er atmete tief ein. Seine Brust war eng vor Enttäuschung. Einen kurzen Augenblick hatte er geglaubt, sie würde ihm vertrauen, sich ihm anvertrauen. Das Bedürfnis hatte sie gehabt, dessen war er sicher.

Trotzdem war das ein Zeichen, wenn er denn eines gebraucht hätte. Dies war die entscheidende Nacht. Von dem Augenblick an, in dem der Ball zum erstenmal erwähnt worden war, hatte er das vermutet. Er hätte nicht sagen können, was ihn alarmiert hatte. Vielleicht war es eine Art siebter Sinn, vielleicht hatte er auch nur bemerkt, wie steif Mara damals plötzlich geworden war, als wäre dieser Ball von großer Wichtigkeit.

So sei es. Schon seit einiger Zeit waren seine Pläne bereit. Er hatte versucht, alle Eventualitäten zu berücksichtigen, und mußte darauf vertrauen, daß ihm das gelungen war. Mehr konnte er nicht tun.

Trotzdem war der Impuls unwiderstehlich, auf irgendeine Weise seinen Verdacht zu bestätigen, ihr Vertrauen zu erzwingen. Er trat näher an sie heran und legte seine Hand auf ihre Schulter. »Geht es Ihnen wirklich gut?«

Die ruhige Nachfrage mit dem Beiklang ernsthafter Sorge war beinahe zuviel für Mara. Sie schluckte schwer und drehte sich dann mit breitem Lächeln zu ihm um.

»Aber ja. Gut, ich bin vielleicht etwas nervös, weil wir auf eine so große Gesellschaft gehen, aber ich möchte das um keinen Preis verpassen.«

Ihre ritterliche Tapferkeit erfüllte ihn mit Zorn gegen das, was immer sie auch antreiben mochte. Er wollte sie in die

Arme nehmen und festhalten. Sobald er sich dieses Wunsches gewahr wurde, erkannte er fast erschrocken, daß, obwohl ihm ihr Wohlergehen am Herzen lag, seine größte Furcht darin bestand, er könnte sie verlieren. Er wollte sie behalten, für sich allein, bis zu jenem fernen und unvorhersehbaren Tag, an dem die Magie zwischen ihnen erlöschen würde. Das konnte er, wenn er sie jetzt, heute nacht, mit sich nahm. Würde sie mit ihm kommen? Würde sie seine Frau werden und an seiner Seite als Zigeunerkönigin über Land ziehen? Würde sie mit ihm nach Ruthenien zurückkehren, um dort sein Prinzenschloß zu schmücken? Wenn nicht, dann konnte er sie immer noch mit Gewalt dazu zwingen. Mit Gewalt würde er sie halten können. Es würde keinen Unterschied machen, ob sie ihm jemals aus eigenem Antrieb verraten würde, wer sie war, ob er nie genau erfahren würde, was sie eigentlich von ihm wollte. Auf dieses Wissen konnte er verzichten, wenn die Erkenntnis bedeutete, daß er sie verlieren würde.

Nein. Er konnte sie nicht verschleppen, konnte nicht selbst verschwinden. Noch nicht. Zuviel war noch zu tun, zuviel stand auf dem Spiel. Aber er konnte sie jetzt haben, ein letztes Mal, bevor ihnen die Zeit zum Ankleiden ein Schnippchen schlug. Es wäre ein magerer Ersatz für die Nähe, nach der er sich sehnte, aber dennoch lag darin eine eigenartige Befriedigung.

»Sie brauchen sich nicht zu sorgen«, sagte er. »Sie werden leuchten wie ein Stern unter trüben Planeten, werden sich wie ein Schwan unter einer Gänseherde bewegen, voller Stolz und natürlicher Grazie.«

»Sie schmeicheln mir.«

»Das ist unmöglich«, murmelte er, nahm ihre Hand und drehte sie zu sich um. Er legte ihre Hand auf seine Schulter und umfing ihre Taille mit seinen Armen.

»Keineswegs, und ich glaube, Sie verfolgen einen bestimmten Zweck damit.« Sie legte den Kopf in den Nacken und starrte ihn herausfordernd an.

»Werde ich ihn erreichen?« wollte er wissen, ohne den Blick von der bezaubernden Kurve ihres Mundes zu nehmen.

Ein letztes Mal. Das Bedürfnis, neben ihm zu liegen, ihn noch einmal in sich zu spüren, war schmerzhaft und durchdringend, als hätte sie eben die Quelle einer tiefen Qual erspürt. Sie lehnte sich gegen ihn. Ihren Mund nur Zentimeter unter seinem haltend, flüsterte sie: »Ja, das werden Sie. Ganz bestimmt.«

Als Lila und Sarus eintrafen, um sie zum Ball anzukleiden, saßen sie bereits wieder vor dem Feuer, Mara in ihrem Tageskleid, Roderic in Uniformhemd und Hosen. Sie tauschten einen aufgekratzten Blick, als sie aufstanden, um sich die eben noch hastig angelegte Kleidung von den Dienern wieder ausziehen zu lassen.

Das Lächeln wich bald aus Maras Gesicht, als sie mit dem Dienstmädchen im Ankleidezimmer verschwand. Sie war den Tränen nahe, unterdrückte sie aber mit aller Mühe. So etwas zu empfinden, war lächerlich. Sie sollte glücklich sein, daß diese widerwärtige Episode bald vorbei war, daß sie bald ihre erschwindelte Position hier aufgeben konnte und den Klauen de Landes' entkommen würde. Was mit dem Prinzen geschah, war kaum von Bedeutung. So bald wie überhaupt möglich würde sie nach Louisiana zurückkehren; diese Entscheidung hatte sie in den letzten Stunden gefällt. Dort angekommen, würde sie sich auf die Plantage ihres Vaters zurückziehen, falls er das gestattete, falls er seine so besudelte Tochter wieder aufnehmen würde. Während der langsam verstreichenden Tage und in aller Abgeschiedenheit würde die Welt sie vergessen, und sie würde ebenfalls vergessen. Das würde sie, und sollte es den Rest ihres Lebens dauern.

Das war gut möglich. Sie hatte nicht gewußt, was sie erwarten sollte, hatte sich nie ernsthaft Gedanken darüber gemacht, was es bedeutete, die Geliebte des Prinzen zu werden. Sie hatte nicht gewußt, wie es war, in seinen Armen zu liegen, morgens neben ihm zu erwachen, die Großzügigkeit, die Fürsorge und die Schönheit seiner Liebe zu teilen. All das würde sie vermissen; schon jetzt erkannte sie das. In einem tiefen, unerreichbaren Teil ihrer selbst würde sie ihren Verlust bereuen.

Es war falsch, das wußte sie. Sie sollte erleichtert sein, daß die widerwärtige Notwendigkeit, sich diesen Umarmungen zu ergeben, bald ein Ende haben würde. Sie sollte überschäumen vor Freude darüber, daß die anstrenge Maskerade bald vorbei sein würde und sie endlich wieder zu ihrem früheren Leben zurückkehren könnte. Aber so einfach war das Leben nie. Roderic und die Truppe gingen sie etwas an, sie machte sich Gedanken darüber, was mit ihnen geschah. Es würde schmerzvoll werden, sich von ihnen zu verabschieden, ohne jemals zu erfahren, was aus ihnen wurde. Schmerzvoller, als sie jemals für möglich gehalten hätte.

Schließlich war ihr Haar frisiert. Es türmte sich in glänzenden Locken auf ihrem Kopf, fiel in kleinen Ringellöckchen von einem hohen, griechisch wirkenden Chignon, und hinter ihrem linken Ohr steckten zwei kleine perfekte Treibhausrosenknospen. Seidenstrümpfe wurden ihr über die Beine gerollt und die Tanzschuhe übergestreift. Ihr rosa getöntes weißes Seidenkleid wurde ihr über den Kopf gehoben und auf dem Rücken mit einer Reihe winziger Perlknöpfe geschlossen, dann über ihrem Unterrock zurechtgezogen, der mit *crin* oder gewobenem Roßhaar verstärkt worden war. Lange, elegante Handschuhe wurden über ihre Hände und Arme gestülpt.

»Werden Sie Ihre Juwelen tragen, Mademoiselle?« fragte Lila. Sie waren überflüssig. Das konnte Mara erkennen, aber Roderic hatte ihr die Diamanten geschenkt und würde zweifellos erwarten, daß sie sie anlegte. Sie nickte zustimmend. »*Très belle*«, murmelte Lila, nachdem das Kollier, die Ohrringe und das Armband an ihrem Platz waren, und trat zurück, um ihr Werk in Augenschein zu nehmen. »Keine Dame wird sich mit Ihnen messen können.«

Mara dankte dem Mädchen, machte ihr aufrichtige Komplimente wegen der gelungenen Frisur und trat dann zurück, während das Zimmermädchen an die Schlafzimmertür klopfte und sie ihr öffnete, um sie in den Nebenraum zu lassen.

Roderic wandte sich auf seinem Standpunkt neben dem Feuer um, wo er in die Flammen gestarrt hatte. Augenblicklich kam er auf sie zu, nahm ihre Hand, legte sie an seine Lippen und deutete eine kleine ehrerbietige Verbeugung an. »Läutet die Glocken und schlagt die Trommeln; sie ist erschienen.«

»Habe ich mich verspätet?« fragte Mara verwirrt.

»Sie sind die Schönheit in Person. Prachtvoll und makellos.«

Sie lächelte, und ihr Blick nahm die adrette, perfekt sitzende Uniform in sich auf, die seine breiten Schultern und seine langen, muskulösen Beine genau nachzeichnete; die Orden, die auf seiner Brust glänzten und die geschmeidigen goldenen Wogen seines Haares. »Prachtvoll sind vielmehr Sie.«

Er nahm ihren Kommentar mit einem unendlich leisen Lächeln zur Kenntnis und schüttelte den Kopf, um dann fortzufahren: »Da wäre nur eine Sache, vielleicht auch zwei –«

Lila runzelte die Stirn und trat fast kampflustig einen Schritt vor. »Was ist denn, Hoheit?«

Roderic schaute auf Sarus, der mit einer samtbezogenen Schachtel in der einen und einem Bündel in der anderen Hand vortrat. Der alte Kammerdiener ließ die Schachtel aufschnappen die eine Perlenkollektion zartrosafarbener Perlen mit einem Verschluß aus einer großen Barockperle enthielt. Neben einer zweireihigen Halskette gab es Ohrringe und ein zweireihiges Armband.

»Ein Zeichen meiner Sühne«, sagte Roderic ruhig, »wenn Sie gestatten, für meinen Mangel an Geschmack zuvor.«

Es war ein unschätzbares Geschenk. Perlen von so ungewöhnlicher Farbe und solcher Übereinstimmung in Größe und Glanz bedeuteten jahrelange Suche, bevor man sie gefunden und zusammengefügt hatte. Sie verschwammen vor Maras Augen, und sie schluckte schwer, bevor sie den Prinzen wieder anschaute. »Das wäre nicht nötig gewesen.«

»Für mich schon.«

Er machte dem Mädchen eine befehlende Geste. Lila öffnete das Diamantenkollier um Maras Hals und trat zurück. Roderic hob die Perlenkette aus ihrem Seidenbett und legte sie über Maras Schultern. Mit präzisen Bewegungen löste er die Ohrringe aus ihren Ohren und das Armband von ihrem behandschuhten Handgelenk, warf sie beiseite, als wären es wertlose Glassplitter, und ersetzte sie durch die Perlen. Ohne innezuhalten, drehte er sich dann um und nahm das Bündel, das Sarus hielt, schüttelte es aus und hielt gleich darauf einen Hermelinumhang in der Hand. Den schwang er über ihre Schultern und verschloß ihn mit einer verborgenen Schnalle über ihrer Brust.

»Sie – Sie sind zu großzügig«, sagte Mara gepreßt. Sie brachte es nicht über sich, ihn anzuschauen, so überwältigt war sie von ihrem schlechten Gewissen und ihrem Schmerz. Statt dessen heftete sie ihren Blick auf das blaue Band eines Ordens, das quer über seiner Brust verlief.

»Ich bin nur selbstsüchtig. Es gefällt mir, Sie mit Perlen meiner Wahl bedeckt zu sehen. Wenn ich großzügig wäre, dann hätte ich Ihnen die Möglichkeit gegeben, sich zu weigern, bevor ich Sie zu meinem Vergnügen ausstatte. Wenn ich großzügig wäre, hätte ich Sie längst gehen lassen, oder ... – «

Abrupt hielt er inne. Bisweilen war allzu große Redegewandtheit nur hinderlich. Beinahe hätte er gesagt, daß er ihr die Last ihrer Aufgabe abgenommen hätte, wenn er wirklich großzügig wäre. Daß er sie gezwungen hätte zuzugeben, daß sie das Gedächtnis gar nicht verloren hatte. Daß er aus ihr herausgepreßt hätte, warum sie bei ihm war. Daß er ihr so den letzten Schritt erspart hätte. Daß sie auf diese Weise seine Ansprüche nicht länger hätte ertragen und ständig befürchten müssen, enttarnt zu werden. Daß er das nicht getan hatte, widersprach seinem Ehrenkodex. Jetzt war es zu spät, die Sache richtigzustellen. Wahrhaftig, er war selbstsüchtig.

»Komm«, sagte er, nahm ihre Hand und legte sie auf seinen Arm. »Die anderen warten.«

Die Truppe wartete vor dem Feuer im Salon, marschierte ungeduldig und kreuz und quer im Raum auf und ab. Sie wagten nicht, sich zu setzen, damit ihre Ausgehuniformen mit den goldenen Tressen auf den Jacken und den königsblauen Streifen auf den Hosenbeinen nicht knitterten. Auch Juliana war bereits da. Sie wirkte wie eine Göttin in ihrem meerblauen Kleid, unter dem Federschmuck, der sie noch größer wirken ließ und mit dem kleinen Diamant- und Saphirkrönchen, das auf ihren hochgetürmten Locken saß und ihr vornehmes Aussehen noch hervorhob. Der Raum schien fast übervoll mit weißen Uniformen. Es dauerte einen Moment, bevor Mara erkannte, warum das so war.

»Luca!« rief sie aus. »Wie gut Sie aussehen!«

»Endlich gehöre ich zur Truppe«, verkündete er mit einer Verbeugung, aus der sein ganzer Stolz sprach. Seine Uniform saß wie angegossen an seinem geschmeidigen Körper, und aus Respekt vor dem so förmlichen Anlaß hatte er sogar den Goldring aus seinem Ohr genommen. Aber in seinen dunklen Augen lag ein Schatten, als er von ihr auf den Prinzen und dann wieder auf sie blickte.

»Das hat uns gerade noch gefehlt«, grummelte Estes in gespieltem Zorn, »ein Tagedieb mit langen Fingern und spitzem Messer.«

Luca beeindruckte diese Beleidigung überhaupt nicht. »Du wirst meine Talente noch zu schätzen lernen, wenn du eines Tages kurz vor dem Verhungern bist, weil du von der Hand in den Mund leben mußt und ich dir dann zu Essen bringen werde.«

»Gestohlene Hühner? Glaubst du, wir würden die essen?«

»Mit Haut und Haar.«

»Die Füße eingeschlossen, wie bereits geschehen«, fügte Roderic hinzu. »Gehen wir?«

Hinter dem höflichen Vorschlag verbarg sich ein Befehl. Luca half Juliana in einen Zobelpelz, die anderen hüllten sich in ihre Umhänge, dann verließen sie gutgelaunt das Haus. Mara und Juliana wurden in eine Kutsche gesetzt. Der Prinz und die anderen stiegen auf ihre Pferde. Die Knechte, die die Pferde gehalten hatten, traten zurück, der Kutscher ließ die Peitsche knallen, dann verließen sie den Hof, ergossen sich auf die gepflasterte Straße, sobald die großen schmiedeeisernen Tore geöffnet waren. Hinter ihnen erhob sich das ruthenische Haus mit seinen erleuchteten Fenstern und den im kalten Nordwind lodernden Fackeln am Eingangstor. Vor ihnen lagen die dunklen, unbeleuchteten Straßen dieses alten Stadtteils. Und der Ball.

11. Kapitel

Das Stadthaus der Vicomtesse Beausire, an der Avenue d'Eylau im ruhigen Nordwesten von Paris gelegen, wirkte imposant in der Dunkelheit. Trotz seiner Größe war es keineswegs gewagt im Stil, sondern wies das gleiche Mansardendach, die gleichen italienisch abgerundeten Fenster, den gleichen goldenen Sandstein und die gleiche massive Eingangstür auf wie Tausende anderer Häuser.

Drinnen erwartete sie eine große marmorne Eingangshalle mit großen, patinierten Säulen, die sich von einem schwarzweiß karierten Schachbrettboden zu einer Kreuzgewölbedecke erhoben, die mit einer klassisch allegorischen Szenerie in den Modefarben Grün, Blau und Apricot bemalt war. Ein Paar geschwungener Marmortreppen führte zu einer Galerie, welche die Innenseite des Foyers umlief. Direkt hinter der Stelle, an der die beiden Treppen im Obergeschoß aufeinandertrafen, waren vergoldete, glänzende Doppeltüren zu sehen, die offen standen, damit die Menge, die über die Marmorstufen hinaufdrängte, eintreten konnte.

Die Mitglieder der Gesellschaft aus dem ruthenischen Haus wurden von einem Dienerschwarm in der Eingangshalle von ihren Mänteln befreit und die Treppe hinaufgeschickt. Die Vicomtesse, eine Witwe mit unerschöpflichem Vermögen und eindrucksvollen Familienverbindungen, begrüßte sie gleich im großen, offenen Ballsaal. Die nickenden Federn in künstlichem Grün und geschmacklosem Apricot ließen jene in Julianas Haar zwergenhaft erscheinen. Ihr gleichfarbiges Kleid war mit Bändern und Pölsterchen in jeder Falte zugepflastert, so daß sie fast unter dem Gewicht zusammenzubrechen schien. Ihr Gesicht war rund und schwer gepudert, um jede Spur ihrer natürlichen Gesichtsfarbe zu überdecken und sie so blaß wirken zu lassen, wie es die Mode erforderte, aber es leuchtete vor Aufregung und Freude darüber, Gastgeberin zu sein. Sie hieß den Prinzen aufgeregt willkommen und winkte sie alle in den Saal. Der König werde jeden Augenblick erwartet, sagte sie, und dann könne das Fest beginnen.

Die Versammlung war tatsächlich bereits in höchster Aufregung. Musik wurde gespielt, aber niemand tanzte. Obwohl überall im Raum Kellner verteilt waren und zahlreiche Tische, beladen mit allerlei Erfrischungen rund um silberne Schalen voller Treibhausblumen, aufgebaut waren, wagte sich niemand an diese Schätze. Die Luft wurde von den großen lodernden Feuern zu beiden Enden des Saales erhitzt. Der Duft weiterer Blumen, die auf Sockeln in den Nischen arrangiert waren, schwebte in der warmen Luft und mischte sich mit dem Parfüm der Damen. Die Gäste standen größtenteils in der Nähe der Tür, um den königlichen Hoheiten, die an der Feier teilnehmen würden, die erforderliche Ehre zu erweisen. Bislang unterhielten sie sich in unterschiedlicher Lautstärke, so daß der Raum mit einem dumpfen Dröhnen erfüllt war.

Es war eine höchst modebewußte Versammlung. Die Abendröcke und Hosen der Männer in tiefem Schwarz und Grau bildeten einen ausgezeichneten Hintergrund zu den helleren Kleidern der Damen aus Seide und *crêpe de chine*, Damast und Brokat, Taffeta und Satin *broché* und *mousseline de laine*. Die Farben der Saison waren überall zu sehen sowie Ekrü, Hellblau und das ewige Lavendel und Grau der Halbtrauer. Auch die Kunstfertigkeit der Pariser Schneider offenbarte sich im modischen Stil der Kleider, deren mehrlagige Röcke mit schweren Verzierungen versehen waren, an den Spitzenbesätzen, Bändern und Rüschen oder durch die wechselnd farbigen Stoffbänder, die den Eindruck breiter horizontaler Streifen hervorriefen.

Die Truppe in den blütenweißen Uniformen, in deren Mitte Mara und Juliana in ihren eleganten, einfachen Abendkleidern standen, rief einiges Aufsehen hervor. Köpfe drehten sich, als der Name des Prinzen ausgerufen wurde. Ein vielsagendes Geflüster lief durch den Saal. Frauen starrten sie an. Männer verrenkten sich die Hälse. Ein weißhaariger Herr mit Monokel stand in der Nähe, und Roderic ging auf ihn zu, als hätte er alles um sich herum vergessen. Da er ihre Hand in seiner Armbeuge hielt, konnte Mara nicht anders, als mit ihm zu gehen.

Der Prinz stellte ihr den weißhaarigen Mann als Diplomaten vor, der ein kleines Nachbarland Rutheniens vertrat, während er Mara höchst taktvoll als Freundin seiner Schwester einführte. Die Dankbarkeit, die sie angesichts dieser kleinen, aber für ihn typischen höflichen Geste überkam, ließ sie einen Augenblick lang den Faden der Unterhaltung verlieren. Sie schaute weg und ließ ihren Blick über die Gäste schweifen.

Plötzlich wurde ihr Blick von einem Mann unter den Gästen gefangengenommen. De Landes stand nur ein paar Meter von ihr entfernt. Sein Blick war auf sie geheftet, als könnte er dadurch ihre Aufmerksamkeit auf sich ziehen, als wollte er sie dadurch ermahnen, ihre Aufgabe zu erfüllen. Sie hatte sich ein paar kurze Augenblicke lang gestattet, sie zu vergessen. Jetzt kehrte der Gedanke an sie mit neuer Gewalt zurück.

Dies sollte kein vergnüglicher Abend werden. Sie würde nicht tanzen, nicht flirten, sich nicht sorglos an der Musik, dem Essen, dem Wein, der Gesellschaft der besten Familien Frankreichs oder der gutgelaunten Truppe erfreuen. Sie war eines bestimmten Vorhabens wegen hier, und sie mußte es ausführen. Sie mußte dafür sorgen, daß Roderic in der Nähe der Eingangstür blieb, durch die bald der König von Frankreich eintreten würde.

Er zeigte keinerlei Neigung, sich vom Fleck zu bewegen. Es sah vielmehr so aus, als hätte er vor, sich keinesfalls mehr als ein paar Meter vom Eingang zu entfernen. Die Truppe hatte sich wie in einem disziplinierten militärischen Manöver verteilt, so daß sie fast ein Ring von weißen Uniformen umgab. In Roderics und ihrer Nähe hielt sich einer der Zwillinge auf – Jared, vermutete sie –, während hinter ihm Luca bei Juliana stand, die beide mit einem geckenhaften kleinen Mann in lavendelfarbener Weste redeten. Der andere Zwilling, Jacques, plauderte zu ihrer Linken mit einem Prälaten im Bischofsornat. Trude und Estes hielten sich auf der gegenüberliegenden Seite des Kreises auf, kaum voneinander getrennt. Trude unterhielt sich mit einem älteren Roué, und der italienische Graf überhäufte eine Matrone und ihre Tochter mit so absurden Galanterien, daß das Mädchen hinter vorgehaltener Hand kicherte.

Obwohl sie sich vollkommen gelöst gaben, strahlten sie jedoch das Gefühl äußerster Konzentration aus. Die Truppe war auf der Hut, daran konnte es gar keinen Zweifel geben. So wachsam waren sie, so gleichmäßig um den Prinzen und die Tür verteilt, daß Mara spürte, wie sich ihre straffen Nerven noch weiter anspannten. Sie warf Roderic einen kurzen Seitenblick zu und entdeckte, daß er sie aufmerksam beobachtete. Seine Miene war verschlossen, seine Augen hart wie blaues Glas.

Etwas stimmte nicht, das wußte sie mit erstickender Gewißheit. Das Gefühl, in einer Falle festzusitzen, aus der es kein Entrinnen gab, war so stark, daß sie sich nicht zu rühren vermochte.

Von draußen drang nun schwacher Lärm herein, der von der Ankunft mehrerer Kutschen kündete. Louis Philippe und seine Entourage waren eingetroffen. Ein aufgeregtes Flüstern lief durch den Saal. Das Stimmengemurmel wurde lauter und erstarb dann. Die Vicomtesse eilte aus dem Raum, und das Klappern ihrer hochhackigen Schuhe verriet, daß sie die Treppe hinunterlief. Dann hörte man, wie unten eine Tür geöffnet wurde, wie die Gastgeberin mit aufgeregt hoher Stimme eine förmliche Begrüßung aussprach und ihr der König tiefer und langsamer antwortete. Eine Pause entstand, während die Männer und Frauen, die ihn begleiteten, Angehörige seines Hofes und Leibwachen, ebenfalls begrüßt wurden, und schließlich kamen die schweren, gemessenen Schritte des nicht mehr ganz jungen Louis Philippe die Treppe herauf, der, wie es ihm zustand, seiner Gastgeberin und allen anderen vorausging.

Die Musik erstarb. An der Tür entstand jetzt Bewegung, weil die Versammelten Platz machten für die rituellen Hofknickse und Verbeugungen, die beim Erscheinen ihres Souveräns auszuführen waren. Aus dem Augenwinkel erspähte

Mara einen Kellner, der aber in weiße Hosen statt in die schwarzen gekleidet war, die von den anderen Dienern getragen wurden. Er drängte sich vor, als wolle er unbedingt einen Blick auf den König erhaschen, aber eine Hand hatte er unter seiner Jacke versteckt. Er trug keine Bänder oder Tressen auf seiner Jacke, und seine Hose war streifenlos, aber mit der Wucht eines Faustschlags kam Mara die Erkenntnis, daß er fast wie einer aus dem Kader aussah.

In ihrer Brust wurde es eng. Ein roter Schleier senkte sich vor ihre Augen. Jeder Schritt auf den Marmorstufen hallte wie das Knirschen eines Mühlsteins in ihren Ohren. Immer näher kamen sie. Sie konnte die angespannte Konzentration des Mannes an ihrer Seite spüren, seine sprungbereite, raubtierhafte Aufmerksamkeit.

De Landes hatte sich ihr genähert und stand jetzt nur ein paar Schritte von ihr entfernt. Er konzentrierte sich jedoch nicht auf sie, sondern auf die Tür. Er starrte mit einem verzerrten Grinsen auf die Öffnung, während die Schritte lauter wurden, näher kamen und sich verlangsamten, kurz bevor der König den oberen Treppenabsatz erreicht hatte.

Sie hielten inne, näherten sich dann zügig, während Louis Philippe die Galerie überquerte und auf die breite Doppeltür zuging. De Landes warf einen hastigen Blick hinter sich und starrte dann triumphierend auf den Prinzen. Mara, die kein Auge von ihm ließ, hatte bemerkt, daß der düstere Mann erst auf den Kellner geblickt hatte, der inzwischen nur noch wenige Meter entfernt war. In wenigen Sekunden würde der König erscheinen. Schweigen fiel über den Raum, und alle Blicke waren der Tür zugewandt.

Von einem unkontrollierbaren Impuls getrieben, berührte Mara mit der Hand den Arm des Prinzen. Ängstlich flüsternd und die Worte durch ihre enge Kehle zwingend, sagte sie: »Passen Sie auf, Roderic, bitte passen Sie auf –«

Bewegung entstand an der Tür. Die Brust des Majordomus, dem es oblag, ankommende Gäste anzukündigen, schwoll an, als er Luft holte. »Seine Majestät Louis Philippe, König der Franzosen!«

Der König trat in den Raum, ein lang geübtes huldvolles Lächeln auf dem faltigen Gesicht und den faßrunden Leib würdevoll und königlich aufrecht haltend. Seide und Taft raschelte, als sich die Versammlung niedersenkte und verneigte wie Weizen unter dem Wind, um ihren Respekt zu bezeugen.

In diesem Augenblick zog der weißgekleidete Kellner eine Pistole und sprang vor. Mit einer Bewegung wie eine losknallende Peitsche war Roderic bei ihm und schlug den Arm des Kellners nach oben. Der Schuß explodierte mit einem rollenden Donner, der das Kristall am Lüster zum Klingeln brachte und Putz von der Decke rieseln ließ.

Schreiend und kreischend wichen die Gäste zurück. In dem plötzlichen Aufruhr wurden Rufe laut: »Mord! Mord! Sie haben den König erschossen!« Der Kordon von Roderics *garde du corps* zog sich zusammen, schloß sich um den König, schob ihn zurück durch die Tür und in die sicheren Arme seiner Untergebenen. Während dem Potentaten ein Weg aus dem Saal gebahnt wurde, strömten Männer und Frauen auf den Eingang zu und umringten die Gruppe der Kämpfer, wo Roderic und Michael den Kellner in sicherem Griff hielten.

Plötzlich hörte man ein flüsterndes Zischen, dann einen dumpfen Schlag. Es war ein tödliches Geräusch. Der Kellner bäumte sich auf und fiel dann in sich zusammen. Ein Messerschaft ragte aus seiner Brust auf. Panik ergriff die nächststehenden Gäste. Schreiend, plappernd, rufend, fluchend drückten und drängelten sie und trampelten einander auf der Flucht zum Ausgang auf die Zehen.

Mara stand vollkommen reglos da. Sie sah, wie de Landes sich aus der Menge um den Kellner fädelte, sah, wie er sich umdrehte und mit blankem Entsetzen im Gesicht davonlief.

Eine starke, feste Hand umklammerte ihren Arm. Sie sah die weiße Uniform, und gleich spannte sich jeder Muskel an.

»Keine Angst«, sagte Michael. Sein dünnes, ernstes Gesicht war gerötet, und er stützte sie, damit sie nicht von der Menge herumgeschubst wurde. »Ich bin es nur. Ich soll Sie hier herausbringen, Befehl von Roderic.«

»Nein«, rief sie, »ich kann nicht mitkommen!«

»Sie können hier nicht helfen. So konfus es auch aussehen mag, ich versichere Ihnen, Roderic hat alles unter Kontrolle. Kommen Sie.«

Halb schob, halb zog sie Michael durch die drängelnde Menschenmenge, sich mit Ellbogen und Fäusten rücksichtslos einen Weg bahnend. Jeder weitere Protest schien vergebens. Selbst wenn sie sich Michael verständlich machen könnte, würde er die Befehle seines Cousins, des Prinzen, keinesfalls mißachten. An niemanden in der aufgewühlten Menge konnte sie sich wenden, niemand konnte ihr helfen. Es schien das Beste zu sein, zu tun, wie ihr befohlen, bis dieser Aufruhr sich gelegt hatte. Später konnte sie sich dann darüber Gedanken machen, was sie tun sollte.

Sie verließen den Saal durch eine Seitentür, die auf eine Hintertreppe führte. Offenbar war dieser Ausgang nicht zufällig gewählt, denn am Fuße der schmalen Stiege trafen sie auf Luca mit Juliana im Schlepptau, zudem Trude und Estes mit den Mänteln. Aber auch andere wußten von diesem Hinterausgang, denn sie konnten ihre Schritte auf der Treppe hinter sich hören.

Keine überflüssigen Worte wurden gewechselt. Sie eilten durch einen dunklen Gang, der vom Fuß der Treppe abging, und platzten aus einer Tür in einen Nebenhof. Sie überquerten ihn. Vor ihnen lag ein kleiner Garten mit Kieswegen und einem Tor, das wiederum auf den Haupthof führte, wo ihre Kutsche, bereits der Straße zugewandt, wartete. Hinter der Kutsche standen die Pferde der Truppe. Augenblicklich wurden Mara und Juliana in die Kutsche geschoben und die anderen saßen auf. Michael rief einen Befehl, und sie preschten los, weg von den hellen Lichtern und der Verwirrung im Stadthaus der Vicomtesse Beausire.

Die Kutsche schwankte, schaukelte und ratterte mit einem Tempo über die Pflastersteine, daß Maras Zähne zu klappern begannen. Sie klammerte sich an die samtene Halteschlaufe und starrte hinaus in die Dunkelheit. Ihr Körper bebte nicht nur vom Schaukeln der Kutsche, sondern auch vom Schreck über das Vorgefallene.

Ein Attentat. Der Gedanke war ihr gekommen, aber sie hatte nicht wirklich daran geglaubt. De Landes hatte gewußt, daß der Mordversuch stattfinden sollte, das war klar. Weniger klar war dagegen, ob der Prinz, wenn es nach de Landes gegangen wäre, den Anschlag hatte verhindern oder als Sündenbock dastehen sollen. Letzteres schien wahrscheinlicher – aber schließlich hatte sich der Mann der Kompliziertheit seines Planes gerühmt. In Anbetracht seiner Position im Ministerium Louis Philippes war nicht einzusehen, warum er den König umbringen wollte. Hatte er geglaubt, in irgendeiner Weise zu profitieren, wenn das Attentat auf den König fehlschlug? Hatte er dafür gesorgt, daß Roderic und seine Truppe, die für die Vereitelung solcher Verbrechen berühmt waren, die Dreckarbeit erledigten, während er den Ruhm dafür einheimste?

Aber wer würde König, wenn Louis Philippe getötet werden sollte? Der junge Comte de Paris, Enkel des Königs, dessen Vater vor fünf Jahren bei einem Kutschenunfall ums Leben gekommen war, war der Thronfolger. Zweifellos würde eine Regentschaft einberufen, wenn er den Thron bestieg, die vielleicht von seiner Mutter Helen von Mecklenburg-Schwerin ausgeübt würde. Aber auch ehrgeizige Männer könnten in einem solchen Fall dem Thron näher kommen, Männer wie de Landes, die vorauszudenken verstanden. Konnte das dahinterstecken?

Machte es einen Unterschied? Der König war nicht ermordet worden. Roderic und seine Männer waren eingeschritten und hatten das verhindert. Der Kellner, der das Attentat ausgeführt hatte, war bestimmt tot, und mit ihm war der Name des Mannes und der Grund, weswegen er ein solches Risiko eingegangen war, ins Grab gegangen.

In jenem Moment, als der Kellner erstochen wurde, hatte sie instinktiv auf das neueste Mitglied der Truppe, auf Luca den Zigeuner geschaut. Er hatte in der Nähe gestanden, obwohl sie nicht sagen konnte und lieber keine Vermutungen darüber anstellen wollte, ob er die todbringende Klinge geworfen hatte – und wenn ja, auf wessen Befehl.

An diesen Dingen hatte sie keinen Anteil. Eine andere Frage beschäftigte sie viel mehr: Würde de Landes zu dem Schluß kommen, daß sie versagt hatte, und wenn ja, was würde er dann mit ihrer Großmutter machen? Eine weitere Frage war, ob Roderic sich im klaren darüber war, daß sie ihn wohlüberlegt in das Fiasko heute nacht hineingezogen hatte. Sie fragte sich auch, ob es einen Grund außer ihrer persönlichen Sicherheit dafür gab, daß er Michael befohlen hatte, sie zu retten und ins ruthenische Haus zurückzubringen. Und wenn ja, was hatte er dann mit ihr vor? Ihre Angst wurde nicht gerade beschwichtigt, als sie im Licht einer vorbeiziehenden Gaslaterne bemerkte, wie Juliana sie mitleidig anschaute.

Mara befeuchtete sich die trockenen Lippen. »Wo ist Roderic? Warum ist er zurückgeblieben?«

»Es wird eine offizielle Untersuchung geben«, antwortete Juliana mit ruhiger Stimme. »Alle, die am Geschehen beteiligt waren, werden ihre Version der Ereignisse zu Protokoll geben müssen. Zweifellos wird König Louis Philippe persönlich Bericht erstattet haben wollen, vor allem angesichts der Position meines Bruders hier.«

»Seiner Position?«

»Als offizieller Repräsentant unseres Landes.«

»Ich verstehe. Glauben – glauben Sie, daß auch wir zum Verhör gerufen werden?«

»Das erscheint mir unwahrscheinlich. Dies ist eine der wenigen Gelegenheiten, bei denen es von Vorteil ist, eine Frau zu sein. Jedenfalls«, fügte Roderics Schwester abwägend hinzu, »glaube ich, können wir uns darauf verlassen, daß Roderic uns abschirmt.«

Waren die Worte absichtlich doppelsinnig gewählt? Mara konnte nicht sicher sein, und sie wagte nicht zu fragen.

Als sie wieder im ruthenischen Haus waren, begannen sie zu warten, wenn sie auch nicht genau wußten, worauf. Wie auf eine wortlose Absprache hin versammelten sie sich im Empfangssalon, da der Anlaß schon fast formellen Charakter hatte. Hastig wurde ein Feuer entfacht und wurden Tabletts mit Wein und verschiedenen Kleinigkeiten und Keksen gebracht. Hitzige Wortwechsel entspannen sich darüber, was wann eigentlich tatsächlich geschehen war. Sie sprachen auch über das Warum, allerdings nicht über den Grund für ihre Anwesenheit, dank derer sie es hatten verhindern können. Es war, dachte Mara, eine Übung in vollendeter Diplomatie.

Roderics Truppe war nicht dumm, weder als Kollektiv noch einzeln. Sie wußten, daß ihr Prinz nicht vorgehabt hatte, den Ball zu besuchen, wußten, daß er seine Pläne ihretwegen geändert hatte. Sie hatten Befehle, die Ankunft des Königs betreffend, erhalten, und sie wußten, daß diese Befehle vor ihr geheimgehalten worden waren. Sie mußten vermuten, daß sie irgendwie in die Affäre verwickelt war. Sie enthielten sich jedoch eines Urteils, sondern warteten auf Roderics Rückkehr. Allgemein herrschte das Gefühl vor, daß der Prinz Gründe hatte, die niemand kannte oder erraten konnte. Dennoch verhielten sie sich nicht mit der üblichen Wärme ihr gegenüber. Zugleich behandelten sie sie mit einer brüsken Fürsorge, die normalerweise einem Todeskandidaten auf dem Weg zum Schafott vorbehalten ist.

Der Tag brach bereits an, als Roderic schließlich zurückkehrte. Er war kurz angebunden und bissig. Er habe, sagte er, fünf Stunden lang das leere Gewäsch und die Dummheit der Hofbeamten ertragen müssen und nichts weiter über den Mordversuch zu sagen. Der König steckte inzwischen im Bett und schlief den Schlaf der Gerechten. Der Kellner war gestorben, ohne noch etwas sagen zu können. Man wußte noch nicht genau, wer ihn getötet hatte; der Täter hatte das Hasenpanier ergriffen und war in der Menge untergetaucht. Seinetwegen, schlug der Prinz von Ruthenien vor, könnten sich alle ein Beispiel an diesen dreien nehmen und irgendeinem davon nacheifern. Alle außer Mara.

Innerhalb weniger Sekunden hatte sich der Salon geleert, und sie war allein mit dem Prinzen. Sie saß ruhig da, das Seidenkleid um sich gebreitet, das Hermelincape immer noch um die Schultern, und faltete die Hände im Schoß. Sie hielt sich stolz und aufrecht und musterte Roderic mit ruhigem Blick, aber innerlich bebte sie vor Angst und unter der bleiernen Schwere der Schuld.

Er blieb stehen, starrte ins Feuer, einen gestiefelten Fuß auf die massive Messingumrandung gestützt, bis sich die Augenblicke ins Endlose zerdehnten. Sein königliches und militärisches Gebaren verlieh ihm erdrückende Autorität. Seine flüssigen, doch kontrollierten Bewegungen sprachen von gezügelter Macht. In dem weichen Tonfall, mit dem er sie ansprach, lag unberechenbare Bedrohung.

»Wer sind Sie?«

»Ich –«

»Nicht!« Seine Stimme schnitt ihr das Wort ab wie eine Schwertklinge, bevor er weitersprach. »Es wäre ein Fehler zu glauben, daß Ihnen eine neuerliche Lüge weiterhelfen würde.«

»Nein, das glaube ich nicht«, sagte sie ruhig. »Ich heiße Marie Angeline Delacroix.«

»Mara.«

Sie starrte ihn ohne jede Überraschung an. Sie hatte gemutmaßt, daß sein Informationssystem zu gut organisiert war, daß er bereits wußte, wer de Landes war oder wenigstens seine Identität überprüft hatte, nachdem er sie mit ihm in Hugos Salon gesehen hatte. Es mußte eine Kleinigkeit für ihn gewesen sein, herauszubringen, wer sie war. »Warum? Warum haben Sie mich weitermachen lassen?«

»Ihnen mangelt es an den Qualitäten einer wahren Verschwörerin. Außerdem war ich neugierig.« Seine Worte kamen knapp und klangen, als würde er sich über sich selbst lustig machen.

»Wirklich? Worauf?«

»Ich wollte sehen, wie weit Sie gehen würden.«

Die Farbe wich aus ihrem Gesicht. Er sah es und hatte das unerklärliche Gefühl, einen wehrlosen Gegner niedergestreckt zu haben. Seine Wut war nicht besänftigt, aber dennoch sollte er wenigstens gerecht bleiben. Er machte unvermittelt eine verneinende Geste und gestattete sich, den Blick zu senken. »Es war eine neue und bezaubernd charmante Erfahrung. Um den Zweck dahinter zu erkennen, mußte ich mitspielen.«

»Die Neugier ist Sie teuer zu stehen gekommen«, sagte sie und berührte mit der Hand die Perlen unter ihrem Hals.

»Nicht außergewöhnlich.«

Erstaunlich, welchen Schmerz ein paar Worte auslösen konnten. Sie schluckte und fuhr dann fort: »Nun, wenigstens ist es vorüber. Was immer Sie auch denken mögen, ich bin froh, daß der König in Sicherheit ist.«

»Das ist wahrlich eine große Erleichterung. Vielleicht wird das nächste Attentat, das Sie vorbereiten, ähnlich unproduktiv enden, damit Ihr zartes Gewissen nicht belastet wird.«

»Es wird keines mehr geben.«

»Beweisen Sie es mir, dann werden wir alle fröhlich singen und dankend den Herrn preisen.«

Sie hob den grauäugigen Blick und begegnete der lodernden Ironie in seinen Augen. »Was wollen Sie von mir? Soll ich sagen, daß es mir leid tut? Also gut. Ich werde ewig bedauern, was für eine Rolle ich bei dem Vorfall gespielt habe. Werden Sie mich jetzt gehen lassen?«

»Gehen lassen? Nichts unter Gottes blauer Himmelskuppel wird mich dazu bringen.«

»Aber das müssen Sie!« Sie mußte fort, mußte sich mit de Landes in Verbindung setzen, um herauszufinden, was er mit Grandmère Helene vorhatte.

Er trat zu ihr, so daß sie in seinem Schatten stand. Trotz der Ruhe war seine Stimme vollkommen unbeugsam. Endlich kam er auf das, was er wissen wollte. »Muß ich? Nehmen Sie Ihren Mut zusammen, Mara, meine Chère. Durchforsten Sie Ihr Gehirn und fachen Sie die kalte Asche Ihres Herzens zu neuer Glut an. Sagen Sie mir etwas, das ich glauben kann. Nennen Sie mir einen Grund, warum ich so etwas tun sollte.«

Sie biß sich auf die Lippe. »Ich könnte es Ihnen sagen, aber Sie würden mich nicht verstehen.«

»Mein Verstand hat ein oder zwei Ebenen, die Sie bislang noch nicht erforscht haben. Ich würde Ihnen zu dem Versuch raten.«

Die bronzene Fläche seines Gesichts war hart und von kalter Entschlossenheit, aber hinter dem blauen Gleißen seiner Augen lag unergründliche Stille. Ihre Antwort war ihm wichtig. Er würde sie nicht weiter drängen, aber er würde eine Antwort bekommen, ganz gleich, wie lange er warten mußte. Einen Augenblick lang hatten Urteil und Verdammung keine Bedeutung mehr, aber im Ausgleich verlangte er nicht weniger als die absolute Wahrheit. Was er von ihr wollte, das begriff sie mit paralysierender Gewißheit, war die bedingungslose Kapitulation.

Und sie konnte sich nicht leisten, ihm diesen Wunsch abzuschlagen, selbst wenn ihr das klug erschienen wäre.

Sie atmete tief ein. Mit gepreßter Stimme sagte sie: »Es geht um meine Großmutter.«

»Ihre Großmutter.«

Die Worte klangen verständnislos. In einem unerwartet befriedigenden Augenblick begriff Mara, daß es ihr gelungen war, ihn zu überraschen, doch der Augenblick verging. Stück für Stück erzählte sie ihm die ganze Geschichte, von Dennis Mulholland und seinem Tod, von der Reise nach Paris, von de Landes und Grandmère Helenes Spielsucht und von deren Konsequenzen. Sobald sie einmal zu sprechen begonnen hatte, konnte sie nicht mehr aufhören. Langsam stiegen ihr die Tränen in die Augen, als sie ihm von ihren Ängsten um die alte Dame erzählte und von ihrer Angst davor, was de Landes mit ihr anstellen mochte, um sich für den Fehlschlag vom vergangenen Abend zu rächen.

»Sie müssen mich gehen lassen«, sagte sie mit fast gebrochener Stimme und streckte ihm die Hand entgegen. »Ich muß de Landes finden und ihn überreden, mich zu Grandmère zu lassen, damit ich weiß, wie es ihr geht. Sie ist alt und gebrechlich und – und daran gewöhnt, daß alles nach ihrem Kopf geht. Sie wird es nicht lang ertragen, gegen ihren Willen festgehalten zu werden. Ich habe getan, was er von mir verlangt hat, also wird er sie vielleicht freilassen oder mir wenigstens eine andere Möglichkeit geben, die Schulden zurückzuzahlen.«

Er drehte sich abrupt um und entfernte sich von ihr. »Was ist mit Ihrer Schuld mir gegenüber?«

»Welcher Schuld?« Entsetzt blickte sie seinen breiten Rücken an. »Der Schuld des Betruges.«

Sie erhob sich und eilte um ihn herum. »Sie verstehen mich nicht! Meine Großmutter –«

»Ich verstehe. Und um eines Blutbandes willen soll ich zulassen, daß Sie sich mit einem Verräter prostituieren? O nein, Mara. Nein.«

»Das würde ich nicht!«

»Wirklich nicht? Und wenn es notwendig wäre? Loyalität ist zwar ein bewundernswerter Wesenszug, aber ich möchte ihn nicht über Gebühr beanspruchen, nicht um diesen Preis.«

Sie wandte den Blick von ihm ab, sah auf ihre Hände. »Was kann ich sonst tun?«

»Sie können alles mir überlassen.«

Aus den Worten klang das Versprechen konzentrierter Aktion. Mit weiten Augen riß sie den Kopf hoch. »Ihnen? Wie meinen Sie das?«

»Ich werde Ihre Großmutter finden und sie Ihnen zurückgeben.«

Sie zweifelte nicht daran, daß er genau das tun konnte oder würde. »Warum? Warum sollten Sie so etwas tun?«

»Sagen wir«, antwortete er unverbindlich, »daß ich ein rachsüchtiger Mensch bin. Ich mag es nicht, wenn man mich zum Narren hält. Wenn ich Ihre Großmutter befreie, angenommen es gibt diese Großmutter, dann habe ich de Landes um seinen Vorteil gebracht. Sie wird dann meine Geisel.«

»Ihre? Aber zu welchem Zweck?«

Er lächelte mit einem kurzen Zucken der Mundwinkel, das seine Augen unberührt ließ. »Oh, damit Sie sich in und außerhalb meines Bettes anständig betragen. Wozu sonst?«

Er drehte sich von ihr ab und ging zur Tür, wo er einen Lakaien beauftragte, die Truppe zu holen.

Die Zigeuner fanden Grandmère Helene. Sie durchkämmten jedes Dorf, jeden Schuppen, jeden Hühnerstall. Sie sahen und hörten alles, während sie Pferde kauften und verkauften, jonglierten, Akrobatik aufführten und auf Jahrmärkten Liebestränke verkauften oder die Zukunft weissagten. Sie erfuhren von jedem Fohlen, das geboren wurde, von jeder Henne, die Eier legte, und von jedem gefallenen Mädchen. Sie erfuhren ganz bestimmt, wenn ein Fremder in ihrem Bezirk war. Ein Suchbefehl wurde in *Calo* erteilt, reiste so schnell, wie ein Reiter reiten konnte. Man verlangte Auskunft über eine ältere Dame bestimmten Aussehens, die auf dem Landsitz eines Edelmannes festgehalten wurde. Die Antwort kam so schnell, als hätte der Wind sie hergetragen. Es gab eine solche Dame in einem Château im Loiretal, nicht weit von den Wäldern um Chambord. Sie war wohlauf und fröhlich, fürwahr äußerst liebenswürdig, wenn auch vielleicht ein bißchen verrückt.

Als die Nachricht eintraf, war das Rettungskommando bereits organisiert und bereit zum Aufsitzen. Eine Gruppe von Männern verließ Paris in der Dunkelheit vor dem Morgengrauen im Tempo der schnell rollenden Kutsche, die in ihrer Mitte fuhr. Die tiefliegende, langgestreckte Kutsche war grau und schwarz lackiert. Drinnen lag Juliana auf den Kissen und versuchte zu schlafen, während Mara aufrecht saß und in die Dunkelheit starrte. Die Schwester des Prinzen war mitgekommen, weil sie sich das Ereignis um keinen Preis entgehen lassen wollte, Mara, weil sie ihre Großmutter wiedersehen wollte – und weil Roderic darauf bestanden hatte. Sie glaubte, daß er ihr nicht genug vertraute, um sie allein im ruthenischen Haus zurückzulassen. Allerdings hatte er behauptet, daß ihre Anwesenheit ihre Großmutter beruhigen sollte, wenn sie mit ihren zukünftigen Rettern konfrontiert würde.

Mara hätte sich keine angenehmere Reisegefährtin wünschen können als Juliana. Sie beklagte sich nicht und begann nicht wegen jeder Kleinigkeit zu plappern und nervös zu werden, und sie blieb auf ihrer Seite der Bank. Andererseits schränkte ihre Fähigkeit, auch unter wenig idealen Gegebenheiten Schlaf zu finden, ihre Qualitäten als Ablenkung erheblich ein.

Mara konnte nicht schlafen, hatte ihre Augen in den achtundvierzig Stunden seit dem Ball kaum geschlossen. Nachdem Roderic die Truppe zusammengerufen und seine Pläne dargelegt hatte, war sie in ihr Zimmer gegangen. Sie hatte es nicht verlassen, obwohl sie damit gerechnet hatte, von Roderic gerufen zu werden. Nichts war geschehen. Sie war mit ihren Gedanken und Ängsten allein geblieben.

Die erste Angst bestand darin, daß sie erfolglos wären. Entsetzt malte sie sich aus, daß de Landes, einen Rettungsversuch vorherahnend, ihnen vorauseilen, ihre Großmutter wegbringen oder sie sogar umbringen würde; oder daß er andernfalls eine unüberwindliche Wache aufstellen würde. Die zweite bestand darin, daß sie Erfolg haben würden, daß Roderic triumphierend mit ihrer Großmutter nach Paris zurückkehren würde, wo Grandmère Helene dann in allen intimen Details mitansehen müßte, wie ihre Enkelin durch die Hände des Prinzen entehrt wurde, wohl wissend, daß sie selbst der Grund dafür war.

Es gab noch eine dritte Angst. Ihretwegen sah sie immer und immer wieder die Szene im Haus der Vicomtesse Beausire vor ihrem inneren Auge. Sie sah den Kellner und die Männer um ihn herum, den seufzenden Stoß des Wurfmessers. Wer hatte den Mann getötet?

Vielleicht war es eine übereifrige Leibwache des Königs gewesen, die den Monarchen schützen wollte. Vielleicht war es auch ein erzürnter Gast gewesen, der sich für die Gefahr rächen wollte, in die der Kellner die Anwesenden gebracht hatte. Aber vor allem konnte es der Prinz und seine Truppe gewesen sein, die Männer, die ihn festgehalten hatten. Vielleicht hatte Roderic selbst den Mann zum Schweigen gebracht, der als einziger wußte, welche Rolle er tatsächlich gespielt hatte.

Verdächtigungen. Sie waren düster und gefährlich und nagten an ihr. Es wäre besser gewesen, sie offen auszusprechen. Aber wie konnte sie das? Die schlimmste Bedrohung solcher Verdächtigungen besteht in der Angst, daß sie sich bestätigen könnten.

Was würde es bedeuten, wenn Roderic den Befehl zum Mord an dem Kellner gegeben hatte? Würde es, konnte es bedeuten, daß Roderic selbst das Attentat geplant hatte? Roderic, der mit seinem auffälligen Eingreifen die eigentliche Tat vertuschen wollte und sie dann aus unerfindlichen Gründen verhindert und das Instrument beiseite geschafft hatte, um sich selbst zu schützen?

Das entsetzte Gesicht de Landes' ging ihr nicht aus dem Kopf. Hatte er sich vor einer Entdeckung gefürchtet? Oder war er entsetzt über die Männer gewesen, die er unwissentlich auf sein Land losgelassen hatte?

Und was würde jetzt geschehen? Würde der Prinz sie bei sich behalten, bis er ihrer müde war? Würde er sie mit einer großzügigen Summe als Bezahlung gehen lassen, um seine Dankbarkeit zu bezeugen? Oder würde man sie eines Morgens in einer Gasse finden, vollkommen unkenntlich gemacht, als eine Frau, die die Gunst eines wichtigen Mannes gewonnen hatte, aber zuviel wußte?

Skrupellos. Der Prinz war skrupellos. Er hatte sie mit sich nach Paris genommen, als wäre sie ein streunendes Tier, das er gefunden hatte. Er hatte Trudes Gesicht mit seinem Schwert zerkratzt, um ihr irgend etwas zu beweisen. Er benutzte Männer und Frauen, um seine Ziele zu erreichen, entlockte ihnen alle nützlichen Informationen und schickte sie dann fort. Er nahm ihre Ergebenheit, ihre Loyalität an, wie bei Luca, und was gab er ihnen dafür? Schöne, strahlende Worte. Die Ehre seiner Anwesenheit. Aufregung. Kurze Augenblicke, in denen sie sich ganz lebendig fühlten, in denen sie auf der scharfen und gefährlichen Schneide des Vergnügens lebten. Nichts Solides. Nichts von Dauer.

Die Kutsche rumpelte weiter. Sie ließen Paris hinter sich, fuhren Richtung Süden. Die Hügel hoben und senkten sich. Sie kamen an Stoppelfeldern und Obstgärten vorbei, deren Apfel-, Birn- und Pfirsichbäume noch die letzten Blätter trugen. Sie kamen durch Dörfer, deren Häuser in die verwinkelten Straßen ragten und sich aneinanderdrängten, als wollten sie sich gegenseitig stützen. Hunde bellten, Kühe muhten. Bauern starrten ihnen mit offener Neugier nach, wenn sie in einer Staubwolke vorüberzogen.

Sie verbrachten die Nacht in einem kleinen Ort, aßen Bohnen und Fleisch und tranken einen ausgezeichneten Rotwein, bevor sie in die Federbetten fielen und traumlos schliefen. Am Morgen zogen sie in aller Frühe weiter.

Und schließlich kamen sie ins Loiretal, wo der Fluß in weiten, gemächlichen laubgrünen Kurven dahinfloß. Hier lagen

Dutzende Châteaus, Monumente, die vom Reichtum und Amüsement von Generationen des französischen Adels kündeten. Es gab mittelalterliche Burgen und Märchenschlösser, Jagdschlößchen, mönchische Zufluchten und *Châteaux de plaisance*. Hier hatten die königlichen Mätressen gelebt und Protestanten zu Dutzenden an den Zinnen der alten Burgen gehangen. Hier hatte man gelacht und Tränen vergossen, hier waren Prunk und Glorie einst zu Hause gewesen, doch inzwischen vergessen, seit die Revolution diesem Leben ein Ende gesetzt hatte.

Sie fuhren über gewundene Straßen, passierten die Zigeuner, die am Flußufer lagerten, durchquerten Wälder, die einst »königlich« als Adjektiv geführt hatten. Sie sahen die verfallenen Aquädukte und Straßen, die das alte Rom hinterlassen hatte, die Städte, deren gotische Kathedralen hoch über den Fluß ragten und denen die Zeit nichts anzuhaben schien. Und im Dunkel der Nacht, als ein runder gelber Mond sich senkte, kamen sie schließlich zu dem Château, das de Landes als seines bezeichnete.

Es war ein baufälliges Steingemäuer, der Stolz eines Architekten längst vergangener Zeiten, inzwischen hinfällig und kaum mehr bewohnbar. Fledermäuse umflogen die moosbewachsenen Türme mit den blinden Fenstern und geschnitzten Kreuzen, und Efeu zog seine dunkle Spur über die Mauern. Der Wald, durchsetzt von Stoppelfeldern, schob sich bis an die Tore heran. Die Truppe ließ sich im Schatten der Baume nieder und wartete.

12. Kapitel

Die Dämmerung, jene Zeit, in der die Wahrnehmung am leichtesten trügt und der Mensch am tiefsten schläft, war als Angriffszeit auf das Château gewählt worden. Der Prinz erteilte, obwohl sie kaum vonnöten schienen, ein paar kurze Weisungen, bevor man sich ans Werk machte. Jeder kannte seinen Platz und seine Aufgabe. Es war nicht einer unter ihnen, der nicht begriffen hätte, daß ein Fehltritt, ein einziger unbedachter Augenblick den Tod bedeuten konnte. Sie waren bereit, gestählt durch endloses Üben, sorgfältige Vorbereitung und mitleidige Kommentare über ihre wenigen Schwächen. Sie wären nicht hier, wenn sie ihrer Aufgabe nicht ganz und gar gewachsen gewesen wären. Diese Versicherung hatte ihnen ihr Prinz gegeben, dessen Ansprüche nicht leicht zu befriedigen waren.

Mara war wieder in Michaels Obhut gekommen. Falls ihm diese Pflicht lästig war, dann ließ er sich das nicht anmerken. Er führte sie mit einer leichten Berührung am Arm, einem geflüsterten Vorschlag auf ihrer geisterhaften Wanderung durch den Wald. Sie war dankbar für seine Fürsorge, und auch dankbar, daß nicht Roderic an ihrer Seite sie zum Château führte. In diesen entscheidenden Augenblicken zweifelte sie aus ganzem Herzen an seinen Zielen und an seinen Mitteln, sie zu erreichen. So sicher, wie das Morgenlicht die Nacht verbannen würde, so sicher hätte er ihre Zweifel gespürt.

Das wollte sie nicht. Sie wollte ihn nicht mißtrauischer ihr gegenüber machen, als er ohnehin war, und sie wollte keinesfalls den Versuch gefährden, ihre Großmutter in seine Hände zu bringen. Nachdem sie die Alternativen ausgiebig abgewogen hatte, hatte sie befunden, daß sie lieber in der Schuld des Prinzen stand als in de Landes'. Falls diese Entscheidung einen tieferen Grund haben sollte, dann wollte sie lieber nicht darüber nachdenken.

Die Mauern des Châteaus ragten hellgrau und massiv vor ihnen auf. Ein schmaler Streifen offenen Feldes lag zwischen ihnen und dem Schatten der Steine. Einer nach dem anderen huschten die Mitglieder das Kaders darüber und verschwanden im Schatten der Außenwand. Irgendwo rief trauernd eine Eule. Eine Maus quiekte im Stroh und war wieder still.

Dann waren Michael und Mara an der Reihe. Er nahm ihre Hand. Mit der anderen hob sie ihre Röcke. Gebückt eilten sie über die Lichtung, jeden Schattenfleck ausnutzend. Sie preßten sich an die Mauer und blieben keuchend stehen, um auf die anderen zu warten. Um sich herum konnten sie die geduckten Silhouetten der anderen ausmachen, die ihnen vorangegangen waren.

»Jetzt, meine Freunde«, sagte Estes leise, als sie sich alle unter der Mauer versammelt hatten. Wie auf ein Zeichen hin versammelte sich die Truppe um ihn, gruppierte sich, kletterte einer auf den anderen, bis sie eine Menschenpyramide errichtet hatten, so mühelos, als wären sie in der langen Galerie des ruthenischen Hauses.

»Hoppla!« war ein unterdrücktes Flüstern zu hören, als sie fertig waren und schwankend in der schnell weichenden Dunkelheit standen.

Roderic, der abseits gewartet hatte, drehte sich um. Er machte ein paar schnelle Schritte und kletterte dann die praktische Leiter hinauf, die sie darstellten. Sie endete kurz unter den Zinnen. Der Prinz überwand mit einem Sprung die letzten Zentimeter und klammerte sich mit der Hand am oberen Gesims fest. Seine geübten Muskeln anspannend, zog er sich auf den Sims hoch. Er setzte sich, machte eine schnelle, kurze Geste und wartete.

»Jetzt Sie, Mademoiselle«, rief der Italiener rauh flüsternd.

»Was? Der Prinz wird doch bestimmt das Tor öffnen können?«

»Wenn nicht, dann müssen Sie bei ihm sein, um die Alte zu beruhigen. Schnell. Wir haben keine Zeit zu verlieren.«

Richtig, die hatten sie nicht. Jede Sekunde der Verzögerung vergrößerte die Gefahr, entdeckt zu werden. Mara fluchte leise, aber höchst undamenhaft und begann, die menschliche Leiter zu erklimmen. Ihr Zorn verlieh ihr die nötige Kraft und den Willen, die Schultern der zuoberst Stehenden zu erreichen. Dann richtete sie sich langsam auf. Roderic reckte sich ihr entgegen. Sie zögerte nur einen Moment und hob dann die Arme.

Ihre Handgelenke wurden von Händen umklammert, die so gnadenlos zufaßten wie Handschellen. Sie wurde hochgezogen. Ein Arm umschlang ihre Taille und stützte sie, bis sie Halt gefunden hatte. Einen kurzen Augenblick war sie sich eines harten Schenkels und der kantigen Degenscheide unter sich bewußt, dann wurde sie halb über die Mauer geschubst und halb geschwungen. Bevor sie protestieren oder überhaupt erraten konnte, was er vorhatte, ließ er sie in seine Arme sinken und hielt sie so den Bruchteil einer Sekunde bis sie sich dem Boden entgegengestreckt hatte. Dann ließ er sie los.

Sie landete in einem würdelosen Haufen. Einen Augenblick später rollte sie seitwärts ab, während Roderic neben ihr landete. Sie öffnete den Mund, um wütend seine Klettermethoden zu kritisieren, schloß ihn aber wieder, als sie einen Ruf hörte.

»Wer da?«

.Roderics einzige Antwort bestand im Scharren der Degenklinge, die er mit einer Hand zog, während er mit der anderen Mara hinter sich schob. Die Schloßwache wich zurück, um Hilfe zu rufen und ebenfalls den Degen zu ziehen. Mit ein paar schnellen Schritten hatte der Prinz den Mann eingeholt. Ihre Klingen schlugen in einem Funkenregen aufeinander. Es war eine heftige, aber kurze Auseinandersetzung. Der Wachposten unterdrückte einen Schrei, als ihm der Degen aus der Hand geschlagen wurde und zitternd und senkrecht in einem Dunghaufen steckenblieb. Mit dem Knauf seines Degens versetzte Roderic dem Wächter einen harten Schlag ans Kinn. Der Wachposten sank zu Boden und blieb reglos liegen.

Ohne zu zögern trat Roderic über den Mann hinweg und rannte zu den Eisentoren des Châteaus. Mit einem einzigen Schwertstreich schnitt er das Seil durch, an dem das Gegengewicht hing. Das Gewicht donnerte zu Boden, und langsam schwangen die Tore auf. Die Truppe drang mit durchdringendem Geschrei, das von den Steinmauern widerhallte, ein.

Sie kamen gerade rechtzeitig, denn irgendwo öffnete sich eine Tür, und gelbes Licht fiel in den Eingangshof. Männer stolperten heraus, mühten sich eilig, ihre Uniform anzuziehen. Sie sahen die Truppe, hielten inne und hoben die Pistolen. Die flammenden Explosionen des Schießpulvers erblühten im Dämmerlicht wie kurzlebige Blumen. Die Truppe ging in Deckung und zog ebenfalls die Waffen. Der Lärm des Schußwechsels hallte im engen Hof wider, ließ die Tauben auffliegen und in den perlgrauen Himmel hochsteigen. Degen wurden gezogen. Das Morgenlicht glänzte silbern auf den Klingen, die gekreuzt und geschlagen wurden. Männer stöhnten vor Anstrengung. Flüche erschollen. Füße schlurften und stampften auf dem ungleichmäßigen Pflaster des Hofes vor und zurück.

Es waren nur wenige Wachen. Binnen kurzem war alles vorüber. Die Männer wurden gefesselt und gezwungen, sich hinzulegen. Einer unter ihnen, ein narbiger, zäh aussehender Veteran mit einer stark blutenden Kopfwunde, die ihn halb erblinden ließ, schien etwas Autorität auszustrahlen. Roderic wandte seine Aufmerksamkeit dem Mann zu, zog ihn hoch, bis er saß, und kniete sich dann über ihn.

»Wo ist euer Herr, de Landes?«

»Wer will das wissen?« knurrte der Mann.

Roderic plazierte seine Hand auf dem Schwertknauf. »Der Mann, der dich mit einem Schlag ins Paradies schickt, solltest du nicht antworten – und zwar mit dem nächsten Atemzug.«

Mara wartete, alle Muskeln angespannt. Sie fürchtete sich nicht nur vor der Antwort, die ihnen verraten würde, ob de Landes ihrer Großmutter etwas angetan hatte, sondern auch davor, gleich einen Mann sterben zu sehen. Da sie, die den Prinzen kannte, die ruhig ausgesprochene Drohung bereits glaubte, war es nicht überraschend, daß der Hauptmann des Châteaus in großen, perligen Tropfen zu schwitzen begann.

»Ich bitte um Vergebung, Monsieur. Wir – wir haben ihn seit Wochen nicht gesehen.«

»Bei euch ist eine alte Dame. Wo ist sie?«

»Meinen Sie Madame Helene? Sie ist in ihrem Bett, wo sonst?«

»Ist sie krank?« fragte Mara nervös.

Der Mann sah zuerst sie, dann Roderic verwirrt an. »Sie schläft, soweit ich weiß.«

Roderic riß den Mann auf die Füße. »Du wirst uns führen.«

»Sie werden ihr nichts tun?«

Auf diese Frage hin ließ die Anspannung der Truppe abrupt nach. Sie schauten sich an, und ein Lächeln legte sich auf ihre Mienen. Juliana trat als erste vor. »Trottel«, sagte sie ohne Groll. »Bring uns zu ihr.«

Mit donnernden Stiefeln und klirrenden Schwertern gingen sie durch das Tor des Châteaus, traten alte und brüchige Sättel, Reitzeug und Uniformstücke beiseite, bevor sie die große Eingangshalle durchquerten. Eine Wendeltreppe aus weißem Kalkstein führte nach oben. Sie bestiegen sie in einer Prozession, Roderic neben dem Gefangenen, gefolgt von Mara und den anderen. Zwei Stockwerke weiter oben verließen sie die Treppe und durchquerten eine weitere Halle voller Hirschgeweihe und uralter Sessel mit fadenscheinigen und mottenzerfressenen Polstern. Neben dem großen, hochragenden Kamin aus beschlagenem weißen Kalkstein war eine Tür in der Wand. Der Hauptmann der Wache blieb davor stehen.

Roderic schaute dem Mann ins Gesicht und hob dann die Hand, um anzuklopfen. Ruhig schallte das Geräusch durch den weiten Saal. Niemand antwortete. Er klopfte noch einmal.

»Wenn du gelogen hast –«, setzte Estes an.

»Ich habe nicht gelogen. Lassen Sie mich«, sagte der Hauptmann und donnerte mit den Fäusten gegen die Tür. Das Ergebnis war das gleiche. Nichts rührte sich.

»Beiseite«, befahl Roderic.

»Es ist nicht abgeschlossen«, sagte der Hauptmann.

Roderic starrte ihn ungläubig an, streckte dann die Hand aus und drückte die Klinke nieder. Sie gab sofort nach. Dann trat er zurück und nickte Mara zu, damit sie voranging.

Mara schluckte. Ihre Hand zitterte, als sie sie auf die Türklinke legte. Vielleicht war ihre Großmutter zu schwach, um aufzustehen oder sie zu rufen. Vielleicht hatte ihr Herz das lange Warten auf die Rettung nicht überstanden, und sie lag nun tot in diesem großen steinigen Mausoleum. Es gab nur einen Weg, die Wahrheit herauszufinden.

Grauenhaft langsam schwang die Tür auf. Das Zimmer lag im Halbdunkel, wurde nur durch das fahle Morgenlicht erhellt, das durch die vorhanglosen Fenster fiel. Ein riesiges

Bett unter einem Baldachin aus besticktem Satin, grau vor Staub und Alter, war zu sehen. Eine bemalte Truhe jener Art, die man einst Hochzeitstruhe genannt hatte, stand an einer Wand, und ein Sessel war vor den Kamin gezogen worden. Das war das ganze Mobiliar. Allerdings war auch ein Koffer und ein züchtiges weißes Nachthemd zu sehen, von Nonnen gefertigt und mit hohem Kragen und langen Ärmeln, das Mara als das ihrer Großmutter erkannte. Das Nachthemd war über den Sessel geworfen worden, als hätte sich ihre Großmutter hastig vor dem kleinen Feuer umgezogen, das in dem riesigen Kamin brannte.

Auf Maras Ruf hin versammelten sich die anderen hinter ihr im Zimmer.

Der Hauptmann leckte sich die Lippen, während er von einem grimmigen Gesicht ins nächste schaute. »Sie – sie muß schon nach draußen gegangen sein. Sie steht früh auf, die Madame.«

Sie stampften wieder hinaus, verließen das Gebäude durch eine Hintertür, die in eine kleine rückwärtige Passage führte. Dieser Gang verband die Küche mit den Dienstbotenkammern und führte zu den Ställen und weiteren Nebengebäuden, den Abort eingeschlossen. Sie durchsuchten die Küche, wo eine Vettel in fettiger Schürze gerade eine Kanne Kaffee kochte. Der Abort war diskret verdeckt. Der Hauptmann begann gerade zu stottern, als Mara, die auf ein Gebäude wie ein Hühnerstall starrte, erfreut aufschrie.

Grandmère Helene kam auf sie zu. Die Kapuze ihres Umhangs hatte sie zurückgeworfen, so daß ihr weißes Haar im Licht der aufgehenden Sonne leuchtete. Die Säume ihres Umhangs und ihres Kleides waren schwer und feucht vom Tau. In der Hand trug sie einen Korb voller Eier, während hinter ihr wie ein zahmes Hündchen eine Ziege spazierte, deren zwei Zicklein um sie tollten. Sie hob ihre Hand zu einem Winken, und ihr faltiges Gesicht überstrahlte ein warmherziges Lächeln.

»Guten Morgen«, rief sie fröhlich, während sie näher kam. »Ihr kommt alle gerade rechtzeitig für ein Frühstücksomelett.«

Als gute kreolische Hausfrau kannte sich Grandmère Helene mit dem Essen aus. Obwohl sie seit Jahren keine Mahlzeit mehr mit eigenen Händen zubereitet hatte, hatte sie ihre Küche immer persönlich überwacht, und die Speisen auf ihrem Tisch waren nach eigenen Rezepten erstellt, die sie in ihrer eleganten, fließenden Handschrift festgehalten hatte. Sie hatte ihre Bewacher nicht nur durch ihre ausgezeichneten Manieren, sondern auch durch die Qualität der Speisen, die sie ihnen bereitete, bezaubert, wozu sie die gesunden Landprodukte verwendete, die es hier gab. Die Ziege und die Hühner gehörten den Schloßverwaltern, einer Bauernfamilie, die von einem Diener jener Aristokratenfamilie abstammten, die einst das Schloß erbaut hatte. Seit der Revolution wohnten sie im Haupthaus. Die Eigentümer kamen und gingen mit den häufigen Regierungswechseln, aber die Verwalter blieben.

Der Hauptmann der Wache war der älteste Sohn des Verwalters, die Wachleute waren allesamt entfernte Verwandte. Grandmère war unglücklich über die Verwundungen, die sie sich bei der Verteidigung des Châteaus zugezogen hatten. Sie waren gut zu ihr gewesen, fast wie eine Familie. Sie verlangte, daß man ihre Wunden versorgte und daß sie noch vor dem Frühstück freigelassen wurden.

Es sei sehr freundlich von Roderic, sie zu retten, sagte sie; er dürfe sie nicht für undankbar halten. Er sei seinem Vater sehr ähnlich, so stürmisch, so erstaunlich tapfer, so gutaussehend. Ihn zu sehen, weckte alte Erinnerungen in ihr. Und wie umsichtig es gewesen sei, die liebe Mara mitzubringen; sie habe sich bestimmt um ihre Großmutter gesorgt und sei nun beruhigt. Er solle sie doch bitte ebenfalls Grandmère nennen. Ob er etwas wilde Zwiebel und vielleicht ein Stück Ziegenkäse zu seinem Omelett mögen würde?

Roderic war bezaubert. Er saß in der Küche und plauderte mit der alten Dame, während sie sich der Aufgabe des Kochens widmete. Sie unterhielten sich über seinen Vater und über die Zeit, die er in Louisiana verbracht und was er dort getan hatte, aber auch über Angeline, seine Mutter, die Helene gut gekannt hatte. Langsam leitete er das Thema auf

Mara und ihren Vater über, lauschte und nahm alles in sich auf, was die alte Dame darüber erzählte, wie und wo sie lebten.

Mara, die ihrer Großmutter nach Kräften half, war sich der wachsenden Vertraulichkeit zwischen den beiden anderen bewußt. Ihr war unbehaglich zumute, da sie eine bestimmte Absicht auf beiden Seiten zu ahnen glaubte. Sie war nicht sicher, worin sie in beiden Fällen bestand, aber sie befürchtete, daß es etwas mit ihr zu tun hatte.

Der Tag zog sich hin. Der Prinz schien es keineswegs eilig zu haben, die bukolische Zuflucht zu verlassen, die sie gefunden hatten. Die Truppe versammelte sich in der geweihbehängten Halle und entfachte mittels mehrerer Baumstämme ein riesiges loderndes Feuer im Kamin. Sie klopften den Staub aus den Sesselkissen und streckten sich aus, um sich nach den langen Stunden des Reitens zu entspannen. In der Wärme und mit angenehm gefülltem Bauch schliefen sie bald ein. Selbst Dämon legte den Kopf auf seine Pfoten, seufzte und schloß die Augen. Er öffnete sie gemächlich, als Sophie, Julianas Pekinese, ankam und sich an seiner Seite zusammenrollte, schloß sie aber gleich wieder.

Mara schien sich nicht genug entspannen zu können, um sich hinzulegen. Sie hatte das Gefühl, es sei das Beste für sie, den Ort so schnell wie möglich zu verlassen. Jeden Augenblick konnte de Landes auftauchen. Was er unternehmen könnte, solange Roderic und seine Männer da waren, wußte sie nicht; sie hatte aber auch wenig Lust, das herauszufinden.

Sie ging an ein paar hohe Fenster, die auf einen Balkon an der Front des Châteaus hinausgingen. Aus den Fenstern hatte man eine jener Aussichten, die die französischen Landschaftsarchitekten so bewunderten. Zwischen einer Baumallee erstreckte sich eine weite, ebene Fläche bis zu einem Gebäude, das vielleicht einen Kilometer entfernt war. Zweifellos war das Gelände einst mit Rasen bedeckt gewesen. Jetzt bestand es aus gepflügten Feldern, die bis zum Frühjahr brachliegen sollten, aber durch das Pflügen blieb der Blick frei; andernfalls wären die Felder zweifellos bereits überwuchert. Zu beiden Seiten drängte sich der Garten heran, ein

Gewirr aus Unterholz und toten Bäumen, in denen Eulen und kleine Falken nisteten. Während sie noch hinausschaute, stieg ein Falke aus dem Wald auf und kreiste im Himmel, um sein wildes Vergnügen in den Wind hinauszuschreien.

Der Falke war frei, sie nicht.

»Nachdenkliche Einsame, wünschen Sie sich Trost, oder empfinden Sie das als Beleidigung?«

Roderics Stimme war betörend. Sie kratzte an ihren Nerven, ließ ihren Magen zittern. Oder wurde diese Verstörung durch seine Nähe hervorgerufen? Er stand direkt neben ihr, hatte die Arme gegen den Fensterrahmen gestützt.

»Sie haben meine Großmutter gerettet, und dafür muß ich Ihnen danken. Jetzt brauche ich nichts mehr.«

»Ich bin also nutzlos geworden? Welch ein Schlag für meine Selbstachtung.«

»Ich bezweifle, daß sie Schaden nehmen wird.«

»Wirklich?« Plötzlich klangen die Worte hart und knapp. »Ich bin nur ein Mann, Mara, mit allen Schwächen und Bedürfnissen eines Mannes. Ich habe nie etwas anderes vorgegeben.«

»Sie sind ein Prinz und erwarten, daß sich alles Ihrem Willen fügt!«

»Mein Geburtsrecht zu verleugnen, wäre reine Torheit, aber für jedes Privileg zahle ich mit einer Verpflichtung; für jede Macht mit Gefahr. Und auch Prinzen sind Männer.«

Er löste sich von ihr. Bevor sie sich umdrehen, bevor sie ihm antworten konnte, war er verschwunden.

Als der nächste Tag anbrach, waren sie bereits auf dem Weg nach Paris. Die Damen fuhren in der Reisekutsche, die Truppe gruppierte sich um sie. Estes bildete die Nachhut, denn er trug in seiner Satteltasche einen Ziegenkäse von Grandmère Helene, den sie keinesfalls zurücklassen wollte. Der Käse war noch im Reifen begriffen und extrem aromatisch. Dämon, als kluger Hund, weigerte sich, im Korb seines Herrchens zu reisen, sondern hatte sich einen Platz in der Kutsche bei den Damen und Sophie erbettelt.

Roderic bemühte sich um Grandmères Wohlergehen, reichte ihr die Hand, wenn sie bei einer Rast aus der Kutsche aus- oder wieder einstieg, stopfte die Reisedecke um sie herum fest und munterte sie mit sanften, fröhlichen Neckereien wieder auf, wenn sie vor Müdigkeit ermattete. Ein- oder zweimal schwang er sich aus seinem Sattel, um mit den Damen zu fahren, dann unterhielt er sie mit einem scheinbar mühelosen Erguß von Kommentaren und Klatsch über die Orte, an denen sie vorbeikamen. Größtenteils waren die Geschichten so schockierend und so hinreißend anstößig, daß Grandmère Helene aufs angenehmste entrüstet war. Das Ergebnis seiner Bemühungen bestand darin, daß die alte Dame, als sie die Stadt erreicht hatten, seine Einladung angenommen hatte, bei ihm im ruthenischen Haus zu wohnen. Natürlich würde auch ihre Enkelin bei ihr bleiben.

So geschickt hatte er das eingefädelt, daß Mara keinesfalls mit Anstand ablehnen konnte. Sie hätte wohl ihre Weigerung herausbrüllen, hysterisch loszanken und vor allen Leuten einen Streit vom Zaun brechen können, aber der einzige Grund für eine Ablehnung, den ihre Großmutter akzeptiert hätte, war so persönlich, daß sie das einfach nicht über sich brachte. Sie würde trotzdem nicht bleiben. Dazu war sie fest entschlossen. Sobald sie allein mit ihrer Großmutter sprechen konnte, würde sie ihr genau erklären, was vorgefallen war, und damit wäre die Sache erledigt.

Aus Feigheit und aufgrund der unauslöschlichen Hoffnung, daß sie darum herumkommen würde, hatte sie die Erklärung bis jetzt für sich behalten. Grandmère Helene hatte, als sie das Schloß erblickt und festgestellt hatte, daß keine anderen Gäste da waren, bereits vermutet, daß man sie festhielt, um Maras Kooperation in de Landes' Plänen sicherzustellen. Sie hatte es jedoch für selbstverständlich gehalten, daß der Prinz, der ihr zu Hilfe kam, in diesem Stück die Rolle des Guten spielte und edelmütig auf eine einfache Bitte Maras reagiert hatte. Sie schien zu glauben, daß die verstrichene Zeit auf das Bedürfnis ihrer Enkelin zurückzuführen war, Roderic besser kennenzulernen, ehe sie ihm ihr Vertrauen schenken konnte.

Niemand konnte wissen, wie ihre Großmutter reagieren würde, wenn sie von dem Opfer erfuhr, das Mara ihretwegen auf sich genommen hatte. Sie war aus härterem Holze geschnitzt, als Mara ahnte, das hatte ihre Einkerkerung bewiesen. Und bestimmt wäre sie verletzt. Trotzdem mußte sie die Wahrheit erfahren. Sie würde es, sobald sie alleine waren.

Mara hatte nicht geahnt, wie schwer es sein würde, der alten Dame die Situation begreiflich zu machen.

»Was soll das heißen, du kannst nicht bleiben, meine Liebe?«

»Ich werde mich nicht unter Roderics Schutz stellen und keine Sekunde länger seine Mätresse sein. Es tut mir leid, wenn dir diese offenen Worte peinlich sind, aber –«

»Mir peinlich sind? Ich bin keine Anstandsdame vom englischen Hof Königin Victorias! Ich versichere dir, daß wir noch wesentlich offener gesprochen haben, als ich ein Mädchen war. Ich möchte nur wissen, warum du das Gefühl hast, bei diesem Mann nicht bleiben zu können.«

»Er – ach, das weißt du doch! Er hat bestimmt nicht die Absicht, mich zu heiraten.«

»Hat er das gesagt?«

»Er ist ein Prinz!«

»Das hat seinen Vater nicht daran gehindert, Angeline zu heiraten. So wie du es schilderst, hast du den Mann verführt, und zwar aus einem Grund, der nichts mit seiner Anziehungskraft zu tun hat. Du mußt ihm Zeit lassen, sich mit diesem Gedanken abzufinden.«

»So war es keineswegs.«

»Ein vielversprechendes Geständnis. Wie war es dann?«

»Es war – Das ist doch egal! Ach Großmutter, verstehst du denn nicht? Wir können nicht hierbleiben. Das wäre unmoralisch.«

»Du hast Angst, daß er dich verletzen könnte. Angeline war genauso, sie ist fortgelaufen, als sie viel lieber geblieben wäre.«

»Wenn du damit andeuten willst, daß ich mir etwas aus Roderic mache –«

»Etwa nicht?«

Mara wandte sich schnell ab. »Natürlich nicht.«

Es stimmte nicht, aber wenn sie es sich lang genug einredete, dann würde es vielleicht wahr werden.

»Du hast ihn ausgenutzt, Mara. Überleg einmal, was das für ihn bedeutet.«

»Er wußte, was ich tat, und hat mich aus bloßer Neugier gewähren lassen.« Sie konnte nicht verhindern, daß ihre Stimme bitter klang.

»Er konnte es vermuten. Was immer er auch gesagt hat, er konnte es nicht wissen. Ein Wunder, daß er dich nicht ermordet oder ausgesetzt hat, nachdem er es herausgefunden hatte. Ich finde es ... interessant, daß er das nicht getan hat, daß er sich vielmehr bereit erklärt hat –«

»Dich zur Geisel zu nehmen.«

»Uns zu beschützen.«

»Er wird mir seinen Willen aufzwingen. Das hat er schon angedeutet. Du hältst ihn für charmant, aber er kann skrupellos sein. Du kennst ihn nicht so wie ich.«

»Du hast natürlich andere Ansichten, das sollte auch so sein.«

Mara drehte sich wieder um. Langsam und betont wiederholte sie: »Ich werde nicht länger seine Geliebte sein.«

»Und das ist auch gut so! Natürlich wirst du in deinen Gemächern schlafen, direkt neben meinen. Aber ich glaube nicht, daß ich das ruthenische Haus verlassen möchte, nicht in diesem Augenblick. Ich habe bereits nach unseren Sachen geschickt. Wir bleiben.«

»Ich kann nicht, du mußt doch begreifen, daß ich das nicht kann!«

Grandmère war nicht zu bewegen. »Dann wirst du allein ausziehen müssen. Aber was wirst du unserer Cousine sagen, wenn sie dich nach dem Grund fragt?«

Der Gedanke, noch mehr erklären zu müssen, an die Neugier und die ätzende Kritik, der sie ausgesetzt wäre, war unerträglich. Roderic mochte ihre Großmutter. Es war möglich, daß er sie nicht sofort desillusionieren wollte. Schließlich stimmte Mara zu, bis zum Morgen, aber keinesfalls länger zu bleiben.

Sie erwartete nicht, schlafen zu können, solange sie unter dem gleichen Dach wie der Prinz war. Sie hatte geglaubt, wachliegen und einen Ruf oder Besuch Roderics fürchten zu müssen. Wenn eines von beidem eingetroffen war, dann hatte sie es nicht gemerkt. Erschöpft von der Reise und ihren widersprechenden Empfindungen, lag sie immer noch im Bett, als Lila ihr am nächsten Mittag heiße Schokolade und Croissants brachte.

Mara stand auf und ließ sich widerstrebend ankleiden. Sie wollte die Pflichten nicht wiederaufnehmen, die sie in diesem Haus übernommen hatte, das hätte zu sehr nach einem Eingeständnis ihrer Niederlage ausgesehen. Aber ihr war auch nicht danach, den Gast zu spielen und müßig klagend im Salon herumzusitzen. Sie hatte keine Ahnung, was Roderic jetzt vorhatte, wie er sich ihr gegenüber verhalten würde. Es wäre nervenaufreibend, ständig seine Avancen abwehren zu müssen; unmöglich zu sagen, welche Gestalt sie als nächstes annehmen würden. Noch schlimmer wäre es vielleicht, seinem Zorn mit seinen peinigenden rhetorischen Stacheln ausgesetzt zu sein. In diesem Ton hatte er zuletzt mit ihr gesprochen. Es hatte ihr gar nicht gefallen. Aber am schlimmsten wäre jene Miene zu ertragen, die er mit größter Wahrscheinlichkeit ihr gegenüber zeigen würde – die der Gleichgültigkeit.

Trotzdem trat sie schließlich aus ihrem Zimmer. Es war anstrengender, allein herumzusitzen und sich auszumalen, welcher Empfang sie erwartete, als sich aufzuraffen und ihn hinter sich zu bringen. Mit scheuem Lächeln erklärte ihr Lila, daß ihre Großmutter bereits auf sei und im Salon empfange. Bei Gelegenheit solle sich Mara zu ihr gesellen.

Der Fluß der morgendlichen Besucher versiegte langsam. Grandmère Helene und Roderic verabschiedeten gerade die letzten. Zum Mittagessen schien niemand bleiben zu wollen, wenn auch schwer zu sagen war, ob das Zufall oder auf unterbliebene Einladungen zurückzuführen war. Juliana war fort, die Truppe ebenso.

»Wie entzückend du aussiehst«, sagte Grandmère Helene und streckte ihr die Hand aus dem Sessel vor dem Kamin entgegen. »Finden Sie nicht auch, Roderic?«

Der Prinz, der hinter ihrem Sessel Position bezogen hatte, neigte den Kopf. »Entzückend, fürwahr.«

»Vielen Dank«, erklärte Mara angespannt.

Seine Worte waren so banal, verglichen mit seiner sonstigen Sprachfertigkeit, daß diese Zustimmung wie pure Höflichkeit klang. Es war ein Fehler gewesen, sich solche Mühe beim Anziehen zu geben.

Sie hatte das ausschließlich getan, um sich selbst besser zu fühlen, aus keinem anderen Grund. Keinesfalls wollte sie Roderic glauben lassen, es sei um seinetwillen geschehen. Das Kleid, das sie trug, gehörte ihr wenigstens selbst. Am frühen Morgen war eine Kutsche zum Haus ihrer älteren Cousine gesandt worden, versehen mit einer Notiz Grandmères, daß man ihre Kleider packen und dem Kutscher übergeben möge. Lila hatte das Kleid, das Mara jetzt trug, frisch gebügelt gebracht und war eben jetzt dabei, die übrigen Sachen im Schrank ihres Schlafzimmers zu verstauen. Das Kleid bestand aus graublauem Challis, der mit kleinen goldenen Lilien bedruckt war, und wurde durch eine passende Jacke aus grauem Samt vervollständigt. Ihre eigenen Sachen zu tragen gab Mara neues Selbstvertrauen. Jedenfalls dafür hatte Roderic keinen Centime gezahlt.

Roderic rückte ihr einen Sessel vor das Feuer. Sie warf ihm einen kurzen Blick zu, während sie pflichtschuldig »Danke« murmelte. Die strahlende Genugtuung, die sie daraufhin in seinem Blick bemerkte, ließ sie bis unter die Haarwurzeln erröten. Er hatte sich eigens so verhalten, um sie zu provozieren, und er wußte nur zu gut, daß ihm das gelungen war. Solch ein Mann würde nicht zögern, eine Frau in sein Bett zu locken, und wenn sie von einer Phalanx von Nonnen beschützt würde, von einer einzigen Großmutter ganz zu schweigen. Warum Grandmère Helene das nicht einsehen wollte, war ihr unbegreiflich.

Mara wühlte in ihrem Gedächtnis nach einem unverfänglichen Gesprächsthema. Bevor sie eines gefunden hatte, lenkte das Getrappel eines galoppierenden Pferdes im Eingangshof sie ab. Ihre Großmutter sagte etwas, das sie nicht hörte, weil sie den schnellen Stiefelschritten auf der Treppe lauschte. Mit einem Blick auf Roderic begriff sie, daß er es ebenfalls gehört hatte. Er schaute auf die Tür.

Michael trat ein. Sein dunkles Haar war zerrauft, und auf seinen Wangen zeigten sich Zornesflecken. Eine auf billigem gelbem Papier gedruckte Zeitung schwenkend, kam er auf sie zumarschiert. Er überreichte Roderic das Blatt und sagte: »Lesen Sie das.«

Kaum hatte der Prinz die Zeitung in der Hand, waren draußen noch mehr Schritte zu hören. Trude drängte herein, gefolgt von Jacques und Jared. Estes kam gleich hinter ihnen. Von den vieren hielten drei Ausgaben der Zeitung in der Hand.

»Was ist denn?« fragte Mara und schaute von einem zum anderen.

Mit abgehackter Bewegung übergab Trude Mara die Zeitung und baute sich dann in einer eigenartig beschützerischen Weise neben ihrem Sessel auf. Estes reichte achselzuckend seine Zeitung an Grandmère Helene weiter. Die alte Dame warf einen Blick auf die gellende Schlagzeile, rang nach Luft und fiel dann in den Sessel zurück.

PRINZ VERFÜHRT SCHWESTER! PATENKIND DER KÖNIGIN VERLIERT UNSCHULD AN SEINE HOHEIT!

Mara starrte auf die Buchstaben. Sekundenlang weigerte sich ihr schockiertes Hirn zu denken. Dann begriff sie schlagartig. Ohne bewußten Befehl sprachen ihre Lippen den Namen aus.

»De Landes«, sagte sie leise.

»De Landes«, wiederholte Roderic, und in seiner Stimme lag eine so unbändige Drohung, daß Grandmère Helenes blasse Gesichtshaut plötzlich weiß vor Angst wurde, als sie ihn anblickte.

Mara atmete mühsam ein und hob den Kopf, um sich dem Blick des Prinzen zu stellen. »Ich vermute, das wird die neue Praslin-Affäre.«

»Die Praslin-Affäre?« sagte Grandmère Helene. Vor Schreck klang ihre Stimme quengelig. »Wie kommst du darauf? Was soll das mit dieser Mördergeschichte zu tun haben?«

»Es könnte einen ähnlichen Skandal unter dem Adel auslösen und sich möglicherweise auf die gegenwärtige Regierung auswirken.«

»Roderic hat keinen französischen Titel!«

»Aber er ist eine Gestalt von öffentlichem Interesse, stadtbekannt und steht dem Thron nahe.«

»Meisterhaft kombiniert«, erklärte der Prinz mit eisiger Stimme. »Wer hat Ihnen das erklärt?«

»Niemand.« Kurz war sie stolz darauf, daß ihre Stimme gleichmütig blieb.

»Nicht einmal unser Incubus, unser macchiavellistischer Freund mit seinem Hang zum Bösen? Nicht einmal de Landes selbst?«

»Nein.«

Roderic schüttelte den Kopf, und ein Lächeln umspielte seinen Mund, ohne daß es seine Augen erreicht hätte. »Wie nachlässig von ihm. Er hätte Ihnen auch die einzig anständige und heilige Antwort auf eine so obszöne Anschuldigung verraten, Ihnen das strahlende, schneidende Schwert in die Hand geben können, mit dem man den gordischen Knoten dieses Problems durchschlagen kann. Er hätte Ihnen raten können, die Heirat von mir zu fordern.«

Mit angehaltenem Atem wartete er auf ihre Antwort. Was er von ihr verlangte, war unvernünftig: daß sie aus den rechten Gründen ablehnen sollte, damit er sie überreden konnte, aus falschen zuzustimmen. Er hielt sich aufrecht, die Arme ruhig an seiner Seite. Nicht einmal durch eine Geste wollte er sie beeinflussen.

»Niemals«, sagte sie mit vor Abscheu verdüstertem Blick. Sie sprang auf und wandte sich von ihm ab.

Er atmete wieder. »Warum? Wünschen Sie sich nicht, Prinzessin zu sein?«

»Nicht, wenn Sie der Prinz sind.«

»Obwohl überall Regierungen stürzen und Könige ihren Kopf mitsamt der Krone verlieren? Es ist schön, so großen Wert auf Unabhängigkeit zu legen, aber Sie müssen sich fragen: Bin ich das wert?«

Was tat er da? Seine Stimme klang zu heiter, zu sorglos. Er wollte sie irreführen, aber zu welchem Zweck? Vor Zorn konnte sie nicht klar denken. Sie verspürte einzig und allein ein übermächtiges Drängen, ihm einen Schlag zu versetzen, der ihn zwänge, aus tiefstem Herzen und nicht gemäß der logischen Überlegungen seines Kopfes zu antworten.

Sie drehte sich wieder zu ihm um. Ihre Stimme klang klar. »Ich bin Amerikanerin. Was bedeuten mir Titel oder falscher königlicher Pomp? Was kümmert es mich, ob Regierungen stürzen oder der Ruf ehrwürdiger Familien unwiderruflich befleckt wird? Wenn ich einen Gatten brauche, dann einen richtigen Mann, keinen arroganten Königssohn, der sich darin gefällt, die Menschen in seiner Umgebung zu manipulieren.«

»Was Sie brauchen«, erklärte er, und seine Stimme klang plötzlich warm und verführerisch, während er auf sie zukam, »ist jemand, der Sie vergessen läßt, wer Sie sind und ob er Ihr Gatte ist oder nicht.«

Prompt kam die Antwort: »Sie nicht!«

»Ich. Aus Gründen, die wir alle kennen und aus weiteren, die Sie noch nicht einmal vermuten können, werden Sie meine Frau werden.«

»Nein!« Als er ihr näher kam, wich sie zurück.

»Aber ja. Das werden Sie. Nichts und niemand kann das verhindern.«

Sie waren derart in ihrem Streit befangen, daß sie nicht hörten, wie noch jemand eintraf. Dann rührte sich etwas an der Tür. Ein Mann trat ein. Groß und aufrecht stand er in der weißen Uniform der ruthenischen Soldaten vor ihnen, obwohl sein Haar silbern im blassen Sonnenlicht glänzte, das durch die Fenster fiel. Als er das Wort ergriff, fuhr seine schneidend ruhige Stimme in jeden Winkel des Raumes.

»Ich kann es verhindern, und ich werde es, solange ich atme. Wenn du das bezweifelst, dann versuche nur, mir zu drohen, mein vorlauter Sohn, mein edelmütiger und liebeskranker Sohn.«

13. Kapitel

»Seine Majestät!«

Es war Grandmère Helene, die das ausrief. Sie drückte sich aus ihrem Stuhl hoch, hielt sich mit einer Hand stützend an der Lehne fest und sank in einen tiefen Hofknicks. In der plötzlichen Stille vollführte Roderic eine kurze Verbeugung, die von Michael und den übrigen in der Truppe ausgreifender nachgeahmt wurde. Mara senkte den Blick und knickste ebenfalls.

Rolf, König von Ruthenien, machte eine knappe Geste und trat dann ein paar Schritte vor, um Maras Großmutter die Hand zu geben. »Madame Helene Delacroix, glaube ich, auch Mercy genannt.«

»Sie erinnern sich an mich, obwohl ich nur eine unbedeutende Frau war, als wir uns zum erstenmal trafen!« Helene errötete vor Stolz. »Wie außergewöhnlich und wie gütig.«

Es war fürwahr außergewöhnlich, da die Begegnung beinahe dreißig Jahre zurücklag. Mara hatte schon viele Male davon gehört, denn Grandmère erzählte die Geschichte nur zu gern, wie der Prinz als Dank für ihre Erlaubnis, uneingeladen zu ihrer Soirée zu kommen, ihr das elegante Kompliment gemacht hatte: »Ihr Name sei Mercy.« Großmutter hatte verwirrt, doch bemüht, ihm zu gefallen, geantwortet : »Wie Sie wünschen, Hoheit, aber von Geburt an nennt man mich Helene.«

Maras Großmutter fuhr fort: »Es ist schon lange her.«

»Viel zu lang«, antwortete Rolf. »Wie geht es André?«

»Gut. Und Angeline?«

»Sie macht sich Sorgen darüber, was hier in Paris passiert. Ich bin ihr Gesandter und inoffizieller Justizminister. Anscheinend wird hier so jemand gebraucht.«

In gewisser Weise war das eine Frage, die Situation betreffend oder zumindest die Rolle, die die alte Dame und ihre Enkelin darin spielten. Grandmère Helenes Antwort war ausweichend.

»Wenn man Sie über das Geschehen informiert hat, wissen Sie bestimmt, daß die junge Dame im Zentrum der Auseinandersetzung meine Enkelin ist. Darf ich Sie Ihnen vorstellen, Hoheit?«

Rolf drehte sich um und trat auf Mara zu. Ein schwaches Lächeln umspielte seine Mundwinkel, und sein Blick unterzog sie einer strengen Prüfung. Seine Augen waren nicht mehr so leuchtendblau wie die seines Sohnes, und sein Haar war eher silbern als golden. Sein Antlitz war wettergegerbt und von Falten durchzogen, die von Erfahrung und Charakter kündeten, und doch strahlte es eine unnachgiebige Strenge und unbezwingbaren Willen aus, der ihn, in Anbetracht seiner Jahre, noch furchteinflößender aussehen ließ als seinen Sohn, falls das überhaupt möglich war.

Als sie noch einmal knickste, nahm er ihre Hand und zog sie mit einer knappen Bewegung hoch. »Mara. Ein griechischer Name mit einem Hauch Irland und zwei rauchfarbene Augen, die im Traum die Zukunft sehen. Ein so schönes Gesicht ist eine gefährliche Ablenkung. Kein Wunder, daß die ruthenische Diplomatie in Frankreich ihr Feingefühl verloren hat.«

»Hier«, sagte Roderic hart, »handelt es sich nicht um Diplomatie.«

Sein Vater schaute ihn starr und niederschmetternd wie ein Basilisk an. »Das hat man mir berichtet. Die Frage, die sich dem vernünftigen und nicht umnebelten Geist augenblicklich stellt, lautet: Warum nicht?«

»Bettgeschichten sind gewöhnlicherweise keine Staatsaffären. Diese wurde erst kürzlich zu einer, aber nachdem der Einmischung Einhalt geboten wurde, wird sie bald wieder niemanden außer der Dame und mich interessieren.«

»Du willst also mit Kanonen auf Spatzen schießen? Ich finde es reichlich extravagant, eine Krone aufs Spiel zu setzen, um eine bloße Bettgeschichte zu einem Ende zu bringen.«

Die giftige Ironie in der Stimme seines Vaters ließ Roderic offensichtlich unbeeindruckt. »Es würde kein Ende, sondern einen Anfang bedeuten.«

»Der nur auf Widerwillen und Haß gegründet ist, die durch brutale Gewalt überwunden wurden? Welch heiterer und fröhlicher Ausblick auf die Zukunft.«

»Möchtest du mir eine Königin erwählen, voller Pflichtbewußtsein und erstickter Hoffnungen, leise seufzend und ebenso träge wie bequem? Dieser Ausblick auf die Zukunft ist noch weniger heiter, das versichere ich dir.«

Rolf verschränkte die Hände auf dem Rücken und fragte sofort: »Du würdest dich also dem Diktat bourgeouiser Respektabilität beugen, einzig und allein aufgrund nichtigen Tratsches? Wenn ja, dann nur heraus mit der Sprache. Wir können die Kapitulationsverhandlungen für Ruthenien ebensogut sofort einleiten.«

»Wenn die Alternative darin besteht, sich reuevoll und mit aschebestreutem Haar einem uniformierten und vorurteilsvollen Ultimatum zu beugen, dann lohnt es nicht, um solch ein Königreich zu kämpfen.«

In ihren Stimmen schwang ein derartiger Zorn, daß Dämon sich winselnd unter das Sofa verzog. Sie waren ebenbürtige Gegner, einander so ähnlich in Auftreten und Willenskraft, daß ihr Wortwechsel mit der Kraft einer Titanenschlacht durch das Zimmer schallte. Kein anderer im Raum wagte, sich zu bewegen oder etwas zu sagen, aus Angst, die verbalen Prügel auf sich selbst zu lenken. Voller Schrecken und Schuldgefühl lauschte Mara ihrem hitzigen Schlagabtausch.

Rolf starrte seinen Sohn an, die Augenbrauen tief über den Augen. »Tollpatschig und bar jeder Manieren. Wenn du dich der Dame gegenüber ebenso flegelhaft benommen hast, wundert es mich nicht, daß sie sich beklagt.«

»Wir tanzen kein höfisches Menuett mit Spitzentüchlein und eleganten Verbeugungen. Es ist unabdingbar, daß ich diese Frau heirate.«

»Unabdingbar für wen?« wollte Rolf sanft wissen.

»Für Ruthenien, für Frankreich und für unsere Beziehungen mit diesem Land. Für dich. Für sie. Für mich.«

»Ein so großes Opfer ist weder erwünscht noch erforderlich. An meinem Hof hast du so derart stümperhafte Diplomatie nicht erlernt.«

»Wirklich?« fragte Roderic mit giftiger Ironie. »Und all die vorgeschobenen Allianzen, die dein Land so lange vor Revolutionen verschont haben, waren demnach nur glückliche Zufälle? Stümperhaft oder raffiniert, diese Winkelzüge erlernte ich auf deinem Knie, mein Vater.«

»Dann sind die Lektionen noch nicht beendet. Dies ist keine Angelegenheit fürs Ehebett. Harmonie in allen Bereichen, im öffentlichen wie im privaten, erfordert mehr als nur die Durchsetzung deines Willens.« Es war ein väterlicher Befehl.

»Ich werde Mara bekommen.«

»Gegen deinen Herrn magst du wohl aufbegehren, aber nur auf eigenes Risiko gegen deinen König. Ein Geburtsrecht steht auf dem Spiel: deines. Würdest du es um dieser Frau willen aufgeben?«

»Nicht!« platzte Mara heraus. »Bitte nicht. Eine Heirat kommt gar nicht in Frage.«

Wie ein Peitschenschlag kam König Rolfs Frage: »Warum nicht? Finden Sie keinen Gefallen an einer Krone?«

»Nur sehr wenig! Und gar keinen an den Streitereien, die damit verbunden zu sein scheinen.«

Roderic trat an ihre Seite und stellte sich Rolfs Blick. »Laß Mara aus dem Spiel. Sie eignet sich nicht zum Ziel.«

»Vielen Dank.« Mara drehte sich mit trotzig vorgerecktem Kinn zu ihm um. »Aber ich brauche keinen Beschützer. Ich trete von der Bühne ab. Ich bin und werde kein Streitpunkt zwischen Ihnen und Ihrem Vater sein.

»Ein ehrenwerter, aber sinnloser Entschluß«, sagte der König von Ruthenien, plötzlich auf beunruhigende Weise nachdenklich geworden, während er die beiden musterte.

»Bravo«, mischte sich Juliana von ihrem Standpunkt in der Tür aus ein. »Darf man annehmen, daß diese Darbietung durch die in Paris kursierenden Geschichten ausgelöst wurde? Ihr hättet ruhig auf mich warten können, da ich schließlich ebenfalls von dieser angeblich inzestuösen Beziehung betroffen bin.«

»Das bist du nicht«, erklärte ihr Bruder mit beachtlicher Wortknappheit.

»Aber du wirst zugeben, daß es auf den ersten Blick so aussehen könnte. Noch nie hat man mich derart auf der Straße angeschaut wie heute. Und vor dem Haus versammeln sich Menschen auf der Straße. Einer bewarf meine Kutsche mit Dreck.«

»Wenn du nicht in Paris wärst«, urteilte ihr Vater mitleidslos, »hättest du keine Gelegenheit, dich zu sorgen, zu zürnen oder mit Dreck bewerfen zu lassen. Darf ich die Frage wagen, was du mit dem Kronprinzen von Preußen angestellt hast?«

»Arvin? Gar nichts, wieso? Seine energische Verfolgung war schließlich von Erfolg gekrönt. Wir warten nur noch, bis das Aufgebot bestellt ist. Gibst du mir deinen Segen?«

»Kinder«, erklärte Rolf leise, »sind Verwünschungen, die uns von zürnenden Göttern zur Strafe dafür auferlegt wurden, daß wir in ihrem Arkadien weilten.«

»Gefällt dir das etwa nicht?« fragte Juliana scheinheilig. »Das verstehe ich nicht. Du hast doch diktiert, daß ich heiraten und Roderic ledig bleiben soll? Oder hast du vielleicht das Gegenteil im Sinn?«

»Verrate mir alles. Verrate mir, daß Arvin schmollend auf dem Dachboden sitzt und mit Zinnsoldaten spielt. Oder ist er dir vielleicht mit einem Sprung in die Seine entkommen?«

»Wie klug von dir, Vater. Aber es war kein Sprung, er ist gekentert. Ein Bootsrennen, weißt du? Es tut mir leid, dich enttäuschen zu müssen, aber ich vermute, er kehrte verschnupft und verstimmt nach Preußen zurück. Roderic hat das arrangiert.«

»Wie diplomatisch«, murmelte Roderic.

Mara, die Rolf nicht aus den Augen ließ, sah kurz Stolz und Heiterkeit im Blick des Königs aufblitzen, bevor beides brutal unterdrückt wurde.

»Es erleichtert mich sehr zu erfahren, daß er auch nützlich sein kann, wenn es ihm gefällt«, sagte er mit leicht bissigem Ton, an seinen Sohn gewandt. »Natürlich werde ich später alle Einzelheiten erfahren.«

Roderic machte eine Verbeugung. »Natürlich.«

Juliana zog eine Braue hoch. »Das ist alles schön und gut, aber was unternehmen wir wegen des Skandals, der loszubrechen droht? Er verspricht, widerwärtig zu werden.«

Rolf sah sie voll gespielter Überraschung an. »Ich bin hier, und Madame Helene Delacroix ebenfalls. Wenn man dem Anstand nicht genügen kann, indem man die Dame durch ihre Großmutter und ihren Patenonkel bewachen läßt, dann soll die Welt doch reden, was sie will.«

»Sie sind mein Patenonkel, Hoheit?« fragte Mara überrascht.

»Da meine Königin Ihre Taufpatin ist.«

»Das wußte ich nicht.«

»Bislang war das bedauerlicherweise nur eine Ehrenaufgabe, aber dem kann abgeholfen werden. Angeline wird bestimmt zu uns stoßen und dann wünschen, Sie näher kennenzulernen.« Er lächelte so warm und so charmant, daß Mara blinzelte. Er drehte sich von ihr weg und seiner Tochter zu und fuhrt fort: »Aber wäre es zuviel verlangt, wenn ich trotz dieser Krise ein Glas Wein haben könnte? Ich habe eine ermüdende Reise hinter mir.«

»Die Müdigkeit des Alters«, erklärte Juliana voll falschem Mitleid. »Ich werde nachsehen, ob es einen Diener im Hause gibt, den das Belauschte nicht vollkommen aus der Fassung gebracht hat.«

»Sage ihm, er soll ihn in meinen Gemächern servieren, bitte. Roderic, du könntest mir Gesellschaft leisten, während ich den Staub der Reise abwasche, wir haben noch anderes zu besprechen. Meine Damen, ich bitte Sie, uns zu entschuldigen.«

Die beiden Männer gingen. Die Truppe verzog sich. Juliana kam nach ihrem Gespräch mit dem Personal nicht wieder. Mara blieb allein mit ihrer Großmutter zurück. Sie ließ sich in einem Sessel auf der anderen Seite des Kamins nieder. Ein Lakai kam ins Zimmer, um das Feuer zu schüren, und verschwand wieder. Sie waren allein.

Als sich die Tür hinter dem Diener geschlossen hatte, sagte Grandmère: »Also, meine Liebe?«

Mara schaute ihre Großmutter besorgt an. »Ja?«

»Möchtest du immer noch abreisen?«

»Es wäre das beste.«

»Vielleicht, aber möchtest du es auch?«

»Ich bin so durcheinander«, weinte sie leise. »Ich weiß nicht, ob man mich beschützt oder nur daran hindert, lästig zu werden. Oder beides. Ich weiß nicht, ob Roderic mich tatsächlich heiraten möchte oder ob er nur aus Pflichtbewußtsein oder Verantwortungsgefühl so handelt.«

»Oder aus Trotz?«

»Ja, auch das.«

»Du könntest hierbleiben, abwarten und es herausfinden.«

»Ich will nicht mehr warten!«

Aber selbst wenn sie entdecken sollte, daß Roderics Wunsch, sie zu seiner Frau zu machen, von Herzen kam, würde das kaum etwas ändern. Nur aufgrund eines Phantasiebildes, das er sich von ihr gemacht hatte, übte sie solche Anziehungskraft auf ihn aus. Er hielt sie für ein Wesen voller Raffinesse und Kapricen, und dieses Bild strahlte eine eigenartige Faszination auf ihn aus, die seine Begierde anfachte. Er liebte sie keineswegs, er mochte sie nicht einmal besonders. Sobald er sie kennengelernt hatte, sobald er das Rätsel, das sie darstellte, zu seiner Zufriedenheit gelöst hatte, würde er bestimmt das Interesse an ihr verlieren.

Grandmère seufzte. »Die Ungeduld der Jungen. Manche Dinge brauchen ihre Zeit.«

Mara hörte kaum, was sie sagte. Den Blick unverwandt auf ihre Großmutter gerichtet, fragte sie: »Warum ist König Rolf so gegen mich eingenommen? Er wollte auch keinen preußischen Prinzen für Juliana, es braucht also nicht unbedingt an meiner Abstammung zu liegen. Womit wäre er denn zufrieden?«

»Du könntest ihn fragen, wenn du bleiben würdest.«

»Glaubst du, daß er den Verdacht hegt, daß ich, obwohl du von de Landes gefangengehalten wurdest, dem Mann aus politischen Gründen geholfen habe?«

Grandmère Helene kniff die Lippen zusammen. »Das ist möglich, nehme ich an.«

»Ich würde nur ungern abreisen, solange er so etwas von mir glaubt.«

»Nein. Das wäre nicht gut.«

»Da ist noch etwas. Wenn wir ausgerechnet jetzt das ruthenische Haus verlassen, so kurz, nachdem diese gräßliche Geschichte aufgekommen ist, könnte es so aussehen, als würden wir fortlaufen. Bestimmt wäre es für alle Beteiligten besser, wenn wir diesen Eindruck vermieden.«

»Allerdings!« bekräftigte die alte Dame mit kampflustiger Miene.

»Dann ist da noch meine Taufpatin. Ich habe viel über sie gehört, und ich möchte sie so gern einmal sehen und mit ihr reden. Es könnte komisch aussehen, wenn wir abreisen, bevor sie eintrifft, und ich möchte sie um keinen Preis der Welt verletzen.«

»Ich würde sie selbst sehr gern sehen.«

»Ja, davon bin ich überzeugt.«

Es gab noch einen Grund, auch wenn Mara es nicht über sich brachte, mit ihrer Großmutter darüber zu sprechen. Als sie Roderic mit seinem Vater zusammen beobachtet hatte, hatte sie das starke Bedürfnis verspürt, herauszufinden, was für ein Mensch er wirklich war, ob sich etwas hinter der harten Fassade verbarg, die er zur Schau trug, ob hinter dem scharfsinnigen, kontrollierten Geist ein Schatten echten Gefühls lag. Sie weigerte sich, darüber nachzudenken, wodurch dieses Bedürfnis in ihr ausgelöst wurde – sie akzeptierte lediglich seine Existenz.

»Ist es also beschlossen? Wir bleiben?« fragte Grandmère.

»Ja, es ist beschlossen«, antwortete Mara. Die Kapitulation kam zwar mit fester Stimme, doch freudlos.

Die darauffolgenden Tage nahmen langsam den Anschein von Normalität an. Nach einem Besuch, den Rolf dem Herausgeber der Zeitung abstattete, von der die skandalöse Nachricht verbreitet worden war, wurde eine Richtigstellung veröffentlicht. Die Zusammenrottungen vor dem ruthenischen Haus lösten sich auf, nicht zuletzt dank der Wachen, die auf eigene Initiative der Truppe aufgestellt worden waren. Ob aufgrund Roderics ausgefülltem Tagesablauf oder Rolfs Anwesenheit, jedenfalls blieb Mara nachts ungestört.

Der König und sein Sohn blieben einander fremd, aber es gelang ihnen, gemeinsam als Gastgeber für die Heerscharen an Gästen aufzutreten, die über das Haus hereinbrachen, sobald sich herumgesprochen hatte, daß Rolf dort residierte. Grandmère Helene hatte inoffiziell die Rolle der Gastgeberin übernommen und präsidierte auf ihrem Stuhl am Ende der Tafel oder in ihrem Sessel am Kamin über die meisten der Versammlungen. Mara wurde wie eine Tochter des Hauses behandelt, vom König beschirmt und von Roderic entweder geneckt oder ignoriert. Anfangs schickte man immer wieder vielsagende Blick in ihre Richtung, aber das Flair der Ehrbarkeit um sie herum war so undurchdringlich, daß das Interesse bald erlahmte. Die nächtlichen Versammlungen im Salon fanden auch weiterhin statt, aber die sich Versammelnden gehörten nun einer älteren Generation an. Die Konversation war dementsprechend weniger spritzig und aufregend, statt dessen langweiliger. Kein Wunder, daß es immer weniger Teilnehmer wurden.

Es hatte auch Vorteile, erkannte Mara, keinen Gedächtnisverlust mehr vorschieben zu müssen. Sie brauchte nicht länger auf jedes Wort zu achten, sondern konnte sich ganz natürlich unterhalten und benehmen. Sie konnte bedenkenlos von Louisiana und dem Leben dort erzählen. Alle Fragen, die sie den Mitgliedern der Truppe hatte stellen wollen, konnten nun ausgesprochen werden.

Michaels Vater Leopold, erfuhr sie, hatte eine von Angelines Hofdamen geheiratet, eine dunkle fröhliche Frau, die ihm neun Kinder geschenkt hatte. Sie lebten in einem großen, zugigen Haus hoch über einem Tal mit einem gewundenen Fluß darin, und Schreie und Lachen schallten durch die unzerstörbaren Steinmauern. Michaels einziger Ehrgeiz war es, sobald er aus Roderics Dienst getreten wäre, eine Frau zu finden, zu seinen Brüdern und Schwestern in das weitläufige Schloß zurückzukehren, Wein anzubauen, der dem französischen mindestens ebenbürtig wäre, und seinen Stammbaum wachsen zu lassen.

Die Zwillinge, Jacques und Jared, waren Söhne Oswalds, der der ursprünglichen Truppe Rolfs angehört hatte. Auch ihr Vater hatte einen Zwillingsbruder gehabt, aber dieser Bruder war in Louisiana gestorben. Im Augenblick machten beide einer Schneiderin den Hof, eine verzweifelte Liebschaft, die alle Beteiligten auslaugte. Ihre ganze Ergebenheit galt jedoch Roderic, und sie würden ihm überallhin folgen, solange er sie führen wollte.

Estes, der Graf Ciano, erzählte ihr von so vielen Ereignissen, deren Zeuge er geworden war, und so vielen Taten, die er begangen hatte, daß sich beides in ihrem Geist vermischte. Er war ein unermüdlicher Redner, ein begnadeter Erzähler, der seine Geschichten immer mit Humor würzte. Wenn er einmal nichts für Roderic zu erledigen hatte, schrieb er an einem Buch, das auf seinem Leben beruhte und, so erklärte er, alles in den Schatten stellen würde, was Monsieur Dumas bislang zu Papier gebracht hatte. Es wimmelte darin von Kerkern und verlassenen Schlössern, von gefangenen Maiden, die von dem düsteren, leidenschaftlichen Helden gerettet wurden, und enthielt alle Ingredienzien, um seine Taschen mit Gold zu füllen. Es war vielleicht ein bißchen gewagt, aber nicht allzu sehr.

»Es wird bestimmt verboten«, erklärte ihm Trude. »Der Papst wird es auf die Liste setzen.«

»Nur weil ich darauf bestehe, daß der Held immer für seine Rettungsbemühungen belohnt werden sollte? Was soll daran schlecht sein?«

»Dein Held sieht dir sehr ähnlich.«

»Und?« verlangte der Italiener zu wissen, während er sich den dicken Schnurrbart zwirbelte.

Trude machte eine Kopfbewegung in Richtung des Grafen und sagte zu Mara: »Er hält sich für den Eros des neunzehnten Jahrhunderts.«

Er blickte sie lüstern an. »Bin ich das etwa nicht?«

Die blonde Amazone grinste ihn tatsächlich an. »Eros Estes.«

Estes schüttelte den Kopf und schenkte Mara einen düsteren, trauernden Blick. »Sie versteht nichts von Literatur. Sie hält sie für einen Jux. Ich mußte mich ausgerechnet in eine riesige blonde Amazone verlieben, die mich in ihrer Unwissenheit verlacht.«

Estes stand auf und marschierte mit hängendem Kopf ab. Trude kicherte. »Er ist wirklich komisch. Seine Liebe zu mir ist überhaupt der größte Jux, glaube ich. Bestimmt – oder etwa nicht?«

Am schwierigsten war der Zigeuner Luca einzuschätzen. Er schien nirgendwohin zu passen. Er gehörte zur Truppe und trug ihre Uniform, aber an ihm sah sie immer anders, weniger korrekt, dafür verwegener aus, wenn auch schwer zu sagen war, wodurch dieser Eindruck hervorgerufen wurde. Er vollführte alle erforderlichen Manöver, trainierte so verbissen wie jeder andere an seiner Kraft, Behendigkeit und Schnelligkeit in den verschiedenen Galerien und Höfen des Baus, und doch hatten seine Bewegungen immer etwas Unvorhersehbares an sich.

Außerdem war nicht wirklich einsichtig, warum er der Truppe unbedingt hatte beitreten wollen. Loyalität seinem Führer gegenüber war bestimmt nicht der Grund gewesen. Er respektierte Roderic und führte seine Befehle klaglos aus, aber sein Benehmen strahlte keine Ergebenheit aus. Auch hatte er es nicht getan, weil er zu der Gruppe gehören wollte. Er mischte sich unter die anderen, lachte mit ihnen und trank mit ihnen als Gleicher unter Gleichen, aber er entfloh auch oft ganz allein. Es waren auch nicht die Verlockungen des Soldatenlebens gewesen, denn obschon er stolz auf seine Uniform und seine Ausstattung war, trug er sie nur, wenn die Gelegenheit es erforderte. Andernfalls war er es zufrieden, seine Zigeunerkleidung zu tragen. Normalerweise schlief er im Zimmer eines der männlichen Truppenmitglieder, aber bisweilen schlich er sich immer noch aus dem Haus, um im Hof im Freien zu nächtigen.

Manchmal glaubte Mara, daß er zwar von vielen Dingen angelockt worden war, daß aber nur Juliana ihn hier hielt. Er beeilte sich immer, der erste zu sein, der der Prinzessin einen Dienst erwies, und war immer bereit, sie zu eskortieren. Oft beobachtete er sie, wenn sie nicht hinschaute, und einmal hatte Mara gesehen, wie er einen Handschuh aufhob, den das Mädchen fallen gelassen hatte, und ihn in seine Tasche schob. Aber er suchte keinen Vorwand, um bei ihr zu sein, und sagte nur wenig, wenn er in ihrer Gesellschaft war. Er war ein Rätsel, dunkel und hübsch, ein bißchen wild, aber zuverlässig und beschützend.

Luca war es auch, der den Haushalt in das Zigeunerlager einlud. Die Sippe wurde unruhig, nachdem Roderic ihr so viele Beschränkungen auferlegt und sie zur Tatenlosigkeit verurteilt hatte. Sie hatten gehört, daß der Boyar in Paris war, und sie wollten ihren Herrn – und seinen Sohn – noch einmal bei sich haben. Man würde feiern und musizieren und singen und tanzen, bis die Nacht vorüber war.

Sie rochen das Spanferkel und das Geflügel, bevor sie das Lager erreicht hatten. Das kräftige Aroma mischte sich mit dem Duft des Holzrauchs und dem Geruch von Heu und Pferden. Die Pferdewagen standen in einem Kreis, um den kalten, böigen Wind abzuschirmen. Innerhalb des Kreises brannten rotglühende Kohlenfeuer, über denen gekocht wurde, während an anderen Feuerstellen die wärmenden Flammen den dunklen Himmel leckten. Teppiche waren rundum aufgestapelt, auf denen Männer und Frauen lagerten. In die kleineren Teppiche wurden Kinder gewickelt, der Wärme wegen, andere rannten kreuz und quer durch das Lager und tollten mit den Hunden herum. Musik erscholl und unterlegte das Plaudern und Lachen und Schreien der Kinder, das aus der Umfriedung drang.

Als erste entdeckten die Hunde ihre Ankunft und kamen wild bellend auf sie zugerannt. Roderic und Luca brachten sie mit einem barschen Kommando zum Schweigen, aber den Jubel und die Willkommensrufe konnten sie nicht unterdrücken, sobald die Ankunft Rolfs, des Boyaren, und Thronerben, entdeckt worden war. Die Zigeuner versammelten sich um ihn und versuchten ihn zu berühren. Er nahm ihre Ehrerbietung wohlgefällig und fröhlich zur Kenntnis, schlug den Männern auf den Rücken und küßte die Frauen, die sich in seine Arme warfen.

Unzeremoniell, aber liebevoll wurde er zu dem Ehrenplatz auf dem schwersten Teppich vor dem Feuer geführt. Roderic wurde zu seiner Rechten gesetzt, Mara wurde mit sanfter

Gewalt neben den Prinzen niedergedrückt. Der Mann, der während Roderics Abwesenheit die Sippe führte, ein wilder Bursche mit zähem Gesicht und einem Tuch auf dem rabenschwarzen Haar, nahm links neben dem Boyaren Platz, so daß sie sich beraten konnten. Juliana wurde willkommen geheißen und hinter den Sippenführer gesetzt. Luca nahm den Platz neben ihr ein. Für Grandmère Helene zauberte Michael einen Stuhl aus einem der Wohnwagen herbei, stellte ihn neben Mara ab und ließ sich daneben nieder; die anderen suchten sich selbst einen Platz.

Wein wurde ausgeschenkt. Eine Mandoline wurde in Roderics Hand gelegt. Leise stieg die Musik der Zigeunerviolinen in die Luft. Wild und süß kündete sie von Leben und Liebe und Freiheit. Roderic nahm die Melodie auf und schickte reine, sanfte Töne in die Nacht.

Mara hatte geglaubt, sich ablenken, sich vielleicht sogar amüsieren zu können. Statt dessen verspürte sie Zufriedenheit. Über ihr war der offene Himmel mit den funkelnden Sternen. Die Nacht und der Winterwind wurden von den Wohnwagen und den lodernden Feuern abgehalten. Der Wein war herb und jung, aber gut, und wärmte sie innerlich. Die Musik war besänftigend und zugleich auf unerwartete Weise anregend. Aber am meisten zogen die Zigeuner selbst sie an. Sie mochten neugierig sein, waren aber nicht indiskret. Sie akzeptierten sie, wie sie war, ohne Frage, ohne Urteil. Sie war da. Das genügte.

Um sie herum lehnten sich die anderen trinkend, lächelnd zurück. Erst jetzt, da die Spannung nachließ, wurde ihr klar, wie nervös sie alle gewesen waren. Es war, als würden sie alle hinter sorgsam vorgehaltenen Masken grimmig eine weitere Verschärfung der Lage erwarten. Heute abend konnten sie sich amüsieren, konnten sie wie die Zigeuner glauben, daß das Leben einfach war, daß es, gleichgültig wie man es lebte, besser war als der Tod. Genau das hatte Roderic ihr in jener Nacht klarzumachen versucht, in der er sie aus der Seine gezogen hatte. Damals hatte sie seine Worte kaum mitbekommen, doch jetzt hallten sie klar und deutlich in ihrem Geist wider.

Hören Sie gut zu, ma chère, und merken Sie sich meine Worte: Kein Schicksal ist so schlimm wie der Tod ... Da war noch etwas gewesen, aber dessen konnte sie sich nicht mehr entsinnen. Gleichgültig. Die Worte strahlten eine gewisse Macht aus, und sie waren ihr teuer.

In ihren Kreis stolperte ein kleines Mädchen, das höchstens ein Jahr alt war. Ihr Haar wuchs in weichen, fedrigen dunklen Locken, und ihre Augen waren rabenschwarz und fröhlich. Ihr folgte ein älteres Mädchen von fünf oder sechs, das, wie eine Mutter schimpfend, die Kleine zurückzuhalten versuchte.

Das kleine Mädchen, kaum mehr als ein Baby, stolperte über die Fransen der aufgestapelten Teppiche und fiel in Richtung des Feuers. Roderic streckte blitzschnell die Hand aus, um sie aufzufangen, und bekam eine Handvoll Rock zu fassen, an der er sie mit einer Hand in seine Armbeuge lenkte. Er legte seine Mandoline beiseite und warf das Kind in die Luft, so daß das verblüffte Wimmern sich in lautes, fröhliches Krähen verwandelte.

»Ein zartes Stück, aber zu wertvoll, um geröstet zu werden«, erklärte Roderic.

Das Baby packte sein Haar und fuhr mit seinen klebrigen Fingern durch die goldenen Strähnen, während es ihm zugleich einen nassen Kuß auf die Nase gab. Er bemerkte, daß der Stoff in seiner Hand feucht war, und seufzte.

»Tröpfelnd und anspruchsvoll, undicht und nur allzu liebenswert. Es ist ein Mysterium, wie die menschliche Rasse überlebt hat.«

Mara, die beobachtete, wie er geduldig die kleinen Hände aus seinem Haar befreite und das Kind herzte, rieb sich den verspannten Nacken und spürte ein Lächeln um ihre Mundwinkel spielen, als sie den Prinz von Ruthenien so unerwartet in einem ganz neuen Licht sah. Warum sie das glücklich machte oder überraschte, vermochte sie nicht zu sagen. Sie hatten über Babies gesprochen, sie und Roderic, in der Nacht ihrer ersten Begegnung, aber damals hatte wenig darauf hingedeutet, daß er sie mochte. Oder mit ihnen umzugehen verstand.

Als das Essen fertig war, war es vorzüglich, mit Kräutern und Knoblauch gewürzt, die Schwarte knusprig, braun und fest, das Fleisch saftig und zart. Das in den Kohlen gebackene Brot schmeckte leicht nach Rauch, die ideale Ergänzung. Das Essen wurde mit noch mehr Wein hinuntergespült, danach wischten sie, zumindest die Gäste, ihre Hände an groben Handtüchern ab, die in mit Wermut aromatisiertes Wasser getaucht worden waren.

Sie aßen immer noch, als ein Reitertrupp eintraf. Schweigen legte sich über das Lager, als man die Uniformen erkennen konnte. Der Sippenführer legte das Truthahnbein aus seiner Hand und stand auf. Gemeinsam mit Roderic, der sich bereits erhoben hatte, ging er zu den Pferden der berittenen Gendarmen.

Es ging um ein gestohlenes Pferd, so flüsterte man sich im Lager zu. Die Gendarmen wollten nach dem Tier und seinem Dieb suchen. Die Zigeuner hatten nichts zu verbergen, natürlich nicht. Laßt die Polizei herein. Gebt ihnen zu essen und zu trinken. Spielt, tanzt, singt.

Roderic, ebenso höflich wie in seinem eigenen Salon, wies den Männern einen Platz auf den Teppichen zu. Wein und Spanferkel wurden gebracht und vor ihnen abgestellt. Fröhlich und laut erscholl Musik. Eine junge Frau mit grellrotem, goldbesticktem Kopftuch eilte in die Mitte des Kreises und begann mit fliegendem Kopfschmuck um das Hauptfeuer zu tanzen. Der Rhythmus des Tanzes wurde von den Zigeunern aufgenommen, die den Takt dazu klatschten. Die Augen der Tänzerin funkelten, und ihr Lächeln blitzte auf, während sie sich drehte und stampfte und sich wiegte. Die Münzen an der Kette um ihren Hals klimperten. Schneller und schneller tanzte sie, bis sie sich in einer rasenden Schlußkadenz vor den Gendarmen und Roderic niederwarf. Applaus brandete auf, erstarb aber gleich wieder, da die Musik erneut einsetzte. Es war eine langsame, traurige Melodie, und die Bewegungen der sich erhebenden Tänzerin waren weich und kontrolliert und vollkommen zeitlos in ihrer verführerischen Kraft. Sie tanzte für die Gendarmen, zog ihr Kopftuch über ihre Gesichter und über ihre Schultern, aber am allermeisten tanzte sie für Roderic.

Das Lächeln des Prinzen war höflich, und aus seinen Augen strahlte Anerkennung. Mara, die ihn beobachtete, spürte, wie sich ihr Magen verkrampfte. Sie wandte den Blick ab. Dämon saß bettelnd zu ihren Füßen und schaute sie traurig an. Sie überließ ihm das Rippenstück, das sie in der Hand hielt, wischte sich ihre Finger ab und nahm einen großen Schluck. Die Wärme des Weines in ihren Adern war halb angenehm, halb schmerzlich. Nichts mehr war von ihrer Zufriedenheit zu spüren. Der Grund war nicht schwer zu erraten. Sie war eifersüchtig.

Man hatte sie gezwungen, einen Prinzen zu verführen, und sie hatte den Fehler begangen, sich in ihn zu verlieben. Das war dumm gewesen, dumm und sinnlos und demütigend. Er stammte aus einer anderen Welt, einer Welt voller Privilegien und Macht und sorgfältig arrangierten Verbindungen. Selbst wenn sie sich unter normalen Umständen kennengelernt hätten, wäre es unwahrscheinlich gewesen, daß sie die Unterschiede in ihrem Rang überwunden hätten. Jetzt, nachdem sie ihn betrogen und sie beide in einen Skandal verwickelt hatte, war es unmöglich. Sie konnte einzig darauf hoffen, daß er nie erfuhr, was sie empfand, und ihren Stolz bewahren.

Sie wandte sich von Roderic ab, und ihr Blick fiel auf Luca. Der Zigeuner saß da, den Arm auf das angewinkelte Knie gestützt und schenkte Juliana seine ganze Aufmerksamkeit. Der Feuerschein leckte über sein dunkles Antlitz und beleuchtete mit orangefarbenem Schimmer die bloßliegenden Gefühle darauf. Weil Mara dasselbe Begehren spürte, das sie in den Augen des Zigeuners sah, erkannte sie es sofort. Das neueste Mitglied in der Truppe war in Roderics Schwester verliebt.

Der Tanz ging weiter. Jetzt gab ein Zigeuner den Musikern ein Zeichen, langsamer zu spielen, und begann sich im Rhythmus zu bewegen. Mit majestätischer Sicherheit posierte und schritt er die Menge ab, die sich um das Feuer versammelt hatte. Schließlich erwählte er mit werbendem Lächeln eine Frau. Sie gesellte sich zu ihm, und gemeinsam, Rücken an Rücken und mit ausgestreckten Armen, glitten sie durch das Dunkel, wirbelten plötzlich herum, so daß sie einander anblickten, kamen sich näher, sprangen auseinander, hielten sich fest und wiegten sich im Herzschlag der Musik. Die Hände auf den Hüften des anderen und mit leidenschaftlichem Blick bewegten sie sich in einem Ritual suggestiver Werbung aufeinander zu, voneinander weg. Die Musik wurde schneller; schneller tanzten auch sie, immer schneller. Bis plötzlich der Mann die Erwählte in seine Arme zog, sie durch die Zuschauer lenkte und mit ihr in der Dunkelheit verschwand.

Die Nacht schritt voran. Die Gendarmen, denen der starke Wein zusagte, begannen zu singen, und die Zigeuner stimmten ein. Sie sangen alte Bauernweisen und Strophen der beliebtesten Operetten; Arien aus Donizetti- und Belliniopern; und gewagte Couplets aus den Cabarets des Rive Gauche. Als ihnen endlich die Lieder ausgingen, war der Pferdedieb vollkommen vergessen. Jedenfalls fühlten sie sich den Zigeunern so verbunden, daß die Gendarmen, als man ihnen ein zweites Mal anbot, nach dem Pferd zu suchen, entrüstet ablehnten. Kurz darauf ritten sie davon, um ihrem Vorgesetzten Bericht zu erstatten.

Die Kinder wurden zu Bett gebracht. Grandmère Helene nickte in ihrem Sessel ein. Roderic hob seine Mandoline wieder auf und stimmte ein leises, verzauberndes Lied an. Die Violinen nahmen es auf, die Melodien verschmolzen, stiegen an und fielen, leidenschaftlich flehend und herzergreifend süß.

Die Musik durchdrang Mara und rührte an den Schmerz tief in ihrer Brust. Von dem unbestimmten Gefühl getrieben, allem zu entkommen, schüttete sie den Rest ihres Weines hinunter und erhob sich. Sie drängte sich aus dem Kreis um Rolf, umging ein Kochfeuer und folgte der abgrenzenden Reihe der Wohnwagen. Sie erreichte eine Öffnung zwischen zweien und zwängte sich hindurch. Dahinter lag windgepeitschte Dunkelheit, an manchen Stellen von einem Feuer durchbrochen, wo noch mehr Zigeuner lagerten. Es war kalt, sobald man vom Feuer weg war. Zitternd zog sie ihren Umhang fester um sich.

Aus dem Wagen direkt neben ihr drang süßer Heugeruch. Der Wagen hatte feste Seitenwände und ein gewölbtes Dach wie alle anderen, aber keine Rückwand. Heubüschel, offenbar Futter für die Pferde der Sippe, lagen verstreut auf dem Boden. Sie würden ein weiches Lager abgeben, und die Wände des Wagens würden den Wind abschirmen.

Sie saß höchstens ein paar Minuten, als die Musik, die sie so verstört hatte, verklang. Plötzlich fühlte sie sich erleichtert. Sie gestattete ihren Muskeln, sich zu entspannen, und lehnte sich gegen das Heu, das hinter ihr aufgestapelt war. Sie schloß die Augen, zwang sich, nicht zu denken, und versuchte, sich die sorglose Philosophie der Zigeuner ins Gedächtnis zu rufen. Das Leben ist das Leben. Jeder Augenblick ist ein Geschenk. Genieße ihn.

Das Lager des Wagens quietschte, als sich das Gewicht verschob. Das Heu raschelte. Mara öffnete die Augen und erblickte die Silhouette eines Mannes am Ende des Wagens. Einen Schrei unterdrückend, warf sie sich auf die Seite, um sich an ihm vorbeizudrängen.

»Keine Angst. Ich bin es nur«, sagte Roderic.

Langsam entspannte sie sich, obwohl ihr das Herz im Halse schlug. »Was wollen Sie?«

»Sie sollten nicht allein herumwandern. Ein lüsterner Zigeuner könnte das als Einladung auffassen.«

»Er würde sich irren.«

»Aber die Erkenntnis könnte zu spät kommen.«

Sie konnte sein Gesicht im Dämmerlicht nicht erkennen, wohl aber den fahlweißen Fleck seiner Uniform sehen, als er auf sie zukam, um sich neben ihr niederzulassen. Mächtig ragte sein Körper neben ihr auf, machte ihr überdeutlich bewußt, daß sie allein waren.

»Ich muß zurück zu den anderen«, sagte sie hastig.

»Das eilt nicht mehr, da Sie nicht mehr allein sind. .«Natürlich, wenn die Furcht Sie treibt –«

»Ich fürchte mich nicht vor Ihnen.« Sie war vorsichtig, mißtrauisch, aber sie hatte keine Angst.

»Warum sind Sie mir dann aus dem Weg gegangen?«

»Das bin ich nicht!«

»Sie haben mein Bett verlassen –«

»Sie konnten kaum von mir erwarten, daß ich bleibe!«

»Warum? Weil ich Ihnen nicht länger nützlich sein kann? Weil niemand mehr Sie dazu zwingt? Weil plötzlich wieder Anstand eingekehrt ist? Weil König Rolf unmutig reagieren könnte? Oder etwa weil Sie mir nicht vergeben können, daß ich Ihre Angst als Waffe einsetzte, um mir Ihre Mitarbeit zu sichern?«

»Aus all diesen Gründen«, antwortete sie trotzig.

»Dann gehen Sie sie der Reihe nach durch und erklären Sie mir, warum sie triftig sein sollen.«

»Das wissen Sie genau!«

»Ich weiß nur, daß die Erinnerung an Sie in meinem Geist brennt, blauviolett und schimmernd wie Perlmutt. Ich weiß, daß ich Sie will, daß kein Königreich mir genügen wird, solange Sie mir fehlen. Ich verzehre mich danach, Sie zu berühren und zu halten, Sie honigsüßes Wesen zu schmecken ...«

Um die Flut seiner Worte zu stoppen, sagte sie: »Sie wollen eine Frau. Die Zigeunertänzerin wird Ihnen zweifellos genauso zusagen.«

»Sie haben es bemerkt.« Seine Stimme klang zufrieden.

»Wie sollte ich nicht, wenn Sie so vernarrt in die Darbietung waren? Wie hätte man das übersehen können?«

»Sie waren eifersüchtig.«

»Das war ich nicht!« Sie drückte sich von ihm fort, versuchte aus dem Wagen zu gelangen. Er packte sie am Arm, riß sie mit solcher Geschwindigkeit an sich, daß sie rücklings im Heu landete.

»Doch, Sie waren es«, sagte er leise, beugte sich über sie und preßte ihre Arme neben ihr nieder. »Sie wollen mich.«

»Nein!«

»Ja. Genau wie mir gehen Ihnen die seidigen Nächte und die allzu früh nahenden Morgen nicht aus dem Sinn.«

»Nein«, flüsterte sie, aber es war gelogen.

Er antwortete gar nicht darauf, sondern preßte seine Lippen auf ihre. Er liebkoste zärtlich die empfindsame Linie, bis sie sich teilten und ihm Einlaß gewährten. Ohne zu zögern nahm er, was sie ihm anbot, und erforschte in sinnlicher Langsamkeit die sensiblen Flächen im Inneren. Sie hob langsam die Arme, um sie hinter seinem Kopf zu verschränken.

Das Leben war das Leben und mußte gelebt werden. Gestern war vorbei, und das Morgen nicht mehr als ein Schatten. Nur die Nacht war ihnen sicher, die Gegenwart alles, was sie wirklich besaßen. Es konnte nicht falsch sein, die Genüsse anzunehmen, die sie ihnen bot, und sie für alle Zukunft in eine strahlende Erinnerung zu verwandeln, wenn es denn eine Zukunft gab. Sie liebte diesen Mann. Egal, was er getan hatte, sie konnte nicht leugnen, daß nur er ihr Blut heißer werden und ihr Herz schmerzvoll überfließen ließ. In Sehnsucht und Fatalismus ertrinkend, preßte sich Mara enger an Roderics feste Gestalt.

Ihre Körper sanken ins dichte Heu. Der Duft umgab sie mit Erinnerungen an den Sommer und die warme Sonne. Es raschelte leise, wenn sie sich in ihrem weichen, kitzligen Bett bewegten. Der Wind säuselte um das gewölbte Dach des Wagens und rührte mit kalten Fingern an ihre Haut, bis sie sich tiefer ins Heu gruben.

Roderics Lippen zogen eine brennende Spur über ihren Hals, ihren Kiefer, die zarte Haut an ihrer Kehle. Er langte hinunter, um ihre Röcke aufzunehmen und zog sie hoch, bis seine Hand ihr Knie berührte. Noch höher drückte er die Masse von Röcken und Unterröcken, und sie gab ein leises Geräusch von sich, als sie seine warme Hand durch den dünnen Stoff ihrer Unterhose spürte. Er breitete seine Finger über ihrem Bauch aus, überspannte die flache Bauchdecke und beugte sich plötzlich in einer schnellen Bewegung hinab, um sein Gesicht in der weichen, festen Haut zu vergraben. Sanft und schmeichlerisch teilte er ihre Schenkel, suchte und fand die geschlitzte Öffnung in ihrer Unterhose. Sie fühlte seine rauhen Fingerspitzen am empfindsamsten Punkt ihres Körpers, dann den warmen Strom seines Atems, die Hitze seines Munds.

Sinnlichkeit, eine vitale und gefährliche Lust überschwemmte sie mit solcher Gewalt, daß es ihr den Atem nahm. Ihre Wahrnehmung wurde getrübt und war doch zugleich so klar, daß sie es beinahe nicht mehr zu ertragen glaubte. Niemals hatte sie sich so lebendig, so kraftvoll gefühlt. Sie war Teil der Nacht und der Musik und der wilden Freiheit des Zigeunerlagers, des kalten Winterwindes und auch des Mannes, der sie hielt. Das Blut toste in ihren Adern, und ihr Herz schwoll, bis es zu bersten drohte, pochte laut pulsierend gegen ihre Rippen.

Sie packte ihn mit der Hand an der Schulter, klammerte sich daran, knetete, streichelte sie. Ihr Unterleib fühlte sich schwer an, die Muskeln waren gespannt. Ihre Haut glühte. In ihr war ein sich beschleunigendes, keimendes Verlangen. Sie wollte, mußte seine Stärke an sich, in sich spüren. Sie wollte ihn umschlingen, ihn tiefer und tiefer in sich ziehen, bis er ein Teil von ihr und sie ein Teil von ihm war, ohne Unterschied in Rang und Namen, weiblich oder männlich. Ohne Ende.

Sie zwängte ihre Hand zwischen sie beide und ließ die Schlaufen seiner Uniformjacke über die Knöpfe gleiten. Er bewegte sich, um ihr behilflich zu sein. Sie öffneten ihre Kleider, zogen den Stoff beiseite, schoben die Kleidungsstücke nach unten, die am beengendsten waren. Dann vereinigten sie sich mit der unausweichlichen Kraft von Magnet und Eisen, Antlitz an Antlitz im flüsternden, süßduftenden Heu. Mit verwobenen Gliedern preßten sie sich aneinander.

»Mara«, sagte er. Es war ein Zauberwort und eine Seligsprechung, und mit einem kraftvollen Stoß seiner Hüften bestieg er sie und versenkte sich tief in sie.

Im leidenschaftlichen Sog ihrer Vereinigung befangen, bewegte sich Mara mit ihm, gegen ihn. Gemeinsam rangen sie, gemeinsam pulsierte ihr Blut durch die Adern und kam ihr tiefer, schwerer Atem. Ihre Haut war feucht und reagierte brennend auf jede Berührung. Ihre Lippen trafen sich in einem ekstatischen, alles verschlingenden Kuß. Der Aufruhr verstärkte sich, begann zu sieden und strömte in plötzlicher Pracht auf die unvermeidliche Explosion zu.

Sie eruptierte in ihnen, lautlos und prachtvoll, verführerisch in ihrer Magie. Sie brachte ihnen, engumschlungen, dankbare Glückseligkeit. Die Glieder verwoben und leise Zärtlichkeiten tauschend, trieben sie davon und kamen langsam zur Ruhe.

Erst viel später bemerkten sie den kalten Wind. Widerstrebend lösten sie sich voneinander, setzten sich auf und richteten ihre Kleider. Dann war Roderic Mara behilflich, schloß die winzigen Knöpfe ihres Mieders, während sie ihr Haar richtete. Als er seine Aufgabe zur Hälfte vollbracht hatte, neigte er den Kopf, um seine Lippen in das tiefe Tal zwischen ihren Brüsten zu drücken.

In diesem Augenblick trat Rolf vor sie. Er plazierte einen Fuß auf dem Trittbrett des Wagens und sprach mit lieblicher Stimme, unter der jedoch Stahl lag.

»Welch süße pastorale Freude, sich im Heu zu tummeln. Zwar zeugt sie von mangelnder Eleganz, Finesse oder gar Verstand, aber trotzdem kann sie auf kratzige Weise bezaubern. Ich hoffe, die Erfahrung war erinnernswert, denn sie wird sich keinesfalls wiederholen.«

14. Kapitel

Revolution lag in der Luft. Seit fast sechzig Jahren war das Volk nicht so wütend gewesen, hatte es seiner Unzufriedenheit mit der Regierung nicht so lautstark Luft gemacht. Außerdem und vor allem anderen war man gelangweilt. Man blickte auf die Tage des napoleonischen Imperiums zurück und sehnte sich seufzend nach Frankreichs vergangenem Ruhm, dabei vergessend, wieviel Blut Frankreichs Jugend dafür vergossen hatte und welch enorme Summen er gekostet hatte. Die Köpfe der Aristokraten des Ancien Regime waren auf der Place de la Concorde gerollt, und niemand hatte ihnen nachgetrauert, aber ach, was waren das für Zeiten gewesen, als der Sonnenkönig in Versailles regiert hatte und alle

Welt angereist war, um La belle France die Ehre zu erweisen.

Und wie anders war der Hof von Louis Philippe. Von Ruhm oder Pracht war dort nichts zu spüren. Es gab nur pompöse Rechtschaffenheit, magere Zeiten und, wie ein kluger Mann es ausdrückte, »eine hasenherzige Monarchie, die zuläßt, daß Frankreich gedemütigt wird«. Das Land, das sich einst vom Ärmelkanal bis zum Rhein, von der Nordsee bis zum Ottomanischen Imperium erstreckt hatte, war auf weniger als die ursprünglichen vornapoleonischen Grenzen zurückgestutzt worden. Aufsehenerregende Ereignisse, wichtige Revolutionen und Veränderungen in den Regierungen anderer Länder hatten stattgefunden, während Frankreich untätig dabeistand. Die Menschen verhungerten im Winter, ohne daß ihnen jemand geholfen hätte. Man wurde von einer korrupten, vulgären Mittelklasse und einem lächerlichen, unrechtmäßigen König regiert: Es war wirklich zum Schämen. Eine Veränderung konnte alles nur zum Besseren wenden; schlimmer konnte es nicht werden.

Das Buch *Geschichte der Girondins* des Poeten und Politikers Lamartine, in dem die Revolution idealisiert und die Ausschreitungen des Terrors entschuldigt wurden, wurde überall gelesen und zitiert. Lamartine war äußerst begehrt als Sprecher auf reformistischen Banketten, die überall im Lande gegeben wurden. Auf diesen Banketten wurden die Gäste mit reichlich portionierten Reden über die allgemeine Misere und die Herrschaft des gemeinen Mannes gefüttert. Es schien ihnen zu munden. Der König und seine Ratgeber verfolgten die ungewöhnlichen Festmähler mit wachsendem Unbehagen.

Bei den Versammlungen im Salon des ruthenischen Hauses herrschte unvergleichliche Selbstzufriedenheit unter den immer langweiliger werdenden Gästen. Louis Philippe war ein anständiger und gemäßigter Mann. Seine Regierung war die stabilste seit der Revolution. Niemand wäre so verrückt, sich auf eine gewaltsame Veränderung mit all den damit verbundenen Gefahren einzulassen, gleichgültig wie laut Romantiker wie Lamartine über die Freiheit des Individuums predigten.

Aber während die Gesellschaft im großen Salon langsam ausdünnte und zusehends mittelständischer wurde, nahmen die Besucher in den Privatgemächern des Prinzen nicht nur zahlenmäßig zu, sondern stellten sich zunehmend radikaler gegen die augenblickliche Regierung. Hierher kamen die Autoren und Künstler, Bildhauer und Komponisten, die die Avantgarde der romantischen Bewegung dargestellt hatten; Hugo, Balzac, Madame Dudevant und Lamartine sowie Dutzende anderer. Sie unterhielten und stritten sich, tranken und rauchten manchmal kleine türkische Zigarren oder die exotische, mit Opiumkügelchen gefüllte Hukah. Wie ernst sie nahmen, was sie zu sagen hatten, wie aufrichtig sie die Reformen herbeisehnten, welche die so begeistert ersehnte Herrschaft des gemeinen Mannes bringen sollten, war schwer zu sagen.

Der Strom der Kaufleute, Modisten, Doktoren, Anwälte, Mägde, Friseure und Kutscher zog weiterhin durchs Haus. Die Truppe kam und ging, wurde mit mysteriösen Aufträgen beschäftigt. Mara hatte erwartet, daß diese Aktivitäten nach der Aufdeckung des Mordanschlags nachlassen würden, aber sie schienen zuzunehmen. Die gesammelten Informationen wurden nur selten in Anwesenheit der Damen ausgewertet, aber gelegentlichen Anspielungen war zu entnehmen, daß sie wenig beruhigend waren.

Eines Spätabends fuhr eine schnelle, leichte Reisekutsche in den Hof ein. Die Goldverzierungen strahlten, der türkise Lack glänzte, und das Wappen auf der Tür war königlich. Zwei livrierte Lakaien standen hinten auf der Kutsche, und eine berittene Leibwache begleitete sie. Die Tür wurde geöffnet und die Treppe herabgelassen. Heraus trat eine Dame in nerzbesetztem grünem Samt und einem gefiederten Hut. Er saß vorgekippt auf dunkelbraunem Haar, das an den Schläfen die ersten Silbersträhnen zeigte.

Bis der elegant beschuhte Fuß das Pflaster berührt hatte, war Roderic die Stufen zum Hof heruntergeeilt, gefolgt von Rolf, der sich würdiger und langsamer bewegte. Trotzdem war es Rolf, der vortrat, um die dargebotene Hand zu nehmen und sie an seine Lippen zu führen, bevor er die Dame in seine Arme zog.

Als er wieder sprechen konnte, sagte er: »Angeline, du schlechtes Weib, so voller Neugier und aufdringlicher Instinkte – wer kümmert sich um mein Königreich?«

»Ein Schwarm von Männern, vom Kammerherrn bis zum Minister, und jeder einzelne davon ist qualifizierter als ich«, antwortete sie ohne das geringste Anzeichen von Reue. »Du konntest doch nicht ernsthaft glauben, daß ich Weihnachten allein verbringe, während ihr alle in Paris seid? Gesteh, daß du meine Ankunft seit Tagen erwartest.«

»Und daß ich mir über dein Ausbleiben Gedanken machte.«

»Abscheulicher Mensch«, erklärte sie mit liebevollem Lächeln. Sie rückte sich den Hut zurecht und wandte sich an ihren Sohn. »Also, wo ist deine Verführerin?«

»Mama, du bist furchtbar, du könntest Rücksicht auf ihre Gefühle nehmen«, mahnte er lachend, während er sie schwungvoll umarmte, so daß sie sich den Hut erneut geraderücken mußte.

»Weshalb? Wenn einer von euch das bis jetzt getan hätte, würde mich das sehr schockieren.«

Mara hatte auf der Treppe gewartet. Sie trat vor, und Roderic kam zu ihr, um ihre Hand zu nehmen und sie formvollendet vorzustellen. Ein Lächeln legte sich um Angelines gütigen Mund, das bis in ihre weichen graugrünen Augen stieg, bevor sie sie herzlich umarmte.

»Was für eine freudige Überraschung, endlich meiner Patentochter zu begegnen und eine so ungewöhnliche Frau kennenzulernen. Ich sehe etwas von Ihrem Vater in Ihnen. Ich habe gehört, daß Helene Sie begleitet? Lassen Sie uns hineingehen und ausführlich plaudern.«

Die Ankunft von Roderics Mutter hellte die Atmosphäre im ruthenischen Haus deutlich auf, und der öffentliche Salon füllte sich bald mit ihren Freunden und Bekannten und all jenen, die sie angemessen in der Stadt willkommen heißen wollten. Die Tage wirbelten in einer Folge von Besuchen,

Soireen, Bällen und Theater- sowie Opernbesuchen vorbei. Man kaufte Geschenke für die Silvesterfeier, oder man machte Kutschfahrten durch die Stadt. Nachdem sie an jenem ersten Abend die ganze Geschichte der Beziehung zwischen Mara und Roderic gehört hatte, sagte Angeline kaum mehr etwas darüber. Sie begegnete Mara mit einer gewissen familiären Zuneigung, aber sie stellte sich in dem Streit zwischen Vater und Sohn auf keine Seite.

Es gab einen Vorfall, der den gleichmäßigen Verlauf dieser Tage störte. Eines Abends in der Comédie Française hob Mara ihr Opernglas, blickte zur Loge gegenüber jener der ruthenischen Gesellschaft und erspähte de Landes. Der Mann besaß die Unverschämtheit, sie anzulächeln und sich zu verbeugen. Es schien ihm keineswegs zu gefallen, daß Mara ihren Blick ohne ein Zeichen des Erkennens weiterwandern ließ.

Weihnachten kam und ging. Heiligabend besuchte man eine Christmette, eine wunderschöne Zeremonie im Lichte Tausender von Kerzen. Am ersten Weihnachtsfeiertag wurden Wagenladungen von Lebensmittelkörben an Waisenhäuser und Hospitale verschickt. Alle Päckchen waren von Angeline gepackt worden – mit Julianas und Maras Hilfe. Der Tag, an dem man einander Geschenke machte, der Neujahrstag, wurde jedoch vom Tode Madame Adelaides, der Schwester König Louis Philippes, überschattet. Die Stadt versank in Trübsinn. Der Hof ging augenblicklich in tiefe Trauer. Veranstaltungen wurden abgesagt. Schwarz zierte die Fenster der Häuser und Läden. Die Stoffläden wurden überschwemmt von der Nachfrage nach Stoffen in den Trauerfarben Schwarz und Lila, Grau und Lavendel. Die Modisten und die Näherinnen, die in den schlecht beleuchteten Hinterzimmern von Paris für sie arbeiteten, nähten wochenlang die Nächte durch, um den Bedarf an Trauerkleidung zu stillen. Weil Angeline ganz entfernt mit der königlichen Familie verwandt war, wurden für die Männer im ruthenischen Haus schwarze Armbinden bestellt und zwei dunkelgraue schwarzumrandete Kleider für jede Dame, eins für den Tag und eines für den Abend.

Nach dem plötzlichen Wegfall aller Amüsements war man im ruthenischen Haus auf sich selbst gestellt. Mara verbrachte einen Abend damit, an ihren Vater zu schreiben, eine Aufgabe, die sie lange aufgeschoben hatte. Sie begann und zerriß ihre Briefe so oft, daß sie beinahe ihren gesamten Vorrat an Schreibpapier aufgebraucht hätte. Es schien keine angemessene Weise zu geben, das Geschehene wiederzugeben, keine Möglichkeit, sich zu erklären, ohne daß es so klang, als würde sie nach Ausreden für ihr Benehmen suchen oder die Schuld für alles ihrer Großmutter zuweisen. Schließlich hatte sie die traurige Geschichte so einfach und vollständig wie möglich niedergeschrieben und den Brief versiegelt, bevor sie es sich noch einmal anders überlegen konnte.

Roderic trat an sie heran, als sie den Brief für Sarus bereitlegte, der ihn auf die Post bringen sollte. Er schlenderte mit ihr in den Salon. Ihre Beziehung zueinander war ihr frisch im Gedächtnis, nachdem sie sie eben geschildert hatte. Im Trubel der täglichen Ereignisse war es ihr gelungen, sich etwas davon zu distanzieren, doch nun wurde sie wieder unruhig.

»Die Welt treibt auf den Untergang zu und Frankreich in die Anarchie, aber daran tragen Sie keine Schuld. Warum grämen Sie sich also?«

»Ich gräme mich nicht«, sagte sie und milderte die Grimmigkeit ihres Mienenspiels, indem sie ihre Mundwinkel zu einem Lächeln verzog. Augenblicklich wurde sie wieder ernst. »Nein, ich dachte an Ihren Vater. Ihm scheint die monarchische Etikette nicht allzu viel zu bedeuten, ganz bestimmt macht er sich wenig aus Zeremonien. Ihre Mutter erhebt, trotz ihrer Verbindung zu den Bourbonen, keinerlei Ansprüche, von blauem Blut zu sein. Warum also stellt sich König Rolf gegen mich? Liegt das an meinem Charakter? Meinem Aussehen? Oder hat es damit zu tun, daß ich Sie in den Mordanschlag auf Louis Philippe verwickelt habe? Natürlich macht das im Grunde keinen Unterschied, trotzdem würde ich es gern verstehen.«

Roderic beobachtete, wie sich die Emotionen auf ihrem Gesicht abwechselten und mußte ihrem ruhigen Mut auf der

Suche nach der Wahrheit Anerkennung zollen. Sie war keine feurige Frau, war nicht leicht zu erzürnen und nicht freigiebig mit ihrer Leidenschaft, und doch brannte in ihr eine ruhige, unauslöschliche Flamme. Er erwies ihr Respekt, indem er ihr anbot, was sie zu wissen verlangte.

»Sie brauchen sich nicht zu beunruhigen. Es ist viel wahrscheinlicher, daß meine Fehler seinen Unwillen anfachen. Sie nehmen an, daß er mich beschützt, das ist ein Fehler. Viel eher würde er Sie beschützen.«

Sie blieb wie angewurzelt stehen. »Das ist nicht möglich.«

»Er ist ein liebender Vater – und ein listenreicher dazu, aber ihm würde, glaube ich, kaum der Gedanke kommen, daß ich seinen Schutz brauchen könnte.«

»Aber warum sollte er mich beschützen?«

»Nachdem sein Verstand so listenreich arbeitet, hegt er den Verdacht, daß ich Sie in einem Streich verführen und einen Anschlag vereiteln wollte.«

Sie starrte ihn an. »Sie meinen, er glaubt, Sie hätten de Landes ausgeschickt, Grandmère Helene zum Glücksspiel zu verleiten, damit er mich dazu zwingen kann, seine Befehle zu befolgen? Warum sollte de Landes so etwas tun?«

Ihr Verstand arbeitete schnell, das durfte er nicht vergessen. Oder sie hatte die Möglichkeit schon früher in Betracht gezogen. »Damit ich ihm bei dem Anschlag auf Louis Philippe helfe.«

»Aber Sie haben ihm nicht geholfen. Sie haben den König beschützt.«

»Was ein höchst elegantes Täuschungsmanöver wäre.«

Sie legte die Hand an die Stirn und versuchte, klar zu denken. Was er sagte, ergab auf schreckliche Weise Sinn. Plötzlich klärte sich ihre Miene. »Nein. Bis zu jener Nacht im Zigeunerlager wußten Sie gar nicht, daß es mich gibt.«

»Sie waren bereits einige Wochen in Paris. Vielleicht hatte ich Sie irgendwo gesehen, auf der Straße oder im Theater? Vielleicht hatte ich aufgrund eines Schriftwechsels zwischen Ihrer Großmutter und meiner Mutter erfahren, daß Sie kommen, und diskrete Erkundigungen angestellt. Sobald ich Sie gesehen hatte, hätte ich beschließen können, Sie zu meiner Geliebten zu machen, was unmöglich gewesen wäre, wenn wir uns im respektablen Familienkreis kennengelernt hätten.«

»Ganz bestimmt wäre Ihnen klargewesen, daß unsere – die Verbindung ruchbar werden und ein Skandal folgen würde?«

»Vielleicht sollte sie ursprünglich nicht länger als ein paar Nächte währen. Vielleicht war ich, nachdem ich Sie einmal in meinen Armen gehalten hatte, zufrieden, den Dingen ihren Lauf zu lassen, zufrieden, die Konsequenzen auf mich zu nehmen, die mich an Sie binden würden.«

Es war nicht mehr als ein Wort- und Gedankenspiel. Sonst nichts. »Wie könnte ein Vater so etwas von seinem eigenen Sohn glauben?«

»Ganz leicht«, antwortete er, und seine Augen lagen im Schatten des dämmrigen Korridors. »Warum sollte er nicht, nachdem Sie es schon fast glauben?«

»Das tue ich nicht!«

»Wirklich nicht, Chère? Wirklich nicht?«

Sie schenkte ihm einen kühlen Blick. »Es würde mir helfen, mir über meine Gefühle klarzuwerden, wenn Sie mir verraten könnten, warum de Landes immer noch frei ist und seinen Verpflichtungen im Ministerium nachkommt?«

»Wie kommt es«, fragte er leise, »daß Sie wissen, wo und was er arbeitet?«

»Was wollen Sie damit andeuten?« fragte sie und richtete sich auf. Ihr Gesicht erbleichte vor Zorn und Angst.

»Es war eine ganz einfach Frage.«

»Für wen? Aber Sie brauchen sich deswegen nicht den Kopf zu zerbrechen; es gibt kein Rätsel, keine Ausflüchte. Ich habe ihn im Theater gesehen. Sie hätten ihn ebenfalls dort sehen können, wären Sie nicht mit Ihren reformistischen Freunden beschäftigt gewesen.«

Hinter den goldenen Speeren seiner Wimpern hervor studierte er sie mit undurchdringlichem Blick. Schließlich sagte er: »Es gibt ein abgedroschenes, aber ausdrucksreiches Sprichwort: ›Besser ein Teufel, den man kennt ...‹«

»Soll das heißen, Sie beobachten ihn?«

»In etwa.«

»Warum?« Es war eine kühne Frage, aber sie glaubte, er würde darauf genauso reagieren wie auf jede subtile Anspielung.

»Das wird sich noch herausstellen.«

Wenn sie geglaubt hatte, auf direktem Wege herauszufinden, was für ein Mann er war, dann hatte sie eine Niederlage hinnehmen müssen. Ihre Miene verhärtete sich. »Bitte sehr. Sie können so geheimniskrämerisch sein, wie Sie wollen.«

»Sie verdächtigen mich, Ihnen auszuweichen?«

»Leugnen Sie das etwa?«

»Glauben Sie nicht«, fragte er nachdenklich, »daß ich eine gefälligere Lüge finden könnte, wenn ich wollte?«

»Ich glaube, daß bei Ihnen Schlichtheit als bewunderswerte Falschheit dienen kann.«

Es war ungerecht, daß er so gerade und aufrecht vor ihr stand und in seiner perfekten Gestalt und männlichen Schönheit Stolz und Ehrbarkeit zu verkörpern schien.

Ohne zu lächeln antwortete er: »Dann werden Sie selbst entscheiden müssen, was von beidem es ist, nicht wahr?«

Das Wetter war angenehmer geworden, schon beinahe mild. Die Sonne strahlte so hell, daß sie in den Augen schmerzte, und ein Hauch von Frühling lag in der Luft, obwohl es erst Ende Januar war. Die Armen von Paris strömten aus ihren düsteren Wohnungen auf die Straßen, um ihre Gesichter der Sonne entgegenzuhalten; Frauen mit dünnen, stillen Kindern, Bettler in ihren Lumpen. Männer sammelten sich an den Straßenecken, redeten, stritten, marschierten oder sangen auch manchmal, bis sie von den berittenen Gendarmen mit ihren Stöcken und Degen auseinandergetrieben wurden.

Die Damen im ruthenischen Haus machten, von der Wärme dazu verlockt, einen Spaziergang über die Rue de Faubourg St. Antoine zur Place de la Bastille, dann nach rechts über den Pont d'Austerlitz zum Jardin des Plantes. Die Gärten waren weitläufig, und Tausende verschiedener Pflanzen aus allen Teilen der Welt waren dort ausgestellt, jede in ihrer typischen Umgebung. Es gab riesige Gewächshäuser mit gewölbten Glasdächern, die in der Wintersonne glitzerten, und auch eine Kollektion exotischer Tiere, Löwen und Giraffen aus Afrika, mit eingeschlossen.

Sie schlenderten über die Kieswege zwischen den rechteckigen Blumenbeeten mit ihrem Mulchbelag. Sie nickten den Kinderfräulein mit ihren kleinen Schützlingen im Kinderwagen und den älteren Herren zu, die einen Finger an den Hut legten und sich auf den Bänken unter den noch unbelaubten Bäumen sonnten. Ganz langsam sonderten sich Juliana und Mara von Angeline und Grandmère Helene ab, die sich im gemessenen Tempo älterer Damen bewegten.

Dämon, der sich an diesem Tag Mara angeschlossen hatte, rannte auf und ab und inspizierte das neue Territorium. Julianas Sophie trottete mit hoch erhobenem Kopf an ihrer Leine, beschnüffelte die Luft, erstarrte und huschte ängstlich unter Julianas Röcke, als ein Löwe brüllte. Tauben kreisten in Schwärmen über ihnen und ließen sich dann auf den Wegen nieder, wo sie umherspazierten und im Kies pickten. Spatzen flatterten herum wie trockenes Laub. Kinder rannten hin und her, manche trieben Holzreifen vor sich her, und alle scheuchten mit großem Vergnügen die Tauben auf.

Der Pekinese, als Hund mit Stammbaum, ereiferte sich, als er einen gewöhnlichen Pudel erblickte, und kläffte aufgeregt los. Dämon unterstützte ihn nach Kräften. Der Pudel wollte sich nicht einschüchtern lassen und baute sich breitbeinig neben seinem Frauchen auf.

»Schäm dich. Sophie!« rief Juliana aus. »Benimmt sich so eine Hündin in anderen Umständen? Du hast ebensowenig Benimm wie Anstand.« Sie wandte sich an Dämon. »Und du, du Casanova, bist ruhig!«

Die Besitzerin des Pudels, eine Dame, deren teure Toilette in den verschiedensten Apricotschattierungen leuchtete, vom dunkelsten Farbton an ihrem Rocksaum bis zum hellsten in den Seidenblumen ihres extrem modischen Hutes, lachte und schalt ihr Schoßtier ebenfalls.

Der Pudel blickte geringschätzig beiseite. Das verleitete die beiden anderen Hunde dazu, ihre Proteste gegen seine Anwesenheit nur noch zu verstärken. Verärgert befahl

Juliana ihrer Pekinesin mit so scharfer Stimme, still zu sein, daß Sophie sich mit einem letzten, tiefen Knurren flach auf den Boden legte. Da seine Unterstützung nicht mehr gebraucht wurde, setzte sich Dämon mit heraushängender Zunge hin und wartete die weitere Entwicklung ab.

Als sie sich wieder verständlich machen konnte, entschuldigte sich Juliana für ihren Hund, und Mara fügte ihre Entschuldigung für Dämon an.

»Bitte machen Sie sich keine Umstände! Das ist nur natürlich.« Die Dame musterte ihre grauen Kostüme. »Sie sind, nehme ich an, die Damen aus dem ruthenischen Haus?«

»Kennen wir uns?« wollte Juliana wissen. Ihr Tonfall klang distanziert. Am apricotfarbenen Hut der Dame flatterte ein gewagter Schal, und auf den zweiten Blick konnte man erkennen, daß die Jacke ihres Kostüms die Kurve ihrer Brüste äußerst genau nachzeichnete.

»O nein. Das wäre unwahrscheinlich. Man hat mich in der Oper auf Sie hingewiesen.«

»Ich ... verstehe.«

»Ja, Sie haben vollkommen recht. Ich gehöre tatsächlich zu den ›gefährlichen und wunderbaren‹ Frauen in dieser Welt, wie man uns bezeichnet hat. Ich ziehe diese Bezeichnung anderen, weniger schmeichelhaften vor. Sie brauchen jedoch nicht zu befürchten, Hoheit, daß ich mich bei unserem nächsten Treffen auf unsere Bekanntschaft berufen werde; dazu kenne ich meinen Platz zu gut.«

Das wurde mit solcher Würde und offenbarer Aufrichtigkeit vorgebracht, daß Juliana sich entspannte. Sie wandte sich ab. »Nun, es tut uns leid, Sie belästigt zu haben.«

»Bitte gehen Sie nicht! Normalerweise würde ich mich nicht an Sie wenden, aber da die Gelegenheit nun einmal da ist, würde ich gerne ein paar Worte mit der anderen jungen Dame wechseln.«

»Mit mir?« wunderte sich Mara.

»Wenn Sie gestatten würden? In den Klatschblättern wurden Sie als Abenteurerin bezeichnet, die sich in eine Affäre mit einem höchst wankelmütigen Prinzen verwickeln ließ.

Ich möchte Sie, *ma chère*, vor der Gefahr warnen, in die Sie sich begeben.«

»Sie kennen Prinz Roderic?«

»Ich weiß, welchen Ruf er hat. Aber obwohl Sie dank Ihrer Abstammung Vorteile gegenüber anderen Frauen haben, die er gekannt hat, kann es für Sie keine Zukunft dort geben. Wahrscheinlich hat er Ihnen das selbst schon gesagt; das ist seine Art, hat man mir gesagt. Glauben Sie ihm. Glauben Sie mir.«

»Bosheit und Fatalismus ergeben eine giftige Mischung. Hören Sie nicht auf sie«, mahnte Juliana und nahm Maras Arm.

»Seine Liebesbeteuerungen sind aufwühlend und bezwingend, aber sie halten nicht lang vor. Sie werden Ihren Weg bald allein gehen müssen, und dieser Weg wird Sie in ein Leben wie meines führen. Seien Sie gewarnt.«

Wie Juliana bemerkt hatte, klang das Bekenntnis der Frau wie eine Niederlage. Mehr noch, was sie sagte, war Mara schon hundertmal durch den Kopf gegangen. Sie bedankte sich mit ein paar dürren Worten bei der Frau und ging mit der Prinzessin davon. Trotzdem wollte ihr nicht aus dem Kopf, was sie eben gehört hatte. Abenteurerin. So also sah man sie in Paris? Sahen König Rolf und Königin Angeline sie ebenso? Sie ertrug es nicht, darüber nachzudenken.

Nur für einen Aspekt ihrer augenblicklichen Situation konnte sie dankbar sein. Im Gegensatz zur armen kleinen Sophie war sie nicht *enceinte*. Aus ihrem Aufenthalt in Roderics Bett würde es keine solchen Konsequenzen geben. Das war eine Erleichterung, und dennoch war sie nicht glücklich darüber. Über die Komplikationen, die sich dadurch aufgetan hätten, mochte sie lieber nicht nachdenken; trotzdem hatte der Gedanke, Roderics Kind zu tragen, einen heimtückischen und wärmenden Reiz.

Ein paar Tage später ergab sich eine Gelegenheit herauszufinden, was Roderics Vater von ihr hielt. Mara hatte in Begleitung eines Lakaien, der die Einkäufe trug, auf dem frühmorgendlichen Markt von Les Halles frisches Gemüse für den Haushalt eingekauft. Normalerweise erledigte das die

Köchin, aber ab und zu wollte sich Mara auf dem laufenden halten, was alles angeboten wurde. Sie hatte geglaubt, daß sich die Königin lieber selbst darum kümmern würde, aber es hatte sich herausgestellt, daß Angeline ebensowenig geneigt war wie Juliana, den Platz einzunehmen, den Roderic Mara eingeräumt hatte. Im Gegenteil, Angeline hatte lautes Lob über die Veränderungen gezollt, die seit ihrem letzten Besuch im Haus vorgegangen waren. Sie selbst habe Sarus gegenüber allzu große Ehrfurcht und Angst gehabt, ihn vor den Kopf zu stoßen. Sie hätte das überwunden, wenn sie viel Zeit in Paris verbracht hätte, aber sie und Rolf hätten Ruthenien immer zu sehr vermißt, um lange hierzubleiben. Es sei tapfer von Mara, sich in den Schmutz und unter die Diebe von Les Halles zu wagen, um für bessere Mahlzeiten zu sorgen, aber das sei doch gewiß nicht nötig?

Mara war auf dem Rückweg vom Markt, als eine offene Kutsche neben ihr hielt. Auf der Tür prangte das ruthenische Wappen, und auf dem Sitz hinter dem Kutscher saß Rolf. Er neigte den Kopf und beugte sich vor, um die Tür aufschwingen zu lassen. »Angeline hat mich nach Ihnen ausgeschickt. Bitte steigen Sie doch ein.«

Mara wies den Lakaien an, mit seinem Korb augenblicklich in die Küche zurückzukehren, ohne sich mit Tändeleien oder politischen Reden aufzuhalten. Dann stieg sie in das Gefährt. Augenblicklich wurde der Befehl zum Weiterfahren erteilt.

»Es ist gütig von der Königin, sich so um mich zu sorgen«, sagte Mara, »aber es war nicht notwendig.«

»Es ist auch nicht notwendig, zur Märtyrerin zu werden, weder für den Ruf der Küche im ruthenischen Haus noch für meinen nichtsnutzigen Sohn. In Zukunft werden Sie einen Diener schicken.«

»Es macht mir wirklich nichts aus, manchmal genieße ich es sogar.«

»Sie suchen das Glück zwischen Gemüsegurken? Auf dieses Vergnügen können Sie leicht verzichten.«

Mara erkannte, daß es sich um einen Befehl handelte. »Wie Sie wünschen, Monsieur.«

Er blickte sie lange an. Sie starrte ebenso offen zurück. Er war ein distinguierter Herr mit silbergrauem Haar und Lachfalten in den Augenwinkeln. Die Augen strahlten Intelligenz und Berechnung, aber auch Wagemut aus. So würde Roderic in dreißig Jahren aussehen, begriff sie, und der Gedanke versetzte ihr einen schmerzlichen Stich in die Brust.

»Verraten Sie mir, Mademoiselle, hat Roderic Sie seit dem Zigeunerfest belästigt?«

»Keineswegs, Monsieur.«Sie verstanden sich ausgezeichnet. Seit der Nacht im Heuwagen war Roderic nicht in ihrem Zimmer gewesen und hatte ihr auch keine heimlichen Avancen gemacht. Mara wußte kaum, ob sie froh oder unglücklich darüber sein sollte, und hatte keine Ahnung, ob dieses Versäumnis auf den Mann neben ihr oder auf Roderics ureigenste Prinzipien zurückzuführen war.

»Das erscheint mir unwahrscheinlich.«

»Vielleicht kennen Sie Ihren Sohn nicht so gut, wie Sie glauben.«

»Ich weiß, daß er ein silberzüngiger Teufel und von dem Irrglauben besessen ist, der Mittelpunkt von Gottes Universum zu sein. Er glaubt, der weite, klare Himmel wäre nur sein Taschentuch. »

»Er ist«, bemerkte sie demütig, »seinem Vater sehr ähnlich.«

»Er ist machttrunken und gnadenlos, allen Dingen gegenüber verschlossen, die er nicht verstehen will, aber so gerissen wie ein Bauer aus der Gascogne, wenn es darum geht, Verrat oder Verwirrung unter seinen Feinden zu stiften. Er fühlt sich von allen Tändeleien und gefährlichem Zeitvertreib angezogen und widersteht dem gesunden Menschenverstand, als wäre der eine Krankheit.«

Die Tirade wurde hitzig, aber ohne Zorn vorgebracht. Mara lächelte den Mann an ihrer Seite an. »Und es wäre Ihnen gar nicht recht, wenn es anders wäre.«

»Er wird es Ihnen nicht danken, wenn Sie ihn mit mir vergleichen oder verteidigen.«

»Dann ist es gut, daß das nicht nötig ist.«

In dem Blick, den ihr der König schenkte, lag eine Art Anerkennung. Einen flüchtigen Moment lang hatte sie den Eindruck, daß sie eine Probe bestanden hatte. Das Gefühl war ihr unangenehm, da es sie an jene ersten Tage mit seinem Sohn erinnerte, als sie gezwungen gewesen war, auf jedes Wort, jede Geste zu achten. Der König war subtiler vorgegangen, vielleicht hatte sie auch einfach weniger Grund, auf der Hut zu sein. Wie dem auch war, sie war dankbar, daß sie nichts davon geahnt hatte.

Anscheinend waren dem Kutscher die Anweisungen bereits zuvor gegeben worden. Statt das kurze Stück heimwärts zu fahren, lenkte er die Pferde in Richtung Stadtmitte. Sie hatten sich ihren Weg durch die Nebengassen gebahnt, den typischen Pariser Geruch von geröstetem Kaffee und Weinschänken eingeatmet, von Tabak aus den Läden und von altem Stein, altem Mobiliar und alten Abwässerkanälen.

Jetzt bogen sie auf die Champs-Elysées. Die Boulevardiers, Männer, die es sich zur Gewohnheit gemacht hatten, die lange, gerade Fahrstraße auf und ab zu promenieren und die Damen in den vorbeifahrenden Kutschen zu begutachten, lüpften die Seidenzylinder vor ihr. Eine Reihe glänzender Kutschen, »Victorias« genannt, seit die englische Königin Victoria sich dafür begeistert hatte, glitten mit heruntergeklapptem Verdeck vorbei, so daß die Damen, Comtessen wie Kurtisanen, die sich mit fransenbesetzten Schirmen vor den Sonnenstrahlen schützten, bei ihren Vergnügungsfahrten durch das milde Wetter beobachtet werden konnten. Unter den kahlen Kronen der Bäume, von denen die Avenue gesäumt wurde, standen weissagende Zigeuner, ein Drehorgelspieler mit seinem Affen, ein Mann mit dressiertem Hund und ein Musikantentrio, das hoffnungsfroh einen umgedrehten Hut vor sich aufgestellt hatte.

Da sie allein mit König Rolf und anscheinend auch in seiner Gunst war, schien es jedoch eine günstige Gelegenheit, eine Frage zu stellen, die sie schon lange beschäftigte.

Sie atmete tief ein und sagte: »Können Sie mir sagen, Majestät, warum Roderic in Paris ist?«

»Natürlich. Er ist das Bollwerk meines Informationsdienstes, sein stärkstes und zuverlässigstes Glied.«

»Ihres?«

»So hat es angefangen, und so ist es noch immer, auch wenn er sich seit einigen Jahren aus eigenen Gründen in die europäische Politik mischt.«

»Wenn das so ist, dann – dann hatten Sie sich gar nicht entzweit, bevor er hierherkam?«

»Entzweit nicht, aber das bedeutet nicht, daß wir einer Meinung gewesen wären.«

Sie bedachte das lange. »Darf ich fragen, weshalb Sie in Frankreich Informationen sammeln?«

Er blickte sie prüfend an, als würde er überlegen, ob es klug war, ihr zu antworten. Sein Urteil war schnell gefällt. »Die Stabilität jedes europäischen Landes ist von der Instabilität eines anderen betroffen. Es ist gut, wenn man weiß, wo der Unterbau am ehesten nachgibt.«

»Sie würden nicht – intervenieren –, um diese Instabilität zu verstärken oder abzuschwächen?«

Er zog eine Braue hoch und sagte leise: »Das würde ich nicht.«

»Dann müssen Sie gewußt haben, was Roderic tat, während er hier war, Sie müssen auch andere Informationsquellen haben, sonst hätten Sie nicht von mir erfahren und wären jetzt nicht hier. Wenn dem so ist, warum zürnen Sie ihm dann so?«

Statt auf ihre Frage zu antworten, sagte er: »Es ist sehr freundlich von Ihnen, sich unter den gegebenen Umständen noch Sorgen zu machen.«

»Es ist ... keine Freundlichkeit.« Sie schaute weg, auf die Straße.

»Welch eine Freude. Und welch ein Verstand. Ich war, vielleicht, ein Tor, aber ich habe es gut gemeint.«

»Wie bitte?« Die Miene des Königs war abweisend, und er antwortete nicht.

Die Tage wurden wieder grau, und kalter Regen fiel. Woche um Woche dauerte das trübe, kalte Wetter an. In der langen

Galerie, wo sich die Truppe die Langeweile vertrieb, hörte man das Scharren und Scheppern der Degenklingen. Königin Angeline begann, in bester höfischer Tradition, mit der Arbeit an einem Teppich, einer Jagdszene mit berittenen Jägern, einem Zigeunerlager im Hintergrund und tausend Blättern am Rand, die einen weiten Wald symbolisieren sollten. Sie stickte stundenlang im Privatsalon der königlichen Gemächer. Manchmal half ihr Mara und nahm einen Teil der großen Leinwand auf ihren eigenen Schoß. Auch Juliana stickte oft mit, aber selten über längere Zeit hinweg. Sie war zu unruhig, um lange stillzusitzen.

An einem besonders grauen Morgen hielt Mara auf dem Weg von ihrem Zimmer zu den königlichen Gemächern inne, um den Geräuschen eines Schwertkampfes zu lauschen, die aus der langen Galerie drangen. Irgendwie klang der Schlag der Klingen anders, falsch, zu langsam und unsicher. Michael und Estes, wußte sie, waren von Roderic auf eine Mission gesandt worden, während die Zwillinge ein neues Objekt ihrer Begierden gefunden hatten. Sie hatten sich mit ihrem zielsicheren und nur schwer widerstehlichen Charme an Maras Zofe Lila geheftet. Ein paar Mitglieder der Truppe machten Besorgungen. Sie schwang herum, um der Sache auf den Grund zu gehen.

Direkt hinter den Doppeltüren des Galerieeingangs blieb sie stehen. Ihr bot sich ein Anblick, den sie sich niemals vorgestellt hätte. Im Raum waren nur Trude und Juliana. Das weibliche Mitglied der Truppe und die Prinzessin standen einander mit durch Knöpfe gesicherten Degen gegenüber.

Trude trug ihre Hosen und ein Hemd. Juliana hatte einen losen Kittel über einen offenbar alten Rock gezogen, den sie vorne hochgesteckt hatte, um mehr Bewegungsfreiheit zu haben. Rodérics Schwester schaute auf, als Mara eintrat.

»Kommen Sie herein, und machen Sie mit, um Gottes willen. Trude ist entschlossen, jemandem das Fechten beizubringen, und meine Armmuskeln sind schon taub!«

»Es ist gut, wenn man sich verteidigen kann«, erklärte das andere Mädchen, trat zurück und senkte den Degen. Der Kratzer in ihrem Gesicht war verheilt, und es war keine Narbe zurückgeblieben. Sie trug immer noch Hosen und nahm Roderics Befehle ebenso wie die anderen entgegen, aber ihr geflochtenes Haar fiel jetzt weicher, und Wellen zeigten sich an den Schläfen.

»Ja ich weiß, vor allem, wenn man in diesen gefährlichen Zeiten Prinzessin ist.« Juliana stellte die Spitze ihres Degen auf den Boden und lehnte den Knauf an ihre Hüfte, während sie sich das verschwitzte Gesicht mit einem Rockzipfel abwischte.

»Jede Frau sollte in der Lage sein, sich zu schützen.«

»Ich bin müde«, klagte Juliana. »Ich glaube, es wäre einfacher, mich zu ergeben.«

»Aber auch feige. Außerdem kann es gefährlich sein, sich dem Mob zu ergeben.«

»Also gut, ich werde mich nicht ergeben, aber ich verlange Verstärkung. Mara, bitte!«

»Ich habe noch einen Degen.« Trudes strenge Miene hellte sich auf, was bei ihr einem enthusiastischen Ausbruch gleichkam. »Wir werden weibliche Musketiere.«

Und so begann der Unterricht. Er fand morgens statt, wenn die lange Galerie leer war, da weder Juliana noch Mara Lust hatten, die Ratschläge und Korrekturen oder übereifrigen Demonstrationen der Männer über sich ergehen zu lassen.

Der Unterricht beinhaltete nicht nur Instruktionen im Degenkampf, sondern auch den Kampf Frau gegen Frau, Messerkampf und -wurf sowie Schulung an der Pistole. Zum Training an letzterer Waffe fuhren sie an den Stadtrand, während sie allen, die danach fragten, erklärten, sie würden ein Seidenkaufhaus besichtigen.

Manchmal kam Angeline zum Zuschauen und um ihnen Mut zuzusprechen, aber sie zeigte nicht die geringste Neigung, die Waffen selbst einmal auszuprobieren. Mara und Juliana fragten sich manchmal selbst, ob das, was sie taten, weise war; ihre Muskeln waren so verkrampft, daß sie sich anfangs schwer taten, Ausreden für ihre unfreiwilligen Schmerzensbekundungen zu finden. Im Lauf der Zeit wurden sie kräftiger, und sie entwickelten einige Fertigkeit auf den verschiedenen Gebieten. Ihr Selbstvertrauen wuchs mit der Kraft und der Geschmeidigkeit ihrer Körper, und obwohl sie nicht den Fehler begingen zu glauben, sie könnten jeder Lage trotzen, hatten sie das befriedigende Gefühl, daß sie sich selbst verteidigen konnten.

Es war in einer Nacht, etwa eine Woche nachdem der Unterricht begonnen hatte, als Mara plötzlich aufwachte. Sie lag wach, lauschte und versuchte zu erkennen, was sie geweckt hatte. Schließlich hörte sie Stimmengemurmel aus dem Antichambre, durch das man zur Hintertreppe kam. Sie schlüpfte aus dem Bett, nahm ihren Degen auf, der auf der Chaiselongue gelegen hatte, und schlich zur offenen Garderobentür. Auf der gegenüberliegenden Seite des kleinen Kabinetts befand sich die Tür zum Antichambre. Sie durchquerte die Garderobe und legte ihre Hand auf den Türknauf.

Augenblicklich zuckte sie zurück. Direkt auf der anderen Seite der Tür war die Stimme König Rolfs zu hören. Ihr voller und mit Ironie beladener Klang drang durch die schwere Türfüllung. Fast bevor er ausgeredet hatte, setzte Roderics Stimme im gleichen Tonfall ein. Allerdings klang er zorniger.

Sie konnte nicht verstehen, was die beiden sprachen. Es war verwirrend, nicht zu wissen, was dort vor sich ging. Anscheinend verwehrte Rolf seinem Sohn den Zugang zu ihren Gemächern, aber warum und mit welchen Mitteln konnte sie nicht sagen. Bevor sie sich dazu entschließen konnte, die Tür zu öffnen, um das herauszufinden, machte der König eine Bemerkung, die wie ein Ultimatum klang. Roderic antwortete, dann entfernten sich die beiden Stimmen.

War Roderic auf dem Weg in ihr Schlafzimmer gewesen?

Sie lehnte die Stirn an die Tür. Der Gedanke ließ sie schwach werden. Noch alarmierender aber war die Frage, die sich daraus ergab: Wie oft hatte er das bereits versucht und war abgewiesen worden?

Sie hätte ihn keinesfalls eingelassen. Oder doch? Begierde war etwas Eigenartiges, zerstörte alle Entschlußkraft und moralischen Grundsätze. Sie hatte in letzter Zeit viel zuviel über ihre Reaktionen gelernt, um noch mit Sicherheit sagen zu können, was sie tun und lassen würde.

Sie fühlte sich geborgen, sicher. Ein Königsmantel als Schutz war ein hohes Privileg. Zugleich war sie instinktiv mißtrauisch.

Warum? Warum mischte er sich ein? War es so, wie Roderic gesagt hatte? Bewahrte sein Vater sie vor seinen Aufmerksamkeiten, weil er Roderic für unwürdig hielt? Oder hatte Angeline, aus mütterlicher Sorge und aus Verantwortung für die Tochter ihres ehemaligen Verehrers heraus, ihn darum gebeten? Das war wahrscheinlicher, da ihre Position so zwiespältig war; als Patenkind konnte man sie nicht aus dem Haus werfen, aber als Abenteurerin, die ihren Sohn in ein politisches und soziales Fiasko gestürzt hatte, mußte sie daran gehindert werden, ihn weiter zu umgarnen.

Nur einer Sache war sie sicher. Es war keine Frage des Anstands. Dieses Motiv hatte Rolf entwertet, als er sich gegen ihre Heirat gestellt hatte.

Nichts, was sie sich zurechtlegte, stellte sie zufrieden. Sie hatte das Gefühl, daß mehr daran war, als sie erkennen konnte. Vielleicht war die Lösung ganz einfach, aber das bezweifelte sie; Roderic wie auch sein Vater liebten das Täuschen zu sehr, als daß das wahrscheinlich gewesen wäre.

Wie eine Ratte hinter der Täfelung nagte sie die ganze Nacht an dieser Frage, ohne einer Antwort näher zu kommen.

Die anderen Affären im Hause entwickelten sich weniger kompliziert. Am folgenden Abend, als Mara sich zum Abendessen bereitmachte, entschloß sie sich, ein heißes Bad zu nehmen, um ihren Muskelkater zu vertreiben. Sie läutete nach Lila und begann, ihr Haar zu lösen.

Das Mädchen ließ sich Zeit. Als es endlich eintraf, blieb es draußen vor dem Umkleidezimmer stehen. Man konnte sie leise kichern und reden hören, unterbrochen von tiefen Baßstimmen. Mara brauchte nur einen Augenblick, um Jacques und Jared zu identifizieren.

Die Tür zum Umkleidezimmer gab nach, und Lila schlüpfte herein, wobei sie sich sofort umdrehte, um durch den Türspalt zu sagen: »Nein, nein. Nicht jetzt, ich muß arbeiten. Später, das verspreche ich euch!«

Das Mädchen drückte einen protestierenden Zwilling mit einer Hand zurück, bevor sie beiden die Tür vor der Nase zuschlug. Dann drehte sie sich um, sah Mara in der Tür zum Schlafzimmer stehen und knickste eilig. »Verzeihen Sie mir, Mademoiselle. Sie sind so hartnäckig, die beiden.«

Mara lächelte, weil das Mädchen vor Aufregung rot geworden war. »Welchen magst du lieber?«

»Das weiß ich nicht. Sie sind beide schön.«

»Die Wahl fällt einem schwer, das gebe ich zu.«

»Aber ja, sehr schwer, deshalb nehme ich beide.«

»Beide?«

»Ein doppeltes Vergnügen, Sie verstehen?«

»Das nehme ich an«, meinte Mara zweifelnd.

»Finden Sie das ungerecht? Vielleicht wäre es das, wenn ich auf eine Heirat hoffen würde, aber ich weiß schon, daß es nicht so weit kommt. Eines Tages werden sie beide eine Dame heiraten, die ganz anders ist als die, die der andere nimmt. Aber jetzt amüsieren sie sich, erst hier, dann da. Ich auch.«

»Du mußt aufpassen, daß man dich nicht verletzt.«

»Sie sind so gütig, weil Sie sich Sorgen machen. Ich werde es versuchen , antwortete Lila. Der Blick ihrer dunklen Augen war spitzbübisch, aber fast zu abgeklärt für ihr Alter. »Aber manchmal ist es nötig, für unser Vergnügen mit Schmerzen zu zahlen.«

Das war nur zu wahr. Mara wandte sich mit müder Miene ab.

Lila kam zu ihr und faßte sie am Arm. »Warum so traurig, Mademoiselle? Wenn Sie so traurig sind, weil der Prinz Sie nicht mehr ruft, dann fassen Sie Mut. Er kann nicht.«

Mara fuhr auf dem Absatz herum. »Was sagst du da?«

»Der Alte, Sarus, hat gesagt, daß kein Dienstbote Ihnen seine Nachrichten überbringen darf, sonst wird er entlassen. Der Befehl, sagt er, kommt vom König.«

»Ein ... sehr gründlicher Mann, König Rolf.«

»Das ist er, Mademoiselle. Ich, ich glaube nicht, daß der Prinz Sie in Verlegenheit bringen würde und daß er jemand anderen schickt als seinen Kammerdiener, aber der Befehl wurde genauso gegeben, wie ich es gesagt habe.«

Zorn über die Einmischung und Erleichterung darüber, daß ihr die endgültige Zurückweisung erspart blieb, rangen in Mara. Zugleich verspürte sie eine eigenartige und äußerst widerwillige Dankbarkeit. Welche Gründe das Verbot jeder Intimität zwischen Roderic und ihr auch haben mochte, auf jeden Fall würde es sie davon abhalten, in die Rolle der ständigen Geliebten zu schlüpfen, in die, so hatte sie befürchtet, ihre Leidenschaften sie drängen könnten.

Und dennoch – in den einsamen Nächten, die folgten, wenn sie allein in ihrem Bett lag, das Feuer niedergebrannt war und die Kälte ins Schlafzimmer kroch, wußte sie nicht, ob sie wirklich dankbar sein sollte.

Gegen Mitte Februar wurde das Wetter wieder wärmer, fast samtig. Ein paar Tage nach dem Wetterwechsel erwähnte Grandmère Helene beim Frühstück, daß Mara Versailles noch nicht die gesehen habe. Augenblicklich organisierten Roderic und die Truppe, die keine Gelegenheit für eine Abwechslung verstreichen ließen, eine Exkursion zu dem berühmten Schloß vor den Toren von Paris. Das Bauwerk, einst die großartigste, meistkopierte Königsresidenz in der zivilisierten Welt, war während der Revolution geplündert und verwüstet worden. Zu Anfang seiner Regierungszeit hatte Louis Philippe mit der Restauration des Schlosses und seiner Gärten begonnen und dort ein Museum zum höchsten Ruhme Frankreichs einrichten lassen. Viele der unersetzlichen Antiquitäten und Kunstwerke waren zurückgekehrt. Viel Arbeit war bereits getan, und das Schloß war inzwischen durchaus sehenswert.

Sie planten, einen Tagesausflug zu machen. Die Kutsche mit Angeline und Helene, gefolgt von der mit Juliana und Mara, war schon früh auf der Straße. Es waren etwa zwölf Meilen nach Versailles, und Eile war geboten, wenn sie alles sehen wollten. Man hatte beschlossen, in zwei Kutschen zu fahren, damit die weiten Kleider der Damen nicht verknittert wurden und um den verschiedenen Generationen Möglichkeit zur freien Aussprache zu geben.

Sie fuhren durch die Stadt zum Place de la Concorde und dann die Champs-Elysées hinunter, am Triumphbogen vorbei. Sie verließen Paris durch die alte Porte Dauphin und rollten dann durch den Bois de Boulogne mit seinen Kastanien, Akazien und Platanen, die nach der Besetzung 1815 anstelle der ursprünglichen, von Engländern und Russen gefällten Eichen gepflanzt worden waren. Sie passierten St. Cloud und kamen schließlich zu dem weitläufigen Gebäudekomplex, der schlicht als Versailles bekannt war.

Für Mara, die mit der jungen, unkomplizierten Geschichte Amerikas aufgewachsen war, war es ein faszinierender Gedanke, daß die Könige und Königinnen Frankreichs, ihre Verwandten, Berater, Geliebten und Liebhaber, der Adel und Kleinadel zweihundertfünfzig Jahre auf derselben Straße wie sie zwischen Paris und Versailles hin und her gereist waren. In diesem großartigen Bau aus goldfarbenem Sandstein waren die Männer und Frauen, die dieses Land regiert hatten, geboren worden, hier hatten sie gelebt, hier waren sie gestorben. Hier hatten sie Wonne und Schmerz, Freud und Leid, Leidenschaft und Liebesleid erlebt; Erbauung durch Kunst, Drama und Musik; und die Seufzer des *ennui*. Hier hatte der Sonnenkönig Ludwig XIV. in solcher Pracht Hof gehalten, daß die ganze Welt in Ehrfurcht verharrte; und hier waren eineinhalb Jahrhunderte später die Sansculotten hereingeströmt, um Ludwig XVI. und Marie Antoinette gefangenzunehmen und um die königlichen Prinzessinnen in ihren Gemächern zu belästigen.

Verzierungen über Verzierungen – alles war ausgeschmückt: Es gab enorme Deckenfresken mit überlebensgroßen Figuren; beschnitzte und vergoldete Säulen, Simse, Türfüllungen und Tür- und Fensterrahmen, kompliziert gemusterte Marmorböden, Wandpaneele und Marmortreppen in geädertem Grün, Kupfer, Rosa, Weiß, Grau, Schwarz und Goldgelb. Es gab gewölbte und kassettierte und spiegelgewölbte Decken, an den Wänden hingen Damast, Brokat, Samt und Seide, mit verschiedenen Farben und manchmal auch mit Gold- und Silberfäden bestickt, oder Teppiche aus den Knüpfereien von Gobelin und Savonnerie. Die Schnitzereien stellten Blätter und Blumen, Palmwedel, Früchte und Farne dar, Kränze und Girlanden und Bänderrosetten, Hirsche, Schimären, Delphine, Löwen und Pfauen, Lyren und Violinen, Hörner und Harfen, Kronen und Urnen und Schilder und Schwerter und Pfeile und Bögen, Göttinnen und Cherubim, Engel und Putten, und überall strahlte die Rhodossonne, das Symbol des Sonnenkönigs. Die meisten, wenn auch nicht alle Verzierungen waren mit Blattgold überzogen.

Die vielen Schnitzereien, die Tonnen an Vergoldung und sagenhaft großen Teppiche, die Meilen von marmorbelegten Suiten mit kostbarem, intarsienverziertem Mobiliar vermittelten den Eindruck unvorstellbaren Reichtums. Noch erstaunlicher war, daß das Interieur immer noch beeindrucken konnte, obwohl so viel verschwunden war, so viele Gold- und Silberwerke, Balustraden, Geländer und Kunstobjekte eingeschmolzen worden waren, so viele Gemälde und Möbelstücke von einer räuberischen und achtlosen Revolutionsregierung außer Landes verkauft worden waren.

Und doch konnte man ihnen kaum einen Vorwurf daraus machen. Ein verheerend tiefer Abgrund hatte zwischen den verschwenderisch lebenden ehemaligen französischen Aristokraten auf der einen Seite und den schiefen Bauernkaten oder den schmutzigen Gassen des Marais auf der anderen geklafft, wo das gemeine Volk zur Zeit der Revolution gelebt hatte und nun, im neunzehnten Jahrhundert, immer noch lebte. Kein Wunder, daß der französische Thron immer noch wackelte.

Zu dieser Jahreszeit hatte die ruthenische Gruppe das riesige Château fast für sich allein, ein, zwei gelangweilte Wachposten und eine alte Vettel ausgenommen, die ebenso interesse- wie wirkungslos hier und da mit einem Staubtuch herumwedelte. Sie besichtigten den berühmten Spiegelsaal, den riesigen, gewölbten Gang, in dem einst Kristallüster gehangen und Savonnerie-Teppiche gelegen hatten, die zu den Deckenmalereien von Le Brun paßten. Dies war der Verbindungsgang zwischen den Gemächern des Königs und denen der Königin gewesen. Der Parkettboden war noch intakt, ebenso wie, erstaunlicherweise, die Spiegel an der Wand gegenüber den siebzehn Rundbogenfenstern, aber Teppiche und Lüster waren verschwunden. Die weite Bodenfläche, wo Marie Antoinette verheiratet worden war, schien zum Tanzen einzuladen. Juliana und Michael wirbelten in einem Walzer darüber, die Feiern imitierend, die einst auf dem glänzenden Parkett stattgefunden hatten. Die anderen folgten ihrem Beispiel und drehten sich, bis es ihnen schwindlig wurde und Grandmère sie wegen ihres mangelnden Taktgefühls tadelte.

Die Truppe focht einen Schaukampf auf der Marmortreppe der Königin mit ihren grünen, kupfer-rosa-, crèmefarbenen und weißen Marmormustern aus und ersann anstößige Geschichten über die Würdenträger, die sie auf und abgeschritten sein mußten. Sie drängten in den Schlachtensaal, einen Gang so lang wie acht Zimmer. Louis Philippe hatte ihn aus Gemächern schaffen lassen, die einst von verschiedenen königlichen Verwandten bewohnt worden waren. Hier konnte man riesige Gemälde besichtigen, auf denen die großen militärischen Ereignisse der französischen Geschichte dargestellt waren. Zwar waren auch einige alte Bilder darunter, doch hatte man die meisten eigens in Auftrag gegeben. Von besonderem Interesse war ein Gemälde von Delacroix, dem extravaganten Maler, den Mara im Salon der Hugos im Burnus gesehen hatte. Es trug den Titel *Die Schlacht von Taillebourg* und stellte romantisierend den Sieg Ludwig des Heiligen über die Engländer an der Brücke über die Charente im 13. Jahrhundert dar. Es war ein Panorama voller Kraft und Grazie und Blut, mit fliegenden Fahnen und Feuer unter dräuendem Himmel. Wie vorherzusehen, begeisterte sich die Truppe dafür.

Im Schlafgemach der Königin, wo neunzehn französische Königskinder geboren worden waren, wies Roderic auf die Deckenmedaillons von Boucher hin, auf denen Nächstenliebe, Überfluß, Treue und Klugheit symbolisiert wurden.

»Alles Tugenden für eine Königin«, erklärte er. Seine Miene war ernst, aber aus seinen Augen blitzte es heiter. »Die Dame auf dem Sitz neben dem Thron muß den Armen unter ihrem Volk gegenüber mitleidig sein und sich um die

Wohlfahrt kümmern, die königlichen Nachfahren muß sie, wie leicht einzusehen, im Überfluß produzieren, ihrem Herrn gegenüber muß sie treu sein, damit die Legitimität ihres Nachwuchses nicht angezweifelt werden kann, und klug, sobald es um ihre Ansprüche gegenüber dem Kronschatz geht.«

»Unfug«, erklärte Angeline brüsk. »Wenn sie gesunden Menschenverstand und eine eiserne Gesundheit besitzt, braucht sie nichts weiter.«

»Nicht einmal die Zuneigung des Königs?« murmelte ihr Sohn, den Blick fest auf Maras Gesicht gerichtet, die zu der monochromatischen Decke mit den goldüberzogenen Schleifen und Vertiefungen und geschnitzten Waffen und Cherubim aufblickte.

»Das hilft jedenfalls bei der Erbenproduktion!«

Mara lächelte über Angelines schlagfertige Antwort, aber sie fühlte sich nicht heiter.

Und dann, während sie durch den in Stufen angelegten Garten wandelten, begann es zu regnen.

Die mit Balustraden versehenen Terrassen mit ihren Kieswegen und in komplizierten Mustern gestutzten Hecken waren in der kalten Wintersaison weniger sehenswert und ungastlich unter dem kalten Regen, der in die Brunnen plätscherte und von den nackten Gliedern der Statuen tröpfelte. Sie eilten zu den Kutschen und drängten sich hinein.

Der Regen schien kein Ende nehmen zu wollen. Die Mittagessenszeit war verstrichen, während sie den Spiegelsaal besichtigten. Vom Hunger getrieben, verzogen sie sich in ein Café im Dorf vor den Toren des Schlosses. Der aufgeregte Besitzer benötigte einige Zeit, um ihnen ein Mahl zu bereiten, und als sie gegessen hatten, regnete es noch immer. Grandmère Helenes Füße schmerzten vom Laufen in den langen Marmorkorridoren – eigentlich tat ihr jeder Knochen im Leibe weh, sagte sie. Die Truppe gähnte angesichts der Vorstellung, noch mehr französischen Ruhm zu besichtigen. Mara hatte genug gesehen. Sie holten Jacques und Jared, die in der Küche mit einer der Mägde turtelten, und kehrten nach Paris zurück.

Mara starrte aus dem Kutschenfenster in den strömenden Regen, und ihre Gedanken waren so trübselig wie der bleierne Himmel. Wenn sie jemals daran gezweifelt hatte, dann hatten ihr die goldenen Rokokoreichtümer in Versailles endgültig bewiesen, daß ihre Träume unmöglich wahr werden konnten. Sie war nur ein gewöhnliches amerikanisches Mädchen ohne Rang und Namen. Zwischen ihr und jenen, die das Recht beanspruchen konnten, in solchem Luxus zu leben, erstreckte sich ein weites Meer. Niemals würde sie über einen Palast regieren. Niemals würde sie eine Königin voller Tugenden werden, nicht einmal die Prinzessin eines zukünftigen Königs. Sie war die Geliebte des Prinzen gewesen, wenn ihr kurzer Aufenthalt in Roderics Bett einen so großartigen Titel überhaupt rechtfertigte. Und das war alles, was sie je sein würde. Alles, was sie je von der Liebe erfahren würde.

15. Kapitel

Es war an der Zeit, heimzukehren. Sie gehörte nicht ins ruthenische Haus. Paris mit all seiner Pracht und seinem Frohsinn war nicht die heilsame Kur gewesen, für die es ihr Vater gehalten hatte. Das Geld, das er dafür ausgegeben hatte, sie herzuschicken, Geld, das er nur mit Mühe aufbringen konnte, war verschwendet. Es wäre besser gewesen, hätte sie nie die verwinkelten Straßen und eleganten alten Häuser von Paris gesehen, die Theater und Cafés und Bouquinisten und Patisserien; weitaus besser, hätte sie nie im Schein eines Zigeunerfeuers einen ätherischen Prinzen kennengelernt. Sie würde ihre vergeblichen Hoffnungen aufgeben, sie wegpacken, so wie die jungen Frauen ihre Tanzprogramme und die geschlitzten Schlüpfer und verwelkten Blumen wegpackten, nachdem der Ball vorüber war. Sie würde nach Louisiana zurückkehren, um sich um das Haus ihres Vaters am Bayou Teche nahe St. Martinville zu kümmern. Irgendwann würde sie den Schmerz vergessen, aber sie würde sich immer an die Vergnügungen und an ihre Freude erinnern.

Die Entscheidung zu fällen war leicht, sie umzusetzen, etwas ganz anderes. Mara ging in Grandmère Helenes Schlafzimmer, um sie darüber zu informieren, was sie am nächsten Morgen zu tun gedachte. Ihre Großmutter lag immer noch im Bett, mit einem in Veilchenwasser getränkten Tuch auf der Stirn und daunengefüllten Decken halbmeterhoch über dem dünnen Leib.

»Komm nicht rein«, krächzte sie. »Ich habe mich bei unserem Ausflug gestern erkältet. Du darfst dich nicht anstecken.«

Mara ignorierte die Warnung, blieb am Bett stehen und legte ihre Hand auf die Stirn ihrer Großmutter. Sie war kochendheiß. »Soll ich dir Tee oder Brühe bringen?«

»Nein, nein, nichts. Ich fühle mich wie ein altes Weib, und ich will nichts, außer hier liegen.«

»Ich glaube, ich sollte lieber nach einem Arzt schicken.«

»Nicht, wenn du mir einen Gefallen tun willst«, erwiderte die alte Dame streng. »Französische Ärzte verschreiben immer nur etwas für die Leber, ganz egal, was einem weh tut, und mit meiner Leber ist alles in Ordnung.«

Bei den letzten Worten überlief sie ein Schauer, so daß sich das faltige Gesicht in den Kissen schmerzvoll verzog. Mara sagte: »Vielleicht ein paar Tropfen Laudanum, damit du schlafen kannst?«

»Wenn es dich glücklich macht.«

Mara befahl, daß ein Feuer angezündet werden solle, obwohl es ein milder Tag war, und saß dann an Grandmère Helenes Seite, bis sie einschlief. Erst dann stand sie auf und verließ das Zimmer, um nach Angeline zu suchen.

Man schickte nach einem Doktor, der innerhalb einer Stunde eintraf. Die alte Dame war krank, aber nicht schwer. Angesichts ihres Alters war es jedoch unerläßlich, daß sie ruhig und warm lag und keinen Zug bekam. Auf keinen Fall durften die Fenster in ihrer Kammer geöffnet werden, und sie durfte keinen Fuß auf den kalten Boden setzen. Wenn diese Instruktionen befolgt würden, und sollte ihre Leber weiterhin normal funktionieren, dann würde sie wahrscheinlich der gefürchteten Lungenentzündung entkommen. Falls nicht, dann sei er für die Folgen nicht verantwortlich.

»Pompöser Scharlatan, Wind- und Lärmmacher«, erklärte Roderic leidenschaftslos, als der befrackte Leib des Arztes auf der Treppe entschwand.

Mara schüttelte den Kopf. »Es war mein Fehler, ihn rufen zu lassen. Grandmère hat prophezeit, daß es so ablaufen würde.«

»Wir sind unseren Ängsten ausgeliefert, wenn wir lieben.«

Sie konnte nur zustimmen. »Ich muß zu ihr und bei ihr sitzen.«

»Das wird ihr nicht helfen, sondern sie höchstens stören. Wenn Sie sich im kleinen Salon neben ihrer Kammer einrichten, werde ich Ihnen Gesellschaft leisten.«

Erstaunt blickte sie ihn an. »Gewiß haben Sie doch wichtigere Dinge zu tun?«

»Nichts«, erklärte er einfach und spazierte, nachdem er ihre Hand auf seinen Arm gelegt hatte, mit ihr zurück zu dem kleinen Salon, der ihr Schlafzimmer von dem ihrer Großmutter trennte.

»Sie sind dünn geworden, zu dünn«, sagte er, als sie in dem kleinen, ovalen Raum saßen. Er saß, mit untergeschlagenem Bein und auf der Rückenlehne liegenden Ellbogen, auf dem kleinen Sofa und stützte den Kopf auf.

»Das ist auf mangelnden Appetit zurückzuführen.«

Er ignorierte ihren Versuch, die Sache heiter zu nehmen. »Seelenqualen und Sorgen und eine beschämende Defloration; es war kein alkyonisches Intermezzo für Sie.«

Sie schaute auf ihre Hände nieder, die sie im Schoß gefaltet hatte. »Nicht beschämend.«

»Wie großzügig. Aber das waren Sie ja von Anfang an. Sie haben mir Ihren halben Apfel angeboten.«

Sie hob den Kopf, um ihn anzusehen, und der Blick ihrer grauen Augen war ruhig und klar. »Ich habe Ihnen einmal erklärt, wie leid es mir tut, was – was passiert ist. Ich denke nicht, daß Sie mir geglaubt haben. Es war die Wahrheit, das schwöre ich.«

»Ich habe kooperiert, sogar kollaboriert.«

»Das ändert nichts an der Tatsache, daß es falsch war, Sie auszunützen.«

»Vielleicht war der Versuch falsch. Ich hätte der Sache jederzeit mit einem einzigen Wort ein Ende bereiten können. Statt dessen beschloß ich, das Geschenk anzunehmen, das Sie mir anboten – Sie selbst. Dafür bitte ich Sie hiermit um Vergebung.«

»Es gibt keinen Grund für Sie, das zu tun.«

»Nur meine Selbstachtung und Ehre und Ehrlichkeit – und meine Unsicherheit.«

Sie blinzelte überrascht und zog dann eine Braue hoch. »Sie waren in Ihrem ganzen Leben nie unsicher.«

»Nein? Sie haben etwas von meinem Temperament nach dem Attentat auf Louis Philippe zu spüren bekommen. Ungerechterweise. Ich möchte Emotionen in Ihnen erwecken, aber Angst gehört nicht dazu.«

Ein leichter Hauch von Rot färbte ihre Wangen. Sie weigerte sich, darüber und über die Worte, die die Verwirrung ausgelöst hatten, nachzudenken. »Warum ›ungerechterweise?‹«

»Ich wollte das Vertrauen, das Sie mir nicht schenken konnten. Statt nach dem Grund dafür zu suchen, inszenierte ich ein Schauspiel, das verletzten Stolz und Zorn vorspiegelte. Das war nicht hilfreich und könnte nun sogar hinderlich sein.«

»Hinderlich? Wobei?«

»Ihr Vertrauen zu gewinnen. Jemals.«

Seine Miene war festgefügt in einem Ausdruck ungewisser Sorge. Die feinen goldenen Wellen seines Haares fielen ihm in die Stirn, und sie mußte ihre Hände im Schoß zusammenpressen, um sie nicht zurückzustreichen. Sie roch sein frischgestärktes Leinenhemd und das leichte Sandelholzaroma seiner Seife, und es kam ihr vor, als würde seine Körperwärme sie über das breite Brokatpolster zwischen ihnen erreichen. Was er sagte und seine Nähe machten sie ein bißchen schwindlig, so als hätte man sie im Kreise gedreht und dann losgelassen. Sie konnte sich nur einen Grund zusammenreimen, aus dem er geschlossen haben konnte, daß sie ihm nicht traute, und obwohl es ihr schwerfiel, das in Worte zu fassen, wollte sie ihn vom Gegenteil überzeugen.

»Wenn Sie glauben, daß – daß ich mich in den letzten Wochen davor gefürchtet habe, auf Ihre Aufforderungen zu reagieren und zu Ihnen zu kommen, dann sollten Sie wissen, daß –«

»Meine liebe Mara, es gab keine Aufforderungen. Nicht wegen jenes Kolosses, den ich meinen Vater nenne, oder wegen seiner Unverschämtheit, sondern weil ich, eine einzige Nacht ausgenommen, fühlte, daß Sie etwas Besseres verdienen.«

»Eine?« murmelte sie.

»Worüber lächeln Sie wie Circe am Strand?«

»Eine Nacht, in der ich Sie und Ihren Vater im Treppenzimmer streiten hörte.«

»Daß wir uns im Morgengrauen auf der Hintertreppe zanken, ist, das gebe ich zu, amüsant, aber, quid pro quo, kein Schuldbekenntnis des einen oder anderen.«

»Ich bitte um Verzeihung. Und was verdiene ich, Ihrer wohlbegründeten und hoheitsvollen Meinung nach?«

»Oh, natürlich einen echten Märchenprinzen, voller schmachtender Blicke und männlicher Grazie, der einen langsamen und vollkommen verzückenden Balztanz aufführt.«

Warum konnte er nicht deutlich sagen, was er meinte? Doch es gab keine Gelegenheit, tiefer in die Materie einzudringen, da Grandmère in diesem Augenblick nach Mara rief und sie zu ihr gehen mußte. Mara blieb mit der Frage allein, ob Roderic sich selbst oder einen abstrakten Märchenprinzen gemeint hatte, einen Mann, der ihr in gesellschaftlich korrekter Weise den Hof machte und sie schließlich heiratete. Wies er sie am Ende gar ab? Sie konnte nicht glauben, daß er vorhatte, alles zu ignorieren, was zwischen ihnen vorgefallen war, und noch einmal von vorn anzufangen, also mußte es sich um letzteres handeln. Er hatte sich große Mühe gegeben, ihr anzudeuten, daß er zum Teil die Verantwortung für seine eigene Verführung übernahm, daß er begriff, was sie zu einem für sie so unnatürlichen Akt getrieben hatte, daß er wahrlich keinen Groll gegen sie hegte und daß er ihr alles Gute wünschte. Das war alles. Das zu wissen war kein Trost.

Die Bankette der Reformisten fanden weiterhin statt. Die Ansprachen, die jene politischen Mähler begleiteten, wurden hitziger. Ganz offensichtlich würde nur eine radikale Veränderung die Volksaufhetzer zufriedenstellen. Sie verlangten das sofortige Ende der absolutistischen Monarchie und freie Wahlen für alle Bürger. Es gab wütenden Widerstand gegen Louis Philippes konservativen Minister Guizot, der das Land nicht von seinem gegenwärtigen, erniedrigenden Kurs abbringen wollte. Die englische Regierung, erbost über die ihrer Ansicht nach verräterische Allianz zwischen Frankreich und Spanien, die im Vorjahr durch Heirat geschmiedet worden war, tat ihr Bestes, um den Volkszorn anzuheizen. Die Legitimisten schütteten Öl ins Feuer, ebenso wie die Bonapartisten, beide in der Hoffnung, daß sich in den Wirren des Umsturzes eine Gelegenheit bieten würde, ihren jeweiligen Kandidaten die Krone zu erobern.

In Frankreich gor der Unfriede wie junger Wein im Faß. Die gelben Zeitungen druckten skurrile Karikaturen des Königs und seiner Minister und lobpriesen Lamartines Reden. In den Provinzen gab es Aufruhr der Lebensmittel wegen und in den Nebenstraßen von Paris spontane Versammlungen, die in Märschen unter der roten Flagge endeten. Die Kutsche eines reichen Kaufmanns wurde vom Mob umgestürzt und der Mann halbtot geschlagen. Andere Protestmarschierer begannen, nachdem man in das Warenhaus eines Weinhändlers eingebrochen war, zu plündern, brandschatzten mehrere Läden und warfen in einem der vornehmen Viertel nahe dem Faubourg Saint-Germain Fenster ein.

Im ruthenischen Haus, im Empfangssalon, wurde die sich verschärfende Lage zum wichtigsten Gesprächsthema, sobald sich mehr als zwei Leute versammelten. Manche schoben die Schuld dem König von Frankreich zu, einem Mann, der zugegebenermaßen nichts falsch, allerdings auch nichts richtig gemacht hatte. Andere schoben alles auf die für die Jahreszeit ungewöhnliche Wärme, die es den einfachen Leuten gestattete, aus ihren Löchern zu kriechen und sich über andere Dinge Gedanken zu machen als darüber, wie man den kalten, nassen Winter überleben sollte. Manche runzelten die Stirn und schüttelten den Kopf. Manche lächelten.

Es war schwer, wenn nicht unmöglich, die Haltung Roderics und seines Vaters, König Rolfs, einzuschätzen. Sie konnten sich ebensogut für die eine wie für die andere Seite einsetzen und taten das oft auch. Sie unterhielten weiterhin alle und jeden. So wie sich Roderic auf den Empfängen, die sein Vater gab, mit scharfem Hackenschlag über der Hand einer Comtesse oder Duchesse verbeugte, so stritt und trank Rolf im Gegenzug bei den Treffen in den Gemächern seines Sohnes mit Lamartine, dem gemäßigten Wissenschaftler Arago, dem Sozialisten Louis Blanc und mit zerlumpten Männern, die Pistolen in ihren Gürteln trugen und über die Hintertreppe verschwanden.

Mara empfand die Verwicklungen und die sich ergebenden Fragen als verwirrend. Sie bemitleidete die Menschen, die zusammengekauert auf der Straße hockten und bettelten, und gab den Kindern Centimes, wenn sie konnte. Sie erkannte, wie berechtigt der Ruf des Volkes nach Mitbestimmung in der Regierung, nach Arbeit und gerechter Bezahlung war. Zugleich schien Louis Philippe für sein Land und seine Untertanen alles in seiner Macht Stehende zu tun. Die Menschen litten überall, nicht nur in Frankreich.

Trotz der Unruhe schien es unmöglich, daß die Gewalt ausbrechen und noch einmal Barrikaden in den Straßen von Paris errichtet werden könnten, während der Pöbel regierte. Bis zu einem sonnigen Nachmittag.

Mara hatte mit Juliana und Trude eine Parfümerie in den Nebengassen des Marais besichtigt. Sie hatte gehört, daß man dort einen Duft namens ›Kreolischer Garten‹ bekommen könne, der alle Aromen eines New Orleanser Gartens enthielt: Gardenien, Süßolive und Geißblatt, alles unterlegt mit einem leichten Farngeruch. Abgesehen davon, daß das Parfüm interessant klang, wollte sie es als Geschenk für Großmutter. Die alte Dame erholte sich recht gut, aber sie brauchte etwas, um die Tage aufzuhellen, die sie im Bett verbringen mußte. Außerdem würde sich das Parfüm ausgezeichnet als Eröffnung einer Diskussion über ihre Rückkehr nach Louisiana eignen.

Der Laden war nicht weit entfernt, vielleicht zehn Minuten zu Fuß. Sie waren schon so lange nicht mehr draußen gewesen, daß sie beschlossen, auf die Kutsche zu verzichten. Die Truppe war fort, ebenso wie Roderic und Rolf, deshalb einigten sie sich darauf, nicht auf eine Eskorte zu warten. Es war sicher genug, wenn sie zu dritt gingen, vor allem, da es sich nur um einen kurzen Ausflug handelte.

Der Hinweg verlief ereignislos und war angenehm in der frischen Luft. Auf dem Rückweg trug Mara die kleine Glasphiole mit Parfüm in ihrem Retikül, und alle drei wandelten in einer jener unzähligen Düfte, die sie versuchsweise aufgetragen hatten. Die Straßen waren schmal und gewunden und mit grobem Kopfsteinpflaster belegt, auf dem schwer zu laufen war. Die Sonne drang nicht bis zu ihnen herunter, sondern erhellte nur die obersten Stockwerke. Abfälle lagen in den Torwegen, Fenster waren zerbrochen, und Fensterläden hingen schief in den Angeln.

Als sie die Parfümerie verlassen hatten, waren Kinder herumgelaufen, Katzen hatten auf den Türschwellen gelegen und Frauen sich aus den Fenstern gelehnt, um sich lauthals mit ihren Nachbarn zu unterhalten. Sie bogen um eine Ecke, und plötzlich war die Straße wie leergefegt. Irgendwo schrie ein Kind und wurde sofort zum Schweigen gebracht. Ein Fensterladen schloß sich krachend, dann wurde der Riegel vorgeschoben.

Mara wandte den Kopf, um einen Blick mit Juliana zu wechseln. Dann schauten sie beide auf Trude.

»Wir sollten uns lieber beeilen«, entschied die blonde Frau mit grimmiger Miene. Eine Hand auf dem Degenknauf, schaute sie sich mit kühlem, abwägendem Blick um, dem nichts entging. Sie gingen schneller weiter. Ihre Schritte hallten zwischen den steinernen Gebäuden wider, so daß es klang, als würden sie verfolgt. Die Sonne verschwand hinter einem Wolkenschleier. Eine Bö lief zwischen den Gebäuden und wirbelte schmutzigen Staub auf, der in den Augen brannte.

Vor sich hörten sie Stimmen, die einen Marsch sangen. Immer näher kamen sie, bis man das Lied als »Marseillaise« identifizieren konnte. Die laut gesungenen Worte klangen wütend und grob aus Männer- und Frauenkehlen.

»Der Mob. Schnell, weg von hier«, sagte Trude.

Aber es war zu spät. Die Zusammenrottung von Männern und Frauen tauchte aus einer Querstraße vor ihnen auf. Es waren etwa dreißig an der Zahl, und alle waren mit Prügeln oder anderen Behelfswaffen ausgerüstet. Die Kleider waren unförmig und von verwaschenem Graubraun, und auf den Köpfen trugen sie flache Kappen oder, die Frauen, ausgebleichte Kopftücher. Die Gesichter waren fahl, und wenn sie beim Singen ihren Mund öffneten, konnte man ihre fauligen Zähne sehen. Ihnen bot sich der Anblick zweier Damen in eleganten Trauerkleidern für die tote Schwester des Königs und, so hatte es den Anschein, eines jungen Mannes mit schwarzer Armbinde.

Der Pöbel stürmte wie von unsichtbarer Hand gelenkt auf sie zu. »Aristos! Leuteschinder! Auf sie! Auf sie!«

Die Klinge von Trudes Schwert scharrte, als sie aus der Scheide gezogen wurde. Dann schubste sie Mara und Juliana vorwärts. »Schnell! Ich werde sie aufhalten!«

»Mein Gott«, hauchte Juliana, »ich würde all meine Diamanten dafür geben, wenn ich jetzt meinen Degen bei mir hätte.«

»Sie können sie nicht aufhalten; es sind zu viele!« schrie Mara, packte Trude am Arm und zerrte sie mit sich. »Kommen Sie!«

Trude war bestimmt kein Feigling, aber sie hatte gelernt, die Risiken zu kalkulieren, und sie wußte, welchen Wert ein strategischer Rückzug haben konnte. Sie machte ein paar Schritte rückwärts, dann wirbelte sie herum und rannte los. Grölend, kreischend, blutdurstig wie Hunde auf der Jagd, setzten ihnen ihre Verfolger nach.

Der Fluchtweg, den die drei Frauen eingeschlagen hatten, würde sie noch tiefer ins Marais bringen. Sie mußten sich bis zum Fluß und zum ruthenischen Haus durchschlagen. Trude deutete auf eine schmale Gasse, in die sie einbogen. Sie war voller Abfallhaufen, glitschigem Schlamm und Müll, und über ihnen waren quer über die Straße hinweg tief durchhängende Leinen mit grauer Wäsche gespannt. Während sie sich geduckt einen Weg durch die Abkürzung bahnten, sprang Trude hoch, um die Wäscheleinen mit einem Hieb zu durchtrennen, die hinter ihnen in die Gasse herabflatterten und ihren Verfolgern das Durchkommen erschwerten.

Sie gewannen etwas Zeit, aber nicht viel. Als sie aus der Gasse bogen, war der Pöbel dicht hinter ihnen. Juliana rannte mit bis über die Knie geschürztem Rock auf eine Patisserie zu. »Hier herein!«

Der Konditor sah sie kommen und versuchte, die Tür abzuschließen. Trude warf sich mit der Schulter dagegen, so daß der Mann rückwärts stolperte. Sie stürmten durch den Laden, stießen auf ihrem Weg Tische mit Kuchen und Torten und eine Schachtel mit Bonbons um. Sie drängten in die Küche und platzten, ohne auf die Schreie der fetten, aufgedunsenen Frau zu achten, die, beim Puddingrühren aufgeschreckt, sich umdrehte und große gelbe Kleckse von ihrem Kochlöffel auf ihren breiten Busen fallen ließ, durch die Hintertür in die nächste Gasse.

Trude fluchte mit einer Inbrunst, die unter den gegebenen Umständen keineswegs überraschte, und kippte einen Kübel voll ranzigem Fett um, der neben der Tür stand. Weiter unten in der Gasse vereinten sie ihre Kräfte, um hinter einer Boucherie einen Bottich voller Schweine- und Schafsabfälle umzustürzen. Der aufsteigende Gestank verursachte ihnen Übelkeit. Jeder Atemzug schmerzte wie ein Messerstich in ihrer Brust, doch sie rannten weiter. Schadenfroh hörten sie das heisere Gebrüll, als die Anführer des Mobs aus der Konditorei stürmten, im Fett ausrutschten und in die Fleischabfälle fielen.

Sie waren am Ende der Gasse angelangt und wandten sich wieder nach links. Ihre Schritte hallten auf dem Pflaster. Julianas Haar hatte sich gelöst, ihre Röcke hatte sie bis übers Knie hochgehoben, und ihr Gesicht war kalkweiß, trotz der hektischen roten Flecken auf ihren Wangen. Mara spürte Seitenstechen und sah roten Nebel vor ihren Augen. Sie konnte das Tempo nicht mehr lange halten. Sie hörte Juliana neben sich schnaufen und nahm an, daß es dem anderen Mädchen ähnlich ging, wohingegen Trude kaum außer Atem zu sein schien.

Ihre einzige Hoffnung war, genug Zeit zu gewinnen, um sich verstecken zu können, dachte Mara. Sie waren jetzt näher am ruthenischen Haus, aber immer noch fünf oder sechs Blocks davon entfernt. Die Straße war breiter hier und von mehr und verschiedenartigen Läden gesäumt, auch wenn alle Türen verriegelt waren. Vor den Läden stand die Ware, die man stehengelassen hatte, als man die Fensterläden zugeklappt hatte und die Riegel hatte einrasten lassen. Es gab kein Versteck, keine Zuflucht. Das Geheul des Pöbels hinter ihnen kam immer näher.

Dann sah sie es, direkt vor ihnen. Sie lachte laut auf. Als die beiden anderen sie verwundert anblickten, konnte sie nur mit zitternder Hand darauf deuten und ihren Lauf nochmals beschleunigen.

Das Geschäft des Herrenausstatters war fest verrammelt, aber vor der Tür stand ein Regal mit Männerhüten, Melonen, Zylindern und Chapeau Claques, Seiden- und Biberpelz- und gewebten Wollmützen. Es gab eine Kiste mit schweren Westentaschenketten, an denen man Uhren oder Siegel befestigen konnte. Vom Giebel hingen Stöcke mit goldenen und silbernen Griffen, Stöcke mit geschnitzten Elfenbein- und Bernsteingriffen und auf Hochglanz polierte Stöcke aus Schlehdorn. Und dann gab es noch einen Ständer mit Stöcken, die einen Knauf statt einem Griff besaßen, extra dünnen, schlanken Stöcken und extra dicken: Degenstöcken.

Mara und Juliana stürzten sich auf die Stöcke, drehten an den Knäufen, warfen jene beiseite, die sich nicht öffnen ließen, bis beide schließlich mit einem Triumphschrei eine scharfe, biegsame Klinge aus der harten Scheide zogen.

Sie wirbelten herum. »Auf die Straße«, erklärte Trude angespannt. »Dort ist mehr Platz.«

Das Pack erblickte die vermeintliche Beute und hetzte auf sie zu. Mara, die Schulter an Schulter zwischen Juliana und Trude stand, merkte plötzlich, daß sie immer noch ihr perlenbesetztes Retikül am Handgelenk trug. Sie schüttelte die Bänder ab, fing das Täschchen auf und warf es beiseite. Es landete vor einem Hauseingang. Die Tür ging auf, und ein Junge von zehn oder elf Jahren lugte heraus. Eine strenge Stimme rief ihn zurück, doch der Junge schoß heraus, um das Retikül aufzulesen.

»Alles darin gehört dir«, rief Mara ihm mit gellender Stimme zu, »wenn du eine Nachricht zum ruthenischen Haus bringst. Sag ihnen, sie sollen kommen.«

»Sag ihnen: *A moi! A moi*!« rief Trude.

Es war ein uralter Schlachtruf, mit dem man um Hilfe bat: Zu mir. Versammelt euch um mich. Helft mir. Die Truppe würde mit Sicherheit kommen. Falls der Junge die Botschaft überbrachte. Falls man ihn vorließ. Falls die Männer schon zurückgekommen waren.

In der Zwischenzeit waren sie ganz auf sich allein gestellt.

Die Meute strömte in die Straße vor ihnen. Immer näher kamen sie. Und näher. Mit weit aufgesperrten Mündern und hervortretenden Halssehnen schrien sie. In ihren Augen loderten Haß und Mordlust. In ihren geballten Fäusten trugen sie die ungeschlachten Waffen. Ihre groben Schuhe polterten wie Donner über die Pflastersteine. Näher. Näher.

«*En garde*«, sagte Trude leise.

Die drei Klingen flogen hoch, senkten sich, verharrten. In Pose und angriffsbereit standen sie da.

Der Anblick, der sich jenen an der Spitze des Pöbels bot, kam so unerwartet, daß sie anzuhalten versuchten. Sie wurden von den Menschen hinter ihnen weitergedrängt, so daß sie ausglitten und über das Pflaster stolperten und purzelten. Zentimeter vor den glänzenden, langsam kreisenden Klingen kamen sie zum Stillstand, dann stemmten sie sich fluchend und grölend gegen ihre Mitläufer. Einen Augenblick lang herrschte völlige Verwirrung.

Unvermittelt löste sich die Gruppe auf, und ein halbes Dutzend Männer traten aus ihrer Mitte hervor. Mit erhobenen Knüppeln und gebleckten Zähnen kamen sie auf die Frauen zu. Mara hatte keine Zeit für die anderen, nur für die beiden, die auf sie zustürmten. Sie duckte sich unter dem ersten Rundschlag weg und hieb, noch in der Hocke, nach den Beinen des ersten Angreifers. Er jaulte auf und hinkte außer Reichweite. Mara tauchte hoch wirbelte herum und stieß die scharfe Klinge in ihrer Hand nach dem Bauch des zweiten. Er sprang zurück, so daß der Stock, mit dem er sie schlagen wollte, nur ihre Schulter streifte. Ohne auf die sich ausbreitende Taubheit zu achten, den Blick fest auf die blinkende Klinge des Messers in seiner anderen Hand gerichtet, wich sie augenblicklich zurück und zog den Degen über seinen Arm. Er faßte mit einem heiseren Schrei sein Handgelenk und ließ das Messer fallen. Blut quoll zwischen seinen Fingern hervor. Sein Platz wurde von einer Frau eingenommen, die ein Beil schwang. Mara stellte sich der Vettel mit dem wirbelnden, drohenden Tod in der Hand. Die Frau kreischte wutentbrannt auf und schleuderte das Beil. Es zerfetzte den dicken Stoff von Maras Rock, bevor es, ohne weiteren Schaden anzurichten, klirrend auf das Pflaster fiel. Ein Mann mit einem Schürhaken trat vor, den er wie ein Schwert vor sich hielt. Mara parierte ihm ebenso, stieß das Eisen wieder und wieder mit ihrer Klinge beiseite, bis ihr Degen den Haken in einer blitzschnellen Riposte umkreiste, die Deckung des Mannes durchbrach und seine Schulter durchbohrte.

Der Mob schloß sich um sie, umzingelte sie. Trude, deren Augen im Schlachtengetümmel leuchteten, rief: »Rücken an Rücken! Wir können sie in Schach halten!«

In einer einzigen Bewegung drehten sich Mara und Juliana um, und alle drei bildeten mit ihren Rücken ein Dreieck, so daß sie einander vor Angriffen von hinten beschützten.

Wieder und wieder erfolgten neue Angriffe. Wieder und wieder kämpften sie die Meute zurück. Zwei Männer lagen tot oder sterbend vor ihren Füßen. Ein weiterer war an den Straßenrand gekrochen, wo er sich stöhnend wand und die Hand auf ein Loch in seinem Hals preßte. Die Angriffe ließen nach, erstarben.

Die Laune des Mobs um sie herum war längst über den anfänglichen Unmut hinaus, der sich in dem Drang Luft gemacht hatte, drei gut gekleidete Aristokratinnen zu verprügeln, ihnen etwas Respekt vor dem Wert des Lebens einzubläuen, indem man sie auszog und ihnen ein paar Stockhiebe versetzte. Jetzt war die Stimmung viel gewalttätiger, war mörderische Rachlust für das vergossene Blut und die Erniedrigung, von Frauen besiegt worden zu sein, erwacht. Es war dieselbe blutrünstige Hysterie, die vor weniger als hundert Jahren eine ähnliche Meute dazu gebracht hatte, die Prinzessin Lamballe, Vertraute der Marie Antoinette, buchstäblich in Stücke zu hacken.

»Steinigt sie!« gellte ein Weib. »Dann werden wir sehen, ob sie mit ihren Degen gegen Steine kämpfen können!«

Die Pflastersteine waren schnell aus der Straße gebrochen. Es waren schwere Quader, massiger und größer als Ziegel, die man schnell zu einer festen Barrikade auftürmen und die von einem Mann geworfen werden konnten. Wenn man sie mit einiger Kraft schleuderte, konnten sie Knochen zerbrechen, mit Haß und Wut geschmettert, hatten sie bereits Armeen und berittene Geschwader zurückgehalten. Es waren die Waffen des Proletariats.

Wenn die Frauen stehenblieben, wo sie waren, wären sie in Sekunden zu Boden gebracht worden. Wenn sie zu fliehen versuchten, würden sie gejagt und gestellt werden wie Füchsinnen von einer Hundemeute. Es gab nur eine Verteidigung.

»Angriff?« fragte Mara ruhig.

»Angriff«, sagte Trude. Sie schauten sich an, alle drei, und aus ihren Blicken sprachen Zorn und Entschlossenheit und Entsetzen. Schweiß der Anstrengung rann ihnen von den Stirnen, und ihre Beine zitterten. Blut befleckte Julianas dichte Locken, und Trudes Uniformärmel war an der Schulter ausgerissen. Die Säume von Maras und Julianas Röcken und Trudes Hose waren mit Fett und undefinierbarem Schmutz besudelt. Ihre Degen waren blutig und sahen ekelerregend aus, und ihre Schultern- und Armmuskeln waren so verkrampft, daß sie sich vielleicht nie wieder geschmeidig auf die Befehle des Gehirns hin zu bewegen vermochten.

Plötzlich grinsten sie, und unvermittelt wie losschnellende Sprungfedern machten sie einen Satz vor und rannten schreiend auf ihre Angreifer zu.

Die Männer und Frauen liefen mit angstgeweiteten Augen und verwirrt auseinander, ließen ihre Waffen fallen und verstreuten sich überall. Doch hinter dem Trio hörte man Stiefel stampfen, näher kommen, kurz vor dem entscheidenden Schlag. Sie fuhren herum.

Die Männer hinter ihnen hielten schlitternd an, zogen sich zurück und warfen die Hände hoch, in denen tödlich blanke Klingen funkelten. Die weißen, unbefleckten Uniformen gleißten wie Platin im Sonnenschein.

Estes, zwischen dessen Augen Trudes Klinge verharrt war, blökte einen Fluch.

Luca schüttelte bewundernd den Kopf, ohne seinen hungrigen, abtastenden Blick von Juliana abzuwenden.

»*A moi?*« sagte Roderic und brach, nach einem Blick auf die verblüfften, fast wütenden Gesichter der drei Frauen, in lautes Lachen aus.

16. Kapitel

»Sie waren großartig, unbesiegbar! Ein wahres Amazonentrio«, verkündete Estes. der sich an jenem Abend vor der Truppe sowie Rolf und Angeline ausließ.

»Alle für einen, einer für alle«, warf Juliana ein.

»So gut hatten sie die Lage gemeistert, daß sie unserer Hilfe kaum mehr bedurften.«

Mara schüttelte mit einem spröden Lächeln um den Mund den Kopf. »Das würde ich nicht sagen.«

»Nie werde ich den entsetzlichen Augenblick vergessen, als dieses übelriechende Balg zu uns gerannt kam, Ihre Börse schwenkend, Mademoiselle Mara, und aus voller Gassenjungenkehle rief: ›*A moi! A moi!*‹, während wir in den Hof einritten. Ich glaubte, das Herz würde mir stocken.«

»Übelriechend?«

»Er verbreitete bis zum Gesims den allerabscheulichsten Gestank.«

»Grandmères Parfüm! Es muß zerbrochen sein, als ich das Retikül fortgeworfen habe. Ich hatte es vollkommen vergessen.«

»Wie konnten Sie nur?« murmelte Roderic, der hinter Maras Sessel stand.

Trude, die dicht dabei stand, blickte ihn mit strenger Mißbilligung in den strahlendblauen Augen an. »Mit gutem Grund.«

»Schnell wie der Wind eilten wir Mademoiselle Mara zu Hilfe, ohne erst lange zu fragen, warum oder wie oder wer bei ihr war«, fuhr Estes fort. »Man stelle sich unsere Bestürzung vor, als wir die drei Damen unter Belagerung erblickten, umgeben von toten Feinden, aber in Todesgefahr. Bevor wir unser Eintreffen kundtun konnten, stürzten sich die Damen mit Todesmut auf den Feind. Noch nie sah ich etwas so Galantes, so Anrührendes, so –«

»Törichtes?« schlug Roderic vor.

»Was hätten wir deiner Meinung nach tun sollen?« verlangte seine Schwester zu wissen. »Stehenbleiben und uns steinigen lassen? Hinknien und beten? Wir hatten keine andere Wahl. »

»Meiner Meinung nach hättet ihr zu Hause und in Sicherheit bleiben sollen.«

»Damit du dir keine Sorgen zu machen brauchst«, antwortete seine Schwester.

»Es war mein Fehler«, erklärte Mara. »Ich hatte keine Ahnung, daß es so gefährlich ist.«

»Ich auch nicht«, stimmte Juliana zu. Trude hob das Kinn. »Ich auch nicht –«

»›Alle für einen‹ – «, zitierte Roderic leise.

Einen Augenblick herrschte Stille. Estes beendete sie. »Und dann, nachdem wir abgestiegen waren, um unsere Kräfte mit ihren zu vereinigen und die Wahnsinnigen zurückzuschlagen, die wein- und freiheitstrunken wüteten, da wandten sie sich gegen uns, die Jungfern, als wollten sie zu guter Letzt auch uns das Herz aus dem Leibe schneiden.«

»Und ihr habt gelacht«, beschuldigte ihn Trude.

Der italienische Graf sah sie beleidigt an. »Roderic hat gelacht. Luca und ich haben nur aus Höflichkeit eingestimmt.«

»Es war die Erleichterung, Sie unverletzt zu sehen«, mischte sich Luca unerwarteterweise ins Gespräch.

»Daß niemand das glaube«, erklärte Juliana mit einem Laut, der verdächtig an ein Schnauben erinnerte. »Es war das erbärmliche Bild, das wir boten.«

»Belagert, doch unschätzbar teuer.« Juliana wandte sich überrascht zu dem Zigeuner um und errötete plötzlich angesichts dessen, was sie in den Tiefen seiner dunklen Augen erblickte.

Jacques und Jared blickten einander an und seufzten. »Warum nur«, meinte Jacques zu seinem Bruder, »sind wir nie dabei, wenn es darum geht, einer Maid aus Schwierigkeiten zu helfen?«

»Weil ihr viel zu sehr damit beschäftigt seid, sie in Schwierigkeiten zu bringen«, erklärte Michael ihnen mit brutaler Offenheit.

Roderic machte dem Wortwechsel mit einem einzigen, undurchdringlichen Blick ein Ende. »Ich habe nicht«, erklärte er ruhig, »nur zum Vergnügen geredet oder um meine Stimmbänder zu üben. Von nun an wird keine Frau dieses Haus ohne angemessene Eskorte verlassen, also mit zwei, besser drei Begleitern aus der Truppe, und auch dann nur in einer Kutsche. Truppenmitglieder werden nur zu zweit ausreiten. Ausnahmslos.«

Angeline beugte sich vor. Eine Falte stand zwischen ihren Augen. »Ist das wirklich notwendig, nur wegen ein paar Straßenunruhen?«

Ihr Sohn wandte sich ihr zu. Seine Miene blieb unverändert hart. »Gestern abend hat die Comédie Française ihre Pforten geschlossen.«

Die Comédie Française, das offizielle und führende Theater von Paris, schloß seine Türen erst im Angesicht einer Katastrophe. In Paris hatte man während der vergangenen, politisch bewegten Jahrzehnte gelernt, darauf wie auf ein verläßliches Barometer zu achten. Wenn das Theater schloß, dann schoben die Bürger der Stadt die Riegel vor und warteten auf den Sturm.

»Und ich, mein Sohn?«

Die Frage kam von Rolf. Er saß in einem hochlehnigen Sessel, hatte einen gestiefelten Fuß ausgestreckt und den Ellbogen auf die Armlehne gestützt, während sein Kinn auf den Fingerknöcheln ruhte. Wenn in den Worten eine Herausforderung lag, dann nahm Roderic sie nicht an.

»Sie, mein Vater, werden natürlich so verfahren, wie es Ihnen beliebt. Aber ich würde Sie gern als Mitglied der Truppe betrachten, die nötigenfalls für eine Eskorte oder andere Aufgaben bereitsteht.« Mara erwartete ein Donnerwetter. Doch sie hatte sowohl den König von Ruthenien als auch sein Verständnis für seinen Sohn unterschätzt. Rolfs Frage war offenbar nicht aus Angst um seine Würde gestellt worden, sondern aus dem Entschluß heraus, in der Krise mitzuhelfen. Daß er zufrieden war, wurde an seinem ironischen Nicken offenbar.

Juliana versuchte als nächste, Roderics Aufmerksamkeit auf sich zu lenken. »Was ist mit Maras Parfüm? Selbst wenn wir in der Galerie Kratzfüße absolvieren und um Begleitschutz betteln, bin ich nicht sicher, ob sich ein weiterer Ausflug empfiehlt, um es zu ersetzen.«

»Will sie das Zeug denn wirklich haben?« rief Estes in ironischem Unglauben aus.

Roderic schenkte dem Grafen keine Aufmerksamkeit. »Ich werde es ihr holen.«

»Das ist nicht nötig«, wandte Mara hastig ein. »Ich kann selbst gehen, wenn jemand, vielleicht Jacques und Jared, mir Gesellschaft leistet.«

»Ich werde es holen.«

Als er das wiederholte, klang Roderics Stimme so stählern, daß sie nachgab. Sollte er doch gehen! Starrköpfiger Kerl. Sie drängte sich bestimmt nicht danach, diese Besorgung zu machen; allein bei dem Gedanken verkrampften sich ihre Magenmuskeln. Natürlich konnte er das nicht wissen. Oder doch?

Sie warf ihm einen kurzen Blick unter ihren Wimpern hervor zu. Er beobachtete sie, ließ seinen Blick auf der dünnen Spur ihrer Lippen ruhen, und der Blick seiner dunkelblauen Augen sprach von leisem Amüsement.

Trude, die das Zwischenspiel beobachtete, rutschte auf ihrem Sitz herum, bevor sie ihre Augen mit ernstem Stirnrunzeln abwandte. Estes seufzte.

Es war Abendessenszeit, als Roderic Mara das Parfüm brachte. Sie saß bei Grandmère Helene. Er klopfte an die Tür zum Salon, trat dann ein und drehte sich um, um eine ganze Kavalkade von Dienern hereinzuwinken. Der erste trug auf einem blauen Samtkissen einen großen Rauchglasflakon, der mit einem mundgeblasenen Stöpsel in Form einer Gardenie versehen war und mindestens einen halben Liter Parfüm enthielt. Der zweite trug ein ausladendes Bukett von Treibhausblumen, gelben Jonquillen, weißen Narzissen und rosafarbenen Quitten in einer Kristallvase. Der dritte hielt eine Gitarre in einem polierten Holzkasten. Der vierte war mit einem silbernen Sektkübel beladen, in dem eine langhalsige Champagnerflasche stand. Die übrigen Diener brachten Tabletts mit silbernen Platten, Kelchen, Schalen und verschiedenstem Porzellan, Kristall und Besteck.

»Sie sind gekommen, um die Kranke aufzuheitern! Wie großmütig!« rief Grandmère Helene durch die offene Schlafzimmertür.

Augenblicklich kam er an ihr Bett, verbeugte sich über ihrer Hand und hob sie an seine Lippen. Mit geheimnisvollem Lächeln antwortete er: »Unter anderem.«

Grandmère Helene, deren alte Augen noch scharf blickten, warf ihm einen kurzen, stechenden Blick zu. »Wenn Sie erwarten, daß ich nach ein, zwei Glas Champagner einschlummere, könnten Sie sich täuschen.«

»Das hoffe ich«, gab er zurück.

Sie lachte kurz. »Wortklauber.«

»Wie können Sie so etwas denken?«

»Sie vergessen, daß ich Ihren Vater kannte. Das verschafft mir einen Vorteil.«

»Den Sie bestimmt nie nötig hatten.«

Sie zog ihre Hand zurück und schlug nach seiner, aber ihr Lächeln war nicht ohne Wohlgefallen.

Das Essen war vorzüglich zubereitet und wunderschön angerichtet, lecker genug, um eine Invalidin zum Essen zu verlocken, aber doch gehaltvoll genug, um selbst den wölfischsten Hunger zu stillen. Die Diener stellten alles ab, überprüften, ob alles vollständig war, und verschwanden dann.

Grandmère öffnete das Parfüm und trug reichlich davon auf, so daß der Duft, kombiniert mit dem der Blumen, schwer im Zimmer hing. Während sie aßen, mußte sie sich noch einmal die Geschichte der ersten kleinen Phiole anhören, was daraus wurde und welche Rolle Mara bei der Rettung in letzter Minute gespielt hatte. Mara versuchte Roderic mit einem Kopfschütteln zu warnen, aber er schien ihr keine Aufmerksamkeit zu schenken. Als sie allerdings der Geschichte lauschte, die er von sich gab, während sie ihrer Großmutter beim Essen half, vermochte sie die Ereignisse unter all dem Zuckerguß kaum wiederzuerkennen. Sie lächelte ihn über Grandmère Helenes Kopf hinweg dankbar an, aber auch darauf reagierte er nicht.

Er versuchte jedoch, ihr zu gefallen, indem er Grandmère eine lediglich leicht ausgeschmückte Version der politischen Situation darlegte, gewürzt mit Tratsch, Witz und Schwänken. Auch füllte er ihr Weinglas nach. Als sie den letzten Bissen ihres Desserts verzehrt hatten, eines Cremepuddings mit Mandelsoße, und die Überbleibsel des Festmahls abgetragen waren, nahm er seine Gitarre auf. Er spielte die klaren, komplizierten Melodien, die in Grandmères Jugend beliebt gewesen waren, und die alten, leicht anzüglichen Liebeslieder des *Ancien régimes.* Seine geschmeidigen Finger wanderten von Mozart zu einem Bolero, schweiften in eine normannische Serenade ab, die aus der Zeit der Kreuzzüge stammte, und endeten mit den feierlichen und langsam verhallenden Takten von Haydns »Abschied«.

Er hob seine Hand von den Saiten. Die süßen Klänge verstummten. Mara schaute auf ihre Großmutter. Die alte Dame hatte die Augen geschlossen und schnarchte leise. Zugleich erhoben sich Mara und Roderic, schlichen aus dem Zimmer und zogen die Tür zwischen dem Schlafzimmer und dem Salon hinter sich zu.

»Sie sind ein Teufel«, erklärte Mara leise.

»Weil ich eine Dame mit Wein und Musik betört und sie zum Träumen gebracht habe?«

»Sie haben das absichtlich gemacht!«

»Mit welcher Absicht, Mara? Um Sie auf diesem höllisch unbequemen Sofa lieben zu können? Um Sie in mein Serail zu entführen, vorausgesetzt, ich hätte ein Serail? Oder weil ich das alte Sprichwort kenne, daß der Weg in das Herz eines Mädchens durch das seiner Großmutter führt?«

»Seien Sie nicht lächerlich.«

»Das bin ich nicht, Chère. Wenn ich Sie betören wollte, dann würde ich das ohne Falsch versuchen. Auch ohne schweres Parfüm oder Serenaden oder Blumensträuße«, er streckte die Hand aus und berührte ihr Kinn mit einem Knöchel, »sondern mit etwas Seltenem und Zerbrechlichem und Unbeflecktem.«

Es erforderte ebensoviel Mut, seinen Blick zu erwidern, wie es gebraucht hatte, sich dem Mob zu stellen. Sie erwartete, auf Herablassung oder gar Wut zu stoßen, aber sie fand nichts als Geduld.

»Dann muß ich Ihnen dafür danken, daß Sie Grandmère heute abend unterhalten haben – und für all die netten Geschenke, wozu nicht zuletzt Ihre Musik gehört. Es war gütig von Ihnen, uns so viel von Ihrer Zeit zu schenken, und ich bin Ihnen wahrhaft dankbar dafür.«

»Eine charmante Ansprache, Chère, das heißt, es wäre eine, wenn ich Ihre Dankbarkeit wollte.«

Er hielt erwartungsvoll inne. Ihr Mißtrauen, die ungeheure Selbstbeherrschung, die sie ausstrahlte, verletzte ihn auf unerklärliche Weise, ebenso wie die dunklen Schatten unter ihren Augen und der blaue Fleck auf ihrem Hals. Er wünschte, er wüßte, was sie jetzt dachte.

Die offenkundige Frage hallte in ihrem Kopf wider: *Was wollen Sie dann*? Aber das brachte sie nicht über die Lippen.

Vielleicht war die Antwort nicht das, was sie zu hören wünschte.

Ein grimmiges Lächeln zuckte um seinen Mund. Er nahm ihre Hand, führte sie an seine Lippen, wünschte ihr leise eine gute Nacht und ließ sie allein.

Mara blieb einen Augenblick wie angewurzelt stehen. Mit einer so schnellen Kehrtwende, daß ihr Rock sich um sie bauschte, ging sie in das Zimmer ihrer Großmutter zurück. Sie deckte das Feuer ab und stellte den Wandschirm auf, dann drehte sie die Lampe klein, die auf dem Nachttisch unter einer Milchglaskugel brannte. Sie steckte die Decken rund um die schlafende Frau fest, beugte sich vor, um sie auf die Stirn zu küssen, und verschwand dann in ihrem eigenen Schlafzimmer, das hinter dem ihrer Großmutter lag.

Lila erhob sich neben dem Kamin und kam auf sie zu. Als Mara sich ein Lächeln für sie abrang, sagte das Mädchen: »Sie sind müde, Mademoiselle, und das ist kein Wunder. Lassen Sie mich helfen.«

Sie war mehr als müde, sie war steif und wund, und ihr Körper wies riesige blaue Flecken an Stellen auf, auf die geschlagen worden zu sein sie sich gar nicht erinnern konnte. Zwar hatte sie zuvor ein heißes Bad genommen, das ihr gutgetan hatte, aber plötzlich sehnte sie sich nur noch nach ihrem Bett.

Lila befreite sie aus ihren Kleidern, äußerte ruhig und mitleidig ihre Besorgnis angesichts der Flecken und zog ihr dann das Nachthemd über den Kopf. Mara setzte sich in einen Schaukelstuhl, und die Magd zog ihr Strümpfe und Schuhe aus. Während Lila ihre Sachen verstaute, erhob sich Mara gähnend und ging zu ihrem Bett.

Etwas lag auf ihrem Kissen. Es war eine einzelne Blume, eine blaßrosa Kamelie. Jedes kleine Blütenblatt war perfekt ausgebildet, leicht überlappend und so empfindsam, daß die leiseste Berührung ein braunes Mal darauf hinterlassen würde. Die zwei Blätter, die die Blüte umrahmten, waren von einem glänzenden Dunkelgrün und ebenfalls makellos. Die Pflanzen, von denen diese Blumen stammten, waren erst vor wenigen Jahren aus Asien importiert worden. Aufgrund ihrer

Schönheit und Seltenheit wurde ein hoher Preis für sie verlangt.

... mit etwas Seltenem und Zerbrechlichem und Unbeflecktem ...

Mara wandte sich an die Magd. »Woher kommt das?«

Das Mädchen zuckte hilflos mit den Achseln. »Ich weiß nicht, Mademoiselle. Es lag schon da, als ich gekommen bin.«

Roderic. Es konnte keine andere Erklärung geben – es sei denn, es war einer aus der Truppe gewesen. Nein, das war unwahrscheinlich. Es mußte Roderic gewesen sein.

Sollte das ein Zeichen seiner Verehrung sein? War es möglich, daß er ihr den Hof machte? Aber mit welchem Ziel? Er selbst hatte erklärt, daß seine Heirat, eine politische Allianz, seit seiner Geburt von seinem Vater fest verplant war. Er hatte sich beglückwünscht, ihr bislang entkommen zu sein, aber er schien sich in eine irgendwann fällige Kapitulation zu schicken. Hoffte er, sie trotzdem zu seiner ständigen Geliebten machen zu können? Glaubte er wirklich, daß sie das zulassen, oder, falls sie es täte, dabei glücklich werden könnte?

Glaubte sie das selbst? Manchmal kam es ihr so vor, als würde sie alles tun, alles sein, nur um die Nähe wiederzugewinnen, die sie einst geteilt hatten, um seine Berührung wieder zu spüren, sich wieder in der überwältigenden Macht seiner Anwesenheit zu verlieren. Aber wäre das genug? Würde ihre Abhängigkeit von ihm nicht irgendwann ihren Unwillen erregen? Konnte sie mit dem Wissen leben, daß seine Sehnsucht nach ihr auf Begierde, nicht auf Liebe zurückzuführen war?

Er hatte sie gebeten, ihn zu heiraten. Unter dem Mantel von Schicklichkeit und Zweckmäßigkeit hatte Begierde gelegen. War es möglich, daß er eine solche Verbindung immer noch in Betracht zog, trotz des väterlichen Ediktes, das sie untersagte? Oder vielleicht gerade deswegen? In beiden Fällen war es kein besonders schmeichelhafter Antrag.

Und doch, je öfter sie Roderic und seinen Vater zusammen sah, desto weniger glaubte sie, daß Roderic vom König beeinflußt wurde, allem Respekt vor der väterlichen Autorität zum Trotz. Sie mochten über kleinere oder größere Dinge verschiedener Meinung sein, sie mochten einander mit Worten befehden, aber beide gingen stolz und ungebeugt aus der Schlacht. Und manchmal, zum Beispiel als es um den Schutz der Bewohner des ruthenischen Hauses ging, beugte sich der König mit steifem Großmut seinem Sohn.

Was also sollte sie von Rolfs feindseligen Bemerkungen über den Charakter seines Sohnes halten? Hatte er sie absichtlich gemacht, um ihr eine gewünschte Reaktion zu entlocken? Oder waren sie auf die schlichte Tatsache zurückzuführen, daß Rolf seinem Sohn nicht traute? Und wenn sein Vater Roderic nicht vertrauen konnte, wie sollte sie es dann können?

Wie sollte sie?

Trotz allem, was über die Notwendigkeit, zu Hause zu bleiben, gesagt worden war, konnte man, als am nächsten Abend zum Essen gerufen wurde, Juliana nicht finden, und niemand vermochte zu sagen, wohin sie gegangen war. Sie war nicht in ihrem Schlafzimmer oder dem anschließenden Salon. Sie war nicht in der langen Galerie, den Gemächern ihrer Eltern oder ihres Bruders oder in irgendeinem der Salons. Niemand hatte sie seit dem Nachmittag gesehen, als sie mit Luca über die Hauptgalerie gewandelt war. Erst als die Truppe zusammengerufen wurde, um die Straßen rund ums Haus abzusuchen, bemerkte man, daß der Zigeuner ebenfalls fehlte.

Sie suchten trotzdem, schickten Jacques und Jared sogar bis zum Bois de Boulogne und zum Zigeunerlager, während Michael und Trude mit Rolf die Läden entlang der Rue de Rivoli und der Rue de Richelieu durchkämmten, bevor sie sich in das Labyrinth des Marais wagten. Sie ritten auf und ab, bis ihre Pferde schäumten und die Hunde von halb Paris ihnen nachkläfften, aber ohne auch nur eine Hutfeder von ihr zu erblicken.

Juliana war starrköpfig und unabhängig, aber keineswegs dumm. Mara konnte nicht glauben, daß sie Roderics Instruktionen mißachten würde, weder absichtlich noch aus Gedankenlosigkeit. Es mußte eine Erklärung geben. »Sie vergeuden

Ihre Loyalität«, erklärte Roderic mit rauher Stimme, als sie ihre Gedanken in Worte faßte. »Nie gab es eine Frau, die unbeständiger war oder schneller in Schwierigkeiten kam. Allerdings kann ich nicht behaupten, ich wüßte, wie sie meiner Aufsicht entkommen ist.«

»Aufsicht?«

»Nur eine Vorsichtsmaßnahme«, meinte er mit wegwerfender Geste.

Mara, in Gedanken bei wichtigeren Dingen, sagte: »Juliana hatte gestern morgen Angst. Sie würde sich nicht wieder in Gefahr begeben, nicht so schnell.«

»Sie kennen sie nicht so gut wie ich. Die Gefahr war vergessen, kaum daß sie vorüber war. Wenn sie zurückzukehren beliebt, wird sie uns strahlend, fröhlich verkünden, daß sie sich jetzt als Mitglied der Truppe betrachtet, nachdem sie ihre Fechtkunst unter Beweis gestellt hat. Und ich habe, aus mangelnder Vorsicht, allen von jenem Stand nur einen einzigen Begleiter zugebilligt.«

Sie warf ihm einen schnellen Blick zu, bemerkte die angestrengten Falten um seine Augen. Er hielt sich für verantwortlich. Daß er das tat, war zum Teil auf seine Erziehung, aber auch auf sein Wesen zurückzuführen. Das zu kommentieren, ihm zu erklären, daß er nicht für die Wirrungen der Weltläufe verantwortlich sei, würde nichts nützen. Juliana war seine Schwester, und auch wenn er sie jetzt rundheraus verdammte, sorgte er sich in ebenso großem Maße um sie.

Dennoch wollte Mara nicht glauben, daß Juliana so töricht war. Es mußte einen Grund geben, warum sie, mit oder ohne Luca, verschwunden war. Daß sie verschwunden waren, um ungestört zusammen zu sein, konnte sie ebenfalls kaum glauben. In vielen Dingen schien Juliana nur sich selbst als Maßstab gelten zu lassen, doch Luca hatte allzu großen Respekt gegenüber dem Boyaren und in Konsequenz auch gegenüber seiner Tochter.

Noch etwas fehlte im Haus. Erst einige Zeit, nachdem Roderic und die Truppe, unterstützt von Rolf, sich neuerlich auf die Suche gemacht hatten, bemerkte Mara das Fehlen. Dämon war verschwunden.

Es schien nur natürlich, sich zu fragen, wo sich Julianas Pekinesin Sophie aufhielt. Die kleine Hündin war in letzter Zeit recht schwer und rund geworden und dazu übergegangen, die meiste Zeit in ihrem Körbchen im Schlafzimmer ihres Frauchens zu liegen oder sich mit Dämon vor dem Feuer in der langen Galerie niederzulassen. Sophie war weder hier noch dort.

Erneut wurden die Diener zusammengerufen und beauftragt, nach den Hunden zu suchen. Sie sollten keinen Raum ungeöffnet, keine Kammer und keinen Schrank undurchsucht lassen. Sie sollten die Höfe abschreiten und mit einer Lampe jedes Lager, jeden Schuppen und die dunkelsten Ecken der Ställe ausleuchten. Sie sollten keinesfalls mit leeren Händen zurückkehren.

Am Ende war es lächerlich einfach. Juliana und Luca wurden auf einer Bank in einer Ecke des Nordhofes gefunden. Sie hatten sich gegen die Nachtkälte in eine Pferdedecke gewickelt und ruhten sich von ihrer anstrengenden Arbeit als Hebamme und Geburtshelfer aus. Der Zigeuner erklärte Juliana die Sternbilder über ihnen. Im Gärtnerschuppen nebenan lag, auf einem Stapel von Leinwänden, die einst als Sonnenschutz bei einem Gartenfest gedient hatten, Sophie mit vier winzigen Welpen. Dämon hielt Wache an ihrer Seite, grinste und wedelte ab und zu stolz, aber lächerlich müde mit dem Schwanz.

Als das Suchkommando zurückkehrte, hatte man die frischgebackene Mutter und ihren Nachwuchs bereits in den Privatsalon geschafft. Juliana und Luca hatten den Geruch nach feuchter Leinwand, Pferd und Hund abgewaschen und waren reuig dorthin zurückgekehrt, wo sich die anderen über die winzigen Fellbündel beugten, die neben Sophie in ihrem Korb beim Feuer herumtapsten.

Die weite Tür schwang auf. Roderic und Rolf kamen, Schulter an Schulter, in den Raum gestampft, gefolgt von Estes, Michael, Trude und den Zwillingen. Das Gesicht des Prinzen und das seines Vaters waren von Erschöpfung und stundenlanger Sorge gezeichnet, die in Sekundenschnelle in blanke Wut umgeschlagen waren. Die Mitglieder der Truppe enthielten sich vorsorglich jeden Kommentars.

Luca sprang auf, und Farbe stieg in sein dunkles, hübsches Gesicht. Juliana richtete sich neben ihm auf und reckte das Kinn vor. Dennoch sprach der Zigeuner zuerst.

»Es gibt keine Entschuldigung für den Aufruhr, den wir verursacht haben. Wir werden deshalb keine vorbringen.«

»Eine ausgezeichnete Taktik, meinen Glückwunsch«, erwiderte Rolf mit schwerer Ironie. »Trotzdem bin ich überzeugt, daß es eine Erklärung gibt.«

Juliana antwortete: »Wir haben niemanden rufen gehört, nicht dort, wo wir waren.«

»Die einbrechende Dunkelheit ist ein alltägliches Phänomen. Bist du sicher, daß sie nicht trotzdem deine Aufmerksamkeit weckte?«

»Es war sowieso dunkel im Lagerraum, und weil die Geburt so aufregend war, haben wir jedes Zeitgefühl verloren.«

»Die Geburt?«

»Von Sophies Welpen.«

Ihr Vater blickte auf die Hunde zu seinen Füßen herab. Langsam hob er seinen Blick und sah mit seinen blauen Augen den Mann an Julianas Seite an. »Mischlinge«, sagte er leise. »Bastarde sind das Resultat, wenn sich eine reinrassige Hündin mit einem Hund ohne jeden Stammbaum verkuppelt.«

Mara bemerkte, wie Roderic seinen Vater kurz und stirnrunzelnd anblickte. Neben ihr sog Angeline scharf den Atem ein. Juliana machte einen Schritt vor.

»Eine Auffrischung durch gesundes Mischlingsblut bekommt einer Sippe überzüchteter Reinrassiger oft ganz gut.«

»Oft bekommt sie ihr auch überhaupt nicht«, entgegnete Rolf.

Luca legte seine Hand auf Julianas Arm, bevor sie widersprechen konnte. »Ihre Tochter ist schön und warmherzig und weise, Sire«, sagte er, »aber ich weiß sehr wohl, daß sie nichts für mich ist. Sie brauchen mir das nicht erst zu erklären. Und ich brauche es mir nicht anzuhören.«

Er entfernte sich von Juliana und den anderen und schritt auf die Tür zu.

»Warte«, rief Roderic ihm nach. »Du gehörst zur Truppe. Wer darin aufgenommen ist, kann sie nicht ohne Genehmigung verlassen. Und die hast du nicht.«

Der Zigeuner drehte sich um, öffnete mit zittrigen Fingern die Verschlüsse seiner Jacke, zog sie aus und warf sie auf einen Tisch. »Vielleicht kann er das nicht, ohne seine Ehre zu verlieren. Aber was für eine Ehre hat ein Zigeunermischling schon?«

»Luca!« rief Juliana, aber er antwortete nicht. Er machte auf dem Absatz kehrt, öffnete die Tür und war verschwunden.

Angeline stand auf, und ihr Benehmen verriet königliche Würde, während sie sich mit zornig funkelnden Augen an ihren Gatten wandte. »Das ist ein Verlust. Wir werden ihn spüren.«

Rolf drehte sich zu ihr um und sagte, als wären sie allein: »Es war notwendig. Entweder er nimmt den Mond als Baldachin oder eines aus staubigem Damast.«

Während Mara Angeline beobachtete, die diese kryptische Erklärung verdaute, ermahnte sie sich, daß Rolf oder sein Sohn nur sehr wenige Dinge ohne Hintergedanken taten.

»Du hast seinen Stolz verletzt«, meinte Angeline zurückhaltender. »Das ist die gefährlichste Verletzung.«

»Es ist sein Zigeunerstolz, der unterdrückt werden muß.« Roderic mischte sich sarkastisch ein. »Aber mußte er ausgerechnet während der augenblicklichen offensichtlichen Krise unterdrückt werden?«

»Krise?« fragte Angeline schnell und drehte sich zu ihm um.

»König Louis Philippe und Guizot haben in ihrer kollektiven Weisheit das reformistische Bankett verboten, das morgen abend auf der Place de la Concorde stattfinden sollte. Lamartine hat geschworen, hinzugehen und zu sprechen, und sollte niemand außer ihm und seinem Schatten dort sein. In den Arbeitervierteln hat man sich bewaffnet.«

»Was können wir tun?«

»Wir können die Reformisten am Freitagabend empfangen, wie wir es vorhatten, um uns über ihre Vorhaben auf dem laufenden zu halten. Oder wir warten ab und hoffen, daß Louis Philippe König genug ist, die Angelegenheit in Ordnung zu bringen.«

Aber Louis Philippe tat gar nichts.

Am nächsten Tag fanden unzählige Demonstrationen und Märsche auf den Straßen statt, es wurden Parolen gerufen und gejubelt und die Marseillaise gesungen. Roderic und die Truppe verließen früh das Haus und kehrten nicht zurück. Rolf wurde in die Tuilerien gerufen, wahrscheinlich um mit Louis Philippe darüber zu beraten, welcher Weg eingeschlagen werden sollte. Die Frauen blieben allein zurück.

Der Nachmittag war bedeckt, aber immer noch ungewöhnlich warm, auch wenn ein Wetterwechsel in der Luft lag. Nach dem Mittagessen hielt Grandmère ein Nickerchen, und die meisten anderen zogen sich in ihre Gemächer zurück. Mara schaute nach ihrer Großmutter und saß dann, in einem Modejournal namens Le Follet blätternd, eine Weile vor dem Kamin. Sie war unruhig und nervös, wider besseres Wissen besorgt, weil Roderic und die anderen auf der Straße waren. Sie wünschte, sie wüßte, was mit ihnen geschah, wo sie waren und was sie taten und ob sie an dem Geschrei und dem Gebrüll beteiligt waren, das ab und zu zu hören war.

Sie sprang unwillkürlich auf, als jemand an die Tür klopfte. Auf ihre Aufforderung hin trat ein Dienstmädchen ein. »Ich bitte um Verzeihung, Mademoiselle. Ein Besucher möchte Sie sprechen.«

»Wer ist es?«

»Das wollte er nicht sagen, aber es geht um eine Geldsumme, die Ihre Großmutter ihm schulden soll. Ich habe ihn unten im Vorzimmer warten lassen, weil er wie ein Vertreter aussieht. Ich hoffe, das ist Ihnen recht?«

Mara nickte dem Mädchen mit steifer Miene zu. De Landes. Es konnte niemand anderer sein. Er hatte keine Macht mehr, ihr zu schaden, und doch war es vielleicht besser, wenn er die Haupträume des Hauses nicht betrat. Sie hatte keine Ahnung, was er nach all den Wochen von ihr wollte, aber sie hatte ganz bestimmt nicht vor, ihn den anderen vorzustellen, als wäre er eine ehrenhafte Bekanntschaft. Sie wünschte, sie hätte den Mut, ihn wieder fortzuschicken. Mit dem größten Vergnügen hätte sie ihm eine entsprechende Botschaft geschickt und ihn von den Lakaien hinauswerfen lassen. Doch das konnte sie nicht riskieren. Nein. Sie würde ihn anhören müssen.

Sie wanderte durch die Korridore und stieg die Haupttreppe hinab. Das Vorzimmer, von dem das Dienstmädchen gesprochen hatte, war ein kleiner Raum beinahe unter der Treppe, ein kühles, kahles Gelaß, wo Händler und Lieferanten, jene, die nicht als Gäste oder Vertraute eingestuft wurden, zu warten hatten. Hier gab es keinen Kamin, keine Erfrischungen, keine Lakaien, die man rufen konnte, nur eine Bank, einen fadenscheinigen Teppich und den Blick durch das Bleiglasfenster auf das Gestrüpp im Westhof.

De Landes erhob sich von der Bank, als sie eintrat, ebenso wie ein schlaksiger junger Mann mit nichtssagendem Lächeln, der sein Begleiter zu sein schien.

»Wie charmant«, sagte er und berührte seinen Spitzbart mit einer langen, schlanken Hand. »Sie scheinen sich bei dem Prinzen gut eingelebt zu haben.«

»Das geht Sie nichts an. Warum sind Sie hier?«

»Es geht immer noch um das Geld, das mir Madame Delacroix, Ihre Großmutter, schuldet. Ich habe gehört, sie sei krank gewesen. Ich möchte sie nicht stören, und ich bin überzeugt, daß das nicht nötig sein wird. Sie und ich haben schon einmal eine Übereinkunft erzielt, und wir können das wieder tun.«

»Die Schulden meiner Großmutter sind voll und ganz bezahlt. Zwar ist der Anschlag auf das Leben des Königs nicht so ausgegangen, wie Sie sich das vorgestellt hatten, aber ich habe getan, was Sie verlangt hatten. Mehr können Sie nicht erwarten.«

»Sie halten sich für sehr wertvoll, nicht wahr?« sagte er, und sein Tonfall klang, obwohl er mit sanfter Stimme sprach, gehässig. »Nie haben wir vereinbart, daß mit diesem armseligen Dienst, den Sie mir erwiesen haben, alle Schulden beglichen sind.«

Sie ignorierte den dezenten Hinweis auf das, was sie getan hatte. »Ich hatte den Eindruck gewonnen.«

»Dann haben Sie sich geirrt.«

Sie drehte sich von ihm weg, um aus dem Fenster zu starren. Plötzlich kam ihr eine Idee. Es war vielleicht ganz sinnvoll zu erfahren, was er vorhatte. Außerdem bot sich ihr jetzt eine Gelegenheit, genau zu erfahren, was während des Attentats vorgegangen war, ein- für allemal klarzustellen, welche Rolle Roderic dabei gespielt hatte. Über die Schulter hinweg sagte sie: »Sie haben Ihre Revolte, so sieht es jedenfalls aus. Was wollen Sie noch mehr?«

»Das ist nur ein kleiner Aufruhr, nur eine Gelegenheit, um eine echte Revolution auszulösen.«

»Ich sehe nicht, wie ich Ihnen bei solch grandiosen Plänen behilflich sein könnte.«

»Das können Sie ruhig mir überlassen.«

Als er die letzten Worte sprach, war seine Stimme näher und klang äußerst zufrieden. Plötzlich wurde ihr bewußt, daß sie mit den beiden Männern allein in diesem kleinen Zimmer war. Sie wollte sich umdrehen. Ein abstoßend süßer Duft stieg ihr in die Nase. Feste Hände umklammerten ihre Arme und Schultern, und ein feuchtes Tuch wurde gegen ihr Gesicht gepreßt. Sie holte Luft, um zu schreien, und hustete, würgte, übergab sich beinahe. Wie betäubt spürte sie, daß man sie hochhob und halb aus dem Zimmer trug, halb schleifte. Es wurde dunkel, dann wurde sie auf eine harte Oberfläche geworfen, die roch und sich anfühlte wie ein lederner Kutschensitz. Er setzte sich schaukelnd und schwankend in Bewegung, so daß ihr wieder übel wurde. Graue Dunkelheit senkte sich um sie, sperrte das Licht, den Nachmittag, alles aus.

17. Kapitel

Die Kälte steckte ihr in den Knochen, grub sich in ihre Gelenke, bis sie schmerzten. Ihre Füße waren taub, und sie konnte ihre Finger nicht spüren. Ein starker Schauder überlief sie. Tief aus ihrer Kehle stieg ein leiser, klagender Laut. Das heisere Stöhnen drang in ihr Gehirn wie Flüssigkeit, die durch ein dickes Gazetuch gefiltert wird. Sie öffnete die Augen. Sie schloß sie augenblicklich wieder und versuchte, ihre Übelkeit hinunterzuschlucken. Ein weiterer Schauder überlief ihren Leib.

Sie war vorsichtiger, als die Übelkeit nachließ, hob diesmal kaum die Lider. Sie lag auf dem Bauch in einem Bettalkoven. Die Matratze unter ihr war klumpig, mit einem schmierig-grauen Laken überzogen und roch nach sauren Federn und ungewaschenen Leibern. Die Bettkammer stand auf einem Dachboden, denn die Decke war schräg. Der Raum war bis auf einen hinfälligen Stuhl und einen verschrammten Holztisch unter zwei hohen Fenstern vollkommen kahl. Die Fenster selbst hatten sich im Rahmen verzogen, so daß der Wind durch die Spalten pfiff. Hinter dem Glas war graues Zwielicht zu sehen. Die Luft war kalt, vor allem in dem feuchten Raum, der nie von der Sonne erhellt wurde.

Sie versuchte, sich zu bewegen, sich umzudrehen, und japste, als Schmerzen durch ihre Arme und Beine schossen. Sie war angebunden, die Fesseln schnitten ihr ins Fleisch und unterbanden die Blutzufuhr. Sie biß die Zähne zusammen, richtete sich ganz langsam auf und drehte sich um, bis sie auf dem Rücken lag.

Lange Augenblicke lag sie nur da, vor Erschöpfung schnaufend und die Übelkeit zurückkämpfend. Als das Würgen endlich nachließ und ihr Atem leichter ging, kehrte ihre Erinnerung zurück. De Landes. Der widerwärtige Geruch einer Droge. Die Kutsche.

Wo war sie? An dem kahlen Raum mit seinen grauen, wasserfleckigen Gipswänden konnte sie das nicht erkennen. Das einzige, was sie durch die schmutzigen Fenster sah, war ein Stück Dach und einen Streifen Himmel, lilagrau, als würde er Trauer tragen. Sie schloß die Augen und lauschte. Zuerst hörte sie überhaupt nichts, dann wurde sie langsam auf ein schreiendes Kind aufmerksam. Irgendwo im Haus wurde eine Tür zugeschlagen, und das Schreien hörte auf. In der Ferne war Gemurmel zu hören, das sich zu den Kampfrufen eines Protestzuges auf der Straße steigerte. Die Stimmen klangen kämpferisch, aber nicht so wütend und hitzig wie damals, als sie und Trude und Juliana dem Mob gegenüber gestanden hatten. Unter den Stimmen waren auch Schritte zu hören. Das Geräusch wurde lauter, war direkt unter dem Fenster und verklang dann in der Ferne.

Also war sie immer noch in Paris. Dem Zimmer nach zu schließen, befand sie sich in einem ärmeren Arrondissement. Die Stimmen auf der Straße mochten Studenten gehören, was bedeuten konnte, daß sie sich möglicherweise irgendwo auf dem linken Ufer, in der Nähe des Quartier Latin befand. Es war nur eine Vermutung; sie konnte nicht sicher sein. Ganz bestimmt hatte sie keine Ahnung, warum sie dort sein sollte.

Ebensowenig wußte sie, warum man sie entführt hatte. Ihr fielen all die Geschichten ein, die sie über junge Mädchen gehört hatte, welche man aus ihren Wohnungen oder von der Straße weg entführte, um sie in übel beleumndete Häuser zu zwingen, wo man sie in eine entwürdigende Sklaverei der Sinne verkaufte oder in ferne Länder verhökerte. Doch gleich darauf verwarf sie den Gedanken wieder. Sie war von de Landes entführt worden, nicht von irgendeinem Unbekannten. Es mußte einen tieferen Grund geben.

Hielt er sie als Geisel, bis ihre Großmutter die Schulden einlöste? Oder war das lediglich ein Vorwand gewesen, unter dem er ihr sich nähern und mit dem er sie lang genug ablenken konnte, um sie in seine Macht zu bringen?

Rache war eine Möglichkeit. Aus seiner Sicht hatte sie ihn hintergangen. Vielleicht vermutete er, daß sie Roderic in irgendeiner Weise vor dem Ball auf die drohende Gefahr aufmerksam gemacht hatte und dieser darum das Attentat auf Louis Philippe hatte verhindern können. De Landes war zutiefst enttäuscht gewesen; das hatte sie in jener Nacht wie heute nachmittag an seiner Miene ablesen können. Es gab noch eine andere Möglichkeit. De Landes hatte mehr als einmal angedeutet, daß er sie attraktiv fand. Ihre Lippen wurden schmal bei dem Gedanken, und sie ballte ihre Finger zu Fäusten, zerrte an den Schnüren um ihre Handgelenke.

Die Fesseln waren aus Jute. Sie waren steif und kratzig, die Knoten fest und kompliziert. Sie hob die Hände an den Mund, zerrte mit den Zähnen an den Knoten, aber ohne etwas auszurichten.

Durch ihre Gedanken trieb eine Geschichte, die ihr Großmutter erzählt hatte. Einst hatte man Angeline in New Orleans gefangengenommen und als Köder benutzt, um Rolf zu fangen. Er war um ihretwillen in die Falle gegangen, hatte offenen Auges dieses Opfer erbracht. So etwas konnte doch bestimmt nicht wieder passieren?

Es stand zu bezweifeln, daß sie ein geeignetes Lockmittel war. Rolf hatte Angeline geliebt, Roderic begehrte sie dagegen nicht einmal mehr. De Landes würde erneut enttäuscht werden. Ob von der Droge, die sie eingeatmet hatte, ob vom langen Liegen oder der Kälte im Raum, sie fror erbärmlich. Sie hatte den Schal verloren, den sie getragen hatte, und nur noch die Ärmel ihres Gewands, um sich vor der feuchten, alles durchdringenden Kälte zu schützen. Sie rollte herum und versuchte, die Ecke des Lakens zu fassen zu bekommen, damit sie es über sich ziehen konnte. Ihre Füße schlugen gegen die Wand, und sie stieß einen Schmerzensschrei aus, da der Schlag ihre Fußgelenke stauchte, die von der langen Fesselung angeschwollen waren.

Schritte erklangen außerhalb des Zimmers. Eine Tür öffnete sich irgendwo, ohne daß sie es sehen konnte. Ein Scharren war zu hören, dann watschelte eine Frau in ihr Blickfeld. Sie war fast ebenso breit wie hoch, strähniges graues Haar hing unter ihrem Kopftuch hervor, und eine fleckige Schürze bedeckte ihren vorspringenden Bauch. Sie hatte erstaunliche Ähnlichkeit mit dem schlaksigen Jungen, der de Landes geholfen hatte, Mara zu entführen, war vielleicht seine Mutter. Die Frau grunzte, als sie feststellte, daß Mara wach war, machte dann schwerfällig kehrt und marschierte wieder hinaus.

»Warten Sie!« rief Mara. »Gehen Sie nicht!«

Sie hätte sich das ebensogut sparen können. Die Tür schloß sich, und die schweren Schritte der Frau verschwanden außer Hörweite.

Mara schloß die Augen, plötzlich von Verzweiflung ergriffen. Sie dachte an das ruthenische Haus, stellte sich vor, wie erstaunt man dort über ihr Verschwinden wäre. Natürlich würde es nicht den Aufruhr geben, der ausgebrochen war, als Prinzessin Juliana verschwunden war; trotzdem würden sie sich Sorgen machen. Die Bediensteten und die Mitglieder der Truppe mochten sie gern, und Rolf und Angeline würden sich, wenn nicht aus Zuneigung, so doch Großmutters wegen sorgen. Grandmère wäre fassungslos, wenn sie davon erführe. Selbst Roderic würde betroffen sein und alles in seiner Macht Stehende tun, um sie zu finden – das begriff sie, sobald sie darüber nachdachte. Er war, so betrachtete er es wenigstens, für sie verantwortlich. Sie genoß seine Protektion, solange sie als Gast unter seinem Dach wohnte.

Wie lange würde es dauern, bevor man Alarm schlug? Nur das Mädchen wußte, daß sie mit de Landes gesprochen hatte, und sie kannte nicht einmal seinen Namen. Kein Lakai war dabei gewesen, niemand hatte gesehen, wie man sie weggetragen hatte, es sei denn durch Zufall. Stunden würden vergehen, bevor man sie vermißte. Und auch dann würde man wahrscheinlich nicht gleich mit der Suche beginnen. Es hatte in letzter Zeit zu oft Alarm gegeben. Nach der unnützen Panik Julianas und Lucas wegen wäre es nicht überraschend, wenn sich alle erst einmal zurücklehnten und abwarteten, ob sie nicht von allein zurückkäme.

Sie dachte daran, wie de Landes und sein Gehilfe in das ruthenische Haus eingedrungen waren und sie gleich einem Paket davongetragen hatten, das sie abholen wollten. Langsam begann Wut in ihr aufzusteigen. Roderics Arroganz wirkte neben der anmaßenden Falschheit von de Landes nur natürlich und angenehm. Der Franzose glaubte, mit den Menschen nach seinem Belieben umspringen zu können, sie nach seinen Vorstellungen manipulieren und sie dazu zwingen zu können, sich seinem Willen zu fügen. Er nahm sich die Freiheit, in fremde Leben einzugreifen, sie zu zerstören, so wie ein Kind ein Spielzeug zerstören mochte, dessen es überdrüssig geworden war. Man sollte ihm Einhalt gebieten. Man mußte ihm Einhalt gebieten. Sie hatte nicht die Macht dazu, aber sie konnte ihr eigenes Verhalten beeinflussen. Sie brauchte ihn nicht mehr zu fürchten. Grandmère Helene war im ruthenischen Haus in Sicherheit und konnte keinen Schaden erleiden. Was immer de Landes auch von ihr wollte, er würde kaum zufriedengestellt werden.

So versunken war sie in ihre Gedanken, daß sie die zurückkehrenden Schritte nicht hörte. Abrupt wurde die Tür geöffnet, und ihr Kopf fuhr herum. Der Anblick de Landes', mit der Fetten hinter ihm, überraschte sie nicht. Sie erwiderte seinen Blick mit einem so unverschämten Starren, wie sie es nur zuwege brachte.

»Sie sind also wach. Sie besitzen eine erstaunliche, aber sehr praktische Genesungsfähigkeit.«

Sie würde nicht gefesselt und verschnürt vor ihm liegen bleiben. Sie rutschte über die Matratze und stieß ihre gebundenen Füße über die Bettkante, richtete sich mühsam auf, wobei sie die Hände zusammenpreßte, um das Gleichgewicht zu halten. Sie schwankte und mußte sich beinahe erbrechen, als sie sich aufgesetzt hatte, aber es war der Mühe wert.

»Ich kann mir nicht vorstellen, warum«, sagte sie langsam und kontrolliert.

»Weil ich Verwendung für Sie habe, natürlich.«

»Und welche?«

»Sie sollen natürlich Prinz Roderic dazu bringen, mit mir handelseinig zu werden. Das wird er, wenn ihm an Ihrem Wohlergehen liegt.«

»Ihre Einfälle, mit denen Sie Ihre Ziele erreichen wollen, scheinen recht beschränkt zu sein.«

Sein Mund wurde schmal angesichts dieser Anspielung auf seine Einfältigkeit. »Warum sollte ich ein solch effektives Mittel aufgeben? Um Ihrer Großmutter willen haben Sie getan, was ich wollte. Ihr Prinz wird dasselbe um Ihretwillen tun.«

Der Gedanke, daß Roderic gezwungen sein könnte, sich dieser posierenden, selbstzufriedenen Kreatur zu beugen, war ihr unerträglich. »Wie kommen Sie dazu, das anzunehmen? Was läßt Sie glauben, es würde ihn im mindesten kümmern, was aus mir wird?«

»Sie haben in seinem Bett gelegen.«

»Nur ein paar Tage. Die Verbindung war nicht von Dauer.«

»Wie unangenehm für Sie.«

»Keineswegs. Ich war froh, mich dieser Verpflichtung entledigen zu können.«

De Landes starrte sie stirnrunzelnd an und lachte dann unvermittelt los. »Ich glaube, Sie protestieren zuviel. Hat ihn Ihre Unschuld nicht mehr gereizt? Welch ein Schlag für Ihren Stolz! Zweifellos hätten Sie erwartet, sich länger als eine durchschnittliche Kurtisane an seiner Zuneigung zu erfreuen. Warum, will mir allerdings nicht in den Kopf; eine Kurtisane versteht zumindest etwas von ihrem Gewerbe.«

Er war ein abscheulicher Kerl. Trotzdem war sie auf dem richtigen Weg. Sie schenkte ihm einen wutentbrannten Blick. »Ich sagte Ihnen bereits, ich war froh, daß es vorüber war!«

»Eine verletzte Frau. Wie herzerweichend. Dann werden Sie nichts dagegen haben, wenn ich ihn etwas ... gröber anfasse.«

Sie zuckte mit den Achseln. »Wie Sie meinen. Aber er wird nicht kommen.«

»Er gehört zu den Adligen, denen man von Geburt an eingebläut hat, daß die Pflicht alles andere überwiegt. Sie nehmen ihre Verantwortung äußerst ernst. Sie sind ein Bauer in seinem Spiel und sollen für ihn geopfert werden, deshalb wird er die ganze Last auf seinen Schultern spüren. Er würde kommen, selbst wenn sie nur ein einfacher Infanterist unter seinem Kommando wären. Er würde kommen, wenn Sie ein Zigeunermädchen wären, mit der er nur ein Schäferstündchen verbracht hat. Er würde kommen, wenn Sie seine einfachste Dienerin wären. Aber sie sind Gast unter seinem Dach, das Patenkind seiner Mutter und eine Frau, der er einst seine Gunst geschenkt hat. Sie haben ein dreifaches Anrecht auf seine Protektion. Er wird kommen.«

»Warum Sie ihn hier haben wollen, will mir nicht in den Kopf. Sie kommen mir vor wie ein Hase, der den Fuchs in seine Höhle lockt.«

»Ich bin kein Hase«, widersprach de Landes, und zornige Röte schoß in sein Antlitz. »Ich kann Prinz Roderic in Schach halten.«

»Können Sie das? Trotzdem, zu welchem Zweck? Wenn Sie sich rächen wollen, sind Sie spät dran.«

»Rache kommt nie zu spät. Als geduldiger Mensch habe ich es vorgezogen zu warten, bis die Zeit reif dafür war.«

»Was hat sich denn geändert? Wenn Sie glauben, Sie könnten Roderic straflos verletzen, dann, so fürchte ich, täuschen Sie sich.«

»Verletzen? *Ma chère,* ich werde ihn umbringen.«

Das hatte sie bereits vermutet, doch es ihn aussprechen zu hören, jagte ihr einen Schauder über den Rücken. Es war vielleicht möglich. Wenn ein ausländischer Prinz, offenbar als Opfer einer jener Zusammenrottungen, die durch die Stadt zogen, zu Tode geprügelt würde, wäre das ein ebenso bedauerlicher wie unglücklicher Zwischenfall. Man würde Ruthenien gegenüber das tiefste Bedauern ausdrücken, versprechen, die Vorfälle gründlichst zu untersuchen, und damit wäre die Angelegenheit erledigt. Wenn die drohende Revolution tatsächlich stattfand, dann würde der Vorfall nicht einmal so viel Aufmerksamkeit erregen.

»Und das wird Ihnen genügen?« fragte sie. Sie brauchte alle Kraft, um ihre Stimme heiter klingen zu lassen. »Ich hätte gedacht, eine öffentliche Erniedrigung wäre viel befriedigender.«

»Möglicherweise. So viel will ich ihm jedoch zugestehen: Er ist viel zu gerissen, um sich in eine Situation zu begeben, die verfänglich genug für ein solches Vorhaben ist.«

Sie schenkte ihm ein kurzes, angestrengtes Lächeln. »Wirklich?«

Die Idee, die in ihrem Kopf kreiste, war unausgegoren und gewagt. Brachte sie das fertig? Würde es funktionieren, oder würde alles auf sie und Roderic zurückfallen und die Angelegenheit tausendfach schwieriger machen, als sie es jetzt bereits war? Er trat einen Schritt auf sie zu. »Wie meinen Sie das?«

»Warum sollte ich Ihnen das verraten, solange ich dermaßen gefesselt bin und frieren muß? Warum sollte ich sprechen, solange mein Mund so trocken wie Baumwolle ist?«

Der Franzose starrte sie an, und seine schwarzen Augen glänzten hart im düsteren Licht. Schließlich nickte er der untersetzten Frau zu. »Mach sie los. Bring etwas Wein, was immer du hast.«

Die Instruktionen wurden ausgeführt. Mara rieb sich die Handgelenke und bewegte ihre Füße, die unter der wieder einsetzenden Durchblutung juckten und brannten. Sie zog sich die Decke als Umhang um die Schultern, dann rutschte sie zurück, bis sie mit dem Rücken an der Seitenwand der Bettnische lehnte, und nahm schließlich das fettige Weinglas entgegen. Sie nippte an dem dünnen, sauren Gebräu und war dankbar für die Wärme, die es in ihren Magen brachte.

»Hinaus«, befahl de Landes der anderen Frau, »und laß die Fesseln hier.«

Er vertraute ihr keineswegs und wollte sie das wissen lassen, um sie zu warnen. Es verfehlte seine Wirkung nicht.

»Jetzt«, sagte er, als sich die Tür hinter dem fleischigen Rücken der Vettel geschlossen hatte, »lassen Sie uns Ihre charmanten Verratspläne hören.«

»Gewiß, aber sollten Sie sich nicht lieber auf das Eintreffen des Prinzen vorbereiten?«

»Zuerst werden Sie ihm eine Nachricht senden. Bis dahin braucht er uns nicht zu beunruhigen.«

»Wie schlau.«

Er warf ihr einen sardonischen Blick zu, glättete aber zugleich in einer putzenden Geste mit den Fingern den Schnurrbart. Sie blickte auf ihre Hände und versuchte sich zu vergewissern, daß sie das Richtige tat. Sie konnte nicht sicher sein. Sie mußte ihrem Instinkt vertrauen. Eines wußte sie.

Sie würde es nicht ertragen, daß Roderic ihretwegen verwundet würde, nur weil er kam, wenn sie in Bedrängnis war. Sie würde insgeheim sterben, wenn das geschah. Sie würde dieses Opfer verhindern, gleichgültig, zu welchem Preis.

»Kommen Sie, wozu so viele Bedenken? Es sei denn, Sie haben in sich einen Widerwillen entdeckt, ihm das zuzufügen, was er Ihnen zugefügt hat.«

»Ich habe nur überlegt«, erklärte sie langsam, »daß Sie, falls Sie schnell und überlegt handeln, seine Exekution bewirken könnten.«

»Exekution?«

»Als Spion.«

»Wahrhaftig?« antwortete er, aber dies eine Wort kam so heftig, daß es eine ungeheure Genugtuung verriet.

»Natürlich hängt das von Ihren Interessen ab.«

»Meinen Interessen?«

»Ich nehme an, Sie wünschten in der Nacht des Attentats nicht, daß es verhindert würde?«

»Brillant«, knurrte er.

»Roderic sollte der Sündenbock sein –« Sie hielt inne, wartete auf eine Bestätigung, doch keine kam. Sie fuhr beherzt fort, da es zu spät war, innezuhalten, unterschlug aber einen Gedankengang, der im Augenblick nicht zweckmäßig erschien. »Daraus folgt, daß Sie kein Anhänger der Orleanisten sind. Ich kann mir nicht vorstellen, daß Sie Reformist sind, denn Sie waren nie in diesen Kreisen zu sehen. Somit bleiben nur noch die Bonapartisten und die Legitimisten übrig.«

»Ich gratuliere Ihnen, Mademoiselle, zu Ihrer Auffassungsgabe. Welchen, glauben Sie, bin ich ergeben?«

Sie schaute in ihr Weinglas und gab vor nachzudenken. »Jenen, die für Louis Napoleon Bonaparte einstehen, scheint vor allem der Ruhm Frankreichs am Herzen zu liegen, während jene, die den Bourbonenerben Henri, Comte de Chambord, unterstützen, vor allem nach persönlichem Gewinn streben. Ich glaube nicht, daß Sie Bonapartist sind.«

»Nehmen Sie sich in acht, Mademoiselle Mara«, sagte er, und seine dunklen Augen glitzerten kalt. »Mein Interesse an

Ihrem Vorschlag ist nicht so groß, als daß ich mich beleidigen ließe.«

Die Befriedigung, die diese Bemerkung ihr verschafft hatte, war groß, aber dennoch wollte sie dafür nicht alles aufs Spiel setzen. Als hätte er nichts gesagt, fuhr sie fort: »Die augenblickliche instabile Lage scheint von den Reformisten ausgelöst worden zu sein. Sie sind zum Teil Republikaner, zum Teil aber auch frustrierte Monarchisten, die Louis Philippe überzeugen möchten, sich auf eine Rolle ähnlich derjenigen der konstitutionellen Monarchen Großbritanniens zu beschränken. Aber das ist nur das, was offensichtlich ist. Ich vermute, daß viele insgeheim das Feuer unter diesem eigenartigen *Pot-au-feu* schüren. Natürlich auch die Legitimisten. Sollte der Topf überkochen, hoffen sie, in den folgenden Wirren die Macht ergreifen zu können.«

»Machen Sie schon, diese Rezitation von längst Bekanntem wird ermüdend. Worauf wollen Sie hinaus?«

»Es würde Ihren persönlichen Zielen förderlich sein und die legitimistische Position stärken, wenn Sie die Anführer der Reformistenfraktion gefangensetzen könnten, bevor sie in der Lage sind, Louis Philippe zu stürzen. Ist dem nicht so?«

Er neigte lediglich den Kopf, aber die vollkommene Unbewegtheit seiner Miene verriet ihr, daß sie seine ganze Aufmerksamkeit hatte. Es gab, das erkannte sie jetzt ganz deutlich, mehr als eine Weise der Verführung. Und gleichgültig, ob man an Leidenschaft oder Gier appellierte, der Weg führte in jedem Fall durch den Kopf, die Phantasie.

»Natürlich könnten Sie sich der Mithilfe Ihrer Mitverschwörer für diesen Coup versichern, aber dann müßten Sie sich auch den Verdienst teilen. Zudem besteht immer noch die Möglichkeit, daß die gegenwärtige Situation zu gar nichts führt. Wenn das geschieht, wäre es besser, Sie allein hätten die Verräter hinter Schloß und Riegel gebracht – und könnten so Ihre Loyalität dem Regime gegenüber beweisen.«

»Und wie soll ich diese Reformisten in meine Hand bekommen?« fragte er ruhig.

Vertrauen. Vertrauen war der Eckstein ihres Planes. Sie mußte darauf vertrauen, daß de Landes sie gehen ließ, sobald der Würfel gefallen war, darauf vertrauen, daß Roderic ihre Tat zu seinem Besten wenden konnte, vertrauen, daß er, falls er die Ereignisse so manipulierte, wie es den Anschein hatte, gute Gründe dafür hatte. Sie hatte geglaubt, sie könnte sich nie auf ihn verlassen, sie hatte sich getäuscht. Das Wissen verlieh ihr Mut.

»In genau drei Tagen von heute an wird es abends ein Treffen im ruthenischen Haus geben.«

Langsam zog ein Lächeln über die dünnen Lippen des Franzosen. Er stand auf. »Exzellent. Ich sagte vor einiger Zeit, daß wir gut zusammenarbeiten. Wenn ich gewußt hätte, wie gut, hätte ich die Angelegenheit vielleicht von Anfang an anders gehandhabt.«

Mara sah ihn mit wachsendem Unbehagen näher kommen. »Und wie?«

»Ich hätte Sie in mein Vertrauen ziehen, die Probleme mit Ihnen besprechen können, so daß Sie besser verstanden hätten. Unsere Zusammenarbeit hätte viel ... enger sein können.«

Sie setzte ein Lächeln auf. »Sie wirken nicht wie ein Mann, der viel Vertrauen in eine Frau setzt, geschweige denn sie an seinen Geheimnissen teilhaben läßt.«

»Sehr richtig, aber vielleicht hätte ich bei Ihnen eine Ausnahme gemacht.«

Konnte sie sich dazu bringen, Vertraulichkeiten zu ertragen, die dieser Mann ihr aufzwingen mochte? Sie wußte es nicht, aber als er mit seiner heißen, trockenen Hand ihre Wange berührte, hielt sie es für unwahrscheinlich. Sie hätte lieber geglaubt, daß seine Avancen nur eine Prüfung darstellen sollten, doch die steigende Hitze in seinem Blick nahm ihr alle Illusionen.

»Sie – Sie könnten das jetzt tun, soweit es Ihre Pläne betrifft, Roderic bei diesem Treffen zu verhaften.«

»Das könnten wir wahrhaftig besprechen, aber erst nach dieser Nacht.«

Er streckte seine Hand aus, um ihr Gesicht zu umfassen, und fuhr mit seinen Fingern durch ihr loses Haar.

Sie schlug seine Hand beiseite. »Ebensowenig Gefallen, wie ich an den Umarmungen des Prinzen finde, finde ich Gefallen an Ihren.«

»Sie werden lernen, sie zu mögen, meine liebe Mara«, sagte er, hoch über ihr aufragend, und setzte dann ein Knie auf das Bett. »O ja, das werden Sie.«

Sie riß die Hand hoch, um ihn abzuwehren. Er fing sie ein, drehte sie um, so daß ihr vor Schmerz der Atem stockte, als die Knochen aufeinanderschabten. Mit grausamem Lächeln zwang er sie rückwärts auf das Bett, und seine andere Hand schloß sich um die weiche Wölbung ihrer Brust, knetete sie langsam und immer fester.

Der leise Laut, den sie von sich gab, wurde von dem lauten Krachen übertönt, mit dem die Tür aufgesprengt wurde. Roderic sprang herein, eine Pistole in der Hand, und kam vor ihnen zu stehen, so daß sein schwerer Umhang um seine gespreizten, gestiefelten Beine flog. Sein Gesicht war zu einer Maske erstarrt. Ihm folgte Michael, der halb geduckt zur Seite sprang und ebenfalls eine Pistole in der Hand hielt.

»Gemütlich wie zwei Bauersfrauen, die beim Buttern tratschen«, höhnte Roderic. »Nimmt es da Wunder, daß die Milch der Menschlichkeit so sauer ist?«

Fluchend sprang de Landes von Mara weg. Sie erhob sich langsam. Alle Farbe wich aus ihrem Antlitz, um sogleich wieder zurückzufluten. Wieviel hatte er gehört? Es war unmöglich, daß er verstehen konnte, und doch flehte sie, gepeinigt in ihrer Not, daß er sich wenigstens um Verständnis bemühte.

Er blickte von de Landes zu ihr. Seine kobaltblauen Augen trafen auf ihren weichen, flehenden dunklen Blick. Die Falte, die seine Brauen trennte, verflachte sich unmerklich. Er wirkte fast erleichtert, und es schien, als würde Mara in der schattigen Düsternis des Zimmers ihre kühlen Finger ausstrecken und die empfindsame Oberfläche seines Geistes erreichen. Er ließ die Berührung geschehen, verarbeitete ihre Fremdheit, ihr grenzenloses Vertrauen und die vorsichtige Hingabe und wandte sich dann in kaltem Verdacht ihr zu.

»Was sagten Sie, bevor wir Sie so grob unterbrachen?«

»Nichts, wieso? Nur Allgemeinplätze«, antwortete sie und setzte ein strahlendes Lächeln auf. »Wie haben Sie mich überhaupt gefunden?«

»Das Haus stand seit Tagen vorsichtshalber unter Bewachung. Die Wachen sahen, wie Sie fortgeschleppt wurden, und folgten, um festzustellen, wohin man Sie brachte, und holten mich dann.«

»Aber als Juliana verschwand –«

»Habe ich Ihnen nicht genug vertraut, als Sie sagten, sie hätte das Haus nicht verlassen. Mein Fehler. Es reicht. Gehen wir. Es sei denn, Sie haben vor zu bleiben.«

Durch seine Ungeduld spürte sie die stählerne Entschlossenheit, sie mitzunehmen. Sein Benehmen oder seine Worte verrieten keinerlei Sorge um sie oder Gefallen daran, daß er sie gefunden hatte. Er hätte nicht offenkundiger machen können, daß lediglich Zweifel an ihrer Verschwiegenheit und bloßes Pflichtgefühl ihn hierhergebracht hatten. Sein Benehmen war wie eine Ohrfeige, aber zugleich war ihr auch bewußt, daß es keine bessere Methode gab, de Landes davon zu überzeugen, daß sie die Wahrheit gesagt hatte.

Mara ging auf die Tür zu. Michael schenkte ihr ein kurzes Lächeln und wich in den Hausflur zurück. Als sie die Tür passiert hatte, folgte ihr Roderic, ohne die Augen von de Landes zu nehmen. Sobald sie draußen waren, drehte sich der Prinz um, schlug die Tür zu und drehte den Schlüssel, der im Schloß steckte. Am anderen Ende des Ganges stand eine zweite Tür offen, und hinter dem Spalt war die fette Frau zu sehen. Roderic warf einen kurzen Blick in ihre Richtung und steckte den Schlüssel ein.

Sie durchquerten den Gang und gelangten zu einer baufälligen Treppe, polterten sie hinunter bis zum Absatz und eilten dann weiter zur nächsten Treppe. Hinter ihnen begann de Landes zu schreien und gegen die Tür zu donnern. Sie schenkten dem Lärm keine Beachtung. Im Laufen zog Roderic den Umhang von seinen Schultern und legte ihn um Mara, um dann einen festen Arm um ihre Taille zu legen und sie weiterzuschieben. Noch eine Treppe, noch eine, dann waren sie draußen in der kalten, frischen Luft und der hereinbrechenden Nacht.

»Können Sie gehen?« wollte Roderic wissen. »Eine Pferdekutsche wäre zu auffällig in dieser Nacht, wo so viele zu Fuß unterwegs sind.«

»Es geht schon wieder«, antwortete sie knapp und eilte neben den beiden Männern her, die sich mit langen Schritten von dem Haus entfernten, in dem man sie gefangen gehalten hatte.

»Wieder?« fragte Michael und warf ihr einen hastigen, fragenden Blick zu.

»Man hat mich festgebunden. Die Fesseln waren zu straff.«

»Und Sie haben de Landes überredet, sie Ihnen abzunehmen? Welche Nerven; ich bin voller Erstaunen. Und Bewunderung. Sie nicht, Roderic?«

»Beides, unermeßlich.« Roderic suchte die Straße vor ihnen ab und schaute sie nicht an.

Sein distanziertes Benehmen traf sie wie ein Schlag. Sie atmete tief ein und sagte: »Ich muß Ihnen etwas sagen.«

»Nicht jetzt. Wir haben es noch nicht ausgestanden«, antwortete Roderic über die Schulter hinweg.

»Es ist wichtig!«

»Am Leben zu bleiben hat einen mindestens ebenso großen Wert wie hartnäckiger Charme.«

Er hatte gehört, was Mara und Michael während ihres Wortwechsels entgangen war, das tiefe Rumoren einer entfernten Menschenmenge. Langsam, wie Wogen an einem Meeresstrand, kam das Geräusch näher. Die Straße war schmal und baumbestanden. Das Licht der Fackeln und Laternen, welche die Demonstranten bei sich trugen, schien vor ihnen durch den gewundenen Straßenlauf, beleuchtete die Ladenfronten mit den Mietsräumen darüber und glänzte auf dem nackten Geäst. Erst als Mara das durchdringende Gleißen bemerkte, wurde ihr klar, daß sich die Nacht wie eine dunkle Wolldecke über sie gesenkt hatte.

»Michael, du wirst dich unter die Leute mischen und herausfinden, wer sie sind und wohin sie gehen.«

Bisweilen entledigte sich die Truppe ihrer Uniformen, wenn es galt, auf Rodering Anweisung hin in der Stadt und auf dem Lande Erkundungen anzustellen. An diesem Tag mußte Michael einen solchen Auftrag gehabt haben, denn er trug einen unauffälligen Rock und ebensolche Hosen zusammen mit einer verblichenen Weste unter seinem Umhang. Als er den Befehl seines Prinzen vernommen hatte, warf er den Umhang ab, übergab ihn Roderic und zog eine Kappe aus seiner Tasche. Er setzte die Kappe auf, schob die Hände in die Taschen und schlenderte scheinbar vollkommen sorglos die Straße hinab.

Roderic warf sich Michaels Mantel über, um das leuchtende Weiß seiner Uniform zu verbergen, dann legte er eine Hand auf Maras Arm und verschwand in den tiefen Schatten eines Hauseingangs.

Die Menge kam näher. Ein paar rote Banner wehten darüber, handgemachte Stoffstreifen. Obwohl sich ein paar Studenten aus der Universität und der Ecole Militaire darunter befanden, schienen die meisten Handwerker und Arbeiter zu sein, die immer noch in ihre Lederwesten und Schürzen gekleidet waren und Hämmer sowie andere Werkzeuge mit sich trugen. Unter den Männern waren auch ein paar Frauen mit im Fackelschein leuchtenden, entschlossenen Gesichtern. Rufe und Lachen erschollen, als sie näher kamen, und hin und wieder stimmten sie ein Lied an. Sie schienen nicht wütend oder gewalttätig zu sein, und doch klangen ihre Stimmen trotzig und selbstbewußt. Sie marschierten ohne Unterlaß mitten auf der Straße.

Sie zogen an Maras und Roderics Versteck vorbei, und die Schritte auf dem Pflaster klangen dumpf und hohl zwischen den hohen Häusern. Sie überholten Michael, und nach einem Scherz und einer kurzen Frage gesellte er sich zu ihnen. Sie zogen ihn mit sich, so wie ein Fluß Treibgut in seinem Lauf aufnimmt.

Als die Geräusche verhallt und die Nacht wieder ruhig war, trat Roderic auf die Straße, und Mara folgte ihm. Sie wandten sich in die entgegengesetzte Richtung derer, die Michael und die Menge eingeschlagen hatten. Sie waren nicht einmal hundert Meter weit gekommen, als sie an einer Querstraße eine weitere Menschengruppe auf sich zukommen hörten. Die Schreie und Fluche, die in den Nachthimmel geschleudert wurden, klangen zornig. Obwohl die Menge wesentlich kleiner war, schien sie gefährlicher.

»Der Garten«, meinte Roderic, »dort drüben.«

Sie huschten an einem Gebäude aus dem allgegenwärtigen, von Schmutzstriemen überzogenen Stein vorbei und zu dem schmiedeeisernen Zaun dahinter, schlüpften dann durch ein hohes Tor. Im Garten gab es mannshohe immergrüne Sträucher und ein Netz von Kieswegen. Mara, die vor Roderic herlief, bog um eine Ecke, blieb schnaufend stehen und streckte die Hand aus, um Roderic vom Weiterlaufen abzuhalten. Vor ihr stand ein riesiger Kerl, eine dunkle Gestalt mit erhobener Hand, die sich vor der helleren Dunkelheit abzeichnete. Einen Augenblick später seufzte sie schaudernd. Der Mann trug eine römische Toga, die sich kein bißchen im schwachen Nachtwind bewegte. Es war eine Marmorstatue.

Sie verharrten reglos, wo sie waren, bis sie sich wieder auf die Straße wagen konnten. Als sie aus dem dunklen Garten traten, starrte Roderic dem entschwindenden Menschenzug nach. Er faßte nach Maras Hand und eilte dem Zug mit einem einzigen Wort nach. »Schnell.«

Sie verfolgten ihren Weg zurück, bewegten sich in die falsche Richtung. »Was haben Sie vor?« fragte sie atemlos, da er sie so schnell weiterzog.

»Ich habe Michael mit einer Aufgabe betraut, die ich selbst hätte ausführen müssen.«

»Er trug die geeignete Kleidung dazu – Sie nicht.« Aber ihre Worte klangen nicht hitzig. Sie wollte selbst erfahren, was da vor sich ging. Alle Menschen schienen dem Fluß zuzustreben. Wenn sie sich richtig orientierte, dann würden sie nach einiger Zeit die Seine auf der Pont Royal überqueren, direkt bei dem Place de la Concorde. Dort hatte Lamartine auf dem Reformistenbankett sprechen sollen, das vom König untersagt worden war.

Der Wind frischte auf, wurde kälter. Er zupfte an ihren Mänteln, schlug sie um ihre Körper und ließ Tränen in Maras Augen steigen. Sie hatten keine Laterne und stolperten über die unregelmäßigen Pflastersteine. Maras weiche Lederpumps waren dazu gedacht, im Haus getragen zu werden; sie waren keineswegs für ausgedehnte Märsche geeignet, erst recht nicht auf so spitzen Steinen. Sie würde sich nicht beklagen. Sie war frei, nicht mehr an Händen und Füßen gefesselt und in einen sauer riechenden Raum gesperrt. Sie war bei Roderic in der frischen Nachtluft. Und wenn nun andere Schatten über ihr hingen, wie konnte sie ihnen besser entkommen, als wenn sie vor ihnen davonlief?

Die Straßen in der Nähe der Brücke waren belebter. Die Atmosphäre erinnerte fast an einen Karneval. Menschen lehnten in den Fenstern und unterhielten sich quer über die Straße. Straßenverkäufer boten heiße Maroni und warme Fleischfladen, kandierte Früchte und Veilchensträuße feil, und der Drehorgelmann mit seinem Affen spielte an einer Ecke. Dennoch hörte man über allem die Rufe: »*Vive la réforme*!« und »Nieder mit Guizot!« und jenen alten Schlachtruf aus einer anderen Revolution: »*Liberté, égalité, fraternité*!«

Von der Brücke aus sah man die Versammlung auf dem Place de la Concorde. Fackeln und Laternen blinkten wie Glühwürmchen und warfen geisterhafte Schatten auf den großen Steinschaft des Obelisken, der Louis Philippe vom Vizekönig Ägyptens, Mohammed Ali, zum Geschenk gemacht worden war. Die Menge zählte mehrere Hundert, und der Lärm ihrer Stimmen dröhnte wie entferntes Brüllen.

»Was machen sie?« fragte Mara, als sie näher kamen. Sie konnte nicht über die Menge hinwegsehen, aber eine dichte schwarze Rauchwolke rollte durch die Luft, die anscheinend nichts mit den vereinzelten Fackeln zu tun hatte.

»Lamartine versucht zu sprechen. Ein paar hören ihm zu. Die übrigen verbrennen die Sessel aus den Tuilerien in einem Freudenfeuer.«

»Was? Aber warum denn?«

»Zweifellos war ihnen kalt.«

Die Menge teilte sich in diesem Augenblick, so daß sie bis zur Fassade des Tuilerien-Palastes sehen konnten. Männer kamen aus dieser Richtung angelaufen, Stühle über den Kopf haltend wie eine Kriegsbeute. Während sie hinschaute, zersplitterte ein Fenster im Obergeschoß in glitzernde Scherben, und der Thron Louis Philippes flog heraus. Jubel stieg auf, dann ergriff man den Thron und warf ihn ins Feuer. Daß der Thron und die Stühle, die zum Großteil die Revolution und alles Folgende überstanden hatten, in dieser Nacht mutwillig zerstört werden sollten, erschien ihr wie ein Sakrileg.

»Frankreich sollte dankbar dafür sein, daß Betten und Schränke schwerer sind«, kommentierte sie.

Wieder war das atonale Klirren zerspringenden Glases zu hören, diesmal aus der Richtung einer Seitenstraße, in der sich Läden aneinanderreihten. Roderic wandte geschwind den Kopf in jene Richtung. »Ich glaube, sie wenden ihre Aufmerksamkeit jetzt anderen Dingen zu. Ich habe genug gesehen. Gehen wir.«

»Was ist mit Michael?«

»Er wird allein zurechtkommen.«

Sie bahnten sich den Weg zurück durch die Gärten der Tuilerien, weg von den kreischenden, reißenden Geräuschen aufgebrochener Türen und den Schreien der Plünderer. Die Menschen drängten sich immer noch unter den blattlosen Bäumen und zwischen den beschnittenen Sträuchern, bewegten sich aber weniger zielgerichtet. Ein Taschendieb, den man bei seinem Handwerk ertappt hatte, wurde an ihnen vorbeigejagt. Ab und zu sah man Liebespaare, die das allgemeine Durcheinander nutzten, um sich in den immergrünen Lauben zu küssen.

Die Straße zwischen der Seine und dem Louvre war dunkel und verlassen. Roderic legte eine Hand auf seine Pistole und hatte alle Sinne angespannt. Das alte, riesige Schloß ragte zu ihrer Linken auf, und seine Myriaden von Fenstern und Türen schienen sich ewig hinzustrecken. Hier war einst das Heim der französischen Könige gewesen, hier waren die Herrscher in aller Pracht durch die majestätischen Räume geschritten, die immer leicht nach Urin rochen, weil es sich die ungeduldigen Höflinge zur Gewohnheit gemacht hatten, sich in den vergoldeten Ecken und hinter den beschnitzten Türen zu erleichtern. Zu ihrer Rechten wand sich die Seine mit leisem Rauschen in ihrem Bett und bahnte dem Nachtwind den Weg, der hier kälter und stärker wehte.

Mara taten die Füße weh, und sie war müde, ihre Aufmerksamkeit ließ zugleich mit der Gefahr nach. Sie merkte, daß sie sich dem Ende des Palastflügels näherten und zu einer weiteren der vielen Seinebrücken, der Pont Neuf, sowie der dazugehörigen Querstraße gelangten, aber all das machte ihr nur wenig Eindruck.

Der Haufen schien aus dem Boden zu wachsen, brodelte aus einer Kellertreppe hervor, die zu dem Lager eines Geschäftes führte. Obwohl es nur wenige an der Zahl waren, nicht mehr als ein Dutzend, war es die bizarrste Gruppe, die ihnen bislang begegnet war. Sie hatten sich die Gesichter wie Indianer bemalt, und sie fuchtelten drohend mit Beilen und Messern in der Luft und wirbelten Fackeln herum, wobei sie schrecklich heulten und schrien. Sie waren mit Frauenkleidung behängt, Unterröcken und Unterhosen, und an ihren Gürteln schaukelten silberne Vasen und Kaffeekannen.

Es gab keine Möglichkeit, ihnen auszuweichen, und ihnen davonzulaufen war hoffnungslos. Bewaffnet, wie sie waren, war es ein selbstmörderischer Gedanke, sich den Weg freizukämpfen, obwohl Roderic das unter Umständen versucht hätte, wäre er allein gewesen. So aber hielt er an und schirmte Mara mit seinem Körper ab.

Und dann, als der plündernde Mob direkt auf sie zukam, hob der Wind seinen Umhang hoch, so daß seine weiße Hose mit den Zierstreifen und die polierten Stiefel zu sehen waren. Einen Augenblick lang glänzten die Epauletten und Stickereien auf seinem Umhang königlich.

Schnell und präzise wie bei einem Exerziermanöver wirbelte Roderic herum und fing Mara in seinem rechten Arm auf. Mit seinem linken nahm er ihr Kinn und hob es an. Sein Mund stieß herab auf ihre weichen offenen Lippen. Einen Augenblick lang war sie fassungslos, dann begann ihr Herz unter den Rippen zu pochen, und Verstehen flammte in ihr auf. Sie rang sich ein leises Stöhnen ab und hob die Hand, um mit ihren Fingern durch sein Haar zu fahren, sie durch die golden-seidigen Strähnen zu ziehen, während sie sich gegen ihn preßte.

Ein, zwei grobe Späße wurden in ihre Richtung gerufen. Man rempelte sie an, als ein paar Männer aus der Gruppe stehenblieben und sie anstarrten. Sie schenkten ihnen keine Aufmerksamkeit.

»Lehnen Sie sich an mich«, flüsterte Roderic, und mit dem langsamen Schritt der von der Liebe Bezauberten geleitete er sie den Pfad hinab, der unter den Brückenbogen führte. Paris hatte seit jeher unermeßlichen Respekt vor Liebenden. Die Plünderer ließen sie gehen.

In der Dunkelheit blieb Roderic stehen und lauschte mit nach oben gewandtem Gesicht. Die Gruppe zog weiter über die Brücke. Nach einem Moment hörte man noch ein paar Flüche und gebrüllte Grobheiten, dann polternde Schritte, als die Nachzügler losliefen, um die anderen einzuholen. Stille.

Mara wandte sich blind an Roderic, grub ihre Hände in seinen Umhang und barg ihr Antlitz an seiner Brust. Sie zitterte tief in ihrem Innersten, und jene verborgenen Schauer schmerzten mehr noch als das ärgste Zittern. Seine Arme schlossen sich warm und stark um sie. Schweigend hielt er sie im Dunkel, stemmte die Beine fest gegen den Boden und gab ihr von seiner unerschöpflichen Kraft. Seine Berührung war voller Hingabe und Annahme, ohne jede Spur der widerstrebenden Härte, die auf Zorn schließen läßt.

Ein Schluchzer stieg aus ihrer Kehle auf. Sie löste sich von ihm. »Ich muß Ihnen verraten, was ich getan habe.«

»Nicht nötig. Ich habe einiges belauscht, das Übrige weiß ich.« Er hielt inne und fuhr dann fort. »Ich weiß nicht, woher ich es weiß, aber ich könnte nicht mehr Gewißheit haben, wenn Sie, in einem winzigen Augenblick während unserer Begegnung bei de Landes, ein Teil von mir und Ihre Gedanken die meinen gewesen wären.«

Ihre Mutter hatte eine eigenartige Gabe, das zweite Gesicht, besessen. Sie konnte nicht darauf vertrauen, sie ebenfalls zu besitzen. »Nein, lassen Sie mich –«

»Später«, flüsterte er und senkte seinen Mund auf ihre Lippen, diesmal mit der Sanftheit einer Segnung.

Sicherheit und Wärme und abschirmende Dunkelheit hüllten sie ein. Im Augenblick war die Gefahr gebannt. Sie waren am Leben, und dieses Wissen stärkte ihre Sinne. Mara drängte sich an den Mann, dessen Arme sie umfingen, und etwas in ihr wurde plötzlich frei. Daß er ein Prinz war, Roderic von Ruthenien, war nicht länger von Bedeutung. Was für ein Mann er war, was er getan hatte oder in Zukunft tun mochte, war für sie ohne Belang. Sie beschied sich mit dem und verließ sich auf das, was sie von ihm wußte. Seine Klugheit, seine Stärke und seine Macht riefen ihren Respekt hervor. Sein zielsicherer Humor, seine Sorge um seine Umgebung, sein Verständnis für sie und seine Bereitschaft, auch die empfindsamere Seite seines Wesens zu zeigen, rührten an ihr Herz. Die Zeit, die ihnen blieb, mochte nicht lang sein, aber sie gehörte ihnen allein.

Er öffnete die Seiten ihres Umhangs und ließ eine Hand hineingleiten, mit der er die zarte Wölbung ihrer Brust umfaßte. »Süße Mara«, flüsterte er, und seine volle, warme Stimme drang durch die seidigen Wogen ihres Haares, »ich wollte Sie zu etwas Unangreifbarem machen, Ihnen Respekt erweisen, indem ich Ihnen das Privileg der Zurückweisung einräumte. Wie sollte ich ahnen, daß dieser Schwur meine Seele zerreißen und so weit führen würde, daß mein Schädel zu nichts weiter als einer Trinkschale taugt?«

»Ich entbinde Sie davon – mit Freuden.«

»Und wenn ich sagte, Ihnen bliebe alles freigestellt, nichts und niemand würde Sie dazu zwingen, meiner Begierde nachzugeben – würden Sie mich dann zurückweisen?«

Seine Berührung ließ sie schwach werden, und ihre Worte kamen langsam, unsicher. »Wenn ich die Künste einer Kurtisane besäße, würde ich Sie verzaubern oder, sollte es nötig sein, nochmals von Anfang an verführen.«

»Solche Künste brauchen Sie nicht – ein versprechendes Lächeln reicht, um mich zu binden.«

»Das Sie im Augenblick nicht sehen können.«

»Ich habe es tausendfach gesehen, habe tausend Umarmungen in meinen Träumen genossen. Sagen Sie mir, daß es auf Ihren Lippen ist, dann werde ich es heraufbeschwören.«

»In Ihrer Vorstellungskraft? Aber wird es auch meines sein?«

Er verstand ihre Ängste und antwortete ohne Zögern: »Kein anderes wird mir genügen, weder jetzt noch jemals.«

Sie wollte ihm glauben, und so hob sie ihren Mund an seinen, und ihre Lippen teilten sich zu einem zitternden Lächeln.

Ein Versprechen ganz anderer Art lag in der unendlichen Zärtlichkeit, mit der er ihren Mund aufnahm, ihn mit seinem bedeckte und seine Süße kostete. Er glättete die empfindsame Oberfläche mit seiner Zunge, erweckte die unglaublichen Empfindungen darunter, bevor er vorsichtig tiefer eindrang. Sie ergab sich dieser zarten Eroberung, betastete die feinkörnige Oberfläche seiner Zunge mit ihrer, umschlang sie, wollte ihn tiefer ziehen, wagte ihrerseits, ihn zu erforschen.

Flach atmend zog sie die Reihe ebenmäßiger Zähne nach, betastete den elastischen Gaumen, die festen, muskulösen Mundwinkel und die leicht rauhen Bartstoppeln. Ein tiefes und unbezwingbares Bedürfnis wuchs in ihr, seinen Körper Zentimeter um Zentimeter, jeden Muskel und jeden Fleck und jeden Winkel kennenzulernen. Sie wollte seine Größe und Gestalt spüren, wollte ihn in sich aufnehmen, um eine unvergeßliche Erinnerung daraus zu schmieden. Sie hob ihre Hand, wischte seinen Umhang beiseite und breitete ihre Finger auf der harten, muskulösen Oberfläche seiner Brust aus.

Mit einem Achselzucken brachte er den Umhang zum Fallen und löste mit harten Fingern die Verschlüsse seines Uniformrockes. Dann führte er ihre Finger an die Knöpfe seines Hemdes. Die Wärme seines Körpers, das schwere Klopfen seines Herzens unter dem feinen Leinen des Hemdes, sein warmer, männlicher Duft bewirkten, daß sich die Muskeln in ihrem Unterleib vor Verlangen zusammenzogen. Er brauchte sie nicht zu bedrängen, damit sie neben ihm niederkniete, damit sie den Umhang ausbreitete, den er fallen gelassen hatte, und damit sie sich dem sicheren Griff seiner Finger ergab, die ihr Cape losbanden und die winzigen Knöpfe ihres Kleides aus den Knopflöchern schlupfen ließen.

Er begnügte sich nicht damit, ihre Kleider zu lösen, sondern legte sie auf der weichen wollenen Unterlage nieder und befreite sie von Unterröcken und Unterhemd und Hosen. Er legte seine eigenen steifen Kleider ab, dann drückte er ihren nackten Leib gegen seinen langen, harten unbekleideten Körper, als hätte er ihr unbezwingbares Verlangen nach Nähe gespürt und würde es teilen.

Voller Leben und glühend vor lang unterdrückter Leidenschaft achteten sie nicht auf die kühle Nachtluft, auf den feuchten Untergrund oder solch unwesentliche Störungen wie Zweige oder Steine unter sich. Das Blut strömte schnell und brausend in ihren Adern wie der leise murmelnde Fluß in seinem Bett. Die Erde, auf der sie lagen, roch modrig und satt, aber wie die Natur, und wurde deshalb nicht registriert. Verloren in den Empfindungen, die sie überfluteten, als sich ihre beiden Körper mit überwachen Sinnen betasteten und eine Haut über die andere glitt, hörten sie nicht die Schritte der Fremden, die über ihnen hinweggingen.

Seine Hände umfaßten die runden Kurven ihrer Hüfte und drückten vorsichtig. Sie spürte sein hervorragendes, pulsierendes Glied an dem kleinen Hügel, wo ihre Schenkel zusammentrafen. Er neigte den Kopf und strich mit warmen Lippen über ihren Hals, ihre Schulter. Er legte flüchtige Kreise um ihre schwellenden Brüste, die unter ihrem Herzschlag erbebten, bevor er die harte Knospe ihrer Brustwarze sanft saugend in den Mund nahm. Eine Hand glitt von ihrer Hüfte über ihren flachen Bauch hinweg und schlüpfte zwischen ihre Schenkel, forschte, suchte, fand die empfindsame Quelle ihrer Weiblichkeit. Er verfolgte denselben Weg mit seinem Mund, glitt von der Brust zur Taille, zur Hüfte, noch tiefer.

Sie erbebte unter einer Verzückung fast jenseits des Erträglichen, kreiste, wurde erhoben, bis jeder Muskel angespannt und ganz durchströmt war, bis ihr Sein ins Nichts entschwand, bis sie schwebte und dann plötzlich, gewaltsam wiedergeboren wurde, wieder neu und ganz eins wurde. Mit zitternden Händen und dem unstillbaren Drang, das wunderbare Geschenk zu erwidern, das man ihr gemacht hatte, liebkoste sie ihn mit offener Hand und weichen, suchenden Lippen. Er schenkte sich ihr, berührte mit zarten Fingerspitzen ihr Haar, ihr Antlitz. Schließlich seufzte er, und der Schatten eines Lachens lag in seiner Stimme: »Jetzt ist es soweit, Mara, süße Versucherin, sonst werde ich die Flamme zu deinem Zunder.«

Gemeinsam schmiedeten sie die Verbindung, die sie einte, fest und bestimmend zog er sie unter sich und tauchte tief in ihre feuchte, empfängliche Wärme. Sie nahm ihn noch tiefer in sich auf, stieg höher, öffnete sich, gab sich ihm ganz und rückhaltlos.

Turbulente, magische Raserei ergriff Besitz von ihnen. Sie bewegten sich in ihrem zeitlosen Rhythmus, waren in der Pracht und der Gewalt des ältesten, primitivsten Tanzes der Welt gefangen, gaben sich mit jeder Faser seiner zwingenden Notwendigkeit, seiner Kraft, seinen grenzenlosen Versprechungen hin. Jene, die seine Musik spürten, erwartete auch eine Belohnung. Wie aus einem Füllhorn ergoß sie sich über sie; jener wilde, endlose, magische Augenblick, jene atemberaubende Ewigkeit, die den Augenblick kennzeichnet, in dem der Mensch am einsamsten und doch am nächsten daran ist, seine immerwährende Einsamkeit zu überwinden.

Und danach hielten sie sich in den Armen, starrten in die Dunkelheit, trösteten und ließen sich trösten.

Einige Zeit später machten sich Roderic und Mara auf den Rückweg zum ruthenischen Haus. Auf halbem Wege begegneten ihnen Michael, Trude und Estes. Als Roderics Cousin zurückgekehrt war und entdeckt hatte, daß der Prinz und Mara immer noch nicht eingetroffen waren, hatte er, gemeinsam mit Rolf und der übrigen Truppe, ein Suchkommando organisiert. Roderics Augen leuchteten fröhlich auf, als er sein Gefolge erblickte, doch diese Heiterkeit erstarb schnell. Nachdem er sie für ihr schnelles Einschreiten gelobt und ihnen für ihre Fürsorge gedankt hatte, gab er ihnen eine geläuterte Version des Geschehens. Obwohl seine Erklärung, wie der Schmutz auf seine und Maras Kleidung gekommen war, etwas dürftig klang, schien niemand das zu bemerken.

Grandmère Helene, die von der Angst um Maras Sicherheit aus dem Bett getrieben worden war, wartete mit Angeline im Salon. Roderic und Mara wurden gleichermaßen gescholten wie umarmt. Nochmals, und diesmal von Anfang an, mußte die Geschichte erzählt werden, dann noch einmal, als die übrigen Suchtrupps zurückkehrten. Schließlich hatte Angeline Mitleid mit ihnen und schickte sie fort, damit sie sich vor dem Abendessen baden und umziehen konnten.

Das Essen wurde zu einem Festmahl. Es gab drei verschiedene Weine zu den Gängen, Maras geliebte *tartelettes aux fraises* zum Nachtisch, womit die Köchin und ihr Stab ihre Dankbarkeit über Maras Rückkehr ausdrückten, und hinterher Champagner, der im Salon serviert wurde.

Aufgrund der Unruhen wurden sie von keinem Besucher gestört, was von allen als ein Segen empfunden wurde. Eine lebhafte Diskussion über die politische Lage entwickelte sich. Rolf war der Meinung, daß Louis Philippe die Krise überstehen konnte, wenn er nur nicht wankte. Roderic bestritt das. Es bedurfte eines Zeichens, meinte er, daß der König nicht unversöhnlich sei, daß er sich bewußt war, welche Fortschritte und welche gesellschaftlichen Veränderungen Frankreich in den letzten vierzig Jahren durchgemacht hatte. Grandmère Helene, die durch die Gesellschaft um sie herum wie verjüngt wirkte, stimmte ebenso wie Juliana Rolf zu. Angeline dagegen war der gleichen Meinung wie ihr Sohn, und auch Mara hielt seine Argumentation für einleuchtend. Die Truppe war ebenso gespalten in ihrer Meinung und genauso stimmgewaltig. Trotz der Meinungsverschiedenheiten und obwohl die Situation sich zuzuspitzen schien, waren alle mehr oder weniger überzeugt, daß die Probleme gelöst werden konnten, solange es zwischen der Krone und den Reformisten zu keiner gewalttätigen Auseinandersetzung kam.

Roderic zog sich recht früh zurück, um sich, wie er es ausdrückte, um ein Problem zu kümmern, das seine Aufmerksamkeit erforderte. Mara spürte wenig später, daß die Erschöpfung nach ihren Abenteuern, verbunden mit dem getrunkenen Wein, ihr zu schaffen machten und sie die Augen kaum offen halten konnte. Sie küßte ihre Großmutter, wünschte den anderen gute Nacht und ließ sie allein.

Sie erwartete Lila in ihrem Ankleidezimmer vorzufinden. Das Mädchen war nicht da. Mara ging weiter ins Schlafzimmer, da sie glaubte, sie lege vielleicht ihr Nachthemd zurecht oder schüre das Feuer an. Im Gehen zog sie sich die Nadeln aus dem Haar, die auf ihre Kopfhaut drückten, und ließ das schwere Vlies ihrer Locken über ihre Schultern rollen. Mit gesenktem Kopf suchte sie in dem glänzenden Schwall nach vergessenen Nadeln. Sie schaute auf und blieb abrupt stehen.

Roderic ruhte in einem Sessel vor dem Feuer. Er hatte seine Beine ausgestreckt und über den Knöcheln gekreuzt und die Hände hinter dem Kopf verschränkt. Tief in seinen Augen loderte eine Flamme. Er beobachtete sie, musterte den dunklen Schleier ihrer Haare, die vor Überraschung offenstehenden roten Lippen und die runde Wölbung ihres Busens, die durch die erhobenen Arme noch hervorgehoben wurde.

Ihr Mund klappte zu. »Dieses Problem erforderte also Ihre Aufmerksamkeit?«

»Es ist ein sehr wichtiges Problem. Man könnte es als strategisches Problem, als flankierendes Manöver bezeichnen.« Er senkte die Hände, stand in einer flüssigen, kraftvollen Bewegung auf und kam auf sie zu.

»Ich verstehe, um Ihren Vater auszumanövrieren.«

»Das erschien mir besser, als ihm zu trotzen. Er hält sich gern für omnipotent, natürlich nur zum Besten aller Betroffenen. Manchmal ist er das natürlich auch, und das ist ein durchaus liebenswerter Zug, aber nicht im Augenblick.«

»Sie lieben ihn sehr.« Es gab keinen Grund, über diese Erkenntnis erstaunt zu sein, und doch war sie es.

»Er ist mein Herr, in zweierlei Hinsicht«, erklärte Roderic schlicht. »Und mein Vater.«

Ihre Müdigkeit war wie weggeblasen. Sie wandte sich von ihm ab und sagte über die Schulter hinweg: »Um ihm aus dem Weg zu gehen, werden Sie vielleicht die ganze Nacht hier verbringen müssen.«

»Vielleicht«, antwortete er würdevoll und hob eine weiche lockige Haarsträhne an, um damit über ihre Wange zu streichen.

»Ist Ihnen das unangenehm?«

»Nicht wenn mich jemand aus diesem Gefängnis von Kleidern befreit. Was haben Sie mit Lila gemacht?«

»Ich? Nichts, warum? Aber sie ging, als sie merkte, daß ich bleiben würde.«

»Wirklich?« fragte Mara in ironischem Mißtrauen.

Er plazierte eine Hand auf ihrer Schulter und drehte ihren Rücken zu sich. Er neigte den Kopf, um die zarte Haut ihres Nackens mit seinen Lippen zu berühren und akzentuierte seine Worte mit Küssen auf die weiche Haut ihres Rückens, während er ihre Knöpfe öffnete. »Selbstherrlich, wie ich manchmal bin ... habe ich ihr vielleicht Anlaß ... zu der Vermutung gegeben ... daß Sie heute nacht ... keine Magd brauchen ...«

Luca kehrte am folgenden Abend zurück. Roderic empfing ihn in Anwesenheit aller im Salon. Jeder Zentimeter ein Prinz, so stand er mit gespreizten Beinen und auf dem Rücken gefalteten Händen vor dem Kamin, während der Zigeuner quer durch den Raum auf ihn zu kam. Luca salutierte, und Roderic nahm das nickend zur Kenntnis, aber es gab keine fröhliche Begrüßung.

Allerdings auch keine Verdammung. Mit leiser, aber eindringlicher Stimme fragte Roderic: »Warum bist du hier?«

»Ich gehöre zur Truppe«, erklärte Luca mit hoch erhobenem Kopf. Die zurückgezogenen Schultern verrieten seinen Zigeunerstolz. Er trug seine Uniform, die vollkommen unbefleckt war.

»Du hast uns einmal verlassen. Welchen Grund hast du zurückzukehren?«

»Sie wissen, was in der Stadt vor sich geht: die Märsche, die Pflastersteinbarrikaden in den Straßen. Im Lager war zu hören, daß die Nationalgarde, die die Unruhen eigentlich unterdrücken sollte, ihre Gewehre fortgeworfen und sich den Reformisten angeschlossen hat. Außerdem ist uns zu Ohren gekommen, daß ein Mann, dem Sie mit Grund mißtrauen, de Landes, Männer um sich schart. Er kauft Ganoven, Abschaum, Männer, die für Geld alles tun. Er prahlt. daß er eine Armee braucht, mit der man einen Palast angreifen kann. Sie sind mein Prinz, Sohn des Boyaren. Sie brauchen mich vielleicht. Hier bin ich.«

Ein trockenes Lächeln zuckte um Roderics Mund. »Man sagt zu Recht, daß Prinzen keine Dankbarkeit kennen. Ich kann dir nicht die Hand meiner Schwester im Tausch für deine Gefolgschaft versprechen.«

»Das erwarte ich auch nicht.« Der Blick des Zigeuners zuckte kurz zu Juliana hinüber und richtete sich gleich wieder auf den Prinzen. Seine Miene war leidenschaftslos, ohne Hoffnung, aber auch ohne Resignation.

»Wenn ich dir den Auftrag gebe, mir den Rücken freizuhalten, woher will ich wissen, daß du diesen Posten nicht verläßt und zu den Zelten der Zigeuner zurückkehrst?«

»Bei Ihnen habe ich mich an ein schnelleres Leben gewöhnt, an eiliger fliegende Gedanken und an nutzvoll verbrachte Tage. Ich bin so süchtig nach diesen Dingen wie ein Opiumsüchtiger nach dem Saft des Mohnes. Deshalb, und um Ihretwillen, werde ich nicht länger Zigeuner sein.«

Roderic starrte ihn an, wog seine Worte ab und musterte den ruhigen Glanz seiner Augen. Schließlich sagte er: »Du wirst immer ein Zigeuner bleiben – und so sollte es auch sein. Willkommen, Luca.«

Er streckte die Hand aus, und der Zigeuner ergriff sie. Die Truppe brach in Jubel aus, drängte sich um sie, schlug beiden auf den Rücken und hieb ihnen auf die Schultern. Juliana, die all dem zusah, gab einen leisen, gepreßten Laut von sich. Mit einem Blick voll eisiger Verachtung sprang sie auf und verließ den Raum. Luca schaute ihr nach, folgte ihrem Abgang mit düsterem Blick, machte aber keine Anstalten, ihr nachzulaufen.

Am nächsten Tag, dem dreiundzwanzigsten Februar 1848, beugte sich Louis Philippe dem Willen der Menschen auf den Straßen von Paris, wenn nicht dem seines Volkes, und entließ seinen Außenminister und engsten Vertrauten, François

Guizot. An seiner Statt ernannte der König einen Mann mit reformistischen Neigungen, Comte Molé.

Die Nachricht erreichte den wütenden Pöbel nur mit Verzögerung. Später am Abend versammelten sich die Menschen vor Guizots Haus am Boulevard des Capucines, wo sie Parolen riefen und Fackeln schwenkten. Das Militär war gerufen worden, um den ehemaligen Minister und seinen Besitz zu schützen. Nervös befingerten die Soldaten ihre Waffen, während die Menge immer weiter anwuchs und lauter wurde. Beleidigungen wurden ihnen entgegengeschleudert, Steine, faules Obst und Eier ebenso. Ein Mann in der grölenden Menge schwenkte eine Pistole. Ob zufällig oder absichtlich, die Pistole ging los. Die Soldaten feuerten eine Salve direkt in die Menge. Die Menschen rannten auseinander, schrien, halfen den Verletzen zu fliehen. Auf dem Pflaster blieben neben den fallengelassenen Fackeln die Leichen von zwanzig Männern und Frauen zurück.

Die Reformisten bezeichneten sie als Märtyrer, die Bonapartisten erklärten sie zu Narren, die Legitimisten freuten sich über das Bauernopfer, doch der Orleanist weinte vor Zorn, als fünf der Toten über die Straße gerollt wurden, denn er erkannte, daß sie das Ende symbolisierten.

Innerhalb von vierundzwanzig Stunden trat Louis Philippe, König der Franzosen, unter dem Druck des Volkes auf der Straße und seiner eigenen Söhne ab. Zu seinem Nachfolger erklärte er seinen Enkel, den Comte de Paris, und seine Schwiegertochter, die Duchesse d'Orléans, zur Regentin. Da er die grobe Lektion gelernt hatte, welche die Exekution von Ludwig XVI. und Marie Antoinette darstellte, verzichtete der Bürgerkönig auf jede heroische Geste und floh, gemeinsam mit seiner Königin, in einer gemieteten Kutsche aus Paris. Sie besaßen kaum mehr, als sie in ihren Händen tragen konnten, als sie den Ärmelkanal in Richtung England und ins Exil überquerten.

Die Reformisten waren vollkommen durcheinander. Das Erreichte hatte ihre kühnsten Hoffnungen übertroffen. Sie hatten erwartet, den König zu Veränderungen zwingen zu können, statt dessen hatten sie die Regierung gestürzt. Unter ihnen waren viele, die, wie Victor Hugo, jetzt Großes von der jungen Duchesse, Helen von Mecklenburg-Schwerin, erhofften, die als liberale und intelligente Dame galt. Es gab ebenso viele Reformisten, die plötzlich gar nichts mehr mit einer Monarchie zu tun hatten und statt dessen eine Regierung des Volkes und eine Verfassung wie jene der Vereinigten Staaten schaffen wollten. Das reformistische Treffen im ruthenischen Haus war eigentlich dazu gedacht gewesen, weitere Maßnahmen zur Durchsetzung der geforderten Veränderungen zu besprechen. Nun wurde es zu einem Forum, auf dem die Meinungsunterschiede diskutiert und bekräftigt wurden.

Man versammelte sich in der großen Galerie. Stühle aller Art waren aus den verschiedenen Teilen des Hauses zusammengetragen worden. Hohe Messingkandelaber waren zu beide Seiten der Halle aufgebaut worden. Die Kerzen darin brannten hell, ihre Flammen schwankten im Luftzug, der in dem riesigen Raum umging, und Rauch stieg zu der gewölbten und mit Fresken verzierten Decke auf. Ihr Licht wurde in den hohen, rundgiebeligen Fenstern reflektiert und vervielfacht, die zu beiden Seiten der langen Galerie eingelassen waren. Die Männer, etwa fünfzehn außer der Truppe, drängten sich um das Feuer, da die Nacht bitterkalt geworden war.

Das Treffen war bislang laut, aber doch sachlich verlaufen.

Es war, als würden die Versammelten das Gewicht ihrer Taten und der Veränderungen spüren, die sie dem Lauf der Geschichte beibrachten. Monatelang hatten sie eine Reform gefordert, eine Revolte des Volkes – bis zu diesem Augenblick war ihnen das nie als Verrat erschienen.

Vielleicht war es das Verantwortungsgefühl, vielleicht spürten sie, daß sie von nun an auf einer größeren, öffentlicheren Bühne agieren würden, jedenfalls duldeten sie, daß ihnen die versammelte Zuhörerschaft lauschte. Grandmère, die fasziniert davon war, einen politischen Prozeß so hautnah miterleben zu können, hatte verlangt, dabeisein zu dürfen, und Angeline, die mindestens ebenso interessiert war, hatte sie darin unterstützt. Juliana und Mara hatten ihre Bitten angefügt – Juliana aus Neugier, Mara aus dem dringenden Bedürfnis heraus, dabeizusein und mitzuerleben, was bezüglich de Landes' geschehen würde.

Würde der Franzose auftauchen? Wollte er durchführen, was sie ihm vorgeschlagen hatte, oder hatte ihre Rettung durch Roderic dazu geführt, daß er seinen Plan aufgegeben hatte? Angesichts der Nachrichten, die Luca überbracht hatte, erschien es möglich, daß er immer noch zu allem entschlossen war. Gewiß war er der Gauner anheuernde Mann, von dem der Zigeuner gesprochen hatte. Wenn dem so war, und wenn sie diese Information mit dem Plan zusammenfügte, den sie besprochen hatten, dann schien Unheil zu drohen.

War Roderic vorbereitet? Das wußte Mara nicht. Sie hatte versucht, mit ihm darüber zu sprechen. Vielleicht hatte sie nicht den rechten Ort und die rechte Zeit dazu gewählt. Er hatte verstehend zu allem genickt, was sie sagte, und sie währenddessen weitergeliebt. Falls er begriff, wie ernst die Situation war, falls er Pläne geschmiedet hatte, mit denen er verhindern wollte, was de Landes vorhaben mochte, dann ließ er es sich nicht anmerken. Seine Vorbereitungen waren wie seine Gedanken nur selten leicht zu durchschauen, dennoch hätte es ihr mehr Vertrauen gegeben, hätte sie gesehen, daß die Truppe auf der Hut oder wenigstens bewaffnet war. Roderic selbst und Rolf neben ihm, die in den Sesseln vor dem großen Marmorkamin lagerten, schienen nicht einmal ein Taschenmesser bei sich zu tragen.

Roderics *garde du corps* hielt sich am Rande der Versammlung auf: Michael, Trude und Estes auf der einen Seite; Jacques und Jared auf der anderen. Mara sah sich suchend nach Luca um, aber der war nirgendwo zu sehen. Sie hatte ihn jedoch zuvor im Korridor draußen gesehen. Vielleicht hielt er Wache? Der Gedanke, daß wenigstens einer auf der Hut war, beruhigte sie.

Der Mann, der zum Führer der Reformisten geworden war, Lamartine, hatte sich erhoben und sprach zu der Versammlung. Er stand aufrecht, und sein dünnes Gesicht strahlte den innigen Glauben an das aus, wofür er schon so lang mit aller Kraft gearbeitet hatte. »Meine Freunde, die Zeit ist gekommen. Der König und die Orleanisten sind gefallen. Es war kein blutiges Ende, sie haben sich in ihrer eigenen Falle gefangen. In der Vergangenheit gab es die Revolution der Freiheit und die Konterrevolution des Ruhmes. Jetzt haben wir die Revolution des öffentlichen Bewußtseins und die Revolution der Verachtung!«

Zustimmender Jubel antwortete ihm. Als es wieder ruhig war, fuhr Lamartine fort: »Wir müssen diese Gelegenheit ergreifen, die uns geschenkt wurde, denn eine solche wird nie wiederkehren. Wir können uns der Duchesse d'Orléans und dem Comte de Paris anschließen und hoffen, unseren Einfluß zu nutzen, damit wir unsere Ziele durchsetzen können – oder wir können eine provisorische Regierung bilden, eine Zweite Republik. Es liegt an uns. Aber wir müssen uns entscheiden, wir müssen handeln. Schon sammeln sich die legitimistischen Gefolgsleute des Comte de Chambord wie die Geier. Schon treffen sich die Radikalen und Sozialisten im Hotel de Ville, um eine eigene Regierung zu bilden. Wir können kein zweites Blutbad ertragen, keinen neuen Bruderkrieg zwischen der Aristokratie und der Assemblé oder zwischen der Assemblé und der Kommune. Es liegt an uns, Paris – und ganz Frankreich – vor einem neuen Absturz ins Chaos zu bewahren. Es liegt an uns, unseren Einfluß dem Besten für die Allgemeinheit zukommen zu lassen und mit seinem Gewicht für Stabilität zu sorgen. Wir allein können das schaffen!«

»Keineswegs, Dichter!«

Das hatte de Landes geschrien. Er stand in der Tür, eine Pistole in der Hand. Hinter ihm drängten Bewaffnete in den Raum. Es waren finstere Gestalten, bärtige, vernarbte Männer mit glitzernden gefühllosen Augen. Zusätzliche Pistolen und Dolche steckten in den Bauchbinden ihrer Hosen. Sie schwärmten aus, um die Männer im Raum zu umzingeln, schlossen sie ein wie Ratten in einem Faß. Die Reformisten sprangen von ihren Stühlen auf, fluchten, brüllten und wirbelten herum, um sich den Männern zu stellen, die sie langsam zurückdrängten.

Mit entsetzt geweiteten Augen kam Mara auf die Beine. Warum hatte niemand Alarm geschlagen? Wo war Luca? War er tot, ermordet, bevor er sie hatte warnen können?

Oder hatte er sich auf diese Weise gerächt, hatte er sie verraten, um sich für den Makel zu revanchieren, den man auf seine Geburt geworfen hatte? Sie schaute auf Juliana und sah dieselben Ängste in den Augen von Roderics Schwester stehen.

Juliana blickte auf Roderic und ihren Vater. Die Mienen beider Männer waren grimmig, ließen jedoch keine Überraschung erkennen. Das war nur natürlich, da sie geahnt hatten, daß ein Überfall stattfinden könnte, dennoch war da etwas, das sie nicht verstand.

Plötzlich durchfuhr sie ein Gedanke. Er war so schauderhaft, daß sie spürte, wie ihr das Blut aus dem Gesicht wich und schmerzhaft in ihrem Herzen gefror. War es möglich, daß Roderic unbewaffnet und furchtlos war, weil er Teil dieses Angriffs war? Machte er keine Anstalten, sich zu verteidigen, weil er diesen ganzen diabolischen Betrug manipuliert hatte?

Was, wenn sie von Anfang an gar nicht in die Affäre mit Roderic gezogen worden war, damit de Landes ihn zu seinem Sündenbock machen konnte, sondern um dem Prinzen einen Vorwand zu geben, unter dem er auf dem Ball erscheinen und das Attentat verhindern konnte? Hatte Roderic nicht angedeutet, daß er selbst sie gesehen hatte, daß er sie begehrt und letzten Endes seine eigene Verführung arrangiert hatte? Was, wenn das Attentat nur inszeniert worden war, um das Vertrauen König Louis Philippes zu erschleichen und zugleich Roderic und seine Männer von den Legitimisten abzusondern, die dafür verantwortlich waren?

Es war nicht möglich. Roderic hatte ihre Großmutter gerettet, wodurch de Landes jede Kontrolle über sie verloren hatte.

Aber er hatte das erst getan, nachdem das Attentat auf Louis Philippe fehlgeschlagen und sie nicht mehr von Nutzen war. Unmittelbar darauf war König Rolf eingetroffen. Hatte Roderic möglicherweise gewußt, daß sein Vater unterwegs nach Paris war, hatte er gewußt, daß Rolf das Spiel mißbilligen würde, das er mit ihr spielte? Er hatte ihr die Heirat angeboten, als der Skandal ihrer angeblichen Verführung publik geworden war, aber er mußte geahnt haben, daß Rolf das ebenfalls nicht gestatten würde.

War es möglich, daß Roderic mehr als die Wahrheit gesagt hatte, als er ihr erklärt hatte, Rolf hätte seine Zustimmung verweigert, weil der König meinte, sie sei zu gut für seinen Sohn?

Und was war, wenn Roderic, nachdem er sich überall als liberaler Prinz eingeführt hatte, der einen legitimistischen Hinterhalt vereitelt hatte, sich nur mit den Reformisten eingelassen hatte, um sie zu betrügen? Was wäre natürlicher? Als Erbprinz hegte er bestimmt große Sympathie für den Bourbonenerben, den Comte de Chambord, dem der Thron von Louis Philippe gestohlen worden war. Immerhin war er über seine Mutter mit ihm verwandt, wenn auch entfernt. Er wäre bestimmt dazu bereit, den Reformisten zu helfen, wenn sie den Usurpatoren vom Thron stießen. Aber sobald das vollbracht war, wäre er vielleicht ebenso bereit, das erlangte Wissen und das gewonnene Vertrauen einzusetzen, um sie in die Falle zu locken.

Aber wenn dem so war, warum hatte de Landes sie dann entführt? Warum der wütende Racheschwur gegen Roderic? War es möglich, daß de Landes nicht in die Pläne des Prinzen eingeweiht war? War es möglich, daß bis zu dem Nachmittag, an dem man sie entführt hatte, der Franzose nichts von dem komplizierten Spiel geahnt hatte, das Roderic spielte? Hatte Roderic die ausgeprägte Leidenschaft des Mannes für Manipulationen ausgenutzt, um de Landes selbst zu manipulieren?

Der Franzose war hier, und Roderic stand ihm gegenüber, ohne im geringsten verstört zu wirken. Wenn sie recht hatte, dann war offensichtlich, daß die beiden ihre Differenzen begraben hatten und nun zusammenarbeiteten, um wieder einen Bourbonen auf den französischen Thron zu setzen.

Aber während diese Gedanken wie ein Buschfeuer durch ihren Kopf rasten, sprach Lamartine. Mit vor Wut dunklem Antlitz verlangte er zu wissen: »Was soll das bedeuten?«

»Es bedeutet, daß wir Sie geschnappt haben, mein Freund«, antwortete de Landes. »Es bedeutet, daß Henri V., unser rechtmäßiger König, Frankreich regieren wird und daß Sie und dieser Stall von Verrätern nichts daran ändern werden.«

»Bourbonenhund! Sie können uns nicht ewig gefangenhalten!«

»Vielleicht nicht, aber meine Männer und ich können Sie ins Gefängnis bringen, bis Madame Guillotine wieder auf der Place de la Concorde aufgestellt worden ist.«

»Das ist doch Wahnsinn! Wollen Sie die Rückkehr des Terrors?«

»Nanu, was soll das denn? Sollte das Proletariat allein jenes Mittel beanspruchen, Feinde aus dem Weg zu räumen?«

Roderic machte einen kurzen Schritt vorwärts, aber seine Bewegung wirkte so energisch, daß alle im Raum auf ihn blickten. Das Kerzenlicht leuchtete bronzen auf seinem Gesicht, färbte sein Haar golden und lag wie ein gelber Fleck auf der breiten Uniformbrust. »Ehrgeiz ist ein strenger Zuchtmeister und ein schlechter Beschützer. Wer wird Sie schützen, wenn Ihr Vorhaben mißlingt?«

»Ich brauche keinen Schutz, am wenigsten Ihren«, verkündete de Landes voller Zufriedenheit. »Sie glaubten, Sie hätten gewonnen, nicht wahr? Sie glaubten, man könne mich ignorieren. Sie haben sich getäuscht.«

Das lief keineswegs so, wie es sollte. Hatte sich de Landes schließlich doch zur Rache entschlossen, zum Betrug an dem Betrüger? Mara mußte jedes Wort mitbekommen und drängte sich vor. Sie machte einen Schritt, noch einen, zwängte sich zwischen den beiden Männern an Trudes Seite durch. De Landes wurde auf die Bewegung aufmerksam und ließ seinen Blick kurz zu ihr herüberhuschen, bevor er wieder auf den Prinzen schaute.

»Vielleicht habe ich Sie unterschätzt«, überlegte Roderic nachdenklich.

Daß ihn das Geschehen so ungerührt ließ, schien sein Gegenüber nur noch mehr anzustacheln. »Glauben Sie, Sie seien gegen eine Exekution immun? Sie sind ein Fremder auf französischem Boden, der hier Informationen gesammelt hat.

Das macht Sie zu einem Spion, der die schwerste Strafe überhaupt verdient.«

»Gibt es keine diplomatische Immunität mehr? Die französischen Botschafter überall in der Welt werden das gar nicht gern hören.«

»Sie behaupten, der offizielle Vertreter Ihres Landes zu sein? Vielleicht sind Sie das. Aber das braucht uns nicht zu bekümmern. Ich bin überzeugt, daß Ihre Beglaubigung nicht mehr lange Bestand haben wird. Ansonsten wird man sich gegenüber Ruthenien für dieses ... unglückliche Mißgeschick entschuldigen müssen.«

»Mit tiefstem Beileid?« mischte sich Rolf, der König von Ruthenien, ein, der nun ebenfalls vortrat. »Wem wollen Sie die denn überbringen?«

De Landes blickte Roderics Vater kalt lächelnd an. »Den ruthenischen Reformisten natürlich, die es zweifellos kaum erwarten können, Ihr Land in Besitz zu nehmen, und die es gewiß in Besitz nehmen werden, sollten Sie und Ihre bezaubernde Frau und Tochter aufgrund eines weiteren Mißgeschickes nicht zurückkehren.«

»Nein«, flüsterte Mara. »Nein.«

De Landes wandte sich ihr zu und streckte seine freie Hand aus, während er mit der Pistole in der anderen weiterhin auf Roderic zielte. »Kommen Sie, meine liebe Mara. Sie sollen diesen Triumph teilen. Ohne Sie wäre er nicht möglich gewesen.«

»Das können Sie nicht tun«, erklärte sie, und ihre Stimme klang heiser vor Flehen. Sie machte einen Schritt auf ihn zu.

»Mara, bleiben Sie stehen«, warnte Roderic, und tiefe Sorge klang aus seiner Stimme.

De Landes erhob die Stimme. »Was. Sie stellen sich gegen meine Pläne, *ma chère*? Sind Sie etwa weich geworden?«

»Das habe ich nie gewollt.«

Sie schaute Roderic an, und aus ihren sanften grauen Augen sprachen Schmerz und die Last der Dinge, die sie entdeckt hatte. Er starrte sie an, und seine Augen wurden schmal.

»Arme Mara«, verkündete de Landes mit höhnischem Lachen. »Wieder hat man Sie benutzt.«

Ein weißer Fleck regte sich zu ihrer Rechten. Es war Trude in ihrer Uniform, deren Schwert nutzlos an der Seite baumelte, so daß die Scheide Maras Rock berührte. »Hören Sie nicht auf ihn«, mahnte die junge Frau kühl. Trude, die zu Roderics Truppe gehörte. Trude, die in ihren Prinzen verliebt war. Welche Kraft konnten ihre Worte haben? Wie weit konnte man ihnen vertrauen? Und doch hatte sie und die blonde Amazone, gemeinsam mit Juliana, einst gegen eine rasende Meute gekämpft.

Dann sprach Roderic, zog ihre Aufmerksamkeit auf sich, und sein Blick brannte sich in ihre Augen, schnitt tief in ihr Innerstes. »Bleiben Sie stehen, Mara, denn ich schwöre bei den laubgrünen Flüssen, den sonnenverbrannten Weiden und den hohen blauen Bergen Rutheniens: *Es ist nicht so, wie Sie glauben.*«

Sie hörte den Zorn und den Schmerz aus seinen Worten und die Überzeugungskraft, und sie begriff. Wie töricht von ihr, ihm zu mißtrauen. Roderic war kein Verräter. Was er getan hatte, war zum Besten Rutheniens und vielleicht auch Frankreichs geschehen. Sie konnte nicht zulassen, daß er starb. Sie würde es nicht zulassen. Daß er jetzt bedroht wurde, war ihre Schuld. Wenn er seinen letzten Atemzug unter der scharfen glänzenden Klinge der Guillotine tat, wenn er sein letztes Wort auf dem Schafott sprach, dann würde die Pein darüber sie quälen, solange sie lebte oder solange sie es ertragen konnte zu leben. Es durfte nicht geschehen, es würde nicht geschehen, und wenn sie sterben mußte, um das zu verhindern. Sie mußte etwas unternehmen – aber was? Was?

De Landes hielt sie für Roderics Feindin und hatte wenig Befürchtungen, daß sie ihm in die Quere kommen konnte, da sie nie zuvor dazu in der Lage gewesen war. Sie hatte die besten Möglichkeiten, eine Ablenkung zu schaffen, etwas zu tun, das die anderen verwirrte und der Truppe Gelegenheit zum Eingreifen gab. Aber welche Waffe konnte sie dazu verwenden?

Erneut fühlte sie Trudes Schwert über ihren Rock streifen. Sie hielt gar nicht erst inne, um nachzudenken, sondern schwang herum und zog die Klinge scharrend aus der Scheide. Ihr blieb keine Zeit, sich de Landes zu nähern. Sie riß das Schwert hoch und schleuderte es mit aller Kunstfertigkeit, die ihr die blonde Amazone während der grauen Wintertage eingedrillt hatte, mit all ihrer verzehrenden und nackten Wut darüber, wie er sie benutzt hatte, auf ihn.

Roderic schaute ihr fassungslos zu. Sie riskierte so viel um seinetwillen! Sein Herz wurde von Entsetzen und tiefer Reue gepackt. Er hauchte einen leisen Fluch und pfiff dann ein scharfes, deutliches Signal. Im selben Augenblick warf er sich mit einem schnellen Satz vor und streckte den Arm nach der waffentragenden Hand des Franzosen aus.

Hinter de Landes' Strauchdieben füllten sich die Eingänge mit dunklen, geschmeidigen Gestalten. Mit Pistolen und Messern bewaffnet, mit weiß blitzenden Zähnen in den wütend grinsenden Gesichtern und mit goldenen Ohrringen drangen die Zigeuner herein. Angeführt wurden sie von Luca in der weißen Uniform der Truppe. Wie rasend fielen sie über die Söldner de Landes' her.

Das Schwert, das Mara geschleudert hatte, flog wirbelnd, singend, zielsicher quer durch den Raum. De Landes erblickte es und zog instinktiv die Pistole hoch. Seine Augen weiteten sich, und sein Mund öffnete sich zu einem Schrei.

Die Pistole ging mit dem donnernden Knall einer Kanone los. Schwarzer Rauch und eine gelbe Flamme schlugen aus der Mündung. Roderic riß de Landes die Pistole aus der Hand und zog ihn zurück. Der Franzose brach zusammen und blieb reglos liegen. Die zitternde Degenklinge ragte senkrecht aus seiner Brust.

Roderic wirbelte herum. Mara lag zusammengekrümmt auf dem Boden, und ein langsam größer werdender roter Fleck verfärbte ihr Kleid. Im gleichen Augenblick war er an ihrer Seite, stieß Trude und Michael weg, kniete nieder, um ihren Kopf in seinen Händen zu halten, die plötzlich so sanft waren wie die einer Mutter, die ihr Neugeborenes in den Schlaf wiegt.

Ihre Wimpern hoben sich flatternd. Sie sah das Gesicht des Mannes über sich, erkannte den Zorn wie blaues Feuer in seinen Augen brennen.

»Es tut mir leid«, sagte sie, und ihre Worte waren nicht mehr als ein winziges Geräusch im Raum, in dem es plötzlich totenstill war. »Es tut mir leid.«

19. Kapitel

Schmerzen. Graue Schmerzenswogen. Stimmen kamen näher, entfernten sich. Ein Reißen. Lichter gleißten, gleißten. Bewegung. Dunkelheit. Schmerzen kreisten, wurden stärker, stärker, explodierten. Ein warmer Griff auf ihrer Hand, ein Anker, ein Schutz. Dunkelheit. Kalt, so kalt.

Für Mara gab es Augenblicke, scharf wie eine Rasierklinge, die in ihrer Klarheit voll intensiver Farbe in der Erinnerung haften blieben. Roderic, der sie auf seine Arme nahm, so daß ihr Blut seinen weißen Uniformrock befleckte. Die unendliche Fürsorge, mit der er sie auf dem Bett ablegte. Seine glatte, kompromißlose Weigerung, das Zimmer zu verlassen, als ihr Kleid aufgeschnitten und ihr die übrigen Kleider ausgezogen wurden. Grandmère mit vom Weinen verzerrter Miene, die einen Rosenkranz betete. Angeline, die sich über das Bett beugte. Der geschäftige Doktor mit seinem schwarzen Rock, seinem Ziegenbart und dem scharfen, glänzenden Skalpell.

Zeit war ohne Bedeutung. Nacht und Tag waren eins, ein endloses Grau. Ein riesiges, immer wieder neu geschürtes Feuer brannte im Ofen; trotzdem war ihr kalt. Sie wußte, daß ihre Wunde entzündet war, konnte aber nicht die Kraft aufbringen, sich darüber zu sorgen. In einer Nacht oder vielleicht an einem Tag, sie wußte es nicht, war der Doktor gekommen, hatte ihre Stirn befühlt und ihr murmelnd in die Augen geblickt. Er hatte ihren Arm über ein Becken gehalten, dann sein Skalpell gezückt, während er mit seinem Daumen nach der Vene unter der dünnen Haut in ihrer Armbeuge tastete. Er fand sie und zog dann die Haut straff, um den Schnitt anzubringen.

Plötzlich war Roderic da, seine Finger sprangen vor, packten den Arm des Doktors so fest, daß der Mann in die Knie ging. Die Stimme des Prinzen klang rauh vor Müdigkeit und lang strapazierter Geduld. »Nichtsnutziger, närrischer Quacksalber! Ich habe Ihnen erklärt, daß sie keinen weiteren Blutverlust überlebt. Wenn Sie einen einzigen Tropfen ihres Lebenssaftes vergeuden, dann werde ich den Ihren sprudeln lassen wie aus einem alten Weinschlauch.«

»Ihr Fieber ist zu hoch. Ich übernehme keine Verantwortung, wenn sie nicht zur Ader gelassen wird.«

»Werden Sie für Ihr Leben garantieren, wenn sie es wird?«

»Was das betrifft, so liegt alles in Gottes Hand.«

»Ach, ich dachte, diese Rolle hätten Sie selbst übernommen.«

Der Doktor riß sich aus seinem Griff los und begann, seine Instrumente wieder in die Tasche zu werfen. »Dann tragen Sie eben die Verantwortung.«

Mit undurchdringlichem Blick antwortete Roderic: »Die habe ich schon immer getragen.«

Dann hatte das Gewicht vieler Decken auf ihr gelastet, und sie hatte heißen, in ein Handtuch gewickelten Stein gerochen. Sie war in Träume versunken, und nur manchmal hatte sie gehört, wie sie mit jenen sprach, die sie hochhoben und umdrehten und kühle Tücher auf ihre Stirn legten.

Dann folgte eine Nacht, in der ihr Körper in Flammen stand, ebenso wie ihr Geist und die Welt. Sie schien zu schweben wie ein Vogel, der an einem heißen Sommertag auf einem warmen Aufwind reitet, und doch war sie an den Boden gekettet, wurde sie von einer Hand gehalten.

Ihre Lider waren zu schwer, beinahe versiegelt; dennoch hob sie sie mit aller Anstrengung. Roderic saß neben dem Bett, hielt ihre Hand in festem Griff. Sein Haar war zerzaust, als wäre er ständig mit den Fingern hindurchgefahren, und feucht von der Hitze des Feuers, das im Ofen brannte. Bartstoppeln glänzten golden im Kerzenlicht. Seine Augen waren rotgerändert vor Schlaflosigkeit, und dunkle Schatten lagen darunter.

Er hob ihre Finger an seinen Mund, berührte sie mit seinen Lippen. »Verlaß mich nicht«, flüsterte er. »Mara, meine Geliebte, wenn meine Liebe dich halten kann, dann werde ich dich nicht gehen lassen.«

Mara schloß die Augen. Frieden. Ruhe. Das knisternde Feuer. Eine Kerzenflamme blakte. Ihre Brust hob sich und sank unter einem unhörbaren Seufzer. Sie lag reglos.

Roderic beobachtete sie, wagte kaum zu atmen. Nach einiger Zeit stand er auf und legte ihre Hand vorsichtig auf der Matratze ab. Er hob die Decke und zog sie über die dünnen Finger. Mit sichtbar zitternder Hand strich er die schwarzen Haarsträhnen aus ihrem Gesicht. Er schloß die Augen, spannte seine Schultermuskeln an und lockerte sie dann mit gewaltsamem Schütteln, so daß ihn ein Schauder überlief. Feuchtigkeit sammelte sich unter seinen Lidern. Er wischte sie weg und wandte sich dann vom Bett ab.

Ihre Hand war schweißnaß geworden. Sie durfte sich nicht erkälten, indem sie sie im Freien liegen ließ. Das Fieber war gebrochen.

Eine Woche später saß Mara im Bett, von unzähligen Kissen gestützt. Sie trug ein Bettjäckchen aus rosafarbenen Spitzen. Ein breites rosafarbenes Band hielt das Haar aus dem Gesicht zurück. Neben dem Bett lag ein aufgeschlagenes Buch, während auf dem Nachttisch eine mit Silberpapier ausgeschlagene Schachtel stand, in der Bonbons gewesen waren. Das Zimmer war warm und roch nach Blumen, Veilchen, Narzissen, Osterglocken und Treibhausrosen, die auf dem Kaminsims und den Tischen standen. Trude und Estes spielten eine Partie Siebzehn und Vier an einem kleinen Tisch vor dem Feuer. Michael lag ausgestreckt auf dem Teppich, hatte das Kinn in die Hand gestützt und versuchte, eine Zeitung zu lesen. Jacques und Jared, die nahebei lagerten, gaben zu schlafen vor, obwohl auf Jareds Bauch ein Welpe herumtapste und ein weiterer an Jacques' Ohr leckte. Die Eltern der Welpen hatten sich zusammengerollt, die anderen beiden

Sprößlinge ganz in ihrer Nähe, und ignorierten würdevoll, welchen Schabernack das zweite Welpenpaar trieb. Zum erstenmal hatte man Mara Besuch gestattet, und es bereitete ihr Vergnügen, ihre Gäste so entspannt in ihrem Schlafzimmer zu sehen.

Roderic saß am Fußende des Bettes, hatte den Rücken gegen das Fußbrett gelehnt und ließ ein Bein herabbaumeln. Auf seinem angezogenen Knie lag seine Mandoline. Seine kräftigen Finger entlockten ihr eine weiche, betörende Melodie. Sein Blick war fest auf Mara gerichtet.

Sie war lieblich an diesem Morgen, das Rosa, das sie trug, brachte Farbe in ihr Gesicht. Trotzdem strahlte sie immer noch etwas Ätherisches aus, und ihr schwer zu erfassendes Verhalten ängstigte ihn. Allerdings war sie nicht mehr so dünn oder so bleich wie anfangs. Auch ihre Lebensgeister kehrten zurück. Als er gestern abend darauf bestanden hatte, daß sie Rotwein trinken solle, um neues Blut aufzubauen, hatte sie gewartet, bis er ihr den Rücken zudrehte, und dann das ganze Glas in die Blumenvase gegossen. Die Krokusse waren prompt welk geworden, doch er hatte ihr diesen kleinen Sieg zugestanden. Er hatte sich inzwischen daran gewöhnt, sie zu allem zu drängen, was gut für sie war, und war gar nicht auf den Gedanken gekommen, daß er vielleicht zu fürsorglich sein könnte. Es war ein so köstliches Vergnügen gewesen, dieses kleine, heimliche Triumphlächeln auf ihrem Mund zu sehen statt der Lustlosigkeit, mit der sie seine Befehle befolgte, daß er gerade noch seinen Drang unterdrücken konnte, sie in die Arme zu nehmen und sie über und über mit Küssen zu bedecken. Dafür war sie noch nicht bereit. Noch nicht. Er konnte warten, bis sie es war. Er würde warten.

Mara rutschte auf ihren Kissen umher und schnitt eine Grimasse. Roderic setzte sich auf und legte die Mandoline beiseite. »Möchten Sie sich hinlegen? Soll ich die Kissen aufschütteln?«

»Nein, es ist alles in Ordnung«, antwortete sie und streckte eine Hand aus, wie um ihn zurückzuhalten. Die Pistolenkugel hatte sie an den Rippen getroffen. Sie hatte eine

Rippe durchschmettert und war direkt dahinter steckengeblieben. Die Verletzung wäre schwerer gewesen, hätte ihr Korsett die Kugel nicht abgelenkt und verlangsamt. Die Suche des Doktors danach hatte den größten Schaden angerichtet und die Narbe vergrößert, die für immer zurückbleiben würde.

Roderic studierte ihr Antlitz, sank dann beruhigt zurück und nahm seine Mandoline wieder auf.

Mara warf ihm schnell einen Blick unter den Wimpern hervor zu. Er war immer da, um ihr Wasser oder ein Kissen zu reichen, um ihr den Rücken zu massieren oder beruhigende Musik zu spielen. Er befriedigte ihre Bedürfnisse, fast ehe sie sie verspürte. Nichts störte ihn, nichts war ihm unangenehm. Was immer sie erbat, erhielt sie augenblicklich, und er begriff mit beängstigender Genauigkeit, was sie genau wünschte, so daß sie kaum zu sprechen brauchte. Er war so zuverlässig, daß sie ihm inzwischen mehr als allen anderen vertraute, Grandmère Helene eingeschlossen. Das gefiel ihr nicht.

Sie erinnerte sich ausgezeichnet an das, was er gesagt hatte, als sie so krank gewesen war, und sie rechnete es ihm hoch an. Aber sie würde sich nicht darauf verlassen. Er war ein vielschichtiger Mensch mit enormem Verantwortungsgefühl, und sie fürchtete, daß er deswegen die Schuld an dem Geschehenen auf sich nahm. Er war mitleidig und verstand recht gut, was in den Herzen und Seelen anderer Männer und Frauen vor sich ging. Diese Eigenschaften mochten ihn dazu verleiten, nicht das zu sagen, was wahr oder falsch war, sondern das, was seinem Gefühl nach einem Menschen in diesem besonderen Augenblick am wichtigsten war. Es war nicht so, daß er lügen würde; doch sein Moralkodex stellte das Wohlergehen des Individuums über alles andere. Dieser Kodex war immerhin so flexibel, daß er eine Halbwahrheit zum allgemeinen Besten nicht als etwas Falsches betrachtete. Aber er war auch strikt. Hatte er einmal einen Schwur geleistet, würde er nicht davon abgehen. Das war ihre größte Befürchtung.

Wenn meine Liebe dich halten kann... Natürlich konnte sie das, und sie würde es auch, obwohl er das nie erfahren würde, wenn sie es irgendwie vermeiden konnte.

Sie schloß die Augen und dachte nach.

Ein paar Minuten später hörte die Musik auf. Sie spürte, wie das Bett nachgab, als Roderic heruntergIitt, hörte ihn einen ruhigen Befehl erteilen. Die anderen im Zimmer erhoben sich und gingen leise hinaus. Sie spielte mit dem Gedanken zu protestieren, aber sie merkte, daß der Besuch sie ermüdet hatte.

Dennoch, als der Prinz sich dem Bett näherte, auf sie herabschaute und sich dann abwandte, sprach sie. »Roderic?«

»Ruhen Sie sich aus«, sagte er. »Ich komme später wieder.«

»Was ist mit de Landes?«

Sie wartete auf eine Antwort. Als keine kam, öffnete sie die Augen. »Ich habe ihn umgebracht, nicht wahr?«

»Er hat seinen König verraten und war ein Mörder, der aus eigener Machtgier starb.«

»Er war nicht einmal adelig und hatte schon so viel erreicht, eine Anstellung im Ministerium, Macht, und konnte sicherlich mehr erhoffen. Warum hat er alles aufs Spiel gesetzt, nur um einem Bourbonenkönig auf den Thron zu helfen?«

»Ein Adelstitel kann mit der Berührung eines Schwertes, mit einem Federstrich verliehen werden. Für manche ist das ein großes Versprechen.« Er entfernte sich vom Bett, schloß die Bonbonschachtel, richtete die Blumen in der Vase auf.

»Wer hat ihm das Versprechen gemacht?«

»Die gleichen Leute, die ihn dafür bezahlten, daß er einen Mörder anheuerte und ihn anschließend umbrachte, gleichgültig, ob er seinen Auftrag ausführte oder nicht. Die gleichen Leute, die vorschlugen, daß ich, da ich bekanntermaßen beim Umsturz anderer Regenten meine Hand im Spiel hatte, einen guten Sündenbock abgeben würde – Männer mit ausreichend Macht, ihm einen Titel und Wohlstand zu versprechen, wenn er ihre Wünsche erfüllte.«

»Der Legitimistenkreis um den Comte de Chambord?«

»Wir können das nur vermuten; wissen werden wir es nie. Jedenfalls macht das keinen Unterschied. Die Revolution ist vorbei.«

»Der junge Comte de Paris ist König?«

»Unglücklicherweise nicht – oder glücklicherweise, je nach politischer Auffassung. Die Duchesse d'Orléans begab sich mit ihrem Sohn zum Palais Bourbon, um sich dort mit der Assemblé zu treffen und die Krone für den jungen Comte zu fordern. Die Assemblé war dazu geneigt, bis sie von einem Protestzug überrannt wurde, der entweder von den Legitimisten bezahlt oder den Sozialisten angestachelt worden war. Um die Situation in den Griff zu bekommen, proklamierte Lamartine eine provisorische Regierung unter der Führung der Reformisten, in der auch eine Reihe von Sozialisten aus dem Hotel de Ville vertreten sind. Frankreich hat nun seine Zweite Republik bekommen, und Lamartine steht an ihrer Spitze.«

»Wird sie von Dauer sein?«

»Das bezweifle ich. Es erfordert einen dicken Schädel und großen Weitblick, ein Land zu führen. Für Idealismus ist da wenig Raum. In dem ganzen Aufruhr war von den Bonapartisten nichts zu sehen. Sie stehen hinter dem Vorhang und warten nur darauf, daß Lamartine stolpert oder seinen Einsatz verpaßt. Sobald er das tut, betreten sie die Bühne.«

»Und Louis Napoleon wird König.«

»Oder Kaiser, so wie sein Onkel.«

Sie runzelte die Stirn. »Sie glauben, das würde er wagen?«

»Ruhige Männer sind oft die ehrgeizigsten und wagemutigsten.«

»Wie de Landes.«

Er sah sie an. »Nein, nicht wie de Landes. Louis Napoleons Ziel ist es, den Stolz Frankreichs wiederherzustellen und zu festigen, nicht alles zu zerstören, nur um ein paar Vorteile für sich selbst dabei zu ergattern. Ich verstehe, was Sie empfinden, Mara, und ich rechne Ihnen das hoch an. Unser Mitgefühl macht uns zu Menschen. Der Lebensfluß durchströmt uns alle, und ihn anzuhalten bedeutet, seine Kraft zu schwächen. Ich bedauere, daß ich es nicht selbst tat, als ich die Gelegenheit dazu hatte.«

»Damit Sie die Schuld auf sich nehmen könnten?«

»Es wäre mein Vorrecht gewesen.«

Sie schaute ihn eindringlich an. »Ich trage die Verantwortung dafür und ebenso das Vorrecht.«

»Weil«, sagte er, wobei sich ein Lächeln um seine Lippen legte und in seine Augen stieg, »Sie meine wertlose Haut gerettet haben?«

»Nehmen Sie es als Wiedergutmachung.«

Sein Lächeln erstarb. Abgehackt fragte er: »Wofür?«

»Für den Betrug.«

»Was das betrifft«, grinste er, »habe ich die Wiedergutmachung längst erhalten.«

»Und was ist mit dem Treffen?«

»Meine übergroße Zuversicht. Mein mangelndes Vertrauen. Ich habe mich zu sehr auf ... eine Verständigungsweise verlassen, die enge Grenzen hat.«

»Wie meinen Sie das?«

»Ich glaubte, ich könnte Ihre Gedanken lesen. Aber vielleicht habe ich die ganze Zeit über nur meine eigenen Sehnsüchte gelesen.«

»Nein!« Sie setzte sich abrupt auf und fiel dann mit einem Schrei zurück, kurz und flach atmend. Mit einem Fluch sprang Roderic zu ihr. Er hielt sie, schleuderte die Kissen beiseite und legte sie flach auf den Rücken. Er schlug ihr Bettjäckchen zurück, öffnete die Knöpfe ihres Nachthemds und zog es ohne Zögern oder Rücksicht auf Sitte und Anstand auf. Er hatte das schon oft gemacht, das wußte sie, aber nie war sie sich dessen bewußt gewesen. Jetzt war sie es.

Als seine Hand über sie strich, nach frischem Blut oder einem Zeichen dafür suchte, daß sich ihre Wunde wieder geöffnet hatte, tobte in ihrer Brust ein Schmerz, der nichts mit der Wunde in ihrer Seite zu tun hatte. Sie sah, wie die Anspannung aus seiner Miene wich, wie sich die Falten um seine Augen glätteten, und mußte schwer schlucken. Es war leichter, wütend zu sein, als wenn sie sich erlaubte, sich von seiner Fürsorge anrühren zu lassen oder als wenn sein bloßer

Anblick so dicht über ihr sie dahinschmelzen ließ. Einen Augenblick ruhten seine Knöchel auf ihrer Brust, während er den Verband darunter abtastete.

Sie schlug seine Hand beiseite.

»Mit mir ist alles in Ordnung.«

»Ja«, stimmte er ihr mit einem leisen Lächeln zu, »das glaube ich auch.«

Er wollte ihr Nachthemd wieder zuknöpfen. Noch einmal stieß sie seine Hand beiseite. »Ich werde das tun.«

»Ich kann nicht zulassen, daß Sie Ihre Kräfte überschätzen«, erklärte er mit tiefem Ernst und wandte sich wieder seiner Aufgabe zu.

»Da besteht wenig Gefahr, solange Sie ständig um mich herum schwirren.« Diesmal packte sie seine Handgelenke. Zu spät wurde ihr klar, daß sie ihm damit den Zugang zu ihren Knöpfen verwehrte, aber sich selbst ebenso.

»Ich erfülle jeden Ihrer Wünsche, wie der perfekte Sklave. Macht Sie das nicht glücklich?«

»Doch, ekstatisch, mit der Ausnahme, daß Sie zwar kommen, wenn ich rufe, aber nicht wieder gehen, wenn Sie nicht gebraucht werden.« Unter ihren Fingern schlug hart und nicht ganz regelmäßig sein Puls, eine faszinierende Entdeckung.

»Ich beginne zu verstehen. Scheue, empfindsame Blüte, die Sie sind, fühlen Sie Ihren Anstand in Bedrängnis«, sagte er. Sein Tonfall war sanft vor gespieltem Mitleid, aber in seinem Blick lag diebische Freude, als er ihn auf ihre bloßen Brüste senkte. »Wie können Sie mir je vergeben?«

Mit lächerlicher Mühelosigkeit hätte er ihren Griff brechen können, das wußten sie beide. Daß er sich mit dem Bild, das sie bot, zufriedengab, mit dem schwarzglänzenden Haar, das den Hintergrund für ihre Nacktheit abgab, mit den vor Zorn und aufgrund einer verspäteten, sich als Verlegenheit gebenden Einsicht geröteten Wangen, wußten sie ebenfalls. Und doch lag unter seinem Amüsement solche Zärtlichkeit, daß sie den Atem anhielt.

Er bemerkte die plötzliche fragende Verletzlichkeit. Sie erforderte eine Antwort. Unwiderstehlich von dem weichen Schwung ihres Mundes angezogen, beugte er sich über sie.

Es klopfte an der Tür. Direkt darauf wurde sie energisch geöffnet, und ein Mann trat ein. Er war von vornehmer Erscheinung, mittelgroß und etwa Mitte Fünfzig. Sein Schnurrbart und schmaler, gestutzter Kinnbart waren grau gesprenkelt, und sein Kopfhaar schütter: Seine Haut war von der Sonne des Südens tief gebräunt, wirkte fast oliv. Seine Augen waren dunkel, und die tiefen Falten in den Augenwinkeln verrieten ein gewöhnlich fröhliches Gemüt. Jetzt allerdings stieg Zorn in ihnen auf angesichts des Bildes, das sich ihnen bot.

»Was hat das zu bedeuten?« verlangte er zu wissen.

»Dasselbe könnte ich fragen –«, setzte Roderic an.

»Papa!« entfuhr es Mara.

»- doch«, fuhr Roderic glatt fort, »scheint sich das bereits erledigt zu haben.«

Mara gab fassungslos seine Hände frei, Roderic richtete sich auf und drehte sich mit geschmeidiger Eleganz um, so daß sein Körper sie abschirmte. Hinter seinem Rücken schloß sie zitternd vor Hast ihr Nachthemd und schlug die Seiten ihres Bettjäckchens wieder darüber.

»Sie, Monsieur, müssen André Delacroix sein«, fuhr Roderic fort und vollführte eine höfliche Verbeugung. »Ich nehme an, man hat Sie bereits in aller Form im ruthenischen Haus willkommen geheißen, aber ich möchte mich dem dennoch anschließen.«

Hinter Maras Vater tauchte Angeline im Türrahmen auf. Ihre grünen Augen waren voll stiller Erheiterung, die von Sorge überlagert schien.

»Auch Sie braucht man nicht vorzustellen«, verkündete André knirschend. »Ich würde Sie jederzeit als Rolfs Sproß erkennen. Sie haben dasselbe Aussehen, von derselben verdammenswerten und ungetrübten Boshaftigkeit ganz zu schweigen!«

»Ich danke Ihnen, Monsieur.«

»Das war nicht als Kompliment gemeint! Würden Sie die Güte haben, mir zu erklären, was Sie mit meiner Tochter gemacht haben?«

»Nein.« Diese schlichte, schmucklose Antwort schien Andrés Zorn mehr anzufachen, als es eine noch so blumige Ansprache vermocht hätte. »Wirklich nicht? Ich erhalte einen schockierenden Brief von meiner Tochter, in dem sie Vorgänge schildert, die ich nur als unglaublich umschreiben kann. Nach wochenlanger Reise, um die ganze Geschichte aufzudecken, komme ich hier an, um zu erfahren, daß man auf sie geschossen hat, und um dann mit eigenen Augen zu sehen, wie Sie ihr Ihre Aufmerksamkeiten aufzwingen, während sie noch im Bett liegt! Als ihr Vater verlange ich volle Aufklärung darüber, was sie unter Ihrem Dache tut.«

»Eine Aufklärung, die nicht vonnöten wäre, hätten Sie Ihre Tochter nach Paris begleitet, wie es Ihre Aufgabe gewesen wäre.«

André warf ihm einen niederschmetternden Blick zu. »Wollen Sie mich etwa über meine Pflichten belehren, Monsieur?«

»Jemand sollte das offenbar tun.« Roderic, dessen Miene grimmige Entschlossenheit ausstrahlte, ließ sich von der inbrünstigen Wut seines Gegenübers nicht aus der Ruhe bringen.

Angeline trat vor, um zwischen ihren Sohn und ihren ehemaligen Verlobten zu treten. »Bitte, ich glaube nicht –«

»Ich verlange, meine Tochter allein zu sprechen«, verkündete André gepreßt.

»Das ist unmöglich.«

»Sehen Sie, junger Mann, Sie mögen ein Prinz sein, Sie mögen jene kommandieren, die Ihnen folgen, aber Sie haben keine Rechte über mich oder meine Tochter.«

Mara sah, wie sich die Kiefermuskeln des Prinzen verkrampften, wie sich seine Hände zu Fäusten ballten. Sie versuchte, sich aufzusetzen, flehte: »Roderic –«

Er hörte die Bitte, und seine Miene entspannte sich. Er schaute auf sie herab, und als er sah, wie sie sich abmühte, eilte er zu ihr und half ihr auf. Sein Arm stützte sie wie ein eisernes Band quer über ihren Rücken, er zog die Kissen hinter ihr hoch und ließ sie mit geübter Hand zurücksinken.

»Mein Sohn hat sich, wie Sie sehen können«, meinte Angeline ruhig zu André, »seit Maras Verletzung um sie gekümmert. Er hat einige Fertigkeit darin entwickelt.«

»Männer haben gewöhnlich nichts im Krankenzimmer einer Dame zu suchen.«

»Manche Männer«, korrigierte sie nachsichtig. »Es gibt auch welche, die sich nicht vor der Gebrechlichkeit fürchten, die jede Aufgabe auf sich nehmen.«

André wollte sich nicht besänftigen lassen. »Trotzdem wünsche ich, mit meiner Tochter zu sprechen. Ich muß darum bitten, mit ihr allein gelassen zu werden.«

Roderic sah ihm in die Augen. »Mara ist nicht in der Verfassung, lange über die Ereignisse zu diskutieren, die sie bereits einmal in einem Brief an Sie dargelegt hat.«

»Aber sie ist anscheinend in der Verfassung, die groben Aufmerksamkeiten zu ertragen, die Sie ihr aufgezwungen haben? Ich sollte Satisfaktion fordern!«

Ein Duell. Der Gedanke entsetzte Mara. »Papa, nicht! Roderic –«

»Ich stehe zu Ihrer Verfügung, Monsieur. Allerdings wäre es vielleicht hilfreicher, wenn Sie mit mir in meinen Salon kommen würden, wo ich versuchen werde, jede Frage zu beantworten, die Sie mir stellen wollen.«

»Ausgezeichnet, ich ziehe allerdings die Wahrheit vor.«

Angespannte Stille lag über dem Zimmer. Die Spannung vibrierte in der duftbeladenen, überhitzten Luft. Es war eine schwere Beleidigung, die wohl jeder andere Mann zu jeder anderen Zeit mit einer Aufforderung zum Duell beantwortet hätte. Mara faßte Roderic am Arm, und in ihren Augen standen Tränen der Pein.

Er enttäuschte sie nicht. In gleichmütigem und bedachtem Tonfall antwortete er: »Natürlich werde ich die Fakten nur so weit berichtigen, daß Sie eine bessere Meinung von mir bekommen, Monsieur.«

Mara sah ihren Vater an. »Es ist viel wahrscheinlicher, daß er die Wahrheit verbergen wird, um mich zu schützen, und dabei alle Schuld auf sich nimmt. Aber wenn du ihn trotzdem anhören willst – es gibt niemanden, der besser erklären könnte, was vorgefallen ist.«

»O ja, ich weiß«, erklärte André und warf die Hände in einer widerwillig kapitulierenden Geste hoch. »Eine Erklärung voll hochgestochener Worte und Phrasen, so daß man das Fleisch darin suchen muß wie Reste im Gebiß eines Drachens. Aber wenn er über eine Beleidigung hinwegsehen kann, die ihm unberechtigterweise in seinem eigenen Haus zugefügt wurde, dann sollte ich ihm zumindest Gehör schenken.«

Ihr Vater trat ans Bett, umarmte sie ungelenk und vorsichtig wegen ihrer Verletzung und drückte einen Kuß auf ihre Stirn. Mit trotzigem Blick in Roderics Richtung versprach er, später wiederzukommen, und verließ zusammen mit dem Prinzen das Zimmer.

Mara schaute ihnen nach, einem aufrechten, großen, goldenhaarigen Mann und einem beleibten, ergrauenden und ihr unendlich teuren. Tränen rannen über ihre Wangen.

Angeline blieb zurück, kam zu ihr, um die Decke geradezuziehen, stellte Roderics Mandoline beiseite und zog Maras Buch unter einem zusätzlichen Kissen hervor. Ihre Geschäftigkeit war taktvoll. Mara wischte sich die Augen mit einem Bettzipfel ab, voller Ungeduld über ihre eigene Schwäche und wandte sich an die ältere Frau.

»Glauben Sie, sie werden sich schlagen?«

»Sie werden einander herausfordern, aber es dürfte nicht gefährlich werden, solange Roderic nicht die Selbstkontrolle verliert.«

»Aber muß er das nicht, nach einer solchen Provokation?«

Angeline hielt inne und schenkte ihr ein warmes Lächeln. »Sie sollten das besser als jeder andere wissen. Niemand sonst, würde ich vermuten, hat ihn mehr herausgefordert.«

»Ich hätte gedacht, sein Vater –«, setzte Mara an, dann hielt sie inne, weil der Kommentar kaum als Kompliment gelten konnte.

»Nun ja, aber Sie haben Fähigkeiten – was die Herausforderung angeht –, die Rolf fehlen.«

Mara lächelte sie schwach an, dann widmete sie ihre Aufmerksamkeit einem imaginären Fussel auf der Bettdecke. »Wo ist der König?«

»Als Mann von Diskretion und mit höchst unangenehmem Instinkt für drohenden Ärger hat er es mir überlassen, Ihren Vater allein zu begrüßen.«

»Es macht ihm nichts aus, daß er hier ist, hoffe ich?«

»Was das betrifft, vielleicht, aber das werde ich nie erfahren, solange er nicht vermutet, daß mich seine mangelnde Eifersucht unglücklich macht.«

Mara sank in die Kissen zurück und sah zu dem Baldachin über ihrem Bett auf. »Sind er und sein Sohn denn nie direkt und geradeheraus?«

»O doch, und zwar meist, wenn andere Menschen gewisse delikate Umschreibungen wählen würden.«

Mara verzog das Gesicht. »In jenen schwierigen Augenblicken voller Peinlichkeit oder –«

»Oder Verlangen?«

»Ja.«

»Verzeihen Sie mir, ich scheine die Angewohnheit übernommen zu haben«, meinte Angeline kopfschüttelnd. »Brauchen Sie noch irgend etwas?«

Wie leicht wäre es, Roderics Mutter an ihrem Bett zu halten, mit ihr zu sprechen, nur um seinen Namen auszusprechen, um mehr über ihn zu erfahren. Es würde nichts nutzen und wäre in anderer Hinsicht nur qualvoll.

Sie rang sich ein Lächeln ab. »Nein, danke.«

»Dann muß ich gehen und ein Zimmer für André herrichten lassen. Ich würde Ihnen Juliana oder Trude vorbeischicken, aber ich glaube, es wäre das Beste, wenn Sie versuchten, sich ein bißchen auszuruhen oder sogar etwas zu schlafen.«

Mara nickte. Einen Augenblick später hörte sie die Tür hinter der älteren Frau ins Schloß fallen. Sie war nie wacher gewesen. Wie mochte wohl das Gespräch zwischen Roderic und ihrem Vater ablaufen? Sie wagte nicht einmal, es sich vorzustellen. Sie konnte sich nicht entsinnen, ihren Vater jemals so aufgebracht gesehen zu haben. Nicht zuletzt deswegen, dachte sie, weil Roderics Vorwurf ihn so getroffen hatte. Ihr Vater hatte Schuldgefühle, weil er sie und ihre Großmutter schutzlos nach Europa geschickt hatte. Es war Mahlsaison gewesen, als sie aus Louisiana abgereist waren, jene Jahreszeit, in der das Zuckerrohr von den Plantagenfeldern zu Zucker zermahlen wurde. Der Vorgang mußte ständig überwacht werden, vor allem in diesem Jahr, wo sie die Einnahmen dringend benötigten, um die von der Wirtschaftsflaute verursachten Verluste auszugleichen. Trotzdem hatten Andrés Sorgen ihn empfänglich für diese Schuldzuweisung gemacht.

Was dachte ihr Vater über das, was sie getan hatte? Empfand er anders ihr gegenüber? Es sah nicht so aus. Es hatte den Anschein, als würde er statt dessen allein Roderic die Schuld an allem geben. Das konnte sie nicht zulassen. Sie mußte ihm so bald wie möglich klarmachen, welche Rolle sie dabei gespielt hatte.

Vielleicht war es ja doch gut, daß de Landes tot war. In seiner augenblicklichen Verfassung hätte sich André vielleicht dazu hinreißen lassen, ihn auszupeitschen oder ihn ebenfalls zum Duell zu fordern. Duelle waren in Paris verboten, wie fast überall auf der Welt, aber die feinen Herren, deren Namen oder Ansehen man befleckt hatte, fanden leicht eine Möglichkeit, das Verbot zu umgehen. In New Orleans war es keineswegs ungewöhnlich, daß Männer auf dem, wie sie es nannten, Feld der Ehre starben.

Mochte Gott geben, daß Roderic nicht mit ihrem Vater stritt. Ob mit der Pistole oder mit dem Degen, es war unmöglich, daß der alte Mann sich gegen ihn halten konnte. Es sei denn, Roderic würde das aus fehlgeleiteter Gewissenhaftigkeit gestatten.

Es war nicht sein Fehler. Sie war an allem schuld. Er mochte etwas anderes behaupten, mochte andeuten, daß er ihre Verführung geplant hatte, um sie auf diese Weise von ihrer Schuld freizusprechen, aber sie wußte es besser. Ebenso wie sie wußte, daß das Blut von Nicholas de Landes an ihren Händen klebte. Sie hatte einen Menschen getötet, und nichts, was Roderic sagte, würde etwas daran ändern. Damit würde sie bis zu ihrem Ende leben müssen.

Die Tür schwang auf, und Juliana kam ins Zimmer geflogen. »Schlafen Sie? Ich dachte mir, daß Sie nicht schlafen. Mama sagte, ich soll Sie schlafen lassen, aber ich habe mir gedacht, wahrscheinlich liegen Sie hier ganz allein und sorgen sich zu Tode. Das müssen Sie nicht, wissen Sie.«

»Muß ich nicht?« fragte Mara mit trockenem Lächeln, aber sie war mehr als gewillt, sich beruhigen zu lassen.

»Was geschehen ist, ist geschehen. Nichts kann etwas daran ändern. Sie müssen Ihre Gedanken auf morgen und übermorgen richten. So ist das Leben eben, und Sie müssen es leben.«

Der Einfluß der Zigeuner. Mara fragte sich, ob sich Juliana darüber im klaren war. »Das ist leicht gesagt.«

»Leichter gesagt als getan? Zuerst einmal müssen Sie vergessen. Und dann müssen Sie sich für etwas anderes interessieren. Zum Beispiel meine Probleme. Glauben Sie, Sie wären die einzige, die welche hat?«

»Ich glaube, Sie sind Ihrem Bruder recht ähnlich!«

»Das ist Ihnen jetzt erst aufgefallen? Aber wir sprachen eigentlich über Luca.«

»Taten wir das?«

»Passen Sie auf, Mara. Wissen Sie, welche Unverschämtheit dieser beohrringte Schlawiner jetzt begangen hat? Er hat sich zu meinem offiziellen Leibwächter ernennen lassen. Als bräuchte ich einen!«

»Von Roderic?«

»Von wem sonst? Und der König will es nicht rückgängig machen.« Juliana wirbelte im Zimmer herum, daß sich ihre Röcke bauschten.

Mara beobachtete sie und sagte: »Ich weiß, warum Luca das getan hat. Er ist offensichtlich bis über beide Ohren in Sie verliebt.«

»Natürlich, so verliebt, daß er in aller Öffentlichkeit auf meine Hand verzichtet hat!«

»Dazu wurde er gezwungen.«

Julianas Miene verfinsterte sich. »Er hätte sich gegen die Truppe und meinen Bruder und meinen Vater stellen können.«

»Hätte er dann trotzdem seinen Prinzipien treu bleiben und seine Selbstachtung als Mann behalten können?«

»Er brauchte nicht zurückgekrochen zu kommen.«

»Er kam, um Informationen zu überbringen, die Roderic brauchte, und um seine Hilfe anzubieten. Ich verstehe bloß nicht, warum er überhaupt fortgeschickt wurde, warum Ihr Vater ihn so beleidigt hatte. Es sieht König Rolf gar nicht ähnlich, solche Vorurteile zu haben. Ist es möglich, daß das vielleicht eine Feuerprobe darstellen sollte?«

»Natürlich, und er hat sie zur Zufriedenheit meines Vaters bestanden; aber was ist mit mir?«

Verwirrt schwieg Mara, bis das andere Mädchen in ihrem Lauf innehielt und sie eindringlich anblickte. Dann sagte sie: »Was ist mit Luca? Ihn zu Ihrer Leibwache zu ernennen, bedeutet, ihn zu ermutigen, so scheint es mir, obwohl es natürlich ähnlich wie bei Kronprinz Arvin auch als Mittel dienen kann, Sie beide zusammenzuketten, damit Sie einander schließlich verabscheuen. Trotzdem, wenn das entgegengesetzte Ergebnis dabei herauskommt, was wird dann geschehen? Sie sind eine Prinzessin, er ist ein Zigeuner.«

»Es gibt keine Gesetze in Ruthenien, die eine Heirat zwischen einem Mitglied des Königshauses und einem gemeinen Mann verbieten. Das ist schon öfter vorgekommen.«

»Vielleicht, aber ein Staat braucht Allianzen, braucht Verträge, die normalerweise mit einer Heirat zementiert werden.«

»Solche Allianzen bedeuten nichts; sie werden ebenso leicht gebrochen wie alle anderen. Die Welt ändert sich. Diese Art von Diplomatie ist hoffnungslos überholt.«

»Sie würden also eine Zigeunerin werden und in einem Pferdewagen durch Europa ziehen?«

»Vielleicht würde ich das, aber Luca könnte, wenn er das wünschte, an der Seite meines Bruders bleiben und ein wichtiger Mann in der Regierung meines Landes werden.«

»Anscheinend würde er das gern. Und was ist mit Ihnen? Was wollen Sie?«

Juliana warf den Kopf zurück, dann löste sich der Zorn aus ihrer Miene, wurde verdrängt von einem dunklen Schatten. Mit einer Hand machte sie eine hilflose Geste. »Wenn ich das wüßte, dann würde ich versuchen, es zu bekommen. Aber ich weiß es nicht.«

Juliana hatte in ihrem Bemühen, Ablenkung zu schaffen, Erfolg gehabt. Als sie verschwunden war, starrte Mara durch das Zimmer ins Feuer und dachte nach. Die Welt änderte sich vielleicht. Allianzen zwischen Königshäusern gehörten vielleicht der Vergangenheit an. Aber eines blieb jedoch bestehen. Prinzen heirateten niemals ihre Geliebten oder die Frauen, die durch eine List in ihr Bett gelangt waren. Der Stolz verbot eine solche Wahl, selbst wenn der gesunde Menschenverstand sie guthieß. Aber wenn Roderic sie aufgrund eines Eids, den er im Augenblick des Selbstvorwurfs geleistet hatte, heiraten wollen sollte, dann würde sie gewiß die Stärke besitzen, ihn abzuweisen.

20. Kapitel

»Ich möchte so bald wie möglich nach Hause zurück.«

Mara hatte das als überzeugte Feststellung vorbringen wollen, aber es klang unecht und ängstlich.

»Warum, Chère?«

André, der in einem Lehnstuhl vor dem Feuer in ihrem Schlafzimmer saß, blickte von seiner Zeitung auf und spähte über seine Augengläser auf den Sessel ihm gegenüber, in dem sie saß. Anscheinend verbrachte heutzutage alle Welt seine Zeit damit, die langen Artikel zu studieren, um herauszufinden, was aus der neuen Republik und ihren Führern werden sollte.

»Es ist keine plötzliche Entscheidung. Ich wollte schon früher, schon vor Wochen fahren.«

»Aber ich bin erst so kurze Zeit hier – wie lange, acht, neun Tage? –, längst nicht lang genug, um mich wieder mit der Stadt vertraut zu machen. Die Theater öffnen wieder, die

Opern, die Restaurants. Zwanzig Jahre sind vergangen, seit ich mir diese Vergnügungen zum letztenmal in Paris gönnen konnte, und ich freue mich bereits darauf.«

Ihr Vater hatte sich, nach jenem ersten explosiven Zusammenstoß, mit Roderic verständigt. Sie schienen sich auf einer rein männlichen Ebene zu verstehen. Nach ein oder zwei Tagen hatte sich André an den eigenartigen Haushalt gewöhnt und mit bemerkenswerter Leichtigkeit eingefügt. Er tauschte Anekdoten mit der Truppe aus und begleitete sie bei manchen Besuchen in der oberen Etage irgendeines Restaurants, und er plauderte mit den Gästen, die inzwischen wieder im Hause ein und aus gingen. Angeline gegenüber war er teils galant, teils benahm er sich wie ein alter Freund aus Kinderzeit. Oft saßen die beiden beisammen und erinnerten sich, manchmal eskortierte er sie auch durch die Stadt. Rolf nahm seine Anwesenheit gleichmütig hin, zwar ohne Überschwang, aber auch ohne eine Spur von Eifersucht.

Mara mühte sich ein Lächeln ab. »Es ist Frühling in Louisiana, meine liebste Jahreszeit. Die Obstbäume werden blühen und das Geißblatt und die Buschrosen. Der Klee wird hoch stehen. Es ist bald Pflanzzeit, und du weißt, daß du das nicht versäumen möchtest.«

»Mein Verwalter ist ein tüchtiger Mann. Ich habe ihm alle nötigen Anweisungen gegeben, bevor ich abfuhr, weil ich keine Ahnung hatte, wie lange ich fortbleiben würde. Außerdem bin ich nicht sicher, ob du der Rückreise bereits gewachsen bist.«

»Bald werde ich es sein, vielleicht in einer Woche.«

Er legte seine Zeitung nieder und setzte seine Brille ab, klappte sie zusammen und hängte sie an die Uhrkette, die sich quer über seine Weste spannte. »Mara, *ma chère*, bist du sicher, daß du weißt, was du willst? Ich dachte – also, ich hätte angenommen, du und Roderic –«

»Nein.«

»Was soll das heißen ›nein‹?«

»Der Prinz hat mich nicht gebeten, ihn zu heiraten, und selbst wenn er es täte, würde ich es nicht wollen?«

»Du würdest es nicht wollen?« Er starrte sie an, eine Falte grub sich zwischen seine Brauen, dann wiederholte er: »Du würdest es nicht wollen. Du wolltest auch Dennis Mulholland nicht heiraten, nachdem er dich im Sommerhaus kompromittiert hatte. Jetzt hat Roderic viel mehr getan, aber auch seine Frau willst du nicht werden. Was, wenn ich fragen darf, muß ein Mann tun, um dir als Gatte zu genügen?«

»Ich weiß nicht, Papa«, sagte sie und ließ ihren Kopf gegen die Rückenlehne sinken. Sie schloß die Augen. »Ich weiß nur, daß ich keinen Mann will, der mich nur aus Pflichtgefühl heiratet.«

»Solche Skrupel ehren dich, aber sind sie auch klug?«

»Das macht keinen Unterschied.«

»Für mich schon. Ich bin dein Vater, und es ist meine Pflicht, dafür zu sorgen, daß du dein Leben nicht durch diese unglückliche Affäre ruinierst.«

Sie drehte den Kopf und sah ihn an. »Genau deswegen hast du schon einmal darauf bestanden, daß ich mich mit einem Mann verlobe. Ich werde das nicht noch einmal zulassen. Bitte misch dich nicht ein, Papa. Bring mich nur bald nach Hause.«

Lange Sekunden vergingen, ehe er antwortete, und selbst dann wich er ihrem Blick aus. »Du bist deiner Mutter ähnlicher, als ich gedacht habe. Ich habe sie geheiratet, weil – wer will schon genau sagen, warum? Ich war einsam. Sie war schön und so verschieden von Angeline wie überhaupt möglich, und vor allem liebte sie mich. Sie entdeckte nur zu bald, daß meine Zuneigung nicht so tief war wie ihre. Sie wußte, daß ich mein Ehegelübde nie verraten würde, daß sie als meine Frau Tisch und Bett mit mir teilen würde, daß wir gut zusammenleben würden. Es genügte ihr nicht. Ich nehme an, dir würde das auch nicht genügen. Wenn du wieder bei Kräften bist, in einer oder zwei Wochen, werde ich alle Vorbereitungen für unsere Heimreise treffen.«

»Danke, Papa.« Der Sieg war leichter gewesen, als sie erwartet hatte. Sie hätte sich freuen sollen. Statt dessen fühlte sie sich wie erschlagen, und ihr Blick war grau und matt.

Doch nicht allein die gutgemeinte Einmischung ihres Vaters machte ihr zu schaffen. Die Truppe begann aus ihr nicht ersichtlichen Gründen sie zu behandeln, als wäre es bereits beschlossen, daß sie immer bei ihnen bleiben würde. Sie fragten sie in tausend Belangen um ihre Meinung und lauschten ihrer Antwort, als hätte sie das Gewicht einer wahren Autorität.

Sie konnte sich keinen Grund dafür vorstellen, es sei denn Roderics ständige Anwesenheit an ihrer Seite und sein besitzergreifendes Wesen. Das bereitete ihr Unbehagen, aber zugleich vermittelte es ihr das angenehme Gefühl, dazu zu gehören, so daß sie sich nicht entschließen konnte, diesen Fragen ein Ende zu machen. Sie würden ohnehin schnell genug aufhören. Sie hatte weitere Fortschritte gemacht. Statt immer nur in einem Sessel in ihrem Zimmer zu sitzen, nahm sie nun die Mahlzeiten gemeinsam mit den anderen ein und gesellte sich oft im Salon zu ihnen. Sie hatte ihren Morgenrock wieder gegen gewöhnliche Kleidung getauscht. Sie hatte geglaubt, auf ihr Korsett verzichten zu müssen, aber bald entdeckt, daß das fischbeinverstärkte Kleidungsstück, solange es nicht zu eng geschnürt war, ihre heilenden Rippen wohltuend stützte. Das Wissen ließ sie hoffen, daß sie eher als erwartet abreisen könnten.

In Louisiana war es bereits Frühling, doch in Paris wollte der Winter nicht weichen. Trotz der schwellenden Knospen an den Bäumen und der fröhlichen Schlüsselblumen auf den Fensterbrettern waren die Tage immer noch grau und oft von kaltem Nieselregen durchzogen. An einem solchen Tag trat Trude zu Mara in den Salon.

Mara hatte versucht zu sticken. Sie lag auf einem Sofa unter einem der hohen Fenster, die auf den Eingangshof zeigten, denn dort war es hell genug, um das blasse Muster zu erkennen, dem sie folgte. Als die andere Frau einen Stuhl heranzog, steckte Mara die Nadel in das im Rahmen festgespannte Leinen und warf es dankbar beiseite.

»Ich wollte Ihnen noch etwas sagen«, erklärte ihr Trude mit Trauermiene.

»Das klingt wirklich ernst«, neckte Mara sie. »Worum geht es denn?«

»Früher habe ich geglaubt – ich habe geglaubt, ich liebe Roderic. Ich weiß jetzt, daß ich das nur deswegen tat, weil er mein Prinz, mein Führer und ein gutaussehender Mann ist.«

Das Lachen wich aus Maras Augen. »Und jetzt?«

»Jetzt weiß ich, daß es mehr dazu braucht. Ich werde ihn ehren, ich werde ihm folgen, vielleicht werde ich ihn auch ein bißchen lieben. Aber mehr nicht.«

»Es wird ... ein Verlust für ihn sein.« Mara wußte nicht, was sie sonst auf eine so einfache Feststellung antworten sollte.

»Das glaube ich nicht. Ich liebe Sie ebenfalls. Ich werde zufrieden sein.«

»Trude, Sie dürfen nicht glauben –«

»Ich glaube nicht, ich weiß. Er liebt Sie. Ich möchte Ihnen sagen, daß Sie mir nichts wegnehmen. Ich werde ebenfalls geliebt.«

Abgelenkt fragte Mara: »Estes?«

Zarte Röte stieg in die Wangen der Amazone. »Der Graf. Er ist süß, nicht wahr? Er bringt mich zum Lachen. Das gefällt mir. Und er kennt die Frauen. Auch das gefällt mir.«

Mara versuchte, sich den Italiener und die große blonde Frau in einer leidenschaftlichen Umarmung vorzustellen, aber ohne Erfolg. Vielleicht hatte Trude gar nicht gemeint, daß Estes Erfahrung mit Frauen hatte, sondern daß er um ihre Bedürfnisse wußte. Sie würde es nie erfahren, aber das war auch nicht wichtig. Sie streckte die Hand aus und ergriff die der anderen Frau. »Ich wünsche Ihnen viel Glück.«

Trude lächelte und erwiderte den Druck. »Ihnen auch.«

Ein paar Tage später hatte Angeline eine musikalische Soirée organisiert. Die Musik wurde von einem Zigeunertrio vorgetragen, die allesamt großartige Musiker waren. Vieles in der europäischen Musik, hatte Mara erfahren, hatte seine Wurzeln in den uralten Melodien und Rhythmen der Zigeuner, und viele der begabtesten Geiger hatten Zigeunerblut in ihren Adern. Es versprach ein einzigartiges Ereignis zu werden.

Viele der Leute, die sie in Paris kennengelernt hatte waren zugegen: Aurore Dudevant, bekannt als George Sand, Dumas Vater und Sohn, Honoré de Balzac, Victor und Adele Hugo. Es fiel auf, daß Lamartine und die übrigen Deputierten fehlten; sie waren viel zu beschäftigt.

Die Musik war superb, die Melodien, die von den Saiteninstrumenten erklangen, waren aufregend, doch zugleich herzzerreißend rein und süß, fast wie Liebeskummer. Die abgehärteten Experten, die versammelt waren, applaudierten mit Tränen in den Augen und forderten Zugabe um Zugabe.

Die Konversation war spritzig und scharfzüngig. Zum Großteil drehte sie sich, wie nicht anders zu erwarten, um die Politik. Man fühlte sich, so empfand es Mara, bereits vom neuen Regime enttäuscht. Die Kompromisse, die notwendig waren, um ein ganzes Volk zu führen, und das Fehlen von entschlossenen Maßnahmen, mit der sich verschlechternden wirtschaftlichen Lage fertig zu werden, wurden von der literarischen Elite kritisiert. Die Ideale der Reform schienen bereits verloren. Das einzig Überraschende daran war, meinte Roderic, daß die Franzosen, normalerweise große Realisten, davon überrumpelt worden waren.

Mara trug ein Kleid aus blaßgelbem Satin für die Soirée. Sie fühlte sich wesentlich besser und hatte Lila sogar dazu überredet, ihr Korsett aus diesem Anlaß etwas enger zu schnüren. Aber als die Musik geendet hatte, blieb sie auf dem Sofa sitzen, wo sie es sich bequem gemacht hatte. Michael brachte ihr Erfrischungen und blieb als Ersatz für Roderic, der seinen gesellschaftlichen Pflichten nachkommen mußte, bei ihr, um ihr Gesellschaft zu leisten. Wenig später wurde er von den Zwillingen abgelöst. Als sie weggingen, um einer Schauspielerin von der Comédie Française nachzusetzen, nahm Luca ihren Platz ein.

Der Zigeuner plauderte leichthin über die Musik, die sie gehört hatten, und über die großen Komponisten, die von seinem Volk beeinflußt worden waren, aber er wirkte niedergeschlagen. Sein Blick war fast unablässig auf Juliana geheftet, die durch den Raum schwebte. Die Prinzessin schaute kein einziges Mal in seine Richtung. Diese Mißachtung kam

Mara wie eine indirekte Aufforderung vor, doch der Mann, der hinter ihrem Sitzplatz stand, ließ sich dadurch nicht ermutigen. Sie schwiegen lange, während Luca Juliana dabei beobachtete, wie sie äußerst lebhaft mit einem französischen Adligen kokettierte. Seine Hand umkrampfte die geschnitzte Rosenholzlehne des Sofas, bis die Knöchel weiß hervortraten. Er sagte leise etwas im *Calo* der Zigeuner, das keineswegs wie ein Kompliment klang.

»Was will sie von mir, die Prinzessin Juliana? Ich habe ihr meine Liebe, mein Herz, alles von mir geschenkt. Ich habe mich beleidigen lassen, um die Gunst ihres Vaters zu bekommen. Ich habe ihretwegen die Zelte meines Volkes verlassen. Was kann ich sonst noch tun?«

Mara beobachtete Julianas stolz erhobenen Kopf und erklärte unvermittelt: »Sie haben so viel gegeben, vielleicht war es zuviel. Was haben Sie von ihr erbeten?«

»Nur ihre Liebe.«

»Aber wollen Sie sie nicht kennenlernen, wollen Sie nicht erfahren, was sie denkt und träumt, was sie zum Lachen und zum Weinen bringt, welche Stärken sie hat, die ihre ergänzen könnten?«

»Mehr als alles in der Welt, aber wie soll ich das erfahren, wenn sie mich nicht in ihre Nähe läßt?«

Das war wirklich ein Problem. Schließlich fragte Mara: »Was würden Sie tun, wenn sie eine Zigeunerin wäre und Sie so behandeln würde?«

Er grinste, daß seine Zähne weiß in seinem Gesicht aufblitzten. »Das wäre einfach.«

»Was hindert Sie dann? Sie ist zwar eine Prinzessin, aber auch eine Frau.«

Er sah sie skeptisch an, dann beobachtete er Juliana wieder, auf deren weißen Schultern und blondem Haar das Licht der Kronleuchter glänzte, und sein Blick wurde nachdenklich.

»Ja«, sagte er langsam. »Ja. Und wenn sie mich dann immer noch verabscheut, kann es auch nicht schlimmer sein.«

Vielleicht wäre dem so, vielleicht auch nicht. Das Schlimmste befürchtend, fragte Mara: »Luca, was haben Sie vor?«

Er antwortete nicht. »Ach Mara, was täten wir ohne Sie. Sie müssen schnell wieder gesund werden, damit Sie und Roderic endlich Mann und Frau werden können.«

Dann ließ er sie allein, entfernte sich mit der muskulösen Geschmeidigkeit eines Mannes, der sein ganzes Leben lang getanzt und gekämpft hatte. Er verbeugte sich vor Juliana und sagte etwas zu ihr. Juliana antwortete scharf und wandte sich ab. Luca packte sie am Arm, so daß sie das Gleichgewicht verlor und gegen ihn sank. Im gleichen Augenblick nahm er sie in seine Arme, marschierte dann mit ihr zu einer nahen Tür, die in ein Vorzimmer führte. Nach einem Augenblick des Entsetzens und der Ungläubigkeit wehrte sich Juliana und stieß sich von seinem Brustkorb ab, schrie aber nicht und rief auch nicht um Hilfe. So schnell und leise war die Tat vollbracht, daß nur ein paar Leute mit großen Augen den Kopf wandten.

Mara war von ihrem Sofa aufgesprungen, um ihnen nachzueilen, aber plötzlich stand Roderic vor ihr. Er legte eine Hand auf ihre Schulter und hielt sie so zurück. »Was, wenn ich fragen darf, haben Sie zu Luca gesagt? Was hat ihn in einen mädchenraubenden Briganten verwandelt?«

Sie sah mit Sorgenfalten auf der Stirn zu ihm auf. »Ich habe ihm bloß geraten, Juliana so zu behandeln, wie er eine Frau aus seinem Volk behandeln würde. Ich hatte keine Ahnung, daß er so etwas machen würde.«

»So einfach«, murmelte er. »Warum ist mir das nicht eingefallen?«

»Werden Sie ihn nicht aufhalten?«

»Ich nehme nicht an, daß er zu weit gehen wird; dafür wird Juliana schon sorgen.«

»Aber was ist, wenn er ihr weh tut?« Er schüttelte den Kopf. »Er ist immer noch ihre Leibwache, und diese Verpflichtung nimmt er sehr ernst. Luca ist viel eher in Gefahr, das hätte ich jedenfalls bis vor ein paar Minuten behauptet.«

Was Luca gesagt hatte, klang ihr immer noch in den Ohren. Sie atmete tief ein. »Wenn Sie einen Augenblick Zeit haben, könnte ich dann mit Ihnen sprechen?«

»Mara, mein Liebling, Sie sprechen ja schon mit mir.«

Die zweideutige Antwort war, wie sie erkannte, ein Hindernis, errichtet, um ihm Zeit zu geben, in der er über ihre Bitte nachdenken konnte. »Ich meine es ernst.«

Er musterte ihr Gesicht, und das Lächeln wich aus seinen Augen. Er neigte den Kopf und sagte: »Wie Sie wünschen.«

Er half ihr auf und reichte ihr den Arm als Stütze, dann führte er sie aus dem Raum und durch die lange Galerie in seine Gemächer. Ein Feuer brannte im Privatsalon, und er setzte sie in einen Sessel davor. Er bot ihr Wein an, den sie ablehnte. Er selbst baute sich vor dem Kamin auf, den Rücken der Glut zugewandt, bis er bemerkte, daß sie auf diese Weise zu ihm aufsehen mußte. Also trat er an den Sessel neben ihrem, ließ sich hineinfallen, entspannte sich, einen Ellbogen auf die Armlehne gestützt. Mit gedankenversunkener Miene und ohne das geringste Zeichen von Ungeduld wartete er darauf, daß sie begann.

Sie hatte keine Ahnung, was sie sagen sollte. All die Dinge, die sie ihm erklären wollte, verwirrten sich in ihrem Kopf zu einem heillosen Durcheinander. Sie wünschte vergeblich, sie hätte sich besser auf dieses Gespräch vorbereitet, statt es aus der Laune eines Augenblicks herbeizuführen. Es war so wichtig, daß er verstand und die Entscheidung, die sie gefällt hatte, akzeptierte.

Sie blickte auf ihre Hände nieder, befeuchtete sich die Lippen mit ihrer Zungenspitze. »Anscheinend haben wir, seit wir uns getroffen haben, gegenseitig ständig unsere Absichten durchkreuzt. Wir haben ständig getan, was von uns erwartet wurde, aber aus einem anderen als dem ersichtlichen Grund. Ich bin tief beschämt darüber, wie ich Sie ausgenutzt habe. Sie haben mich besser behandelt, als ich es verdient habe. Ich – ich habe getan, was ich konnte, um das große Unrecht wiedergutzumachen, das ich begangen habe. Ich hoffe, ich habe den Schaden repariert. Und jetzt muß ich fort.«

Sie schaute zu ihm auf, sah seine ernste, gebannte Miene, ließ ihren Blick dann zum Feuer wandern. »In der Truppe scheint sich das Gefühl breitzumachen, daß – daß wir heiraten werden. Ich weiß nicht, woher es kommt, aber ich wollte Ihnen versichern, daß das nicht nötig ist. Ich bin Ihnen überaus dankbar für Ihre Unterstützung, während ich krank war. Ich erinnere mich an manches, was Sie gesagt haben. Es hat mir sehr geholfen, und deshalb haben Sie es wohl gesagt. Aber ich möchte Sie nicht darauf verpflichten. Ich werde mit meinem Vater nach Louisiana zurückkehren. Ich werde Sie freigeben, darauf haben Sie mein Wort.«

Leise kam seine Antwort: »Das klingt nach frommer Entsagung.«

Sie hätte wissen müssen, wie scharfsinnig er war. Sie blickte ihn ernst an. »Es gibt keinen Grund, warum es das sein sollte. Es war ein Zufall, daß zwei Menschen wie Sie und ich, aus zwei verschiedenen Teilen der Welt, sich je trafen. Daß wir wieder getrennte Wege gehen, ist nur normal.«

»Ein Opfer. Rituell und einschneidend. Ich kann es nicht gestatten.«

»Ich werde Sie nicht heiraten.« Deutlicher konnte sie es nicht ausdrücken.

Er sprang auf, nahm die beherrschende Position wieder ein, die er vorhin bereitwillig aufgegeben hatte. Er verschränkte die Hände hinter dem Rücken und schaute vewundert auf das von hochgesteckten Locken umrahmte Oval ihres Gesichtes, auf die sanfte Wölbung ihrer Brüste, die sich unter dem tiefen Dekolleté ihres Kleides abzeichnete, und auf das schnelle Heben und Senken ihres Atems unter dem gelben Satin. Im Gegensatz zu Luca konnte er sie nicht einfach an sich reißen und sie schütteln, bis sie zur Besinnung kam, oder sie küssen, bis sie nachgab. Dazu war sie in zu schlechter Verfassung. Die einzige Waffe gegen ihre Weigerung waren Worte.

»Wissen Sie, warum ich nach Paris gekommen bin? Nicht, um die offizielle ruthenische Residenz zu bewohnen oder um die Unterhaltungen zu genießen, in denen die Franzosen unübertroffen sind. Ich kam, weil die Ereignisse, die sich hier zutrugen, die Stabilität Europas und meines eigenen Landes gefährdeten. Gerüchte kursierten, daß schon wieder ein Anschlag auf Louis Philippes Leben stattfinden sollte, einer, dem größere Erfolgschancen als den meisten zugerechnet wurden – und ein so gewaltsamer Tod grassiert unter den gekrönten Häuptern oft wie eine Epidemie; einer führt da zum nächsten. Meine Aufgabe war es, das Attentat zu verhindern und die Auswirkungen des Mordversuchs so gering wie möglich zu halten.«

Mara war sich bewußt, daß Roderic seine Taten nur wenigen erklärte, und hörte aufmerksam zu. Als er innehielt, sagte sie: »Ich dachte, Sie wollten die Revolution verhindern.«

In seinen Augen blitzte Heiterkeit auf. »Ich danke Ihnen für Ihr Vertrauen in meine Fähigkeiten, die politischen Geschehnisse Frankreichs zu kontrollieren, aber ich muß gestehen, daß es sie übersteigt – ebenso wie die Fähigkeiten einiger französischer Könige bislang. Ich habe es versucht. Ich unternahm alles in meiner Kraft Stehende, um zu erfahren, was die verschiedenen Gruppierungen vorhatten, aber vor allem ging es mir darum, Louis Philippe zu schützen, da es den Anschein hatte, er würde auch weiterhin die Unterstützung der Mittelklasse genießen und hätte deshalb die Möglichkeit, Frankreich zusammenzuhalten.«

»Juliana erzählte mir von Ihrer Truppe und davon, daß sie bereits mehrere Attentate verhindert hat.«

»Man nannte uns das Todeskorps – diesen Namen haben wir nicht selbst gewählt. Trotzdem war er zutreffend, da Mörder meist Getriebene sind, denen ein- für allemal Einhalt geboten werden muß, wenn man ihre Opfer schützen will. In Paris waren das *garde du corps* und ich gerade dabei, die Lage auszukundschaften und Informationen zu sammeln. Und dann sah ich Sie.«

»Sie sahen mich.«

Sie wiederholte die Worte ergeben und wie betäubt. Bis zu diesem Augenblick hatte sie ihn nicht wirklich für so falsch gehalten, daß er sie in seine Arme manipuliert hatte. Die Gewißheit schmerzte.

Ein grimmiges Lächeln spielte um seinen Mund, dann fuhr er fort: »Eine der vielen Informationen, die wir durch unsere Kanäle sammelten, besagte, daß sich Madame Helene Delacroix und ihre Enkelin in Paris aufhielten. Natürlich waren mir die Namen vertraut, weil mir meine Mutter viel über Louisiana erzählt hatte. Da ich von Kindheit an gelernt habe, sozialen Pflichten nachzukommen, wollte ich ihnen einen Höflichkeitsbesuch abstatten. Da sah ich, wie Sie und Ihre Großmutter mit de Landes in eine Kutsche stiegen. So dicht waren wir davor, uns auf die übliche langweilige Weise kennenzulernen. Ich gab meine Karte bei einem Diener in Ihrem Quartier ab und ging wieder. In jener Nacht verließ ich Paris, um das Zigeunerlager zu besuchen, und vor Mitternacht fielen Sie mir in den Schoß wie ein Geschenk der Götter.«

»Und das war alles?«

Sie wußte nicht, ob sie erleichtert oder erbost darüber sein sollte, daß sich ihre Befürchtung nicht bestätigt hatte.

»Aber Sie haben mich glauben lassen –«

»Sie haben mich offensichtlich zu jeder Schandtat für fähig gehalten. Ich konnte nicht widerstehen. Auf jeden Fall verhielt ich mich niederträchtig genug.«

»Weil Sie mich erkannt hatten?«

»Ich glaubte es jedenfalls«, antwortete er, und seine Miene nahm kurz einen besorgten Ausdruck an. »Aber ich hatte Sie so kurz gesehen und nur auf große Entfernung. Ich wußte etwas über de Landes und vermutete, daß Ihre Ankunft einen tieferen Sinn hatte, aber es erschien unglaublich, daß jemand wie Sie sich von ihm kommandieren ließ. Ich konnte die Möglichkeit nicht ausschließen, daß Sie von ihm zum Narren gehalten worden waren, daß er Sie zu einer Kutschfahrt aufs Land überredet und hier hinausgeworfen hatte oder daß Sie ihm vielleicht entkommen waren, indem Sie aus der Kutsche gesprungen sind. Ihr Gedächtnisverlust hätte echt sein können. Je mehr ich von Ihnen sah, von Ihnen wußte, desto weniger konnte ich mir etwas anderes vorstellen. Sie sind eine höchst überzeugende Schauspielerin. Und dennoch war der Zufall einfach zu groß.«

»Deshalb haben Sie mich mit nach Paris genommen.«

»Die Situation verlangte nach Aufklärung. Ich erfuhr hier, daß Sie eigentlich mit Madame Helene außerhalb der Stadt auf einem Gut sein sollten, das de Landes gehörte, ein weiterer unwahrscheinlicher Zufall. Und als Sie das Haus verlassen haben, nahm er Verbindung mit Ihnen auf.«

»Sie haben Luca als Spion auf mich angesetzt. Ich dachte, er sollte mich beschützen.«

»Konnte er nicht beides tun? Aber nach jenem Tag wurde ich fast verrückt bei dem Versuch, das Rätsel zu lösen, das Sie darstellten, eine Entschuldigung, irgendeine Entschuldigung für das zu finden, was Sie taten. Sie erschienen mir wie eine unschuldige Verführerin und waren dadurch nur um so erfolgreicher.«

»Sie konnten mir mit Leichtigkeit widerstehen«, erwiderte sie mit Schärfe.

»Leicht? Wie kommen Sie darauf? Ein Mönch, den das Zölibat in den Wahnsinn getrieben hat, hätte sich keinen quälenderen Hades ausmalen können. Sie sind das Patenkind meiner Mutter; wie konnte ich Sie entehren? Aber wie sollte ich darauf verzichten, wo es der beste Weg schien, Ihnen nahe genug zu kommen, um herauszufinden, was de Landes im Schilde führte. Ich hätte meine Pflicht scheinbar am besten erfüllen können, indem ich aufhörte, Ihnen zu widerstehen.«

»Pflicht?« rief sie voller Abscheu aus.

»Aber am Ende war es nicht die Pflicht, die mich kapitulieren ließ.« Er wartete, kniff die Augen zusammen und sah ihr ins Gesicht.

»Was war es dann? Sie können mir nicht weismachen, es sei unkontrollierbare Leidenschaft gewesen, denn ich erinnere mich gut an all die Vorbereitungen für die Verführung, an die Veilchen und Diamanten – alles außer Zigeunerviolinen!«

Er lächelte zufrieden. »Oh, ich hätte auch die geholt, wenn ich daran gedacht hätte. Und auch Verlangen war im Spiel, weißglühende, verzehrende Besessenheit. Aber die endgültige Verführung war ein Akt vollkommener Täuschung, eine unentrinnbare Falle.«

Daß er so leichthin darüber sprechen konnte, verlieh ihr den Mut, es ebenso zu tun. »Falle? Sie meinen, es war der benötigte Beweis, daß ich de Landes' Komplizin war?«

»Aber nein, denn inzwischen waren Sie schon, gewollt oder ungewollt, mein geworden. Ich verstand Sie, auf unergründliche Weise, aufgrund eines Instinktes, den ich nicht analysieren konnte. Dank meiner anderen Quellen war ich überzeugt, ich würde an Ihren Reaktionen merken, wann und wo de Landes mich ausnützen wollte. Ich handelte viel hinterhältiger. Ich sorgte dafür, daß Ihre Anwesenheit in meinem Hause bekannt wurde – ich nahm Sie sogar mit zu einigen öffentlichen Anlässen, damit Sie keinesfalls übersehen wurden. Diesen Kurs schlug ich ein, weil abzusehen war, daß die Maskerade ein Ende haben würde, und wenn die Masken fallen, wenn Sie sich als Patenkind meiner Mutter entpuppen würden, dann wäre ich natürlich verpflichtet, mich wie ein Ehrenmann zu verhalten. Je enger wir zusammenlebten, desto unausweichlicher wurde das.«

Er verstand es, mit Worten in all ihren verschiedenen Schattierungen zu spielen, und er vermochte seine Mitmenschen hervorragend zu manipulieren, um das gewünschte Ergebnis zu erreichen. Sie durfte das nicht vergessen. Keinesfalls.

»Sie sagen, Sie hatten den *Wunsch*, mich zu heiraten?«

»Um Sie für alle Zeit an mich zu binden.«

»Aber Sie haben es nicht getan.«

»Mein Vater in seiner unergründlichen Weisheit und schrecklichen Grobheit wies mich auf den unfairen Vorteil hin, den ich mir verschafft hatte. Er hatte recht.«

»Und all das Gerede über Anstand und Moral war –«

»Bloßes Getöse. Aber er ist großartig, nicht wahr?«

Wie sein Sohn. Wenn sie bloß glauben könnte, was er ihr mit solcher Freude offenbarte. Nein, es war zu unwahrscheinlich, um wahr zu sein. Er war kein gewöhnlicher Prinz, für den allgemeine Moralvorstellungen galten; er hatte seine eigenen Regeln aufgestellt, die nur wenig mit den Konventionen gemein hatten. Und doch gab es einige Regeln, die er nicht übertreten konnte, die mit seiner Familie, seinem Land, seiner Pflicht zu tun hatten. An diese Konventionen war er fester gebunden als die meisten Menschen, eben weil er hoch über der Masse stand und für alle Vorbild war. Er hätte niemals in vollem Bewußtsein die ungeschriebenen Grenzen des Anstands überschritten. Es war eine Lüge. Eine ehrenwerte zwar, aber dennoch eine Lüge. Sie blickte auf ihre Hände nieder, die sie im Schoß gefaltet hatte, um die aufsteigenden Tränen zu verbergen.

Als sie nicht antwortete, fuhr er fort, obwohl ihm schwer ums Herz war: »Ich hatte die besten Absichten. Ich wollte mich zurückziehen und Ihnen mehr Bewegungsfreiheit geben. Es war mir nicht immer möglich, mich daran zu halten. Die politische Lage erforderte meine Aufmerksamkeit. Und jedesmal, wenn ich Sie aus den Augen ließ, haben Sie sich kopfüber in die Gefahr gestürzt.« Er hob eine Hand, um sich die Augen zu reiben. »Mein Gott, als Sie mit einem Degen in der Hand vor der Menge standen: Ich wäre fast geplatzt vor Stolz und zugleich fast verdorrt wie eine Dattel in der Sonne vor schierem Entsetzen.«

»Meine Sicherheit lag nicht in Ihrer Hand.«

Er schüttelte den Kopf, als hätte er sie gar nicht gehört. »Und dann dieser Nachmittag, als ich Sie bei de Landes in dem Speicher auf dem Rive Gauche fand. Ich hatte noch nie etwas Derartiges empfunden ... Als wären wir beide eins, zwei Teile eines Ganzen, und würden einen ewig dauernden Augenblick ein Herz und eine Seele teilen. Ich wußte, was Sie getan haben. Ich wußte es einfach.«

Er wandte ihr den Rücken zu und starrte in die Flammen im Kamin. »Ich nehme an, ich glaubte, dieses Einssein wäre von Dauer. Ich erwartete, Sie würden begreifen, daß ich die Falle zuschnappen lassen würde, die Sie so sorgfältig für de Landes ausgelegt hatten. Ich habe zuviel verlangt. Und weil ich nicht begreifen wollte, daß dies so war, wären Sie beinahe gestorben.«

»Es war mein Fehler«, erklärte sie. Ihre Kehle war wie zugeschnürt. »Sie haben mir vertraut. Und dieses Vertrauen habe ich nicht erwidert, konnte ich nicht erwidern.«

»Wie hätten Sie auch? Ich habe Ihnen keinerlei Anlaß dazu gegeben.«

»Oh, ich hätte nur auf mein Herz statt auf meinen Kopf hören müssen.«

Er drehte sich herum und streckte eine breite braune Hand aus. »Dann hören Sie jetzt darauf!«

»Bitte. Nicht.« Sie drückte sich aus dem Sessel hoch, entfernte sich von ihm. »Sie sind sehr überzeugend, aber ich kann nicht vergessen, daß Sie dazu gezwungen wurden.«

»Gezwungen? Von wem? Ich hätte jederzeit ein Ende machen können.«

»Aber das haben Sie nicht getan, und die Erklärung ergibt sich aus dem, was Sie gesagt haben: Es war die beste Weise, Ihren Auftrag auszuführen.«

»Von meiner eigenen Logik zu Fall gebracht«, erwiderte er mit hohlem Lachen. »Die Strafe dafür, allzu beredt zu sein.«

Er beobachtete, wie sie sich abwandte. Er spürte schmerzhaftes Verlangen nach ihr und den verzweifelten Wunsch, sie aus dem Gefängnis des Zweifels zu befreien, das sie um sich errichtet hatte. Es war Selbstschutz, dachte er. Sie fürchtete, er könnte ihr weh tun. Aber statt dessen würde er sich eher in sein eigenes Verlies zurückziehen und ihr die Freiheit lassen, die sie zu brauchen glaubte, und zu fliehen.

Aber zumindest sollte es einen Ausgleich dafür geben.

»Mara, lieben Sie mich?«

Sie schaute ihn kurz an und dann wieder weg. »Selbst wenn, würde das nichts ändern.«

»Dennoch, lieben Sie mich?«

Die Liebe, die sie für ihn empfand, war ein nagender Schmerz in ihrem Inneren gewesen, seit – sie wußte kaum mehr, seit wann, vielleicht seit sie ihn in einem Zigeunerlager vor dem Feuer Mandoline hatte spielen hören. Sie zu verleugnen erschien inzwischen überflüssig, wie ein weiterer unnützer Betrug.

»Ja, ich liebe Sie.«

Der Wunsch, endlich etwas zu unternehmen, war schier überwältigend. Still und unbeweglich stehenzubleiben, als wäre er ein Teil des Mobiliars, war das schwierigste, was er sich je abverlangt hatte. Sein Körper wollte den Raum zwischen ihnen in einem einzigen Schritt überbrücken, sie auf das Sofa niederdrücken und – er konnte es nicht. Zum tausendsten Mal und so innig wie nie, wünschte er, ihre Verletzung wäre die seine. Auf gewisse Weise war es seine, und vielleicht würde sie sich als tödlich erweisen.

Welche Reaktion sie erwartet hatte, hätte Mara nicht sagen können; aber seine unbewegliche Steifheit war wie ein Schlag. Sie senkte den Blick und ging auf die Tür zu. »Mein Vater und ich werden so bald wie möglich abreisen.«

»Warten Sie.«

Sie hielt inne und schaute ihn an. Sein Blick war überschattet, nachdenklich, und doch strahlte unter dem goldspitzenbesetzten Schirm seiner Wimper kobaltblaue Brillanz hervor.

»Wenn ich es recht beurteile, wird es bald eine Zigeunerhochzeit für Luca und Juliana geben. Das dürfen Sie sich nicht entgehen lassen. Werden Sie noch so lange bleiben?«

Die Frage klang für sie nach einer Schonfrist. Sie wußte, daß sie wachsam bleiben mußte. Aber eine so kleine Bitte zurückzuweisen wäre unter den gegebenen Umständen undankbar und unhöflich gewesen. Außerdem war ihr Juliana fast wie eine Schwester geworden.

»Das werde ich, ja«, sagte sie ruhig.

»Danke«, antwortete er ebenso gemessen. »Juliana wird sich darüber freuen.«

Er rührte keinen Muskel, kein Lid, als sie das Zimmer verließ und sachte die Tür hinter sich zuzog.

Der Monat vor Julianas Zigeunerhochzeit war der längste in Maras Leben. Die Verzögerung ergab sich, weil man Rücksicht auf die öffentliche Meinung nehmen wollte, vor allem aber, weil Modisten und Hutmacher besucht werden mußten, bei denen ein Hochzeitskleid und die Aussteuer für die katholische Hochzeit bestellt wurden, die später in Ruthenien stattfinden sollte. Mara sprach weder mit ihrem Vater noch mit den anderen über die Abreise. Es schien das beste zu sein, wenn sie wartete, bis die Feier vorüber war. Dann könnten sie sich heimlich absetzen, sobald die anderen Paris verließen und die Reise in ihr Heimatland antraten. Auf diese Weise würden sie weniger Erklärungen abgeben und weniger Widerspruch hören müssen. Vielleicht war das feige, aber sie entschuldigte sich vor sich selbst damit, daß sie die Aufmerksamkeit nicht von Braut und Bräutigam ablenken wollte.

Für die Zigeunerzeremonie hatte Juliana ein einfach geschnittenes Kleid bestellt, das an die Blusen und weiten, fließenden Röcke der *Tzigane*-Frauen erinnerte, obwohl es aus verschiedenen Lagen weißer Seide gefertigt war, deren unzählige Säume mit goldenem Stoff besetzt waren. Sie bestand darauf, daß Mara etwas ähnliches tragen sollte, nicht ihre üblichen steifen, unnachgiebigen Röcke, in denen es so schwierig und unbequem war, auf Zigeunerart am Boden zu sitzen.

Mara zögerte, vor allem da sie die unnötigen Ausgaben fürchtete, aber Angeline warf sich für ihre Tochter in die Bresche. Juliana würde sich in ihrem einigermaßen gewagten Kostüm bestimmt wohler fühlen, wenn sie nicht als einzige so etwas trug, und da Mara der Braut moralische Unterstützung geben würde, solle sie das Kleid als Geschenk ihrer Patentante ansehen. Angeline war ebenso schwer zu widersprechen wie ihrem Sohn. Schließlich kam man überein, daß Mara blaue Seide mit Silberbesatz tragen würde.

Das Zigeunerlager hatte sich kaum verändert, Lachen und Musik erschollen, und von den hellen Feuern stiegen graue Rauchwolken über den Wohnwagen auf. Der Duft gebratenen Fleisches hing in der Luft. Frauen in Festtagskleidung, deren strahlendes Rot, Blau, Grün und Gelb an die Palette eines Malers erinnerten, drehten die Fleischspieße über den rotglühenden Kohlen oder rührten in Töpfen. Kinder spielten Fangen, schrien, riefen unermüdlich. Hunde bellten, Hühner gackerten, Pferde wieherten. Und doch lag ein Hauch von Rastlosigkeit über den zusammengestellten Wagen. Sie waren ordentlich bepackt, alles war verstaut oder säuberlich aufgehängt. Die Sippe würde noch in dieser Nacht aufbrechen, sobald das Fest vorbei war. Die Zigeuner würden ebenfalls nach Ruthenien zurückkehren, um die Feierlichkeiten mitzuerleben, die anläßlich der offiziellen Heirat der Boyarentochter mit einem der ihren stattfinden würden.

Die Zeremonie war schlicht. Die Zigeuner unterbrachen ihre Tätigkeiten und versammelten sich um das Hauptfeuer.

Geiger, die bereits die Gäste unterhalten hatten, stimmten einen lebhaften und lieblichen Marsch an, zu dessen Klängen das Brautpaar aus den beiden Wagen geholt wurde, in denen es getrennt gewartet hatte. Aus entgegengesetzten Richtungen näherten sie sich dem Boyaren, Rolf, der in der Mitte wartete. Mara begleitete Juliana, Roderic war bei Luca, bis das Paar zusammentraf, dann traten sie zurück in die Menge. Rolf nahm Julianas rechte Hand und verband sie mit Lucas Rechter. Die beiden mußten einander festhalten, während sie den Treueeid leisteten.

Luca, der ein langärmliges rotes Hemd und einen Goldring in seinem Ohr trug, sprach mit fester, deutlicher Stimme. »Ich, Luca, nehme dieses Mädchen zur Frau und schwöre ihr, daß ich ihr die Freiheit lasse, ihr Glück anderswo zu suchen, sobald die Liebe mein Herz verlassen hat.«

Juliana stand aufrecht und stolz und blickte ihrem Bräutigam in die Augen, während sie den gleichen Schwur wiederholte. Dann trat Roderic vor und reichte seinem Vater einen Dolch mit Diamantknauf. Rolf nahm Lucas Handgelenk und ritzte es etwa einen Zentimeter weit auf. Juliana streckte ihre Hand hin, und ein ähnlicher Schnitt wurde angebracht. Die beiden Wunden wurden aufeinandergedrückt und die Handgelenke zusammengebunden. So standen die beiden Eheleute beisammen und mischten ihr Blut, während sie sich unverwandt ansahen. Der Wind zauste ihr Haar, und Julianas Rock wehte gegen Lucas Stiefel. Um sie herum standen ihre Freunde und ihre Familie, und über ihnen war nur der dunkle, sternenklare Himmel.

Ein Ruf erscholl, stieg in die Nacht. Musik setzte ein, wild und voller Leidenschaft. Wein floß. Die heißen, knusprigen Speisen wurden aus dem Feuer gezogen. Die Menschen unterhielten sich, lachten und spaßten ausgelassen und fröhlich.

Mara stand abseits. Sie konnte Grandmère und ihren Vater unter den anderen sehen, die sich um Braut und Bräutigam versammelt hatten. Sie fühlte sich aus dem Kreis der Glücklichen ausgeschlossen, allein, voll innerer Kälte.

... sobald die Liebe mein Herz verlassen hat ...

In einem solchen Schwur lag nichts Dauerhaftes, und doch, wozu taugte Dauer ohne Liebe? Die Worte deuteten an, daß es wichtiger war, Liebe in sich zu spüren, als geliebt zu werden.

Liebe zu geben, solange man sie besaß, nicht sie zu nehmen. In diesem Fall war es ein Schwur, den sie ebenfalls zu leisten bereit war, hätte sie nur die Gelegenheit dazu gehabt.

Sie hatte die Gelegenheit gehabt, und sie hatte sie ausgeschlagen. Weshalb eigentlich? Aus Stolz? Mißtrauen? Aus Angst, ihre Liebe könnte nicht erwidert werden?

Aber sie liebte. Sie liebte einen goldenen Prinzen, und ihn zu verlassen, Tausende von Meilen über einen Ozean hinweg von ihm entfernt zu sein, würde bedeuten, etwas Empfindsames in ihrem Wesen hinzumeucheln.

Den Zigeunern genügte es zu lieben. Das Glück des Augenblicks war das Entscheidende, und jeder Mensch war für sein eigenes Glück verantwortlich, niemand sonst. Leben war Leben. Liebe war Liebe. Keines von beiden konnte abgemessen oder eingetauscht oder eingelagert werden. Man mußte das Leben leben, die Liebe lieben.

Die Musik war langsamer geworden, erklang jetzt süß und voller Verlangen. Die Feier war vorüber. Bald würde das Brautpaar sie verlassen, um sich in Lucas Wagen zurückzuziehen. Nicht viel später würden die Wagen losrollen. Dann war die Hochzeit vorbei.

Aber noch nicht. Luca begann, sich mit weit ausgebreiteten Armen zur Musik zu bewegen. Die Menge wich zurück, bildete einen Kreis, machte ihm Platz. Vorwärts, rückwärts, der Tanz, den er vor Juliana vollführte, war so alt wie die Zeit, ein ebenso natürliches wie einfaches Werberitual. Wie verzaubert gesellte sich Juliana zu ihm, umkreiste ihn, drehte sich, bewegte sich wie hypnotisiert mit ihm und doch voller Eleganz und Gefühl, die denen ihres frischgebackenen Gatten in nichts nachstanden. Die Musik wurde lauter, schneller und schneller spielten die Geigen, steigerten sich in ein Crescendo. Plötzlich riß Luca Juliana hoch, die beiden durchbrachen den Ring der Zuschauer und verschwanden hinter den dunklen Silhouetten der Wagen.

Aber die süße, betörende Geigenmusik endete nicht. Sie spielte weiter, dehnte sich in hörbarer Spannung, suchend, fordernd. Ein Seufzen ging durch die Zuschauer, als Roderic in den Kreis trat. Er hatte seinen Uniformrock ausgezogen; sein Hemd war am Hals offen und wurde von einer blutroten Stoffbinde im Hosenbund gehalten. Sein Haar strahlte im dunklen Glanz uralter Goldmünzen, und seine Miene wirkte vollkommen versunken. Er bewegte sich mit Eleganz und unglaublicher Grazie, drehte sich langsam, fast wie suchend. Die Menge wich zurück, machte mehr Platz, vergrößerte den Kreis, bis Mara auf ihrem Standpunkt ein Teil davon wurde. Roderics Blick berührte sie, verharrte, blieb.

Sie sah ihn auf sich zukommen, während die Musik von neuem in jener sinnlichen Melodie zu pulsieren begann. Ihr Herz begann zu klopfen, und sie fühlte, wie sie bis unter die Haarwurzeln errötete. Das Blut raste ihr durch die Adern und verursachte ihr solche Qualen, daß ihr Körper schmerzte, als hätte man sie vergiftet. Und doch wurde sie plötzlich so aufgeregt, daß sie nicht mehr zu atmen, zu denken vermochte.

Er streckte seine Hand aus. Sie hob ihre grauen Augen, blickte in seine und entdeckte dort unbezwingbaren, unbeugsamen Willen, gefährliche Herausforderung und qualvolle Sehnsucht.

Sie liebte ihn, und mehr brauchte es nicht. Aber einst hatte sie ihn verführt. Sie hatte ihn dazu gebracht, sie zu begehren, all seinem Pflichtgefühl, seinen Fallgruben und Zielen zum Trotz. Es war möglich, daß ihr das noch einmal gelang. Sie konnte es versuchen, konnte gleich damit beginnen, solange ihr die Nacht und der Wein und die Musik Hilfe leisteten. Und so erlaubte sie sich ein Lächeln, das sich süß und sanft betörend um ihren Mund legte, und senkte langsam ihre Hand in seine, als würde die Haut unter der Berührung brennen.

Gemeinsam tanzten sie, beider Körper waren im Einklang, bewegten sich wie einer. Gemeinsam und jeder für sich wirbelten sie in gleißendem Einklang zur Musik. Roderic führte Maras Bewegungen, Mara zog ihn, als wäre sie verzaubert, an sich. Ihre Mienen waren versunken, verrieten nichts. Die Silberbänder auf Maras Röcken funkelten wie Blitze um sie herum. Das Weiß von Roderics Kleidung glühte in der Nacht. Der Feuerschein umbrandete sie, umhüllte sie mit Magie und bebendem, unlöschbarem Verlangen.

Und die Musik der Geigen schwoll an, steigerte sich, verharrte, tastete sich nach jener glühenden, schwebenden Leichtigkeit von vorhin. Höher und höher spielten die Geigen, schneller und schneller, voll ungestümer Freude, wilder Ekstase, am Rande eines dissonanten Aufschreis. Dann war der Gipfel erreicht.

Roderic zog Mara in seine Arme. Er hob sie hoch, bahnte sich einen Weg durch die Zuschauer. Hinter ihnen lag plötzlich absolute, gebannte Stille. Dann brauste Jubel auf. Das Geräusch schwemmte sie auf einen Wagen zu, einen lang vertrauten blauweißen Wagen. Er ragte vor ihnen auf, dann waren sie eingetreten. Die Tür schlug hinter ihnen zu, schloß den Lärm aus. Sie waren allein.

Er ließ Mara zu Boden, hielt mit lockerem Griff ihre Arme. Im Licht der einen Kerze, die neben dem veilchenbestreuten Bett brannte, musterte er ihr Gesicht. »Ach Mara«, sagte er so heiser, daß die Worte nur wie ein Raunen kamen, »wenn du nicht bleiben willst, dann geh jetzt, bevor es zu spät ist.«

»Es ist bereits zu spät.«

»Ich schwöre, daß ich dich liebe. Du hältst mein Herz in stählernen Fesseln, du bist der Strick, der meine Seele bindet. Wenn du mich verläßt, dann bleibt nur noch die Hülle eines Mannes zurück, die zu nichts mehr taugt, außer die Raben auf dem Feld zu erschrecken.«

»Ich werde dich nicht verlassen.«

Sein Griff verstärkte sich. »Sag mir, wie ich den Beweis dafür finden kann; dies soll mein Gral, mein goldenes Vlies, meine Hoffnung, mein Hafen, mein Traum vom Paradies sein. Laß mich dir zeigen –«

Sie hob die Hand und legte sie auf seine Lippen. Vielleicht glaubte sie ihm, aber im Augenblick machte das keinen Unterschied. Ihr Blick war klar, grau und voll unerschöpflichem

Vertrauen. »Roderic, mein Prinz, meine Liebe, sag mir, was ich denke.«

Er schaute in ihre Augen. Sein Blick war erwartungsvoll und unglaublich aufnahmefähig. Ein Augenblick verstrich. Seine Mundwinkel zuckten, begannen sich zu heben. Seine Augen begannen mit leiser Erheiterung zu leuchten, wurden heller, begannen zu strahlen. Sein Griff verstärkte sich, er zog sie an sich, schloß seine Arme hinter ihrem Rücken, vergrub sein Gesicht in ihren Haaren und inhalierte ihren süßen Duft in einem tiefen Atemzug. Lachen und warmherzige Erleichterung und pulsierendes Verlangen lagen in seiner Stimme, als er wieder sprach.

»Süße Versucherin, Licht meiner Tage, Trost meiner Nächte, du hättest mir das Rotwerden ersparen können.«

Sie wich zurück, schaute ihn skeptisch an und sagte: »Das hätte ich, wenn du –«

Weiter ließ er sie nicht sprechen.